大鱼

有爱的青春陪伴者

骤雨 上

时祈 著

江苏凤凰文艺出版社
JIANGSU PHOENIX LITERATURE AND ART PUBLISHING

图书在版编目（CIP）数据

骤雨：全2册 / 时祈著. -- 南京：江苏凤凰文艺出版社，2025.9. -- ISBN 978-7-5594-9804-5
Ⅰ．I247.5
中国国家版本馆CIP数据核字第20254GA947号

骤雨（全2册）

时祈 著

责任编辑	王昕宁
特约编辑	欧雅婷
责任校对	言　一
责任印制	杨　丹
出版发行	江苏凤凰文艺出版社
	南京市中央路165号，邮编：210009
网　　址	http://www.jswenyi.com
印　　刷	天津睿和印艺科技有限公司
开　　本	880mm×1230mm　1/32
印　　张	17.5
字　　数	531千字
版　　次	2025年9月第1版
印　　次	2025年9月第1次印刷
书　　号	ISBN 978-7-5594-9804-5
定　　价	62.80元（全2册）

江苏凤凰文艺版图书凡印刷、装订错误，可向出版社调换，联系电话025-83280257

目录 /contents

第一场雨
清香的薄荷味 /// 001

第二场雨
酸梅也变成了甜汤 /// 048

第三场雨
冬天的一丝嫩芽 /// 097

第四场雨
白桃味的糖 /// 158

第五场雨
生日快乐,星星 /// 217

目录 /contents

第六场雨
明天见 /// 283

第七场雨
水星光谱 /// 342

第八场雨
爱是雨落不停 /// 395

第九场雨
番外一　旅行 /// 465

第十场雨
番外二　这是他与她的命运 /// 506

第十一场雨
番外三　盛霏霖 /// 545

后记
/// 551

第一场雨 清香的薄荷味

"截止到本周六，因受冷空气影响，西城的天气将持续不稳定，大部分地区持续小雨到中雨，部分地区分时段大雨到暴雨……"

彩色电视机里，天气预报员的声音轻柔，提醒广大市民群众注意出行安全。

玻璃窗外，天色很暗，水星隔着窗户都能感觉到空气里又闷又湿。

她被戚芸和水浩勇送到西城半个月了。

戚芸是水星的妈妈，从小在西城长大，因为跟家里发生争执，大学报志愿那会儿选择了离家最远的南方，认识了水星的爸爸，水浩勇。那时候的水浩勇还是工地上的普通工人，一眼看中了戚芸，展开追求，戚芸抵挡不住，逐渐沦陷。

大学毕业，戚芸带水浩勇回到西城。两人满心欢喜见父母，想得到父母的祝福，谁知道戚承大发雷霆。回家不到三天，戚芸再次离家，一直到水星上了初中都没有再回来。

去年年底，经济不景气，水浩勇在工地上做活，做到一半，工程停了，开发商卷款跑路了。眼见水星要上高中，家里一片狼藉，实在没法，戚芸和水浩勇决定将水星送到戚远承身边。

起初，水星还有些期待。

记忆里，戚芸总说起自己的小时候，她将西城描绘得如同画卷。西城的夏天长，太阳暴晒，大人们在树荫下摇着蒲扇乘凉，街口有小商小贩叫卖声，小孩子们拿几个钢镚儿去买汽水喝。那时，戚芸的哥哥戚蒙尚在人世，他比戚芸大五岁，总会拿出一罐冰冰凉凉的啤酒搅拌起一层层的啤酒泡沫沾到戚芸的小嘴边，一家四口也是和和气气的。

直到那天戚蒙发烧，天又下了大雨，戚远承因为工作太忙，根本照顾不到家里，耽误了戚蒙的最佳治疗时间。

那年，戚远承主动辞职，开了一家小诊所，守在家里，一家人的关系也就此紧张起来。

水星来西城的第一天，天降骤雨。

戚芸把水星送到戚远承他们居住的居民楼门口就停下来了。

她半弯着腰，摸着水星的头："星星，爸爸和妈妈事情太多了，太忙了，照顾不到你，你先在姥姥和姥爷家待一段时间。等爸爸和妈妈调整好了，立马接你回去，好不好？"

水星抿了抿唇，"嗯"了一声。

戚芸手里捏着她用毛线团织好的星星背包，塞入水星手里，伞也递到水星手里："妈妈不送你进去了。一会儿姥姥来接你，记得叫姥姥。"

不远处的单元门有了响动，戚芸将行李放在一旁，跟水星保证："妈妈很快回来接你，平常也会给你打电话的。"

单元门开了，戚芸转身离开。推开门的是一位面容和善的老奶奶，她一边走过来，一边朝水星招手："星星吗？来姥姥这儿。"

居民楼的一层和二层都是戚家的，一层作为平日里街坊邻居看病的诊所，二层则是戚家的生活起居场所。

姥姥蒋林英带着水星进去的时候，戚远承刚从阳台出来。他穿了一身白色长大褂，头发半白，右眼下方长了两粒很浅的老年斑，古板又严肃。他垂眸，瞥了她一眼，跟没看见似的，转身进了隔壁给病人们输液的房间。

蒋林英跟着进去："你这个老头子，要真不在意，你倒是别在阳台躲着。"

"我是去拿东西。"戚远承拿起电视柜旁的银色盒子，掰开，把一沓小小的纸袋扔进去，"盒子里都没有了，不知道补，下午用什么包药？"

"就你嘴硬。"

蒋林英带水星上了二楼。楼上和楼下的布局是一样的,她的房间在最里面。房间里的家具不多,木制写字台、木制衣柜,和一张浅粉色的高低床。

蒋林英解释:"你姥爷见隔壁老李家的孙子成天吵着要买高低床,想你们小孩都一样,也买了一个。"

水星点点头。

"星星真乖,这段时间就在姥姥姥爷家先住着,等爸爸妈妈忙完接你回家啊。"蒋林英安顿好水星还要下楼帮戚远承的忙,留下水星一个人待在楼上。

大约因为楼下是诊所,水星总能在房间里闻到一股很浓的消毒水味,她从行李箱里拿出日历,悄悄地算日子。

戚芸跟她说好了很快接走她的。

日历一天翻一张,日子一拖再拖,转眼都要过了九月。

"姥姥。"水星合上日历本,套了一件浅灰色的运动服外套,从房间里出来,"我出去走走。"

电视里的天气预报结束没多久,蒋林英看了眼外面的天色:"要下雨了,别出去了。"

"就在街头的书店,不远。"水星打开玄关的老木柜,拿出一双干净的白鞋,"一会儿就回来。"

"那换双鞋。"蒋林英从沙发上起身,掏出木柜边角里的那双帆布鞋,"下雨天别穿干净的,一会儿脏了。伞呢?拿把伞再出去。"

关上防盗门,水星低头,看了一眼脚上的鞋子,叹了口气。

她从二楼下来,在门口撞见了戚远承。他正送着一个身型肥胖、有些秃顶的病人,认真地询问着对方什么。

住了半个月,水星跟戚远承说话的次数掰着手指头都能数得过来。看着身着白大褂的戚远承,水星是真的怕他。

"……姥爷。"

戚远承的手搭在门边:"又往哪儿去?"

"不去哪儿。"水星不自觉地往后缩了缩,想要藏起身后的紫色雨伞,"就在院子里,一会儿就回来。"

戚远承一言不发,防盗门的白色棉布帘又落下。水星见戚远承回去了,刚想迈出一步往外蹿,棉布帘又被掀起来。戚远承说:"一会儿下大雨,瞎跑,瞎跑的。你爸妈还不知道什么时候能忙完,一直不上学又不是个事情,我给你联系好了老师,等过几天就去附中上学,还不安生。"

水星说不上话。

"时间不早了,逛一逛就回来。开学了,预习功课是正经事情。"戚远承伸手,手里拿了一把老式的黑色直杆伞,"拿这把出去,别把伞弄丢了。"

水星点头:"知道了。"

现在还没有下雨,戚远承塞到手里的伞太沉了,水星只能拖着伞到书店。

因为西城附中在附近,从街道中端走到头,一路上会路过各式各样的小店,除了卖吃食的店铺,还有不少文具店,书店就在十字路口,道路以东。

自从水星发现了这个好地方,她总喜欢来,不用花钱,拿一本书坐在书店的小凳子上,一坐就是一下午。不知不觉,她在这儿看了半个月的武侠小说了。

光线昏暗,书店的老板开了灯,店里的风扇"吱呀吱呀"地转着,企图将店铺内的潮气送出店外。

"又来看书?"老板见怪不怪,"今天要看什么?"

"先看昨天的,还没看完呢。"

老板笑了下,从抽屉里拿出水星昨天看的书,递过去。

水星听到窗外的雨声,树叶和泥土的味道混到一起,卷进了店里。

"这雨下得真凶。"老板都忍不住说。

水星听见,"嗯"了一声,顺势抬起眼。

雨点乱砸在玻璃窗上,还有十字街口的男生身上。他没有打伞,个子很高,身型清瘦,皮肤是健康的小麦色,身上是白色的短袖,袖口是青绿色横标,远远地看过去,在雾气里提了抹亮色。

想送他一把伞。

还想多看他一眼。

水星屏住呼吸,脑袋里蹦出一个又一个奇怪的想法,面前轻薄的小说纸都摁皱了,好似这样就能消除怪异的念头。

胡思乱想间,那边的男生已经跑了过来。

他停在雨棚下,背对着她。

少年身上的短袖被雨水打湿了,黏在他身上。他低头,又伸手去拍打肩膀上残留的雨珠,他肩背的轮廓随着他的动作隐约又清晰。

水星垂眸，又看了一眼脚边的老式黑色直杆伞。

她叹了口气，实在送不出去。

抿了下唇，水星想干脆再看他一眼也好，就像最开始，可大抵是心里有了奇怪的想法，怎么动也觉得自己刻意。

水星压着边上的书页，想忍住，但又忍不住，还是抬起头，没想到正巧撞到男生回过身，扫了一眼玻璃窗。

她四肢僵硬得厉害，想动又不会动。

她抿起嘴，几乎忘了要眨眼。

少年的五官实在冷淡，尤其那双眼睛望过来也没有任何情绪。大约是因为淋过雨，他额前的碎发湿湿地塌了下来，又被他用手拨翻到上方，额头露了出来。他再次背了过去，仰起头看雨点击落在雨棚上。

根本没有看到她。

一种无法言说的挫败感忽然袭来，水星匆忙垂下头看着书页，想要当作无事发生，可心跳是乱的，耳根是红的，这些都出卖了她。

眼前的字是放大了的，水星在想，又发现自己根本没记住什么。

大概是他转身时的胸牌太闪，闪得晃晕了她的眼睛，她都没来得及看清上边全部的字，只是隐约记得，好像是有三个点，带水的。

水星在书店发呆到十点，往日里喜欢的小说，今天一点儿都没看进去，脑袋里空空的，说不上来是什么感觉。

蒋林英和戚远承平日里睡得早，诊所晚上八点半关门，九点收拾好都上了床。现在十点了，水星着急忙慌地往家里赶，临到门口，步子忽然慢了下来，拿钥匙的动作也是轻轻的，轻轻地插进门锁里，结果还是撞到了从房间里出来的蒋林英。

"姥姥。"水星小声喊人。

"这么晚才回来。"蒋林英披了一件外套，走过来，接过水星手里的伞，晾到一旁，"外面雨大不大？"

"还好。"水星换好鞋，从玄关探了小半个头，看到蒋林英和戚远承的房间门是关的，"姥爷睡了吗？"

蒋林英看了下房间，"嗯"了一声："刚睡。"

水星长长地舒了一口气，轻松起来，刚想躲回房间就碰到了出来的戚远承。他没跟水星讲话，径直走向了房间旁边的卫生间。光线太暗，水星不清楚他有没有看向自己。

"……姥姥。"她声音更软了，有点儿怕戚远承训她。

卫生间的门关上。

蒋林英摇摇头，推了推水星，示意她没事儿："快去睡觉。"

水星点点头，连忙从客厅回了房间。水星摁开了书桌台上的小灯，光线昏黄，书桌边上放了本老日历，九月二十九号。

她还没有撕今天的日历。

明明每天都盼着快点儿撕掉，说不上来为什么，今天就是不太想撕了。

第二天，水星醒来。楼上已经没人了，桌子上放了豆浆和油条，以及一张便条。病人多的时候，蒋林英总会下去帮忙，水星见怪不怪。她看了下便条，无非是让自己热一热饭，不过今天还多写了一句话，让她吃完下楼一趟。

水星懒得开火，就着凉豆浆凑合吃了两口，放到一旁，连衣服都没换，披了件昨天的运动服，下了楼。她推开诊所的门就问："姥姥，要我下楼来做什么？"

今天的病人是真的多，戚远承在对面的房间里开药，大厅里坐了一排病人，都在打点滴。

跟了戚远承这么多年，蒋林英多少也算半个医生。她弯腰，动作熟练地拔掉针管，轻声让对方摁好针眼，回头说："你姥爷让你别乱跑，在家看看书。"

西城附中的手续不好办，即使戚远承打过招呼，转学总是需要时间的，水星每天往外跑也不好。戚远承怕她浪费了时间，先买了高一上学期的教科书，碰到水星不会的地方，戚远承说要给她讲。

"书在隔壁的地上放着呢。"蒋林英指了指隔壁的房间，"用牛皮纸捆了一摞，你找抽屉里的剪刀剪开。"

水星悄悄瞥了一眼正对面的戚远承，"嗯"了一声，不敢反驳。

自打搬到戚远承和蒋林英这里，水星偶尔会来一层。楼上和楼下的格局是一样的，蒋林英所指的房间正对应水星在楼上的卧室。

门是白色的，水星推开门，低下头，就要去找蒋林英说的书。忽然，她的余光瞥见一抹青绿色。

水星愣了下，下意识地转过头，看到了小床上坐着的人。

昨天的……男生。

少年半闭着眼，垂着头，一只手搭在床沿，另一只手搁在膝盖上。他的手背上贴着白色的胶布，一旁是支着点滴的支架。

似乎是察觉到什么，他抬起眸，朝这边看过来。

点滴是向下坠的，水星的心是向上提的。

水星甚至都没来得及去找蒋林英说的书在哪儿，转身，空着手从房间里出来了。她站在门口，想回去，又看了眼自己现在的打扮，一套浅粉色的兔子睡衣，上身套了一件灰色运动服，头发低低地绑在脑后。

怎么回事儿？每次见他都是这样。

水星强忍住起伏的心，去到姥姥身边："姥姥，旁边的房间里怎么还有人？"

有病人看到水星，便问蒋林英她是谁，以至于蒋林英一时间没听清，先回答了对方的话，又反问她："旁边什么？"

水星咬了咬嘴唇，暗暗后悔问出口的问题，病房里有病人是再正常不过的，幸好蒋林英没听到。她又装作不经意地瞥了眼隔壁的房门，似乎透过它就能看到里头的人："我是说，旁边房间的剪刀去哪儿了，我没找到。"

"就在抽屉里。"蒋林英说着要进那间房给她拿，"等等我去给你拿。"

"不用了。"水星摇头，"我上去找吧，我房间里就有，等拿了我就下来。"

从一楼跑回二楼，水星的手都是抖的。她不稳当地关上房门，慌乱地脱掉睡衣，又换上干净的衣服，重新扎了个马尾。她蹲下，在玄关又翻出了一双崭新的白鞋换上。

下楼前，水星才想起上楼的目的，又转回卧室，找了一把削铅笔的小刀。

她想了想，重新套上灰色运动服，揉了揉脸，又抓下两缕散发，散在额前，不想显得自己收拾过，怪怪的。

"星星。"蒋林英见她回来，喊她的名字。

水星不由得紧张了些，她揪了下外套的边角，压下套在里面的鹅黄色卫衣，想掩饰好内心的动机："怎么了？"

"怎么这么久？"

水星感觉到心脏要炸开了。

好在病人太多，蒋林英来不及细问，只说："一会儿进去小点儿声。东西太多，重了，你就拿少的，知道了不？"

水星自动忽略了前面的问题，"嗯"了一声："知道了。"

她怕待在蒋林英旁边太久，蒋林英发现她的不对劲，立刻转身，往隔壁的房间去。站在门口，水星顿了顿，深呼吸，强压着心里的喜悦重新开门。

她这次推门的力气小了很多："我姥姥让……"

话没有说完，水星愣住，发现他已经躺在床上，睡着了。

怪不得蒋林英让她进来的时候小声点儿，原来是为这个。

水星收住声音，怕自己吵醒他。四下一扫，她才找起蒋林英所说的书。

书都堆在门后，水星转身关上门，从口袋里掏出小刀，慢吞吞地割开捆着书的塑料条带。

原本紧张的心绪，像是塑料袋上的纤维破裂，顺着刀口没有规则地碎裂开来。

昨天的雨是真的太大了，一直下个不停。水星记起，最后太晚了，他没办法，还是从雨棚下跑了出去。雨点噼里啪啦地砸在他身上，他抬起手，挡也挡不住，脚步踏起一层一层的水花，然后消失进雨雾里。

那时，她躲在玻璃窗后，看着外面他影影绰绰的背影。

此时，她蹲在冰凉的地板上，用余光看床上他清晰的身形。

男生添了一件外套，穿着黑色长裤，双腿斜搭在床边，鞋子是白色的，上面有一个大大的对钩，手搭在小腹上，指节微弯，腕骨清瘦，真好看。

说不清原因，水星有些挪不开眼。

直到房间的门忽然推开，遮挡住水星的视线。

戚远承进来，看见蹲在门后的水星，又转头，去看床上躺着的男生："快了。今天病人多，忙不过来，你在这儿帮忙盯着点儿。"

水星愣了下，抬起头，去看支架上的点滴，还有不到五分之一。

戚远承调试了下点滴，跟水星嘱咐："输完这瓶去隔壁找我，给他换新的。"

说完，戚远承关门先退出了房间。

水星直起身，一种巨大的喜悦感再次袭来。

她原本还想以书本太多为借口一本一本地搬，现在有了戚远承的吩咐，她连借口都不用找了。

水星小心翼翼地走到床边，从边上拉了一把椅子，坐在了他身边。

她低头，去看床上的人。

两个人此时的距离好近。男生脸色苍白，眉骨硬朗。大概是烧得有些晕，男生感觉到动静，眉头只是微微皱起，没有睁开眼。他的睫毛很长，也很密集，仔细看的话，右眼眼皮上有一颗很浅很浅的小痣，漂亮得过分。

点滴还有六分之一。

"水……"他忽然开口。

因为发热，他嗓音低低，呼吸不匀称，说不清的模糊。他的手没有力气，上抬时，手骨突出，不小心滑落，碰到了水星的小臂。

水星的心骤然一紧，又在跳了，闷闷的、挤挤的，又想要争先恐后地跃出什么东西。

没想到他会念到她的名字，脑袋胀胀的。

他侧掌的温度真的高，轻轻一蹭都能把皮肤烫红。

水星弯腰，垂下头，"嗯"了一声："什么？"

"……水。"

他呼出的气也是灼热的，烧在水星的耳朵上，搅得人乱乱的。

原来是要水。

说不上缘由，水星想让声音变得好听些，又只能压平语气："知道了，你等一等，我现在去给你倒。"

床上的人没有反应。

水星叹了口气，在起身的一刹那，窗外的光斜射进来，正照射在他的胸牌上，亮晶晶的。

她忍不住眨了眨眼，视线重新落到他身上。光线照耀的中心是一只翱翔的雄鹰的图案，标着西城附中的校徽。

是昨天没看清的。

浅绿色的白色胸卡上，旁边是他的名字。

高一（1）班
盛沂

盛沂生病的那段时间，戚远承给水星带回了许多课本，每天还要抽查她的做题情况，不会的地方都由戚远承教她，以至于她没时间再去街头的书店。

蒋林英让戚远承别费劲，最晚下周就可以进学校了。但戚远承跟听不见似的，还是盯着水星做题。

水星有了一个很好的理由得以经常徘徊在一楼，自然也是乐意的。只是，即使在一楼，水星还是没有跟盛沂说上话。大多数时候，她都待在戚远承的处方室里，只有极少数运气好的时候，她会被戚远承叫出去给病人们倒水，听见戚远承给盛沂打点滴时的对话。

周二下午，水星半趴在桌子上，面前摊着的是难解的物理题。

她的视线落到窗外。

前几天下过雨，西城的天气转凉。临近四点半，盛沂还没有来。想想也是，男生的身体底子强，前天他的烧就退了，稍微注意点儿，其实不用总跑到这里。

正在想着，水星听到门外的戚远承在打招呼："来了……坐里屋等我，一会儿再给你打点滴。"

"嗯。"

话音落下，水星瞬间支棱起来，是盛沂的声音。

戚远承在外面，她十分钟前才出去上过厕所，屋里是有水的，她没借口出去，只能挺着身子朝前倾了倾。水星感觉到自己背部僵直，顺着没关严实的门缝，又探出视线。

他换上了秋季的校服外套，大体是纯白色的，小臂处有青绿色的斜标。男生身形修长，单肩背着书包，手指扯在书包带上，视线微微扫过来，停了几秒，又转过头，掠过她所在的处方室门口，落在了隔壁的门上。

紧接着，处方室的门被推开。

药品大部分放在处方室，这会儿盛沂来了，戚远承要进来拿东西。他弯腰，从抽屉里拿出消毒的工具，又匆匆一瞥，看到了药柜边的水星，脑袋都快贴到书面上了，提醒她："看书就看书，趴那么近做什么？眼睛不要了？起来点儿。"

水星闷闷地"嗯"了一声，缓缓地直起身，脑袋还是耷拉的。她在看课本上的题目，原本就看不懂的物理题，此时的语序也像是乱了一样。

戚远承在边上配药，房间又安静下来。

水星捏着书本的边角，慢慢卷了上去，低低地喊了声："姥爷。"

戚远承的手一顿："怎么了？"

水星张了张嘴，手心薄薄地冒了一层汗，黏在课本上。似乎是察觉到什么，

她临时又改了口:"……我这道题不会做。"

戚远承起身,整理好东西:"知道了。等忙完,晚上教你。"

水星轻轻地吐了口气,点了点头。

戚远承是带着物理课本和消毒工具一块出去的,留下水星待在房间里。

她倒在一边的床上,脑袋压在床垫上。闻着变淡了的消毒水味,她说不清自己心里是怎么想的,明明想问姥爷有关盛沂现在的情况,想他的病早点儿好,又担心他的病完全好了。

怎么样心里都不舒服得很。

"打完今天的点滴停一停,总打对身体不好,回去再吃一点儿药,要按时吃。最近天冷了,保暖也要注意了。"戚远承的声音模糊地传过来,"放心吧,没什么大问题。"

"谢谢戚大夫。"盛沂回答他。

居民楼的隔音不好,就隔着一堵墙,水星凑近将耳朵抵在墙上,能清楚地听到那边的谈话。

"不用谢。"戚远承说,"看着点儿药水,没了就喊我。"

"好。"

周围的人经常来戚远承这里看病,盛沂小时候又是易生病的体质,来戚远承诊所的次数更多。那会儿盛沂年纪小,很聪明,戚远承非常喜欢他。虽然这几年大了,来诊所的次数少了,戚远承见到他也多是亲切的。

打点滴前要准备,戚远承少不了寒暄两句:"对了,好些日子没见你爸妈了,他们最近怎么样?还在外地?"

"嗯。"盛沂只回应了最后一个问题。

戚远承没察觉到什么,又问:"有没有说什么时候回来?"

大约是针头扎进血管里,冰冰凉凉的,有些刺痛,盛沂皱了皱眉,动作一顿,不太想接这个话题:"没有。"

戚远承愣了一下,明白过来,也紧跟着沉默下来。

隔壁房间里忽然没了动静,水星的心也焦灼起来。她不明白好端端的,怎么就没了动静,又觉得戚远承平常那副脾气,盛沂不想跟他聊也正常。

过了一会儿,似乎是看到了戚远承手里拿着的物理课本,盛沂忽然开口问了一句,戚远承便顺势跟他说起了原因。

内容是有关她的。

水星的心再一次地提了起来,墙面被指甲压出一折很小的印迹,不太深,要贴很近才能看到。她低眸,又用指腹悄悄地磨平那印迹,好似这样痕迹就从来没有存在过。

可惜两个人的话题没有过多地停留在她身上,很快又说起了物理题。

盛沂似乎对理科很在行,讲题也很耐心,先简单解释了下题目的意思,告诉戚远承这道题是有关三力平衡的问题,有很多种解法可以做出这道题。

水星静静地听。

这段时间,戚远承一直在教水星,但年纪毕竟大了些,脱离学校的时间太久了,往往一整天,两个人只能解出几道最简单的题目,不像盛沂这般。

他明明是在给她讲题,但对面的人又不是她。

"我给您写下过程。"他说。

隔壁的声音又淡了下去,水星仿佛听见笔尖在纸张上摩擦的声音。

下午的病人不多,戚远承没有再拿着物理课本回来,水星靠在墙边,手指拨弄着门把手,盛沂还在讲题。

点滴打了两个半小时,水星站了两个半小时。

"今天真是谢谢你了。"戚远承听明白了,把课本收起来,"要输完了,我给你拔掉。"

这是盛沂最后一次来打点滴,也是水星头一次在听到隔壁的响动就推开门走出去。她在隔壁门口探出脑袋,朝里望了一眼,看到戚远承正准备拔针管。

戚远承看见她,很自然地问:"怎么了?"

"……姥爷。"水星抿了抿唇,"我想问问晚上吃什么。"

"去问你姥姥。"戚远承向来不管这个。

蒋林英在楼上做晚饭,闻着飘来的味道就能知道是红烧排骨和酸辣土豆丝。

水星"嗯"了一声,努力平复面上的窘迫,佯装不经意,飞快地瞥了一眼坐在沙发上面无表情地等拔针的盛沂。

盛沂也正好抬头,看了过来。

两个人的视线就这样毫无征兆地对上,水星又在骤然间错开眼。

她低下头,呼吸差点儿都要停止了。

戚远承低头,半弯着腰。因为在给盛沂拔针,他没注意到两个人的动静,

又问:"是不是饿了?"

"嗯。"水星的脑袋退回去了好多,又像是一只缩头的乌龟,"有点儿,我上去看看姥姥做什么。"

从楼下跑到楼上,水星的心跳更急了,像是跑完八百米后,胸口总是闷闷的,如被石块压了很久,又明明没有。

蒋林英见水星回来,问:"病人都走了吗?"

"没有,还有,"水星想提盛沂的名字,抿了抿唇,"……一个。"

蒋林英没多想:"是不是快结束了?"

"嗯,快了。"

"行,准备吃饭吧。"说完,蒋林英从厨房端出盘子。

果然是炖了排骨,也炒了酸辣土豆丝。水星凑过去,趴在饭桌上,去闻那股香味,心里升起的焦躁感还没有消失,好像最近心慌的频率格外多。

水星不知道是不是因为时间的原因,但又能确定,她是因为一个人。

吃过晚饭,蒋林英收拾碗筷,戚远承要给水星讲今天下午的物理题。

戚远承打开台灯,让水星找到今天下午的问题,拿回课本的时候没注意,物理课本上多了一条用铅笔画上的黑线,有些弯。

"这道题是吗?"戚远承指着物理课本。

水星点点头,脑袋里却在想这条黑线是不是盛沂画上去的。

"先选取挂钩为研究对象,然后再假设细绳和水平夹角为阿尔法。看见这个条件和公式了吗?代入这两个。"戚远承今天讲得格外顺畅,一点儿都没停顿,"这里写着 F 等于 12N,我们再将绳子延长。"

"嗯。"

"你先套着这个几何条件,再代入之前的公式。"戚远承问,"算算,答案是什么?"

今天下午,她已经偷听过很多遍了。盛沂的思路清晰,一共用了三种方法,反复讲了很多遍,而这会儿戚远承只跟她讲了最简单的一种。

水星垂下眸,眨了眨眼,是 10N。

水星还没有上过高一的课,这段时间都是拿着课本自学,戚远承想着讲一遍确实有些难以理解,便问:"是不是不知道,没听懂吗?"

"不是。"水星摇摇头,"我听懂了。"

戚远承不放心，又问她："答案是多少？"

水星在稿纸上写下步骤跟答案，回答："10N。"

戚远承"嗯"了一声："确实是懂了。"

"谢谢姥爷。"

戚远承讲完题，就要去洗漱休息。现在时间不早了，水星也该睡觉了，她关上室内的顶灯，躺到床上。

隔壁房间传来戚远承和蒋林英的对话，他们的声音很小，水星有些听不清，但这样的场景太熟悉，水星又回想起今天下午偷听戚远承跟盛沂的对话，他们当时在隔壁，盛沂问戚远承要了一张纸，他列了三种物理题的解法，都写在那张纸上。

可水星没有见到那张纸，戚远承总爱把东西放在药柜边的抽屉里。

等隔壁房间的动静消失，水星终于忍不住从床上爬起来。

她想找到那张纸。

十月初的天，水星没有开灯，也没有穿拖鞋。地板是水泥的，脚趾触上去会下意识地蜷缩。她小心翼翼地推开房门，摸着黑，在玄关处找到一双鞋，提着下了楼，进入一层才敢穿上。

鞋子是拿错的，应该是戚远承的，皮质的内芯冰冰凉凉的，很快地吸收掉脚心的温度。

水星打开一层的防盗门，进了点滴室，找到药柜边的抽屉，小心地拉开，凑近，终于在月光下寻到了那张本该属于她的解题纸。

新的一周，水星转进了西城附中。戚远承把她送到学校门口，等了一会儿，才等到政教处主任程松平出来。

水星这才发现面前这个穿着格子衬衫、大腹便便的男人正是她在戚远承的诊所见到的病人。

戚远承跟程松平打了招呼，程松平让戚远承放心，说罢，便领着水星进了学校。

程松平走在水星前面："水星，你姥爷跟我说过你初中是在南方上，成绩还不错。南方和西城的教材可能有些不一样，但大体上是通的，你自己看看怎么跟上，有什么不会的可以问问老师、问问同学。"

水星"嗯"了一声:"知道了,谢谢老师。"

西城附中是省内重点中学,历史悠久,教师资源丰厚,基础设施完善,一本达线率高达百分之九十,分为南、北两个校区,水星在南校区。

"不客气。"程松平带水星走到教学楼,从中间的玻璃门穿进去,上楼梯,"一会儿我领你去见你们班的班主任,李老师会跟你说具体情况。"

教学楼一共六层,高一的教室有两层,分别是五楼和六楼,重点班在六楼,普通班在五楼。因为戚远承托过招呼,程松平直接带着她上了六楼。

"李老师。"程松平看见办公桌边站着的男人,打了个招呼,"水星,我跟你说过的,要转去你们班的学生。水星,这是李老师。"

水星捏着书包带的边缘,有些拘谨:"李老师好。"

程松平的事情多,将水星送到办公室便离开了,留下水星跟李致堃了解情况。

李致堃的年龄不算大,穿着蓝色衬衫、黑色西装裤。他笑了笑,举止从容,提了一把椅子过来,让水星坐下,然后自我介绍:"我是李致堃,你的班主任,兼任政治老师。"

水星点点头,姿势还是僵硬的。

"这才高一,他们前段时间都在军训,见我的次数跟你差不了几次,说实话,我也怪怕的。"李致堃跟她打趣,"但班上的同学好相处着呢,放松放松。"

水星"嗯"了一声,又忍不住弯了弯嘴唇。

"你在家的时候有没有预习课本?"

水星点点头:"学了一点儿。"

"是这样的,附中有些不一样,高一下学期就要进行文理分科,你要尽早进入状态。关于这方面有没有想过?将来是学文科还是学理科。"

水星摇摇头:"……还没想过。"

毕竟高一开学才一个多月,李致堃只是提个醒,并没有把压力给到她。

下节课是李致堃的课,简单地了解了班上的情况后,李致堃便带着水星往班上去。老师的办公室在走廊的旁边,水星这才发现直到现在她都不知道自己所在的班级。她跟在李致堃后面,脚步很快,视线很乱,一直在注意着周围的班级。

八班、七班,直到走到走廊的尽头,李致堃才停下脚步,站到了三班门口。

水星忍不住失落,提到嗓子眼的心坠了下去。

她跟盛沂不是一个班。

李致堃站到班级门口,刚开学,大家对老师还怀有敬畏,没一分钟,教室里就安静下来,三十多双眼睛齐刷刷地往门口看。

李致堃领着水星进去,他站到讲台上,水星站到门口,几个外出迟归的同学飞速地从水星面前溜过,其中有一个女生脚滑,差点儿摔到水星旁边,水星连忙扶了她一把。

"谢谢。"她瞥了水星一眼。

水星:"不客气。"

事情很快过去。

李致堃让她上讲台做了一个简短的自我介绍,把她安排在了靠窗的第四排,紧接着便开始上课。

下课,水星整理好桌面上的课本,感觉身后有人戳了戳自己。她回过头,愣了愣,问:"怎么了?"

"嗨!"

对方熟稔的语气让水星有些迷茫。

"我刚才差点儿摔倒,多亏你扶住我了,不然丢脸死了。"

水星这才反应过来。班上的人她还没有认全,刚才帮人完全是出于本能,怪不得上课的时候,水星总能感觉好像有什么人在盯着她看。

"我叫席悦,愉悦的悦。"席悦伸手,"以后我们就是同学了。"

水星下意识地抬手:"我是水星。"

上午一共四节课,前两节课结束,是大课间,任课的老师还没离开教室,周围的同学三五成群已经挤作一团往门外去。

"水星,一块走吗?"席悦忽然叫她,又冲在门口等着的女生招招手,"一会儿要做课间操。"

水星"嗯"了一声。她第一天来,还不适应环境,幸好有席悦的邀请,她果断地跟着席悦出了教室门。

席悦挽着她的胳膊,另一只手拽住刚才站在门口的女生:"这也是我们班的同学,郁晴。"

席悦跟郁晴是小学同学,两个人一块直升,一直是同班同学,也是彼此最好的朋友。相比席悦,郁晴的肤色更黑一些,眉眼间英气十足。

郁晴点点头，算是打招呼。

因为无心之举，水星比想象中要更快地融入班级。席悦为人热情，并且很快将学校以及班上的一些情况分享给水星。

"课间操只有高一和高二做，等我们上了高三就可以不做了。"席悦跟她介绍，"从教学楼左边的楼梯出来，直对着就是我们班的位置。"

"那旁边呢？"水星的头转到另一边。

离做操的时间还有一会儿，各个班级还没有列好队伍，到处乱糟糟的，她想知道一班的位置在哪儿。

"左边是二班，右边是四班。"席悦耐心地给她解释，"我们一个年级有十三个班，前面站的是高一，后面站的是高二。你看到那些人了吗？"

水星本想问她一班的位置，在六楼的时候，她没有看到一班。但还没来得及开口，席悦又说起别的，给她指了指聚集在教学楼正中央的一群人，那群人围成了一个小圈。

"他们是学生会的，平常不做操，会到各班检查一下学生的仪容仪表，还有做操是否认真，给各班记分。早知道我也加入学生会了。"席悦说，"对了，你是不是还不会做课间操？一会儿你看郁晴怎么做，你跟着做就行。"

水星应了一声"好"，然后趁机问了下一班的位置。

知道了一班的位置后，水星的大部分注意力都用在了寻找盛沂这件事上，课间操的动作做得乱七八糟，好在她是新转来的学生，即使做得不好也没人怪她。

只是课间操结束，水星还是没有在一班的队伍里见到盛沂。

队伍分散，席悦又拉着水星和郁晴去卫生间。

课间操刚结束，排队上厕所的人很多，水星没打算进去，说好了在卫生间门口等她们两个人。

卫生间外来往的人很多，水星低着头。忽然，听见一声响亮的叫喊，一个男生喊了盛沂的名字。

人影交叠，水星抬起头，快速过滤眼前的信息，终于在靠近楼梯的拐角看到了被喊名字的盛沂。

男生个头很高，停下脚步，侧眸，顺势靠在了楼梯拐角，衣角褶皱出好看的痕迹。有风吹过，他额前的碎发有些乱了，鼻梁挺直，少年气蓬勃。

水星的手掌是烧的，拽着自己的衣角，垂下头，想笑一下。

"跑那么快，差点儿就追不上你了。"

过了人流高峰期，楼梯间的人稀疏了不少。盛沂看见了李泽旭，问："追我做什么？"

"你说做什么？"

"我怎么能知道。"

李泽旭风风火火地跃上台阶，停在盛沂下面的一级台阶上："除了跟你说点儿八卦，我还能说别的吗？你知不知道三班新转来了一个小姑娘？"

水星原本就是在偷听他们的对话，听到这话，笑意僵了唇边，心揪了起来。她一下用力，将衣角拉扯出褶皱，目光瞬间缩回，目视前方，生怕被人看出什么。

"嗯？"盛沂说。

"你早自习时睡觉都没听见吧？"

"确实。"

"你真是的。"李泽旭推了他一把，"你不觉得我们这个高中上得很无聊吗？班上的同学不是直升的就是见过的，一点儿新鲜感都没有。"

西城附中是省内重点，直升的人很多，李泽旭跟盛沂就是初中同学，两个人关系还不错，平常见面都能说上几句话，这次分班又在一个班。

他还在跟盛沂说话："你说这个新同学为什么就不能转来咱们班呢？"

水星心里偷偷赞同李泽旭的话，就是，她为什么不能转去一班？

正想着，就听见李泽旭的一声："哎。"

转校生的身份向来惹人注意，再加上水星没穿西城附中的校服更容易被认出来。视线一转，李泽旭的目光落到斜廊门边的水星身上。

盛沂低眸，见他发愣，问："怎么了？"

"我好像看见转校生了。"李泽旭忽然凑近，又望了一眼，抬手，跟盛沂指了指方向，"就在那儿。"

盛沂立在原地，转头，跟着他的手指，扫了眼走廊，说话间，被谈论的人已经不见了。

他没发现水星。

西城附中每月有一场考试，安排在月底。出题内容是每个月的知识点，目的是给同学们查缺补漏。水星怎么也没想到上课没两天她就要经历一场考试，幸好在家的时候戚远承让她先学了一些，不至于什么都不知道。

西城附中的效率确实很高，不光考试来得快，出分的速度也快，仅隔了一天时间，全年级的成绩都知道了。

本班的排名会张贴在班级后面的黑板上，全年级的总排名在老师那边。

大课间，李致堃拿着成绩单进教室，同学们立刻看了过去，有胆大的同学去问："老师，是排名出来了吗？"

"消息还挺灵通。"李致堃笑着，甩了甩手里的成绩单，传下去，说，"这是成绩单，一会儿班长贴到后面的黑板上，同学们各自看一下自己的班级排名和年级排名。哪门成绩不好，缺在哪儿，自己心里要有数。开学都快两个月了，该加把劲加把劲，别晃荡了。"

成绩单递下去，根本传不到班长郁晴手里，被前两排的同学抢占先机，凑作一团看起来。

"大家不用抢，一会儿等郁晴贴到黑板上再看。"李致堃提醒，"当然，这份成绩单只能看到班上同学的，如果有人想看全年级的可以来我办公室。"

话是这么说，但又有一个手快的同学将成绩单先抓了过去。

水星抬头，也想跟着去看，就见李致堃冲她招手："水星，你跟我来一下。"

不到上课的时间，办公室的老师基本上都在，水星跟在李致堃身后，攥了攥衣袖，说不出的紧张。

李致堃垂眸，看了一眼水星，笑了笑："这儿有凳子，你先坐下。"

水星拖过旁边的木板凳，坐在一边，她的手指轻轻捏着板凳的边缘，有些迷茫。

从小到大，水星一直属于隐形人，成绩不好也不坏，不会做出格的事情，也不会被老师单独点名。因此，李致堃喊她出来，水星一路上都在想自己这两天是不是做错了什么。

是这次考试考得太差了吗？水星在心里叹了口气。

没想到李致堃开口，说的是另一件事。

"来找你是想说一下英语演讲比赛的事情。"李致堃抽出一张报名表，"下个月省里要组织一场英语演讲比赛，有没有兴趣参加一下？一边开拓视野一边更快地适应学校生活。"

"什么？"水星不理解。

在此之前，水星从来没有参加过任何英语比赛，她不明白李致堃为什么想到让自己报名。

"你还不知道这次的月考成绩吧？"李致堃想起水星还没来得及看，从旁边抽出全年级学生的成绩单，"这是全年级的，你先拿着看一眼自己的成绩，班上数你的英语成绩最好。"

水星将成绩单接过来，只是全年级有四百号人，水星根本找不到自己的名字。

视线率先落到第一行的名字上。

"西城附中高一年级组第二次月考成绩"这样一行加粗的黑字下面，紧跟着就是盛沂的名字。

他……是第一名。

好厉害。水星在心里偷偷地想。

旁边正好是三班的物理老师吴江明，听见李致堃在跟水星说话，也不由得抬头，插了一嘴："水星，是吗？你这次物理考得也不错啊，尤其是附加题，全年级就你跟盛沂两个人完完整整地做了出来。"

水星所在的初中很重视英语的学习，听到自己的英语考得不错倒是正常，但听到了物理成绩，还是跟盛沂一起被表扬，肩膀不由得紧了一紧。

其实她的物理并不算厉害，只不过因为这次的附加题是有关力学的，之前盛沂给她讲过，她每天都埋在屋子里研究，这次能做出来大概率是因为运气好而已。

"但是附加题归附加题，你这前面的题是怎么回事儿？"吴江明在老师里是出了名的话痨，一找到话题，又从这边延伸到水星的物理卷子上，"位移这么简单还粗心做错了？"

"好了，毕竟开学一个多月没来呢。"李致堃看出水星的窘迫，压了压手，让吴江明止住话题，"我跟水星说正经的，英语演讲比赛，你想不想参加一下？"

水星不爱出头，再加上从来没参加过这样的比赛，下意识想拒绝："我之前没有参加过……"

说话间，办公室的门又被推开。

水星听到响动，侧过身，和李致堃一起看了过去。

盛沂抱着一沓英语卷子走了过来。他穿着秋季校服，袖口挽了上去，小臂线条流畅，面容冷淡，顺势将卷子放在对面的办公桌上。水星的心跳猛然一乱，回过神，原本要拒绝的话也因此被打乱。

李致堃招了招手，让盛沂过来："你们班主任跟你说没说？这次的演讲比赛要你去。"

盛沂的声音冷冷的："陈老师说了。"

陈老师是一班的英语老师。盛沂的英语一直很好，不难猜到会让他参加。

"行。这次比赛也不是谁都能去，跟你们班同学说好好准备，到时学校会进行校内选拔，选定的学生再由学校安排去省里参赛。"

盛沂在一边，显然不甚在意，只是"嗯"了一声。

"对了，水星。"李致堃跟盛沂说完，转头又喊她。

李致堃忽然叫到她的名字，水星不由得愣了下。

她提起一口气，下意识地看了一眼盛沂。他个头偏高，喉结凸出，此刻滚了一滚，视线落下，鸦羽似的睫毛覆下一层浅浅的阴影，也看向水星。

水星不知道盛沂记不记得在戚远承的诊所见过她，又见他落下视线，连忙抿起嘴，露出一个自以为不僵硬的笑容。

盛沂垂眸，手臂的袖子褶不经意地碰到了她的校服。

水星这才反应过来，回过神。听见李致堃在问她之前想说什么，她摇摇头："什么？没有。"

"嗯？"

"我是说我之前没参加过，但这次比赛……"水星抿了抿唇，微微侧了些脸，余光假装随意地又落在盛沂脸上，说，"我会尽力的。"

西城附中有食堂，中午下课，离家近的学生可以选择回家，离家远的学生可以留校解决午饭。因为水星答应了参加英语演讲比赛，每天中午要留在学校加强训练。席悦知道了这件事，拽着郁晴一并留下来，两个人陪着水星。

三个人坐在食堂靠窗的位置，水星点了份蒸菜，郁晴跟席悦点了面。

郁晴不太爱说话，大部分时间都是听席悦在说。也幸亏有席悦，水星才能将学校里的情况了解一遍。

西城附中理轻文，一班到六班是重点班，其余是普通班。一班是重中之重，不过三班的化学老师和政治老师都跟一班是一样。到高三时会进行一次考试，从文科班和理科班各挑出前三十名的优秀学生进入清北班重点培养。

席悦端着碗，放到桌子上，想起什么，忽然问水星："说起来，你在原来的学校有没有遇见过那种特别可怕的老师？"

"嗯？没有吧。"水星记得初中的老师都很温柔，"怎么了？"

席悦摇摇头，满脸心疼："那完了，你转学来，还没上过化学课吧？咱们班下午第一节就是化学课，化学老师张自立，人送外号'张三'，凶着呢。"

"张三？"水星不理解。

"对，因为张老师的课上有'三不能'。"席悦竖起三根手指头，"不能说话，不能睡觉，不能不带书。"

三班最严格的老师不是李致堃，而是张自立，乃是"附中一把刀"，但凡触及以上三点，只要是张自立上课，以后要多痛苦就有多痛苦。尤其是"不带书"这一点，张自立有一句名言，化学书跟战场上的枪一样，士兵上战场不能不带枪，学生上他的课不能不带化学书。

"下午你就知道了。"席悦神秘地说。

三个人吃完饭，席悦又拉着她们去学校的小卖部买了两袋软糖，拆开一袋分给两个人，自己也含了一颗在嘴里。

多亏了席悦的提醒，水星回到教室后特意翻了下书包，准备找出化学课本。

班上陆陆续续来了人。经过几天的相处，水星被席悦带着认识了不少人，挨个回应他们的招呼。

席悦看到水星一直找东西，拉了拉她的椅子："星星，从外面回来你就一直在翻书包，找什么呢？"

"化学书。"水星愁眉苦脸，"我好像没带。"

这两天忙着英语比赛的事，水星都忘了课表，早上好像没把化学书装进书包，中午又没回家，现在赶回去拿肯定会迟到。

"你完了，张三贼凶。"旁边的同学听见，忍不住插了一嘴，"就算知道你是新转来的，凭张三的本事只会问你转来这么多天了还不知道课表，脾气发得更大。"

"要不你找谁借一本？"旁边有同学替她出主意。

水星欲哭无泪："我找谁呢？"

班上的同学一人一本，总没多余的书匀给她，班外的同学她更不认识。

"没事，没事。"席悦认识的人多，社交圈广，看见水星这副模样后自告奋勇，"一本化学书而已，我带你去借，三分钟不到就借到了。"

离下午上课还有十分钟,席悦拽着水星一路从三班跑到了走廊的另一头,停在一班的门口。

席悦往里面张望了一会儿,似乎没找到自己想找的人。突然看到什么,她欣喜地招了招手:"盛沂。"

水星骤然听见盛沂的名字,心绪瞬间乱了。她低下头,想去整理一下自己的衣服,没料到门口有值日生在拖地,拖把条无意间碰到她的鞋尖。隔着鞋面,水星感觉到了轻轻的痒,鞋面留下一条污浊的水痕。

怎么了?

每次见他都出差错。

水星下意识地动了动鞋尖,视线又落到一双橘色与白色相碰撞的鞋面上,向上移,是青绿色的校裤。来人双腿笔直,停在两人面前,声音冰冰凉凉地问:"怎么了?"

席悦站在门口,脑袋都要探进去了:"向司原在不在?我刚才找了一圈没看到他,你帮我喊他出来。"

门口的值日生要进去,盛沂瞥了一眼,身体微微让了让:"又喊他?"

"我有事呢。"席悦指了指水星,跟盛沂说,"看见没?这是我们班新转来的同学,她没带化学书。下午有张三的课,你也知道张三的脾气,我来借一本化学书。"

水星抬头,只见盛沂盯着她。

他的校服拉得严实,领口整理妥当,什么都是干干净净的。他的视线顿了几秒,不冷不热地应了一声:"知道了。"

她的脑袋又很快地垂下去。

值日生刚拖过地,一班的门又开着,连带着走廊上深灰色大理石地板上都晕出了温和的光,亮闪闪的。

"'知道了'是什么意思?说也不说清楚。"席悦无奈,催促他,"关键是你让向司原把化学书拿出来啊。"

席悦在后面提醒他,盛沂还是没理会,跟没听见似的,直接走进教室。

席悦靠在门框上,有些埋怨:"……这个盛沂。"

从入学到现在,水星发现席悦跟年级里很多人是认识的,朋友很多,在一班门口也有不少人跟席悦打招呼。

水星在原来的学校人缘也不错，但只局限于很小的圈子里。她偏头，又悄悄瞥了一眼教室里的盛沂，忍不住羡慕："我发现你真的认识好多人。"

"还好吧。"席悦从口袋里掏出糖果，抬了抬下巴，回过头，"而且全年级谁不认识盛沂？第一，第一，从小到大都是第一。"

"从小到大？"

有关于盛沂的，水星总是格外好奇。

"嗯，我们从小学到高中都是一个学校的，说上几句话又不是难事。"席悦收回视线，又跟水星科普，"包括一会儿借你书的向司原，他是我初中的同班同学。初中时我们成绩差不多，哪能想到，他中考比我高出那么多分，分到了一班。"

水星原本还想再听盛沂的事情，结果席悦的话题已经转到向司原身上。

"真是的，我明明平常也没见他学习。你知道吗？九月份我们军训的时候还有两个高年级的学姐打听向司原。"

"嗯？"

"那些高年级的学姐打听他，问他要了电话号码，你说这是不是居心不良？"

"那刚刚的……"水星想说盛沂，又怕她说出他的名字露出端倪，于是像是想不起来对方的名字，随便一说，"盛什么，有人问他要电话号码吗？"

"盛沂。"席悦提醒水星。说到盛沂，她的声音明显淡了下去，内心没有一点儿波澜起伏，"跟向司原差不多，都挺多的。他爷爷和奶奶是我姥爷的同事，在西大教书，就住在我家隔壁那栋楼里。"

"我跟你说，他是典型的处女座。你知道吗？他有洁癖，小时候我去他家玩，不小心弄脏了他一本书，跟他道歉都不管用……"

席悦说到一半，话又停住。水星没反应过来，顺着席悦的视线，转过头去，整个人愣在原地。

她们没有见到向司原的身影，倒是盛沂不知道什么时候又回来了。

不知道他是不是全听见了。水星想。

"向司原还没来。"盛沂说。

水星吞了吞口水，一时间分不清他到底是在跟席悦讲话还是在跟她讲话，只能反问一声："嗯？"

"我的。"他手里拿着一本崭新的化学书，抬手递了过来。盛沂扫了她一眼，问,"可以吗?"

水星没想过能拿到盛沂的化学书,一时间全身上下皆被巨大的欣喜所包裹,连席悦这样大大咧咧的人都能看出她神色间的不正常。

两人在回班的途中,席悦把软糖塞进口袋里,忍不住问她:"星星,你一直笑什么啊?"

"有吗?"水星强压住上扬的嘴角,别过头,下一秒,笑意又露了出来,"可能是这会儿有了化学书,知道不用被老师骂了吧。"

席悦将信将疑,又看了她两眼:"好吧。"

两个人踩着铃声进了班级。

张自立已经将手里深褐色的牛皮公文包放在了讲台上。他留着小平头,身穿浅绿色格子条纹衬衫,戴了一副四边形黑框眼镜,要多严肃有多严肃。趁着他检查学生们带书情况的工夫,席悦跟水星两个人溜回了座位。

同桌看到水星回来,往前移了移身子,方便水星进去,小声问道:"借到书了吗?"

水星轻轻"嗯"了一声,算是回答。

张自立围着教室转了两圈,看到大家都带了化学书,才站上讲台。月考刚过,他先把化学卷子发给同学们,让同学们提自己有什么不会的或者错得多的地方,他挨个讲,剩余的时间再赶课本上的进度。

现在还不用化学书,水星把它放到了桌子的左上角。她拿出化学卷子,抬头,又没忍住移动视线去看桌子的左上角。

下午第一节课,班上的同学大多数耷拉着脑袋,张自立的声音也低低的,没有人会注意水星在做什么,她慢慢拉过那本化学书。

开学快两个月了,盛沂的化学书还是很新。窗外斜射的阳光下,化学书的表皮反射出一层亮光,水星忍不住碰了碰那层光,温温的。

她翻开第一页,看到了盛沂的名字。

有阳光的照射,他用水蓝色钢笔写上的名字如泛着粼粼的光,笔锋苍劲有力,力透纸背,字体潇洒又清秀。水星下意识地想到自己的字体,太过工整了。

不知道从什么时候开始,她总是能与之比较。

鞋子的干净与不干净、校服穿起来好看或不好看、字体漂不漂亮,现在又想起盛沂的全年级排名。

盛沂每一学科的分数都很高，化学更是满分。

水星垂眸，再看一眼自己的卷面，六十二分。原本及格的喜悦消失殆尽，水星的脸热了起来。她垂下头去，莫名地有些沮丧。

她抬起手，一点儿一点儿地将卷子的分数处折起来，连盛沂的书都不想让它看见。

水星叹了一口气，转头看向旁边的同桌。分数没有影响到他的情绪，对方歪着脑袋，眼看就要昏睡过去。

水星收回视线，看着盛沂的名字。

她想到之前初中上过的美术课，不少同学图省事直接将白纸垫在画作上临摹……她知道她现在的想法有点儿奇怪，但又实在忍不住将一张白纸垫在盛沂的书上，透过纸张，隐约能看到盛沂的名字。

一笔一停，一笔一顿。

白色的纸面有些粗糙，透过光，她与盛沂的笔迹交叠。

不知道什么时候，白色的纸面上写满了盛沂的名字。水星眨了眨眼，出于本能地写了一个"我可以"，然后又停下，又下笔。

写到最后一笔，同桌忽然动了下，无意间碰到了水星的右胳膊，低声一句："我怎么睡着了？"

似乎没想到他会醒来，水星拿笔的手一滑，慌乱得很，甚至没敢转头去看一眼同桌，只是紧紧地将那张写了盛沂名字的白纸护住，然后飞速地塞进抽屉里。

所幸对方只是自言自语，并没有跟水星说话。

她垂眼，去看抽屉里藏了半截的纸张，用衣褶将其顶了进去。她的心跳得厉害，脑袋里也胀胀的，化学书上的名字更闪了些。

浑浑噩噩间，下课铃声打响，席悦在后面戳了戳水星的肩膀。

水星没有着急回头，先装模作样地伸了一个懒腰，好似上节课她一直在打瞌睡，并没有盯着那本化学书发呆。算了下时间，有五秒钟，水星才回过头，应了一声："怎么了？"

"星星，我们去还……"席悦的话还没说完，就听见班门口有人叫她的名字，她答应一声"来了"，又转头跟水星说，"等下再说，我出去看一下。"

水星"嗯"了一声,放下那本已抱在怀里的化学书。

席悦风风火火地跑到了教室门口,跟来找她的人说话。

那个人没穿校服,穿着一件黑色卫衣,上面印了一个很大的红色骷髅头,头发也是不规矩的,留得有些长。不知道两人说了什么,他忽然低头,嘴角翘了下,笑得痞气。

席悦又回过头,冲水星招了招手。见水星没有反应,席悦重新回到班里:"星星,你把化学书给我吧。"

水星愣了下,下意识想问为什么,嗓子里率先发出一声疑惑的"嗯",问:"我……我们不用去一班了吗?"

"不用了。"席悦没看见水星眼底的失落,只顾低头在抽屉里翻找中午买的软糖,找到后将软糖藏进校服袖子里,笑意盈盈,"向司原来找我拿,我让他拿回去。"

水星"嗯"了一声。

她本来都想好了,下课她可以跟席悦去一班还书,便又可以见到盛沂。为此,她还把鞋面上的污渍擦干净了,练习了好久的笑容,想要这次的会面更自然些,最好能面对面地跟他说出自己的名字。

可是,什么都没有了。

她的情绪低落下来,只能把化学书递过去。

化学书的封皮很光滑,从她指腹间滑了出去,好像她从来没有抓紧过,手里总是空落落的。

一班教室里,向司原把书拿回去,一把扔在盛沂桌子上。

中午时,向司原太困,一进班就开始补觉,直到上课前才有同学跟他说席悦来找他借书,但盛沂没喊他起来。

盛沂淡漠地去看桌面上的书,向司原扔书的力气太大,书内半掉不掉地露出一张试卷。

向司原顺势坐在他前面的桌子上,一条腿悬在空中,另一条腿点着地,笑了:"怎么席悦找我借书,最后借的又成了你的?"

"我以为你不在。"盛沂回答得简单。

向司原的位置没变过,也没人敢占:"我在座位上睡觉,你没看见?"

盛沂说起谎来不打草稿："没看见。"

向司原初二转学过来跟盛沂同班，一开始两个人也不熟。盛沂冷冰冰的，不说话，不爱笑，总是单独行动，走起路来目不斜视，一副拒人于千里之外的样子。向司原不爱跟这样的人玩，太没意思。后来是因为席悦，两个人逐渐熟悉起来，成了真正的朋友，以至于慢慢地竟然习惯了他这副样子。

"哄谁呢？"

向司原用膝盖顶了顶他的桌面，面上的课本又一震。熟悉盛沂的人都知道，他的书一贯不外借，因为有洁癖。

向司原看着他："不是你说的，'盛沂之书恕不外借'？"

试卷又斜出一角，露出鲜亮刺眼的红色数字，盛沂抬眸，发现向司原的视线并没有落下来，无声无息地又将试卷压回化学书里，"嗯"了一声。

向司原的身子俯了点儿，又靠过来，手指点在化学书上："那你这次借的是什么？"

指腹轻轻蹭了下向司原碰过的地方，盛沂没说话。

向司原挑了挑眉，调侃他："原来这个不是书啊？"

"没有，这次例外。"盛沂看到向司原的眼神，喉结上下滚了滚，莫名有些不自在，抿了下唇，解释，"我是看她太着急。"

向司原垂眸，若有所思地看了一眼盛沂。

往常盛沂即使借了也就借了，最多是凉飕飕地警他们一眼，不会跟他们解释。现在盛沂没有指明白这个"她"，但也已经足够再笑话他两句的。

向司原"嗯"了一声，身子探了过来，胸前的红骷髅更近了，整个人跟痞子似的，笑了，问："所以啊，她是谁？"

知道问不出什么，向司原怕他恼羞成怒一个人跑去生闷气，也懒得跟他再贫，从桌子上跳下来，笑着，拍拍盛沂的肩膀，又回到自己的位置上。

向司原走了，盛沂才抬手，摸了下发烫的耳根。

他重新打开化学书，发现里面夹了一张发皱的化学卷子，尤其是分数那边还有折痕，像是不想让任何人知道。

卷子的左上角是主人的名字。

盛沂想到在戚远承的诊所，他在那儿打点滴的时候，头太晕，还是感觉到有谁用棉签喂了他水。对方的动作很轻，有一瞬间，盛沂甚至想到了小时候，他生病时父母也是这么给他喂水喝的。

他从戚远承的口中才知道,对方是水星,是戚远承的小孙女。

水星的话不多,也不爱到外面走动,但他每次来输液都能看见她待在处方室里埋头做题。

诊所的隔音不好,他在隔壁房间都能听到水星的叹气声。

那天,戚远承忽然问盛在清和徐丽什么时候回来,他回答的语气太冷,以至于两个人都陷入了诡异的沉默,直到他看到戚远承手里的物理书。盛沂都有点儿不明白,他明明可以任由戚远承打完点滴出去,但偏偏开口缓和了气氛,问起戚远承物理书的事情。

后来,她又探着头进来,小声问戚远承晚上吃什么。

那天,水星扎着马尾辫,马尾辫顺着她的动作坠到肩膀一侧。夕阳余晖下,她的头发像蕴了光,又不知道为什么,那个画面一直停留在盛沂的脑袋里。

心里又乱糟糟的,盛沂抬手顺便修改了下卷子上其中一道配平,又忽然意识到这张卷子不是自己的。

他是有洁癖的,不知道对方是不是如此。

怕水星会介意,盛沂重新折好卷子。

正要合上书,阳光照射过来,落在书的扉页上,他看到他的名字旁似乎有一行亮白的小字,不确定,又在一瞬间消失不见。

学校的英语演讲比赛是这周五,水星还有四天的准备时间。

在此之前,她要先把这次考试的各科卷子整理出来,可她怎么也找不到月考的化学卷子。

昨天张自立讲课的时候,水星还记得她把化学卷子放在桌子上,后来旁边的同桌碰了下她,她一时间着急光顾着藏好那张写满"盛沂"的纸张,以至于化学卷子到底掉哪儿了,她是一点儿都不记得了。

"星星,别找了。"下了早自习,席悦拍了拍她的肩膀,拿起水杯,"我现在出去打水,一起吗?"

水星点了点头。

席悦拿起水杯,说这次的英语演讲比赛分为单人组和双人组两项,因为人数不够,老师们又拉了几个西城附中直升上来的学生,其中包括席悦。

"幸好有你。"郁晴口语不好,从不参加这样的活动,席悦自然地挽住水星的胳膊,跟她一起往班外走,"要是我一个人,就不想参加这些比赛了,尤其是双人组的,特别特别惨。"

"怎么惨?"

"每天下午放学都要留在学校加训。"席悦说到一半,忽然想起水星似乎报名了双人组,连忙问她,"你是不是单人组和双人组都报了?"

水星"嗯"了一声。

她担心这次比赛会有什么闪失,保险起见,就报了两个。

"我的建议是退掉双人组。"席悦晃了晃水星的胳膊,"你不知道,我学姐去年就参加了双人组的比赛,她亲口跟我说的,能逃就逃。学校一点儿都不会安排,每年不允许先行组队,都要单人先讲,等挑好人数,确定下来,才进行小组的安排。这么拖拖拉拉的,训练很麻烦的。"

两个人走到走廊上,席悦还想继续跟她说内情,结果又碰到了向司原。

向司原跟几个男生一块出来的,聚集在饮水机旁,冲她们招了招手。

席悦看见他们,话都不说了,先让水星去接水。

排队打水的人很多,水星站在最后一排,余光可以看到边上的向司原。他从口袋里拿出一小包袋装的东西,放到席悦手心里。

"奶茶粉。"向司原说。

边上有起哄的声音,席悦挨个瞪去,让他们别说话。

"向司原,你怎么跟郁晴一个样了?还哄着席悦多喝水。你瞧瞧人家盛沂,两耳不闻窗外事,一心埋头做学问。"

水星听见盛沂的名字,下意识想转头,又强忍着没动,只是余光更偏了两分。

说话的男生留着小寸头,眼睛笑起来弯弯的,又去逗席悦,想拿走她手里的奶茶粉,还没碰到,手背就被向司原打了一下。

"干什么?"向司原问他。

李泽旭悻悻地收回手,又说了好几句向司原真偏心,知道席悦不爱喝水就变着法让她喝水,说自己平常打球渴了也不知道心疼心疼他之类的话。

水星没有回头,只是感觉旁边传来一阵又一阵的笑。

李泽旭用胳膊肘顶了顶向司原:"要不然怎么说我们沂沂好?最近又要检查又要准备演讲,忙得不行,可前天我一跟他说了这次化学卷子弄皱了,我们沂沂二话不说就去找张三要了一张新卷子，肯定是给我的。"

他语气里满满的骄傲。

"他这次化学不是满分吗？"

"你的关注点儿偏了吧。我说的是我跟他说了我的化学卷子弄皱了。"李泽旭的手肘搭在向司原肩膀上，"你说说他问张三要份新的卷子是要给谁呢？"

席悦白了他一眼。

"对了！"李泽旭提着还没打水的水杯，踮脚，越过席悦，去看前面的人，他的视线落到水星的背影上，问，"那个是不是你们班新来的转校生？你不是跟她一块来的嘛，让她帮我们也打个水呗。"

"你当人家是什么？"席悦话是这么说，却已经将水杯接到了手里，低头，又看了一眼，"你一个人用三个水杯？"

"我、向司原，还有盛沂的。"

水星没忍住，回过头。

李泽旭见她看过来，随意地挥了挥手，又推了席悦一把："快点儿打，快点儿打，我和向司原等着喝呢。"

"真是服了你们。"

席悦一边说一边走向水星，打水的队伍很快，现在刚好轮到了水星。

席悦站到水星边上，先把三个水杯放在饮水机的顶部，然后将向司原的拿下来。水星已经打完了自己的水，她的水杯不保温，手握着杯身，总觉得这次打的水好烫，隔着杯壁，烧烧的，一直蔓延到心尖上。

她的视线又盯上了饮水机的顶部。还剩两个水杯，一个深黑色的保温杯，另一个是透明的水杯，不知道哪个是盛沂的。

眼前是热腾腾的白雾，耳边是急促的水声，席悦忽然叫她："星星，我这边打水慢，你能不能帮我打一个？"

水星愣了下，饮水机后面还在排队，她本来还想该怎么开口，这下借口也不用想了，连忙应一声："好。"

她侧眸去看席悦，水星知道席悦这里说一个并不是真的只打一个。

向司原的水杯很深，席悦一会儿又要冲泡奶茶粉，她大可以当作多帮一次忙，不用急。叫水星还是在抢时间，她怕在没机会，也怕在两个杯子里做出错误的选择，于是萌生了赶快打完一杯，就可以去打另一杯的念头。

热水又冒出气,水星终于打完两杯。

原本急促的心跳渐渐舒缓了些,她低下头,盖好透明水杯的杯盖。

席悦大气地拍了拍水星的肩膀以示鼓励,另一只手拎了三个杯子,转头去给向司原他们。

"给你,一天到晚就知道使唤人。"席悦不耐烦地将两个杯子塞进李泽旭手里。

水星的视线盯着李泽旭的手,还在想哪个水杯是盛沂的。她指腹热热的,刚才透明杯子的触感还停留在指尖没有消散。

"哪有使唤你,这不是你们班新同学帮忙打的嘛。"

"也不看是为了谁的面子。"席悦说。

李泽旭笑了下,没再反驳她,只是隔着席悦,又单手举起深黑色的保温杯,冲水星摆了摆手:"热水,谢谢了啊。"

热水没亲自打,别人送到手上的,真不一样。

李泽旭带着胜利品回了教室,一下子坐到盛沂前面的座位上,将透明水杯放到一边,没放稳,杯子直接倒了下去。

盛沂坐在位置上,课桌的桌面不平,水杯直直地往他这边滚。他抬手,顺势扶起了杯子,没掉下去,杯壁是滚烫的。

他扫了一眼李泽旭,将水杯摆在了桌子左上角。

"还好,还好。"李泽旭松了口气,双肘撑在盛沂的桌面上,发现他在写卷子,"又没出什么事儿,眼神别那么凶人。"

盛沂没搭理他。

"别写卷子了,来猜个谜吧。"李泽旭不气馁,"沂沂,你猜猜这杯水是谁给我们打的?"

盛沂没兴趣,连眼睛都懒得抬。

"猜不出来吧?"没等盛沂回应,李泽旭就忍不住炫耀起了打水的经历,"嘿嘿,跟你说吧,是咱们年级新来的转校生。"

盛沂做题的手终于顿了下,他微微抬了下视线,落到桌子左上角的水杯上。

水杯是透明的,因为阳光的折射,杯身多了一抹很淡的小彩虹。

李泽旭不是第一天认识盛沂了,对他这副爱答不理的态度完全免疫,该说什么继续说什么:"好家伙,这才多久,席悦就跟她熟起来了。两个人手拉手来打水,正好撞到我和向司原,我就把水杯塞给她们了。"

盛沂难得地应了一声:"嗯?"

"你别说,新来的转校生真的好腼腆,看起来乖乖的……哎,这个是?"

李泽旭话说到一半,眼尖,瞄到了他在桌面上压着的卷子。

"是你的卷子吗?能错这么多?"

李泽旭只看见一圈一圈全是红的。他伸手,想要拿起卷子看一眼是什么题,手还没碰到,卷子就被盛沂抽走了。

盛沂默不作声把卷子折进抽屉里:"这份题难。"

李泽旭还从没听过盛沂说什么题目难的,被他这么一说,更想看了。可惜盛沂藏得严实,就算探着身子朝抽屉那边看也看不出什么。

"前天你不是说过化学卷子皱了?"

李泽旭不知道他怎么会提起这茬,诡异地看了他一眼,"嗯"了一声:"干吗?"

盛沂从抽屉里摸出自己的卷子,递过去:"我的给你。"

好在李泽旭还没来得及再唠叨,就有同学把他喊走去外面放风。没叫盛沂,是因为同学们都知道盛沂不爱热闹,喊他总是少一点儿,平常说上几句话就很难得了。

座位上又剩下他一个人,盛沂这才重新拿出水星的化学卷子。

原本的卷子是褶皱的,现在已经压平。水星的理科基础有些薄弱,有时候思路对了,配平错了,有时候连思路都是错的。

本来写坏了她原本的卷子,盛沂是想拿一张新的卷子模仿她的笔记,重新帮她抄一遍的,写完第一页又觉得奇怪,所以干脆只是弄平整了些,不知道水星会不会在意他写过的字。

心跳的速度渐渐急了。

盛沂垂眸,视线重新盯上左上角的杯子,抬手,拿了过来,握在手里,暖得很舒服。

这杯水是她给他打的,虽然她也不知道这水杯是自己的。他握住杯壁,手掌热热的,接连着耳垂好像也有点儿红。

大课间结束,水星跟着席悦和郁晴回班,从远处就望见了盛沂。

他太高挑，总是有种无法与周遭融合的隔阂感，在熙熙攘攘的人流中总是显眼。他站在门边，身形跟门框一样直。

水星下意识想躲回班里，可他站的位置就在三班门口，她走也不是，不走也不是，只能任由席悦带着她的步伐向前。

她不清楚盛沂为什么会出现在这里，又猜想盛沂是来找席悦的，或者是找郁晴的。结果都不是，他是来找她的。

两个人站在班级门口，周围进出的人多，光碰到她的次数就数不清，背部的校服平下又鼓起，直到盛沂默不作声地跟她换了位置。水星有点儿恍惚，怎么也没想到他会知道自己的名字。

莫名地换到了靠内的位置，水星抬起头，又瞧他："找我是有什么事吗？"

她想表现得平静些，但总觉得自己的声音不对，连发音也是哑哑的。

盛沂"嗯"了一声，偏开视线，抬手，跟她说："你的化学卷子在我书里夹着。"

水星完全愣住，头垂下，才发现他手里一直是拿着东西的。

他的手指关节微微弯曲，指节白净，将化学卷子递了过来，摆在她面前。

那张卷子平整了许多。也许是因为他有洁癖，连同其他人的东西也会收拾干净。将卷子交递给她的时候，他指腹的温度若有似无地透了过来，印在她的手掌里，以至于接过卷子的手也软了，轻飘飘的纸拿也拿不住，刺啦地划过她的拇指。

越想越狼狈。

怪不得他知道自己的名字，看样子，自己那惨不忍睹的化学卷子，他全部看过了。

盛沂手快，接住她掉下的卷子，重新搁到她手里："你第二页的计算错了。"

"……嗯。"

卷子的错题太多了，她根本记不得是哪道。

他的食指摁在卷面上："这里的答案应该是 28.7 克，我没留神，不小心写了过程。"

影子遮住正中央的分数，鲜红色还是刺眼。

盛沂的嗓音很低，偏偏这嘈杂的走廊上一点儿也没妨碍他的声音轧过她的耳畔。

他全部看过了,连她错哪儿都知道。

这算是盛沂头一次跟她面对面说话。两个人的沟通不是别的,竟然是她差劲的化学卷子,卷子又要捏皱了。

"高一的化学很简单,用一点儿心。"

盛沂面色如常,丝毫没感觉这些话让水星多难堪。她张了张嘴,喉咙涩涩的,心尖刺刺的,想说什么又说不出。

又听盛沂说:"会学好的。"

盛沂交给她化学卷子后就走了。水星耷拉脑袋,重新进了教室,结果刚坐到座位上没一秒,席悦就在她身后拽了拽她:"星星。"

水星没起身,"嗯"了一声。

"盛沂跟你说什么了?"席悦有点儿好奇,"你俩什么时候认识的?"

"没认识。"水星摇摇脑袋,"上次借他化学书,我不小心把卷子夹进去了,没发现。"

本来还很高兴,这算是盛沂头一次跟她说话,还记住了她的名字,结果并不是因为她很厉害,而是因为她差劲的化学。

她的化学怎么能考那么低啊?

他看自己会不会像看傻子一样?

"怪不得你找不到卷子呢。"席悦说着,又觉得水星现在的状态不对,想到盛沂那股生人勿近的劲怪吓人,"他是不是还说什么话损你了?你怎么蔫巴巴的?"

"没。"水星又趴下了,脸贴在桌面上试图降温,越想越后悔,早知道还不如被张自立骂一顿,"就是……还了一张卷子。"

一张只有六十二分的化学卷子。

真是丢脸死了。

晚上回家,水星都没有胃口,一碗面只吃了三根就放下了。蒋林英见她没有胃口,伸手摸了摸她的额头:"是不是发烧了?也不热。"

"今天跟同学吃了点儿零食。"水星心虚地躲开蒋林英的手,又解释。

"别总在外面乱吃东西,又不卫生又不健康。"

水星"嗯"了一声,埋头又提着书包跑回了卧室。

卧室里的窗户又没关,因为戚远承每天都要给每个房间通风,这会儿房间里还凉飕飕的，顺着风，她关门的声音大了些。她心下一惊，回头看了一眼白色的木门。今天哪儿都不对，只不过给盛沂打了一杯水就把运气都耗光了吗？关门声那么响，就怕一会儿戚远承会进来说她。

好在静了一会儿，外面没动静，水星才抱着书包进行下一步动作。

她垂眸，从书包深层拿出化学卷子。在学校没仔细看，现在翻到背面，才发现盛沂是真的有标记过。

字真好看，怎么有人写的数字都这么漂亮。

她的手指覆在卷面上摩挲一会儿。不知道为什么，她又感觉到盛沂站在她面前，跟她说化学很简单。

脸上的温度再次升上来，耳根也是热的，房间也不再冷了。

她低头，重新将卷子折好，俯身，打开书桌最下层的抽屉。里面放置的东西不多，一本日历、一张压成小方块的纸。

她想着，伸手又勾起那本日历。这是一本老皇历，纸质并不算好，上面写着每日的凶吉。

水星翻开今天的日期，脸都要皱了。

怪不得，今天的运势是半吉。

纸面上的半吉画了一圈又一圈，快透过纸背，她才停下手，停止了无目的的圆，想了想，日历上又多了两行小字：

他说化学很简单，用一点儿心，会学好的。
好好学化学。

因为化学卷子的事情，水星总是躲在教室里，水也懒得打了，都由郁晴和席悦包圆。她和盛沂本来就不是一个班，见面的机会约等于没有。

这段时间见面太少，以至于水星也说不清楚是想见到盛沂还是不想见到盛沂了。

十一月中旬，英语演讲比赛校内选拔的成绩公布。水星拿到了演讲比赛单人组和双人组的名额，回到家，她跟戚远承和蒋林英说了这件事。戚远承看不出什么情绪变化，倒是蒋林英很是高兴，一直夸水星。

晚上，水星给戚芸打了个电话。

电话接通。

戚芸和水浩勇在一起,两个人应该是在外面,周围的声音很杂乱,戚芸说他们现在在吃晚饭。

"星星,打电话是不是有什么事情?"

水星"嗯"了一声,她本能地感觉到戚远承跟戚芸的联系并不紧密,因此在家给戚芸打电话的次数少之又少,但要去省里参加比赛,她还是想跟戚芸他们说一声。

"妈妈,我要代表学校去省里参加英语演讲比赛。"

"我知道了,我马上来。"戚芸捂着电话,不知是在跟谁说话,声音还是流了出来,"星星,妈妈这边还有事儿,是吃饭的事情。你在姥姥姥爷家住得习惯吗?有什么问题跟他们讲。"

水星张口,但不知道怎么回事儿,话又憋回了腹中。

戚芸说:"星星,妈妈回头再跟你讲。妈妈和爸爸忙完就去接你。"

连赌气的机会都没有,或许是那边真的太忙了,她只是应了一声"好"。

英语演讲比赛的双人组要在艺体楼的阶梯教室集合,水星提前从席悦那边知道要加训的消息。戚远承和蒋林英吃晚饭的时间早,提前跟他们说好了以后的晚饭不用等她,她可以在学校的小卖部里买些零食垫垫肚子。

没有席悦的陪伴,水星一个人到了艺体楼,阶梯教室在二楼走廊的尽头。

负责双人组的老师坐在第一排,年纪很轻,打扮也时尚。看到水星进来,老师招呼她坐下,起身走到讲台上:"放松也放松过了,还少一个人,不等他了。高二的应该都认识我,就跟高一的介绍下,我是吕灿,是负责这次双人组比赛的老师。"

水星找了个第三排的位置,坐下。

阶梯教室很大,教室里只有零零散散的七八个人坐在后排,都是陌生的面孔,她坐在靠前的位置,要回过头才能看见每一个人。

水星又转过头,忽然有一片阴影遮过来——教室前门的阳光被遮挡住,斜斜的影子碰在她面前的桌面上,打在她身上。

盛沂应该是跑着来的,校服头一次敞开了,露出里面奶白色的卫衣,胸口有一串很长的蓝色英文单词,随着他的动作似乎也在晃动。

他单肩背着书包,是黑色的,肩膀缓缓地抬了下,调整好书包带的位置,上台阶,走到第三排,又站在她面前。他垂下眼,目光停在她身上。

一切来得这样突然,又这样快,美好得不真实。

"旁边有人吗?"盛沂淡声问她。

老师在讲台上说了什么话,她一点儿都记不清了。

教室里好像真的没了声音,只有她缩紧的呼吸声,和她急速起落的心跳声,水星的脑袋有点儿空,只是下意识地摇摇头。

他怎么来了?

阶梯教室里,盛沂与她隔着两个座位坐下。

他放下书包,将其塞进抽屉里。

他的动作真好看,水星想。

怎么也没想到他会出现在这里。

席悦说过盛沂很忙,他进了学生会,日常还有很多学校里的活动,学校总会推他去参加各种竞赛。盛沂的时间很宝贵,能省则省,双人组的比赛这样费时间一定不在他的考虑范围内。

可他还是出现在了这里。

吕灿在台上讲话,大多数人坐在后排,不会有人发现她的视线偏了偏,余光又落到旁边的盛沂身上。

夕阳的光照下,是少年的剪影,清瘦轮廓漂亮又利落,光线抚过他的后颈,冒出闪闪的绒毛,真可爱。

根本不是不想见他。水星揉了揉脸,埋下头,没忍住嘴角的幅度,翘起来。

丢脸就丢脸了,但见面是真的好。她想。

盛沂坐在水星的右边,很热,校服拉链没有拉上,衣角松松地坠下。

英语双人组的演讲比赛原本不该由他来,老师推荐的学生是李泽旭,哪能想到选搭档这当口,李泽旭病了。学校为了让每个参赛选手有搭档,人数是固定双数,这会儿李泽旭来不了,又没人愿意参与,盛沂作为老师的宠儿自然被第一个想到。

学生会和日常活动已经够他忙的,又被推着来参加英语双人组比赛。

教室里,吕灿在讲台上说这次比赛的相关事宜。

"都精神点儿!我们附中派出去的学生,甭管高几,都要拿出我们附中的

精神头,尤其在双人组上要有压隔壁一中的劲,告诉他们,我们不光是单人强,我们团队也强。

"我跟以往的老师不同哈,别的老师可能要你们加班加点来教室练习,我无所谓,之后想来几天来几天,只要你们能拿出成绩,一周见不到一次人影也行。

"不知道你们有没有组队的成员,已经有了的可以来我这儿报个名单,没有的,问问周围的小伙伴愿不愿意组一个。这次高一报名的人数少,不跟自己年级的组队也没事儿,不用局限,多尝试尝试跟高年级的同学,也能进步。"

吕灿说完,教室里就响起小小的讨论声。水星侧眸,余光瞄向边上的盛沂。

他丝毫没有受到讲台上吕灿的鼓舞,漂亮的眼睛低垂着,嘴角也没有弧度,莫名多了种难以言喻的烦躁感。

"那个——"她张口,刚说了两个字,盛沂的视线就对上了她。

盛沂的眼睛黑亮,直直地看了过来,原本想要假装很平静地询问他有没有组队人选的话说不出口了,牙齿咬到了舌头。

好疼。

水星连忙低下头,抬手,捂住嘴巴,小口小口地抽气。

"什么?"盛沂的声音轻轻的。

缓过那阵疼劲,水星转头,又看向还没挪开视线的盛沂。

教室里有点儿闹,讲台上吕灿正在记现有的组队名单。

她想,两个人应该算是认识的,上次借书到盛沂还给她化学卷子,他连她的名字都知道了,她理应可以平静一点儿,当作是随口询问一句他想不想跟她组队。

"你组队了吗?"水星吞了吞口水,再次问出早就打好的草稿,"要是……"

"没有。"

水星怔了一下,没想到他回答得这么干脆,她愣愣道:"我也没有。"

盛沂"嗯"了一声。

他胳膊支在桌面上,手掌垂下,指尖在轻轻地拨了拨书包袋的边缘:"要是没有……"

水星:"要是没有……"

两个人同时开了口,又同时闭了嘴。

盛沂的视线再次落了过来,他问:"要一起组队吗?"

水星抬头，完全没想到盛沂会向自己抛出组队申请，一时间有点儿呆。

艺体楼对面是一大片空地，没有任何阻挡。临近傍晚，天还没有暗，远处的火烧云好红。

她看见她的影子点点头，映在窗玻璃上，一半被盛沂挡着，一半被火烧云映了个通红。

第一次见面只有简单的自我介绍，同学们在讲台上报完名就可以直接离开。

阶梯教室空了，水星从讲台上下来时发现盛沂已经收拾好东西，眼看下一秒就能走了。

"你现在就要走吗？"水星看了一眼自己桌上堆的笔袋跟本子，赶忙问。

盛沂单肩背着黑色书包，人高腿长，站在台阶上："嗯？"

"要是不着急走，我们定一下演讲的初稿吧？"

这根本是借口，水星想多待一会儿才是真的。哪怕不在教室里，能跟他一块下楼也是好的。

"由谁来写、主题是什么，我们……讨论一下？"

盛沂点了点头。

她担心拖盛沂后腿，拿东西的手都是抖的，水杯倒了也没扶起来，乱乱地就将它滚进书包里。

她转头，看了一眼盛沂。他原本是站在她旁边的，现在又找地方坐下了。

自己的动作是不是太慢了？真是越忙越乱，水星想。

心脏"怦怦"跳动着，水星干脆直接将笔扔进书包，拉链也没完全拉上，学着盛沂的样子，单肩背上书包："好了。"

"嗯？"盛沂侧眸，看了她一眼。

水星吞了吞口水，嗓子都烧干了，也不知道盛沂有没有看出她的急躁："我们边走边说吧，我收拾好了。"

艺体楼里空荡荡的，广播站的歌也播完了。水星跟在盛沂后面，一只手拽着书包带子，另一只手扶着边上的木头扶手，总觉得很恍惚，明明是下行的台阶也被她走出一种上升的错觉。

"你周几有时间？"他忽然问。

水星愣了下："我都可以，你呢？"

盛沂的脚步又慢了些，在拐角处停了下来，回头，终于等到她跟上来，"嗯"

了一声,说:"每周一三五吧。"

"那我们每周一三五训练?"水星说着,抬手拨了拨额间的碎发,"如果你有什么事情没办法训练,就跟我说一声,我们也可以改时间。"

盛沂看着她的小动作,点点头。

两个人从艺体楼出去。操场上零星有两三个人影,天色渐渐暗下来,水星走在盛沂身侧。她低眸,看向盛沂的动作,也跟着他的动作而动。

盛沂抬了抬眸,问她:"这次的演讲主题,你什么想法?"

"我都可以。"

话说出口,水星又后悔了。

她一直属于很好说话的类型,平日里,同学们有什么想法她都不会反对,也很少表达自己的意见。当盛沂询问她的意见时,她下意识就用原来的方式回答了,但转念一想,这样的回答总是平庸的,她不想让盛沂也这样认为自己。

而且,是她喊他来说演讲的事情。

"我记得老师说过,她希望这次的演讲主题不要太假、不要太空,我觉得我们可以贴近自己的生活。"水星揪紧衣角,又说,"我小时候一直生活在南方,你从小到大一直住在西城吗?那我们要不要从南北差异去谈两个地方的文化差异,或者说碰撞,我觉得算是个挺好的话题……吧?"

"嗯。"他应了一声。

"或者你有什么好的想法?"水星问他。

水星实在不确定这个想法的好坏,不知道为什么,每次跟盛沂讲话,她的脑袋里都是空白的。

"这个就很好。"

"真的?"水星的眼睛有点儿亮。

他瞥了她一眼,视线才收回去,肯定她:"嗯,南北差异还没有人谈过,是个亮眼的主题。"

话题定下,两个人出了校门。

席悦跟盛沂都住在西大的家属区里,按理来说她也是顺路的,但盛沂终究和席悦不一样,她和席悦是朋友,两个人一块回家再正常不过,但她和盛沂……水星迟疑几秒,话题都聊完了,他们还能 起走吗?

想到这里,水星的脚步更慢了,不知不觉间就跟盛沂又落下半米的距离。

他们是留校加训的,学校里没什么人,这会儿出了学校更是难遇见同学。

水星看了眼面前的盛沂,一时间想不到有什么能再说的话题。她暗暗估计了下距离,从这里到居民楼只有五六百米的距离。

要不找个借口从这里分开吧?

水星手指半抬不抬,指了下隔壁的小吃铺:"盛沂,我……"

大约是说话的声音太小,又或是他根本不在意自己到底去哪儿,总之盛沂完全没有停下脚步的意思。

水星收回那根悬了一半的手指,抿了抿唇,转身,绕到了边上的小吃铺。

西城附中周围开了店铺,这家小吃铺只有一个橱窗。橱窗旁摆了烤肠的机器,肉墩墩的香肠在金灿灿的光下来回滚动,水星从口袋里掏出纸币,叫了两声老板。

小吃铺的老板四十岁左右,皮肤黝黑,肩膀上搭了一条白毛巾,探出头来。

"老板,我想买一根烤肠,还有这个酸奶。"水星伸手指了指橱窗里的酸奶,很小一包,包装颜色粉嫩,"有白桃味的吗?我想要凉一点儿的。"

"行的,我给你拿。"

"谢谢老板。"

酸奶是从旁边的小冰柜里拿出的,整整的一大包,老板一边拆包一边问:"不给你同学也拿一包?"

"同学?"水星没反应过来。

"对啊,你同学都在后面等你呢,别一个人喝啊。"小吃铺的老板非常有商业头脑,"给同学买一包吗?好东西是要分享,这才能促进双方感情。"

水星连忙转过头,顺着老板的视线朝后看过去。

天光暗了不少,隐约还能看出火烧云的残影,不远处的街灯接二连三亮了起来,像是散落的星星并排又串联。

盛沂还站在原地,十字路口的红绿灯绿了又红。

盛沂没有走。

盛沂在等她。

自打水星参加了双人组的课后训练,蒋林英将吃晚饭的时间推迟了一个半小时,从每天七点推到八点半。每次回家,水星都能闻到热腾腾的饭菜香味。

水星知道这是蒋林英疼自己，跟蒋林英说了好几次不用因为她改时间，蒋林英也只是笑一笑。

英语演讲比赛的时间定在了十二月上旬，也意味着她和盛沂有将近一个月的时间相处。盛沂的英语口语是真的好，她的口语完全是练出来的，而盛沂的口语一听就是从小到大耳濡目染的。

"星星，你怎么又练口语？"席悦从外面回来，看见水星躲在教室后排的角落，"一张纸翻来覆去听你背，离比赛还有一段时间呢。"

"我怕讲不好。"水星说。

"讲不好就不好呗，演讲比赛又没多重要。"席悦不在意，拉着水星又凑到前面的人堆里，"下课的时候别总想着学习，要劳逸结合，懂不懂？"

水星点点头，慢吞吞地将英语演讲用的初稿折好，捏在手里。

下课没多久，教室里乱哄哄地闹作一团。开学两个多月，同学们都熟悉起来，最靠边的一个同学说起之前的国庆假期，又感叹再放假就是寒假了，还有好久。

"哪里久了？哎，我给你算算。"正中间的男生掰着指头开始算，"现在已经是十一月中旬了，周六和周日不上课，一周就只有五天，减去下学的时间，一周最多两天半，再把你睡觉、发呆、上厕所、打水、不听课的时间减一减，满打满算也没几个星期了。"

"行，按你这么说，开学即放假呗。"

对方点点头："你要想这么理解也可以。"

水星本来听着也乐了，直到席悦用胳膊肘撞了撞她，问："星星，这么一看，你的苦日子是不是就要到头了？"

"什么苦日子？"

"演讲比赛啊。"席悦看过来，随即笑了起来，"不过听隔壁班的同学说管这次比赛的老师是吕灿，吕灿好像从来不强调什么方法，只要成绩，说你们加训不加训凭的是个人意愿。"

水星愣了下，随口应了一声。耳边席悦还在跟她说什么苦尽甘来，但她的兴致已全然没了。

这一整天的时间，水星都浑浑噩噩的，打不起精神，直到去艺体楼加训，脑袋里都闷闷的，鼻子也不太通气。

教室里还没有人，十一月的西城还没供暖，打开门，室内也是冷的。水星双手揣在兜里，书包垫在桌面上，半昏半沉地闭着眼，又在想时间了。

这不算不知道，一算吓一跳。盛沂只有每周一三五是有空的，他们的训练时间一次是一个半小时。原本她以为时间很长很长了，这一个月都是有盼头的，但按照同学们的计算方法，他们一周见三次，一次一个半小时，一个月只有十八个小时，连一天的时间都见不到。

鼻子忽然酸酸的。

边上的座位动了动，水星撑起身子，是盛沂来了。

盛沂进来的时候就看见水星趴在课桌上，脑袋也不抬。这时候她抬头对上他的视线，他发现她的鼻子尖有点儿红，不知道是不是被冷到了。

"等很久了吗？"

"没有。"水星摇摇头，准备拉开书包拿东西，"我们现在练习吗？"

"等下吧。"

盛沂没放下书包，站在一旁的台阶上，扫了一眼教室。到现在都没有人来，估计今天其他人不会来了。西城往年的供暖时间是十二月中旬，离现在还有一段时间，教室里只有他们两个人太冷了，所以不如去别的地方。

水星："嗯？"

盛沂垂着眼，又往上提了提书包带，看向水星，说："你去过学校外面的咖啡店吗？"

水星跟着盛沂出来的时候还是迷茫的。他身上有股淡淡的薄荷味，在寒风中更明显了些，水星才勉强醒了醒神，鼻子也通了一点儿。

学校往前走的一条街有咖啡店，因为跟回家的路是相反的，水星从来没去过。

咖啡店的老板大概是奥黛丽·赫本的粉丝，店名就叫咖啡店。店内装饰是原木风，店铺的门是深咖色的，挂了一只很可爱的长颈鹿，两个人一靠近就会大声地念出"欢迎光临"。

咖啡店里有空调。不同于室外，室内暖烘烘的，整个身子瞬间舒坦了。店内播放的是古典乐，音调轻轻柔柔的，盛沂认识老板，一进门先去了吧台。

老板抬眸，看了一眼后面的水星："同学？"

"不算是。"盛沂身子向后转了转，余光瞥到已经坐到沙发上的水星，"有水果茶吗?"

晚上喝咖啡不容易入睡,茶水也是,要两杯热水又怪怪的,水果茶还好些。老板不知道是不是看破了盛沂的心思,莫名其妙地笑了下:"要热的还是凉的?"

"一杯热的,一杯凉的。"

"行。"

水星跟盛沂面对面坐着,不多时老板就端了两杯水果茶上来,一杯热的放在水星面前,一杯凉的放在盛沂面前。

水星轻轻地道了一声谢。

店里没有多少人说话,他们相互对词的声音也不自觉压低了许多。这份稿子两个人对过很多遍了,再加上水星每天都在练习,现在脱稿都没有关系。盛沂跟她对过两遍稿子,就停了下来。

现在的时间说早不早,说晚也不晚,水星抿了抿唇,不知道盛沂是不是要这会儿结束,便问:"不练了吗?"

盛沂抬头,看着她,点点头。他感觉她今天嗓子不舒服,说话有尾音,担心她是感冒了。

"那……"水星怔了怔,见他从书包里又拿出练习册,看了一眼,又问,"你要在这里做作业吗?"

盛沂压低嗓子,"嗯"了一声,视线重新落回面前剩了大半的水果茶上,道:"再喝完这个回去。"

水星原本是要回家的,她知道到了回家的点。一旁的时钟"滴滴答答"作响,可她的水果茶没喝完,还剩下小半杯。

算了,珍惜吧。

水果茶还没有喝完,她连短短的十八个小时都没有:"好。"

两个人又埋头跻身于题海之中。水星还没来得及看清他眼尾没藏住的那抹笑意,也没有再提起回家的事情,跟着盛沂一样,从书包里拿出当天的作业,堆在盛沂的旁边,心里胀胀的,又满满当当起来。

她的课本替她碰了碰盛沂,书页也交叠在一起。

语文、政治这些作业都算好做的,直到数学,水星才遇到了难处。做题速度慢了下来,翻到练习册背面,更是直接停滞不前,她不会做。

对面的人笔都没有停过一下。

水星暗暗觉得不公平，又感慨他真聪明。她垂下头，又换了一本其他的，直到全部做完，才又从旁边抽过那本没合上的数学练习册，还是不会做。

眼皮耷拉着，大概是时间久了，她有些困，想了想，抬起头，偏过视线，去看对面的人。

盛沂并没有看过来。

咖啡店的光线有些暗，他头顶有盏昏黄的灯，他低着头，身子往前倾了倾，眼皮很薄，眼皮上的那颗浅浅的小痣又露了出来。他握着笔在草稿纸上写着什么，好像什么都不在意。

她想再看清一点儿，盛沂的笔终于停了下来。

水星连忙垂下脑袋，又死磕面前的数学题了。

一张白纸被推了过来，纸上放了一颗薄荷糖，薄荷糖下是她不会的数学题，盛沂写了一份过程。

多亏了盛沂的帮助，往常要写好久的数学题，今天写得那么快。水星和盛沂写完作业，开始整理书包，准备回家。

两个人作别，水星回到居民楼下，已经很晚了。她上了三楼，打开防盗门，只有蒋林英在沙发上坐着。她小心翼翼地走过去，喊了一声姥姥。

"怎么这么晚回来？"蒋林英从沙发上站起来。

水星心虚地把书包放到一边，不知道戚远承一会儿会不会训她，解释："跟同学讨论题讨论晚了，没看时间。"

"下次看着点儿表，回来晚了，家里人担心你，还以为你出什么事儿了，连你姥爷都出去找你了。"蒋林英帮她脱掉身上的外套，挂在臂弯里，"行了，洗手准备吃饭吧，我给你热菜，等下我给你姥爷打个电话。"

知道戚远承不在，水星顿时松了一口气，应了一声"好"。

蒋林英在厨房里热菜，都是没人动过的。等水星吃完饭，戚远承才回到家，爷孙俩打了个照面，水星干巴巴地抿了抿唇，不知道说什么。

"什么时候回来的？"戚远承脱了鞋子，问她。

"九点……半。"

"你们学校保卫处都没人。"戚远承身上都是冰的，呼出的气跟外面的空气温度一样冷，"去哪儿了？"

水星的头低低埋着，小声道："……书店。"

她怕戚远承，总觉得他严肃得要命，再加上他跟戚芸不合，由此及彼，她总觉得戚远承也不喜欢她，两个人的对话总是很少，即使是说话都跟挤牙膏似的，一个问题蹦一个答案。

戚远承的脸色眼看又要变，水星以为他发现自己说谎，刚想纠正："我……"

"行了，行了，星星回来不就好了吗？"好在蒋林英连忙出来，让水星先回房间，又拉了拉戚远承，"你也是，有什么话不能好好说？星星没回来就你最着急。"

水星关上卧室门，发现书包都忘了拿回来。门外，两个人还在说话，蒋林英说要去给戚远承热饭，她又不敢直接出去。

她走到书桌边，拉着椅子，坐了下来，口袋里还有在书店吃完的薄荷糖的包装纸。

铺开糖纸，上面还残留着薄荷味。水星将糖纸捧在手心里，放在鼻尖闻了闻，清香的薄荷味，跟盛沂身上的好像。

她大口大口地呼吸着，忽然觉得自己像个变态。

第二场雨

酸梅也变成了甜汤

可能是真的有点儿感冒了,第二天起床,水星感觉头昏昏沉沉的,身子也是软塌塌的,套上的衣服比平常厚了一圈还是觉得冷。

席悦看到水星一大早就趴在桌子上,走过去,拍了拍水星的背:"星星,怎么了?昨天晚上没睡好吗?"

水星嗓子完全哑了,吞了吞口水,想润一润:"可能吧。"

"你这个声音……不会生病了吧?"席悦探过手摸了摸她的额头,又碰碰自己的额头,感觉不太出来,"我摸着有点儿烧。等等,我让晴晴来试试。"

水星没一点儿挣扎的力气。

郁晴生活经验足,一摸便知,水星这个温度烧得不轻,难怪她一早上就捧着热水喝。她转头跟席悦说:"烧起来了。你去跟李老师说一声,课不能上了,我们俩送她回家。"

席悦听完,转身就朝办公室跑,又嘱咐:"那你帮星星收拾下东西,我一会儿回来。"

水星的东西还没拿出来,搁外头的家当就是怀里抱着的水杯。郁晴抬手,又碰了碰水星的额头,找同学要了点儿军训时剩下的冰凉贴,给水星贴在额头上降温。等席悦回来,她们两个人一起扶着水星往楼下走。

席悦平常跟水星一块回家,知道水星家住在哪里。两个人扶着水星进了居民楼,就看见一栋单元楼的一层立了一个很小的门牌,是水星跟她们提过的诊所。席悦敲了敲门,戚远承走出来。看见水星被两个同学扶着,他连忙紧走几步,上前托住水星。

鼻腔里又是熟悉的消毒水味,水星迷糊地睁了睁眼,估摸是回家了。

水星在班上很安静,席悦和郁晴算是她在班上最好的朋友。

席悦比郁晴活泼,主动跟戚远承打招呼:"姥爷好,常听星星提起您。我们都是星星的朋友,她是郁晴,我是席悦。"

戚远承"嗯"了一声,先将水星放到一边的沙发上。

他伸手摸了下水星的额头,她的脸都烧红了。

老年人的手碰起来不舒服,再加上戚远承手掌上有老茧,水星下意识一缩,脑袋更晕了,彻底没了意识。

不知道过了多久,水星勉强醒过来。

蒋林英坐在她身边,水星想动一下,脑袋又是沉沉的,额头上敷了湿毛巾,手背上也打着点滴,凉凉的液体流进滚烫的血液里。

"星星,还难受不难受?"蒋林英见她醒了,给她又找了个枕头,撑起她的身子。

水星嗓子是干的,说话太费劲,干脆只摇摇头,表示好多了。

"你真是要吓死姥姥吗?"蒋林英递给她一杯温水,"你姥爷抱你上来时,姥姥吓得腿都软了,还以为你怎么了。以后不舒服要说一声,别硬撑着,听见没?"

水星怔了怔,这才注意到她没有跟其他病人一样,在楼下打点滴,而是在自己的房间里。

点滴还剩下小半瓶,蒋林英给她掖了掖被角,又问:"一会儿打完点滴,吃不吃西红柿鸡蛋挂面?姥姥给你做。"

水星点点头。

因为这次发烧,水星成了家里的头号关注对象,戚远承也没再因为昨天的事情跟她发脾气,拔针的时候只是嘱咐她最近注意保暖。

本来打完点滴,水星的烧就退了下去,并不影响第二天上学,但没想到她的体质是真的弱,第二天出门前又烧了起来。戚远承不许她去上课,让她乖乖待在家里休息，一连几天都是如此。直到周五，戚远承才亲自将水星送到了学校门口。

水星跟戚远承说了再见，就进了学校。站到三班门口，觉得离开了几天，班上的同学都有些陌生了。同学们看到水星回来了，纷纷笑着打招呼，问她怎么不多休息几天。

"你都放了个'小长假'呢，也不差周五这一天，再连上周六、周日，直接'七天乐'了。"

水星笑了笑，确实如此，不来上学本是件极其轻松的事情，但水星每每想到失约了盛沂又总觉得不安心。

席悦还没有来，她病的第二天就给席悦打过电话，让她帮忙转告盛沂自己没法去了，不知道席悦说没说，再问的话又觉得将这件事太放在心上。

班上的同学还没来齐，水星朝门口望了望，抱着水杯，又出了三班。

走到饮水机边，接了大半杯水，又想着既然人到这里了，不如去一班跟盛沂解释解释。就这样给自己找了半天的借口，水星总算将步子挪到了一班门口。

打从开学到现在，她还没有单独来找过盛沂。站到一班门口，水星看着进进出出的同学，想叫住谁又总觉得有点儿尴尬。眼看过一会儿就要上课了，她下定决心，刚要探出手拽住路过的同学，就被李泽旭发现了："哎？转校生。"

"嗯？"

水星好久没听到这个称呼了，她转过头，看见李泽旭。他的眼睛弯弯的，一只手扶着门框，一只手挥了挥冲她打招呼，朝后看："席悦呢？席悦没跟你一起来？"

水星摇摇头："没有。"

李泽旭靠在一边："你要找人吗？我帮你叫。"

"……嗯。"水星抿了抿唇，小声说了盛沂的名字，又问，"他在吗？"

"他啊，在的，你稍微等一下。"李泽旭冲班里吼了一嗓子盛沂。

吼完，他又退了回来。李泽旭半靠在门框边，跟水星聊天："你这是找盛沂什么事儿啊？"

"也没什么，就是……"

两个人正说着话，盛沂从班里出来，目光落在水星身上。她的马尾辫有些翘，睫毛长长的，脸色比平常差些，唇色也白，被李泽旭堵着，正低声跟李泽旭说着什么。

盛沂默然一会儿，拍了拍李泽旭，示意他可以走了。

李泽旭："喂！喂！喂！我还没聊完呢。"

盛沂皱了皱眉。

相比李泽旭的大胆，水星只敢抬头飞快瞥一眼盛沂。明明没有说他的坏话，心里就是有点儿虚。

盛沂问她："他跟你说什么？"

"没，没说什么。"她声音都是抖的。

李泽旭已经回到座位上了，班级门口就只有他们两个人。

盛沂扫了水星一眼，又问："有事？"

气氛怪怪的，水星听他的话也总觉得多了几分疏离感，硬着头皮"嗯"了一声，说："前几天我生病了，就没来学校，训练也没有到。"

"我知道。"

"什么？"水星愣了一下。

"席悦跟我说了。"他又解释。

"……哦。"

"病好了吗？"他低头，看到她还抱着水杯取暖。

"嗯，完全好了。"水星努力地点点头。

刚打完热水，杯壁烫烫的，惹得她后背都在发汗。

"对了。"水星犹豫了一下，还是没忍住，"我能要一个你的联系方式吗？"

盛沂又瞥了她一眼。

"总让悦悦传话不方便。"水星抬手，松了松校服的拉链，大概是水杯太热了，总觉得身上也烧烧的，没必要裹这么严实，"没有其他意思，就是想到以后再有这种事情，我方便联系你。"

盛沂点了点头："嗯。"

不知道是不是水星的错觉，她总觉得他这声"嗯"比上一声重。

从一班回到三班，往常总觉得这条走廊好长，今天却觉得好短。

水星低头，看着折好的便利贴，淡蓝色的贴纸上是盛沂的手机号和 QQ 号。她以为只能要到他家里的电话号码，没想到一下子有了两样有关盛沂的联系方式，欢喜的心情还来不及完全掩掉，就要进教室了。

可惜水星和盛沂都没有再出什么事情，两个人不用打电话，照例在每周一三五练习就好。

一直到了英语演讲比赛，主办方规定双人组的比赛在上午，单人组的比赛在下午。学校为了统一行事，要求参赛选手一同出发，并派了一辆大巴车接送他们去西城大学的新校区参加比赛。

当天早上，天气阴沉沉的，看样子要下雨。水星临出发前接到了席悦的电话，她说自己实在起不来，刚跟老师请了假，下午直接从家属区坐校车去新校区，没办法跟水星一块走了。

水星挂了电话，被戚远承送到了学校门口。

大巴车在正门口等着。

吕灿看见水星来了，连连招呼她上车。车厢里的位置已经坐了三分之二，盛沂已经上车了，他坐在靠前，旁边的位置没有人，后排的同学正拽着盛沂说话。

她跟其他人不熟悉，犹豫了下，也不知道该怎么自然地坐在盛沂旁边，干脆一个人去了靠后的位置。

大巴车开动了。

水星抬眼，发现盛沂忽然站了起来，她的视线下意识跟着他的动作而动。盛沂走了过来，站到了她旁边的位置。

水星一愣："你……"

"旁边有人吗？"他的声音低低的，在她脑袋上方响了起来，问，"一起坐？"

"没有，没有。"水星连忙摆摆手，收起放在旁边的书包，又对上盛沂的视线。

她将书包放到腿上，解释道："本来是要跟悦悦一起坐的，但是悦悦……睡过了。"

盛沂"嗯"了一声，坐在她边上。

她咬了下嘴唇，一碰到盛沂，她就变得紧张，说什么都怕错，说什么都怕他烦。

英语演讲比赛的场地在西城大学的新校区，西城附中是西城大学的附属中学。新校区建立不足十年，到处新得发亮。

大巴车上，吕灿见大家聊天说闲话，便站起身来给大家打气，再三嘱咐在主场作战要拿出主场作战的气势，绝对不能输给隔壁的一中。

"要是在自己家还拿不到冠军,你们自己说说丢不丢人吧。这段时间管你们管得也松,就是让你们自主练习,大家伙别给我丢人,要赛出风度,赛出水平。"吕灿拿着大喇叭喊话,"平常说什么友谊第一比赛第二,嘴上说说,进了赛场,必须给我拿第一,都听见没有?"

众人点头应和。

其实这次英语演讲比赛的队伍不止西城附中和一中,但两家是实打实的死对头。

水星来西城附中不久,有关一中跟附中的事情就听过不少。

西城有三大名校,其中一中跟附中争得最凶,每年中考结束,双方都会暗戳戳地争抢生源。

前面两排的男生女生知道西城附中跟一中的渊源,小声讨论着。水星靠在窗边,侧眸,去看玻璃窗倒影上的盛沂。他今天穿了件米白色的针织衬衫,领口系紧,皮肤白皙,外面套着冬季校服。

冬天的窗户冰冰凉凉的,再加上有热的呼气靠近,很快堆积成一小片近圆的白雾。

水星没想过盛沂会坐她旁边,心跳得急,跟着大巴车一颠一颠的,一时间脸都贴在了玻璃窗上,凉得她一个激灵。

水星发现自己真是好了伤疤忘了疼的那种人,知道今天比赛可能会拍集体合照,为了显瘦,为了在盛沂旁边的时候能好看些,她连蒋林英早上让她穿的秋衣都没穿,现在身上也不自觉冷了起来。

忽然间,旁边的座椅轻轻动了下,头顶的暖风开了,呜啦呜啦地吹下来,轻飘飘地透来一股薄荷味,身边人抬起的手又放了下来。

水星怔了怔,下意识地看过去。

心要跳出来了,脸也热了。

盛沂的视线又扫过她:"温度可以吗?"

"……嗯。"

被窗外的阳光一照,他的眼睛晶亮,轻轻一动,接连她的世界也跟着明亮起来。

从西城附中到西城大学的新校区路程不到四十分钟,他们在新校区北门下了车,正对面便是图书馆。比赛场地在学校的活动中心,吕灿领着他们走过去,用了十分钟。

上午九点，双人组的比赛正式开始。比赛前进行了一个抽次序的环节，水星他们这组是派盛沂去的，盛沂的手气极好，抽到了非常好的次序，第六个上场。

"这个次序不错。你跟盛沂是我们附中的种子选手，努努力，加把劲。"吕灿很看好盛沂跟水星，两个人的稿子也是她亲自审过的，"一会儿上台也别太紧张，就想象下面的评审老师和同学们都是萝卜和白菜，根本不用理会他们。"

水星点点头，接着又从书包里掏出演讲稿。

后台全部是为演讲比赛做准备的学生，两两一组。老师们走后，也有溜神聊天的学生，聊天内容乱七八糟，不过大部分还是跟演讲比赛有关，水星隐约从他们的口中听到了盛沂的名字。

"紧张？"盛沂垂眸，看见水星手里的演讲稿，又皱了。

她好像是有这么个习惯，一紧张起来就喜欢揉搓身边的小物件，之前是课本，然后是卷子，现在又是演讲稿。

水星慌忙缩手，抿了抿唇，摇头，又点头："……是有点儿。"

她头一次参加这样的比赛，在此之前从没站上台过，即使吕灿跟他们说了一百次别把台下的评委当回事儿，但她确实是没办法做到，评审就是评审，怎么能看不见呢？

盛沂垂眸，看她的小动作，说："这只是一场简单的演讲。"

水星"嗯"了一声。

她垂眸，想用手去抚平演讲稿左上角的褶皱，之前揉的劲大了，反复了两次还是抚平不了，手一松开照样是皱的。

演讲稿被盛沂抽到手里，水星抬起头，他拿自己的换了她的："你拿我的看吧。"

水星一愣。她知道盛沂有洁癖，什么都要干干净净的。他们的稿件用了这么久，他的不过只是多了几道简单的墨水痕迹，和刚打印出来的没有差别，和她的天差地别，她什么都记到上面，乱乱的。

"可是我的……"她本能地想抓回来。

盛沂垂眼，朝她手上看了一眼。她的手险些碰到他的手背，又在中途猛地收回。演讲稿没换过来，水星看了看自己手上的稿件。

"我的都皱了，还可以跟你换吗？"水星问得不确定。

盛沂点点头："可以。"

她想问"你不介意吗"，又怕问出这个问题后，盛沂会开始介意。

后台的人少了一组又一组，水星跟盛沂都只是肩并肩站着。

她的手里就拿着那份演讲稿，新的，属于盛沂的，现在又是属于她的稿件。小小的一张纸，就成了神赐的礼物。

英语演讲比赛每组的时间就是固定的，最长不超过六分钟，短的三四分钟，水星和盛沂两个人的演讲定在五分三十秒。他们前面的一组是一中学生，两个男生，放得更开些，上场前相互调侃，活跃气氛。

盛沂对这种场合早已见怪不怪，倒是水星，根本没办法舒缓紧张的情绪，手倒是不搓稿件了，只是身子在上下颤，人成了铁锅里的黄豆，没一处安稳的。

盛沂在旁边，实在没忍住，笑了一声。

"怎么了？"水星抬起头，微微控制了些自己。

他眼底的笑意收得很快，面色已经正经，如果不是因为水星时刻留心这边的动静，兴许都不会发现。

盛沂没说水星紧张的事情，转而带她去看台下的评委台。他们现在是候场的第一位，从后台看过去正巧能看到那边的情况："我在想吕老师说的话。"

"什么话？"水星完全忘记了，脑袋蒙蒙的。

盛沂抬手，随手指了下中间的一个老师，头顶只剩几撮毛发，脸长长的。见她顺着他的手指看过去，他顿了下，才问："你看那个评委，是不是有点儿像吕老师说的萝卜？"

不知道是不是因为盛沂的话让水星有了先入为主的印象，她的视线落过去，昏黄的灯光下，远着看对方脸色和头发还真有些像萝卜。

水星忍不住笑了下："像。"

"他们没那么重要，真的跟蔬菜一样。"盛沂说，"别紧张。"

水星怔了怔，盛沂在安慰她？

台下响起掌声，他们没来得及再说其他的话，就听见主持人在叫两个人的名字。

幕布拉开，盛沂在上场前，转过头，说："加油。"

水星抬头，低声回应他："嗯，加油。"

他们一同上场。

讲台的地板是木质的，光线泛黄，自上而下地照射在两个人身上，评委席上的老师冲他们点头示意。

水星侧了侧头，看向身边的人。

四周安静，他转过头，也看向了她。

少年意气风发，眉眼清隽，眼皮间的小痣浅浅的，若隐又若现。

盛沂就站在她身边，两道斜斜的强光照在他们身上，以至于他们的影子轻轻地交融在一起，分割不开。

水星在隐约中感觉到一种力量。

耳畔是流利的英语，盛沂的音色偏冷，像是在冬日里下过的一场雨，冰凉得恰到好处，好似一剂强有力的安定针，以至于水星连最后的一点点紧张都消失不见。

是他告诉水星问题总会迎刃而解，麻烦总会遇难呈祥，好像只要他在，只要有他这个人，一切就没有问题。

五分半钟的时间很快结束，会场里皆是掌声。

"结束了。"盛沂知会她一声。

这么快？

水星这才回过神，朝观众席上看，忽然发现原来在台上是不用在意台下到底是评委还是同学，是萝卜还是白菜，因为她根本注意不到台下的人。

因为，身边的人已经足够耀眼。

他太闪耀，以至于她只是在他身边短暂停留，都要让她这颗黯淡的星星发起了光来。

临近午饭，席悦赶到了比赛现场。根据上午同学的描述，席悦单方面宣布这次双人组的第一非两个人莫属："就是你们了。"

"这还用说嘛，盛哥都出手了。"旁边一桌的同学听见，连声附和，"你上午没来，吕老师在后面都站起来了，鼓掌鼓得噼里啪啦响。水星也表现得很好，根本看不出是第一次上台演讲，这能力，别说双人组，单人组都要包圆了。等名次出来不准备请大家吃个饭吗？"

一听到这，旁边接二连三地有人响应："别等奖项下来了，现在就请呗。"

大家齐齐呼喊："盛哥！盛哥！"

水星抬头，看了一眼盛沂。他没太大反应，似乎对这些话习以为常了。边上的同学起哄着，又开始喊水星的名字。

水星耳根通红，竟真的要起身。

"哎，哎，哎，你听他们的，不用你请客。"席悦眼见水星真要去问他们想吃什么，连忙止住，朝那边的男生说，"就你们能吃，打了一盆菜还吃不够？要星星请客，星星请什么客？"

"又不是要你请。"边上的男生也不甘示弱。

食堂里吵吵闹闹的，水星不知道要怎么应付现在的状况，眼看又要起身。

"你们要吃什么？"盛沂问。

"真请啊？"众人显然没想到。

一边的席悦都傻了："你有毛病吧？盛沂，你今天是不是发烧了？"

盛沂的余光又扫了一眼水星，问他们："说吧，吃什么。"

"我们也别太坑盛哥了，这会儿又真吃不下。"原本起哄要请吃饭的同学改了口，"要不来点儿饮料就算了？"

"那你怎么不干脆说再来点儿糖？"他对面的男生在桌底下踹了踹他，"喜糖庆祝不是更应景一点儿？"

男生说话没有轻重，开什么玩笑的都有，直接把喜糖比作庆祝稳拿第一的喜悦之糖。

饭桌上，水星脑袋垂着，脸上很热，心里也很热，脑袋里满满都被"喜糖"这两个字包裹着，好像还没经历就尝到一股甜味儿。

"饮料跟糖？"盛沂再次确认。

"对对对！饮料跟糖就行！"

盛沂"嗯"了一声，脸上没什么表情："知道了。"

从食堂出来，水星跟席悦就没再见到盛沂。几个起哄的同学注意到盛沂没回来，也没再为难水星。下午是单人组的比赛，出场顺序还没定，一众人从食堂回到活动中心就看见吕灿他们几个老师在前面写纸条，过了一会儿喊同学们来抽。

席悦对比赛没什么心理压力，随手一抽，抽到了中间靠后的位置。倒是水星，越紧张抽得越差，今天所有的运气都在午饭后耗尽，一举抽到了众人最怕的第一个。

"不是吧?"席悦看到水星的纸条,也替水星揪心,"这么倒霉?"

水星抿了抿唇,默不作声。

席悦连忙又安慰她:"早比完早轻松,没事儿哈。再说了,我们星星那么厉害,没什么好怕的。"

水星皱着眉,勉强"嗯"了一声。

她的稿件是自己写的,大概内容也熟悉,只是不像双人组的稿件,单人组的她总归是练习少了些。

离开场还有半个小时,席悦完全不紧张,人是坐在水星旁边,身子却歪过去,跟后面的几个同学聊天,到后来干脆去了后排,留下水星一个人坐在座位上。

这次参加比赛的同学都是分开训练的,彼此间没那么熟悉,席悦一走,自然也没其他同学往水星身边靠。

水星低头,默念着稿件,刚过了两遍,就听见一个低低的嗓音在头顶上响起,问:"喝吗?"

她仰起头,"啊"了一声:"什么?"

盛沂不知道什么时候来的。他手里拿着一个大袋子,里面只剩下一袋独立小包装的白桃味酸奶。

"他们不是要喝饮料?我出去买了。"盛沂主动解释。

他说着,将袋子提起来。水星接过酸奶,正想笑一下,视线里忽然多出一个火红色的身影,一个女孩用力地拍了拍盛沂的后背。

"盛沂。"她的声音脆脆的。

这么一声,让前后左右的同学都看了过来。水星的笑容也终究没展露出来,又抿了回去。

"嘿嘿,意外吗?"

盛沂回头,瞥了来人一眼:"嗯。"

"我之前找你没找到。"她的视线落到盛沂提着的袋子上,"哇,酸奶哎!还有没有?给我一袋。"

盛沂还没回答,跟水星隔了两排的男生率先回过头,他们同样穿了火红色的校服,朝这边吹口哨,笑道:"陈嘉漾,你还是不是一中人?盛沂一来,胳膊肘就往外拐了。提前要贿赂,一会儿是不是要把我们一中的冠军拱手相让啊?"

陈嘉漾朝他们做了个鬼脸，舞台上的灯光打过来，让她整个人好似发光。

坐在水星后面的女生小声询问席悦："悦悦，那个女生是谁啊？好像跟盛沂很熟。"

"陈嘉漾。"席悦瞥了一眼，说，"她和盛沂是初中时认识的。那会儿我们附中跟一中模联，盛沂跟陈嘉漾一起当美国代表。一般而言呢，有盛沂的比赛都一定有陈嘉漾，两个人的关系因此还挺好的。"

"就是这样吗？我感觉陈嘉漾还挺好看的，他们俩没有……"

"你觉得呢？人家是一中的尖子生，去年附中想抢她，没抢过来，一中直接许诺她不用中考，保送进火箭班。"旁边的男生也加入进来，冲她们招招手，声音压得更低一点儿，比了个大拇指，"……而且我听说他们家可是这个，厉害着呢。"

"这么厉害？"

"听起来盛沂跟她好般配噢。"

水星没有回头，这些话明明是压低了声音说的，她却还是听得一清二楚。

原来是她。

水星在大巴车上就听过陈嘉漾的事，跟盛沂一样，是被西城附中跟一中抢来抢去的。

她抬眼，看了看前面的盛沂，她手里还握着他刚刚递过来的酸奶，小小一袋。

盛沂递过来的时候，两个人的指尖无意识地碰了碰，那时总觉得他们的距离很近，而此时盛沂还是站在她面前，却成了焦点的中心。不知道怎么回事儿，水星总觉得指腹酸酸的，这股力量就这么一直蹿麻到了心尖。

"喂，盛沂。"陈嘉漾靠着后面的椅背，伸手，拽了拽他的袖子，又问，"你到底有没有给我留一袋？"

"没有。"盛沂面无表情。

"真是的，还是老样子。"陈嘉漾叹了口气，对盛沂冷冰冰的脾气无可奈何，"没有就没有吧，我真可怜，连一袋酸奶都得不到。"

盛沂垂眸，看了眼水星腿上的稿件。他知道水星对这次的比赛多重视，想着一会儿就要上场，她大概率要再念一会儿。

盛沂收回视线，转头，陈嘉漾还在边上吵，只能又问她："有事找我？"

"噢，对，是有事。"陈嘉漾这才想起正事，拿出一张纸，说，"这次演讲的稿件忘了让你帮我看。"

盛沂垂手，接过那张纸："出去说。"

"嘿嘿，就知道你对我最好了。"

两道人影接连掠过水星，一种说不清又道不明的情绪挤压在她心头。

周围的同学们还凑在一块讲话，席悦注意到水星一直没吭声，连忙探过身，问水星："你还好吧？"

水星扭过头，勉强应了一声"嗯"。

"星星，你怎么了？脸色好白。"席悦摸了下水星的脸，发现是凉的，担心，"还有半个小时呢，别太紧张。"

水星点点头，视线却是掠过席悦，看向台阶那边一蹦一跳的陈嘉潆。女孩穿着火红色的一中校服，青春又活泼，还时不时地转头跟盛沂说话。

怎么了？

她其实是羡慕吧。

羡慕陈嘉潆弯弯的眼睛，笑起来很漂亮，好似小小的月亮。

羡慕陈嘉潆即使没有酸奶也能留在盛沂身边，跟盛沂说话。

水星回过身，低眼，视线重新落在稿件上。她心乱如麻，上面的英语单词像变成了乱码，莫名地，她一个也不认识了。

英语演讲比赛的成绩在两周后公布，盛沂拿到了单人组和双人组的一等奖，水星则在单人组比赛失利，只有双人组的奖项。

班上的同学祝贺水星拿到双人组一等奖，也替她遗憾单人组抽到了第一个上台，感慨她运气不好，不然成绩不止于此。

水星笑了笑，对此不知道该怎样回应。

成绩公布后，李致堃喊水星去了一趟办公室。三班的同学拿了四个奖，都有奖状和奖品。李致堃将东西拿出来，交给水星："双人组的奖杯学校留下了，荣誉证书给你们。"

水星低头，从李致堃手上接过荣誉证书，打开。里面的抬头写了两个人的名字，水星的名字在前面，紧跟着的是盛沂的名字。

"这个书包是双人组一等奖的奖品，给你。其余的证书，还有保温杯、本子和笔袋，是单人组二等奖和三等奖的奖品，你拿下去分给他们。"

水星侧眸看了一眼桌面上的东西,应了声"好",只是她不太明白李致堃为什么喊她来做,明明这次比赛拿奖的还有席悦,让她去分更合适些。

她忍不住问:"李老师,您找我还有什么事吗?"

"嗯,老师是想跟你说一下你这次演讲比赛发挥得很不错。"李致堃冲她笑了笑,眼睛对上她的视线,神色温和,"能拿到双人组一等奖已经很棒了,你是运气不好而已,不要因为没拿到单人组的奖项想太多,不要因为莫须有的东西而耿耿于怀,知道吗?"

"谢谢老师,我知道。"水星抱起桌上的东西,正准备转身,又撞到刚跟隔壁英语老师聊完的李泽旭。

李泽旭因为赛前生病的事没少被一班的英语老师批,这次盛沂拿了双项一等奖,英语老师让李泽旭拿回去又提点了他好一阵,赶着快上课了才放人。

李泽旭跟水星撞了个正着,手里同样抱了一堆荣誉证书和奖品,还不忘冲她努努嘴:"转校生,又见面了,你来拿奖品啊?"

水星停下来,"嗯"了一声。

"我也是。"李泽旭晃了晃手里的东西,靠近她一点儿,好奇,"那你参加了哪个项目?"

水星垂眸,顺势看向李泽旭手里拿着的奖品:"两个都参加了。"

李泽旭没发现她的表情,光顾着惊讶:"你双人组不会跟盛沂一组吧?"

水星点点头。

"那可真够辛苦的。"李泽旭跟盛沂多年的关系,自然知道跟盛沂合作的境遇,叹了口气,颇有种怜惜的感觉,"真可惜,赶上了我生病,不然我和他应该是同一组。"

一班和二班的方向是相反的,两人出了办公室后分开。

水星抱着奖品,进到班里。她先将参赛同学的奖品发了下去,然后才拿着自己的奖品下了讲台,回到座位上。

双人组一等奖的奖品是书包,整个西城附中只有她跟盛沂是拿到这个奖项的,刚才在办公室,水星就注意到李泽旭怀里抱着的藏蓝色书包,不出意外,跟她怀里这个正红色的应该是一套。

真好。

两个一样的书包。

她捏着书包的边角，眼底略带笑意。

接下来的几天，水星都在等盛沂什么时候换上新书包。席悦见水星还背着之前的书包，忍不住问："星星，这次比赛不是发了新书包吗？"

水星放下书包，转身："怎么了？"

水星现在背的书包是戚芸在她初一时买的，纯黑色的，很耐脏，也很耐用，她用了三年多都没有坏。席悦一直觉得这个书包不错，唯一的缺点就是不像女孩用的："比赛发的那个多好看，亮红亮红的、可可爱爱的，你怎么不用？"

水星"啊"了一声，不知道该解释，随便找了个理由："我这个还没坏呢。"

"你怎么跟盛沂一样啊，书包没坏就不换。"

水星的心头颤了下。

她跟盛沂又有了一个相同点。

但是想跟盛沂一起换书包的想法一直搁在心头，这样的心绪太折磨人，明明手里有一件无上珍宝，却要在偶然中寻找炫耀的可能。因为一个人，往日里的每一个细节都要放大又探索，在脑海里反复，怀着万一的小心，时而忧愁，时而愉悦。

英语演讲比赛的奖杯在月考前一周放置在了教学楼一楼大厅，历年来的荣誉奖杯和照片都放在此处。奖杯被放置在那儿后，还是席悦先发现的，她拽着水星下楼看："星星，你看这里，看这里。"

水星还不明所以，凑过去，跟席悦一块看："看什么？"

"你英语演讲比赛的奖杯。"

水星愣了下，之前李致堃跟她说过奖杯要留在学校，但她没想过会放在这儿。这些奖杯就在大厅的两侧展示柜里。

水星看着红色丝绒布上放置的黄铜色奖杯，连眼睛都舍不得眨："看到了。"

她终于找到理由可以浮想联翩。

荣誉证书上，她和盛沂两个人的名字也是并排在一起，只不过远远没有现在的冲击力大。

好像他们的关系在昭告天下，可是他们分明又没什么关系。

"是不是忽然很有荣誉感？这边一般都是展示的团体奖杯，右侧是单人的。我们初中的时候也有，不过都在原先的教学楼里。"

水星强装镇定地立起身："这样吗？"

席悦点点头。

水星又跟着席悦去学校的小卖部买东西,只是在席悦没注意到的时候,她还是没忍住又回头用余光瞧了瞧大厅左侧边的奖杯。

真亮。

真好看。

自打那以后,从前不太被注意到的大厅左侧展示柜,水星每天都会以不经意的样子路过。

那里成为水星最喜爱的地方。

一周后,月考考场公布。由于英语演讲比赛的缘故,水星的大部分精力都放在了这上面,导致上次月考成绩并不算太好,全年级排名一百七十八名。一个考场有三十名学生,水星算了算,这次她应该被分到第六考场,中下游的位置。

下了课,席悦带着她和郁晴去教学楼前面的公告栏看考场,结果在回班的时候碰上了向司原他们几个。

一月底,天气转冷。

每个人的校服下都是鼓鼓的,水星站在下一级的台阶上,仰头去看中间的盛沂,他很高,即使穿得多还是让人觉得单薄。

水星想举起手跟他打个招呼,又觉得人太多了,摁下将将抬起的胳膊,又将手插进口袋里。

倒是李泽旭没有避讳,看见席悦她们,一举跳下台阶,凑过来:"我就说看见席悦她们仨下楼看考场了吧。"

"要你管。"席悦正不爽,"我看不看考场关你什么事?"

"你哪用看?与其求助一考场扩招,还不如让我李真人掐指给你算一算。"李泽旭佯装捏了捏指尖,长"嗯"一声,转而十分欠揍地笑了起来,问,"这次还是第二考场?"

席悦成绩不错,只是物理一门太拉分,常年徘徊在第二考场,偶尔物理考得好一些,也不过是第二考场的第一。平常其他人说第二考场的事情就算了,李泽旭一说,席悦就冒火,挽着水星和郁晴的手也松开了,跑过去要打李泽旭:"李泽旭,你要完了。"

李泽旭连忙躲在向司原后面,又见郁晴控制住席悦才敢说话:"你看你家这位,凶不凶?"

席悦火更大了，看了向司原一眼。向司原躲开，不再护着身后的李泽旭。

"李泽旭。"郁晴摇了摇头，"平常就算了，现在你……就少说几句吧。"

水星抬头，又看了一眼边上的盛沂。他一副置身事外的模样，看到席悦跟李泽旭追到身边就躲开，视线时而落在席悦跟李泽旭身上，时而又似有似无地掠过她。

"转校生。"李泽旭跑到水星身后，在场唯一一个脾气好的也就是水星了，席悦根本不嫌累，一直追着他打，"帮我说句好话。"

席悦马上跟过来："你还想求助星星。"

李泽旭抬手讨饶也没用，席悦照样是恼的，好在水星抬手拉住席悦的手，席悦才没办法动。

"星星。"席悦喊她。

水星对上她的视线，余光却是瞥向盛沂，他的视线明显地聚了过来，微微垂下眼，眼睑盖了层浅浅阴影，看不太清神色。她心跳明显地变快了，连开口的声音都不太正常："悦悦。"

盛沂的目光冷冷的，又挪开了。

水星低下头，又轻轻地清了清嗓子，才把话说完整："悦悦，算了。"

席悦跟李泽旭打闹了一会儿早累了，单凭一口气撑着，现在停下了只能支着郁晴喘气。席悦说是看在水星的面子上，她也大人有大量，放过了李泽旭。

一行人这才要真的交替而过，只是水星在他们擦肩的一瞬没忍住，还是微微偏过头，隔着李泽旭，看了眼向下而行的盛沂。

她活在他的光芒下，以其光芒的余晖啜饮而活。

而光芒不知道。

光芒什么都不在意，她只是光芒之下，一个平凡的路人甲。

他的脸上没有任何表情，自始至终都是淡淡的，连笑意都不见一点儿。紧接着，她看见盛沂停下脚步，冲后摆了下手，音色有些凉，说："你们去吧，我不去了。"

一楼楼梯很宽，盛沂转身要上楼的时候，席悦从水星旁边停下脚步。水星没有理由跟席悦一样，只能压抑着想回过头的冲动，只有在转弯处才匆匆看了眼下面。

席悦站在楼梯的正中央，等着跟过来的盛沂，两人说着什么话。

"对了。"记忆里,席悦没有印象盛沂有看考场的习惯,站到他旁边,问,"你不是从来不下去看考场的吗?怎么下来了?"

"嗯。"盛沂抬起头,看了眼前面的人,漠然道,"没什么,忽然想下去看看。"

席悦纳闷,又问:"那不对啊,你人都下来了,怎么又不看了?"

"忽然又不想看了。"

"什么东西?"席悦不理解,"怎么又忽然不想看了?"

盛沂低头,沉默了下,莫名地想到李泽旭躲在她后面的场景,转而又仰起头,没有人注意到他的视线朝哪里偏了,顿了顿,才说:"忽然……没兴趣了。"

上到四楼,席悦终于追上水星和郁晴。

水星将余光收了回来,转过头的瞬间,眼睛正好落到郁晴身上,发现她的视线也停在自己身上,心跳忽然空了一拍。

席悦晃了晃水星的胳膊:"星星,发什么呆呢?"

"没什么。"水星垂下头。

席悦也没再继续追问,转而聊起了李泽旭的事情,之后又讲到了这次月考,发誓一定要一洗前耻,以这次优异的物理成绩来证明李泽旭的错误有多深。

西城附中秉持了自己一贯的速度,考试的速度快,月考成绩下来的速度也快,没两天,新的排名又下来了。水星在班上进步了九名,全年级也排进了前一百,尤其是理科成绩进步明显。

"哇!星星!"席悦看着她的成绩单,鼓励她,"你好厉害,这次年级也进步好多,倒是我,物理又没考好。"

水星轻轻说了声:"哪有厉害。"

"你文科考得很好啊。"席悦夸奖起人很有一套,"等分科了以后,你就只有文科了,语数外政史地,你一科都不差,到时候你的名次肯定会上升好多好多。"

水星笑了笑。

其实她考得远没席悦好,席悦和郁晴的底子比她强,尤其是郁晴,这次甩第二名好些分,即使去了一班也能排进前五名。从南方到北方两个月的时间,她奵像适应了这个过程,每天都有在认真地学习,周围的人总对她很好,成绩也在稳定地提升。

下学前，水星又被李致堃喊到了办公室，他拿着纸杯给水星倒了一杯热水，说："成绩下来了，你有没有看？"

水星站在一边，点点头："有看的。"

李致堃指了指一边的凳子，示意她坐下："没事儿，别紧张。前几天你们张老师还跟我夸你了，说你这次的化学进步不少，这次的班级和年级排名不也是挺好的，都进前一百了。"

水星抿唇，笑了下。

这段时间她一直很认真地学理科，要不然不至于进步那么多，但水星确实没想到张自立能跟李致堃夸她。

"我看着你这次下功夫了，跟老师说，是不是？成绩单上物化都比原先进步不少，就是这个生物还差点儿。"李致堃看了她一眼，水星是转校生，性格又腼腆，他少不了多注意些，他从一边拿出全年级的排名，"但是你看你的政史地，到底挺稳定的，把理科的分一摘，年级前五十肯定是进去了。"

又一次，李致堃在她面前拿出了全年级的排名。

水星盯着面前长长的成绩单看，目光仍然落在顶端，第一名还是盛沂，他各科的成绩考得都真好，几乎都是第一。

"老师之前跟你说过，咱们学校分文理分得早，高一下半学期就要选。"

在李致堃刚说这话时，她心里大概就有个数了，这次谈话不只是夸她成绩进步了。

李致堃笑着，问她："来了也有两个月了，有没有考虑过这个问题？"

"我……暂时没想过。"水星头压得更低了。

其实是说谎了的，自打上次李致堃跟她聊过，她就有考虑学文还是学理，从小到大别人都跟她说学理的出路大，席悦也一直有跟她讲西城附中重理轻文，好学生全削尖了脑袋往理科班钻。

还有……盛沂，他一定是会学理的。

可她的理科成绩一直不如文科高。

李致堃倒是不着急，拿起一边的茶杯，喝了一口："没事儿，现在想想也来得及，期末考结束还会给你们开堂家长会，到时候再跟你父母商量商量。"

水星点点头。

水星跟李致堃坐在办公室，周围的老师相继走了，问问题的学生也早不见了踪影。水星整理好全年级的排名，又将板凳放到一边，跟李致堃说了声再见，快走到门口，她才停下脚步，犹豫了一会儿，转身，张口："李老师。"

"什么？"李致堃整理东西的手顿了下。

水星想问他是不是想让她学文，她理科成绩没有那么好，没有盛沂那么好，好像每个人都认为她适合学文的，他们都觉得她不会去学理。话到了嘴边，她又觉得不合适，勉强笑了下，说："明天见。"

"好，明天见。"

从办公室出来，水星下楼，不知不觉又走到了大厅的左侧，她垂眸，去看透明橱窗里的奖杯。在英语演讲比赛的现场，所有人都在说盛沂会拿一等奖，只是偶尔连带她几句，她看上去平静无澜，其实都开心得不得了，把这些话句句放在心上，又反复回味。

她想着能靠近盛沂一点儿，哪怕只有一点儿也好。

明明来学校的时间就好像还在昨天，明明他们的名字才靠在一起没多久，明明她还没来得及更努力，就要做出一个她不知道该怎么做的决断。

夕阳最后一点儿余晖照在玻璃上，晃得人眼生疼。

水星眨了眨眼，总觉得眼睛有些糊，都要看不清上边刻印好的名字了。

晚上，水星进了居民楼，戚远承的诊所还有一个病人，没回来，只有蒋林英在楼上，厨房没关门，在玄关处就能听见炒菜的声音。

蒋林英听到门口有动静，猜测八成是水星回来了："星星回来了？"

水星"嗯"了一声："是我。"

"姥姥再炒个茄子。晚上还有红烧排骨，且炖一会儿呢。"蒋林英压根儿没出厨房，厨房里的声音杂杂的，混着蒋林英的声音朝外面，"你先做会儿作业，等你姥爷上来一块吃。"

水星应了一声"好"，回了卧室。

卧室里的温度是暖的，自打她生过病以后，蒋林英他们都会在她回来前一个小时将她房间的窗户关上，保证室内的温度。水星将书包放到书桌上，低头，一眼看见了她最底层的抽屉。

她记得她出门前是关紧了的，现在留了一条很小的缝隙。

如果是平常整埋房间都好，水星从来也不会说什么，但这个抽屉不同，她放了很多有关盛沂的东西，从她第一次模仿盛沂的名字到两个人的荣誉证书，她全放在了这里，单拿一样看或许还解释得清楚，但是她真的放了好多。

心跳一下比一下重，水星蹲下，连忙拉开抽屉，所有的东西都完好无损地摆在抽屉里，原本上提的心终于降了些，水星整个人坐在地上，身子也软了。

这个抽屉是不能再放东西了。水星想着，将一件又一件的东西拿了出来打算另找他处，正整理着，发现还是丢了一样东西，那袋她没舍得喝的白桃味酸奶。几乎是瞬间，水星的脑袋又全空了，慌乱地从房间里出去："姥姥。"

"怎么了？"蒋林英刚将烧好的茄子摆在饭桌上，正在舀米饭。

"你今天是不是进我房间了？"

"啊？你房间。"蒋林英舀完最后一勺米，"你早上不是没来得及叠被子吗？我进去帮你叠了下，怎么了？"

"不是被子。"

蒋林英把筷子放到桌面上，问："不是被子是什么啊？"

"我……我抽屉里有袋酸奶。"水星低了低头，没看蒋林英，她分明知道这话是不该问的，但又实在是想知道那袋酸奶去哪儿了。

"酸奶啊。"蒋林英想起什么，又不明所以，"那袋不是过期了吗？放坏了又不能喝，小心肚子疼。"

水星愣了愣。

是啊，放坏了又不能喝。

她忽然反应过来，英语演讲比赛已经是三周前的事情，盛沂是在三周前给她这袋酸奶的。当时两个人能说上几句话，他就站在她面前，还跟她说过别紧张，以至于她双人组的演讲发挥得那么好。那个时候她一直以为事情总会朝向好的地方发展，她会适应这里的环境，交很多朋友，她和盛沂慢慢地熟起来。

她从来没有想过会有坏的结果。

可是人生是这样的，有好就有坏，有未来就有过去。

酸奶也有保质期，短短的二十一天，坏了就该丢掉。

像她在英语演讲比赛单人组上的失利，在比赛结束以后跟盛沂连一次招呼都不会打，在考试结束以后李致堃会问她学文还是学理，在成绩单上看到盛沂和她的排名差距。

其实也不是什么了不起的大事，就像李致堃说的，她只是运气不好。

只是在她和盛沂还没有真正熟起来的时候又很快地分开了。

只是她无数次地去看一楼的奖杯，只是她无数次地去想发来的奖品，只是她还非要珍藏这袋应该过期的酸奶。

这些她很在意的东西，别人，包括盛沂，好像都不在意。

她希望他很好很好，又怕和他的距离越来越大。

蒋林英见她神色不对："怎么了？"

鼻尖酸得难受，眼眶瞬间胀了起来，水星眨了眨眼，睫毛湿了，可偏偏一句话也说不出口，只能闷闷地摇了摇头，顿了顿，又强逼自己说了声没事，然后坐在了饭桌上，等戚远承回来吃饭。

面前飘着热气的饭菜没有了味道，明亮的灯光也模糊了视线，胸口难受得发紧，有些喘不过气，她本来以为自己适应了好些，但现在才发现自己是错的。

她本来可以不管不顾大声埋怨为什么要进她房间，为什么要替她做决定丢掉她的东西，为什么总要吃她讨厌的茄子。

可是她现在寄人篱下，可是她又有好多为什么都不能说。

因为，这里不是自己的家。

因为，她是真的知道，她跟盛沂差了太多太多。

那件事情过去，蒋林英并没有表现出任何不正常，水星忽然庆幸她只是扔掉一袋白桃味的酸奶，不过其余的东西还是分散了位置，不再全部放在一起。直到周六，水星趁着蒋林英出门买菜，家里没有人，这才从房间里出来，找到客厅的电话，给戚芸打了过去。

大概是和戚远承关系不和，戚芸怕两个人碰上，从不给水星打电话。她来西城两个多月，母女俩联系的次数一只手都数得过来。

水星拨了两次电话，对方全没有接，直到第三次，戚芸才接起来："喂？"

昨天晚上，戚芸和水浩勇得知开发商的消息几乎是一整夜没睡，追到了天亮才算完事，随口吃了些早饭，这会儿才算睡下，前两个电话都没听见。戚芸拿开手机，看了看上面的电话号码，眼睛还是糊的："谁啊？"

水星捧着电话，又是好久没跟戚芸说话了，喊妈妈的声音都有些生疏："妈妈，是我，星星。"

"星星。"戚芸的声音忽然柔和了许多，"今天没去上学吗？怎么给妈妈忽然打电话呢？"

"今天周六，学校放假。"水星抿了抿唇，"你和爸爸在忙吗？"

"没有，今天刚休息。"戚芸不想让水星担心，笑了笑，"你呢，最近学习好不好？对了，要不要跟爸爸说话？"

水浩勇也醒了，这么久没跟水星说过话，也是想她的。水星低低地"嗯"了一声，电话才接了过去，水浩勇的声音从电话那边传过来："星星。"

不知道怎么回事儿，水星的鼻尖莫名酸酸的。

太久没听到水浩勇的声音了，当时戚芸送她来的时候，水浩勇只跟她们到车站，在上车前告诉她要乖乖听话，等过一段时间就把她从西城接回去。可已经两个月了，她从撕着日历过日子，到现在，水星已经不确定他们到底是不是要接她回去了："爸爸，你们什么时候才能接我回去？"

"星星，你等爸爸把事情办完。"水浩勇叹了一口气，事情比他们想的都要乱，开发商上边还有一层关系，一直阻挠这件事。昨天也算是他们运气好，终于抓到了对方的影子，跟了上去，又得到一个保证，"爸爸和妈妈这边的情况很复杂，我们都不想你跟着受苦，每天又要到处跑，没有人照顾你，干什么都不方便。"

"……不会的。"

水浩勇说："爸爸答应你，你现在在姥姥和姥爷家开开心心，在学校也要认真读书，等事情处理完，爸爸第一个时间去接你。"

水星手里捏着电话线圈，一点儿一点儿拉直，又松开，等它恢复原状，可复原的过程真的好慢。她的声音不自觉地涩了，又问："那你们什么时候才能处理完？"

"星星啊，这个爸爸没办法跟你保证，但爸爸跟你保证会尽快的，今年过年前一定接你回家，好不好？"

水星应了一声"好"，一家三口又聊了一会儿，水星听出戚芸和水浩勇在电话里的疲惫，再加上过一会儿蒋林英就会回来了，她怕这样撞见尴尬，她跟戚芸他们承诺了会好好学习，也会开开心心的，电话才挂掉。

转眼间到了二月上旬。

开班会的时候，李致堃跟班上的同学说起了这次的期末考试。等考试结束，高一年级组会开一场家长会，目的是为了跟各位家长和学生商量下半学期的文理分科事宜，班上同学大呼惊讶，他们谁也没想到这便要分科了。

周围不少同学相互问起了彼此要学文还是学理。

"我知道，其实有好多同学在学文和学理上会有许多误区，会觉得学不好理科的人才会去学文，也会觉得文科比理科更能知晓这世间的答案。"

"或者是将来理科可能好就业，文科学起来范围广、了解多。"

"又或者是，选择文理以后呢，你觉得你可能会思考和朋友的关系，如果他选文科班，我又留在理科班，我们是不是会渐行渐远呢，这样的问题。"

"选择文理好像成了你们在现阶段最难解决的事情。"李致堃在讲台上笑了笑，他穿了深蓝色衬衫，阳光打在他的侧脸上，莫名有种绅士风度，"但这根本上只是人生的一个很小的岔路口。

"老师一直觉得学文也好，学理也好，它都是为了让你找到你想做的事情。"李致堃的目光落在讲台下，落在水星身上，落在席悦身上，落在郁晴身上，落在他们每个人身上，"你会为此下出决心，付出努力，确定这个选择对你来说是百分之百的问心无愧。

"所谓学文还是学理，不是阻断你过去的路，不是限制你的其他想法，而是让你相信这个选择对你来说只是人生中一个很小的门把手，让你遇到更多你想遇到的人，带领你去见不一样的世界就好。"

水星他们都没想到李致堃会这么说，等他出了班门，教室里又热闹起来。席悦已经在跟周围的人说话了，等水星扭过头又喊前面的郁晴过来，做出一个郑重的决定："听完老班的话，我真的打算学文了。"

水星愣了下，完全没想到席悦会做这样的决定。

"虽然说附中的文科没理科好，但也不差。"席悦想起自己每天做物理题时的痛苦样子，"等我学了文科终于不用跟物理系的老师打交道了，每天晚上都要去他们家学习，还要做我做不懂的物理，一想想文科我整个人都轻松了。"

水星给了席悦一个肯定的眼神。

"星星，你呢？"席悦宣布完自己的决定，又问，"你打算学文还是学理？不过你文科一直很好，肯定是学文吧，到时候……"

"看这次的期末考吧，如果理科成绩比文科高一点儿的话。"水星到现在一直都不确定，但刚刚听了李致堃的话，什么地方又松动了些，犹豫一下，"我……想试试理科。"

"……真的啊。"席悦有些遗憾，"那你不就不能跟我和晴晴一个班了吗？到时候三班肯定是文科重点班，你要转班的，我们星星这么腼腆，去了别的班被欺负了怎么办?"

水星抿了抿唇,莫名觉得自己像个背叛者。

席悦还在感慨,她们几个好不容易这么熟悉,平常上下课都是在一起的,这样分开了也不知道水星去别的班适应不适应:"晴晴,到时候我们还是每天一起下课就去找星星打水,好不好?"

郁晴没有回应。

不知道沉默了多久,郁晴抬起头,望了一眼席悦,她说:"席悦,我也学理。"

在那以后的很长时间,三个人都没有说话。

水星没想到郁晴会选择理科,她其实是听席悦讲过的,从小到大,席悦跟郁晴都是朋友,席悦在几班,郁晴在几班,席悦参加什么比赛,郁晴也会参加大部分的比赛,两个人的关系一直很好,因此,席悦从来没想过有一天郁晴会离开她,不跟她一个班。

也是自那天起,席悦跟她们发出单方面的冷战,起先是下课不会再拽着水星跟郁晴说话,后来打水也好,去课间操也好,席悦都不再跟她们一起走。

席悦在班上的人缘极好,多的是朋友,没有了水星和郁晴照样是开心的。

这个小团体里只剩下了水星和郁晴,也不是没有人发现其中的异常,但多数情况下只是问她们两句怎么了。时间久了,大家好像都把这件事忘记了,忘记了席悦本来跟她们的关系是最好的。

期末考前,最后一次做广播体操,等主席台上的领导讲完话,满操场的人照样全部分散开来。水星回过头,看了眼后面跟其他女生聊天的席悦,已经很久了,席悦都没有跟她们再说过一句话。文理分科的事情好像一根隐晦的刺,包裹在她们每个人的心里,轻易又看不出。

水星回过头,低声问郁晴:"悦悦又不跟我们一起走吗?"

郁晴没有回头,垂眸,理了理校服边缘:"不知道。"

"悦悦是不是因为文理分科的事情还在生气?"水星没有郁晴那份魄力,忍不住又回头,席悦已经找不到影子了。

她们又没等到席悦。周围的同学都拥进了教学楼,水星跟郁晴两个人也跟着进去。上行的人太多,胳膊挤着胳膊往上推,水星又没有主动跟人拉手的习惯,才到楼梯中段就跟郁晴挤散了。后面的人又推她,水星垂着头,一时没站稳,鼻尖直扑到面前的男生身上,顿时闻到了一股清冷的薄荷味。

盛沂回过头，低垂视线，扶了她一把，少年低低的嗓音响起来："没事吧？"

水星抬起头，视线撞上他的眼睛。好久没见过他了，两个人明明在同一楼层，总是见不到面，一晃真的过了那么久。男生的肤色很白，额前的头发好像更短了些，露出俊朗的轮廓，他的手掌还拉着她的袖口以防她掉下去。

沉默几秒，水星才摇头："没有。"

"一个人？"

"不是。"水星答了一声，"还有郁晴。"

"席悦呢？"盛沂抬眼又望了下她的四周，往常在她周围的人没有了，目光又落到更下面一点儿，席悦正拉了两个同学讲话，"你们几个吵架了？"

"……嗯？"水星不知道该怎么说，好几秒，才又应了一声，"也不算。"

盛沂的目光动了动，想说什么，又没说什么，回过身。

衣袖上属于盛沂的温度收了回去，两个人的对话也就此结束。队伍还在走，因为人多，水星只能一直跟在盛沂后面，走得还算比较稳，直到三层的人流量都分散了些，楼梯空出了大半，水星没有理由再跟在盛沂身后，一班靠近楼梯右侧，三班靠近楼梯左侧。

水星侧眸，看到了边上的郁晴，她在楼梯角站着，一点儿借口都没有了，水星只能跟郁晴打招呼："郁晴，对不起，刚刚人有点儿多了，我没跟上你。"

郁晴收回视线，"嗯"了一声，面色如常："走吧。"

楼道里的人少了，盛沂停下脚步，顿了顿，微微抬了抬眸，才转而走向靠左边的拐角。

两个人在楼梯中部正式分开，他们都没有再跟彼此说话。

水星侧眸，默默地看着楼梯那边的身影。

楼梯被光线划分为明暗两面，玻璃窗透过的光悉数落在右侧，好像连神明都更偏爱盛沂，愿意让和煦又温暖的阳光全部成为他的点缀，让他夺走全部人的视线。

可盛沂不注意这些。

他们注定平行，一左一右，没有人海，也不能相交。

两天的考试很快结束，考完试，班上的同学全松了一口气。李致堃通知下周一回一趟学校，不光是宣布放假通知，还要求每个家长到场，等宣布完假期的安排后开全年级的家长会，跟家长们一起商量文理分科的事情。

刚考完试的学生哪有顾忌考试之后的下场，大多数人都是及时行乐。李致堃一走，教室就乱了，大家相互问着彼此的假期安排。

水星回头悄悄看了一眼席悦，碰巧撞上旁边的女生喊她，原本想问她的话只能噎在口中。

回到家里，水星趁吃完饭的时候跟戚远承和蒋林英说了要开家长会，说文理分科的事情。戚远承吃着菜，随口问她："行，那你打算学文还是理？"

考试成绩没出来，水星也不能确定，埋头小声回答："我……还没想好。"

戚远承扫了她一眼，想了想，替她做了决定："学文吧，女孩子适合这个，等毕业出来找工作也方便。你不是喜欢看课外书？跟语文还挂钩，以后当个语文老师，选文正好。"

水星低头，没应声，筷子不停地戳着碗里的米饭。

她想着戚远承的话，他的口吻明显不是在跟她商量。

"星星？"蒋林英又给她添了一块红烧肉，见她不回答，提醒她，"姥爷问你话呢，选文选理可是个大事儿，马虎不得。要不咱们先听听你姥爷的，定文科。姥姥记得之前李老师还夸你文科学得好，你乐意学这个不？"

"我……"

水星说不上来，抿了抿筷子尖，筷子尖上的酱料咸咸的。

"你看看楼上张阿姨，他儿子之前学理的，理科难着呢，听你张阿姨说他头发大把大把掉，这半年都白了，每天还得吃黑芝麻补一补，咱们是女孩更得注意，是不是？"

客厅里安静几秒，水星犹豫一会儿，才回应："我不知道……要不然再等一等吧。"

"嗯？"戚远承看过来。

"这次期末考试的成绩还没出来呢，我没觉得文科不好，文科是挺好的，但李老师也说我这个学期理科进步很大，附中又重理科。"水星补充，"而且学了理科可以调文科，学了文科就不能再换理科了。"

戚远承没作声。

"咱们家的人不也都是学理的吗？"水星有些紧张，怕蒋林英跟戚远承发现自己的小心思，说完话又匆匆地塞了两口饭，含糊地说："姥姥，姥爷，我们等分数出来再看吧,看到时候,哪科高再选哪科。"

戚远承跟蒋林英都没意见,到了家长会当天,戚远承特地关了诊所来参加水星的家长会。

两个人从家出发,在家门口还好,还能说上几句话,路途中途就相继沉默下来,所幸学校离家不远。两个人上了教学楼,进了三班,在门口撞上了李致堃。

"李老师。"水星乖乖地点头。

"哎,水星姥爷?"李致堃跟两个人打了声招呼,侧了侧身,让开些空间,方便戚远承和水星进去,"水星你先领着姥爷进去坐,有什么事可以等家长会结束,我们私下聊。"

水星跟戚远承一前一后进了教室,郁晴去校外接家长没进来,席悦跟席母已经坐在了后面的位置上,等郁晴进来。李致堃也很快进了班,他先是说了一下放假时间和下个学期的安排,又给同学们发了这次期末考的成绩排名,每人都有一份成绩单。

成绩单从前面传过来,先是被戚远承拿在手里看了一会儿,才交到水星手上。

水星这次的成绩也进步了,排到了班里的第十二名,讲台上的李致堃提出的表扬名单里也有水星,说这次考试有很多同学都发挥出了自己的潜力:"一会儿会给同学们和家长们发一张纸,是下学期的选科报名表。同学们拿到成绩单可以和家长一起看一下自己这次各科的分数,商量商量是决定选文科好还是理科好。表拿到了别丢,开学前要填完交回来。"

水星低头看了下这次的成绩单,不太敢相信。

这次的理科题难,水星拿到考卷,不知道是紧张还是别的什么,在考场上手抖了好几回。放假这几天她总是心神不宁的,总担心理科考砸了。再加上她文科一直好一些,嘴上说等总分出来再决定文理分科的事情,其实满脑子都想着估计是要学文了。没想到成绩单发下来,水星的理科总分加起来竟然比文科高。

家长会结束,戚远承带着她又去找李致堃,周围都是问事情的家长,水星他们排在最后一个。等人走了,两个人才走过去。

"李老师,我们来是想问问您,水星这个分数,是推荐文科好一点儿,还是理科好一点儿?"

戚远承在边上跟李致堃商量着之前水星的打算,李致堃低眸,看向台下的水星,笑了笑:"你姥爷说你想哪科分高选择哪科,现在理科比文科高一分,就决定去选理科了吗?"

水星的分数很尴尬,虽说理科的总分加起来比文科高,但实际上不过是一分而已。

她犹豫了会儿,终于点了点头。

"对理科感兴趣?"李致堃问她。

水星站在讲台下,手指搓了搓衣角,"嗯"了一声。

"老师之前就跟你们讲过,选择文科也好,选择理科也好,现在看似很重要的选择,其实没办法决定你会成为什么样的人,你只是在一定的时间内寻找到了你的同路人。"李致堃怕她是因为别人总说西城附中的理科好一些才做出这样的选择,"还是要看自己喜欢哪方面。"

水星抿了抿唇:"……我知道。"

戚远承终究是没再阻止水星选理的事情,回家的路上也只是跟她说不管接下来选择什么都要将学习放在第一的位置。

水星点点头。

家长会结束也就意味着寒假的正式开始,西城附中的寒假放三十五天,水星趁着戚远承跟蒋林英出去遛弯的工夫,又给他们打了个电话。

水浩勇跟戚芸之前答应水星这次放假会接她回家,可是谁也没想到工作是越到年底越忙。电话接通,戚芸的声音传了出来,明显带了疲惫:"星星。"

"嗯。"

"怎么了?"戚芸问。

"我们学校放假了,说是要放一个多月呢。"水星张了张嘴,原本想问他们什么时候兑现承诺,可听到那边全是嘈杂的忙音又忍住了,"前几天我们还开家长会了,成绩出来了,老师在台上表扬我了,说我这次考得很好。"

她跟戚芸说了高一下半学期自己打算选理科,跟戚芸说了戚远承跟蒋林英都因为这个结果很高兴,跟戚芸说了放假以后每天的打算,聊了许多班上的趣事,唯独没问戚芸跟水浩勇什么时候会来接她回家。

直到听到对面有人催促的声音,水星握着电话的手紧了紧,知道要没时间了:"妈妈……"

戚芸感觉到水星的声音变了:"星星,你是不是想——"

水星知道戚芸接下来要说什么，戚芸跟水浩勇已经很忙了，她不想在这个时候跟他们闹脾气，摇摇头："不是，我是想起来给你们打了好一会儿的电话了，今天的练习册还没做呢。"

戚芸愣了愣。

"妈妈，你跟爸爸照顾好自己，平常工作忙也要记得吃饭。"水星低头，眼眶是真酸了，"我在姥姥家挺好的，你们别担心我。"

水星没再犹豫，没等到戚芸答应她，提前挂断电话。

之后的几天，戚芸跟水浩勇在戚远承不在的时候主动打过一次电话，是蒋林英接的，戚芸跟水浩勇果然是不能来了，年底追债追得紧，这些事情几乎占据了他们全部的时间，如果再回西城接水星回去也只会让她过不好这个年，人们一致商议让水星还是留在戚远承这边，假期可以好好学习。

水星站在卧室的门后，静静地听完了客厅里的对话，却当作不知道。

放假以后，水星每天都待在家里，连蒋林英都催促她好几次别总宅在家里，适当也要出去走走，水星也只是笑一笑。他们不知道因为高一下半学期的文理分科，其实这次的寒假并没有布置作业，也不知道没了席悦和郁晴的陪伴，水星在西城没有其他的朋友。

除夕前一天，蒋林英让水星整理房间。她从衣柜里翻出最边角的饼干盒，抱着，坐在床上，慢吞吞地将里面的东西一个个拿出来。

自从上次蒋林英进过她的房间，水星把所有的东西都换了地方，堆在衣柜的角落里，积了一层薄薄的灰。慢慢地，不仅蒋林英，好像连她自己都忘记了还有这样一个物件的存在。

饼干盒里的日历是去年的，撕得薄薄的，没留几页。自打跟席悦闹掰以后，她见盛沂的次数越来越少了。明明在一个学校，同一栋楼，同一层，她怎么找也找不到。放假以后，他们更是见不到面。

水星住的地方其实就在西大家属区前面一点儿，相距不到一千米的距离，可一天二十四小时竟然将这不到一千米的距离扩展到几万倍远。

水星垂眸，日历后面夹着一张纸，是之前水星发烧以后去学校问盛沂要到的联系方式。

那会儿水星还窃喜终于要到了盛沂的联系方式，只可惜她没再生病，连跟盛沂打一通电话都没有机会，再加上戚远承他们的年纪大了，家里并没有安装电脑，水星还是没办法加到盛沂的联系方式。

她明明两种方式都有，水星捏紧手里的纸条，可两种方式却没了用。

蒋林英做好午饭，推开水星的门："星星。"

水星正想着，蒋林英突然出现在身后，她全身上下的毛孔都竖了起来，手里的动作也一顿，假装不经意地将纸条塞进了衣服口袋里，回过头："姥姥，怎么了？"

"饭好了，出来吃饭了，一会儿下去叫你姥爷上来也吃。"

水星"嗯"了一声，重新盖好饼干盒，塞进被子里，跟着蒋林英出去。纠结一会儿，她还是忍不住心里的那团乱："姥姥，吃完饭我能出去一会儿吗？"

"行啊，去哪儿？"

"……网吧。"

"网吧？"上了年纪的人本来就不能理解一些新兴产业，尤其是网吧这样的地方，在戚远承和蒋林英心里都是坏孩子去的地方。电饭锅端到桌面上，蒋林英打开锅盖，皱眉，"姥姥告诉你那种地方可不敢去，你知道里面都是什么人吗？又是烟又是吵骂的，等你姥爷知道了，仔细打你。"

"我不是去玩。"水星沉默地走过去，知道不该说实话，低头，将小碗递给蒋林英，"我有道题不会，现在又没有老师，想上网查查。"

"网上能查到？"蒋林英将信将疑，"等你姥爷回来，问问你姥爷。"

蒋林英跟戚远承不同，水星知道蒋林英疼她，说错话了也没关系，但是戚远承知道了就不会跟她有这样商量的语气，不让去就是不让去，恐怕之后连出门的机会都会少了。

等戚远承回来，水星也没再提这件事。

那天下午，蒋林英午睡醒来还是给了她一点儿钱。在家里待了小半个月，蒋林英虽然不愿意让水星去网吧那种地方玩，但总归想让她出去走走。出门前，蒋林英又嘱咐了她好几句，去哪儿都行，就是别去网吧。

水星都答应了。

临近过年，水星下楼路过戚远承的诊所，发现诊所的病人好像都少了，居民楼里每家每户的窗户上都贴上了春联，都挂上了灯笼。

水星抬起头，突然意识到自己好像很久没放松了。大人们让她留在西城是为了让她过好一个年，可她的这个年过得仍然不像是个年。

街口的书店已经好久没去了，店里的老板看到水星进来都有些愣神，问她这段时间怎么不来看武侠小说了。

水星也说不出缘故。

从她遇到盛沂以后，她好像看到越来越多的差距与裂痕。她把所有的时间都放在了桌面上永远做不完的理综卷子上，好像这样就能追赶上她想要与之并肩的人。可是事实又摆在她眼前，告诉她努力不一定有结果，她没那么好的运气。

"之前没看完的书还要看吗？"老板问她。

水星点点头，可之前的书已经忘了是哪本，随手从架子上抽了一本题库。她重新坐在靠窗的位置上，正发神，耳边忽然传来一声熟悉的音调。

水星整个身体忽然一僵，下意识地抬起头，原本以为是幻听，视线却一秒锁定了不远处走来的盛沂。

街道上没什么人，他走在靠外的一侧，穿了一件深黑色的牛仔外套，内衬是件纯白的卫衣，手里提着一个很大的塑料袋，看样子是装年货的，垂着头，神色很淡，安静地听着旁边的女人说话。

水星看向他，张了张嘴，心脏也在顷刻之间起伏。

盛沂的影子交叠起来掠过冰冷的玻璃窗，没有留下丝毫的温度。须臾之间，街角的路边又没了人影。

他只是路过她的窗口，跟她擦身而过。

水星这才发现她并没有喊出他的名字，甚至连"新年快乐"都没说出口。

她如同是哑巴，在和瞎子说话。

无论如何她发不出声音，他也看不见她说话。

路过书店，走到前面的街道口，盛沂忽然停下脚步，回过头，说不清怎么回事儿，盛沂总觉得耳边有人喊过他的名字。

徐丽见盛沂不动，也跟着他一块停下步伐，顺着他的视线，没看见任何人，愣了下："小沂，怎么了？"

"没怎么。"盛沂这才回过神，转头，重新将塑料袋向上提了提，问她，"一会儿还去哪儿？"

"不去哪儿了。"徐丽看向他，"是不是累了？"

家里两个老人，平常买菜做饭还有精力，过年购置这么多年货实在是累，如果不是徐丽提早回来一天,又注重仪式感,这个年估计简单过了,随便吃些东西,听一会儿春晚,大概连春联都懒得贴。

徐丽想从他手里接过东西:"把东西给妈妈,妈妈帮你拿一点儿。"

盛沂没给,只是换了一只手,淡声拒绝:"不用。"

徐丽抿了抿唇,没说话。

她跟盛在清平日里不在西城,这次过年也是回来住两天,两个人从东门进了西大的家属区。东门前有条很长的坡,一边半悬着,另一边是徐丽跟盛沂两个人从边上的台阶慢步上行。

小的时候,母子两个人也是这样,只是那时候盛沂比现在活泼些,长长的台阶不好好走,总爱往边上的斜坡跑,小团子似的,又站不稳,都要徐丽拽着他的胳膊往上提,盛沂经常爬着爬着就贴到了徐丽的身上,要她抱着回家。

盛在清的工作跟航天航空有关,因为涉及保密工作,自打盛沂有记忆起,盛在清经常会持续三到四个月出差在外。开始的时候,徐丽总会跟盛沂解释盛在清不在家的原因,要盛沂理解爸爸的苦衷。后来,在盛沂升初一那年,盛在清的工作一调再调,从偶尔出差到经常出差,又成了偶尔回西城。渐渐地,连徐丽的工作都忙了起来,跟盛在清一样远离了西城。也就是那时起,盛沂没再听过徐丽的解释,他从家搬到了西城大学的家属区,平常跟爷爷奶奶一块住。

徐丽回头,又看一眼身后沉默不语的盛沂,想说什么,又终究是开不了口。

两个人抄近路,拐进了一条小道,正巧碰到几个老人坐在那儿闲聊。

西大的家属区里住的都是老师和子弟,跟盛爷爷和盛奶奶都是同事,从小看着盛沂长大。他们看见盛沂提着一大包东西回来,又看到旁边的人,笑了笑:"小沂妈妈回来了啊?一起去买东西了。"

盛沂停在原地,"嗯"了一声。

"明儿就是除夕了,要过年了,盛工现在回来了吧?"其中一个老师感慨,"就说一家人过个和和美美的团圆年多好。"

盛沂沉默片刻,原本想说还没,但又实在不想破坏这样的氛围,提着袋子的手松了松,他点点头,又"嗯"了一声。

家属区里的人都知道盛沂跟盛在清一个脾性,年纪越长越像,都不是话多的人,双方说了没几句就道了别。盛沂带着徐丽进了单元楼,到家门口,正巧听见老两口在里面打电话。

"小沂回来了?"盛奶奶回过头。

盛沂把袋子放在一旁的茶几上,听到盛忠群在打电话。

"平常也就算了,过年过节的都不知道回来。"盛忠群气势汹汹地冲电话那边的人吼,"别喊我爸了,我不管你们工作这些事儿,你让我跟丽丽和小沂怎么交代?说了回来又临时不来,一家几口人见你一面比登天还难,别说见面,你自己算一算从去年到今年,你给家里打过几个电话?不要说我们要理解你,我们理解你已经理解得够多了。"

"你说你这么做合适不合适?丽丽也是从外面紧赶慢赶赶回来的。你再不顾及我们老两口,你想想丽丽,想想小沂。"盛忠群说,"大过年的,我不想跟你吵了,你自己心里掂量,自己心里清楚。"

电话挂断,盛忠群看见徐丽,脸上才算是缓和了些。

他拍了拍边上的沙发,让徐丽先坐下:"丽丽啊,你先坐下,爸一会儿跟你说点儿事。小沂先回屋啊,晚上想吃什么跟你奶奶说。"

盛沂看了他们一眼,盛奶奶很快推着盛沂进了屋。

刚才那通电话是盛在清打来的,盛在清一年多没回过西城,盛沂也一年多没见过爸爸,今年过年好不容易盼着一家人团圆,结果临到当口又出了这么一遭事情,盛在清说不回来就不回来了。

"奶奶,我爸是不是不回来了?"

"唉,这孩子……"盛奶奶叹了口气,"你爸爸这不是工作忙吗?你爷爷还跟你爸商量呢,保不齐能回来。"

"奶奶。"

盛奶奶不想让盛沂想太多,换了个话题:"小沂说说晚上想吃什么吧?奶奶给你做。"

"都行。"盛沂说。

"吃螃蟹吧?"盛奶奶记得盛沂最爱吃这个,"和你妈妈出去买了没有?"

盛沂摇摇头,徐丽不知道他喜欢这个:"没有。"

盛奶奶愣了下,咕哝了句:"出去一趟提了一大袋子回来,怎么就没买呢?以后出去就要买自己喜欢吃的,过年就该吃自己喜欢吃的,知道了没?"

盛沂点点头。

又说了一会儿晚饭的事情,盛奶奶才从房间里出去。

这个年还是没能团聚,老两口气得不轻,最后还是徐丽反过来安慰了他们。老一辈睡得早,即使再注重仪式感,春晚也只是看了个开头。盛沂也回了房,只有徐丽一个人坐在客厅里,压低了声音等新年的倒计时。

新年的钟声响起,窗外的烟花绚烂,徐丽悄悄推开盛沂的房间门。

"小沂?"

房间漆黑一片,徐丽才发现盛沂已经睡下了。

因为担心影响到盛沂休息,徐丽没有开灯,只是轻手轻脚地走到盛沂床边,把准备好的红包塞到盛沂枕头下,而后才坐在一边,微不可闻地叹了一声气。

晚上吃饭的时候,她才知道盛沂最爱吃的海鲜变成了螃蟹,而她的记忆还一直停留在盛沂小时候黏着自己吃小龙虾。

从初一到高一,不过三年的时间,盛沂变高了,也变得沉默了,明明是她的小孩,现在却是有点儿摸不清楚他的心思了。

在房间里待了一会儿,徐丽又帮盛沂掖好被角才出了房间。

与此同时,等卧房的门关上,盛沂才睁开眼。

盛沂的睡眠浅,从徐丽推开房门的一刻就醒了,只是母子两人许久没有说过话,忽然的叙旧让盛沂不太适应,他下意识地选择了装睡。

枕头下方是徐丽藏好的红包,盛沂抬手,用手指轻轻抚了两下,才闭上了眼睛。

春节一过,时间忽然转得飞快,徐丽还没待几天就要走了,盛沂和水星在假期也没有遇到,转眼到了高一下半学期的报到日。报到这一天不上课,高二跟高三用来交假期的作业,而高一的同学们则是要交放假前学校发下去的文理分科报名表。

在此之前,水星就跟戚远承他们达成一致,选择了理科。

西城附中在文理分科上秉持公平公正的原则,按照期末考试分科后的总排名高低将每个同学重新打散。一班、二班、四班、五班是理科重点班,三班是文科重点班。

学校公布的名单,郁晴以优异的理科成绩进入了一班,席悦选择文科继续留在了三班,而水星则是按照排名分到了四班。

在高手云集的理科,能进入四班比她预想的要好,水星想。

四班不同于三班,座位都是自己选择的,教室靠前后门的位置总是不抢手也没人选。水星脾气好，对座位也没那么挑剔，选择了靠门的第一排。

又进入了一个陌生的班级，水星不知道该怎么融入其他人的关系，于是跟班上同学的关系一直保持在点头之交。

不过，这样也有好处。

在三班时，因为有席悦跟郁晴的缘故，水星总觉得表情也好，动作也好，她总可能会轻而易举暴露自己的想法。即使在脑海里过了千万遍盛沂的名字和笔画，却连一个最简单的缩写都不敢落笔。

但当把她放到这样一个完全陌生的环境，没有人跟她说话，没有人在意她，她才终于可以大胆起来。面前摊开的书籍和废弃的草稿纸都成了她可以吐露秘密的树洞。她开始完整地去写盛沂名字的缩写，又或者分开练习他的名字，仅仅是偶尔合并到一起，都能感觉到心尖冒出的糖渍。

西城的四月份，天气变得暖和，降水也渐渐多起来，像极了南方的梅雨季。

下了课间操，水星回到班上。年轻人身体容易热，教室里有同学受不住，几个人凑成一团，开了风扇，站在下边吹凉风。

水星刚坐到位置上，就听见门口突然传来一阵急促的敲门声。她抬头一看，就看见了李泽旭。

"兄弟们，姐妹们。"

李泽旭去哪儿都自来熟。

他抱着一沓卷子，整个人也歪在边上，声呼唤："小陈同志让我收一下昨天晚上的作业，大家自觉过来交一下，我一会儿就给她送过去了。"

李泽旭口中的小陈同志是一班跟四班的语文老师。

因为李泽旭这么一句话，教室里瞬间热闹起来，同学们相互问谁有卷子就赶紧分享出来。

卷子没收齐，李泽旭也走不了。

他没把自己当外人，一边等一边扫视教室，有种皇帝微服出巡的错觉。

教室里乱哄哄，水星低头在抽屉里翻找卷子，还没翻出来，就听见李泽旭跟她打招呼："哈喽啊，转校生。"

两个人见过几次面，李泽旭一直管她叫这个。

"你学了理科啊？"

水星点点头。

"也没听见席悦跟我们说一声。"李泽旭感叹了一下,又问,"怎么样,理科难不难啊?"

水星笑着叹了一口气:"还行。"

"还行可不行,以后你有问题就来一班问我啊,我给你解决。"

"谢谢。"

"这有什么?"李泽旭"啧"了一声,似乎感觉他没有发挥太大作用,说着就要把怀里的卷子借给水星开后门,"这次语文卷子你是不是没写?来一套,我这儿有现成的。"

昨天晚上的语文作业是一套卷子,她晚自习的时候就做完了,水星终于在物理课本里找到了夹好的语文卷子。

"没事,这个我写完了。"

李泽旭接过水星的卷子,他没有直接塞到一边,相反,大约是没见过有人会认真完成语文作业的,他还拿在手里仔细观望了下。

"字迹这么工整……"李泽旭不敢相信。

水星脸上有点儿红,她还嫌自己的字没有笔锋。

"但是你这儿忘了写名字啊。"李泽旭指了指试卷左上角的密封口,"没名字可不能算你交了作业,补一下吧。"

水星连忙点点头,又道了声抱歉,伸手重新拿回卷子。

桌子边上就有碳素笔,水星摁开笔头,低头就要往试卷上写。

这段时间写惯了盛沂的名字,平常一笔一画地模仿,以至于她还没反应过来,卷子上的姓名栏已经落下一个三点水的偏旁。

水星心里一惊,就听见前面的人凑过来问:"三?"

她的眼皮一跳,吞了吞口水,抬起头,偶像剧似的正磕上李泽旭的下巴。

"怎么了这是?"李泽旭捂着下巴,哭笑不得。

影子斜斜地压在卷子的上方,接连着压住了她的心。

水星连揉头的工夫都没有,下意识地捏紧卷子的边缘,有些紧张:"啊?"

"忽然就抬起头了,我不就是好奇吗?你这里为什么要写个三。"

水星又低下头。

她静了很久,去看试卷上的小字。

李泽旭的问题有理有据,三点水的偏旁边上什么都没有加,还真像是一个

再普通不过的三,只是她太像是自我心虚的嫌疑犯,一个风吹草动都当作惊天地的通缉令。

"到底什么意思啊?"李泽旭又问她。

水星嗓子干干的,咬了咬唇:"没什么意思。"

她不知道李泽旭会不会相信她的鬼话,强压着心跳,说:"这个偏旁可以当作水,我懒得写字的时候都用它代替。"

自从上次起,李泽旭时常会出现在四班的门口,他来班上的理由总是很多,帮老师拿东西或者喊其他男生去打球。要是碰上水星每次都会跟她说上几句话再走,两个人也因此渐渐熟悉了起来。

"三星。"门口又有声音。

水星不抬头都知道是谁,李泽旭又来光顾了。

自打李泽旭看到她写错名字以后,以为她爱简写,他也用简称称呼她,又因为她写的"水"跟"三"一样,水星就成了三星。

大课间,班里闹作一片,李泽旭背靠着门框边,单手撑在水星的桌面上,敲了敲:"帮我收一下你们班语文作业呗?小陈同志让我来拿,一会儿就要。"

李泽旭来班里的次数多了,接连着旁边的同学都跟着眼熟了,他们忍不住起哄:"李泽旭,你怎么次次都让水星收啊,是你想来还是小陈同志让你来啊?"

班上的同学都在等着看好戏,水星瞬间紧张起来。

"是小陈同志让我来的啊,天地可鉴。"李泽旭从口袋里掏出两颗散装的大白兔奶糖,放到水星桌子上,"而且三星又不是白帮我收作业,我拿糖换的,你们管得着我吗?"

"咦!咦!咦!我们是管不着你,我们还管不着我们班的水星了吗?"一边的同学开玩笑,"来,星星,听我的,别给他收。"

"喂,不带你们这么玩的。"李泽旭连忙制止他们。

有了同学们在边上打趣,话题中心的水星反而没那么在意,她低头,错开两个人的视线,把糖收进抽屉里:"没有,收了糖就办事,我去给你收。"

李泽旭心满意足地笑了起来。

水星在四班的日子不算太差,每次月考她的排名都会向上爬几名,同学们对她也客气,只是见到盛沂的次数还是太少,无论她去打多少次水,课间操转多少次头，都只有在运气极好的时候才能瞥到盛沂一眼。

转眼进入五月底，西城的夏天总是比其他地方要早些，第一排靠门的位置成了宝地，楼道里的凉气在不经意间刮进来，甚至不需要提早换上夏季的校服。

水星从走廊中央接水回来，正准备进班，就听到了旁边传来的声音，李泽旭一只手拐着席悦的胳膊，不让她回去："席悦，你到底听见没？说好了这周末给我过生日。"

"知道了，知道了，你烦不烦啊。"

"还不是除了向司原，你什么事情都不记心上！"

李泽旭跟她埋怨，话说到一半，转过头，正对上水星的视线，眼睛瞬间亮了："三星。"

席悦愣了下，还没反应过来李泽旭在喊谁。

"正好，省得去你们班找你。"李泽旭不知道两个人闹掰的事情，冲她招了招手，让她站过来一点儿，问，"我这周末过生日，你来不来？"

四班跟三班是对门的位置，文理分科以后，水星跟席悦不在一个班，两个人又闹着别扭，联系也更少了。即使平常也会在班门口见到彼此，但席悦总是装作看不见的样子，可是现在李泽旭一手拐一个人，席悦想躲也躲不开。

"我？"水星不确定。

李泽旭笑了笑："不然是谁？"

水星抿了抿唇，侧眸，看向边上的席悦："我……"

"来吧。"男生不懂女生的心思，李泽旭看她犹豫不定，撺掇，"人多热闹，虽然到时候还有盛沂他们，但你跟席悦他们关系好，大家一块吃个饭也不尴尬。"

水星站在两个人对面的位置，仅仅是听到盛沂的名字，就足以晃了下神。

"来不来？"

李泽旭在那边催促，席悦又没拒绝水星的加入。

犹豫再三，水星还是"嗯"了一声。

"那就说好了啊，这周末四点半。"

李泽旭知道他们几个人家都在西城附中周围，还特意把集合地点改到了学校门口。

"就这周末啊，我们在学校门口见。"临走前，李泽旭又嘱咐一遍，"下午四点半，学校门口不见不散。"

日子过得很快，转眼到了周末，一行人说好了在学校门口见。水星家里离得近，走过来也用不了几分钟时间，临出门前，天气预报一会儿有雨，蒋林英不放心，又要给水星带伞，偏偏水星想着下午要跟盛沂见面，担心蒋林英会拿那把老式黑伞，一直不愿意拿。

　　出单元门的时候，水星撞见了两个工人搬东西，顺带帮忙支了会儿门，没想到就这么一下的工夫，天还是亮的，又真飘雨了。

　　身后蒋林英追了出来，见水星没走，提着伞下楼："跟你说下雨下雨，看吧，现在是不是下起来了。"

　　水星抿了抿唇，接过伞。

　　幸好是折叠的，她想。

　　之后，蒋林英又嘱咐了几句出门在外要小心钱包才把水星放走。

　　即使耽误了一会儿，水星还是第一个到学校门口的，她手里撑着伞，垂眸，站在雨里有些走神。

　　上次见盛沂好像也是这样的情况，也在下雨。

　　正出神，听到远处热热闹闹的讲话声。

　　"向司原！你就是故意的！"席悦推了把旁边的向司原。

　　向司原重新给席悦打好伞，偏过头，抬手，旁若无人地揉了把她的头，垂眸，眼尾都是笑的，反问她："知道上当？"

　　席悦气得没话讲，又接连伸手晃他的胳膊。

　　盛沂走在向司原和席悦的后头，因为打了一把透明的伞，整个人的五官也没遮掩住，听着两个人的嬉闹声，面上也没露出笑意。

　　三个人看到水星，席悦反而静了下来。

　　两个人在三班门口遇见之后又没说过话了，现在李泽旭不在，向司原和盛沂又不是爱说话的，她不讲话，几个人面面相觑就此停在校门口。

　　水星正纠结要不要先讲句话，就见席悦低下头，踢了踢脚下的石子："你怎么来这么早？"

　　"没有，没有。"水星连忙解释，"我才刚到没多久。"

　　"那个谁呢？"席悦四处张望了下，没看到郁晴的身影，李泽旭也没来，心里又憋了口气，转口问，"李泽旭还没来啊？"

　　水星感觉出了席悦想问谁，"嗯"了一声："他们还没来。"

"哦，这样。"

水星点点头。

席悦的视线又偏了偏，小声抱怨两句："不是约的四点半，还不守时，再加上今天下雨，站雨里算个什么事儿……走吧，一起去旁边房檐下躲躲吗？"

水星盯着席悦看了眼，又"嗯"了一声。

他们都决定先去学校对面的便利店，这会儿下着淅淅沥沥的小雨，走一步都能感觉到水汽浮到脸颊上。

水星跟在席悦和向司原后面，旁边是盛沂，不知道怎么回事儿，她能感觉到她跟席悦的关系好像已经破了冰，但又好像没有，只差一个人登上这片冰地踩一踩就能知道。

到了学校对面，席悦提出要进去买个东西，向司原没意见，自然也是陪着去的。

便利店外又剩下水星和盛沂两个人。水星默默地抬起雨伞的边缘，冒出一双眼睛，假装不经意地去扫盛沂的侧脸。

他的身型挺拔，今天变天，他穿了一件黑色的衬衫外套，左胸口有个青绿色的字母标签，真好看，正偷瞄着人，没料想盛沂会发现，视线也垂了过来。

"怎么了？"

水星没想到盛沂会问她话，连忙摇摇头，压回伞身，回应："没事，没事。"

她抿了一下唇，心都要跳麻了。

大概是很久没说过话，他讲话的声音有些哑，音色低低的，很轻地掠过水星的耳畔。

水星忽然有点儿明白余音绕梁的意思了，原本只是随口的一个问题，过去就过去了，可他们太久没说过话，只是这么一声"怎么了"都值得她放在心尖反复揣摩。

席悦跟向司原还在便利店里挑东西，他们进去玩笑声又没停过，向司原三下两下都在逗着席悦玩，两个人也不着急出来。

水星跟他们很不一样，她又想他们快一点儿出来，可以打破这个尴尬的僵局，又希望他们慢一点儿出来，她和盛沂可以多待一会儿。

脑袋里的想法一会儿一个样子，奇奇怪怪的。

她盯着地下的水迹，又听见盛沂跟她讲话了："水星。"

水星愣了下,重新抬起头:"嗯?"

"把伞收了吧。"

他垂首,指了指她还打在头上的雨伞,他们早就到了屋檐底下,席悦跟向司原他们都是自然而然地收了伞,可谁能想到水星那会儿光顾着发呆去盯着盛沂看,连屋檐下边可以收伞的常识都丢到了一边。

脸顿时红了,水星闷头,又"哦"了一声。

水星把雨伞从上边拿下来,一只手想要去摁上边的摁钮收伞,没想到伞的样子好看是好看,就是一点儿都不耐用,摁钮都摁不动。

正在发愁到底怎么办,就看到盛沂伸手,接过了她的伞。

凹凸不平的地面里淤积了一汪雨水,两个人肩并肩站着,他和她的倒影也统统笼了进去。

她看见盛沂的视线也落了下来,也许真的是伞尖的雨水积得太多,汇聚成一点,重重地打在了积水里。

浮光掠影,水波震动。

尽管没有太阳,两个影子融合在了一起,还是仿佛折射出一道浅浅又绚丽的彩虹。

两个人站在便利店门口,伞尖都不知道滴了多少水珠。

之前两个人一起参加英语比赛还有共同话题,这会儿比赛内容没了,他们的好友圈又毫无交集,真不知道该说什么好。

纠结了半天,水星才出了声:"那个——"

盛沂的目光看了过来。

"我们晚上吃什么?"

这个话题进可攻退可守,不光能借此展开话题,还能了解到盛沂平常都喜欢吃什么。就是没想到他一点儿都不按套路出牌。

"饿了?"盛沂问她。

"也……"水星本来想说不是,但这个话题又是她主动提起的,说着,她又点点头,"有一点儿。"

"李泽旭订了个包厢,西北菜。"

"西北菜?"

水星来西城这么久都没吃过。

盛沂"嗯"了一声。

李泽旭父母是做生意的，经常带他去这家吃，最开始还是家小饭馆，后来去的人多了，流量大了，规模也发展起来，老板赚了钱就把隔壁的小二层都包了下来。初中那会儿，李泽旭就带他们去吃过，味道确实不错，食材也新鲜，只是店里的口味都重。

"能吃辣吗？"

盛沂去过南方旅游，那边的饭菜多是酸甜口的，不重油也不重辣。他记得水星是从南方来的，西北菜的口味八成不太符合她。

水星站在一边，纠结了一下。

她来西城这么久，除了平常的面食，正儿八经的西北硬菜水星都没吃过，戚远承跟蒋林英也不爱吃辣，除了要吃茄子，她的饮食跟在南方没什么差别。不过席悦每次吃饭都会要辣菜，西城也有专门的辣子，水星猜想在场除了她估计都能吃辣。

她不想显得自己不合群："能吃一点儿。"

盛沂皱了下眉，没太明白"一点儿"的界限。

两个人正说着话，李泽旭就来了，他迟到了二十多分钟，人还没出来，就听见他的声音："我来了！我来了！"

水星抬起头，看见一辆黑色的小轿车在学校门口停住。

李泽旭推开门下来，连伞都没打就往这儿跑，人扑进盛沂和水星中间的缝隙，他解释："实在对不住，早上起得太早，出去跟家里人一块吃了个饭，回家就睡过去了，一觉醒来都快五点了，幸好我爸送我。"

盛沂看了一眼挤在两个人中间喘气的李泽旭。

李泽旭没太注意盛沂的目光，转头就问水星："你们等多久了？怎么就你们俩在门口？席悦他们呢？"

他的问题太多，水星要一个一个解释。

"没多久，也就一会儿。悦悦跟向司原在里面买东西，晴晴还没来。我跟盛沂怕人都进去等你们来了没看见。"

"这有什么？"李泽旭说，"看不见就在周围找两圈，又没多大地儿。"

李泽旭刚起床，嘴巴里发苦，口干舌燥的，探身，果然看见席悦跟向司原

两个人在店里，两个人东西早买完了，就是没出来。

雨还在下。

"你们看看席悦跟向司原两个人，知道屋里暖和就进屋了。"李泽旭一边咕哝郁晴怎么这么慢，一边又招呼水星先进便利店等一会儿，"你也别在外面等了，进去看看你想买点儿什么，顺便让我也买瓶饮料。"

水星回了下头，明显地看见了盛沂的动作顿了下。

"三星！跟你说话呢！"李泽旭跟她喊，"进来啊。"

盛沂没跟进来，水星先被李泽旭拉进了店里。她站在店里，看盛沂一个人站在门口，想过去，又担心过去会引起李泽旭他们的注意，所幸只有五分钟，郁晴也到了，她倒是没睡过头，出门前碰上家里有事耽误了一会儿，跟几个人说了抱歉。

"好了，好了，我们先去吃饭。"李泽旭笑着问，"都饿了没？"

西北菜馆就在前面的两条街，盛沂跟李泽旭两个人在最前面，席悦跟向司原跟在他们后面，而水星跟郁晴走在最后面。

一路上，李泽旭的话最多，连席悦都显得寡言了些。

可能是嫌李泽旭的聒噪，向司原跟席悦走得更慢了些，不知不觉跟前面两个人拉开一大截距离，水星跟郁晴为了不撞上他们走得也慢了。

"说好的。"向司原忽然停了下。

席悦一副不是自己情愿的模样，"嗯"了一声，伸手去碰向司原手里提的袋子，随手摸转两瓶，又拨开，从最底下掏了别的出来。

"水星，郁……晴。"她抿了抿唇，想说什么，又说不出口，只能求助地去看旁边的向司原。

这段时间，席悦其实也明白了很多，无论是学文还是学理终究是自己的事情，水星或者郁晴完全没必要因为她而留在文科班。那时候她沉默不语，疏远两个人更多的是因为生气最要好的两个朋友竟然没有想过要告诉她自己的想法。

她不跟水星说话，不跟郁晴说话，课间不再找两个人去卫生间，避开她们说话。她决定先适应没她们的生活，用行动证明她想要完全融入另一个小集体也不费力。

每次遇见水星，遇见郁晴，她还是会想几个人在一块的时间，郁晴不说话，水星爱脸红，她们又可以一起笑，一起闹。

可是关系破裂很容易，再和好反而不容易。

她不知道该怎么去说，怎么解释自己无理取闹的行为，小孩似的不想让两个人离开自己。

向司原知道她拉不下脸，替席悦解释："席悦在店里给你们买了饮料，想分给你们喝。"

平日里的席悦大大咧咧，面对这事儿反而不自在起来，明明肩膀也收紧了不少，还要嘴硬，道："……也没有特意买，你们想喝就喝吧。"

两瓶热奶茶塞进水星和郁晴的手里。

东西终于交了出去，向司原抬手，顺势又揉了下席悦的头发。

"喂！向司原！我的刘海。"席悦连忙顺了顺自己的刘海。

他们在后面分饮料，没想到李泽旭在前面唠叨都能听见，回过头就要："席悦，你也太不厚道了，我的饮料呢？"

"你不是刚喝过一瓶？"席悦转到李泽旭那边态度就变了，再加上现在心情变好了，还有空跟他犟嘴了，"喝喝喝，一会儿小心撑死你。"

话是这么说，席悦还是给前面抛了两瓶奶茶，手里的热奶茶像是在完整的冰面上烙下个小小的窟窿，心都化了。

李泽旭在饭店二楼订了一个包间，进去报了名字就有服务员带他们过去。

"你们想吃什么？"李泽旭一进门就把伞扔到一边，外套也脱了，扔到座椅的靠背上，"这家店好吃得很，你们看着点，别客气，今儿我买单。"

"西湖牛肉羹。"向司原还没看菜单，已经点了一道。

"又是西湖牛肉羹？你也不腻得慌。"李泽旭他们几个都知道这是席悦的口味，不由得替向司原害臊。

向司原低头，满不在意地笑了下。

六个人坐下，靠近门的位置为了方便上菜空了一个，水星跟盛沂坐在了两头，紧跟着他们的旁边分别坐了郁晴和李泽旭，席悦跟向司原两个人挨在一块坐在靠里的位置。

李泽旭爱吃肉，又嗜辣如命，点的东西也几乎都是和这两样沾了边。

半天，他才抬起头，想起一边还有水星，问："三星，还没说你呢，有没有什么想吃的？"

"娃娃菜就好。"

水星想着李泽旭点了那么多辣的,这个清淡一些。

"行,那我们再点一个干锅娃娃菜。"李泽旭指了指菜单的左下角,让席悦记上。

水星坐在位置上,垂手,轻轻捻着桌布角,原本是想点菜单最后的上汤娃娃菜的,味道淡一点儿,现在李泽旭直接定了干锅娃娃菜,又是辣的。

水星不想他们顾及她,扫了兴,脑袋里正在回忆那么多菜里有什么能吃的,就听见那头的盛沂忽然开口,说:"点上汤吧。"

水星一下转过头。

不光是她,连李泽旭都疑惑地看他一眼。

他们都是大熟人,经常一块出来吃饭,但盛沂很少发表自己的意见,基本上是别人点什么,他去挑自己能吃的就行。

"什么上汤?"李泽旭皱了皱眉。

"把干锅娃娃菜换成上汤的。"

"哈?"

盛沂拿过菜单,说:"我还想吃几道清淡的。"

李泽旭虽然震惊,但鉴于盛沂好不容易在吃饭上提一次意见,也没有人不同意,之前的东西点了太多,郁晴说吃不了浪费,又跟席悦划掉了几个辣的,换成了清淡一些的菜色。

"今天有点儿不像你啊。"李泽旭在一边咂嘴,"你什么时候在吃饭上提过建议?"

水星坐在一边,竖起耳朵,悄悄地听他们的对话。

"你又不是吃不了辣,点那么多不辣的做什么?"

盛沂的视线微微瞥过来,又很快收回去:"口腔溃疡,不行吗?"

"行吧,行吧。"李泽旭问,"那要不要再给你点个莲子羹去去火?"

屋里的气氛很热闹,没人注意水星又揉了揉桌布。她还以为盛沂是因为知道她不能吃辣点的菜,这么一想还是挺巧合。

菜品还没上齐,几个人关掉包厢里的大灯,先给李泽旭唱起了《生日歌》,等送完了礼物,才切的蛋糕。

席悦爱吃甜,一个人分了最大的一块。

"你是猪啊席悦,吃那么多甜点,小心身材走样。"李泽旭损起席悦毫不嘴软。

席悦不甘示弱,用手摸着蛋糕就去糊李泽旭的脸:"让你说我!"

李泽旭说着也用手指抹起蛋糕上的奶油,说着就要往席悦他们脸上糊:"来啊,来啊,谁怕谁?"

一时间包厢里热闹到不行。

抹奶油跟打雪仗是一个道理,你越在意谁就越会欺负谁。本来是李泽旭跟席悦两个人的战争,后来反而是席悦抹向司原比较多,李泽旭连连摇头,又摸了一手的奶油就要来欺负水星。

"星星,你手上也抹奶油,欺负不死他!"席悦看热闹不嫌事大,跑过来,帮水星在手上摁了一手奶油,"来啊,李泽旭,你怎么不敢来了。"

"谁说我不敢!"李泽旭说。

水星的手完全由席悦控制,为了防止李泽旭的袭击一直挥在半空中没有停,两个女生想了一千种对付李泽旭的办法,就是没想到他会直接把盛沂推过来。

奶油触碰在他清瘦的面颊上,水星的脸"唰"一下就红了。

"哈哈哈!没想到吧!"李泽旭非常得意,"还想抹我身上,你们做梦吧。"

包厢里很吵闹,水星的耳边却是完全安静了,她紧张地看向盛沂,他没有什么表情,分不清到底高兴不高兴。

"对不起。"水星连忙道歉,"对不起,我现在就给你找纸巾。"

"没事。"

相比于水星,盛沂比她淡定得多。

"没事儿啊,星星。盛沂不是某些人。"席悦安慰水星,还不忘故意看了眼李泽旭,哼了一声,"他才不会因为抹了下奶油就小肚鸡肠呢。"

话是这么说,但水星站在盛沂旁边,盯着他擦脸。

颧骨上还有一点没擦干净的痕迹,水星吞了吞口水,低声跟他说:"你……这里还有一点儿奶油。"

"这里?"

毕竟没有镜子,盛沂又擦了两下,还是没擦干净。

"那个……不是这里。"水星犹豫了一下,伸手,用手指点了点他的脸,"在这上边一点儿。"

这次没有隔着奶油,她完完全全碰到了他的皮肤。

水星连忙收回手，拇指的指腹压了压中指，只感觉到身体烧得发烫。

等菜品全上完，这场闹剧才结束，女孩的饭量都小，饭桌上的菜大多由李泽旭他们几个消灭。吃完晚饭八点不到，要说回去又早了些，他们所在的地方又是市区的中心，周围多的是娱乐项目，李泽旭提出先去附近新开的KTV玩玩。

水星下意识地转头，先看一眼盛沂，他没有提出否定。

席悦和向司原也表示没有意见。水星出门前也跟蒋林英说了今天要给同学过生日，回去的时间会晚一点儿。在场的人只有郁晴不太想去。

"别啊，大家好不容易聚一块，干吗不来？"李泽旭有些沮丧。

郁晴显得不太自在："我不会唱歌。"

"不会唱歌可以不唱，去KTV又不止用来唱歌的，我们一块玩游戏也成啊。"李泽旭劝说郁晴无果，转头只能把任务交给席悦，"席悦，劝劝你的郁晴，过生日呢，再说这会儿又不晚，早早走了多没劲。"

席悦没说话。

"席悦。"李泽旭催促她。

"……别走了。"席悦站在向司原身边，也有些尴尬，两个人的关系只缓和了一点儿，她也想让郁晴再留一会儿，"等我们再玩一会儿，大家一起回家。"

郁晴没有再拒绝。

一行人重新走在街边，李泽旭为了防止郁晴中途打退堂鼓，紧抓着她走在前面，席悦还是跟向司原一块走的，反倒是盛沂不知道怎么回事儿真就落在了后面，他走在水星的右侧，靠近马路边。

前面倒是热闹，到他们这里就显得怪怪的。

……尤其是晚上用手抹了他的脸。

水星低头，跟着前面的影子，晚上吃的饭还是口味太重了，好像辣坏了嗓子，嗓子里总有异物的感觉，小小地摩擦着声带。

等旁边有车笛声响起，水星才闷闷地哼了两声。

"不舒服？"盛沂的嗓音在她旁边响了起来。

水星愣了下，还没反应过来，转过头，就看到男生绕到她身后，径直进了旁边的便利店。

前面的四个人好像都没有注意到盛沂停下了脚步，水星还没来得及喊人，就见他们该拐弯还是拐弯，消失在了路口。

她来西城的时间短，除了上下学的路，她都没摸熟，不跟着大部队找不到方向，跟着大部队又怕盛沂一个人也找不到。

犹豫了下，水星还是决定跟盛沂一块进到便利店里。

西城里有很多连锁的便利店，统一装修，统一风格，蓝绿色的标识，店内装修明亮，连货品的包装纸袋都很亮。

盛沂站在一旁，亮黄的灯光打在他的身上，他整个人也闪闪发光。

水星走过去，随着他的视线也在找："……怎么了？"

"买点儿东西。"

盛沂一边说一边快速扫过上边的东西，先拿了一瓶纯净水，弯腰，又从货架的最底端拿了瓶酸梅汤，接着领水星去前台结账，再从便利店出去。

前面四个人真的没发现两个人掉了队，陌生的街道上居然只有他们是最熟悉彼此的人。

水星低头，视线又落在盛沂手里的饮料上。

他正在拧酸梅汤，可能是真的渴了，买两瓶这么多，还是不同口味的。李泽旭他们几个人都走了，脱离了大部队，也不知道他们还能不能找到地方。还有就是……刚刚进去的时候她也应该买一瓶的，嗓子真的好干。

水星正在想，面前突然多了一瓶酸梅汤。

盛沂问她："喝吗？"

根本没想过这瓶酸梅汤是她的。

水星愣了愣，一只手下意识先去接过那瓶悬在空中的酸梅汤："给我的？"

"嗯。"

"谢谢。"

"没事。"盛沂的表情很正常。

水星低下头，又去碰饮料的边缘。

酸梅也变成了甜汤，不知不觉间就连晚上吃的燥辣感都降下去好些。

余光再一次扫到了眼边上的人。

盛沂也喝水，他仰着头，下颌骨的线条流畅，不知道是不是注意到她的视线，回过头也看了她一眼，心跳忽然刹了车，一下子去了高处，两个人没说什么，又将视线分开。

水星低头，真奇怪，心里重新烧了起来。

第三场雨 冬天的一丝嫩芽

两个人走到 KTV 门口,才发现四个人都站在门口。

李泽旭一个人在台阶上晃来晃去,看到姗姗来迟的两个人,从台阶上跳下来,伸手勾住一边的盛沂:"怎么走着走着人还消失了呢?"

"买了瓶水。"盛沂偏了下头,躲开李泽旭的手臂,又扬了下手里的矿泉水,"有点儿渴。"

"那你不早说?出来的时候那家店还送饮料呢。"

饭店的老板跟李泽旭是老相识了,又知道他今天是过生日,不光菜品打了八折,临走还送了好几瓶易拉罐装的碳酸饮料。那个时候几个人还没定到底去哪儿,嫌东西重,拿着会麻烦,一个都没要。

"行了,行了,后面还有人要过呢。"周围的人流量多,席悦在一边催李泽旭,说着人已经先跨进了店门,"我们一堆人站门口怪怪的,有话进去说。"

"知道了。"

大约是新开业,店内的装修显得十分新潮,到处贴了亮闪闪的装饰品,不同的角度看,颜色也是不一样的。李泽旭到前台开了一个中等大小的包厢,又订了一堆乱七八糟的小零食和饮料,方便几个人唱累了补充体力。

在南方的时候,水星偶尔会路过这样的店,但戚芸和水浩勇从来不让她多看一眼,更别说来了,但在西城这种地方稀疏平常,连小孩子都经常来,没一点儿忌讳。

不同于水星,席悦经常来这些地方玩,一进门就摸到了开关,关了大灯,换了会旋转的星空投影。

水星愣了愣,才知道这里的灯还分不同类型的。

吃晚饭的时候,水星跟席悦的关系就修复了,因此到了分配座位。席悦又照常拉着水星坐到自己边上,从左到右,分别是向司原、盛沂、席悦、水星,然后是郁晴。李泽旭没坐过来,在前面负责点歌。

"我说你们想唱什么,我给你们点。"李泽旭在前面划拉点唱机,先摁了好几首流行歌。

"这家歌单全不全?"

李泽旭没回头,手还在翻:"你问我我问谁去?我之前也没来过这家店,我哪知道。"

"行吧,那你看看有没有五月天的《突然好想你》、林依晨的《你》,还有……"席悦张口念歌单,一刻也没停下来。

前面李泽旭听她这些歌单说得没完了,上一首还没点完就又蹦出一首,当即回过头:"你要点多少啊?要么说得慢一点儿,要么你还是向司原过来,反正我是跟不上了。"

包厢的位置实在安排得不合理,沙发是连成一片的,面前放了很长的桌子,进来容易,等人都坐好了,出去就成了难事。席悦懒得动弹,干脆又放慢了,跟李泽旭说了两个就作罢了。

包厢里的音乐很快响了起来。

前几首都是席悦的歌,她接过话筒,又把桌面上的摇铃扔给郁晴和水星,让她们也有点儿参与感。

水星坐在沙发上,心不在焉地晃着手里的摇铃,侧眸,视线落在边上的盛沂身上。

盛沂的上身靠在沙发的软垫上,因为两个人之间隔了席悦,水星不好看清全貌,包厢里光线昏暗,偶尔会转来一两缕或黄或蓝的闪光,她只能先学着他的姿势,身子朝后靠了靠。

席悦接连唱了两首,李泽旭在中途切了歌,提醒她:"一个人都唱两首了,也给别人点儿机会。"

"星星。"席悦把目光锁定到水星身上。

忽然听见席悦喊她的名字,水星瞬间坐直了,体温感觉瞬间升高了不少,脸也烫了起来,勉强压住声音里的紧张,"嗯"了一声:"什么?"

"你想唱什么?"席悦问,"之前你也不点,我点的也不知道你会不会。"

"我就不用了。"

水星飞快地瞥一眼盛沂,她晚上吃了辣的,虽说喝了酸梅汤,嗓子好了些,但要遇到高音恐怕还是唱不上去。

"干吗不用?"

席悦听过水星唱歌,之前在班上放松的时候,水星偶尔会哼两句调子,知道水星不肯唱不是因为五音不全。

她把话筒丢给前面的李泽旭,拽了拽水星的衣服,又瞅了一眼在座的六个人:"现在包厢里三个人不唱歌,你再不唱,回头真没人了。"

席悦撒娇向来有一套,水星没两下就招架不住了,跟席悦说等一会儿她不想唱的时候,水星再接着帮她唱。

李泽旭也唱了两首,后来又换成席悦,不知道换了几首,席悦是真累了,整个人摊在郁晴身上,又起来,换了个提议:"累了,我嗓子都有点儿干,总唱歌也没劲,不如我们玩会儿游戏?"

兴许是在场的人确实对唱歌没兴趣,听到玩游戏,包厢里才又热闹起来。

向司原单手给席悦开了瓶易拉罐的橙子汽水,推过去,问:"想玩什么?"

"骰子吧?"李泽旭接了话,"我们就玩吹牛皮,这个游戏简单,谁输了谁接受惩罚,到时候可以选择真心话或者大冒险,怎么样?"

席悦喝了口汽水,直摇头:"不行,不行。"

"怎么不行?"李泽旭不明白,"这游戏你又不是不会玩。怕输?"

"我怕什么?我是说星星,她又不会说谎话的,一看就能识破。"席悦完全是替水星考虑,想到她之前的紧张样子,"你们不知道原先星星在三班的时候,就跟老李说个话都能脸红,更别提让她当着这么多人的面说谎,臊死了。"

水星脸又有红的趋势。

"席悦还真没说错。"李泽旭看见忍不住笑了,"那我们怎么办?"

经过一番讨论,几个人终于决定让店家送几张白纸和笔进来,以文字的方式进行真心话游戏,不能骗人,以真心对待,说谎话的人也要倒霉一年。唯一不同的是他们的纸条不是固定的,即每个人在各自的纸上写下问题,打乱,由六个人分别抽取问题回答提问，然后再进行新一轮的抽取，不光增加了游戏的趣味性，保密性也更强，即使是最终拿到纸条的人也要靠细节跟经验去猜测手上的纸条是谁的答案。

为了方便写字，包厢里的灯光亮了起来，是再平常不过的昏黄色。

六个人各自占据了桌面上的小地盘写自己的问题。

水星坐在一边，用余光偷看盛沂的笔画。她想在心里推出他的问题，但记了两下又总是找不到个所以然。

旁边的席悦是最快写完的，将纸条揉乱成一个团，就扔到了桌子上。

"席悦够快的啊。"李泽旭"嘿嘿"一笑，故意使坏，"是因为想不出比自己跟向司……"

话还没说完，席悦就炸了："李泽旭，你别乱说！"

李泽旭冲席悦抬了抬眉，意有所指："我这叫乱说吗？我这哪叫乱说。你说是吧？司原。"

向司原瞥了他一眼，他自己倒是没什么，席悦别看平日里大大咧咧的，脸皮薄得很，伸手拍了下李泽旭的背，提醒："行了，说归说，闹归闹，还是要有分寸。"

好在郁晴他们很快写好了问题，席悦跟李泽旭两个人才没继续闹，他们把纸条交给向司原让他装进骰筒里，等一会儿摇匀了每个人再抽自己想抽的。

郁晴、向司原、盛沂是折好的，李泽旭跟席悦都很随心，将纸条揉乱了就丢给向司原，水星为了能拿到盛沂纸条的概率更大一点儿，也将纸条揉成一团，递了过去。

纸条都摊在桌面上，水星离骰筒太远，又不像席悦能直接探身去抢自己心仪的，只能跟郁晴一样，一人拿了一张揉成团的。

没想到问题是真的尖锐，水星才翻开纸团，眼皮就不受控制地跳了起来。

"谁这么无聊？"另一边的李泽旭显然也有意见，拆开纸条还没半秒就忍不住吐槽，"想不出来问题可以不想，军师就在这儿，直接问我啊。"

"什么？"席悦问。

"就纸条上的问题。"李泽旭看了一眼手上的纸条，替这位陌生人的问题感到浪费，"真心话大冒险这么好的机会，不抓紧问一点儿有用的，反而提点儿有的没的，这么好的机会居然问Q……"

"李泽旭。"盛沂说。

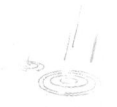

李泽旭"啊"了一声:"怎么了?"

盛沂冷冰冰地瞥了他一眼。

少年棱角分明,眉骨硬朗,气质又总带着冷漠,即使只是简单提醒也有威慑力。他们之前说好的,不管是纸条上的问题也好,还是答案也好,都不允许透露出去,否则当即中止游戏。这会儿游戏刚开始,都没来得及回答问题,要是这会儿李泽旭违约,眼看是玩不下去了。

盛沂提醒他:"别忘了谁定的游戏规则。"

李泽旭这才反应过来,连忙伸手,对嘴巴做了个拉拉链的动作:"知道,知道,我又不说。"

水星没顾得上听他们的对话,精力全在纸条上。

上边的问题太直白:写下自己喜欢的人。

笔尖在纸面上停了又动,水星抿了抿唇,下不去决心。

"晴晴,星星,你们怎么写那么慢?"不知不觉,桌上就只剩下水星跟郁晴没交的。

水星反应过来,勉强笑了下:"马上。"

席悦就在旁边坐着,水星总觉得她随时有可能看到自己的答案,原本要说的实话写上去才反应过来是假的。

这是水星说的第一个谎话。

她手指顿了下,忽然想起之前他们允诺过真心话不能说谎。

"写完了?"席悦问她。

水星吞了吞口水,犹豫地"嗯"了一声,手里的纸条被席悦抽走,交给了向司原,所幸在场没有人对她的停顿起疑,几个人又催促郁晴也快点儿交上来。

骰筒里又装满了纸,摇摇又晃晃。

好像她的心。

水星知道了盛沂的折纸习惯,再加上上一把他拿的问题是揉成团,再折好很容易认出来,骰筒翻开,只有两个是一样的。不等几个人选择,水星起身,没再犹豫,先碰住其中一张,指尖被边角扎出了浅浅的小坑,有些刺痛。

连李泽旭都吓了一跳,水星不好意思地解释:"……我想要这张。"

周围的人陆陆续续地挑走了自己想拿的,水星坐在沙发的边缘,脑袋里反复地想她之前的动作,几乎是如坐针毡,手心里的纸紧紧攥着,心跳得太急了,像是已经超了速,又不知道警察什么时候会发现。

可能是真的收到了说谎话会不顺利的影响，接连两次，水星都没有抽到自己想要的纸条。

她拿到的纸条上的问题是问对方选择理科有没有后悔的，答案是没有。

在场除了席悦选择了文科，其余人都是选理的，成绩又都那么好，没道理去后悔。

水星叹了口气，匆匆将纸条收回了口袋里。

游戏结束，席悦跟李泽旭又点了两页多的歌，新歌单唱了半页，水星一个字都没听进去，全都是旁边的声音。

"交换下秘密？"李泽旭问。

他显然是没拿到想要的纸条，到处找人问，但游戏有游戏的规则，没人真跟他换的。

李泽旭埋怨："我这点也太背了，连着两次拿的一样的。"

盛沂像是不经意地偏过头，看了眼李泽旭，破天荒地主动发问："什么？"

"一样的问题，一样的答案，我自己拿了自己的……"李泽旭差点儿又把秘密公布于众了，"没这么便宜的，秘密换秘密，你跟我说你拿了什么，我才跟你说我的。"

李泽旭生怕盛沂跑了似的，故作神秘，又补充道："你绝对想不到我纸条上的问题是什么，信我。"

盛沂看了他几眼，不知道在想什么。

半晌，跟其他人一样也拒绝了他："没必要。"

李泽旭不信邪，还在黏黏糊糊地腻歪盛沂。两个人的对话没结束，水星一直在听，正想着，她的手里猛不丁地多了个话筒，是席悦递过来的。

水星骤然接过话筒，人还是蒙的。

"星星，星星，我去个卫生间。"水星根本没有拒绝的时间，席悦侧着身，从她跟郁晴身边蹭了出去，临走前又跟水星撒娇，"这首歌拜托你了，替我唱一下，我马上回来哈。"

只是在场的人里有盛沂，水星太紧张，眼见第一句词都过去了，她还拿着话筒发愣。

李泽旭提醒了她一句，以为她不会："三星，我去给你开下原声伴奏吧？有伴奏就好唱了。"

"……不用。"水星摇摇头。

席悦点的歌是梁静茹的《没有如果》。她抬起眼，看着屏幕上的省略号变成蓝色，这首歌她很熟悉，大概校园里有梁静茹的歌迷投稿，学校的广播站每周三都会放一遍，她甚至没有刻意去学就记得了旋律。

手里的话筒握紧又松开，水星努力将心情平复下来，重新接上下边的歌词。

不过几秒间，众人都愣住了。

水星隐隐约约听见李泽旭问了句这是不是原唱没关，屏幕上的字幕还在滚动，歌词到了"世界上最遥远的距离，不是生与死，而是我就站在你面前，你却不知道"……

也许是房间的回应效果很好，那些音乐震动过的余响一击又一击地砸向她的心，震得她心都麻了，水星脸也是热的，偏头，余光悄然间瞥到盛沂的眼。

盛沂不说话，他的眉眼总是透着与众不同的稳定，手里握着的矿泉水瓶，安静又疏离，因为灯光，水透过瓶身折射出零散的彩光，跟他人一样漂亮。

想必没有人相信，喜欢一个人竟然真的能让人自卑至此，像缺了水的鱼，明知面前只是干涸的空气，还是一张一翕，永不停息。

这样的场景，让她的嗓音都有些沙哑。

但也正是因为这样的场景，以至于她终于有机会用歌声的名义，小心又欣喜地去说："……我爱你。"

在 KTV 的时间比想象中长，水星他们出来已经过了十点，大街小巷随处可见点亮装饰的彩灯，远处的路灯连成一片。

李泽旭、郁晴和向司原三个人的家住在一个方向，盛沂、水星和席悦的家都住在西城大学附近，按理说，六个人对半分正好，但是向司原没跟李泽旭他们一起走。

在场的人心知肚明，向司原是要送席悦回去，他们两个人走在前面，水星也不好去打扰。

水星想起之前席悦跟她说过，他们是初中同学。

初二那年，向司原转学进了席悦所在的班级，两个人坐前后桌。向司原那会儿就带了股痞劲，长了张不算标准的好人家的脸，笑起来也总坏坏的。大家伙儿都心知肚明，全班女生的心思，变成只有一半向着盛沂，另一半全倒向住了向司原身上。

席悦也不能避免。

她自来熟，班里同学缘极好，跟谁都能轻而易举地打成一片，谁能想到有一天在向司原这里会碰了壁，两个人每每说话，气氛比跟盛沂对话还凉，跟李泽旭对线还僵，席悦憋了一口气，故意跟他不对付。

可还是没逃过宿命，有缘分的自然有缘分。

席悦的性格张扬，参加的活动也多，招人喜欢，想跟她交朋友的男生不在少数，其中还有职高的。那会儿有一个职高的男生天天在学校门口等席悦，席悦对对方完全没兴趣，但对方显然不这样想，还会跟在她后面吹口哨，时间久了，次数烦了，席悦没忍住跟对方产生了冲突，当时正好碰上了向司原。

也是因为这件事，两个人的关系莫名地缓和了不少。

向司原这个人说话是酷也痞，但真把什么放心上了，又能拿一切出来当宝贝护着。从初中到高中，虽然不在一个班了，两个人还在一个学校，关系也一直保持成这样。

"向司原，你讨厌不讨厌？"前面的席悦又推了下边上的向司原。

两个人打闹的声音都带着笑，水星不知不觉跟着也笑了，不经意地又瞥了一眼身边的人，没忍住在心里把前面两个人的身影替换成她跟盛沂的。

水星垂下头，嘴角没忍住翘了翘。

前面两个人还在推推搡搡，水星的笑意却停在了唇边，因为她忽然意识到这是不可能的，盛沂不会是向司原，她又怎么会像席悦。

到了晚上，路边有乘凉的老人和小孩，相聚坐在店铺前，乘着树下的阴凉，他们也走过树下，昏黄色的灯光掠过树隙好似点点的星星会眨眼睛。

盛沂忽然偏了下视线，垂眼，落到一边的水星身上。

他的视线瞥到了旁边的水星，上一秒还好好的，嘴角不自觉地向上扬，下一秒就不知道想到什么，眉眼耷拉得比谁都快。

"怎么了？"盛沂问。

有一瞬间，水星还以为盛沂会读心："你……知道我在想什么？"

"不知道。"盛沂顿了一下，又问，"在想什么？"

"没什么。"水星摇摇头。

她总不好说在想你，两个人又因此陷入了短暂的沉默。

好在他们在一个学校，一班跟四班还是有几个相同的老师，两个人有一搭没一搭地说话，眼看就到了岔路口。

前面是西城大学，戚远承跟蒋林英住的小区在前面一点儿，三个人到这里应该分开的,可惜席悦跟向司原闹得太厉害,两个人似乎完全忘记后面有人了。

水星抿了下唇,想着跟盛沂说一声就算了。

"在这里拐个弯。"盛沂忽然对前面两个人说了话。

前面两个人在聊天,忽然听见盛沂的声音有点儿傻,回过头,"嗯"了一声:"什么?"

"这里拐个弯吧。"盛沂重复一遍。

大约是盛沂平常说的话没有错过,即使席悦他们不太理解,也没有犹豫,掉头就跟在了盛沂跟水星的后面。

据水星所知,自打十月,这条小巷子里的路灯坏掉了,小区里的人跟街道办反映了好几次都没有人修,这件事一直就这么晾着没人管。平常上下学时间早还好说,现在时间太晚了,天一黑,一进巷子里就什么都看不到。

没有灯光,没有月亮,水星可以光明正大地抬起头。

事实证明,她真的什么都看不清,水星只能摸黑辨别他大体的轮廓,她莫名其妙想到之前在书店随便翻到的一本书,上面写过一个专业名词是完形心理学,大概是讲任何图像,只要抓住部分的点,受众会凭借自己脑海中的想法将其复原组合。

水星想,现在这个场景就很适用。她看不清盛沂的表情,反倒更方便她去想象,让盛沂在黑暗里也发着光。

……好像更喜欢他了。

三个人将水星送到小区门口才有了灯光,借着远处居民楼里的亮光,她终于看清了盛沂的脸。他的眼睛狭长,眼睑微垂,在淡色的灯光下显得柔和。

"谢谢你们送我回来。"水星回过身。

"没事儿,星星你早点儿上去。"

"好。"水星点点头。

兴许是错觉,在她转身要上楼的一瞬间,水星看到了盛沂眼底划过一丝笑意,很短,但她还是捉住了。

几个人告了别,水星进了院子里,唇角还是翘着。

二楼客厅的灯关了,只有厨房留了盏油烟机的小灯,水星拿出钥匙,开了单元门,上二楼的步伐也轻快。

快到门口时,水星才发现不对劲。

大约是因为学医,戚远承向来注意楼道里的卫生环境,每天都定时定点地打扫。今天下午她走的时候，楼道里还是干干净净的，这会儿全是堆满的纸箱，乱七八糟交叠在一起，塞在防盗门后面。

楼道里安静，再加上老居民楼的隔音不好，有什么风吹草动都容易听见。水星只不过多咳嗽了两声去应楼道里的声控灯，屋里的蒋林英已经听到了。

蒋林英从里面推开门，问："星星，回来了？"

"姥姥。"水星点点头，应了声，掀开门帘进去，"楼梯间的纸箱是谁的，怎么放在咱们家门口，也不扔？"

"你姥爷买的东西。"

"什么东西？"水星有些吃惊。

客厅里的灯开了，蒋林英从玄关的木头柜里给她拿出拖鞋，摆在地上，又跟水星说："电脑，今天下午来安的，那会儿你刚走不久，工人太慢了，鼓捣了半天，你姥爷嫌麻烦说明儿下楼的时候再扔。"

自打上次水星跟蒋林英提议去网吧被拒绝以后，她们谁都没再主动提过这个话题。戚远承跟蒋林英年纪大了，平日里的信息来源除了收音机报纸，最多也只是电视，以至于水星根本没想到家里会买电脑。

戚远承原本在里面睡着，不知道是不是水星的音量没控制住大小，卧房的门推开了，他披了件浅灰色的针织衫出来，瞥了一眼水星。

"姥爷。"水星喊了一声，疑惑，"您怎么买电脑了呢？"

"谁跟你说买的？"戚远承板着一张脸，站在卫生间门口也不进去，当时就要解释，"这是我前几天出去抽奖抽中的。"

戚远承说起话来还有自己的一套逻辑，老年人说谎不脸红，一说又止不住，还把细节描绘得清楚，越描绘越像假的。说到最后连蒋林英都忍不住，在一边白了他一眼，好像就在说这个老头子胡说起来也没限度的。

"听你姥爷说这些呢，电脑没放你房间，有辐射，客厅也不合适，就摆隔壁房间了，一会儿进去看看喜欢不喜欢。"蒋林英指了指那边的门，进去前又悄悄跟水星说，"你姥爷下午且捣鼓了。"

"嗯！"水星重重地点了点头。

放电脑的房间是水星跟戚远承中间夹着，水星平日里都不怎么进去，只是粗粗地看过两眼，知道里面摆了一张双人床和书桌。她推门进去，连电脑型号都来不及看，垂手就按亮了开机键，像极了网瘾少女。

等电脑开机的时候，水星才有空抬头，看见正对书桌的墙。

一整堵墙贴满了奖状，大多是戚芸的，也有少部分是戚蒙的。

水星在南方的时候总听戚芸说起自己年轻时学习成绩很好，奖状拿到手软，只是没怎么见过，这会儿总算是亲眼看到了。

从水星到了西城，其实很少听到戚远承跟蒋林英说戚芸的事情，在家里的时候她也会特意避开他们去跟戚芸联系。

这么多年过去，戚芸没回过家，但她的房间还是原封不动地保持着原本的模样。

水星膨胀起来的心情忽然添上些说不清道不明的意味，心里有点儿酸。

那天晚上，水星还是没登录上QQ。

老一辈的人不知道光有电脑没用，还要安上路由器装上宽带才能用，戚远承跟蒋林英对这些东西都不灵光，水星又拖了小半个月才说想要安装网线的事情。

电脑真的能用已经是六月中旬。

西城附中的期末考试安排在六月底，席悦别提多期待，考试前就念叨了好久放假以后的计划，眼见再熬几天，两个月的暑假就到了。

考完试，席悦先来四班门口找水星："星星，考得怎么样？"

班上的同学在复原教室里的座椅，水星的位置在靠门的地方，每次考试搬桌子都轮不到她，反而给了她偷懒的机会。

水星把凳子搬到课桌上，回应："还可以。"

西城附中一直有轮班制的传统，高一下半学期的文理分科并不决定接下来的两年的班级，相反，每一年的期末考都会进行一次新的排名，给每个班洗牌。这次的考题做着比以前几套都顺手，但她顺手，别人也会顺手，保不齐分数起涨上去，成绩没出来，她也不敢打保票好还是不好。

"算了，算了，考完了就别想了，等放假了我们一块出来玩吧。"席悦替水星拿了桌面上的书包，"到时候你不是还过生日吗？还有盛沂，盛沂也是假期的生日。"

"盛沂的生日？"

席悦没看出水星表情下压着的雀跃与惊喜，掰着手指头算日子："嗯，他八月二十四日的生日，虽说还得过一段时间呢，但我们几个人肯定要一块的。"

水星心里默默记了下时间，现在才六月底，她就已经期待起了八月。

"对了，你家是不是装电脑了？"席悦想起来了，"现在考完试了，你回去别忘了通过我的好友申请，我都申请好几次了，还一直没加上。"

水星笑了下："知道了，回去就加。"

席悦跟水星说着话，两个人一块往一班走，说是去看看盛沂在不在，三个人顺路能一块回家。

水星手里拿着水杯，心底都在发痒。

一班整理教室比谁都快，现在班里就不剩多少人，郁晴知道席悦她们肯定会来一班，没走，等两个人到门口了。

席悦看见郁晴，探进脑袋，又朝一班里面看，问："晴晴，向司原呢？"

"去倒垃圾，马上回来。"

"哦，那盛沂呢？"席悦这会儿才想起正经事。

水星听见盛沂的名字，目光假装随意一扫，郁晴说："办公室，老师找他有事儿。"

水星知道盛沂不在班里，心头不免失落了些，又不好直接表现在脸上。

说话间，向司原从楼下提着垃圾筐回来了，见到席悦也不意外，只是他的手不干净，这会儿没办法碰席悦，教室里又没地方洗手，还要去走廊尽头的卫生间才能冲："进去等我。"

席悦"嗯"了一声。

教室里这会儿没什么人了，席悦也不客气，直接拉着水星进去，坐在郁晴的位置上，又问问题："盛沂是不是还要挺久的？"

"不知道。"

席悦见到了向司原，也不在乎之前的目的是什么："要不然就算了，老师要跟盛沂聊起来没完没了的，我看一时半会儿结束不了。"

"……我们不再等等吗？"水星还在挣扎。

"不了吧，反正盛沂之前也没答应我一块回去，我这也是碰碰运气。"席悦满不在乎，转头又看郁晴，"晴晴，一会儿你直接回家吗？"

因为考试，下学的时间还早，席悦趁着有空，她们三个人可以约着在外面逛一会儿再回家，等向司原回来，三个人跟他一块出了校门才分开。

从学校离开，水星就有点儿不在状态。

席悦走在水星跟郁晴的中间，一边挽着一个人，宣布着自己安排的假期计划。

其实按照席悦的说法，这个暑假他们多的是见面的机会，席悦要喊他们出来玩一定是有水星的,她没什么好担心的,这次回家也确实是没约好,席悦临时说要去一班看看盛沂回不回家,仅此而已。

是她自己不该一开始将期望值拉得太高。

天色将黑,郁晴提出要先回家,三个人这才分开,席悦跟水星在街道岔路口说了再见,水星转身,走了一会儿,拐进了小区里,正好碰见蒋林英买菜回来。

水星赶了几步,连忙跑过去接住蒋林英手里的菜篮:"姥姥,我给你拿。"

"这又不重。"蒋林英笑了笑,抬手摸了摸水星的额头,"我们星星真乖,真懂事儿,姥姥回家给你做红烧肉吃,好不好?"

水星跟着笑了一下,应了声好。

上了楼,她把书包放回房间,到厨房倒热水的时候发现蒋林英切菜时居然在哼歌,总觉得蒋林英今天特别高兴,水星也高兴起来,忍不住问:"姥姥,今天有什么好事儿吗,怎么还哼起歌了?"

蒋林英看着水星又笑了:"是你妈妈说下周来接你回去。"

水星拿着热水壶的手一顿,挂在唇角的笑意都僵了:"啊?"

"你爸爸妈妈下午给姥姥打电话了,说暑假有空能接你回家呢。"蒋林英说,"能回去两个月,跟爸爸妈妈好好过个暑假,玩一玩儿,放松放松,等开学来了再好好学。高不高兴?"

水星"嗯"了一声,微笑也变得勉强起来,挤了挤,说:"……高兴。"

话是这么说,可水星就是不知道怎么了,莫名纠结起来,一想到暑假可以给盛沂过生日,她突然就没那么想回家了。

期末考试前,家里没装网线,再加上水星一直努力学习,没时间碰电脑。这会儿考试结束,网线也装好了,时间也有了,蒋林英他们更是不会拦着水星玩。

电脑是液晶屏的,轻薄,大概是戚远承在安装宽带的时候跟工作人员说了,电脑界面上已经有了一些软件,连游戏都装了几个。

水星对网游没什么兴趣,想登录 QQ,才发现自己的密码忘了。

她的 QQ 号是初中那会儿申请的,当时班上同学组建班级群,同班的朋友帮水星申请了一个,号码还记得,就是怎么也想不起密码了。好在软件有找回密码这个选项,水星当时设置的密保答案都是真实的,填起来也快,很快就进入了设置新密码的环节。

再次登录账号的过程很顺畅,水星一上线就听见了咳嗽声,是席悦之前的申请消息。

水星点了通过,刚把她的备注改掉,放进新的分组,席悦的消息就发了过来。

席悦:星星?

水星:嗯。

席悦:你也太懒了吧!网名就是本名!

水星:当时同学帮忙申请的,一直没改。

席悦:好吧,好吧。你回家了吗?

水星:嗯,刚到没多久。

席悦:我跟你说个事儿,我爸妈单位组织亲属一块去周边玩,这几天没办法找你们了。

席悦:等我回来我们一块出来玩?

水星:恐怕不行。

席悦:什么?

水星:我爸爸妈妈要来接我了。(笑)

水星:暑假我应该都在南方。

席悦:……啊。

席悦:那你什么时候回来?

水星:不知道。

席悦:你生日都不能一起过了。

席悦:那盛沂生日呢?那会儿都月底了,你会回来一起过吗?

水星垂下视线,这条消息也没及时回复。

蒋林英只跟她说了下周二的火车票,没有跟她说什么时候回来,如果放在之前,水星肯定是巴不得越晚越好。

水星:我争取吧。

吃过晚饭,水星趁戚远承跟蒋林英下楼遛弯的工夫,从卧室又跑到了隔壁房间。下午的电脑没关机,只是休眠状态,水星又点开 QQ,找到了查找号码的界面,手指在键盘上来回点了不知道多少下,终于决心输入了盛沂的号码。

盛沂的信息界面很简洁,他的头像是一张黑白的不规则线条照片,除了空间,其他的标识都是灰色的。

水星抿了抿唇,故意将光标划动的幅度很大,掐好时间,又闭着眼,卡在空间小标志上边铆足劲摁了下去。

一个简单的动作愣是让她的心好像都塌下去一大块。

只是很可惜,不管前面的动作再复杂,盛沂的空间还是设置了访问权限,并不对外开放。

水星下意识地想删掉访客记录,才发觉如果空间是关闭的,她连删除的可能都没有。

完蛋了,一想到这条访客记录会作为她想要窥探的证据永远地留存下来,水星呼吸都要喘不上来。

访问的界面收缩又展开,电脑很快就因过热发出了噪声,水星一点儿办法都没有,纠结再三,只能关掉空间的界面,打开了自己的信息界面。

现在这个网名太显眼,只要盛沂看一眼就会发现她。

想了会儿,水星好不容易才输入了一个新的名字。

三颗星星。

水星忽然庆幸多亏了李泽旭把盛沂的三点水认成了三,她才有机会以这样特殊的方式,隐秘又光明,让他们的名字有了关联。

假期的生活总是过得快,一眨眼就过了一周。

临行前一晚,蒋林英到房间里跟水星一块整理行李,老一辈总是嫌东西装不够,回去满打满算不到一天的火车,零食就整了一箱,又塞了新鲜的水果,跟水星嘱咐:"姥姥把水果给你放外面这个包,苹果、香蕉、橙子,放这儿好拿,到时候想吃哪个吃哪个。"

"东西太多了,姥姥。"水星现在就要提不动行李箱了,衣服都没塞进去两件。

"不多,不多,穷家富路。"蒋林英要让她带走的东西还没塞完,又包了两罐辣椒油,"还有这个呢,辣了都是前天炸的,给你妈妈带回去,让你妈妈平常吃面的时候放,给你爸爸也尝点儿,看看好吃不好吃。"

水星"嗯"了一声,发现蒋林英还想塞泡面跟面包进去,连忙用手堵住:"姥姥,真的够了,这么多也吃不完。"

这次只有戚芸来接她回去,母女两个人力气再大,行李太多也是累赘,真吃又吃不完这些,再说火车上还有卖,没必要装。

"带多一点儿呢,换着花样吃,万一想吃都能吃上,是不是?"蒋林英最后又塞了一大袋的鸡蛋糕,"这个给你单独装个包,别压扁了,你妈妈小时候最爱吃这个,你们路上饿了也能吃。"

"……姥姥。"水星叹了口气。

"好了,不装了,就这么多了。"蒋林英终于收了手,"等回去了往家里跟姥姥和姥爷打个电话,说一声你们到了。"

水星"嗯"了一声。

一晚上,水星的衣服没整几件,箱子里塞的全是蒋林英买的东西。

第二天早上,戚芸说好了在单元楼前面的小凉亭等水星,明知道两个人走的时间,戚承远还是没出来送,东西太重,还是蒋林英帮着水星一块提下楼的。

水星转头,盯着一楼的诊所看了会儿,发现戚远承站在窗户边,又问:"姥姥,姥爷不出来吗?"

蒋林英拍了拍水星,抬眸,也扫了一眼阳台,叹了口气:"嗯,还有病人呢,你姥爷就不出来了。"

水星知道她说的是假话。

"星星乖,等回了家多陪陪你妈妈。"蒋林英说,"姥姥就不跟你过去了,东西能自己拿吧?"

水星"嗯"了一声,接过蒋林英手里的行李箱,拉起箱杆,发现蒋林英的眼角湿了,心里也莫名有点儿难过:"我能拿,姥姥,你回去吧,不用担心我。"

"好。"

话是这么说,蒋林英还是没走,支着单元门,一直看她的背影。水星走到戚芸身边,发现戚芸的眼眶也是红的。

戚芸低头,匆匆接过水星手里的箱子,最后看了一眼居民楼:"走吧,我们回家了。"

水星点点头。

他们买的是中午的火车票,水星跟戚芸到火车站时还有一个多小时的时间。早上醒来,水星没什么胃口,吃的饭不多,这会儿确实有些饿了,好在蒋林英大包小包给她带了不少吃食。

水星先找到旁边的袋子,面包体软,单独放不容易挤扁,水星解开小结,从里面拿出一个,递给戚芸:"妈妈,吃鸡蛋糕吗?"

戚芸接过面前的鸡蛋糕:"好。"

水星也从袋子里拿了一个,糕体表面油滋滋的,咬了一口:"姥姥说你小时候最爱吃这个,还真的挺好吃的。"

"……嗯。"

戚芸垂下头，也尝了一口，只不过她咬得不多，更像是抿了抿。水星转过头，发现戚芸的眼睛完全红了，眼泪也猝不及防地跟鸡蛋糕混到了一起，松软的面包体湿润润的，粘了水汽。

小时候，戚远承跟蒋林英经常带着戚芸去居民楼前面的汇展街，那会儿街口有家老式的西点店，老板不光自己做点心，周围的街里街坊混熟了，单独拿鸡蛋跟面粉过去，老板也会帮忙烘。

戚芸打小就爱吃鸡蛋糕，蒋林英跟戚远承经常会装一箩筐的鸡蛋找老板，找着找着也成了熟客，后来就连她偶尔路过西点店，老板都会抓一把鸡蛋糕送她。

后来，戚芸去了南方上大学，只有过年过节会回来，家里还是经常备着鸡蛋糕，每次从家走，蒋林英总会给她准备这么一大袋，让她带着路上吃。之后嫁给水浩勇，戚芸就跟家里生分起来，离开西城，这么久，要不是送水星回来，他们还是一个电话都不会打。

水星有点儿犹豫，伸手去碰戚芸的手："……妈妈。"

两只手交叠在一起，戚芸摇摇头，声音还是哽咽的："没事儿，妈妈没事儿。"

其实水星知道戚芸想家也想得紧，她常常能看见戚芸手机界面是有关西城的消息，只不过因为赌气，一开始不想家里干预她跟水浩勇的事情，选择了不联系。时间久了，日子长了，等到真要开口说什么的时候，反而是哑口无言了。

就像在楼下，戚远承在一楼的窗户口往外面望，戚芸站在院子里也往里面看，但两个人都执拗地觉得自己没错，也习惯性地把想要表达的情绪深埋在心底，即使他们都知道对方的心里早就不怨了。

他们只是堵着一口气，但还会记挂彼此。

水星跟戚芸回到南方，她才知道这一年他们搬了家，不再住之前的地方，搬到了更偏更远的自建房里，一家三口只能挤在一个屋子，没有单独的空间，连厕所都要跟人合用。

这一年的时间，她偶尔能从蒋林英和戚远承的念叨里感觉到水浩勇跟戚芸过得并不如意，但他们的损失比她想象的还要严重，她也终于能理解为什么水浩勇和戚芸要把她送到西城，他们是真的没办法了。

可他们还是想尽力完成自己的诺言，接水星回家。

水星想到这里又难受起来。

七月第二周的周末，戚芸跟水浩勇给水星过了生日，回到南方的日子也没有水星想象中的开心。虽然一家人住在一块很高兴，但戚芸跟水浩勇经常会有事情，两个人出去常常一整夜都不回来，家里只有水星一个人。她在南方的同学也都上了高中，大家在不知不觉间都有了其他的朋友，就好像五彩斑斓的泡泡在天上飘，在刹那间又不见了。仅仅过了一年，她在这里有的一切，都消失了，她甚至没有办法，也没有时间再融入进去。

好在之前家里的老式电脑还在，水浩勇跟戚芸把它放到了一个小角落，水星用毛巾擦干净，伴随着机器的嗡鸣声，电脑还能重新开机。

这台老式电脑跟戚远承家里的那台背景一样，都是系统默认的蓝天绿草。

大部分时间，水星都待在家里做题和作业，偶尔出去走走，或者登录电脑。因为之前错过了良好的机会，她始终没敢去加盛沂的号码，登录QQ也只是盯着盛沂的信息界面发呆。

八月中旬，水星做完了所有的作业，戚芸跟水浩勇晚上要回家吃饭，水星在家煮好了粥。又打开电脑，登录了号，就收到有整整一页那么多的席悦的消息。

席悦陪父母在周边旅游回来就直呼没意思。假期里水星不在，她除了经常去找郁晴和向司原玩，偶尔还会在学校里遇见盛沂，几个人偶尔聚一聚。眼看就到了盛沂的生日，六个人里就少了水星。

席悦：星星，你还没确定什么时候回来？

三颗星星：嗯。

席悦：那你每天在那边都做什么？

三颗星星：做作业。

席悦：南方不好玩吗？你们那边沿海，海鲜是不是特别鲜？

三颗星星：还好。

席悦：我还听说你们那边的甜点特别好吃，虾饺、蛋挞什么的，我也好想吃！

三颗星星：那我回去给你带一点儿。

席悦：真的！

席悦：还有什么别的特产我也想吃。

席悦：唉，其实我也不是只想吃特产，主要是想你回来了。眼看就到盛沂生日了，原本我们能出去一起玩的。

水星目光看着屏幕上的生日，犹豫一会儿，在键盘上删删减减，她想问盛沂喜欢什么，如果可以的话能不能给他带一份生日礼物，又觉得在他们眼里自己跟盛沂的关系应该没那么好，送礼物是不是会显得奇怪。

席悦：*等我们高三毕业吧。*

三颗星星：*嗯？*

席悦：*我们一起去海边玩！*

席悦的话题跳转得很快，不像水星一直执着于盛沂的生日，原本要问盛沂的喜好也因为一时犹豫错过时机，到了晚饭的时间点，席悦就先下了线。

等戚芸跟水浩勇回来以后，水星第一次跟两个人说起回西城的事情。

戚芸跟水浩勇这段时间正忙，西城附中的开学时间是九月六号，他们都想让她再多留几天，等九月份有空送她回去，有家长在总是安全的。

水星一方面不想让两个人再因为送她去西城奔波，另一方面确实想早点儿回去，跟他们讨论了良久，终于决定让水星一个人回去，时间就定在八月二十四号早上，那天水浩勇跟戚芸两个人都有空，起码能把她送到车站。

临行前，水星去了一趟当地的特产商店，她答应席悦带礼物回去。

从特产商店出来，水星才明白蒋林英那会儿怎么能收拾出那么多东西。原本只想给席悦买些点心，她又想到了盛沂，为了不显得特殊对待，每种样式都买了六份，除了给朋友的，还给戚远承和蒋林英带了一份。

她提着大包小包回家，来的时候是满满一箱的行李，回去又是满满一箱的行李。

晚上，水星登上 QQ 给席悦提前打招呼。

三颗星星：*我明天回去。*

席悦的消息很快回复过来。

席悦：*真的？*

席悦：*太好了，要不要我去车站接你？*

水星抿唇，忍不住笑了笑。

三颗星星：*不用。*

三颗星星：*你们记得留一块蛋糕给我就好。*

席悦：*什么蛋糕？*

席悦：*你是说盛沂生日吗？今年我们不一起过了。*

席悦：*就昨天，徐阿姨回来了，接他去了北城。*

水星愣在电脑前，屏幕上是席悦接二连三的消息，她都没来得及回复，床上还堆砌着没装入的礼物，行李箱里已经装满了空欢喜。

那些她小心翼翼的试探，大大小小的特产。

紧赶慢赶还是晚了。

盛沂跟徐丽坐在酒店的旋转餐厅里，这家酒店前年重新装修了一遍，地段好，价格也好看，因为盛沂要来，徐丽特地找熟人订了一间，想让盛沂住得舒服些。

徐丽来前将蛋糕放在了前台，等晚饭快结束时再让他们上。

还没点菜，盛沂垂眼，目光全落在下边的车道。

北城跟西城有很大不同，城市更大，也更繁华，人流也更多，从上往下看，到处都充斥着亮光，整座城市都像不会合眼睛似的。

"小沂。"

徐丽坐在对面，帮盛沂打开平板。

点开界面，她才递了过来，问："你看看想吃什么？"

盛沂回过神，匆匆扫了眼平板的界面："都可以。"

"怎么是都可以？今天你过生日，要点自己想吃的，这一年才能顺心如意。"徐丽不知道从哪儿听到的歪理邪说，还说得有理有据，"前面是凉菜，后面是热菜，今天不用管能不能吃完，你想要点什么就点什么。"

盛沂"嗯"了一声。

平板上的菜品太多，前后十页，盛沂随手翻了翻，从凉菜和热菜里各找了两道，都是徐丽爱吃的。他点完，收回目光，拿起平板，又交还给徐丽。

四道菜两个人吃不完，但对于过生日的量又太少。

徐丽拿到平板，直接翻到了后面几页的海鲜，看着上边各式各样的螃蟹，她叫来一边的侍者，问："你们这儿哪一种螃蟹最好啊？今年我儿子生日，想点一个最好的螃蟹。"

盛沂的眼皮抬了下。

边上的人还在询问螃蟹的种类："帝王蟹？这个点的人多吗？跟旁边这个有什么区别啊？"

侍者在解释。

一只帝王蟹的价格高得吓人，他本来想说不用了，四道菜两个人都吃不完，可又看见徐丽满心欢喜的表情终究是没说出口。

菜品是分两次点的，徐丽纠结半天才定下到底选哪个种类的螃蟹。

晚饭吃到一半，侍者将蛋糕推了上来，徐丽看了一眼点燃的蜡烛，站在一边，给盛沂唱《生日歌》："小沂，生日快乐，许个愿吧。"

盛沂"嗯"了一声，闭上眼。

为了营造气氛，室内的光线很暗，过了三十秒，盛沂才重新睁开眼，将蜡烛吹灭。

"许了什么愿？"徐丽问他。

盛沂沉默片刻。

所幸最后一道菜上来了，两个人之间也不至于太尴尬，徐丽之前点的帝王蟹成了两个人的新话题。新鲜出锅的螃蟹，蟹身红彤彤，张牙舞爪地摆放在白瓷碟里。

"算了，算了，还是不说了。"徐丽偏开视线，掰了一只蟹腿放到盛沂盘子里，替自己找补，"生日愿望本来就不能说的，说出来就不灵了。"

盛沂"嗯"了一声。

本来他就没许愿，他知道徐丽注重仪式感，为了让她高兴，自己闭眼做了个样子而已。

帝王蟹够大够肥，蟹腿肉鲜甜，徐丽又多拆了几个，统统放到盛沂盘子里："多吃点儿。"

盛沂点了下头。

"这么些够不够？"徐丽喝了一口水，看见盛沂一言不发地拆解螃蟹的钳子，问他，"妈妈再多点一点儿吧。"

"不用。"盛沂打断她的想法，"够了。"

两个人的话在这儿又断了，徐丽轻轻地叹了口气。

不知道从什么时候开始，一种深深的隔阂感压在他们身上，像是隔了一堵厚重的墙，他们都知道界限，都知道边缘，没人能跨越一步，连对方的表情都看不清楚。

桌子上沉默良久，等盛沂吃完第三根蟹腿，徐丽才开口，问："小沂，是不是妈妈不该接你来北城？"过去的三年里，她跟盛在清都不常在家，他们对盛沂的记忆也一直停留在更小的时候。

那会儿盛沂会孩子气地走斜坡，不经意地贴到两个人腿边，会站在麻辣小龙虾的店门口盯着店里没筛选好的小龙虾瞧，等他们来了也不说要吃，只是拉着他们的手等在店门口。

好像盛沂很小的时候就是这样,不爱说话,但好在年纪小,他总能找到办法表达他想要做的事。

可随着年纪的增长,如今的盛沂聪明懂事,稳重成熟,但也正是因为如此,他明白什么该说什么不该说,什么都拎得清楚,以至于他的话更少了。

如果不是今年过年回家,徐丽都不会知道盛沂现在喜欢吃的是螃蟹。

"什么?"盛沂下意识皱了皱眉头,很快又散开。

"妈妈在想你在这里待着是不是不习惯,也许不应该自作主张接你过来,让你在西城跟朋友一起过生日也许要更好一点儿。"

盛沂开螃蟹的手一顿。

其实来北城过生日并不是突然,徐丽半个月前就给家里打过一通电话,她跟盛沂说盛在清会在月底到北城参加个会议,问盛沂要不要一块过来。徐丽的意思是一家三口很久没聚了,趁这个机会,徐丽跟盛在清他们能一起给他过个生日。

话说得好听,可到场的时候还是只有徐丽。

盛在清不知道是出于什么原因又没有出现,甚至连一通电话都没有打,只是给盛沂发了一条短信,祝他生日快乐,一句跟徐丽有关的事情都没有问起。

盛沂默然片刻,垂着眼:"没有,在哪儿过都一样。"

螃蟹吃起来麻烦,费时间,盛沂有的是耐心,拆起来也细致。

"你还记不记得你小时候?也是跟爸爸妈妈出来吃海鲜,当时饭桌上好多叔叔阿姨,坐在你旁边的叔叔给爸爸敬酒,你还问是什么,你能不能喝。那会儿你就一丁点儿大,旁边的叔叔还让你坐在他腿上,你没坐,就听他跟你解释,说这个东西是酒,只有大人才能喝。

"你不信,昂首挺胸,又立在座椅上瞧,当时又装出一副小大人的模样,还趁你爸爸跟我不注意的时候拽了他的酒杯,一口就闷了进去,脸一下子就红了,昏昏沉沉地睡了一整天。"徐丽说到这里忍不住也笑了笑,又感慨,"时间过得真快。"

盛沂沉默不语。

徐丽看向盛沂,十六七岁的男生长得快,不知道什么时候起,盛沂的个子高了,眉眼变了,更坚定,更像盛在清:"一转眼你就十七岁,都要上高二,成为大人了。"

盛沂还是没说话。

"爸爸妈妈过去工作太忙,陪你的时间也少,好在你一切都好。"徐丽温声,跟他说话,"之前你们老师还给妈妈打过电话,说你的成绩很好,要是一直这样稳定下去想去什么学校都是可以的。"

盛沂抬起眼,看着她的神色,敏锐地察觉到什么。

"妈妈在这儿有的同事,他也跟妈妈说过,北城的大学多,师资是很不错的,机会也很多,未来就业也是好的。"徐丽说的话,对于盛沂来说应该是再好不过的选择。

只是跟他想的不一样。

盛沂拆蟹腿的动作快了些,似乎也没那么细致了,垂下眼,顿了一会儿,才说:"嗯。"

"那妈妈是这样想的,你现在离定学校还远,但在此之前我们可以先把大致方位定一下,先决定去哪个地方上大学。"

螃蟹壳里留下几根蟹丝,盛沂没再刮,把蟹壳丢到一边。

徐丽抿了抿唇,有些紧张:"如果可以,妈妈想问你愿不愿意考虑北城的学校?"

徐丽的想法很简单,盛沂跟她之所以变成现在这个样子是因为相处太少,她想如果到时候盛沂来了北城,母子俩经常能待在一块,日子长了,盛沂也许就会跟小时候一样亲近她,隔阂总有一天会消失的。

"暂时……"盛沂眉头又皱了下。

他想要说没有,只是目光又扫到了对面徐丽的脸上,不知怎么了,他总觉得她的表情太难过,而在今天这个日子,他不想让徐丽感觉到这样的情绪。

似乎是知道盛沂要说什么,徐丽伸手,又去整理盛沂桌面前堆起的蟹壳,抢先一步说出了接下来的话:"小沂,你始终是妈妈的孩子,妈妈一直想着这几年我们见得太少,等你在北城,跟妈妈见面的机会也可以多些,妈妈也能更好地照顾你。"

盛沂抬起眼,又落下视线。

十七岁。

他真的处于一个尴尬的年纪,在成人的世界里他们把他当作一个孩子,在孩子的世界里他们又把他当作一个大人,说大不大,说小不小,他还是不能有自己的想法,有时候连盛沂都不知道该怎么做才算正常。

饭桌上又陷入了沉默,徐丽又夹来一只蟹钳,这好像已经是她唯一能做到的乞求的办法。

盛沂抿了下唇，伸手，指腹捏在了螃蟹的钳边，钳身的小刺多，扎进皮肤里。不知道过了多久，盛沂终于开口，他说："知道了，我会考虑的。"

在北城待了没两天，盛沂独自回了西城。

开学第一天，西城附中重新调整了各个年级各个班的人员名单，成绩参考上次的期末考试，名单由政教处贴在了学校的布告栏里。

早自习前，水星提前去布告栏前查看自己的分班情况。

周围陆陆续续有人过来，水星在四班和二班的名单上找了一圈，忽然听见旁边传来声音，有人问她："水星，你在看什么？"

水星回过头，发现是李致堃："李老师，我找不到我的名字。"

"这儿呢。"李致堃笑了笑，抬手给水星指了指布告栏的左上方，最高的地方贴着一班的班级名单，"上次考试自己的排名都没看吗？你进一班了。"

水星愣了一下，根本没反应过来。

高二分班调整的成绩参考的是暑假前的那场期末考试，那次考试水星在数学和生物上超常发挥，只不过放假以后，水星没一周就回了南方，没自个儿领成绩单，戚远承跟蒋林英只跟她说了这次的分数，没说排名。那会儿水星只以为是全年级的分数都提了上来，没有多想，更没有想过年级总排名会一跃到了三十名，正好卡在了一班的尾巴尖。

李致堃一会儿还有事情，跟水星闲聊了几句，大概问了问她最近的学习情况和生活状况就离开了。

水星一个人留在布告栏前。

布告栏的左上方是一班的分班名单，水星抬头，一眼就能看到最顶头的名字，跟她的名字相隔了二十八个人。

好远，又好近。

周围的人来了又走，水星傻愣愣地在分班名单前站了十多分钟，直到上课铃打响才匆匆跑进了教学楼。

这次进一班的人不算多，加上她，只有两个二班的同学，三个人站在办公室里都等班主任领他们进班。

一班的班主任是位教数学的女老师，姓阎，名格，兼顾一班和二班的数学课，旁边两个同学都是认识的，半天也没见老师的身影，估计也是无聊，凑在一起嘀嘀咕咕地说什么话。

水星站在边上插不进话。

忽然间,嘀咕声突然消失了,旁边的两个同学相继埋下了头。水星回过神,看见了两个人面前站着的中年女老师,她穿了一套正经的黑色职业装,刚从二班回来,手里还拎着一副巨大的木质三角尺,随便一扔,摔在了旁边办公桌上,砸出很重的一声。

"怎么不说了?"她问。

阎格,其名如人,真的很严格,仅凭一句话,旁边的两名同学双双摆起了哭脸,连应一声的勇气都丧失了。

水星垂下眼,也有点儿被吓到了,原本抬得不高的头更低了。

进一班前要跟班主任短暂谈话一次。

阎格对着三个人将成绩单翻开,抬眸,又扫了一眼水星。

对她来说,水星是完全陌生的学生,当初分班的时候既没待过一班,也没在二班出现,算是忽然超车的空降学生。

"趁早收了玩玩闹闹的心,在办公室都这样叽叽喳喳的,进班里还不上了天?一班班训,你们仨每个人拿一份,回去都看清楚了。"

相较于其他班,一班的管理更严格,这跟班主任脱不了干系,不过也正是因为阎格的军队化管理,一班始终保持遥遥领先的位置。

三个人乖乖接过阎格递过来的纸。

"还有你们两个。"阎格点了点之前说话的两个同学,"班训先抄十五遍,长长记性。"

两个人都不敢反驳。

阎格赏罚分明,水星没参与,自然没她的事。

一班的座位非必要不变,三个学生只能固定穿插到现有空的位置上,阎格又简略地介绍了下现在的课程进度。

一班的进度比其他班要快,为了不耽误时间,平常的月考卷子除非重点难点不讲,都是由班上的同学自己解决,或者下课来问老师。

阎格介绍完情况,转头带着三个人进了教室。

班上的同学见她进来一瞬间收了声,不在座位上的就近先挤到一边,保证没人站着。

水星站在讲台上,更方便看底下的人。

"高二了。"阎格双手撑在讲台上,咳嗽一声,"又大了一届,就有点儿大了一届的样子，别每天晃晃荡荡不知道干什么。"

话是这么说，台下的同学都收不住心，往上瞧。

"知道你们好奇，咱们班终于进新人了。"阎格冲边上看看，"行了，让他们自己做个简单的自我介绍，一会儿该上课就上课。"

前两个同学是二班的，每天上下课间总能撞见，又是两个男生，在理科班最不缺了。相反，水星只是站在最边上，大家的关注点不自觉地就偏了过去。

李泽旭在阎格进来的时候没来得及坐回去，跟一个第一排的男生挤在一块，小声提醒："三星，介绍下自己。"

"你叫她什么呢？"旁边的男生忍不住问。

"三星。"李泽旭又往里面挪了挪，让对方坐进去点儿，"我跟她早认识了，熟着呢。你倒是再往里坐坐，我快掉下去了。"

"行吧，行吧。"

下边的对话水星压根儿没听着。她走进班里，站到讲台上，就见靠窗户口的盛沂，他坐在第三排，晨曦打在他肩头，他停下了手中的笔，抬起头，视线也望了过来。

水星抱着书的手压到边缘，心底也挤压着慌乱起来。

众人没注意到水星的异样，都觉得她是进入一个陌生的班级太紧张，阎格直接替她介绍了班级和姓名，抬起手，随便点了个位置，将水星安排在了靠窗的第二排："好了，你就坐那边吧。"

水星的眼皮跳了下，不可置信地看了眼窗户边的空位，视线又微微偏向了后面的盛沂，压着心里的喜悦，应了一声好："谢谢老师。"

她旁边的同桌是个女孩，看见水星过来很自然地起身给她让了让位置，让她先进去。

李泽旭原本要从第一排来找水星，结果刚起身，上课铃就响了，下节课是数学，阎格还在台上站着，想了想，只能作罢，回座位前还不忘给她打个手势："下节课找你。"

一节数学课过得太快了，水星都没来得及平复好心情，下课铃又打响了，阎格拖了两分钟堂，把练习册上的最后一道大题讲完才收拾东西出了门，水星合上面前的练习册，除了几个圆珠笔戳的点，什么都没记下。

她低了低头，不知道怎么转身跟后面的盛沂说话自然些。

"三星。"李泽旭来赴约了，"牛啊你，这就进了一班。"

"没，我这次是超常发挥。"

"这怎么能说超常呢？你相信自己，就是正常发挥。"李泽旭转头，朝后面的人以求肯定，"盛沂，你说是不是？"

李泽旭的问题让水星有借口把身子偏了偏，她转头，看向身后的盛沂。

她的面色如常，看不出什么问题，只有握在手里的练习册知道她多紧张。

"嗯。"他肯定了她。

李泽旭没想到盛沂真的会回应他这种无聊的问题，一时间大喜，伸手就勾搭上了水星的肩膀，很高兴："看吧！看吧！不只是我这么觉得吧？"

他的动作显得太亲密，原本想说的话没再讲完，盛沂抿了抿唇，不想再讲话了。

"既然进了我一班的门，以后大家都是战友，我们这么熟，以后少不了互帮互助的机会。"

"嗯。"水星假装不经意地侧了侧眸，看向后面的盛沂，"我们是一个班的人。"

没想到盛沂会同时跟她对上视线，像是碰到了烙铁，水星一下躲开了视线。

对于水星跟盛沂双双收回的视线，李泽旭没太大反应。

他开始设想美好的未来，手舞足蹈地跟水星介绍一班有多好，说到兴奋的地方，胳膊又搭到了水星身上："既然是一个班的人以后有什么困难就找你泽旭哥哥，小小问题，泽旭哥哥会帮你解决的。"

水星刚想点头，就看见盛沂站了起来。

他一只手勾起桌边的水杯，一只手拽起了李泽旭扒拉在水星肩膀的手："出去打水。"

水星愣了下，似乎看见盛沂又对上了她的视线。

"还有。"他果真瞥了水星一眼，又跟她说，"别听他瞎吹。"

打水队伍很长，李泽旭跟盛沂站着左右两边。

周围来往的小姑娘视线总往两人这边瞥，李泽旭歪头，看了眼盛沂的水杯，里面还有大半瓶水，他怀疑盛沂喊他出来是担心一个人被围观，有他在其他人的视线能分散些："你这杯子里不是还有挺多水，怎么好端端还要接？"

盛沂垂眸，拧开杯盖，静了一会儿，才想到怎么回答·"水凉了。"

"凉白开，凉白开，喝点儿又没什么。"李泽旭撑在他旁边，不想白出来，猛地灌完杯子里的小半瓶水，又去接热的。

后面排队的人还多，两个人接完热水也没多待，正准备回班，一转身在路上看见了席悦。

李泽旭手长脚长，没跨两步就像拎小鸡仔一样拎住席悦的后衣领，跟她打趣："跑这么快，又急着去找司原呢？"

"不是找他。"

李泽旭不信她的话，一手揽在她的肩膀，一边把人往一班那边带："害羞什么？我们一班还有什么让你席小公主亲临的，不就是我司原兄弟。"

一班门口下课就聚集了人，几个眼尖地看见席悦大老远就跟向司原去汇报了："司原，又有人来找你了。"

席悦真的哭笑不得。

向司原从班里出来就瞧见李泽旭跟席悦的姿势，他刚睡醒，眼皮还耷拉着，没什么开玩笑的心思，皱着眉，抬手把李泽旭的手一撇，轻轻松松地就扔到了一边儿。

李泽旭明显地感觉到了向司原的不爽，也意识到跟席悦这么亲近是有点儿不妥，四个人的位置变了，向司原一来，席悦就站到了他旁边，盛沂还跟李泽旭是一边的。

"他们说你喊我。"边上有席悦，向司原的脸色好看了些，身子自然地靠在门边上，整个人懒懒的，"什么事儿？"

"没有，我找星星的。"

自打上次期末考结束，水星直接回了南方，两个人除了在网络上交流，还没见过面，早上忽然听见班上同学说水星到了一班，席悦还有点儿震惊。

"水星？"向司原上下看了她一眼。

席悦点点头，伸手又去推他："来都来了，那你帮我叫下人，我还找她有事儿呢。"

向司原一下成了多余人，等水星从教室里出来，席悦就拽住了她的衣角，假装很生气："星星，你都没跟我说过你要进一班。"

"没有，我也不知道能进一班。"

今天早上她都没找到自己的分班。

水星解释："你别不高兴，考试成绩单没发下来，我妈妈就接我回南方了，要不然肯定跟你……"

水星太容易相信人，席悦一下子就忍不住了，装不下去了，连忙摆手："没有,没有,我当然知道,进一班是好事儿,我恭喜你还来不及呢,怎么会不高兴?"

大家都在聊成绩的事情,李泽旭一个人偏离了话题:"哎?三星,你假期去南方旅游了?"

"嗯?我爸爸是南方人。"水星忽然不确定这么说对不对,"……算是回家?"

李泽旭没去过南方,忽然就好奇了,他连声问:"南方什么样啊?东西好吃不好吃?你下次什么时候再去啊?"

"就跟西城差不多。"水星开始回忆两城的区别,"东西很好吃,我这次回来给你们带了一些特产,还没来得及拿到学校呢。"

"你真的带啦!"席悦惊喜。

那会儿她们在网上聊天,席悦只是随口说了一句话,并没有真的想让水星带回来。

几个人凑在门口说话,正好看见从办公室回来的郁晴,水星跟着席悦回头叫郁晴过来的时候才发现盛沂还在。

旁边的郁晴跟席悦正在说礼物的事情,水星又回过头,飞快地扫了眼门边的盛沂。

他不爱凑热闹,水星还以为在他们凑到墙这边的时候盛沂就回去了,那会儿背对着门,也没注意,盛沂一直离他们不远不近的。

"嗯,大家都有份的。"水星声音大了些,想让盛沂听见,说,"明天来学校我带过来吧。"

几个人说话间又打了预备铃,三班离一班远,席悦跟水星说定了明天再来一班找她拿特产,然后又忙不迭地跑到了那边的走廊。

班上的位置是李泽旭靠墙,向司原跟郁晴在中间,也许是盛沂有刻意等过她,也许是他本来就喜欢最后一个进教室,落在最后面的只有她跟盛沂两个人,走最长路的穿到靠窗一排的也只有她跟盛沂两个人。

明明是在平常不过的瞬间,水星又觉得这个瞬间多少黄金细软求也求不来。

回到家里,水星跟戚远承和蒋林英说了进一班的事情,然后才问了之前从南方带回来的特产放在哪里。

蒋林英以为是水星这会儿要吃:"怎么了?想吃也等吃了饭再说。"

"不是,我答应给同学带的。"水星莫名想解释一下,"就是上次送我回来的两个女同学,郁晴跟席悦,姥姥你还记得不记得?"

"记得。"蒋林英隐约有些记忆,又指了她跟戚远承的卧室,之前怕东西堆乱了，水星拿回来的东西都堆在了他们卧室的阳台上，"那你去阳台上看看，带回来那么多，你又不吃，我还怕放坏呢。"

水星松了一口气。

等吃完晚饭，水星才进了戚远承跟蒋林英的房间，他们这间卧室多了个小阳台，平常蒋林英跟戚远承会种一些辣椒果蔬，自己家也吃得方便。水星带回来的特产就在一边的柜子隔间，那会儿每样都想带给他们尝尝，一样又六份，不知不觉就买多了。

水星先拿了两份，抱在怀里才发现她一次性肯定带不完。

之前她能拿回来是因为有箱子装，上学又不能拎着去，怪怪的，想把东西都拿过去最好的办法只有分批次。她头一天先给席悦和郁晴装了过去，第二天又给向司原跟李泽旭带了。

其他人倒没什么，分别跟水星道了谢，放在李泽旭身上又不一样，拿到礼物就不走了，抱着三盒伴手礼，视线来回在水星后面的桌子扫。

说起来奇怪，水星给他们几个人都带了，唯独还没给盛沂。

"盛沂，你说这些是什么？"李泽旭忍不住显摆，问他，"上边的字我怎么有点儿认不全，这是什么什么糕？"

盛沂根本没搭理李泽旭。

李泽旭没停："盛沂？"

"盛沂！"

"沂沂！"

越叫越恶心，盛沂终于忍不住停了笔，搁在一边。他皮肤白，平日里又不爱笑，忽然抬过眸子，总觉得眼底会浮出一层凉意："干吗？"

"你看你又这样，都跟你说了别每天冷冰冰地黑一张脸了，要多笑。"李泽旭不禁摇摇头，"除了我们，班里谁敢跟你说多几句话，你看吓得三星也不敢给你送礼物。"

盛沂从左到右，瞥了一眼两个人，表情变了变，嘴角终究还是没有动一下。

他重新拿起笔，"哦"了一声，不理人了。

李泽旭是见惯了他这副模样，倒是水星有点儿紧张。

"不是，不是。"水星连忙解释，也顾不上现在到底什么情况，转身，整张脸都对上了盛沂的视线，"实在是东西有点儿多，书包里的空间有限，还要装书，提袋子又只能提两个，我真的……"

她想说给你准备了,水星原本是解释给盛沂听的,没想到笑起来的反倒是旁边的李泽旭。

李泽旭实在是憋不住了,如果说他之前还没明白过来席悦怎么总逗水星玩,现在看她这么认真,在盛沂面前手忙脚乱地解释才明白水星是真容易把别人的玩笑话当真。

原本鼓足的气一股瘪了下来,水星迷茫地看向旁边。

"三星,你也太紧张了,我跟盛沂开玩笑呢,肯定是知道你给他准备了我才敢这么说啊。"

水星愣了愣。

她张了张口,忽然也反应过来,他们是朋友,玩笑的度也总是能掌握,但那会儿她就是太心急,担心盛沂真的会以为她不重视他。

其实在所有人里……

"好啦,好啦,沂沂,笑一个。"

好像根本没有人会记得前几分钟发生的事情,李泽旭又凑在一边扒拉盛沂的身子。

水星松了一口气,想想也对,这又没什么,李泽旭一直爱乱说,盛沂从来都不在乎,本来就是她的一点儿小心思,是她以为重要的事情,别人未必这么见得。想是这样想,但第二天早上水星还是带了给盛沂的那份礼物,不过跟别人的不同,她特意找了家里好看一些的袋子,不至于专门买了新的让人看出来,也不至于太丑。

盛沂比预想的早进班。

水星坐在位置上,她的旁边还有人。原本很坦荡的一件事,遇到盛沂就变得不知所措起来,水星无数次地看向抽屉里的袋子,在想什么时候给。

袋子边又要搓皱了,水星才等到了旁边的同桌出去打水。

教室里这会儿没什么人,来的同学或者低头补作业,或者趴在桌子上睡觉。水星吞了吞口水,趁机把抽屉里的礼物拿出来,转头,飞快地放到了盛沂桌边:"礼物,这个给你。"

东西太多,水星放在盛沂桌子上的时候没注意,转身,又回忆起之前的响动声,总觉得有点儿像生气把东西砸下去。

明明是特意要交给他的生日礼物。

身后有整理塑料袋的声音,盛沂的声音也冒了出来,问:"怎么多一个?"

水星全身都僵了下,"嗯"了一声,后知后觉才意识到自己没转身。

"就是多了一个。"水星垂着脑袋转过头。

她低着头,额前的碎发散了散,贴在脸上,似乎看向他,又似乎没看向他。

"之前听到席悦说你的生日,但那会儿我在南方回不来,当时逛特产商店的时候就想着给你多带一份,是给你的生日礼物。"

说出来很轻松,但盛沂不知道水星到底在特产商店的货架前待了多久,三样特产挑完,只有到了盛沂这里才复杂起来。

"老板说这个糖吃了会有好运的,之前有小孩子每次考试前都会来买,每次考试的成绩都很好,当然也可能是商家的……销售套路。"水星一口气也没停,说了一长串,"不知道你会不会喜欢?"

讲完最后几个字,水星莫名觉得耳边的声音燥燥的,嗓子像进了小沙粒。

盛沂抬眼看去。

天知道水星现在有多紧张,之前比赛也好,见面也好,因为担心言多必失,相比跟李泽旭他们,她从来没跟盛沂说过很长的话,能一句解决都一句解决。

这是第一次她说了很多的话。

水星咬了下唇,半天也没等到盛沂的反应,刚想抬头看一眼,又发现盛沂的视线也在看她,匆忙间,她再次低下头,没瞧见他眼底不可察觉地浮出一抹笑意。

只听见他说谢谢,心脏就又冒出了热气。

生日礼物送出去,水星总算松了一口气。

有李泽旭跟郁晴他们几个在,席悦偶尔还会从三班过来,这样水星身边多了许多朋友。

但是一班不比四班,班上学习的氛围是真的浓,同学们你追我赶,连下课都在埋头做题,再加上各科老师们也不手软,每天都会布置很多任务。别的还好,水星这方面还没适应,每次回家都要带一堆作业,才一个星期,水星学习的时间从十二点延长到了一点多也睡不了。

戚远承每天该进屋休息还是照常,但蒋林英不一样,整晚怕水星饿了或者渴了,常常要陪到后半夜,怎么说也不听,反而跟她解释是老人家觉少了。

蒋林英推开门进来,把热牛奶放在水星桌前:"就看见你屋里灯还没灭,作业还没有写完?"

"没有，马上就写完了。"水星不想让蒋林英担心。

蒋林英把热牛奶推过去，催促她："实在不行就别写了，早点儿睡觉，睡前把这个喝了，助眠的。"

水星"嗯"了一声，闷头喝掉那杯牛奶。

蒋林英从她手里又接回来："好了，洗漱下就睡觉吧，明早还要早起上学去。"

水星点点头，跟着蒋林英出了卧室。

蒋林英直接回房，水星到卫生间简单洗漱了下，路过两个老人房间的时候隐约听见里面模糊的谈话声，没多想，又进了自己的房间，关灯，上了床。

兴许是这段时间水星习惯了更晚睡觉，蒋林英送给她的那杯助眠牛奶一点儿作用也没了，她躺在床上，翻来覆去怎么也睡不着。

现在开灯又怕吵到蒋林英他们，只能过记忆里没解出来的数学题。

一班讲题的速度太快，一节课就能过两张卷子，有几个她不懂的点，别的同学好像都知道，也没人举手问，她脸皮薄，更不好意思说，全靠自己想。

床边闹铃的指针是荧光的，不留神就指向了两点，该不会的步骤就算给她时间也想不通，水星更像是盯着上铺的床板发愣，脑袋里这时忽然冒出一个奇奇怪怪的想法，不知道盛沂是怎么做出来的。

还有就是，她要是跟盛沂一样就好了。

第二天清晨，水星猛地从床上爬起来。昨天晚上睡得太晚，她都没听见闹铃，蒋林英在外面做早饭也没提前喊她。她手忙脚乱地穿好衣服，连洗脸都是匆匆扒了把水，到了客厅，发现姥姥已经给自己凉了一碗稀饭。

蒋林英看见水星洗漱出来，招招手："星星，过来喝稀饭了。"

西城附中规定的时间是七点半到校，一班提前十五分钟进班，水星知道这个规定，平常都七点出门，到学校刚好，结果起床那会儿就七点了，实在没时间吃。

"来不及了，姥姥。"水星在桌上抓了一块小面包，极快地穿上鞋，"中午，等中午回来我再喝。"

所幸从家到学校的路程不过七八分钟，水星又是跑着去的，还没打预备铃就进了学校。水星之前来得早，都不知道这会儿才是到校的高峰期，除了他们一班也没学生是这么急的。

水星一个人在校园里跑反而显得有些格格不入，不知不觉也慢下脚步来，忽然听见后面冷不丁有人大声喊她:"星星!"

水星吓了一跳,闻声回头,才发现是席悦,视线一转,又落到她旁边的盛沂身上。

席悦又是跑又是跳,赶了过来,一把抱住她的胳膊:"你今天怎么来这么晚?"

水星因为席悦的力气,站在原地的身体跟着晃了下,假装不在意地转回身,也挽住旁边的席悦:"早上不小心睡过了。"

"这也叫睡过?我之前每天这个点儿才起,反正来不及了我爸爸肯定送我,用不了多久。"

西大家属区离西城附中近,三班也没限制时间,席悦仗着还有人送,更是喜欢赖床,经常踩着点儿才进校门。

"要不是今天早上我奶奶让我去给盛沂送东西,我才不早起呢。"

水星一边听席悦的解释一边转头,这样就好像只是因为听到了名字顺势去看了眼盛沂。盛沂一直没跟过来,跟他们保持着不远不近的距离。

"星星。"席悦忽然摇了摇她胳膊。

水星心底一惊,还以为是她发现了自己的视线,连忙缩回头,心虚地瞄了眼席悦,又"嗯"了一声,问:"怎么了?"

"你要不要吃饼干?"席悦说着要从书包里掏东西,"我从家带了好多,你拿一些顺便分给郁晴他们几个。"

水星知道是饼干,瞬间松了口气,点点头,伸手又去接她的零食。

等进了教学楼,上了六层,预备铃刚好打响,三个人才就此分开。

走廊里除了几个检查卫生的学生会成员就没有其他人,盛沂跟水星前后脚进了班,阎格已经在讲台上站了有一会儿了。看见两个人,眉毛都要皱出一座小山:"七点十五到班,不知道现在几点?"

水星垂着脑袋,手指不知觉地在搓校服边,不敢应声。

班上的同学更是投来同情的目光,阎格要求向来严格,高一开学前他们就听过她的盛名。一入学阎格又规定了一班到班时间,比规定时间还早十五分钟,当时没人放在心上,结果不到一个星期,阎格就把他们收拾得服服帖帖,都一年多了,还没人敢再迟到。

"你现在迟到十五分钟,我放你们进来,等高考迟到十五分钟,你问问门卫放不放你们进去考试,三年努力是不是要白费。"

水星有点儿被她说的话吓到，想回应什么，又不知道说什么，就见阎格已经把头转了过去，不再搭理两个人。

她把讲台上的练习册递给第一排的同学，让他们发下去，又趁着他们动身的工夫在讲台上宣布事情："练习册先发着，我这边再跟大家说两个事情，下个月月末我们学校要举行合唱比赛，要求每个班都出一首歌。"

西城附中的活动很多，尤其面向高一和高二，进班不到半个月，学校就要组织一场全校的合唱比赛，除了高三，每个年级每个班都要进行展示。

同学们对这种集体活动都表现出没兴趣，台下边不知道是谁小声念叨了一句无聊，阎格耳尖："不想参加？是谁可以说出来。学校说要求，又不是强制，你们要觉得无聊到还不如在班里留着做题，咱们班直接退了，省得大家委屈，好吧？"

阎格平日里就强势，再加上今天又有水星跟盛沂两个人迟到，班上顿时更安静了，一点儿人气都没了。

原本还想应声"的确如此"的同学都不接茬了，一方面是怕阎格生气，另一方面的确是学校生活太苦，整日做题改错也没什么意思。

"给你们三分钟。"阎格来回扫了眼班上同学们的脸色，数着表，掐时间，"想好了就说，到底想不想参加。"

班上的同学相互看了几眼。

"……老师，参加吧。"班长孟子皓带头先发言，紧跟着的人说话也有了底气，相继迎合起来。

"行，要干就好好干。"阎格是个要强的老师，"咱们班是一班，重点班里的重点，向来就是拿第一的，我的要求不光是学习上，各个方面既然决定了就是只有一个目标，奔第一去的，几个班委跟同学们先把歌确定出来，等老师回头联系个指导老师来教你们，上台咱们班就要争气。"

同学们连声应好。

"还有一件事，这个月底是你们上高二以来第一次考试。"

台下的同学还正讨论合唱比赛的事情，阎格又宣布了考试，像泼凉水似的，闹哄哄的心也都静下来。

"瞧你们这脸色。"阎格看了眼下面的同学，"成绩是老生常谈，我今天跟你们说点儿新的，咱们班一年没换过座位了，之前有同学提议按成绩挑，第一名到最后一名挨个进来选。"

班上发出了惊叹声。

阎格打了个安静的手势:"或者是座位由前面的十五名同学选,后面十五名按成绩分给前面的同学,一帮一,没自主权,但能提高成绩。就这两种方法,一会儿下课你们讨论一下,月考结束前让班委报上来,我们考完试换一下座位,没问题吧?"

同学们当然没有异议。

阎格把事情宣布完,水星跟盛沂还在班门口站着,水星刚开始还尴尬,转头,又发现盛沂还是跟平常一样,甚至比平时的脸色还更冷些,完全没受到任何影响。阎格说话注意不到他们,两个人站在这儿甚至像是回到英语演比赛的演讲台,光是这么想,水星莫名也松缓起来。

早自习下了,阎格收拾好讲台上的包,让盛沂跟水星跟着她去了办公室。

一班的规矩太多,水星刚进班的时候就知道,阎格一言不发地走在前面,水星和盛沂只能跟在后面。

高二的办公室分两个,几个重点班的是一间,几个普通班的又是一间。水星跟着进去的时候,李致堃也正好回来,跟他们前面的阎格打了声招呼:"阎老师,下早自习回来了。"

阎格点了点头,没再说话,坐在位置上:"行了,现在说吧,你们两个人早上的迟到是怎么回事儿?"

"水星迟到了啊?"她再怎么也是三班出去的学生,李致堃难免上心一些,"是不是家里有什么事儿?还是身体不舒服?"

"都没有。"水星摇摇头,她原本就是有错在先,这会儿更不敢说谎了,老实巴交地说,"昨天晚上写作业写太晚了,早上没起来……"

李致堃咳嗽一声,原本还想让水星说点儿缓和的话,给她找找借口。

阎格偏头看一眼李致堃:"你再给她找找借口。"

"我哪有,这不明显是同学爱学习,积极性高。"李致堃说,"再说也没迟到,在学校门口拦下来吧?"

阎格懒得听李致堃的无效帮忙,转头又问盛沂:"那你呢?"

"胃疼。"盛沂说得简单。

昨天晚上到了一箱快递,是徐丽寄来的。她不知道从哪儿买了新鲜的螃蟹,有十几只。老人家怕东西放坏了,晚上蒸了大半,又觉得盛沂喜欢,怕他不够,便给他端了过去。才吃完还没事,不想天快亮的时候,盛沂胃里隐隐作痛。家里没备胃药,还是打了席悦那边的电话,托她送了些过来。

水星愣了下,也不顾两个老师还在场,转头就去看盛沂。

她早上跟席悦一块来也没听到席悦说起盛沂身体不舒服的事情,两个人又双双迟到,在班门口站了一节课,那会儿她看盛沂脸色发白还没觉得出什么。

"你看,两个同学都是事出有因。"李致堃笑了笑,"阎老师也大人不记小人过,让他们注意点儿,这事儿给点儿惩罚,该过去就过去了。盛沂还胃疼呢,让孩子早点儿回去休息,也别在这儿站着了,是不是?"

阎格瞪了他一眼,也不好再发飙,回过头:"行吧,李老师都替你们说话了。"

有李致堃打圆场,阎格也没有给他们太严重的惩罚,只是让两个人以后下学留下,包圆一班为期一周的值日。

两个人从办公室出来,水星回过头,还记挂着盛沂胃疼的事情,联系起早上席悦给盛沂送东西,保不齐就是胃药。

犹豫一会儿,水星朝盛沂望了一眼:"我刚刚听到你跟老师说你胃疼,真的假的?"

盛沂的目光落到她身上,"嗯"了一声。

他们并肩走在走廊里,楼梯正对面是打水的地方,人多得很。

这段时间里,水星跟盛沂的关系一直说好不好,说不好又因为席悦他们的关系比平常同学近一点儿,但要论起两个人单独相处的时间少得可怜。

水星抿了抿唇,在想这个话会不会逾矩:"那你……现在好点儿了吗?"

盛沂的眼睛又低下,他垂着眼,眼皮处那颗很浅的小痣又显了出来:"嗯,好多了。"

"之前悦悦塞了好多饼干给我。"水星像是想起什么,停下来,她的校服口袋里鼓鼓的,全都是席悦塞给她的饼干,"我姥爷跟我说明嚼一点儿东西就能缓解疼痛。你要不要吃一点儿?"

"好。"盛沂应了一声。

饼干实在有些多了,从口袋里掏几个都不方便,简直可以用牵一发而动全身来形容。水星突然后悔提议了,不知道为什么在盛沂面前总是冒冒失失,窘迫得很。她只不过拽了一个,其余几个松松地也接连往下掉。

水星脸都要红透了,又不知道该怎么办:"我不是……"

她生怕盛沂嫌弃,就见他的手伸了过来。

口袋里的饼干也这么接连地掉进他的手里。

他们站在楼梯的边口,后面是打水的学生和还没来得及变黄的银杏树,走廊中央的曦光穿过玻璃透射进来,小饼干的包装袋惹得人也晃眼睛,四周细碎的彩影相继爬在盛沂的手腕上,他的腕骨有些凹,食指轻抬了下,指腹压在了她的口袋。

两个人的距离瞬间拉近了不少,她听见盛沂说"好了",抬起头,又看见他的侧脸。

水星屏了一口气。

忽然觉得她像屋子外的树。

不敢张大嘴巴,连呼吸都要忘了个干净。

水星跟盛沂一块回到班里,众人的视线都聚了过来。

李泽旭正靠在讲台边上跟郁晴说话,看到两个人进门,也不讲了,凑过来就问:"你们有事儿没?格格怎么说?"

格格是李泽旭他们给阎格起的外号。

这个时间点班上正是松散的时候,原本要睡觉的同学又歪起头,也朝他们看过来。

"对啊。"前排的女生也问他们,"你们没事儿吧?"

盛沂看了一眼他们,说:"没有。"

李泽旭不信,转头又跟水星讲话:"格格没罚你们?"

水星愣了一下,没想到话题猛地转到自己身上:"罚了。"

李泽旭追问:"罚了什么?"

"阎老师罚我……"水星瞄了眼盛沂,压着心跳,将自己和盛沂化二为一,"罚我们以后的一个星期下学都留下,给班上打扫卫生。"

"这么惨?"李泽旭投来同情的目光,"那岂不是这一个星期你跟盛沂都要晚回家了。"

"还好吧。"旁边有男同学应声,"高一那会儿,格格罚得更狠,迟到不光要打扫班里的卫生,上课也不能坐,都挨个站后面那堵墙。"

"真的,你们现在去后面的墙角看。"有真被罚的同学肯定,"左边那个小凳子就是我画的,那会儿格格不光撤了我的凳子,还又给我布置了十几份的数学卷子。"

同学们七嘴八舌给水星科普之前阎格在班里施行的政策。

"行了，行了，你们一会儿别再吓着三星。"李泽旭看水星的脸色又要白了，挥手散开众人，又跟旁边的盛沂商量，"沂沂，要不今天我留下陪你们打扫吧？"

盛沂的眸子动了动，微微偏向旁边的水星："不用了。"

"为什么不用？教室就算了，还有那么大的卫生区呢。"

盛沂是班上的优等生，犯错考砸是根本不可能有的事情，但李泽旭不一样，作为班上的卫生委员，他了解得清楚，一班一个值日小组有四个人，两个打扫班里的卫生，两个打扫校内的卫生区，平常还好，但只有他们两个人做，时间就比平常多一倍了。

"你不知道你们两个人打扫要费多久时间吗？多一个多一份力量。"李泽旭转头又去问水星，"三星，你觉得呢？"

水星瞥了眼盛沂，他的神色淡淡的，对参与这个话题没什么兴趣，又转头看向李泽旭。

其实放在平常还好，卫生区再加上教室，不过就是比平时值日多一些时间，她跟盛沂两个人耗费在这里也不是不行，但今天盛沂身体不舒服，她不想让他那么累。

水星挠了挠脸，见李泽旭也是好心："也行，你要是想留下，今天就帮一下我们，但不白帮，等回头我请你喝饮料。"

"沂沂。"李泽旭又去看边上的盛沂。

他垂着眸，眉头很轻地皱了下，又散开，不知道想什么："随便你吧。"

李泽旭点点头："好，那我今天留下帮你们打扫。"

下午下了学，李泽旭跟他们说好了留在教室帮忙打扫，三个人先打扫完卫生区才回到教室，水星跟盛沂先打扫干净地面，李泽旭提了两个拖把到水房洗干净。

教室里只有水星跟盛沂。

水星抬眼，看了看前面的盛沂："你是不是还不舒服？"

说不清楚怎么回事儿，她总觉得从上午被罚以后，他的脸色就差了很多，又在想是不是在下面吹了风，现在身体不舒服，他不好意思说。

"只剩这么点儿了，你要不要先坐下休息。"水星好心道，"我跟李泽旭两个人也行。"

没想到此话一出，盛沂更沉默了。

静了半晌,他才说:"没事。"

"那要不要我去给你打点儿热水?"

戚远承诊所里有胃疼的病人,他都是让水星先打些热水过来,或是喝点儿,或是握在手里、放在胃部,都能缓解。

"不要了。"

盛沂也不知道自己是怎么了,像是莫名抵触什么。

他压下眼底的情绪,顿了顿,才说:"谢谢。"

"好吧。"

李泽旭负责拖地,盛沂负责摆桌子,现在只剩下黑板还没擦,水星趁他们在忙,自己出去又浸湿抹布。

"三星,我把地拖完了,洗个拖布。"正洗抹布,李泽旭也过来了,"盛沂没事儿吧?我看他脸色不好。"

"他身体有点儿不舒服。"水星解释。

"我就说呢。"李泽旭看到她洗完了,说,"你洗完了?那你先回去擦吧,等一会儿擦完我们就能走。"

水星点点头,她从水房回去,发现盛沂正站在讲台上,拿着黑板擦在擦最后一节课的化学公式。

水星下意识地揪了揪抹布:"你先去休息吧,我擦黑板就可以。"

"没事。"盛沂的表情淡淡的。

水星没办法,只能先从他身后绕过去:"那你……先擦那边,我擦这边儿。"

"好。"

李泽旭不在,教室里只剩下两个人。

阳光太好,拖了地,地上的大理石面泛起层层叠叠的金黄色,黑板上的时针在走动,嘀嗒又嗒嗒。水星抬头,视线落在镜面上,他们并肩站在讲台上,能看见旁边盛沂的身影。

他单手举着黑板擦,修长的手指微微弯曲,干净又漂亮。他的人也高挑,夕阳的光照勾勒出他眉眼的轮廓,也许是阳光温热,他淡淡的眼底总觉得温和。

两个人没说话,他大概也没发现她很轻地眨了眨眼,又低下头。

越想越开心,越想越喜欢这惩罚。

不过这哪算是惩罚。

水星没忍住,对着黑板就傻笑起来,是奖励还差不多。

晚上回到家，水星比平常晚了二十分钟，她解释了一句早上起晚了被阎格罚着做值日的事情，蒋林英听到要一个星期惊了惊："怎么这么久呢？你平常做作业的时间就不够呢，现在又要晚，不行，姥姥去跟你们老师打个电话，怎么能给孩子罚得这么重？"

"不用，姥姥，其他同学也是这么被罚的。"水星夹了一块青菜，放到蒋林英的碗里，"要是打了电话，对别人也不公平。"

蒋林英皱了皱眉："其他同学？这次还有跟你一块被罚的吗？"

水星身子僵了下，咀嚼的动作也停了下，知道自己一时间说错了话，顿了顿，又纠正："不是，我是听之前的同学说的，他们高一那会儿迟到都要被罚，不是只针对我。"

"这样吗？"蒋林英将信将疑。

饭桌上安静了几秒，坐在一边的戚远承总算说了话："行了，吃饭吧，学校的事情也管那么多，她迟到了被罚是应该的，你给老师打什么电话。"

戚远承又转头看了眼水星："下次注意点儿时间别迟到，知道没？"

水星抬起头，戚远承坐在旁边，也不再看她了，点了点头，应了一声："知道了。"

阎格给她和盛沂的受罚的队伍渐渐地壮大了，头一天是李泽旭留下了，第二天席悦又来帮忙，向司原跟郁晴也留下了，六个人收拾比平常还快，在学校也耽误不了几分钟，惩罚还真的不像惩罚了。

也因为值日，水星每天都跟盛沂和席悦一块回家。

又过了两天，一班才决定了这次的合唱曲目，《最初的梦想》，阎格又找了研究生时期认识的朋友帮忙指导，水星听班上其他同学说她认识的朋友是一支小众的地下乐队，他们都在讨论阎格这么刻板严肃的人是怎么认识人家的。

训练头一天，阎格占了周二下午的体育课，先在学校里找了空地，按照个子大小给他们列了一个队形。一班的男生多，女生少，阎格把班上的女孩儿都放在了正中央，任由男生包围。水星的个子中等，不高也不低，排在了第二排中间的位置，而郁晴跟盛沂他们几个子高的都被阎格安排在了后面，这也让水星周围没有一个跟自己熟悉的。

队伍排好，阎格让他们自己再做调整，先去旁边接了个电话。

李泽旭在后面跟盛沂划拉身高："怎么回事儿？我感觉我跟你也差不多高，格格怎么说我不行呢？"

盛沂瞥了他一眼，没说话。

男生总有莫名的胜负欲，李泽旭挺直脊背，又踮了踮脚："司原，你看看我跟盛沂，我们俩差得多吗？"

向司原伸手，想比对下两人的身高，结果手刚放过去没一秒，盛沂的头已经偏开了，但结果没办法否认，指尖倾斜的角度证明李泽旭就是比盛沂低。

向司原嘴角翘了翘，把手凑过去，散漫地道："比了，自己看吧。"

李泽旭盯着那么点儿斜度，"哦"了一声，嘴硬："也差不了多少，保不齐我站在盛沂那儿就显得我高了呢，完全是坡度的问题。"

这话放在平常没什么，但不知道为什么，盛沂微微垂下眼，瞥了他一眼，让开了位置："行啊，那你站。"

他说话的语调冷冷的，李泽旭愣了愣，感觉不太对劲，张了张嘴，就开口："我不是那个意思，你最近怎么了？对我那么冷淡。"

李泽旭正纳闷，还没等到盛沂的解释，阎格先回来了。

"行了，都吵什么吵，刚才指导老师打了个电话过来，这次不能来了。"阎格说，"但她提议我们班回头可以选个领唱。"

"领唱？"前面的同学问。

"嗯，有没有同学自愿做领唱的啊？跟班委说或者私下跟我都行。"阎格拿出原本打印好的歌词，让同学们挨个传一下，"现在我们先排练。"

演出的队形定下，排练的时间也确定了，除了每周二上体育课要集合排练，每天的大课间同学们要在班里合声，比赛前的一个星期再进行加练。

程序都确定下来，只是领唱的位置迟迟都是空缺的，没有人跟班委报备领唱，更别说去找阎格了。

阎格在班上又提了一次这件事，还是没有人应声。

下了课，李泽旭跑来水星的座位前面，他手里拿了几颗大白兔，全丢给了水星："三星，吃糖吗？"

按照惯例，李泽旭一给她糖就有什么事情要她帮忙。

水星半是犹豫地接过糖，"嗯"了一声："要我帮你收作业？"

"喂！喂！喂！你不能这么想我。"

李泽旭说着话，视线不自觉地朝后看了眼，发现盛沂拿笔的手顿了下，没再写题。

就因为上次合唱排位置的事情，他跟盛沂两个人莫名有点儿生疏，盛沂的脾气也不是一天两天僵了,但这次他又总觉得哪里不太一样,这才让李泽旭觉得太诡异,怎么会因为一个位置的事情就搞得这么难堪。

"那你要我怎么想你?"水星问。

"吃糖也不一定就是要收作业啊。"李泽旭收回视线,没再看盛沂,水星旁边的女生正好要出去上卫生间,他顺势坐了过去,用胳膊肘顶她,"你还记得格格上次说过合唱比赛要选个领唱的事情吗?"

水星拆糖纸的手不动了:"记得,你要干什么?"

"你吃,你吃。"李泽旭催促。

水星干脆放下大白兔,桌面上几个也推到了隔壁桌子:"你还是先说吧。"

"也不是什么大事儿。"李泽旭"嘿嘿"一笑,抬手摸了摸脑袋,"就是领唱那个事儿,一直也没人找我们班委报名。"

水星已经预感到他要说什么了。

李泽旭顿了下,拿起桌面上的大白兔,卷了卷:"格格还在催我们找人,你也知道,格格很凶的。"

"嗯?"

"我这个班委很难做的,很辛苦的,很不容易的。"李泽旭连说三个"很",感觉就像是遇见什么天大的委屈事儿,急需要人帮一把,"你之前在KTV唱得那么好,我跟……"

李泽旭本来要转过去说盛沂的名字,又觉得现在两个人的关系不合适。水星好像也听出李泽旭原本要说的是谁,视线先往后偏了偏。

盛沂低头正在写一张卷子,他没应声,视线也压根儿没往这边抬。

爱看不看!

李泽旭纠正了他的话:"我有耳朵啊,再说你旁边的齐蕊佳和马敏思也一直跟我夸你唱得好听,我们几个班委就想请你来当这个领唱。"

没人注意盛沂又抬起眼。

经过几次合唱排练,水星会唱歌已经是班上众所周知的事情,但她来一班的时间实在太短了,平常除了跟郁晴他们几个说话,又没有跟其他人玩。班委里关系最好的就是李泽旭,几个人一众推他来,要他跟水星说来当领唱的事情,李泽旭也属于箭在弦上不得不发。

水星怔了下,她还没在大庭广众下单独唱过歌,最多是合唱而已。

正出神，嘴巴里就被塞进一块大白兔，糖衣薄薄的，碰到嘴唇就粘上，抿一下又化得无影无踪，奶糖的甜味蔓延出来。

李泽旭也不给她机会，起身，连忙向后退，眼见就要跑出班前，跟她说："好了，好了，吃了这颗糖，我就当你答应了。"

水星睁大眼睛，不可思议，甚至都忘了还要拒绝的话。

又听见李泽旭说："大恩不言谢，等回头我跟格格说报你上去当领唱！"

因为班委们的推荐，水星成了一班合唱比赛的领唱。

但问题随之而来，一班的课业压力太大，合唱比赛又分神，水星的精力真的不够用，每天只能通过课间休息时间调整补眠。

李泽旭从外面放风回来，发现水星又在睡觉，上去拍了她两下："三星，你最近怎么了？缺觉呢？"

水星半是挣扎从桌面上支起来，闷闷地摇摇脑袋，又想了想："嗯，有点儿。"

"最近睡不好吗？"

"也不是。"

是她发现作业实在做不完，昨天甚至把数学小卷的事情忘了，直到数学课代表贺碧收卷子的时候她才发觉没写，多亏了那会儿班上也有同学说没写，贺碧才把时间拖到了大课间再收，她紧赶慢赶总算是做完了。

李泽旭靠在桌边上，人都呆了："你还真把作业都带回家去写啊？"

"嗯？不然呢。"水星眼底还有些迷茫，"作业不带回家带到哪儿？"

李泽旭答得理所当然："平常课间、语文课、政史地，什么时候不能写？"

虽然西城附中会在高一下半学期分科，但为了高二下半学期进行的会考，该上的课程还是会上完。不过在学生们心里已经有了一个比较清晰的界限，知道将来考理科，对文科也就没那么上心。要么是在这些课上补觉，要么是做完主课老师布置的作业。

有用即真理，他们只对对未来有用的课上心。

"你在其他课的时候完全可以不听啊，没必要那么认真，像是历史老师布置的作业，我们抄抄答案，再稍微看一下，只要会考拿 A 就可以。"李泽旭隔着桌子也没法过去，又从口袋里扔了一颗糖过去，"要不然多耽误时间，就算是……没人能真顾得过来。"

李泽旭欲言又止，没再继续说下去。

两个人闲聊一会儿，李泽旭就没妨碍水星再补觉。

"星星，该起来了。"

下节课是自习，阎格提前进了班。

水星迷迷糊糊地起来，发觉室内的光暗暗的："怎么了？"

"格格把自习课改成室外排练了。"旁边的女生告诉她。

水星"哦"了一声，脑袋还沉。

可能是才睡醒，脑袋还没转过来，过了好一会儿，水星才发现室内的光线为什么这么柔，窗帘不知道什么时候拉上的，之前班上有其他同学要做题，水星没好意思拉，即使晃眼睛忍一忍就过去了。

"盛沂说阳光有点儿刺眼就把窗帘拉住了。"边上的同桌跟她说，"马上就下去了，把窗帘拉开吧，窗户也打开，通通风。"

水星愣了下。

班上的同学陆陆续续在整理东西准备下楼，水星回头看了眼后面的座位，发现根本没有人坐。

嫌弃外面阳光刺眼的人早走了。

水星跟郁晴一块下了楼，他们的集合地点在教学楼背面的小操场。刚拐过去，她们就看见阎格跟一个短发棒球服的女生站在一起说话。

"水星，过来一下。"还没进队伍里，阎格就把水星先喊了过去，介绍人，"这是我们班的领唱，水星。这是我大学的学妹，也是你们的指导老师，林雪老师。"

水星点点头，乖巧地叫了声："林老师。"

"别别别。"林雪一听到这个称呼就连连摆手，"叫我林姐就行，喊林老师真是折煞我。"

"没大没小的。"阎格绷着一张脸。

阎格跟林雪是在大学认识的，两个人不是一个学院，但进了同一间社团，又因为脾气相投，渐渐熟悉起来。后来林雪跟其他朋友一块组了乐队，而阎格遂从家里的愿望一路读研，进学校当老师。虽然两个人的路也就这么错开，但关系没生疏，平日里还是会聊天。

林雪左耳戴了一只黑色十字架耳钉，白色的棒球服下边是黑色内搭，脖子上挂了条银闪闪的链子做装饰。直至现在，水星还是很难相信阎格居然会认识这样的朋友。

托林雪的福，平常见到阎格大气都不敢出的班级也热闹了一回。因为林雪的自我介绍，有几个胆大的男生还真喊起了"林姐"。

"好了，好了。"林雪笑得合不拢嘴，"没想到你们班怪贫的啊，哪有你们阎老师说的那么乖。刚刚我们见也见过了，聊也聊过了，接下来进入正题啊。之前让你们阎老师选了位领唱，现在就让领唱领着大家唱一遍，我来听听。"

音乐前奏响起，班上的同学各个清清嗓子，等着在指导老师面前展现展现。

一首歌唱完，林雪就把水星从第二排揪了下来，首先肯定了她的唱功，其次调整了水星的位置，从第二排直接揪到了第一排的正中央："既然是领唱，站在这里正合适，唱的时候就要走出来，合唱再回去。"

水星点点头。

毕竟是在乐队当主唱，林雪总能找到关键问题，先把位置纠正完，又说了下男生跟女生们音量的问题。

正讲话，林雪的视线忽然瞄到了后面，抬手："对了，最后一排中间的那个男生，连头也不转一下的那个，对，对，对，别看了，就是你了，下来，下来。"

众人的视线看过去，发现林雪叫的人是盛沂。

班上的同学们对这件事并不意外，盛沂成绩好、相貌佳，不被指导老师注意到才奇怪，后面有男生起哄说是金子在哪儿都发光。

阎格也知道林雪说的是谁，眼睛亮了："来吧，盛沂，出来一下。"

一直以来，阎格都对盛沂寄予厚望，尤其他形象好，演讲这样的比赛上场总能吸引一大片目光，想着合唱比赛也差不多，原本一开始选领唱就想找他，但同学们都推举水星，她这才作罢。

没想到自己的预备人选会被林雪发现，阎格很是欣慰，抬手拍了拍盛沂的肩膀："我想叫你下来已经很清楚了，我跟林老师考虑了一下，既然女生这边出了一个领唱，男生这边也该配合起来。"

盛沂的脸僵了一下，林雪也愣了一愣。

阎格还没注意，朝盛沂看过去，继续说："思来想去还是你比较合适啊，你平常不是经常上台演讲吗？临场反应啊，抗压能力啊，这些都很不错。男生这边的领唱就是你了，行吧？"

"我不想。"

盛沂拒绝得太快，以至于阎格都没反应过来："为什么不想？"

阎格瞥了下后面的同学，要知道这样露脸的机会就那么几个，别人赶着找她她都不一定答应，盛沂倒好，一句"我不想"就拒绝了。

水星站在一边，同样显得尴尬。

她本来想如果盛沂答应了，这次比赛就算是他们第二次同台，结果根本没等她幻想，盛沂就拒绝了。

"机会给你了，你现在一句单单不想就可以吗？"

不仅是水星这边的气压低，阎格那边的气压更低。

"我不会唱。"沉默片刻，盛沂还是开了口。

"不会唱不能练吗？"阎格没好气地接上他的话，又瞬间反应过来，"不是，这都给你们多少天，大课间全班同学都跟着练，你一句都没学？"

盛沂"嗯"了一声，嘴巴抿成一条线。

阎格脑袋都要气炸了，后面的同学也相互递起了眼色。

众人都不知道怎么办，还是林雪在旁边忍不住笑了出声，她没有阎格的急脾气："行，不会唱又不是大问题。既然你们阎老师都发话了，男生这边的领唱暂时还是你，有问题我们之后再说，好吧？"

如今事情定下了，没有更改的余地，水星跟盛沂又回到了排练的位置。

头一次有指导老师的排练结束，林雪就留下了两个领唱。

林雪在合唱的时候就注意到了盛沂，盯了他好几遍，都是因为每次她的视线转过去，盛沂才开口，有时候连跟旁边的词都不一样，要过两句才能再连上，一看就是不会唱的。她本来要喊他下来私下问，哪能想到阎格一心看中盛沂，想让盛沂给一班长脸，当着这么多同学的面子，林雪总不能直接说阎格跟她想的不一样。

"是这样，你们阎老师都发话了，看起来你这个领唱是非当不可。"林雪摇摇头，咂嘴，"也怪我，开始我就想问问你怎么跟词都跟不上。"

水星说不清楚为什么，在她的话里听出一丝嘲讽的气息。

盛沂眼皮抬了下，反驳不出话。

教学楼后面经过几个女同学，看到盛沂的脚步都慢了慢，似乎企图凑近也听一听他们在说什么。

林雪隔着盛沂，偏头，看了眼后面红着脸假装路过的女生们："其实你们阎老师选你还是有原因的，这不是离合唱比赛还有段时间吗？我们不会唱可以练，可以学。"

"我看我们这个领唱，"林雪不太确定名字，"水星？"

水星忽然被点到，神色怔了下，有点儿呆，"嗯"了一声。

"水星，水星就很不错，教你绰绰有余。"林雪又说，"你有问题平常就多向她讨教，两个人一字一句的，起码能把词记住。"

林雪跟两个人又交代了些事情，并把联系方式也写到纸上，交给两个人才出了校门。

水星跟盛沂一前一后走进教学楼里，现在下课，楼梯间的人流量也多。

水星让了让地方，挨着楼梯扶手走，下了好大决心："盛沂。"

她停下脚步，转头，喊住后面的人。

盛沂的脚步停了下，抬起头。

"你最近什么时候有空？"水星问他。

太阳落了下去，交替月亮悬挂在玻璃窗上，这太像是一个傍晚，当时他们的位置似乎也是这样，只不过是在下楼梯，那会儿水星还跟在盛沂的身后，月亮跟他一起停下脚步，以至于她能趁机站在他的身边。

恍惚间，水星又听见心脏跳动的声音。

盛沂沉默了下，他逆着光，脸上的神色模糊，暧昧又不明，顿了下，才说："都可以。"

"那我们每天中午留下来练习吧。"水星出主意，又补充一句，说，"如果你没有其他的事情的话。"

"没。"

"那我们就这么定下？"

"好。"

两个人确定了时间，跟家里说了以后午休不回家，要在学校练习，席悦听说了这件事还来找水星："星星，你真的要跟盛沂一块留下？"

水星点点头："阎老师都要求了。"

"说实在话，我还有点儿好奇呢，我和盛沂都认识多少年了，可从小到大我就不记得他唱过歌。"席悦说着说着忽然停了下，又说，"……好像也听过，不过是特别特别小的时候，但没什么印象了。"

"盛沂没有被老师叫去参加这些比赛吗？"

"当然有！但盛沂都不去啊。"席悦拆了颗口袋里的糖，"他的脾气倔着呢，也不知道为什么这次还真的答应你们班班主任了。"

水星转回头，看了看窗户边的人。

"搞不好是盛沂五音不全不想让人知道吧。"

席悦正胡乱猜想，就看见班里的向司原出来了，连忙冲他招手。

上节课是语文，向司原没听课，直接睡着了，现在头发还有点儿凌乱，伸手拽了下后面的衣褶，看到席悦鼓鼓的脸颊："又吃糖？"

平时席悦总喜欢去便利店买软糖，一来二去智齿都发了炎，一周以前刚到医院去拔掉了牙，现在又吃。

"一颗，就一颗。"席悦抬手戳了戳脸颊，小小地凹下去一块，像添了个小酒窝，"吃完这个就不吃了。"

他好笑道："记吃不记打。"

两个人说起话来就顾不上水星，水星一个人又进了班。

盛沂坐在位置上盯着中午要练习的歌谱瞧，水星才要跨过同桌的椅子进来，就见盛沂飞快地把歌谱收进了抽屉里。

水星想起席悦说起盛沂从来不参加歌唱比赛的事情。

"中午要练习的。"水星扫了他一眼，"你记得吗？"

"嗯，记得。"

"那我们在食堂吃？"

"好。"

今天是头一天进行练习，中午下学，两个人就发现窗外飘起了淅淅沥沥的小雨，以及聚集在校门口接送学生的家长。

周围的同学跟水星打了招呼，相继出了班门。

"下雨了。"水星盯着窗外的雨看。

虽然说食堂离教学楼只有一小段距离，但还是会淋湿的。

"带伞了吗？"盛沂问。

水星摇摇头。

"走吧。"

水星愣了下，她去看盛沂手里的东西。

谁都没预料到今天会下雨，盛沂跟她一样没拿伞。难道是学校门口会有公用的雨伞？水星有点儿不确定。

两个人下了楼，水星才知道盛沂的意思。

他把外面的校服一脱，双手一扬就盖在了水星头上。

衣服有清淡的薄荷香，一下子扑进了她的鼻腔里，水星抬头，看了眼边上的盛沂，心跳都要停止了。

盛沂说跑吧，她就照着做。

等到了食堂，水星才发现两个人里她是一点儿都没淋到，反观盛沂，他是那个遮雨的人，肩膀还是湿了一片，额前的头发也有些湿了，雨珠滑在他的下颌，食堂的灯光一照，整个人也亮了起来。

他抬手用指腹蹭了下雨珠。

真漂亮。

水星抿了抿唇，强逼着自己把视线挪开。

西城附中里只有一个食堂，单是为了供应住校生，饭菜比较单一，食堂分两层，水星跟盛沂在一层的窗口随便打了两道菜。

等点完菜，水星就跑到一边的水吧买了包纸巾。

她回到座位上，发现盛沂还没有动筷子，有些惊讶："你怎么还没吃？"

"等你。"盛沂把筷子递给她，"去买什么了？"

说到这个，水星才想起来，连忙从口袋里把纸巾拿出来："纸巾，你……擦一下肩膀吧，把上边的水吸干，小心感冒。"

"谢谢。"

窗外天气阴得很，两个人都没什么胃口，匆匆吃完，就又回了教学楼。

中午的教学楼没什么人，一班的同学大多都是走读，很少的住宿生也都回了宿舍，他们问孟子豪要了班上的钥匙，方便随时出入。

水星先回了座位，要从书包里找文件夹："我先找一下阎老师之前打印的歌词。"

盛沂"嗯"了一声，他站在班门口，摁开了灯，眼前的视线亮了起来。

"找到了！"水星转身，将纸张放在盛沂的桌子上，方便两个人一块看，"我不知道你自己练到了哪里，但今天我们主要先唱前面这几句。"

盛沂走过来："好。"

歌词纸放在他旁边，水星又推了推，方便他在唱的时候看，结果过了好半天，那边都没传出一点儿声音。

水星朝盛沂看了眼："你怎么不唱？"

盛沂静默了一会儿，低声说："我确实不会。"

他垂下眼，由于皮肤很白，落下视线，更显出眼皮那点浅褐色的小痣，抬起眼眸看向水星的时候又不见，像极了蝴蝶的翅膀。

"那好吧,我先唱一句,你跟着唱?"水星跟盛沂商量,"这样可以吗?"

"嗯。"

他这声"嗯"不比前几声,像极了有人压着他,硬挤出来的。

没有人知道盛沂是真的不擅长唱歌,头一次选中合唱比赛的代表还是在幼儿园的时候,那会儿的盛沂年纪小,脸上的婴儿肥还没消,老师喜欢他,把全班的荣誉交给他,结果连最简单的儿歌,他一张口都唱得跑得找不着北。

平常的小孩两天就忘了,偏偏盛沂记性好,无论是在家还是学校,谁让他唱他都不唱,总是板着一张脸拒绝。

等水星唱完,盛沂才勉勉强强开口。不过就半句,他整个人又闭上了嘴。

水星没想到席悦的嘴跟开了光似的,盛沂的五音还真的不太全,跑调跑得离谱。

前半句话就让盛沂的脸都丢光了,幼儿园跑调的记忆重新浮上心头。盛沂表情严肃,身子也僵了,不太自在地抬起手,胳膊搭在一边的窗台上,又想装作一副若无其事的样子,转头去看窗外的雨。

"没事儿,没事儿。"水星尽力安抚他,不想他连头也不回,"等一会儿我唱开头,你跟进来就好,多几次就行。"

盛沂没说话,耳郭先红了。

"那我再来一遍?"

水星张了张口,说着就想要按照原本的调子走。

大约是盛沂的歌声确实魔性,她不过听了一遍,就忘不掉了,原调找不到,开头的一个字就这么僵在嘴边,水星唱都唱不出来了。

"对不起,对不起。"水星脸有点儿热。

她没想到会发生这样的意外,丢脸得要命。

没忍住,她学着盛沂偏过头,目光落到的地方是窗户的边角。

从这个角度看,还是能看到窗户里盛沂的倒影。

男生的头又侧了侧,一只手轻轻压在唇角边缘,不用仔细观察也能知道他是笑的。

两人的视线在窗户的倒影里聚集,不知怎么了,之前因为唱错的羞愧完全地冲淡了下去,水星只是看着他,竟然也笑了出来。

九月下旬,西城附中照例举行月考,水星跟盛沂的合唱训练也因为要月考而决定暂休两天。

席悦在文科的一考场，正对一班对面，昨天席悦记错了时间，早上差点儿迟到，好不容易今天来早一点儿，考场又没开门，只能先进一班跟水星说话。

"星星，今天你还跟盛沂留在学校吗？"席悦问。

水星点了下头："回家太麻烦了。"

她跟蒋林英说了合唱比赛前都在学校吃午饭，再跟蒋林英他们说回去怕麻烦，何况她私心是跟盛沂在一起的时间多一点儿。

"我也觉得。"席悦从书包里掏出英语作文，"要背的实在是太多了，我回去吃饭，路上家里都是时间，哪有学校方便。"

"确实。"

席悦低头翻作文书的动作一顿："你这话怎么跟盛沂一个语气？吓死了，刚刚没留神听都以为盛沂也来了。"

水星提了一口气，脸忽然有点儿红。

这段时间里，她跟盛沂待久了，不自觉地都在模仿他的语气，没想到席悦一戳即中，张口也不是，闭嘴也不是，只能尴尬地笑了笑。

席悦又在扫作文模板了，根本没把之前的话放心上："对了，我今天中午跟你和盛沂一块吃饭，可以吧？下午要考文综，我实在背不完。"

水星跟着她看了眼英语作文，点头："行。"

两个人说话间，向司原跟郁晴也来了，他们前后脚进了班，向司原随手把书包扔到讲台下边的位置，就往后门水星这边来，席悦看见他也不看作文了，转头，也让前面的郁晴过来，说有吃的给她吃。

"晴晴，又没吃早饭吧？"席悦从书包里掏出早上装好的饭，"我妈给我带了一堆，有茶叶蛋，我还在路上买了粥。"

郁晴接了过去。

"我刚才还跟星星说呢，中午我想留学校吃饭，晴晴你家里要是还没人，要不我们一块吃？"

郁晴点了下头。

向司原在一边被晾了半天，歪着身子，靠在她旁边的座位上："你现在跟郁晴说话，看不见我了吧。"

"你难道不跟我吃吗？"席悦把书包拉链又拉上。

"看你。"

郁晴拿完早餐就先回了靠窗的位置，一会儿还要准备考试，教室里的人也渐渐多了起来。不一会儿，李泽旭也进来了，看到席悦又坐在一班里，难免调侃起来："席悦，你这什么时候转的理科？我怎么都不知道呢。"

"谁转理科了。"席悦顾不上跟向司原说话了。

"你。"李泽旭把包丢到她前面两个位置，"隔壁考场都开门了，你还在我们一考场，是有什么牵挂的人，还是说延迟圆梦呢？"

席悦说着就要起来动手，李泽旭躲闪在了前面的班门口，身子一歪，没承想撞到了人，转头，才发现是盛沂。

"盛沂，你帮我抓住他。"

盛沂的视线瞥了下，看了看李泽旭，没说话，直接掠过两个人进了班里，走到窗户边上第一排的位置，把书包放进朝前的抽屉里。

"盛沂……"

席悦总觉得他莫名其妙，侧眸，发现李泽旭也僵了僵。

他看了盛沂一眼，又恢复之前的神色，嬉皮笑脸起来："选文后悔吧？看看我们学理的，根本没那么多背的，有这个时间我能多睡多少觉呢，唉，可惜你还要留下面对冷冰冰的书本，我可是要回去拥抱我温暖的小床了。"

席悦原本还纳闷，被他这么一消解，想说的话也忘了说，抬手就要打他："李泽旭，你烦不烦？"

李泽旭身子往后退了步，嘿嘿笑起来，更欠揍了。

水星盯着窗户边的盛沂看了一会儿，目光落在他脸上，眨眼，又偏到另一边的李泽旭身上。

席悦跟李泽旭两个人围着向司原跟郁晴追打，向司原单手护着席悦，另一只手又拨开李泽旭挑衅的手："又闹。"

"席悦，你就仗着有他们帮你。"

"悦悦，别追了。"水星提醒她，"过一会儿老师来了，还要考试呢。"

席悦这才作罢，说了句大人有大量，让向司原提着书包把她又送到了隔壁班门口。

西城附中的月考严格按照高考进行，第一天考完语文和数学，第二天是英语和三门综合，水星的英语一直很好，上午的考试相对来说还算放松。

考试结束，李泽旭没留下，书包就扔在教室里，人就走了。

席悦考完也从隔壁班出来，看了眼一班，李泽旭没在："你们没跟李泽旭说中午一块吃饭吗？"

她跟李泽旭平常看着水火不容，但毕竟是朋友，关键时候总是记挂彼此，这会儿见李泽旭没在，心里犯嘀咕。

"他说要回家。"水星解释。

水星也说不上最近是怎么了，李泽旭跟盛沂说话的次数明显减少了，开考前跟他说了席悦中午会留下，他们几个人一块在食堂吃，李泽旭也不加入。

"他还真回家去拥抱温暖的小床了？"席悦皱了皱眉。

"走吧，吃饭。"郁晴跟她说。

水星也点点头："平常都要早点儿去的，不然食堂都没位置了。"

西城附中附属于西城大学，而西城大学向来以美食闻名，席悦一直是走读，也没机会尝一尝附中的食堂配不配。

考试结束，正值吃饭的高峰期，席悦跟郁晴他们走在前面，向司原跟盛沂走在队伍的后面。

"还不打算跟我说？"向司原用肩膀碰了下盛沂。

盛沂："说什么？"

"你跟李泽旭的事儿，两个人太明显了。"

席悦一直在三班，即便如此，也在今天发现了李泽旭跟盛沂两个人之间不对头，更别说他们平常在一个班的，李泽旭跟他们之前的关系那么近，有一点儿变动都能感觉出来。

向司原下巴朝前抬了抬："连席悦都要看出来了，关系闹那么僵，干什么呢？"

"没跟他闹。"盛沂垂下视线。

向司原不信："那你们两个人现在怎么不说话？"

"不知道。"

向司原噎了下："行吧。"

"……"

"那你总记得你俩从什么时候开始不说话的吧？"

盛沂这下没说话，他伸手摸了下校服裤子里的大白兔，水星在考试前给他的，那会儿开心心情就不舒服得厉害，奶糖纸上已经被他刮来刮去快要划破了，他还是没吃。

他说不上来自己现在的心情，其实仔细想想，他跟李泽旭并没有发生过什么

冲突,还是李泽旭在合唱演出要排位置的时候忽然提出来他最近冷淡了好多,想接近都难。

盛沂盯着前面的马尾辫好几秒,忽然回过神,也觉得自己有些离谱,跟旁边的人说话说着都能走神,这是以前从来没有过的事情。

"还装呢?"向司原眼底忽然划过一丝促狭的笑,"说真的,你知道初中那会儿,我最讨厌的两个人是谁吗?"

盛沂怪异地看他一眼,这话没头没尾的,皱了下眉,淡声问他:"谁?"

"你跟李泽旭。"

盛沂顿了一下。

向司原拍了拍他的肩膀。

那会儿他初中转学过来,席悦跟李泽旭和盛沂的关系最好,每天下课都要说几句话,或是打水,或是出去买小零食,就连跟他说话十句里也要带两句。他当时心里烦得厉害,又不知道为什么,连跟他们说话都不想说。

可几个人分明没怎么说过话,更是不可能闹什么别扭的。

盛沂的余光落在前面,低头,又看见向司原意味深长的表情,提醒他:"你这个样子真的很像吃了一斤醋还不知道的傻子,到底为什么闹成这样,你当真一点儿想法都没?还是说你不愿意承认。"

盛沂没出声,手指放在口袋里,莫名又捏了下糖。

两个人说话的工夫,前面的三个女生先进了食堂。西城附中的食堂万万担不起西城大学以美食为名的称号,一层除了几个窗口开着,其他都黑了灯,二楼也只有两家亮着灯。

"星星,你们前几段时间是怎么吃的饭?"席悦就站在郁晴跟水星中间,来来回回打望了食堂半天。

水星对饮食本来没有那么挑剔,再加上是跟盛沂一起吃,吃什么也不重要:"其实一层的米饭还挺好吃的。"

"就那么六七道菜。"席悦"咦"了一声。

"学校又不比家里。"郁晴说,"你看看你想吃什么,我们找个队伍排。"

"那就米饭吧。"席悦回头又望了下门口,盛沂跟向司原总算进来了,挥了挥手,让两个人过来,"这边,这边。"

五个人凑在一起,向司原跟盛沂站在三个女生的旁边,食堂里的视线都往这边瞥,席悦靠在郁晴身上,视线也跟他们对视,又转回来,向司原正在喝最后一口可乐，她抬手拨了拨可乐瓶的底，说话有点儿酸："还招摇呢，多少人都在看你。"

向司原的手一停，转回头，眯着眼，似乎真想看看谁在看他。

"你还转头看？你真想知道谁看你。"席悦连郁晴也不靠了，抬手就去拽向司原。

"吃醋了？"

"傻子才吃你醋。"

也不知道是不是听见了，队伍这边全笑了起来，席悦的脸"噌"地红了起来，向司原把喝完的可乐瓶一拧，压扁，偏头对盛沂说："我跟席悦出去一下，把东西放那儿给你们占座，帮我们打个菜，一会儿回来吃。"

"那我也去买个饮料。"郁晴说。

队伍里只剩下盛沂跟水星，大约是因为合唱比赛的事情，两个人的关系有些微妙，倒是比之前熟悉不少。

水星的视线跟着郁晴离开的背影："他们怎么都走了？"

盛沂的目光落在她的脸上，水星又回过头，他的视线才又偏开，看了眼前面的队伍，还有四个，不太关心："不知道。"

"那一会儿怎么办？"

四个餐盘还好说一些，现在是五个，向司原跟席悦是肯定不会回来帮忙拿的，郁晴又去最右边的窗口给他们买饮料，一时半会儿也回不来。

盛沂扫了眼前面走过的人的餐盘："阿姨，打饭的时候你先端走一个，剩下方便再拿。"

水星点了点头。

轮到他们食堂档口的饭已经少了一半，盛沂嫌麻烦，也不爱记谁爱吃什么谁不爱吃什么，看了眼窗口的饭，随手指了三份，跟食堂的阿姨说打五份一样的。

水星抿了抿唇，看到盛沂手指了一份茄子，欲言又止。

也不知道是谁爱吃茄子，蒋林英跟戚远承在家里最爱做这个，老一辈又喜欢给人夹菜，她不爱吃也没办法，都是强逼自己咽下去。

"我……"

阿姨打饭的速度很快，根本没给水星说话的空隙，一盘米饭盖着三份菜就推了过来，伸手又拿过三个新的米饭盘子，挨个往上扣茄子。

水星还是没能把话说出来，只好先拿着去了旁边的位置，临走前又听见盛沂在跟阿姨说话了:"阿姨,换个菜。"

她回过头,看见盛沂的手在档口的玻璃前又点了两下。

他垂着眸,说:"不要茄子,番茄炒蛋。"

水星和盛沂两个人打完菜,郁晴也从最靠里的窗口端了五杯绿豆汤过来。

等了一会儿,席悦和向司远才从外面回来,她的脸上有些红,也没看几个人,埋头就坐在靠边的位置上,拿起餐盘上放的筷子,刚准备吃,就发现不对劲:"怎么有茄子?"

郁晴抬了抬眼。

席悦是在座五位里面最挑食的,爱吃的东西太少,除了绿豆汤和西湖牛肉羹喜欢一些,不吃的东西太多,羊肉不爱吃,芹菜不爱吃,醋不爱吃,茄子更是碰也不能碰。盛沂平常懒得记别人的喜好,他们几个出去点菜,盛沂向来不插手就是为这个,这次打菜估计也是随便挑的,没顾及席悦的口味。

席悦用筷子戳了下盘里的茄子,也明白过来,问:"这些菜肯定是盛沂打的吧?拜托,我们一块吃了多久的饭,你还不记得我不爱吃茄子?"

盛沂视线收了回来,没说话,用纸巾擦干净筷子。

水星不知道这个,她记得上次李泽旭过生日的时候,还点了一道红烧茄子。

愣了下,水星问她:"悦悦,你不吃茄子吗?"

席悦就在她对面,一边把盘子里的茄子往向司原盘子里放,一边接过郁晴递过来的绿豆汤,连连点头:"对啊,我总感觉茄子的味道怪怪的。"

她说着话,就发现水星盘子里没有茄子。

"为什么你的盘子里没有!后悔啊!早知道出去前就该跟你说一声,我和你点一样的多好,让盛沂点菜就是这样毛病,他每次都是怎么方便怎么来,也不顾及别人爱不爱吃。"

水星听见席悦这么说,下意识地看了眼桌面上的饭。

五份饭里只有她的饭没有茄子,只有她的菜换成了番茄炒蛋,而这些都不是她要求的。

现在还没过饭点,食堂里的人还很多,到处吵吵闹闹的,水星转头,忍不住又瞥了眼边上的人。

可能是从来没想过盛沂会注意自己的喜好,她又飞快地低头。

桌面边缘的温度很低,水星抬手,手腕不经意地压在上面,才知道自己身上的温度有多烫人。

几个人吃完饭,席悦发现自己的考场又锁了门,向司原他们几个有一班的钥匙,来去自如,她也不甚见外跟着进了一班。

席悦下午考文综,背的东西还不少,水星也窝在最后一排看公式。

大中午的,窗外的天有点儿阴,八成又是要下雨的节奏,果不其然,不过十分钟,玻璃上划过细细的雨丝。

教室的灯摁亮了,水星歪了下身子,趴在座位上,余光又落在斜上方拐角处的盛沂。

心里某个地方似乎跳了又一跳,一种奇怪的情绪也蔓延了开来。

月考结束,西城附中放了国庆假期,水星回家,在卧室里晃了一会儿,还是没忍住,趁着蒋林英在洗菜,起身去隔壁房间打开电脑。刚登录上账号,音响里就当即响起三四下咳嗽声,屏幕右下角的企鹅闪了又闪,是好友添加的提醒。

水星点开消息,知道是李泽旭,通过了好友验证。

李泽旭之前就要到了水星的 QQ,但平常家里有戚远承,水星上学的时候都不敢玩,这会儿也是因为考完试了才挂上一小会儿。

旭日阳刚:三星?

时间太久了,李泽旭都快忘了还加水星的事情,还是看到网名猜测的。

三颗星星:嗯。

旭日阳刚:我上次加你都多久以前的事情了。

三颗星星:不好意思。

三颗星星:平常没什么时间。

旭日阳刚:你这个网名还挺特别,不会是因为我一直喊你三星,你才起的吧?

水星抿了下唇,还没回复,李泽旭的消息又蹦了出来。

旭日阳刚:对了,我拉你进一下班级群,平常有什么文件也会发群里,咱们班同学也经常在群里聊天。

旭日阳刚:[邀请群聊]这个。

水星发了一个好的,又点了下屏幕上的邀请链接,申请进了群。

她之前跟班上的同学还不太熟,多亏了合唱比赛,现在班里已经有一大半同学见了面都会跟她开两句玩笑,把她当作自己人。

李泽旭是班级群的管理员,下一秒就通过了水星的申请。

检查卫生的李泽旭:欢迎三星!

马敏思:欢迎!欢迎!星星怎么这么晚才进群?

检查卫生的李泽旭:三星家里管得严,没时间玩电脑。

齐蕊佳:你好懂哦。

班长-孟子豪:欢迎领唱!大家都是一班人!

吴梭:谁记得化学作业?求一份。

水星在键盘上敲字:大家好。

她的消息刚发出去,与此同时,群消息里又蹦出一条信息。

盛沂:[。jpg]

化学课代表-史晨恒:欢迎领唱,欢迎领唱,化学作业看群通告,别忘了周一早自习就要交。

吴梭:救命,盛哥说话了?

齐蕊佳:不可思议。

宋俊:真是盛哥?

盛沂平常不在班级群里说话,这次却突然冒了出来,而且只发了一个意味不明的句号。

班上的同学都以为这是群消息误弹,以至于盛沂在想要关掉界面时不小心摁错了键盘,才会发了这么一条消息。

班级群里的消息刷新得很快,跟水星的心脏一样。

她逆着下刷的群消息,一直滑动着鼠标上的滚轮,头一次任性,将界面停在盛沂那句简短的句号上边。

在此之后,那条消息也真的像错发一样,盛沂再也没说过话,水星松开滚轮,任由群消息一路滑到底,又转眼去看班级群里的名单。

盛沂的头像已经灭了。

她其实一直知道盛沂的号码,但总想着英语演讲已经过了那么久,她再加显得突兀,一拖就拖到了现在。

犹豫一会儿,水星先打开了郁晴跟向司原的好友,申请之后,她才又打开盛沂的,点击了申请,不知道他什么时候能通过,水星先点开了他的个人信息又看了起来。

盛沂的头像跟网名都没变,唯一不太一样的是信息一栏里多了一个黄钻。

大约是放假，群里很少有人不在线，水星的好友通过得很快，先是向司原，然后又是盛沂。水星心脏都跟着紧了一下，很快点开两个人的对话框，想发个消息。可是对话框里的内容打了又删，删了又打，水星还是没敢直接跟盛沂说话。

别紧张。

水星深呼吸一口气，打算先找到了向司原说了几句无关痛痒的话，确认第一次的对话是否合适。

过了好一会儿，她才又摸进盛沂的对话框，原封不动地把和向司原的第一句话粘贴过去。

水星脑袋都耷拉在电脑桌上，试图物理降温，过了很久发现木头都烫了，她才抬起头。其实都做过推演了，跟别人说话都好好的，一轮到盛沂又不一样了。

她做不到坦荡，做不到随心所欲，能做到的只有删除了对话框里的消息，结果还是不敢轻举妄动，哪怕只是发出一个消息。

最后一个音节也删干净，水星刚想退出聊天界面，没想到屏幕上的白色忽然多了个标点。

SY：［？.jpg］

水星下意识一惊，纠结了半天，才打了三个字：怎么了？

SY：没事。

SY：以为你加错人了。

三颗星星：没有，没有。

三颗星星：是我之前看你头像灰了，还以为你下线了，就没有好意思打扰你。

SY：隐身。

三颗星星：哈哈哈。

三颗星星：/微笑

三颗星星：还有这样的功能啊？

白痴！

她在说什么啊？

水星盯着屏幕上的回复，想撤回也撤回不了，连看着前面三个哈都觉得呆呆的。果然，网上聊天总是有这么个弊端，只能趁盛沂没回复，她赶紧先换了一个话题。

三颗星星：我发现你头像好特别的。

三颗星星：是什么？

她之前就有注意过，这个年龄段的男生跟女生都爱在网上找一些花里胡哨的人物当头像，偏偏盛沂是白底黑波的图文，怎么看都不一样。

SY：恒星光谱。

水星对这方面不甚了解，又不好意思直接问，连忙到网上搜了半天，接连扫完相关的资料，发现都是有关天文学的内容，这才从页面上退出来，又回到盛沂的界面。

三颗星星：你喜欢天文学？

她回复的间隔太久，盛沂的头像又灰掉了。

"星星。"门外是蒋林英的声音。

明知道蒋林英不会进来，水星还是慌忙关掉她和盛沂的对话框，装模作样地应了一声："啊？"

"干吗呢？"

水星匆忙地扫一眼企鹅的标志，还是没有消息，也顾不上语气里的急促："没……没干吗。"

"家里没酱油了，那你去拿钱到街口的小卖部买一瓶回来。"蒋林英补充，"钱在我跟你姥爷床头柜里。"

"哦。"

"买完回来吃饭了，别总玩那个电脑，坏了眼睛。"

水星最后看了眼电脑屏幕。盛沂还没回她的消息，也不知道是下线了还是隐身了。她又等了三十秒，才关掉电脑："知道了，马上。"

电脑屏幕终于还是熄灭了，水星从床头柜里拿了钱出门，几乎是一路跑到了街口的小卖部，也许十分钟都不到，又从小卖部拎着一瓶崭新的、没开封的酱油奔回了二楼。

幸好戚远承还没回来，蒋林英又有一道菜没做，她才得以又抽出一点儿空当打开那台休眠不久的电脑。

电脑屏幕重新亮了起来，企鹅的小标闪了又灭，灭了又闪，水星甚至都忘记了坐下，垂眸，光是看到消息就没忍住又笑了起来。

她忽然觉得暗恋好愚蠢，见到消息不敢回，没有消息又想回。

然而这份愚蠢又填满了她的全部，明知道不可能，只不过是一个"嗯"，就看见了冬天也会冒出的一丝嫩芽，让她觉得坚持这份愚蠢好像也还不错。

第四场雨
白桃味的糖

周五开学,因为放了长假,高二第一次月考的成绩没全批出来,成绩暂时没发下来,班里的气氛一片祥和。

阎格说过这次月考成绩会决定班上的座位排名,水星周围都是班级的前十五名,以郝祥祥为首的男生相继讨论等成绩发下来要往那边调。

"反正我选中间或者靠墙,这边实在是太晒了。"

"那我选你后面。"

"行。"

水星一直没说话,也许是因为熟悉了许多,旁边有同学注意到水星的沉默,也想把她拉入话题里:"星星,你打算选哪儿?"

水星来回拨了拨桌面上的课本,说不上话。

最近她的右眼皮总是跳,老一辈的人都说左眼跳财,右眼跳灾,可水星最近发生的全都是好事儿,根本没有什么灾祸可言,唯一会出意外的就是这次考试的成绩。

数学一直是她的弱项,这次的题有一道是超纲的,她做题凭借手感,分数本来就起伏不定。再者说,自打进了一班,她经常会感觉人外有人,天外有人,大家太厉害,以至于她出现跟不上的感觉,更不敢确定成绩了。

几个人正说话的工夫，郁晴从外面回来了，跟水星说了阎格在办公室等她。

教室的这一角忽然静了下来，水星点了点头，右眼皮又开始跳，怎么也止不下来。

办公室要路过走廊的中央，水星在中途遇见刚从办公室出来的李泽旭。他的脸色也不太好，强笑着跟水星说了两句话就回去了。

水星进了办公室，看到坐在电脑前的阎格："阎老师，您找我？"

阎格看到水星进来，直接从一边抽出这次考试的数学卷子，连场面话都没说，就丢在了桌面上："考试的成绩出来了，你自己看看你的分数。"

办公室里，水星伸手轻轻蹭过卷面，低头，面上的九十七分红得刺眼。

老一辈人说的话果真没错，右眼跳灾。

一班向来没有这么差的数学成绩，阎格还是头一次见手底下的人对成绩这么不上心："你考出来的是什么东西？这个分数也能出现在一班？隔壁二班的平均分都比你高，你来一班是做什么，混日子吗？最后一题超纲做不出来就算了，倒数第二题的第二问也做不出来？平常时间都花哪儿了？班里就没一个人能下一百一，你说你一个人拉了多少分？"阎格又抽了张全年级的排名，"班级倒数就算了，你再看你的年级排名，都掉到四班去了。"

阎格脾气暴躁，平常一班的学生成绩滑几分都有得受，更别提水星下滑的幅度这么大，一时间办公室里连老师的动作都小了点儿。

水星原本就是从四班升上来的，超常发挥进了一班，按理来说，她也不算是退步，只是暂时没跟上一班的速度，但偏偏阎格的质问声太大："你就庆幸吧，这只是一次简单的月考，你要是放在期末直接滚蛋，连挣扎的机会都没。"

水星不知道该说什么。

阎格那边还没骂完，水星就听见门口有盛沂的声音，他常年进出办公室，这会儿进来也不是什么奇怪的事情，但水星就是觉得不自在。

她捏了捏衣服边，身子开始往边角缩。

"过来了。"阎格看到盛沂先从一边拿出月考的卷子，又把水星的卷子盖上去，"这是咱们班这次的考卷，一会儿放讲台上。"

盛沂的视线偏了下，轻轻掠过角落的水星，她根本没抬头，成了一只惊弓之鸟。

他知道阎格训起人来什么样，垂着眼，"嗯"了一声，接过卷子。

"怎么了？"阎格朝盛沂看了一眼。

平常拿了任务就不见人影的主，今天还是好好站在这，阎格觉得怪怪的。

顿了下，盛沂的声音才响了起来："您要喝热水吗？"

阎格愣了下，原本发黑的脸色因为满心的疑惑缓和下来："什么？"

"我看到您杯子里没热水了，要我帮您打一杯吗？"

阎格的脸色更怪了。

她半信半疑地把水杯交给盛沂，等人出了办公室，才又把目光分给旁边的水星。

也许是有了缓冲，阎格的语气也轻了些："行了，我们来说说你的问题，你知道你现在这个情况吧？从四班到一班，你跟大家比起来就是逆行，本来就不容易，既然你的起点慢了，脚步就不能慢。平常看别的同学玩，咱们别玩，追上赶上他们，哪怕多用点儿时间，多用点儿力气，等高考结束给家长们一个漂漂亮亮的成绩。"

水星低下头，总觉得到盛沂还没有走。

太讨厌了。

真的太讨厌了，水星偏了偏视线，眼眶都酸了起来。

她说不清是因为阎格忽然温柔的语气引起的，还是这次考试的成绩太烂引起的，或者还有别的原因。

眼泪淤积在眼眶里，水星"嗯"了一声，语气涩涩的："知道了。"

"好了。"阎格看到她眼睛都红了，从旁边抽了好几张纸塞进她手里，"擦擦眼泪，回去努力就行。"

水星点点头，出了办公室门。

她糊着视线来回看了一圈，幸亏盛沂不在。

手里还有阎格给她的纸巾，水星抬手胡乱地擦了擦眼睛，眼泪还是没止住，一个人又跑去水房扑了两把凉水，精神才将将好一些。

下节课是数学，水星踩着铃声才到教室，阎格也正好迎面过来。

两个人打了个照面，阎格等水星坐回位置，才说话："考试成绩出来了，你们知道吧？一个个还嬉皮笑脸，这次考得多烂，你们心里都没数？"

阎格生气其实不无道理，从高一到现在，一班一直属于遥遥领先的班级，不止汇集了优秀的学生，均分都跟二班他们扯开一大截，这次一班的总排名确实没变,但均分低了许多,眼看二班就能追了上来。

"放假放了两个月,人飘了,进了高二还不知道轻重?"阎格在讲台上重重地砸了下卷子,看见后排还在推搡的同学,"贾彪磊,说的还不是你了吧?看你这次都到后十名了,还不急呢。"

阎格说话的态度向来硬,看见班里的人都直挺起背,脸色还是僵的。

她把讲台上的成绩递给第一排的郁晴:"都自己好好看看,自己分数低了多少,这次的题除了最后一题哪是超纲的,都是基础题,要拿分的。现在在这儿笑呢,等高考你们看看这笑还能不能在这脸上挂起来。"

班上的人拿到卷子,自然不敢说话,一时间教室里只有"唰唰"的翻卷面声。

一节课很快过去,阎格把卷子上的超纲题讲完,又想起什么。

"对了,这次排名也出来了,一会儿看完前十五名到我办公室挑座位。"阎格还没忘了之前班上同学的提议,"等今天自习课前换一下座位,接下来一个月就按这个坐,以后我们班每次月考结束都改一下座位,也算调动调动你们的积极性。"

下了课,班上的前十五名看完成绩,相继跟阎格去了办公室,留在班里的只有后面十五名。

李泽旭这次考砸了,难得没过去,留在教室擦黑板的时候,转头看见发呆的水星。

"三星,想什么呢?"李泽旭走了过来,歪头察觉到什么,"……不是,你眼睛怎么这么红?"

水星躲闪了一下:"没有。"

"成绩没考好难过了啊?"李泽旭根本不信,他蹲在桌旁边,"嗨"了一声,说,"这有什么,我这次不是也不行吗?数学也考砸了,格格还把我叫过去,一顿乱批,你看我现在不是还好好的。"

向来最安慰人的话不是"我明白你的难处",而是"你看我也过得很糟",李泽旭深知其中的道理,但这话对水星来说不太适用,因为水星已经在办公室的时候看见了全班的成绩单。

李泽旭这次排班里的十六名,年级排名二十四,其实不算个很低的名次,尤其是他的数学,考砸都有一百一十七,更别提其他科目。

"这又不是高考,定不了生死。"李泽旭安慰她,"努力呗。"

出成绩的那天班里总是最乖，有了阎格的教训，水星这一天都过得浑浑噩噩。

下午大课间，班里的同学都在陆陆续续调座位，郁晴照例选了中间的第一排，向司原还坐在后面，盛沂的位置也没换，就连李泽旭都没有调位置，第十五名正正好好选在了他原先的位置。

他们之间唯一不同的好像就是水星，她换到了盛沂的座位旁边。

教室里好不容易乱一会儿，有同学照顾别的同学直接把桌子搬走，横竖方便些，水星的东西也多，不过好在只要往后搬一下，站在原位就能解决。

水星看了眼隔壁收拾干净的桌子，转身先挨个将抽屉里的东西拿出来，放在盛沂的旁边。

盛沂桌子的右上角堆着高高的一摞课本，顶头的是化学书。水星恍了下神，莫名地想起了高一刚转学来的时候，那会儿她没留神把化学卷子夹在了盛沂的化学书里，她头一次被盛沂记住就是因为一份六十二分的成绩。

这一年的时间里，她努力学，拼命学，一刻不停，终于进了一班，自以为终于抓住了能被他看见的机会，不想让他看见令人脸红的分数，可结果还是不如人愿。

她和盛沂的差距并没有因为她进了一班就有什么改变。

他还是这么好。

而她还跟他有很大的差距。

手上的力气一时间也没有了，手指一松，她的课本一滑，紧接着连盛沂旁边的那堆书都跟着歪成了一片。

"对不起。"水星低着头，声音都要听不见。

水星盯着那堆因为她而倒塌的书，看见盛沂抬起手，又把东西扶正。

"没事。"她听见盛沂的声音。

可是根本安慰不到她，两个人的视线一直没对上。

她还是觉得很难堪。

她多么希望能以一个漂亮的姿态坐在他身边，和他努力，和他并肩，和他为了理想登高处，也许是她太不正大光明，也许是她奢望太深，也许是她这段日子太得意忘形。

是她太差劲了吗？居然惹恼了神明。

因为感觉到自己的差劲，她不敢再跟盛沂说话。

自打换了座位,水星总是闷头做自己的事情,阎格也很少让水星参与平常的排练。

她确实是个很负责的老师,大部分时间都让她留在教室,趁着其他同学排练的工夫多做几张卷子,平时拿着卷子又给她讲题。有老师的指导,有额外的卷子,这看起来一直都是在为她考虑,水星应该知足。

周四下午的大课间,林雪总算抽出了些时间。

她虽然是阎格请的指导老师,但毕竟是校外人员,来学校的次数总是少,大局还是由阎格把握。眼看这个月就要上台,阎格请她多来几次,算是给同学们好好辅导几次,争取在台上争光。

班上的同学都陆续要下楼集合,水星从抽屉里又抽出卷子,抬头看了眼他们的背影。

"阎老师到底怎么想的?天天让水星在教室做题。"

"还不是担心拉咱们班的平均分呗。"

"那也太没意思了。"

教室里真的空了人,水星垂头,额头压在书桌上。

她面前的卷子也皱了,上边的题才写了小半张,不知道怎么回事儿,平常熟悉的题她也做不出来了。

她抬起头,才想转换下视线,就发现盛沂回来了。

"不舒服?"盛沂问她。

水星吓了一跳,连忙摇摇头,把手上的卷子往里缩了缩:"没有,就是眼睛有点儿累。"

"累的话就别做了,这次也不下去排练吗?"

水星抓了抓笔帽,又看眼桌上的卷了,阎格今天晚上还要给她检查:"恐怕不行,阎老师布置的卷子我还没写完。"

"回来再写不行吗?"

水星思虑了下:"……我做题有些慢。"

"……"

"你是不是有什么东西忘带?"

盛沂垂下眼,其实不是,就是想让水星一块下去排练。

两个人正说话的工夫,一班的班长孟子豪从楼下回来了。今天由林雪来组织排练,她把队伍整好,发现两个领唱都不在。

水星他们还能解释原因,盛沂是真找不到了。

"盛哥,幸亏你在这儿。"孟子豪一下爬上六楼,现在气都喘不过来,"林姐来了,正问你干吗去了。"

盛沂从抽屉里拿出歌词的打印纸,举了一下,解释:"忘带歌词了。"

水星愣了一会儿,抬起头,去看站在前面的盛沂。

这首歌其实很简单,之前她跟盛沂练习过很多遍了,再加上盛沂那么聪明,很快就记了下来,有没有歌词完全不重要。

"拿到了就下去吧,林姐还等着呢。"孟子豪回到座位上灌了一整杯水。

"嗯,那走吧。"

"还有水星。"孟子豪招招手,让人跟上,"你也下去吧,林姐也一直找你呢。"

水星抿了抿唇,心里有些纠结。她确实不想一直待在教室做题,但成绩又跟一班的同学们落下那么多,她心里着急。

满脑子想到的都是阎格那句话,她现在已经是逆行了,不能再掉队了。

"等什么呢?"孟子豪没看出水星的小心思,抱着水杯就催促,"走吧,走吧,咱们班同学就在下边呢。"

阎格不在,水星难得在大课间下一次楼。

三个人排序下楼,孟子豪在最前面,水星在中间,盛沂在最后面,这么一个走法她莫名觉得自己有点儿像犯人,一前一后都是士卒,怕她中途跑了,压着她上刑场。

几个人出了教学楼,到了教学楼的后面,同学们都已经排好了队伍,中间空下的位置正是她跟盛沂的。

他们没有在,但位置仍然在一起。

"怎么你们俩都忘了排练?"林雪拿他们打趣,"一块留教室做什么,还得班长去喊人。"

盛沂又拿出歌词纸:"没带东西。"

他之前连词都记不住,林雪又不是天天来,也以为盛沂还要用打印纸:"眼看再过几天都上台了,水星还没教你呢?"

两个人都不说话了,林雪也没在这个事情上过多纠结。

排练比他们想象的要顺利，林雪没有阎格那么严肃，班上的气氛一直很好，嘻嘻哈哈，充满欢笑，真的有点儿像一个班了。水星真的很喜欢这样的感觉，跟着也笑了两下，但每次再听到阎格的名字，脸色难免又沉了一些下去。

总能想到成绩。

还有几分钟结束排练，林雪提前挥散了队伍，只留下水星一个人："最近怎么了？"

"什么？"水星呆了下，站在林雪面前没反应过来。

"我说你是不是有什么心事儿，脸都皱成什么样子，笑都不笑。"林雪上下扫了扫她，虽然上次见她就知道水星腼腆，但眉眼总是带了笑，这才多久，整个人说是打了霜的蔫茄子也不为过，"跟同学闹别扭了吗？"

"没有。"水星摇摇头，"……我想题来着。"

"什么题？"

"上次考试考太差了，阎老师额外给我布置了些题，我还没做完。"

林雪跟这几个小孩投缘，莫名充当起了心理辅导员："这得是有多少？好不容易放松一下就别想了，虽说学习重要，关键还是你们自己把控，劳逸结合，知道不知道？"

水星看了眼林雪，犹豫一会儿，点点头。

林雪知道她这是没听进去，说："我拿你们阎老师举例子，别看你们阎老师现在严肃，之前大学的时候特别疯。"

水星傻了下："疯？"

"这个疯不是坏的。那会儿我们大学在音乐社里认识，就是她揪着我们几个人组乐队。每个晚会都有她，那会儿她是最爱玩的，谈恋爱也好，学习也好，一个没落下。"林雪小声跟她说，"悄悄跟你说个秘密，你们阎老师那会儿还谈的是姐弟恋。"

水星发现她很难想象这样的阎格。

她能想象的阎格是一身干净简练的职业装，是在讲台上气势逼人，但一次也没有想过她会混在林雪这样的人堆里，不会想她也闪闪发着光。

"后来家里逼着你们阎老师分了手，考教资，进西城附中。其实开始的时候还好，我们几个人还经常 块出来聚，也没觉得多变。"林雪说，"但有年起，你们阎老师的一个学生没考上喜欢的大学，人出了点儿事儿，对她打击挺大，她也就不怎么跟我们出来聚了。"

"她大概是真怕你们后悔,平常布置的作业总是多了些,肯定都是为你们好,真没害你们的道理。"林雪笑了笑,"但有时候未免要求太严,你们这个年纪就是该玩的时候,适当放松放松也没什么错。"

水星咬了下唇:"但是上次月考……"

"上次都是上次的事情了,人活着是要往前看的,你这会儿再问问你们班上同学,除了自己谁还记得谁考了多少,考了第几。"林雪拍了拍她,"没听过那句话吗?是金子总会发光。"

水星很轻地眨了眨眼,点了点头,"嗯"了一声。

林雪不知道她是真听进去了还是没有,又揪着人聊起了天。

盛沂没等到水星,他先回了一班,在门口又遇见席悦跟向司原两个人,席悦知道向司原排练回来早就买好了饮料,站在门边跟对方说话。

他看了一眼两个人,点了下头,算打过招呼。

才要收回视线,席悦横跨一步堵在班门口,没让盛沂进去:"盛沂,盛沂,你先别急,我找你有事儿。"

"什么?"盛沂顿了下脚步,瞥了下边上的向司原。

向司原耸耸肩,一副自己也没办法的态度。

"你知道现在文理分科了吧?"席悦嘿嘿干笑两声,有点儿不好意思,"你们上文科的课是不是都不听了?其实我们上理科的课也是这样,说听不听的。你也知道我之前的成绩,化学这些还说得过去,但物理……"

"到底什么事?"

盛沂没工夫跟她扯东扯西。

席悦吞了吞口水,其实是因为李致堃的话,往年高中只要求会考过线即可,今年西城的教育局忽然多了条新规定,为了培养学生的素质,不光要求高中会考过线,更要求想要考取重点大学的学生们每门成绩都达到 A 级。

席悦其他科目还好说,物理一松懈下来连最简单的题都得想一会儿,偏偏向司原没有爱做笔记的习惯,李泽旭的字体又太乱,思来想去就只有盛沂最靠谱。

如果不是因为知道盛沂的东西不爱借给别人,再加上自己是小时候弄脏盛沂课外书的罪魁祸首,席悦也不至于这么尴尬。

"我记得你的笔记本记得很全。"席悦挠挠鼻子,"能不能借我用用啊?"

盛沂微微抬起眼，水星跟林雪说完话正上来，她的脸色比之前好了些，走过来跟席悦打了声招呼，两个人的视线对视一秒，水星走进教室里，盛沂才又垂下眸。

"嗯，能借你。"

"真的？"难得盛沂松口，席悦受宠若惊，整个人转头连看了向司原好几眼，"你真借我？其实我也不用太多，主要是物理的笔记，如果有数学的当然也好，我保证我不会乱折笔记本，抄的时候也小心仔细，不会往上边写字。"

席悦在那边一直做保证，盛沂就打断她："谁说给你笔记本？"

"不借我笔记，盛沂？你逗我玩呢！"

"复印件。"

席悦嘴角抽了下，又觉得很正常，能拿盛沂的笔记去复印一下也挺好："也行，那你什么时候给我一下，我回家属区再复印。"

西城大学里面复印便宜，外面一块钱一张的纸，学校里只要十分之一的价格，有职工卡还能更便宜些。

盛沂身子微微侧了些，朝教室里看了一眼，又很快地收回视线。

按照他跟水星现在的状态，如果是他给水星补课，她八成是不会接受的。

"不用。"他拒绝了席悦，有自己的想法，"我复印就行。"

晚上回家，盛沂把笔记本从书包里掏出来，就进了隔壁的客房。

盛忠群他们都是西城大学的老师，平日里打印东西太多，虽说学校里便宜，但是为了方便，家里还是备了一台能打能印的机器。

盛沂垂眸，想了下，先把笔记本放到一边，转身，打开台灯，拿起一边的笔，又翻开了笔记本的第一页。

扉页光滑，连名字都没写。

笔尖在页面上停了停，盛沂想了好一会儿，这才落了笔，挨个在每个页面上都留了字。

第二天早上，盛沂去隔壁一栋楼喊席悦一块上学。

席悦不习惯早起，当盛沂提前十五分钟出现在她家客厅的时候，席悦惊到差点儿连脸都不记得洗："什么情况？"

"什么什么情况？"席奶奶站在厨房边给盛沂递早餐，"还不快点儿收拾，小沂都来了五分钟了，净等你了。小沂，你先坐下吃早饭，等等悦悦。"

"好。"盛沂没拒绝。

一早上有盛沂在客厅坐镇,席悦连磨叽的时间都没了,收拾得也比平常快。

两个人提前出了门,走到单元门,席悦才问:"这么早找我到底什么事儿?我可不信是单纯来喊我上学。"

盛沂闻言,从书包里掏东西:"确实,我来给你复印件的。"

席悦没想到她昨天才要了盛沂的笔记准备复习,今天就能拿到:"这么快?"

盛沂没说话,把东西拿出来。

西城大学有条近道能到西城附中,两个人原本一块走在小道上,席悦本来以为就十几二十张打印纸的事情,直到看到一厚摞修订好的复印件,她怕得连连后退了几步,伸手去拿,发现一只手根本拿不住:"你平常都记什么东西?就物理一门笔记你就整理了这么多?"

"不是。"盛沂否认,"还有别的。"

"物理、化学……这些科目你都给我复印了?"

席悦一边说,一边低头翻着复印件看上面的科目,才发现除了昨天她想要的物理,还有生物、化学、数学,盛沂都给她复印了,只差英语跟语文就包圆了全部,可就算是有四门科目的笔记,席悦仍然觉得这还是重得离谱,又往后看,发现数量原来是重复的。

"盛沂?你干吗复印两份一样的?"

盛沂的步子顿了下,又很快踏了出去,他的嗓子莫名有些痒,清了清嗓子,才说:"输错了数量,就多印了一份。"

"你还会犯这种低级错误?"席悦"啧"了一声,又翻起了扉页,"你这上面写了什么酸话啊?"

她之前没看过盛沂的笔记本,没想到这么冷冰冰的一个人还会往笔记本上写励志语录,一句"昂首挺胸,逆行登高"就要让席悦笑昏过去,但换而言之,一想,昂首挺胸倒是挺贴合盛沂,但逆行登高这件事,盛沂又什么时候做过?他生来就在高处。

盛沂没回答她,席悦也没多问。

"两份确实没用啊,重复又怪沉的,扔了吧又可惜。你说你笔记这么珍贵,要是我拿出去卖,估计都有人要?"

盛沂瞥了她一眼，眼神凉飕飕的，就像是在跟她说借她十个胆子试试。

席悦秒怂："好了，我开玩笑的，卖的话也太辜负你我多年的情谊了。"

"嗯。"盛沂不自然地咳嗽了一声，引导她，"不过你可以看看周围有没有人需要。"

"嗯？这么说起来，星星这次考试是没太考好，我可以把多的这份复印件给她吗？"

席悦看了看盛沂的脸色，见他没有异常。

"那我就把这份复印件给她哈。"席悦嘿嘿笑，把东西又都塞回了书包里，"但是话说回来，既然你坐在星星旁边，平常你多照顾她，教教她做题吧，帮星星把成绩提上去。不看僧面看佛面，好歹星星是我的朋友、对吧？"

席悦说完，又不见他回话，才想说其他的，就听见盛沂"哦"了一声。

席悦愣了一会儿。

所以他这算是同意她把复印件给水星了？还是说愿意帮忙照顾一下她的朋友？

水星才上楼，就看见前脚进班的盛沂。

"星星！"席悦站在门口，正好跟她打了个照面。

"悦悦，又来找向司原？"

席悦脸上有点儿烫，"哎呀"了一声，抬手直接捂住了水星的嘴巴，嗔了她一下："你胡说什么呢？星星，你现在不学好了，怎么也跟着李泽旭一样？"

但这件事并非是水星学坏，而是席悦跟向司原的互动实在太频繁，席悦来一班十次有八次都是来找向司原，看他们都成了顺带。

水星弯了弯眼睛，笑她："我有胡说吗？"

"就有,本来还想给你我的秘密武器的。"席悦偏了下视线，将书包往身前背，哼了一声，"现在看来啊……"

席悦在那边故弄玄虚，水星笑了笑，没显得太在意："好吧，我能问问你藏了什么秘密武器吗？"

"盛沂的笔记哦。"席悦的小尾巴都要翘到天上了。

她的语气轻巧，没注意到水星口气都提了起来。

"怎么样？想不想要啊？"

水星一下子看到了希望，点了点头："可以吗？"

"当然可以，但也要有点儿小要求，我要你现在夸夸我，说悦悦真好，我最喜欢悦悦了。"席悦在那边嘿嘿笑，"你说吧，说完我立马给你。"

马上到了一班的班禁时间，来往的同学多，脸上发红的那个人成了水星。

她不擅长表达感情，又实在想要得厉害。

席悦推了推她："星星？"

"悦悦真好。"这句话还说得简单，她咬了下唇，又看了一眼进出的同学，小声，"……我最喜欢悦悦了。"

"好了，给你，给你。"席悦不忍心再逗她，从书包里抱出一大堆复印件，"这些笔记都是盛沂亲手打印了，除了语文跟英语都有。这个人也是，我就要物理一科，他还操心着把其他科目都打出来了。"

席悦又跟水星说了两句这次的会考，她想着理科班估计跟他们一样，文科不听理科的课，理科不听文科的课，等过几天，席悦把她的笔记整理出来分给水星和向司原他们，大家争取都在会考上考出个漂亮的成绩。

水星点点头。

席悦还想再说什么，两个人就看到了从办公室那边出来的阎格，饶她是个外班人，都恐惧阎格的威名，身子连忙转了过去："不说了，不说了，大课间我再来找你，一会儿被你们班主任抓住就完了。"

水星"嗯"了一声，这才往班里走。

那会儿席悦在旁边，水星没好意思多看复印件，这会儿周围没人看她，水星回到位置上，才不动声色地翻起了复印件的边缘。

白色的纸页上，盛沂的字体骨力遒劲又挥洒自如，写了两行大字。

——昂首挺胸。

——逆行登高。

不知道怎么回事儿，她忽然想起阎格跟她说的话。

阎格说她现在是一个逆行的阶段，她的起点慢，脚步慢，她跟其他同学是有差距的，他们可以放松，而她不行。

水星垂着头，手指抚摸在纸张上，明明都是早就打印出来的，可她还是觉得烫手。

前排的同学齐佳蕊转过身，看见水星正望着面前的纸张发呆，碰了碰她边

上摞的书，书歪了一点儿，她问："水星，你发什么呆呢？"

"没有。"水星连忙收起复印件，咳嗽一声，"就是早上有些犯困。"

阎格从班外面进来了，齐佳蕊也回过身，只是偏了些头，跟她小声说话："好吧，你那边有红笔吗？借我一下呗。"

"好，我给你找找。"

两个人说话的空当，阎格站在讲台上喊盛沂的名字，让他上来一趟。水星没起身，轻轻地把凳子往前拽了一拽，后面的空余足够盛沂出去，又翻出书包里的笔袋，给齐佳蕊找红笔。

东西找到，水星碰了碰她："佳蕊，红笔。"

齐佳蕊人没扭过来，就单是伸出一只手，她背着身，摸索地接过，又跟她道了声谢。

班上安静下来，阎格在讲台上通知了高二会考的新政策。一班的理科成绩出众，文科也不差，阎格最多只是提醒他们要注意点儿，别因小失大，然后又让盛沂去给大家发数学的小卷，说是今天有空的时间做了，等下午上数学课再讲。

一班已经习惯了阎格的高强度训练，没人提出异议，趁着卷子发下去的工夫，阎格又通知了第三件事情。

去年参加过的英语比赛又要报名了，这次报名秉持了自愿原则，阎格把盛沂安排在了讲台上，对演讲比赛有兴趣的同学在早自习的时候可以过来找他登记。

水星抬起头，朝前面看。

窗外的阳光正好，打在盛沂的侧脸上，他微微偏了偏视线，发卷子的手也顿了下，垂下眸前的视线似乎扫过了她。

"要是对竞赛没兴趣的、觉得平常课业压力太大的同学也不用专门报。"阎格在讲台上提醒，"这些演讲比赛主要是用来给前面的同学以后做自招的时候加分的。"

原本还在听台上说话的水星身子一僵，又低下了头，她很清楚她不是前面的同学。

早自习没有老师讲课，阎格到一班也只不过是监督下同学们的到班情况，预备铃打响，阎格又提着自己的小包走了。

盛沂被阎格留在讲台上负责纪律和记录英语演讲比赛的名单。

班上只有翻动书页和动笔声，水星心不在焉地做着阎格留下的数学卷子。

不知道是不是之前阎格给她刷的题太多，这张卷子的题型她差不多都见过，做起来极其顺手，直到最后一道立体几何的题才有些卡壳。

做不出来，水星抬起头看了眼周围，陆续有同学上讲台跟盛沂说这次英语演讲比赛的事情。

……英语演讲比赛啊，她可以参加吗？

最近她课间都没休息，一直在做题，速度也提了上来，作业也不用挨到一点多才能完成，她现在比之前好一点儿，是不是也能上台报名？

但是，她现在是阎格重点关注的对象，而且她的成绩……上次是倒数，也许别人也会觉得她力不从心呢？

水星正想着，前面的齐佳蕊忽然翻过身，把红笔还了回来。

班上还有人做题，她的声音也不敢太大，尽力地压低："谢谢，我用完了。"

笔磕在桌面上，水星的心也震了一下。

笔还回来，齐佳蕊就转了回去。

水星抿了抿唇，见她丝毫没有注意到自己脸上的震惊，犹豫一会儿，没忍住，还是戳了戳她的背："对了，佳蕊。"

齐佳蕊回头看她："怎么了？"

"你还记得上学期期末考试的总排名吗？"

齐佳蕊皱了皱眉："上学期期末考试的排名，不记得了啊，你怎么忽然问这个？那都多久之前的事情了。"

她说这话的时候声音没控制好，语调有些高，以至于半个班的同学都往那边瞧。

两个人都是一惊，水星"嗖"地把头就埋在了书后面："……这样吗？"

"对啊，太久了吧，谁还记这个。"

两个人没再说话，水星抿了抿唇，心里又冒出林雪的话，按她的话讲是金子总会发光，按齐佳蕊的话说那都是多久之前的事情谁还会记得。距离上次考试已经过了半个月，这么一折算下来，她觉得很坏的事情其实别人早就忘记了。

是她太在意，才让自己成为班上的一个边缘人。

是她太怕，才担心永远没办法跟盛沂比肩，所以干脆连抬头的机会都选择

放弃。

还有五分钟下早自习,水星还是没做出最后一道大题,合上笔,讲台上又有一个同学报完名字下来。

阎格说早自习结束截止报名,眼见钟表上的秒针在流逝,水星纠结了一下,想把卷子先塞回抽屉里,没承想先摸到了上午席悦给她的复印件。

她垂眸,又看到了那两行字。

复印件紧紧攥在手里,水星抬头,眼睛都忘了眨,她的心里冒出一种很重的冲动。

对啊,她不过是逆行,怕什么呢?登高不就是逆行?逆行怎么就不能抬头?她想要跟盛沂同行,为什么不能以一种昂首挺胸的姿态?

她来西城附中这么久,做什么事情都是被动的,直到现在,她是头一次想主动做一件事情,主动去报名,主动去跟盛沂说话,主动去证明她也可以。

脚边的椅子来回挪了挪,水星起身,终于从位置上站起来。

说不清楚身后的人有没有看她,两边有没有视线注意她,她只觉得两条腿都是软的,又努力地拖着它往前,心脏也由不得自己,马上就要跳出来。水星站在讲台的下边,手指碰到边缘,铁皮凉凉的,通过指腹传来。

盛沂抬起眸子,看了过来。

他的眼皮有颗小痣,垂下的时候看得到,抬起来的时候看不到,别有一番味道。

因为光线的照射,他的眼眸瞳色显得浅浅的,兴许是阳光的温度太高,他的目光也被照暖了不少,显得温暖且柔和。

她总觉得嗓子有些哑,说出话的语气也僵硬,四周静谧,似乎能听见心脏跳动的声音,轻轻又重重。

"现在还能报名吗?"她问。

盛沂"嗯"了一声:"能的。"

"那我报个名。"

古人总说万事开头难,好像是真的,但凡第一步迈出去,接下来的几步都没那么难。她很自然地拿过讲台旁边放着的名单,很自然地低头去看名单上单人组和双人组的记录人员,盛沂还没有填,但也恰好是因为盛沂没有填,水星才能做自己的决定。她不想参加双人组的比赛,不想靠别人的光辉而活。

这一次她想自己试试，凭借自己能走到哪里。

该到记录名字的时候，水星才发现周围没有笔，她该自己带一根上来的。

脸上又燥热起来，她垂眸，看见第一排的郁晴，还没等她说话，就感觉到自己的手背碰到了什么。

盛沂拿着笔，手指微微探了过来："用这个吗？"

阳光照在他的指尖，指甲亮晶晶的，散发了一层细碎的柔光，水星的心跳了一下，发现自己又错了，只有她跟盛沂没有互动的时候，她才不会那么紧张，这会儿他只不过是简单地递给她一支笔，她的心里似乎又有了一万只蝴蝶在扇动着翅膀。

教室里很安静，水星接过笔，指腹压在笔套上。

盛沂之前一直在用这根笔做题，笔套上裹着的橡胶脱离了手还是会有余温，热热的，暖暖的，从底层透了出来，蔓延到水星的指腹。

早自习结束，盛沂把英语比赛的名单报给了阎格。

除了水星报了单人组，盛沂、孟子豪还有班上另一个女孩也报了，双人组也只有英语课代表提交了名字，参加的人还是在少数。

阎格把水星叫到了办公室，看一眼单人组的报名，又看一眼她："确定要报名？"

"嗯。"水星半个身子都靠在桌边上，犹豫地点了下头，"我之前参加过单人组跟双人组的比赛。"

"我记得，你当时和盛沂一块拿了双人组的第一。"

"对。"

水星没想到阎格会记得，眼睛瞬间亮起来。

"报名没问题，但是……"

阎格忽然加了个但是，让水星再次提心吊胆起来。

"单人组报名的人太多了，竞争也厉害，你报这个不保险，真的想报可以调到双人组试试，到时候参加自招是加一样的分，没什么区别。"阎格看向她，"这个决定怎么样？"

话虽如此，水星扣了下食指指腹，还是拒绝了阎格："……谢谢老师，但我不想去双人组。"

没想到水星会直接拒绝她，阎格皱起了眉头。

好在李致堃拿着课本从三班回来，一瞧两个人现在的状态，赶忙问了下发生了什么，这才知道是阎格想把水星调到双人组，但水星不愿意。

相对阎格，李致堃要好说话得多："还以为发生什么大事儿，水星想参加单人组你就让她参加吧。"

阎格白他一眼："你说得简单。"

"怎么就是我说得简单了呢？水星的英语成绩又不差，在你们班也能算上顶尖，参加单人组的水平还是绰绰有余的。"

那边有水星的心不甘情不愿，这边有李致堃的好言相劝。

阎格回过头，没好气地看了看两个人，又看了眼报名表："行吧，但是我跟你说好了，单人组的竞争真的大，隔壁一中也都盯着这次比赛，前面的几名这次还有争夺国奖的机会，到时候就看你自己的造化了。"

水星连忙点点头。

"参加比赛是要上心，但你平常的成绩也不能耽误，眼看月底还有合唱比赛，再加上月考，你自己琢磨能不能忙得过来。"

水星又连"嗯"了两声，反正答应了就好。

事情解决完，阎格又让她帮忙把李泽旭喊到办公室。

时间还早，水星把李泽旭叫醒，喊去了办公室，又从后面绕道回了自己的位置上。

本来想从抽屉里掏出下节课的书，没想到盛沂会主动跟她说话："阎老师喊你去办公室说什么？"

没想到盛沂会发现她去办公室的事情，水星找书的手瞬间僵了。

"没说什么，就说了下英语演讲比赛的事情，她建议我改成双人组。"

盛沂安静片刻，又冲墙那边的空座位看了眼。

去年就是阎格要李泽旭报双人组的，要不是他发烧了没去成，他也不会和水星一块组队。

想到今年阎格八成还是要李泽旭去报双人组，盛沂的眉头不自觉地皱了起来，问："你要换吗？"

"不了吧。"

"嗯？"

水星如实回答:"我想准备一个就足够了。"

她说完,才觉得这话有点儿不对。

高一的时候还乐呵呵地准备了两个,现在又觉得一个就足够了,生怕盛沂能发现其中的端倪,水星又连忙解释:"去年没经验,当时悦悦让我就报一个,说两个准备不过来,我还不信,今年就有经验了⋯⋯"

她的语气越说越急,自己都意识到了,连忙收住:"一个⋯⋯就够了。"

"嗯。"他点了下头。

看到她又把头低下去,盛沂才觉得自己说的话是不是太短了。

他又问:"早上席悦给你复印件了吗?"

"给了,给了。"

她知道这份复习用的笔记是盛沂给席悦的,她能沾上一点儿光已经是很不错的结果了。

"谢谢你。"水星的表情认真,"我会好好看的。"

"嗯,笔记上有不会的,或者看不懂的地方,"盛沂又瞥了她一眼,强调,"可以问我。"

不知道是不是因为想开了的缘故,自打水星报名了英语的演讲比赛,她跟盛沂的合唱练习也恢复了起来,练习过后,盛沂还会把水星没看懂的笔记或不会的题都整理出来,他教她重新做一遍,他们成了名副其实的一帮一小组。

中午不回家,水星跟盛沂两个人从食堂回了教室,又简单练习了盛沂还跑调的地方。

等盛沂午休的时候,水星不睡觉,从抽屉里掏出了一张物理卷子,加班加点地做题。不知道过了多久,水星终于做完了上午空了一半的物理卷子。她转头,伸了个懒腰,原本想要打出的哈欠也卡在了喉咙里。

她慢慢收回了动作,垂眸,小心翼翼地看向身边的人。

盛沂一只手放在一边的书堆上,另一只手包成一个圈撑着脑袋,他的脸埋在阴影里,屋内的阳光温热,教室里没有人,光线斜斜地越过他的手指,一直落到她的指尖,莫名地增添了几分暧昧的情愫。

太阳有些晒人,水星整理好桌面上的物理卷子,抬手,放到一边的书堆上。

想到这段时间的相处,有了盛沂的笔记和辅导,她的做题正确率一天比一天高,心里就暖暖的。

不过话说回来，不知道是题写完了，还是困倦这种东西大概是会传染人，水星看着盛沂的侧脸居然也有点儿想睡觉，她歪头，面对盛沂，学着他的样子圈起了胳膊，也俯下了身，靠了过去。

指尖轻轻推动到桌子的边缘，盛沂的身子似乎跟着动了动。

手指顺着光线而来，食指也垂了过来，一滑接连地碰到了水星的手指。

一切来得太凑巧，水星的呼吸一屏，窗外的风也静止了，只有阳光烫烫的，跟盛沂的体温一起烧了过来。

说不上来是什么时候睡着的，预备铃打响，水星被前面的齐佳蕊喊了起来。

教室的窗帘不知道什么时候拉上了，散进的光都是昏昏的。她睡醒没多久，脑袋还有点儿迷糊，视线却还是敏锐地捕捉到了盛沂的身影，他刚从外面打水回来，手里多余的一个水杯放到了她的桌面上。

不知道是谁嫌闷开了窗，一阵冷风吹了进来，激得水星彻底清醒过来。她盯着桌面右上角的水杯，忽然反应过来：

盛沂……居然给她打了水？

于是，直到下午放学，水星也没喝掉那杯水。

晚上回家，水星吃了晚饭，跟蒋林英说了要写作业，一下子跑回房间里。

正值初秋，是流感多发的季节，威远承每天通风的习惯更勤了些。晚上温度正好，他也没上来再关窗户，凉风习习顺着窗边吹了进来。水星从书包里掏出盛沂给她改好的物理卷子和水杯。

大约是盛沂的举动太震惊，水星担心没有下一次，这一下午的喝水都只是抿两口，杯子里的水位线基本没变过。就算郁晴来找她打水，她也不过是抱着一个满的杯子去，又抱着一杯温到凉的冷水回来。

"星星。"蒋林英收拾完餐桌上的饭菜，推开门，轻声喊她。

水星回过头，发现蒋林英只手提着暖水壶："怎么了？"

"最近流感多，勤通风，衣服也要多穿点儿，你姥爷还说平常要喝热水。"说到这里，蒋林英就忍不住唠叨两句，"你看你的嘴，下午是不是没好好喝水？"

她说着就要拿水星的水杯。

"杯子里的水都凉成什么样了，姥姥倒了给你重接一杯。"

"不用。"水星心紧了一下，"姥姥，不用，我自己来。"

水星的反应大，蒋林英也没好直接拿，就让她自己去厨房把凉水倒了："凉水伤胃,该多喝热水的,你们小孩不懂这个,到时候老了身体不好了才知道吃亏呢。"

水星"嗯"了一声,在蒋林英的注视下走出了卧室,直奔厨房。

听见蒋林英追了出来,还在后面说热水的好处,水星垂眸,看了眼水杯里的凉水,担心她真的会让自己全倒了,抬手,一杯凉水她猛地灌了自己大半杯。

水温凉凉地滑过嗓子,让她的嗓子都有点儿痒。

"倒完没有啊?"蒋林英在外面问她。

嗓子里的痒意溢了出来,她强忍着咳嗽,涨得满脸通红:"马上,马上。"

神经那么紧绷,她难受得紧,但是转头,余光又瞥见了水杯,就算是闷咳咳也让她脸上的笑意多了起来。

十月下旬,学校如约举行了合唱比赛。

孟子豪代表一班抽取了参赛顺序,在高二年级组排了第十三个,压轴出场,一班全体同学都有点儿崩溃,毕竟谁都知道压轴不一定是好的,主席台下的观众都会审美疲劳,但运气如此,大家也不好埋冤孟子豪,只能相互打气。

阎格提前给班里预订好了合唱比赛的衣服,为了上台漂亮美观,全体同学着装一样,都是白色衬衫,黑色休闲裤和小白鞋。

练习了一个多月,林雪在最后一天给同学们还带了礼物,她大包小包提了一堆小零食,挨个发给他们。

东西的种类多、选择多,同学们挑剔的时间也久了些,各个埋头在两个大塑料袋里翻找自己喜欢的。

"每个人都有,抢什么呢。"林雪就近拍了下旁边男生的背,看见水星跟盛沂他们,又从塑料袋里抽出几包零食,塞到两个主唱手里,"干吗呢?我们两位大主唱,你们连吃零食都不积极,还要我给你们送啊?"

"没……我本来想等一会儿拿剩下的。"水星说。

她不太爱跟别人抢东西,基本上都是挑别人剩下的。

哪知道林雪极其不赞同她的想法:"说什么呢?剩下的都是别人不要的,要拿肯定拿最喜欢的啊。"

水星抿了抿唇。

林雪又撕开一袋雪饼,自己吃了:"对了,盛沂现在唱歌不走调了吧?"

除了水星，班上还没有人知道盛沂唱歌跑调的时候，结果现在被林雪这么一戳，周围的人听见都忍不住回过头。

"怪不得之前从来不唱歌呢。"向司原从边上过来，单手搭在盛沂的肩膀上，跟他开玩笑，"我们盛哥，唱歌跑调啊？"

盛沂的表情本来还正常，垂眸，瞥见旁边的水星。

她也没忍住转头看他，嘴角还有浅浅的笑，怎么看都好看。

想到她在笑，盛沂的耳根不自觉地发红，他的嘴巴抿成一条线，愣是没讲话，继续当起了哑巴。

他们这片倒是又热闹起来，只有李泽旭，他站在另一拨人群的中间，原本笑着的嘴角也僵了一下。

放在之前，李泽旭现在肯定还跟他们在一块，盛沂肩膀的另一边搭着的应该是他的胳膊，但就这几天，他跟盛沂闹得不愉快。

向司原还来问过他，盛沂跟他到底是怎么回事儿，可这件事情李泽旭都说不清楚。

他跟盛沂从小学到高中，情谊深厚。那会儿起，他就知道盛沂聪明又优秀，样貌出众又招人喜欢。打小就有一堆女生为了跟盛沂说几句话，都要先跟他套近乎，逢年过节想给盛沂送礼物，也总要塞给他一点儿。李泽旭从来没有因为盛沂比他优秀、比他招女孩儿喜欢这些鸡毛蒜皮的小事嫉妒或生气。

盛沂比他成绩好，他的人缘也比盛沂好；盛沂清冷生人勿近，他热情似火嘻嘻哈哈。盛沂做别人的王子，他就做自己的骑士，谁也不比谁差。

可是为什么呢？为什么唯独最近几次，他在席悦对比他跟盛沂谁讲究谁不讲究的时候计较？

他会在合唱比赛谁能站在中间谁不能站在中间上比对，会悄悄去比对两个人成绩单上的排名。他忽然发现自己真的好小心眼，这些看似平常他都不会注意的小事儿，其实一直埋在心底。

当他想要跟盛沂和平常一样，下课没事儿去说个话，把这件事情当作小事掩埋在尘土里，李泽旭又发现自己做不出。平常爸妈教导他的待人接物、圆滑和气，这一刻都不好使，他不想拉下脸去求和。

李泽旭收回视线，不再去瞧那边的热闹。

随着零食袋空，最后一次排练正式结束。

郁晴有事先上了楼，水星为了能跟盛沂一块上去，又跟林雪他们聊了一会儿天。

预备铃打响，周围的同学们还没有上楼的心思，林雪看时间不早了，也不想他们耗在教学楼下边，好说歹说提出了一起上楼。

向司原在前面帮林雪拿东西，水星跟在他们后面。

她脚步放慢，在等盛沂什么时候会跟上来。

怀里的东西太多了，都是林雪塞给她的零食，还没打开，大大小小的又没个规矩，形状随时可能掉在地上，水星只能不断地调整姿势。

还没等姿势调好，旁边忽然多了道人影，她惊了一下，刚想出声，就看见是盛沂伸的手，他默不作声从她怀里拿走了两大包膨化食品。

"回去问我要。"

怀里瞬间轻快不少。

水星愣了下，又抬眼去看前面的盛沂，他脚步没停，反而快了，两下就跟到了前面的向司原边上，偏了偏头，似乎在听些什么。

有风吹过，从前至后，顺着他的鼻息落到她的唇角。

他们没有触碰，没有说话，又好似时时触碰，时时说话。

合唱比赛的时间定在了周二下午两点，因为人太多，比赛场地选在了附中的操场举办，每个年级每个班被划分好了各自的场地。

一班抓阄是最后一个，再加上前面还有高一，时间更是早得很。

班上的同学相继拿着椅子，关系好的早就先一块出了门，要抢占有利地形。

水星双手提着椅子，也跟在郁晴旁边一块走，说话的工夫旁边忽然多出一只手，拽住了水星的椅背。

男生的力气大，两只手各提一只椅子也轻巧，李泽旭一只手把水星的椅子往怀里拽，十分好心，说："三星，三星，我帮你搬。"

水星愣了下，想从他手里拿回来，又无从下手。

旁边的郁晴上下打量了下李泽旭："你怎么不帮我也提了？"

"没多余的手了。"李泽旭分别扬了扬两边的椅子，理所当然地道，"我要是哪吒，别说是你的凳子，咱们班其他同学的椅子我还能再多提三个。"

李泽旭说得实在夸张，三个人在前面走，听见身后有笑声，一转头，发现

席悦跟向司原都跟在后面，席悦看他们发现了也就大大方方加入队伍里。

"之前没发现，我们李某人还有做哪吒的心思。"席悦空着手调侃他。

向司原向来省事，学校草坪多，他们男生运动完了也是坐在地上，不比女孩子娇气，学校发了通知，他只顾去三班给席悦把椅子搬出来就好，空余下的手正好把席悦往回拨了拨："一会儿给你把椅子放哪儿？"

"三班前面吧。"席悦回头，跟李泽旭扯开了些距离，"我之前看一班就在三班斜对角，这样方便我去找你们玩。"

"我看你哪是想找我们玩。"

席悦呸了李泽旭一口，没搭理他，扭头又找了一圈人，问郁晴："对了，怎么不见盛沂，他人去哪儿了？"

临出门前，阎格到班上找了一趟盛沂，把他叫去了办公室，说是有话找他聊，直到班上的同学搬椅子都走空了也不见他回来。

"他应该是跟阎老师过来的。"郁晴解释。

席悦"哦"了一声，几个人还差几步到指定地点，向司原先去了三班，帮忙把席悦的椅子放到了第一排，席悦跟旁白的女生说了几句话，两个人又一块到了一班。

水星跟郁晴把椅子放到了靠近临界的地方，李泽旭选了两个人前面，没过一会儿，盛沂也跟林雪和阎格一块来了，老师们站在后面，三三两两的同学转过头跟两个人打招呼。这段时间里，林雪跟他们混熟了，有几个胆大的同学甚至还凑了过来给林雪塞了几块点心。

西城两点多的天正是最晒的时候，林雪戴了一顶雪白的遮阳帽，从两个学生手里接过小零食，笑着让他们快坐好，转过头，发现阎格脸色黑压压的。

之前学生们把林雪送到小办公室的时候，正巧撞上了阎格。那会儿林雪就劝过阎格，不能光对学生有成绩上的要求，平常对待同事也应该如沐春风，别总一副凶神恶煞的模样。不然时间久了，班上的成绩能上去，但跟学生的感情终究不行。

当时阎格还不以为意，她觉得她是班主任，负责的就是成绩的高低，走进学生心里也没什么用。但凡事就怕有对比，林雪只是作为指导老师来几天，都能跟学生打成一片，心里总也有点儿别扭。

"让你平常凶巴巴的，师姐，现在后悔了吧？"林雪跟阎格卖乖，"怎么样？

还不听我的劝?"

阎格抿了抿唇,不想说话。

林雪在旁边强调跟学生交流的重要性,没料想李致堃也走了过来。他是三班的班主任,离一班近得很,打个招呼是再自然不过的事情:"阎老师。"

"嗯?"应声的不是阎格,她旁边的林雪显然是意外的,"李致堃?"

李致堃愣了下。

"忘了吗?大学的时候我跟师姐在一个社团。"林雪转头就看一边的阎格,"不对,前几天你还不是跟我说……"

阎格的脸上难得白一会儿红一会儿:"说这个干吗?"

"你说干吗?"

老师们在后面说话,前面的学生也没闲下来。席悦从三班过来,跟水星他们凑在一起,转头飞快地瞥了一下身后的氛围,震惊道:"我的天,真没想到我们班主任跟你们班主任是大学同学?"

水星也回过头,视线向上看,瞥见的却是站在三个老师旁边的盛沂。估计是找了阎格的缘故,他没回班里搬椅子,手里拿的是三把折叠凳。

席悦又晃了晃她:"星星,你之前知道吗?"

水星心里一提,慌忙收回目光,摇了摇头:"……不知道。"

她知道林雪跟阎格是上下两级,也知道李致堃跟阎格的关系还不错,但确实没想到李致堃和她们都是一个学校的,怪不得每次她陷入麻烦事的时候,李致堃总能说上几句话。

几个人又聊了几句,主席台上开始广播,学校的领导通知各班同学现在坐好,保持安静,再过五分钟,由高一年级组先上台进行展示。

席悦先回了自己班,同学们也各自坐好了位置,水星旁边坐着的是向司原,他没有椅子,就直接坐在了草地上,郁晴从校服里拿出练习册,也暂且不说话。

水星侧了侧身,视线下意识地又往盛沂那边去看。

阎格跟林雪都从他手里拿了凳子,坐在了靠近三班和一班的交界处。盛沂垂眸,视线扫了下队伍里,又把手里的折叠凳支开,直接放在了向司原的旁边。

"带水没?"向司原一只手拍了下盛沂。

"没有。"盛沂视线往向司原旁边偏了下。

向司原"哦"了一声:"行吧,那一会儿等开始出去买。"

两个人的视线说撞也没撞，水星假装看了老师的动静，又悄然无息地收回视线，跟郁晴一样拿出练习册，从口袋里拿出笔准备做题。

林雪在队伍后面聊了会儿天，站起身，发现班上的人大部分都在做题，除了少部分说几句话，没一会儿也低下头。一班这样就算了，接连其他班也不敢多说话，别的老师也怕被比下去，搞得高二组这边人心惶惶。

"你们这是干什么呢？"林雪"啧"了一声，拿起边上盛沂的卷子，"出来看个比赛也不忘了学习？"

盛沂原本就对这些比赛没什么兴趣，来这里只是换个地方做卷子，但其他人确实是想玩，又迫于阎格跟他们的距离太近，没人敢放肆逾矩，闲着也是闲着，除了做题也别无他法。

"阎老师布置的题。"盛沂回答。

"你布置作业了吗？"林雪回身，问阎格，"今天可是咱们班的合唱比赛哎，都这个时候了，你还要他们做这么多题，心态一点儿也不放松，第一还怎么拿？"

她这话一说，前面几个做题的小脑袋总忍不住回头往林雪那边看。

送点心这件事出现，阎格就有点儿怀疑自己平常是不是对一班的同学要求真的严格了，摆摆手，大有大发慈悲之感："行吧，一会儿比赛，今天就好好放松一次。卷子，可以晚点儿再做。"

卷子说不做就不做了，一班其他同学也不装了，草地上一时间全是折了半的卷子。

水星从晕晕乎乎的物理运算中抬起头，看到李泽旭被前面两个男同学叫去玩之前准备好的纸牌，他们原本还想等阎格走了再说，这会儿能在老虎眼皮底下玩，别提多爽。

向司原之前就说了要去买饮料，他一起来，席悦在三班也按捺不住了，说着也跟水星和郁晴招手，让她们跟上一块去小卖部。

水星起身，眼看越过盛沂，终于发了声："……你去吗？"

盛沂起身，"嗯"了一声。

两个男生自然而然走在前面，席悦她们三个走在后面。盛沂跟向司原两个人都是学校里出名的惹眼，不到小卖部就有一堆女生跟过来，水星跟郁晴脸上看不出什么变化，倒是席悦的脸上挂不住，有点儿绿。

一行人站在小卖部门口的冰箱前选冷饮，席悦望了眼周围的人，说起来的话也醋醋的:"今天不光阳光晒,人也聚集得格外多,视线火辣辣的,烧得慌,光卖冷饮都冷不下来呢。"

向司原低头笑了下,打开冰箱柜,拿了罐冰可乐,贴到席悦脸上:"冷了吗?"

"喂!"席悦要炸了,"向司原!"

冰柜那边热热闹闹,水星待在小卖部的门口,这边聚集的人太多,她实在不好意思跟其他人挤,原本还想拿两袋酸奶,现在越等越进不去。

"要买什么?"脑袋上方忽然响起盛沂的声音。

水星感觉心脏都停了一下,回过身,周围来往的人太挤,推着盛沂,跟她的距离也要没有了。他身上总是有股清清凉凉的薄荷味,在人潮里更明显了。

"……酸奶。"水星吞了吞口水,小声说。

盛沂"嗯"了一声。

男生还是占优势,轻而易举地挤进了小卖部里,他背着身,看不见神色,身子微微向前,又不知道拿了什么。

水星总觉得有点儿奇怪,他明明在这样拥挤又阴暗的小店里,整个人还是会发光。

席悦跟郁晴两个人已经买了一波,先让向司原进去付钱,水星要过去,又总觉得盛沂一会儿会出来,于是停在门框边,又等了下。

盛沂付完钱,转身出来,看到水星还站在边上,把人稍微往旁边带了下。

"多少钱?"水星急促地看了眼他。

"不用了。"盛沂把酸奶递到她手上。

酸奶刚从冰箱里拿出来,放到指腹上冰冰凉,水星垂眸看了眼包装袋,袋身结出层小冰霜,盛沂的指纹就浅浅地印在了上边。

"星星。"席悦在对面冲两个人招了招手,"快来!快来!"

水星缩回手,又在掠过盛沂的时候,感觉到他手掌的温度,盛沂大概也是碰久了包装袋,再加上他的体温低些,两个人的掌心只是轻轻擦了下就明显地可怕,水星不自觉地抖了下肩,手里又被塞了什么。

盛沂说:"糖,白桃味的。"

一行人从小卖部回去,水星的心都没止住震动,直到李泽旭转过头把她拉到前面堆里面玩,她心不在焉地输了好几轮,再抬起头的时候,心脏还是忍不住鼓动。

"李泽旭,我先不玩了。"

李泽旭愣了下,以为水星是输怕了:"没事儿,胜败乃兵家常事,输两局也是常有的事情。"

"我去后面做一会儿题。"水星温声说,"要不然今天回家作业都写不完,熬夜第二天又起不来了。"

想起水星上次迟到还被罚了一个星期的打扫,李泽旭也没强留,耸了耸肩:"好吧,那你去吧。"

阎格跟林雪他们几个老师现在都不在,这边班级大部分是乱的,向司原坐在后面的草地上陪席悦跟郁晴两个人,盛沂还是坐在原来的位置。

水星低头,往身边看了一眼,从地上又拿起数学卷子,垫着练习册写了两道题。

他们中间没有向司原坐着,也没有多余的椅子,身子微微挪动了一些,水星的脚尖不自觉地就偏向了右边。做完一道题,抬起头,发现盛沂为了避开阳光也朝向了这边。

想到他送给她的糖,水星把手缩回了校服口袋里,摸索着糖纸的边缘,有点儿想跟他说话,又不知道该说什么。

还是盛沂抬起了眼,他的视线移到她脸上,似乎发觉她一直在看他,"嗯"了一声:"有不会的题?"

水星连忙点点头,虽然根本没有,但盛沂都帮她找了借口,她没理由不用,把练习册推过去,随手指了指靠后面的大题:"就是……这个倒数第二问,感觉有点难,不太会。"

盛沂把练习册接了过去,他又垂下眸,眼皮间的小痣露了出来,阳光打在他的眼皮上,像是能透过光。

约莫过了三十秒,盛沂才抬起头,瞥了眼旁边向司原的位置:"过来听吗?"

座位一换,水星反而有点儿不自在了。

其实周围根本没有人注意到他们在做什么,就算注意到了,大概也只觉得他们在互帮互助讲题,她到底有什么好担心的?平常不也是这样吗?就因为换到了室外,她觉得会有更多人看向他们吗?

心虚的人做什么都虚啊……

水星忍不住想谴责自己，努力将注意力回归到盛沂的解题思路上。

"听懂了吗？"盛沂停下了笔，问她。

水星又"嗯"了一声。

题都解好了，两个人的位置却没再动。

推算下来，离高二最后一组还有半个多小时，林雪拉着一班去学校操场后面的空地走了一遍队形。三十号人开了开小灶，压低了声音合了合回声，直到台上唱到倒数第三组，阎格才通知一班的同学们相继往主席台上去。

学校主席台上开了灯，两侧装饰了星空的闪灯，一眨又一眨眼睛。水星跟盛沂站在队伍最前面的中间，天色太暗，仅凭最后面铁栏的灯光提供亮度，水星在暗淡的光线下看向盛沂。

舞台上又空了，灯光再次变暗，一班的成员按照排练的顺序相继往主席台的中央走去。

大约是因为黑暗，人群中一点儿的摩挲声也会被放大，水星跟在盛沂后面，脚下的光也是暗的，一时间没看清下边的台阶，不小心被绊了一下，还没反应过来，手腕已经被前面的人抓了起来，有风吹过，他的掌心凉凉的，水星能感觉到她浑身上下的血液都涌了过去。

盛沂没松手，在黑暗里，带她走向了舞台中间。

耀眼又夺目的光再次亮了起来，前面的彩灯也相应打在漆黑如墨的天空，水星的心也扑腾扑腾止不住地大跳了起来，不止为上台要摔倒的失误，不止为台下乌央成群的观众，不止为台前暧昧之极的牵扯。

更因为她面前的这个人。

盛沂穿了一件白色衬衫，因为过于单薄，肩背仅是微微弓起些弧度，还是依稀可见他背部的线条。水星眨了眨眼，有些舍不得挪开视线。

歌声响起又停下，掌声浓烈又淡薄，水星忽然发现跟盛沂在一起似乎总是这样，她顾不得台下的欢呼，顾不得心跳的起伏。

她会产生无数次希望如果时光可以停留在这一刻的念头。

希望她的喜欢渺小而盛大。

希望他的未来坦荡而顺遂。

希望，他们始终可以转过头，回过身，望向不远不近的彼此。

合唱比赛结束，一班如愿获得高二年级组的一等奖，班上前所未有的热闹，甚至在把椅子搬回教室的途中都有人讨论。

席悦他们几个人走在前面，水星整理东西慢了些，现在只跟在了三个人的后面，没有上前面去。

校园里的人大批大批往前走，相继有人赶超她，但又在路过她旁边的时候会回过身夸一句这次表现得真不错或是一班牛之类的话。

相比于水星不太知道该回什么，盛沂对这些夸赞压根儿不在意。

"拜托你啊，盛沂，你身为主唱，功劳不容小觑，帮一班拿了奖还冷着一张脸啊？"席悦忍不住咂嘴，"你好歹也笑一笑，笑一笑才能十年少啊！"

水星单手又往上拽了拽椅子，悄悄抬眼，又看了眼边上的人。就像席悦说的，即使拿到了奖项，盛沂也没太表现出高兴的样子，他的反应平平，就像习惯了拿名次，听到这些再正常不过。

似乎是注意到了水星的目光，盛沂的视线微微落了下来，注意到她往上提凳子的动作，顿了下，问："重吗？"

眼见他的一只手伸了过来。

盛沂的手指修长，微微弯曲，在灯光的照耀下，皮肤白得要发光。

水星呆了一下，说着就摇摇头："……不啊。"

原本探过来的手又撤了回去。

水星这才明白过来，他是想帮她搬凳子的。

学校操场上的人所剩无几，加上舞台上的灯光设备卸了，一时间也没人能知道两个人的表情到底变得多微妙。

两个人就静默地跟在其他同学后面，等到六层中间，盛沂要去办公室放折叠凳才分开。

"三星！"

她才转身的时候就遇见等在边上的李泽旭。

李泽旭看到水星，瞬间把手里的水杯拧紧，揣在校服里，跟她打招呼："你怎么现在才回来？要不是我在这儿接了水喝都撞不到，再晚一点儿班门都要关了。"

"就……多在下边待了会儿。"

"这样啊。"李泽旭冲她笑了下，夸赞也随之而来，"是不是在下边收到了很多同学的夸奖,说我们三星同学还是很厉害的。"

水星听着,手里的椅子又被李泽旭抢了过去。

他的动作很突然,又很顺手,以至于水星都有些发愣:"我的……"

"帮你拿了。"李泽旭双肩抖了下,大概是想习惯性摸头又发觉摸不了,只能傻笑两下,"走吧,撞都撞到了,好人做到底,一块回班。"

"好吧。"

回一班的路不太远,水星这才没有拒绝。

两个人回了班,班上的人已经走了一多半,李泽旭跟他们回家的路不顺,又知道郁晴会陪水星在教室里等盛沂跟席悦,想了想,先背上书包也就走了。

回家的途中,席悦自然而然地拽过水星的胳膊跟她说下午在班里听到的八卦。

他们都说李致垩至今还是单身,前段时间又听说高二办公室最喜欢拉郎配的年级主任主动把自己的外甥女介绍给了李致垩,没想到两个人没成。

"你说奇怪不奇怪?按理说李老师也算是青年才俊,年纪轻轻都当上咱们学校文科重点班的班主任了,还是单身,也一点儿成家的念头都没有。"席悦想了想,又补充一句,"咦"了一声,"你说李老师该不会……"

水星转头看向她,疑惑地"嗯"了一声。

"不会的,不会的。"席悦连忙摇摇头,试图甩去平常因为小说而起的杂念,"李老师那么绅士的一个人,肯定不会。"

西城附中临近市中心,附近又有好多大学,街上的人很多,席悦甩开脑子里奇怪的想法又说起了别的,直到临近十字街口的水果摊,她才停下脚步。

水星也跟着她停了下来。

席悦小时候就认识盛沂,那会儿盛沂经常在西城大学的家属区,她常常去跟盛沂玩,运气好的时候也会碰到盛在清。当时的盛在清更年轻一些,无论是样貌还是气质,放到哪里也引人注目。席悦从小就爱漂亮,放在周围的朋友跟家长身上也要求他们漂漂亮亮,她记住盛在清也成了轻而易举的事情。

只是自打她上了初中,就很久没见过盛在清再来家属区。

席悦看到水果摊前皱着眉头挑苹果的盛在清,还有点儿犹豫:"……盛叔叔?"

水星呆了下:"盛叔叔?"

盛在清转过头，岁月没有冲刷掉他的英俊，相反整个人更添了一种别样的韵味。水星没见过盛在清，但回头看了眼盛沂，忽然就明白了席悦为什么会喊出了人，眼前这个人太像盛沂，或者说盛沂太像他。

两个人的眉眼如出一辙，又有同样的淡漠。

没想到这么快会见到家长，水星不自觉地吞了吞口水，听见盛沂开了口，他叫："爸。"

盛沂在半路遇到了家里人，自然不跟她们再一起走，路灯莫名暗下来，水星跟席悦没等盛沂，手挽着手先过了十字路口的红绿灯。

水星正在想水果摊前发生的事情，席悦忽然扯了扯她的胳膊，人也停在了红绿路灯边上，她的视线又翻回去瞄了几眼街对面，盛沂跟盛在清就在对面的水果摊位："星星，你有没有觉得盛叔叔很帅？"

"嗯？"

"我跟你说，以前盛叔叔跟徐阿姨总带着盛沂回家属区住，那会儿我运气好遇见了，他们还会拉着我跟盛沂一起玩。"席悦说，"有时候我觉得盛叔叔跟盛沂真不愧是父子，两个人简直一个模子刻出来的，要不是跟盛沂太熟，而且又遇到向司原，我都……"

水星的心抖了一下："你都……"

席悦收了声："都不会发生什么，我不吃冰块那么一款。何况盛叔叔太忙了，每年过年都不一定能回来。盛沂跟盛叔叔那么像，我想一想都为未来感到担忧。"

两个人过了十字路口马上就要分别，西城大学的家属区在路东，水星要朝路西边去，水星不知道该怎么反驳会显得不那么在意盛沂，干脆抿了抿唇，什么都没说。

盛沂跟盛在清买完水果，两个人并肩走到老东门。

盛在清常年在单位，一日三餐都是工作餐，少跟外面的人接触，连买水果都显得仓促，到头来东西是盛沂挑的，价格是盛沂砍的，袋子也是盛沂负责提。

晚上没课，西城大学的学生总爱出来玩，从正门出离附近娱乐的地方太远，有些学生不按规章制度，也爱从家属区进出。

盛沂微微向上提了提袋子，苹果圆圆地在滚动。

盛在清回来实属意外，已经有两年了，盛在清都没有回过家，逢年过节也最多是打个电话，发条短信，家庭关系靠科技连着。

父子两个人的话都少，这么久没见过，话更缺了些，直到进到家属区楼下，周围有乱跑躲猫猫的小孩不小心撞在了盛沂腿边上，盛在清才停下脚步，回过头，问他一句："怎么了？"

"没事。"原本想继续走，盛沂又觉得手上的塑料袋轻了不少，他垂眸，发现塑料袋破了一角，袋子里的苹果也接二连三地掉落出来。

两个人没办法，只能相继弯下腰去捡。

父子俩太久没见，说什么都显得生疏。盛在清想了一会儿，捡起一颗苹果，试图以一个不太尴尬的话题开头："刚刚旁边的女孩是悦悦吗？"

"嗯。"

"好像长高不少。"

盛沂发现他们大人就爱说这个，好久没见过的人不是说高了，就是说瘦了，总之都会变样子。相反，他们每天在一起，其实看不出什么变化。

地上的苹果又少一颗，盛沂淡声道："喝牛奶了吧。"

盛在清"哦"了一声，又问："旁边的小姑娘也是你们班同学？"

盛沂抬头，看着盛在清，顿了一会儿。盛在清不知道席悦跟他早已经不是同班同学，他这话刻意到连自己都听出了破绽。盛沂也不知道是不是自己不想再解释了，或是别的什么，只是简单地点了点头。

袋子破了，书包里又装满了课本，苹果也没办法放，两个人只能各抱几颗，开门，在话题聊尽前上了楼。

进了家门，盛奶奶看见两个人回来，连忙停下整理碗筷的手，小跑着过来就要接盛沂怀里的苹果："怎么也不知道问他们要个袋子的？两个人直接抱回来。"

"袋子破了。"盛沂解释。

盛奶奶相继把苹果放到茶几上的果篮里，盛在清也弯腰把怀里的东西滚了过去，盛奶奶看了他一眼，又看一眼身后的盛沂。

总体而言，父子两个人是真的很像。无论是身上的气质还是说话的字数，盛在清小时候就跟平常的孩子格格不入，宁可一个人待在房间里看书，也不愿意去融入其他小朋友打打闹闹。盛沂小时候还好，又跟席悦在一块少不了玩闹，到了小升初的时候，盛在清的脾气跟性情也相应地遗传在了盛沂身上。

"洗洗手，准备吃饭了。"盛奶奶放置完最后一个苹果，推了推两个人，"等一会儿你爷爷就回来了。"

盛沂点点头："嗯。"

盛忠群从外面溜达回来，看到盛在清和盛沂两个人分别坐在方桌的两角，家里的桌子很少坐满人，总是缺着一个角，现在人回来了才彻彻底底地补圆了。

盛忠群坐在主位，等盛奶奶把最后一盘菜端上桌，才动筷，又瞥了眼坐在对面的盛在清："能待几天？"

盛在清回答："下个月中旬再走。"

下个月中旬，也就是说盛在清能在西城待很长一段时间，相比之前总是两三天就离开，已经算是很难得的了。

盛忠群的脸色总算缓和了些，主动给盛在清夹了一块卤肉："之前食堂里你爱吃这个，尝尝还是不是那个味道。"

盛在清点点头："谢谢爸。"

"多吃点儿，平常也不知道你在外面吃得好不好。还有其他的事情，我一直想跟你说，你跟小丽都多久没见过面了？一个两个的都在外面跑，感情是要联络的，不联络怎么维系起来呢？"盛忠群叹了口气，"今年年初小丽还从北城回来了一趟，原本想一家人一块团团圆圆过个年，你说你吧，说不回来就不回来，合适不合适？"

盛在清的筷子顿了下，不悦地皱了皱眉，情绪又转瞬即逝："爸，我们的事情你们不知道。"

"你们能有什么事情？你别嫌你爸唠叨，你们还有小沂呢，就算为小沂好，你们夫妻两个人是不是也该和和睦睦地过日子？"盛忠群语重心长地劝诫道。

"我知道。"盛在清这次应答得很快，瞥了眼旁边的盛沂，见他没有什么太大的反应，才又说，"我跟……小丽，我们各自有各自的打算，等忙完这两年会好转的。"

"还要两年？"盛忠群筷子都要摔了，"你们打算打算，到底怎么打算的？你倒是说出来。"

盛在清不说话了。

原本是一家人和和美美地吃一顿晚饭，又因为话题转移到盛在清跟徐丽两个人身上，气氛又是僵持不下。

盛沂吃完碗里最后一口米饭，面无表情地起身，从餐桌前离开，走到旁边的厨房，把碗筷放进碗槽，随便说了一声吃饱了就回了房间。

关门前，盛沂似乎听到了盛忠群的叹气。

只是有一瞬间，盛沂觉得他们这些行为真的很好笑，早在此之前，他就习惯了徐丽跟盛在清聚少离多，他们跟他说要体谅盛在清的不容易，说盛在清都是为了这个家。上了初中更是如此，盛在清不在家，徐丽也不在家，他只能顺应时势跟爷爷奶奶住在一起。

渐渐地，两个人在不在一起对他的影响早就没有那么大了，起码现在没有。

但大人们似乎总是要考虑得更多，又把他当成太小的孩子，觉得他没有自主的判断力，觉得他应该受到他们给予的保护。就算那层保护套是错的，是累的，成了枷锁，他们也仍然打着以他为好的名义，认为是为了他。

盛沂无数次地想跟他们说不需要，但是没有人能听得进去。

西城大学的家属区跟学生区是隔开的，盛爷爷跟盛奶奶当时挑了个高层，从十几楼望过去还能看到远处常年亮着灯的图书馆，在黑暗里散漫出昏黄色的光。

他忽然想起过年的时候，徐丽回来过一趟，当时她自以为悄无声息地进了他的房间，把红包压在他枕头下边，就像小时候一样。

就好像他们又回到了小时候，他常常守岁也守不住，坐在沙发上仰着头就能睡着，然后被盛在清一把抱在怀里，两个人一起把他送进房间，他们也会坐在他的床边，注视他很久很久，第二天醒来，他总能在枕头下边摸到一个红包。

徐丽说这是他们对盛沂的期许，希望他万事顺心。

大概是他们的期许太高，万事也太多，他最重要的事情总是难以顺心。

盛沂垂眸，从口袋里掏出下午跟水星他们去小卖部买的糖，乱乱地塞进嘴巴里，白桃味太重，重得好像都有点儿发苦。

十一月初，水星跟盛沂如愿进入了英语演讲比赛的单人组，跟他们一起的还有一班的班长孟子豪和学委林肯垦，李泽旭则进入了双人组的比赛名单。

下午的名单出来，水星去外面打水，在班门口撞见一起要出去的李泽旭："三星，你去年不是报了双人组的比赛？怎么今年没报上？"

去年水星报名英语演讲比赛完全是因为李致堃跟盛沂两个人的缘故，而这

次是头一次凭自己的选择。

水星看向李泽旭,解释:"去年两个都试过了,今年就觉得自己更偏向单人组一些。"

李泽旭"啊"了一声:"我还想着有机会跟你合作呢。之前格格一直让我报,我想了好久才选了双人组。现在你跟……席悦,现在你们都去了单人组,我成了孤家寡人,没人陪了。"

水星不知道当时阎格喊李泽旭过去是说英语演讲比赛的事情,也不知道李泽旭会选择双人组是因为她的缘故,现在听李泽旭这么一提,莫名不知道说些什么。

犹豫一会儿,她才张口:"对不起,我不知道这些。"

李泽旭愣了下,显然没想到水星会道歉,摆了摆手:"逗你玩呢,逗你玩呢,我就随便一说,又不是真生气。"

水星松了一口气:"那就好。"

两个人相继从班里出去,没想到会在班门口撞见盛沂。

不知道盛沂在门口站了多久,有没有听见他们之前的对话。

"你要去打水吗?"

水星愣了下,"嗯"了一声:"要帮你带吗?"

同学之间代领打水是件挺正常的事情,谁不想去,经常就把水杯丢给自己关系要好的朋友,让他帮忙给自己带一杯。

上次因为合唱比赛,水星和盛沂留在教室里练习,她不小心睡着了,就是盛沂看到她水杯里的水空了,帮她打了一杯回来。

这次……

他们之间给彼此打了两回水,是不是已经能说明他们的关系挺好的了?

盛沂点了点头。

水星没再跟李泽旭前后脚出去,停在讲台的位置,等盛沂回座位上拿水杯。他的背影挺拔,探过身去,把透明的水杯握在手里,又走到了她面前。

"那我打完给你。"水星接过水杯,又问,"你要热的还是温的?"

"都行。"

"好吧。"水星抿了下唇,"那我先……"

没等她说完话,盛沂忽然开了口,喊了她的名字,他的视线落到她肩膀的后方,不知道瞧到了什么,又很快地收回了眼神。

沉默了一会儿,盛沂才说:"我和你一起去吧。"

两个人的回忆又多了一点儿,直到下午放学前,水星的嘴角都没放下来。

自打上次参加过英语的演讲比赛,水星有了经验,早早就和家里说过这件事。

今年双人组跟单人组不在一间教室,负责单人组比赛的老师是吕灿,而负责双人组比赛的老师换成了英语组最有资历的一个老头子,凶得很,李泽旭不敢迟到,下课铃一响就先往艺体楼溜了过去。

班长和另一个同学想着大家都是一个班的同学,跑过来邀请水星和他们一块去艺体楼,没想到旁边的盛沂听见了也提出跟他们同行,两个人完美展现了什么叫作大眼瞪小眼。

直到四个人出了班门,孟子豪还没从惊恐之中缓过神,他跟林肯垦并肩走在后面:"我何德何能让盛哥等我,还跟盛哥一块走。"

林肯垦也有些不清醒:"同班一年多了吧,我也是第一次跟盛哥一起走。"

男生的嗓门大,即使是正常音量也足以让前面的水星跟盛沂听见,水星悄悄地抬了下眼,发现盛沂在旁边听他们讲话也没有表情。

进入艺体楼,四个人上到三层,单人组的其他同学已经坐到了自己的位置,水星一进门就看见了席悦,先跟她小幅度地打了声招呼,又转头冲吕灿点了点头。

孟子豪和林肯垦是跟他们一块来的,四个又是一个班,理所应当也坐在了一起。

水星跟盛沂坐在倒数第三排,前面是孟子豪跟林肯垦,席悦坐在靠窗户的第五排,趁着吕灿在台上转身的工夫,用手拨了拨旁边的同学,单手一抽抽屉里的书包,压低身子,一溜烟地往后面过来。

席悦坐过来,水星坐在靠门的位置,两个人中间也要隔着盛沂:"星星。"

水星原本正坐在位置上,听见席悦小声喊她,微微侧了侧身,虽说吕灿好说话,但她还没放肆到老师在台上讲话,她在台下讲话的地步,连忙给席悦比了个嘘的手势:"吕老师还在讲话呢。"

席悦"哦"了一声。

吕灿说的话跟去年基本上一样,又简单介绍了一下今年的演讲比赛有部分调整,原先只有省里的奖,今年获得省内一等奖的五名同学还有机会继续比赛参加全国性的比赛。

水星正在听,一张白色的小纸条就推了过来。

席悦伸手指了指小纸条,让她打开:"看纸条。"

水星点点头,打开纸条,席悦看吕灿这个架势总觉得没一会儿就能结束,邀请水星一会儿迟一点儿回家,可以去席悦家玩一会儿。

事情果然不出席悦预料,大约是单人组的比赛,吕灿连去年双人分组的精力都剩了下来,跟他们说完话又定了几个演讲的方向便宣布可以在教室里练习,也可以选择回家自行练习。

席悦松了口气:"星星,走吗?"

西城大学离水星家里不远,过年那会儿,水星总想进去,尤其是去家属区偶遇盛沂,但总没有光明正大的理由,现在席悦邀请她,水星当然没拒绝。

席悦背上书包,跑到水星旁边,拉着她就往门外走:"西大老校区的饭比新校区好吃多了,等等去我带你先去买个饮料,老西门那里有家奶茶店,很好喝的。"

水星"嗯"了一声,两个女孩子又说起了喝什么味道的奶茶。

西城附中离西城大学很近,再加上席悦跟盛沂知道近路,没几分钟就走了回去,进了校园里,席悦先跟水星绕路又从家属区出去,走到老街买奶茶,盛沂难得也没走,不远不近地站在两个人后面。

席悦转头看了眼队伍外的盛沂,忍不住说:"我怎么总觉得盛沂今天怪怪的。"

"怎么了?"水星也用余光瞥了下盛沂,问她。

"盛沂平常根本不会跟着出来,要是我想喝奶茶,他在家属区那边就跟我分开了。"席悦想了想,咂舌,"你说他今天跟过来是不是知道我发零花钱,想让我请他喝。"

水星的心脏重重地跳了下,她转过身,又忍不住看盛沂一眼。

男生穿着一身青绿色的校服,站在人群之外,他的眉眼间总有或多或少的冷意,怎么看也不像是为了一杯奶茶。

前面还有两个人,席悦从队伍里先退出去,走到盛沂边上问他想喝什么,然后才又回来,跟水星说:"问他什么也说不出。"

水星疑惑地问:"什么?"

席悦刚才跑过去问盛沂,但他平常不爱喝奶茶,今天跟着过来就很诡异了。

冲他报了一堆奶茶名，盛沂还是没选出来，张了张嘴也只是说不用管他。

"他不怎么喝奶茶。"席悦随便道，"算了，就给他点一个柠檬水吧。"

"要不然水果茶？"水星想起之前盛沂跟她在咖啡店里的事情，又不好直说，抬手指了下店铺的新品，再解释了下，"我是看水果茶是新品，应该也挺好喝的。"

三个人最后买了四杯饮料，水星原本也想买一杯水果茶，但由于席悦的倾情推荐，又多点了一杯跟她一样的茉香奶绿。

买完奶茶，三个人又进了西城大学里面，席悦跟盛沂两家也是离得真的近，相隔不过二十米。三个人正要分开，又在单元门口遇见了席奶奶。

席奶奶从食堂打了两道凉菜回来，看到席悦跟盛沂两个人，旁边还带了个生面孔，先把人喊住："悦悦？"

席悦转过身："奶奶！这是水星，我们一起参加英语比赛的，一会儿回家我们要一起做作业。"

水星也很乖地点了点头，叫人："奶奶好。"

"好好好。"席奶奶连应几声，"小沂也一块上去吧，三个人快点儿把作业写了，晚上就留奶奶家吃饭，正好让星星也尝一尝食堂里的凉菜，味道好着呢。"

"不用了，奶奶。"盛沂拒绝，"我回家吃就行。"

席奶奶知道盛沂是什么性格，也没强求，只又说了两句就放人了。水星跟席悦还有席奶奶一起坐电梯上了楼。

水星先给家里打了通电话，跟蒋林英说了在席悦家里吃完饭再回去，两个人才回到卧室里写作业。水星刚把草稿纸拿出来，席悦已经从书柜里翻出小人书了，转头就趴在了床上，跟水星招手："星星，你快来看这个！"

水星顿了下，先把书包放到一边，走了过去。

"你看这本小说，男主角跟女主角他们两个人明明相互喜欢，但没人挑破，每天都是猜来猜去的。"

席悦在文科班，班上最不缺的就是漫画书和小说，尤其是这段时间里，在班上看小说的风气越发浓了，席悦人缘又好，家里已经堆了一大书柜。

"星星。"席悦好奇，"你要是喜欢一个人你会说吗？"

水星虽然跟席悦的关系极好，但是有关这方面的话还真没怎么谈过，尤其是席悦跟盛沂还是从小到大的朋友，纠结一会儿，水星说："……我不知道。"

"你是因为没遇到过还是因为遇到了不知道会不会说？不过我觉得这本书的男女主也太傻了点儿，喜欢是一件很容易感觉到的事情，如果彼此喜欢肯定多多少少会感受到，干吗还猜忌。"席悦开朗又直爽，对待感情也如此，"要换作是我，我肯定是忍不住，早说了。"

水星笑了笑，忽然想起什么，跟她开玩笑："跟向司原这样吗？"

"星星！"

两个人打闹了一会儿，完全忘记了之前席悦说得冠冕堂皇的理由。她们是回家写作业的，席奶奶已经在外面做好了饭。

席奶奶推开门，看见两个女孩子在床上相互推搡，笑了笑，温声说道："饭好了，悦悦别欺负星星了，带星星出来吃饭吧。"

"知道了。"

水星下意识地从床上坐起来，整了整头发，又冲席奶奶点点头。

席悦全家人都很好说话，大约是因为水星是客人的缘故，他们怕她不好意思夹菜，水星的盘子里总是满的，不是席悦的爷爷奶奶夹的，就是席悦的爸爸妈妈夹的。

席母对水星喜欢得紧，又夹了一块肉，让水星多吃点儿，回头就忍不住跟席悦唠叨："你看人家星星多文静，你什么时候学着一点儿，女孩子就有点儿女孩子的样子。"

"星星是星星，我是我。"席悦满不在乎，偏过身子，对水星扬了扬下巴，"对吧？"

水星连忙笑着点了点头。

这顿饭吃得实在有些多了，大人们都吃完先回卧室工作，水星盘子里还有菜，她又不好意思剩下，担心辜负了席悦一家人的好意。两个人正在客厅跟席悦解决盘子里的余菜，就听见门铃响了。

席悦跑过去开了门，然后又回来，水星也终于吃完了盘子里最后一口的饭，问："悦悦，是谁呀？"

"盛沂。"席悦一边说一边把餐桌上的盘子往水池里放。

水星愣了下："盛沂？"

"嗯，他说家里没盐了，能不能借一小袋盐。"席悦伸手找到储物柜里的盐，又随手揪了个保鲜袋，"我给他倒一点儿，星星，你帮我撑一下袋子。"

水星跟席悦在厨房装好盐，盛沂也正好坐电梯上来，席悦打开门，一副看好戏的表情："说了让你来家里吃饭你又不来，结果连盐都没有？"

盛沂随便"嗯"了一声，目光扫进席悦的家里。

厨房跟玄关是正对的，水星装完盐又洗了下手，这会儿低头，假装晾干双手，实则耳朵里满是盛沂跟席悦的动静。

"进来坐会儿？"席悦让了点儿位置，发现水星站着，又问，"星星，你是不是想回家了？"

水星愣了下，抬起头，撞上盛沂的视线。他回家换了套衣服，没了校服，单穿了一件纯白色的卫衣，黑色长裤，一身行头简单又帅气。

原本她来席悦家吃晚饭，蒋林英就觉得太麻烦席悦一家，这个时间点确实是晚了。水星敛起视线，又冲席悦点了点头："嗯，时间不早了。"

"那好吧。"

席悦带水星回卧室整理完书包，出来的时候，发现盛沂也不见了，防盗门还是开着的。席悦送水星出去，发现盛沂正在电梯门口等电梯上来。

"你也要回去？"席悦愣了下，看向盛沂。

盛沂点了点头。

楼道里阴一些，再加上席悦回家以后换了单薄的衣服，脚踝还露着，有些冷。有盛沂在楼道里，席悦也不怕水星会因为一个人害怕，嘱咐了两个人几句就先回了家里。

电梯比他们想的还慢一点儿，不知道是哪个倒霉小孩把每一层的电梯都摁了，电梯还在持续上楼，每层都停一下。

水星朝盛沂看过去，心情有些紧张，捏了捏书包的肩带，正想说什么，嗓子忽然不受控制地打了个嗝。

"怎么了？"盛沂侧眸问她。

水星连忙偏过身，身子都红成一团，一只手捂住嘴巴，另一只手摆了摆："没事，没事。"

水星真的要尴尬死了，她在席悦家里吃的东西实在太多了，刚吃完还不觉得有什么，这才过了一会儿的时间就想打饱嗝了，放在平常一个人还好一些，偏偏是跟盛沂在一起的时候。

电梯上去很慢，下来的速度是真的快。

光线从电梯里渗出来，两个人相继走进了电梯，然后又从单元门出去，所幸家属区这边经常有来往的老人跟小孩，小孩子们吵吵闹闹的倒是填补了盛沂跟水星之间的空白。

两个人站在楼栋的前面，天色一暗，西城大学占地面积又是周围几所大学里最大的，水星傍晚还记得的路线现在却因为完全看不清楚而迷失了。

水星朝四周环绕一圈，还是没想起来，但还是记得盛沂家的方向，就在席悦隔壁的那栋楼。

之前在电梯里，水星怕自己又打嗝，好不容易控制了些，现在刚想抬手跟他说一声再见，就发现盛沂已经在走了。

水星连忙追上人，发现他走的完全是跟家里相反的方向，抬手、忍不住指了指身后："你家不是在后面，你现在……"

盛沂步子慢了些，说："先去西门。"

水星没反应过来，连着嗝一起问他："什么？"

街道两侧的路灯昏黄地打在他们的肩膀上，盛沂偏了下眸子，冲水星看了眼，他们的视线又对上。他说："学校太大，送你出去。"

水星从西城大学回来，生活又步入了正轨，除了日常上课，就剩下去艺体楼进行口语训练。

起初孟子豪他们对于盛沂的加入还有所惊讶，后来次数多了也就对这样的同行习以为常，偶尔几个人在中途碰上席悦他们，两个班的人一块走也是经常的事情。

水星是第二次参加英语演讲比赛，由于去年英语演讲比赛获得了双人组一等奖，吕灿今年直接把水星当成了重点培养对象。

大约是去年在台上的心态不稳，吕灿今年不光在发音和讲稿上作出严格要求，平日里更多注重了心态上的训练。

水星在讲台上又背了一遍稿子，停下，看向讲台下的吕灿："吕老师。"

吕灿记笔记的手顿了下，抬起头："总体上发音不错，吐字也清楚，流利也是流利的，但我怎么总觉得你缺点儿感情。"

"什么？"

"你这个演讲有点儿像背课文，背完了就完了。去年不是参加过单人组的比赛吗？"吕灿说，"你还记得里面有个一中的女孩儿，陈嘉漾，她讲稿子的时候就非常有感情。"

水星愣了下，一时间有些恍惚。

大约是因为陈嘉漾并不是西城附中的学生，水星上次听到这个名字还是在去年公布单人组获奖名单的时候。那个时候，除了盛沂和一中的一个男生，陈嘉漾是一等奖里唯一的一个女孩子。

吕灿的话没有停，又接连拿陈嘉漾作为例子给水星展示了一下该怎么将开头的一段表演出来："多练一练，上台别怯场就行。"

水星点了点头，从讲台上下来，回到后面的座位上。

不知道从什么时候起，席悦他们的位置都固定好了，高一组的同学在前面，高二组的同学在后面，盛沂、水星还有席悦三个人的位置也常年定在了倒数第三排。

席悦原本趴在桌子上看小说，看到水星从台上下来的脸色有些不对劲，连忙抬起头，问："星星，吕老师凶你了吗？"

兴许是席悦的动作太大，不小心撞到了边上的盛沂，盛沂做卷子的手停了下来，微微瞥了眼边上的动静。

"没有。"水星摇摇头，"吕老师就是跟我说我演讲的时候没什么感情，让我跟一中的陈嘉漾学一下，她讲得比较好。"

席悦扁了下嘴："……又是陈嘉漾。"

去年单人组的比赛席悦跟陈嘉漾的总分相差零点一，屈居第二。席悦也不是说在意名次，但跟她对比的次数多了，难免在意了些，席悦话说到一半，抬头，忽然看见门口站着的向司原，冲门口比了个手势。

向司原懒懒散散地往里看一眼，也从前门走到后门。

"星星，等会儿我再跟你说。"席悦发现向司原明白她的意思，已经坐不住了，"我先出去下，吕老师问起来就说我去卫生间。"

水星"嗯"了一声，给席悦让了些位置，好让她溜出去。

傍晚的夕阳正好，落日余晖打在教室外面青绿色的栏杆上，油漆清亮。向司原的身上似乎总有股痞劲，好端端的校服大敞开，穿得也不规矩，手里拿着水杯，等席悦出去，抬手就贴在了她脸上，翘了下嘴角，又把东西塞进她手里。

席悦"哎呀"一声，一副要笑又憋着笑的表情打了下他的肚子。

水星把两个人的互动收入眼底,下一秒,才又收回视线,转向隔了一个座位的盛沂。

席悦一走,水星跟盛沂之间没有再隔人,自从两个人一起参加了英语演讲比赛,两个人的距离好像又近了一步,尤其是这段时间里,他们回家的方向相同,又有席悦的关系,三个人总是一块回家。

她从书包里抽出上午没做完的卷子,上次月考,水星班级的排名没变,但全校的排名跃了一大截,阎格对她的管理稍微放松一些,但还是经常会塞给她几张卷子练手。

现在的空题基本上都是上午没做出来的,水星半趴在桌面上,皱眉也解决不出来。她抬起头,想微微看一眼旁边的盛沂,没想到撞上他的视线。

两个人均是一愣,盛沂匆忙收回视线,隔了一秒,又扫了眼边上的水星,问:"怎么了?"

水星原本是想看盛沂现在在做什么,自打两个人建立真正的一帮一小组,她不会的题经常由盛沂解决。

她慌忙地把卷子推过去,也没来得及问盛沂怎么在看她,指了指上边的一道题:"这个不太会。"

"嗯。"盛沂把卷子抽过来,垂眸看了眼题,"我看下题。"

"好。"

盛沂看题的速度很快,做题的速度更快,没五分钟就把水星纠结了一上午的难题攻克了,他把卷子往两个人中间放了下,又拿了一张崭新的白纸:"这道题要先画图。"

水星点点头。

两个人的距离有点儿远,放在中间也是席悦的位置,盛沂为了让水星看得清楚,低头,又瞥了下他们中间的位置:"先坐过来?"

水星"嗯"了一声,心都胀了一圈,又装作无事发生起身,挪到了席悦的位置。

阶梯教室下边是练习演讲的同学,窗外的阳光斜斜地打进教室,落在两个人袖口的一侧。

水星垂了垂脑袋,鼻尖很容易就蹭上了他还在写字的袖口,盛沂身上总有股好闻的薄荷味、清淡又醒脑,她悄悄闻了两下,幸好盛沂画图的手没停下,袖口还随着他的动作起伏碰在她的鼻尖,痒痒的,一直蹿到了心尖。

画完图以后，这道难题果然好解了许多，水星从盛沂手里接过试卷，耳朵还有些红，抿了抿唇，跟盛沂道了一声谢。

说话间，席悦也从外面回来，看到两个人换了位置。

"悦悦，刚刚盛沂给我讲了道题。"水星连忙解释，"所以才——"

她话还没说完，席悦已经坐在了水星原本的位置，她本来就不在意，甚至还觉得进出有点儿麻烦。

"没事儿。"席悦从口袋里掏出一包橘子粉，"向司原给我的，你冲一杯吗？"

练习结束，吕灿又找水星聊了两句，大概的意思还是要她加强练习，盼着她今年能在单人组拿个名次。

水星从教室出来，席悦就扯过她："吕老师也真是的，一直提陈嘉漾的事情，差不多就行了，谁不知道她去年拿了单人组的一等奖，盛沂不是也拿了吗？她怎么不让你跟盛沂讨教？"

盛沂垂眸跟水星对视一眼，其实他完全能理解吕灿为什么让水星找陈嘉漾，他跟陈嘉漾他们都不一样，即使他拿到了一等奖也未必代表他的演讲是完美的，相反，只有像陈嘉漾那样生动且富有感染力才足以突破，拿到一个很好的名次。

他抬手，勾了下书包的肩带，余光看向身侧的水星："今天回去上一下QQ。"

水星愣了下："什么？"

"给你发个东西。"盛沂说。

一边的席悦觉得他们奇怪，又想到她说了让水星找盛沂请教，以为盛沂要给水星发什么秘诀，也没太多问，转过来又说起了今天看到的小说情节。

三个人一路出了学校，回到家里，水星等吃完饭，把书包放回卧室，才去了隔壁的房间，按照约定登录上 QQ。

她对网络没有那么沉迷，只有定期上号看一眼盛沂的最新消息，又或者偶尔看两个视频。账号登录时，她的 QQ 已经响作一片。

大部分的信息来源于一班的班级群，偶尔有几条是李泽旭问她今天的作业是什么，她都没有来得及回复。水星先回了几句"不好意思，我平常不怎么上Q"，这才又退了出来，看了眼好友列表。

盛沂的头像还是暗的。

这么久以来，盛沂没有开过空间，没有换过头像，也表现出对网络没什么

兴趣，干干净净让水星没有一点儿打探的空间。

正在想，电脑屏幕右下方的小企鹅忽然闪动了起来。

SY：2599479

这条消息没有头也没有尾，水星仔仔细细看了两遍也没想出关键。

三颗星星：这是什么？

SY：陈嘉漾的号码。

SY：关于演讲的事情可以问她。

三颗星星：好的。

水星回复完这句，过了五六分钟才真正回过神，发现她忘记跟盛沂说谢谢，鼠标又往上滑了滑，视线又盯在那串数字上，不知道该加还是不该加。

盛沂不知道她对他的心情，把陈嘉漾的号码给她，想让她在英语演讲上可以更进一步，这很正常，但她很清楚地明白她跟陈嘉漾的关系，她没办法当作什么都不知道，去轻松自如地面对她。

过了一会儿，盛沂又回复了这条消息。

SY：嗯。

三颗星星：谢谢你。

水星终于找到机会跟盛沂说完了这句话。

房间外面，蒋林英跟戚远承已经洗漱完毕，关上了客厅的灯，就连蒋林英都进来一次，催促水星玩一会儿电脑就记得去休息，水星点点头应下以后，纠结很久，重新打开跟盛沂的对话框，找到了那行数字，复制，粘贴到了好友搜索里。

不同于盛沂的资料，陈嘉漾从网名到头像都透露出一股火辣辣的张扬。

水星心跳了好几下，才勉强摁下添加好友的申请。

那边的通过比她想象的要快，还没一分钟的时间，属于陈嘉漾专属的头像就亮了起来。

陈嘉漾：hello！hello！

三颗星星：你好。

水星没想到陈嘉漾会主动找她。

陈嘉漾：你是盛沂的同桌吧？我听盛沂说了。你是不是在演讲的时候投入不了情绪？

陈嘉漾：其实我一开始也是这样，演讲就是干巴巴地背稿子，被我们老师骂过好几次呢。

陈嘉漾：/调皮

水星反复扫着陈嘉漾发来的对话，脑袋里却是陈嘉漾自然而然去喊盛沂名字的场景。

陈嘉漾：其实演讲有时候跟创造故事挺像的，你要调动自己的感情，做一个场景的设想，想象这个场景要怎么讲才能让听众也代入进来。

陈嘉漾在屏幕那边说了一堆又一堆的注意事项。

三颗星星：谢谢，我大概都明白了。

陈嘉漾：这有什么？

陈嘉漾：盛沂的朋友就是我的朋友，之后你要再有什么事情问我就行。

陈嘉漾：我还有事儿，先下了。

三颗星星：嗯，好的。

陈嘉漾：88！

三颗星星：/再见

说完，陈嘉漾的头像跟盛沂的一样暗了下去。

大约是巧合，陈嘉漾的头像跟盛沂的头像一上一下，水星犹豫一会儿，还是点进了陈嘉漾的空间里。

陈嘉漾的空间装扮得很小女生，一进入还有专门的悬浮装置，可爱的小人飘浮在亮色的背景上。

她是个很喜欢记录生活的人，日常发生的大事跟小事都会写在说说里，心情也不例外，偶尔只是一句"好烦"都会发出来，一点儿也不藏着掖着。

水星忽然想起陈嘉漾给她讲解演讲的时候该如何调动情绪，她也明明知道两个人是竞争对手，还是可以毫无保留地告诉她自己的秘诀。

就跟她可以毫无压力地去拍盛沂的肩膀，问盛沂讨要本来没有的酸奶。

水星粗略地扫完了前三页的说说，直到翻到第四页的时候才在众多的点赞中发现了盛沂的名字。

那条说说已经是一个多月前的事情了，陈嘉漾原本想偷偷溜出学校去外面玩，没想到爬墙中途就被教导主任抓了回去，被训诫了一个多小时。为此，陈嘉漾深刻地进行了自己不应该试图从侧门的墙边爬出来的反思，并得出一个结论，以后翻墙应该从没有监控的后门。

她的描述太生动，以至于水星都忍不住笑了起来。

鼠标向下拉，水星又在更多的欢笑中找到了陈嘉漾的评论，她单独圈出了盛沂的名字，控诉他没有良心的点赞，并说出自己想爬墙出去完全是为了赶上盛沂他们的合唱比赛。

水星看着这条评论，还没淡去的笑意也僵在了脸上。

直到门外又传来蒋林英的催促声，水星愣了一会儿，才意识到现在的时间是真的不早了，不知不觉中她已经翻到了过年那会儿。

其实盛沂给陈嘉漾的点赞根本不多，评论更是寥寥无几，但水星还是在意。

她知道盛沂那么好，不应该只有她一个人在意。

可是她居然还是这样可笑又可耻，即使他都没有跟她有过这样的互动，还是萌生出希望他只会跟她的关系是好的。

英语演讲比赛的日子定在了十二月上旬，时间比去年早了九天，但地点还跟去年一样，还是在西城大学的活动中心里。

演讲比赛前一天，席悦突然跟水星说想让她到席悦家来住，等第二天下午她们能跟盛沂一块坐校车过去。

席悦的消息在电脑屏幕上跳出。

席悦：去年你跟盛沂是因为要参加双人组的比赛，今年又没有。

三颗星星：可是学校通知了要一起行动的。

席悦：学校通知你还信？学校只不过是怕其他同学不方便。

席悦：去年也不止我一个人是下午去的，你看其他老师也没说什么。

席悦：你今天晚上来我家住，我们能睡到快中午呢，然后中午我让奶奶做糖醋小排给我们吃。

三颗星星：但是……

席悦：还有盛沂呢，也不是我们两个人作案。

席悦：你再想想。

水星刚开始还犹豫不决，直到席悦提到了盛沂，看她这么确定，就知道这次英语演讲比赛盛沂是不会提早去的。

过了一会儿，水星又回复席悦：好吧，那我跟我姥姥说一声。

席悦：行。

席悦：/愉快

水星从电脑房间里推出去，蒋林英正在择菜，看到水星凑过来，回头笑了笑："小馋猫这就闻到味道，知道姥姥给你做酸菜鱼？"

蒋林英说罢给水星从砂锅里夹了一小块鱼肉，放到旁边的碗里。

水星拿着筷子，小口小口吃着鱼肉，顿了一会儿，说："姥姥，明天就是演讲比赛了。"

"嗯？"蒋林英慈祥道，"想要奖励吗？"

"不是。"水星摇摇头，"是悦悦跟我说想让我今天晚上去她家里住，明天我们能一块坐校车去新校区。"

水星之前就跟蒋林英他们说过席悦家住在那里，但上次只是去玩一趟，并没有提出要住的念头，来西城这么久，水星也没到别人家住过。

蒋林英明白过来："想去悦悦家住一晚上？"

"嗯。"水星揪了揪蒋林英的袖口，"可以吗？"

"也行，但要吃完中午饭，然后跟你姥爷说一声。"蒋林英搅了搅锅里的菜，"要不你姥爷又觉得什么事儿都不跟他汇报。"

"好。"

吃过午饭，水星跟戚远承说了想去席悦家住一晚上，原本还以为戚远承会多唠叨她几句，没想到结果意外地顺利，蒋林英给水星包了两包点心，又装了几件换洗的衣服放到她书包里，把她送到了西城大学门口。

没一会儿，席悦就从学校里赶了出来："星星，姥姥，我跟星星一块进去，您就放心吧。"

蒋林英笑了笑，又把东西全交给她们。

临近傍晚，正是学生下课的时间点，她们两个人跟着人流一块往家属区走。席悦提起手里的两包点心问："这些都是什么？"

"绿豆糕跟梅片。"

"我最喜欢吃绿豆糕了。"席悦比了个"耶"，说着就把点心凑近想闻一闻。

两个人一边聊天一边走，很快就到了家属区。席奶奶如席悦所说，真的做了糖醋小排。老人家都吃饭早，外面的天色将将暗，屋里的饭已经吃完了。

席悦摸着圆鼓鼓的肚子，打了个嗝，说："星星，我们一会儿出去遛弯吧，撑到了。"

水星看了眼时间,有些犹豫:"但是我还想再顺几遍稿子。"

"你也太认真了,之前每天就数你练得最多,明天都要上台了还是不放松。"席悦说着,饱了还是从茶几上捏了块绿豆糕,塞进嘴里,含糊不清地道,"那我们总要出去走走吧,不然这样好不好?我们走到盛沂家,我们跟盛沂一起练。"

水星听到盛沂的名字,动作僵了一下,想立马答应又怕太明显。

"等一会儿盛爷爷要遛弯的时候,我就先去跟盛爷爷遛一会儿,然后再回来找你。"

席悦给了水星好几种解决方案,水星心跳怦怦,犹豫一会儿,才装作勉强同意的样子。

两个人很快穿好外套准备下楼,坐电梯到了一层。出了单元门,席悦摸了一下口袋才发现自己忘带演讲稿了,开口:"完了,完了,星星,我光想一会儿可以遛弯,结果就忘了拿演讲稿。我自己上楼拿一下,你在这里等我一会儿,就一下,我坐电梯,很快就回来。"

水星点了点头,应了声好。

席悦转头离开,水星一个人站在两栋楼的中间,初冬天气乍凉,有风吹过,水星裹了裹身上的外套,抬头,视线莫名地对上不远处开来的一辆黑色轿车。

家属区这边住着的大部分是教职工,来往的人流不少,但有车的还在少数,尤其是这辆车从外表上看就价格不菲。水星不太认识车牌,只是觉得好看,下意识地多盯了两眼,正瞧着黑色轿车就停在了不远处的街边,驾驶座门打开,紧接着副驾驶也走出个气质极佳的女人。

她的声音柔柔弱弱,跟驾驶座的男人一起走到后备厢:"麻烦你送我回来了。"

之前在过年的时候,水星在书店偶然见过一次盛沂,当时盛沂旁边的女人就是现在站在后备厢的徐丽,又因为机缘巧合,水星也知道盛在清的样子。虽说驾驶座的男人一身西装革履,风度翩翩,但总归是少了盛在清身上的清冷感。

水星愣了下,一时间视线也忘了错开。

她忽然想到之前席悦也跟她说过一些盛沂家里的事情,盛在清跟徐丽是一见钟情。两个人成家以后,盛在清因为工作经常不能在家,徐丽总是带盛沂到西城大学来玩。别的小孩子总有父母两个人的陪伴,盛沂就没有。当时的徐丽总跟盛沂说要体谅盛在清的工作,说盛在清是为了这个家庭而努力。

他们在别人口中的感情那么好、那么稳定。

后备厢掀起,遮住了两个人的视线,徐丽跟陌生男人都没发现水星注意到了这边。两个人站在那边又说了几句体己话,后备厢又合上,男人一只手里已经多提了两个漂亮的礼盒,另一只手轻轻揽着徐丽的肩膀,跟她一起走到隔壁那栋楼的单元门口。

水星正发呆,然而席悦已经取完演讲稿,风风火火地从楼上跑了下来,一把扑在了水星的背上:"星星,我找到了,演讲稿夹在书里了,怪不得我找了半天也没找到,现在好了,我们去盛沂家里。"

"我……"

"你怎么了?"席悦发觉水星有点儿发神。

水星抿了抿唇,她总不能跟席悦说她一个人在楼下看到的场景,垂眸,看了一眼席悦手里的演讲稿,停了一会儿,摇摇头:"没什么。"

"行,那我们走吧。"席悦抱住水星的胳膊就往前走。

盛沂家在七楼,单元的防盗门是坏的,席悦轻轻一拉就拽开了,并且吐槽了一句学校的后勤真的不太好,前几天坏的门现在还不修。

水星从进楼门到出电梯一直都有些沉默,可能是因为之前发现的事情冲击太大,她没缓过神,基本上都是由席悦牵着走。

席悦从小到大来了盛沂家无数次,闭着眼都知道怎么走。两个人站在左侧的防盗门,席悦摁了摁门铃,还没三秒钟,防盗门就开了锁,映入眼帘的就是徐丽。她大约也是刚进门,连拖鞋还没来得及换,身上的衣服也没有脱,看到席悦和水星皆是有些惊讶。

水星本能地往后退一步,不等徐丽张口,席悦已经吃惊地叫了人:"徐阿姨!你回来了。"

如果说席悦能记住盛在清是因为过于出众的气质,能记住徐丽完全是因为他们小时候一起玩。徐丽性子温和,席父席母要回家做饭的时候经常把她丢给徐丽,等快到饭点才接她回去。

徐丽愣了愣,片刻后又反应过来,看向面前的女生:"悦悦?"

"是我!徐阿姨你什么时候回来的?都没听盛沂跟我提起。"

"悦悦过来了,进来坐。"盛奶奶听见席悦的声音,看了过来,视线又停在旁边的水星,"旁边这个是?"

"这个是我朋友,水星。她跟盛沂也是一个班的同学。"席悦弯了弯眼睛,身子往里探,"盛沂呢?他不在家吗?"

席悦说话的工夫,盛沂也从卧室里走了出来。

"说曹操曹操就到了。"盛奶奶笑他,"这不是赶巧了,小丽跟悦悦她们几个还一块来了。"

徐丽看到盛沂从房间里出来,先用手拍了拍外套上的褶皱,微微蹲了些身子,连忙拿起玄关口放着的礼盒。

"小沂,妈妈回来了。看看妈妈给你带了什么?"

盛沂走过来,拿着杯子的手一顿,把水杯放在旁边的餐桌上。

徐丽抬手,举了举手里的两盒螃蟹礼盒:"螃蟹。之前奶奶不是跟妈妈说了你爱吃螃蟹,妈妈就找同事给你从阳澄湖订了两盒,都挺大的。"

徐丽一边说着螃蟹礼盒从哪里来,一边把礼盒递到盛沂手里。

"不用了。"盛沂没接。

这样的气氛任谁见了都尴尬,再加上家里又来了席悦跟水星两个客人。

"这是怎么了?妈妈回来还乐傻了。"盛奶奶连忙过来,拿住徐丽手中的礼盒,打圆场,"一看这礼盒就好,花了多少钱?别买太贵的,拿着钱也给自己花点儿。"

徐丽点了点头。

盛奶奶轻轻地推了把盛沂:"小沂,你不是最喜欢吃螃蟹吗?等明儿奶奶就在家里做,这么多,让悦悦跟星星也一块吃。"

盛奶奶的邀请太突然,不光是水星,连席悦都愣了一下。

盛沂皱了下眉,别开眼,还不等席悦说一声谢,就替两个人拒绝。他的语调太冷,从刚刚开始起就是这样,盛沂一从卧室出来,见到徐丽回来也没生出热切的样子。

如果说是性格如此,水星又总觉得哪里不对。

徐丽也有些尴尬,站在一边,一时间动也不是,不动也不是。

沉默一会儿,还是盛奶奶先叹了口气,又说:"小沂,你看,悦悦她们还在这里,你也不问问她们的意见,万一悦悦跟星星想吃呢?你就替人家拒绝,太没礼貌了。"

盛沂掀起眼皮，微微瞥了眼徐丽后面的水星。

她们身后的防盗门还没关，楼道里的凉风吹了进来，他的头脑也降下些温度。盛沂知道刚才他的反应太过激，甚至连两个人的意见都没问，他已经先开口替她们做了决定，回绝了徐丽。徐丽这样温言劝阻，就好像……他忽然很不懂事。

客厅里的几个人相互僵持不下，席悦面对这样的场景也束手无策，悄悄抓了抓水星的袖口，给她使眼色。她们千不该万不该就是不去遛弯，反而自投罗网进了盛沂家里，不然也不会撞上这么尴尬的场面。

防盗门还没关，她们还有机会逃走。

"小沂，你看这个螃蟹，妈妈知道你最喜欢吃，还托了同事好不容易带回来的。"盛奶奶问他，"我知道我们小沂最懂事了，是不是？"

水星抬起头，看着跟她相隔开的盛沂。

客厅的灯光炽白，盛沂又半垂下眼眸。

他什么都没说，什么也不再做，他强压下眼中的不满，被动地接受大人们所说的意见。

房间里的气氛太生硬。

不知道怎么回事儿，水星联系到席悦对盛沂的评价，无论其他人说了什么，讲了什么，但他们总不是盛沂，只能凭外在去猜测好坏。盛沂沉默寡言，优秀闪亮，所有人看到的都是盛沂好的一面，似乎有了这些好，没有人愿意知道或是去了解真正的盛沂到底是什么样的，到底发生了什么。

脑袋里突然闪过盛沂刚刚拒绝让她们留下吃饭的一幕。

她在想为什么会这么抗拒她们留下吃饭的原因，在想盛沂是不是知道了什么。

盛沂是不是知道徐丽口中的同事是谁？盛沂是不是知道徐丽带回来的不只是螃蟹礼盒？

就连她一个作为旁观者都能发觉，盛沂那么聪明，他怎么可能猜不到。

这么久的时间，他怎么会猜不到父母的关系，怎么会猜不到徐丽有了别人，怎么会猜不到徐丽的心不在这个家。

"阿姨，我们好像没办法吃了。"水星开口说。

水星又看向盛沂。

脑袋还是蒙的，手指也是抖的，她努力找了一个大家都能理解的借口："谢

谢阿姨,但我跟悦悦,还有盛沂,我们明天都要到新校区比赛,英语演讲的比赛,明天一早就要出发。"

她确实不擅长说谎,一说话就紧张,话多的小毛病也没法改。

水星还是又讲了一遍,拒绝道:"时间太赶的话,这顿饭应该是没法吃了。"

席悦跟水星终究是没留在盛沂家里练习,两个人等盛沂套了件外套,他们说出门玩一会儿再回来。

从盛沂家里出来,水星就偷看了他好几眼。

她不知道自己刚才在他家里的行为是不是过于冒昧,或者说是多管闲事,当时大脑完全是空白的,只有下意识在替盛沂做决定。

"我们去老西门吧。"席悦推开单元门,跟两个人说。

老西门是上次几个人买奶茶的地方,除了奶茶,那边吃的也不少,人多又热闹,正适合现在尴尬的几个人,就算不说话也有其他的声音能弥补。

水星把手里的演讲稿往口袋里塞了塞,又抬眸,这次真对上了盛沂的视线。她心里跳了一下,连忙收回视线,又往前跑了几步,跟上席悦的步伐,拉住她的手,心率才稳定一点儿。

席悦他几个人对家属区都熟,闭着眼都能往外摸,水星跟席悦两个人走在前面,偶尔回头看一眼身后的盛沂。即使心大如她也能感觉到盛沂跟家里人之间的不正常,琢磨好几遍又找不到缘由。

席悦拉了拉水星,小声问:"星星,你说是不是盛沂介意徐阿姨总不回家?"

她心思单纯,再加上从小到大徐丽给席悦的印象都很好,除此之外自然也想不到其他更糟糕的事情,本能地把自己代入了盛沂的家庭关系。

虽然席悦平常总嫌弃席父跟席母他们唠叨,但如果是席父跟席母真的好久好久都不在家,她恐怕一方面又会想得紧,一方面等他们回来要好好跟他们置气撒撒娇,顺便还能把最近想要的礼物拿到手。

"我不知道。"水星垂了垂眸,余光看向身后的盛沂。

这毕竟是盛沂家里的私事,即使她作为知情人也不该多说,最安全的只有一句"我不知道"。

"你爸爸妈妈个也不在西城。"席悦有点儿冷,一只手揣进水星的口袋里取暖,"你就换位思考一下,如果你爸爸妈妈突然出现……"

席悦话说到一半，忽然噎了一下，看到旁边的水星，好在她没生气："对不起，星星，我不是故意说这个的。"

水星在口袋里握了握席悦的手，摇摇头："我知道。"

两个人在前面走，席悦知道自己刚才失言，又担心再次戳到水星的痛楚，干脆对盛沂家里的事情也闭口不提了。

三个人走到之前的奶茶店，席悦给他们买了三杯一样的奶茶，分别递给水星跟盛沂，几个人又找了家买点心的小店。

盛沂全程没什么表情，任由她们两个人随便点。

席悦对甜食没有抵抗力，从前面的柜台拿到菜单就一直翻，这会儿手指已经夹了好几页，都是她想点的。

水星看到席悦埋头看菜单，提醒："悦悦，别点太多了，你今天晚上都吃撑了。"

"是吃撑了，没错。但正餐是正餐，主食是主食，甜点是甜点！"席悦对这些有一套自己的歪理邪说，谁也说不过，"甜点装的是另一个胃，又没占晚饭的位置。"

甜品店要到柜台处点餐，席悦率先拿起菜单，跑到了柜台。

桌子这边就剩下他们两个人，水星抿了抿唇，看了眼对面的盛沂，紧张地道："喝水吗？"

盛沂"嗯"了一声。

意见是水星提出来的，行动却是盛沂做的。

桌上有免费的柠檬水，盛沂伸手，拉过一边的水壶，又把水杯摆好，各自倒了一点儿，先涮起了杯子。

水星坐在盛沂对面，有些手足无措。

按理说，通过这段时间的相处，水星知道她跟盛沂的关系已经超过了普通同学，但一旦涉及家里的事情，水星就摸不准该说什么，担心盛沂会觉得她没有边界感。

一个杯子涮好，水星抽了两张纸巾，默不作声地帮忙擦了起来。

席悦点完东西就没直接回来，相反还在柜台前面跟店主聊起了天，她跟盛沂一直不说话也不是办法。

"我今天是不是太……仓促？"水星犹豫了一会儿，还是开了口，摸不定

这个词,又换了一个合适的,"莽撞。我不应该拒绝阿姨跟奶奶的好意。原本只是想留我跟悦悦在家里吃一顿饭,我还说要参加比赛不能吃。"

"其实我当时就是觉得你不太开心……"水星想尽可能地解释。

盛沂擦杯子的手一顿,他的视线跟她对上。

甜品店为了让食物更有食欲,店内的灯光通常都是昏黄色的,他们两个人面对面,左上方的小台灯亮着,照射出昏黄的光影,打在盛沂的眼睑处。

其实盛沂不开心的情况不在少数,不开心别的小朋友都有爸爸妈妈的陪伴,不开心他考了优异的成绩家里人只当理所当然,不开心他不可以任性。但当他每次暴露自己的不开心就总要被大人们教训,他们会跟他说懂事点儿,会跟他说听话点儿,会要他体谅大人们的不容易。

就好像只有大人才有难处,小孩子就不配拥有似的。

当时那个情况,其实所有人都能察觉出他的情绪,他们明明都知道他不开心,但还是没有人顾及。

他要沉默不语,要被动接受,似乎这就是一家人相处中最好的解决办法。不知道什么时候开始,盛沂就是觉得生气没什么用。

他习惯了去适应,以至于他都忘了他可以不开心。

甜品店里大学生居多,对面的女孩子看向他,双眼黑得发亮,她的双手压在桌子下,从浅绿色的桌布也能感知到她又在紧张了。盛沂的视线低了低,眉眼间的疲倦不知不觉就淡了下来,更怪的是,他竟然有些想笑。

水星张口又想说什么,席悦已经从前面端了两份小蛋糕回来了。

"星星!老板多送了我们一份提拉米苏呢。"席悦把蛋糕放在她面前,还没坐下就拿着勺子舀了一大块,说着要塞进她嘴里,"你吃一点儿尝尝,这家店的提拉米苏最好吃。"

水星一边跟席悦应了一声好,一边又用余光瞥向对面的盛沂。他抬起手,拿过一边的水壶,不言不语地把三个人面前的空杯子填满了柠檬水。

原本要说出的话被打断了,水星现在满口都是提拉米苏,腮帮子一边都有点儿鼓,嘴角也沾上了可可粉。

"你看你的嘴角。"席悦看到水星这样子就忍不住笑,"真的好可爱。"

水星怔了下,不知道是不是这样的氛围太轻松,也太容易感染其他人,她抬起头,发现盛沂的眼底在下一秒竟然也浮出了几分笑意。

蛋糕吃完，三个人在甜点店里对了一会儿明天的英语演讲比赛的演讲稿，等时间差不多了，才一块回了家。

因为绕了远路，席悦跟水星比盛沂要先到单元门口，席悦回过头跟盛沂说话："行了，我跟星星先回去了，明天早上我们在楼下见。"

盛沂"嗯"了一声。

水星站在席悦旁边，身子也微微侧了侧，又想起在甜品店的时候两个人没说完话，但席悦已经说过告别的话，她再说些别的就显得很奇怪，只能抬起手，小幅度地跟盛沂挥了下手。

席悦又拽着她往前走，水星的脚步慢了点儿，又感觉身后有谁跟了上来，很快地掠过两个人，肩膀又在无意间碰了碰她的帽子，引得她下意识地回了个头。

紧接着，她看见盛沂张口，只有他们两个人才能懂的话："确实。"

第二天早上，席悦还是没能睡成懒觉。

昨天晚上，水星当众拒绝了徐丽她们的提议，又说了几个人要一大早到新校区去比赛，席盛两家相互认识，说谎话太容易戳破，一大清早，水星就把席悦从床上拉了起来。

席悦基本上睁不开眼睛，身子歪在旁边的墙上："我再睡五分钟，星星，行行好吧，看在我昨晚还熬夜陪你练稿子的份上。"

"那再睡五分钟，我洗漱完了喊你。"

"好。"

水星看了眼现在的时间，把自己的被子先叠好，出了卧室，发现席奶奶正在做早饭，她转头，问水星："星星起这么早？不再多睡会儿？饭一会儿就好了。"

席奶奶习惯了席悦的赖床，除了有什么重要的考试，席悦基本上没早起过，这会儿八点还不到，又是假期，早饭还没准备好。

水星摇摇头："不睡了，奶奶，一会儿我就跟悦悦去新校区了。"

席奶奶听席悦说过要参加英语演讲比赛的事情，但之前都是快到中午才动身，愣了下："一会儿就去？"

"嗯，昨天晚上我们都跟盛沂说好了，等会儿就要出门。"

席奶奶赶紧擦了擦沾水的手，从旁边的冰箱里拿出牛奶，先倒了两杯，放

在热水碗里烫着,说:"那你先坐这儿,等一会儿牛奶热了再喝,桌上的面包也先吃着,别空腹去。现在几点了?都快八点了,我赶紧叫悦悦起床,别让你跟小沂等久了。"

席悦睡懒觉未遂,又被席奶奶塞了一堆早饭,两个人从席悦家里出来,盛沂已经站在楼下等两个人了。

"你怎么这么早出来?"席悦看了眼手表。

"马上开车了。"盛沂瞥了眼她旁边的水星,单手拽了拽肩上的背包。

西城大学有校车,不过校车只在固定的点发车,错过一班就要等下一班,时间间隔又比较长。

"明明还有十七八分钟呢,谁没坐过车啊。"席悦满不在乎,想了想,又把手里的面包和牛奶全塞给盛沂,"没吃早饭吧?我奶奶给你准备的。"

她早上吃不下东西,不爱吃饭,平常的早饭也是能给别人就给别人,手里的东西一空,席悦就来抱水星的胳膊。

坐校车的地方在西城大学家属区的停车场那边,水星上次来的时候就路过两次,还有十五分钟开车。

席悦和盛沂都有家属卡,上车的时候刷一下就行。席悦让水星跟在自己后面,等她上去多刷一次,她跟着上就行。

水星点点头,作出一副似懂非懂的样子。

席悦话说得简单,但操作起来着实有些困难。且不说家属区这边都是教职工,校车司机太容易分辨出年龄。席悦刚刷完卡,校车司机就盯上了水星,问:"学生还是老师?"

水星愣了下,她既不属于这个学校的学生,也不属于老师,一时间不知道该怎么回答。

"看你就是学生,这儿是家属区,家属区不让学生上车。"校车司机凶巴巴地说道,"下去。"

学校里是有过规定,为了防止老师们坐不上校车,学生只能一律到西门去等车。但现在是双休日,根本不会有老师到新校区上课,座位也坐不满。

校车司机偏偏就执着于这个规定:"听见了没?下车,学生就到学生区域上。"

水星抿了抿唇,之前她听席悦说校车能随便坐,但完全忘了席悦是教工子弟，坐车也有权利。她这么一弄完全像个外来人，站在车门口也不敢说话。抬眼，看了下已经到第二排坐下的席悦，刚想说要不然她还是找别的办法，就看见盛沂从第三排站了起来。

他走过来，一把拽住了她的胳膊，又把她的人带进了车里。

校车司机本来就有点儿欺软怕硬，见他们几个是小孩也没什么可怕，还在争："说了多少遍，学生在西门坐，这里不能上车，不能上车，要上你们几个就一起下去。"

"……叔叔。"水星怕连累盛沂。

盛沂从怀里掏出职工卡，塞进水星手里，说："刷这个。"

校车司机还不依不饶："学生就赶紧下车，别耽误事儿了。"

其实家属区不让职工家属上车都是常有的事情，校车司机就仗着自己有点儿小权利，原先席悦到新校区找席父他们，拿自己的家属卡都被赶下去好几回。

平常也就算了，盛沂懒得理，但今天就是有点儿不舒服。

"不是学生。"

他回过头，看司机一眼。盛沂的气质本来就冷冰冰的，这么一皱眉，冻得要吓死人。

他语气硬邦邦，两个字就怼回了人："家属。"

第五场雨

生日快乐，星星

三个人坐在校车上，席悦嘴上就没停，一直在讲校车司机的问题。

"星星，你别在意，这些司机就是这样，仗着自己能管人上管人下根本不给人好脸色的。"

水星"嗯"了一声。

她抬手，又摸了摸自己的胳膊，想知道今天的毛衣扎不扎手。

校车中途不停，席悦没唠叨一会儿就困了，垂头，挽上了水星的胳膊，又找了个合适的位置休息。

水星一只手被牵扯着，另一只手从书包里摸出了下午上台的演讲稿。

半个小时左右，校车在西城大学的正门口停下，水星收好东西，轻轻拍了拍边上睡到昏天黑地的席悦："悦悦，该醒了。"

席悦低头又蹭了蹭水星的肩膀。

三个人在学校的正门下车，席悦带的东西不多，现在都在水星手里。她对西城大学还挺熟，揉了揉眼睛，看了眼四周的环境就知道该怎么走，指挥水星跟盛沂两个人．"我们直走吧，拐个弯就能到。"

水星点点头："好。"

冷风一吹，席悦才恢复了意识，三个人绕到活动中心前面，上了台阶，进了旁边的一个小会场。会场里还有人在比赛，其余的参赛选手也零零散散地坐在舞台下边的软椅上。

西城附中的同学们大多坐在左边靠墙的位置。

"我们就近吧？"席悦问。

小会场有两个门，他们进来的是靠右的，现在过去也不方便，水星跟盛沂两个人都没意见，席悦随便挑了一排有空余位置的，几个人一块坐了进去。

也就是在他们找位置坐的时候，前面有同学注意到了盛沂。

跟陈嘉漾关系好的几个同学相继把盛沂在后面的事情指给她看，水星转过头，看见席悦也在瞧前面的动静："你信不信我倒数三个数，陈嘉漾肯定会起身。"

"嗯？"水星嘴上这么说，视线却一点儿也不差地盯着前面，"什么意思？"

席悦手指比出一个三，挨个摁了下来，还没到一的时候，陈嘉漾果真站了起来。席悦收回手，往椅背上一靠，努了努嘴："看吧，来找盛沂了。"

水星用余光看了眼盛沂。

陈嘉漾今天穿了一件纯白色的毛衣，下半身配了红色的格子短裙，弯腰跑过来的时候，裙摆一晃又一晃，到盛沂的座椅边上才停下，轻轻用手拍了下盛沂的手臂："盛沂。"

水星手里捏着书包的边角，视线低了低。

从上次加到陈嘉漾的联系方式，水星只跟她说过一次话，就是在讲英语演讲比赛的事情。偶尔的时候，水星也会点开陈嘉漾的好友信息，甚至好几次都点进了她的空间，想要继续把她剩下的若干页都翻个干净。

明明陈嘉漾毫无保留倾尽全力地帮她，她想在细枝末节里寻找盛沂跟陈嘉漾其实没什么的证据，她觉得自己太卑鄙。

因为他们几个人选座位的时候，席悦直接坐到了第三个，盛沂在最边上的位置，这会儿陈嘉漾来了也不好意思就让人半蹲在旁边，水星拉了拉席悦，让她往里坐一个给陈嘉漾也能坐下。

陈嘉漾有了位置，探身给隔着盛沂的水星比了个大拇指："谢谢。"

水星摇摇头，轻声："没事儿。"

陈嘉漾只把她当作一个无关紧要的同学，感谢结束，视线又落回盛沂身上：

"我就猜到了你不会下午来,幸亏早上起来了。话说起来,昨天晚上你怎么都不回我消息?"

"没上QQ。"

"我就知道。"陈嘉漾说,"你都不问问我找你什么事儿?"

盛沂侧了侧眸,问:"什么事?"

"就是月底的物理竞赛啊。"陈嘉漾看了眼台上的比赛,又缩回视线,"你到底参加不参加?"

一中跟附中头部的学生大部分都会参加各种各样的竞赛,一方面是为了增加见识开阔眼界,一方面是为了以后各个高校的自主招生跟保送。

盛沂作为阎格的重点关注对象,各个竞赛应该是早就问过他的。

陈嘉漾的成绩一直很好,相比英语,班里的老师力推她去参加物理方面的比赛,选择的面总是要更宽一些。

"如果我们参加物理竞赛,到时候时间肯定会跟这个全国比赛撞掉。"陈嘉漾问他,"二者总要舍其一,要是这样,你选哪个?"

水星坐在旁边,没忍住扭过头。舞台下没开灯,盛沂的侧脸轮廓融合在阴影里,多了几分老旧电影里的颗粒感。

耳边还有台上双人组的演讲声,她还是听见盛沂对陈嘉漾说:"物理吧。"

双人组的比赛是什么时候结束的,水星有点儿记不清。水星只能听见陈嘉漾跟盛沂不断在小声讨论什么话题,不只是一个瞬间,很多个瞬间,她都觉得自己是天底下最卑劣的人。

上午的比赛结束,水星跟席悦从座位上起来,就看见李泽旭冲两人招了招手。

李泽旭坐在靠前第二排的位置,随手抓起单肩包,三下两下就从前面跃到了两个人身边:"二星,在台上就看见你们了。你们不是下午过来吗?早知道你们来我就准备得再充分一点儿了。"

"嗯,情况有变,悦悦上午也起来了。"水星笑了下,又夸,"再说了,你在台上的演讲已经很好了,还要怎么充分?"

盛沂跟陈嘉漾说话中途忽然停了下,视线也随之一偏,很快地又收了回去。

到了中午吃饭的时间点,原本聚集在小会场的同学们相继地往外走,陈嘉漾也有同学从前面过来喊她去学校里的食堂吃饭。

"盛沂，你们去哪个食堂吃？"陈嘉漾人没走，问他，"我们一起？"

李泽旭看向盛沂，也不甘示弱："三星，席悦，我们去哪个食堂吃？席悦你不是经常来新校区，你推荐几个地方，我们就跟你吃了。"

水星看这个感觉总有种他们要就此散开的样子，她转头，抿了抿唇，提议："不然这样吧？我们让悦悦推荐一个地方，我们一块去吃。"

"嗯。"

席悦最后选了靠近活动中心的食堂，一行人没跟大部队走，反而去了二层。李泽旭跟盛沂有一段日子没说话了，看见盛沂也跟过来，莫名地也有些别扭。

陈嘉漾跟盛沂两个人走在后面，李泽旭跟水星和席悦三个人在前面带路。

西城大学的食堂是出了名的好吃，上次比赛，水星他们几个吃的是另一个食堂，这次换了一个，二楼还是排了长长的队伍。种类太多，五个人分别选自己想吃的东西，席悦挑了靠边上的米粉，水星和李泽旭选了旁边的鸡排饭，陈嘉漾先绕了一圈，跟盛沂一样忽然也不见了踪影。

"盛沂去哪儿了？"席悦转头看了一圈，问旁边队伍的水星，"怎么一下子就不见人了。"

"保不齐是跟陈嘉漾在一块呢。"李泽旭说。

水星站在李泽旭前面，回过身，食堂里的人太多，人影交错，她根本看不见盛沂。

"三星，你吃什么？"李泽旭回答完席悦，抬手，指了指前面挂着的菜单，"我看有咖喱鸡排、黑椒鸡排，还有甜辣的，这么多口味呢。"

水星的心思不在菜单上，回过头，手指揪了揪身上的毛衣，忽然就觉得有些扎手："都可以，你看你吃什么吧，我跟你一样就行。"

"真的？"李泽旭有几分惊喜，"真的我吃什么你就吃什么？"

"嗯。"水星点头。

"那我们点甜辣的吧。"李泽旭笑了笑，摸了摸后脑勺，"我看前面的哥哥姐姐们拿这个口味的最多，估计这个最好吃了。"

水星又"嗯"了一声。

队伍很快向前挪动，水星跟李泽旭并排点了一样的饭菜，就在一边等食堂阿姨做出来，席悦的米粉也要等，三个人凑成一小波谈论下午的单人组比赛。

水星勉强地应了几句。

直到鸡排饭跟米粉都出来，水星都没再在食堂里找到盛沂的身影，反倒是陈嘉漾已经买好了一份意面，坐在靠窗户的位置等几个人。

三个人走过去，席悦就近找了个位置，又问她："盛沂没跟你一起吗？"

"没有，他不是跟你们一起？"陈嘉漾傻了。

陈嘉漾去年比赛是下午来的，没吃过西城大学的食堂，这次好不容易来一趟自然多转了几个窗口，等回头的时候就跟盛沂走丢了，当时她还以为盛沂跟席悦他们在一起。

"好吧。"席悦拿筷子拌了拌米粉，"也不知道他去哪儿了。"

几个人之间唯一沟通的话题就是盛沂，饭桌上短暂地陷入了几秒的沉默，还是等席悦要跟水星分一块鸡排的时候，陈嘉漾才又找了话题："咦，你就是水星吗？"

水星把盘子里的一小块鸡排夹给席悦，"嗯"了一声："是我。"

"之前我们加过QQ的，你记得吗？"陈嘉漾问。

席悦估计是被吓到了，吃饭都呛了下，连忙问："你们什么时候加的QQ？"

水星抬起手，一边拍了拍席悦的后背，一边回答席悦跟陈嘉漾的："我记得。之前吕老师不是总说我演讲没有感情吗？让我跟陈嘉漾讨教一下，盛沂正好认识就把她的号码推给我了。"

饭桌上的氛围总算缓和了些，陈嘉漾笑了笑："那就好，其实那些技巧都是我自己总结的，也不知道有没有帮上你。"

"帮了我很多，谢谢你。"

几个人说话间，盛沂也从外面回来了，席悦一转头就看到盛沂从食堂门口提着东西回来，招手："你干吗去了？"

盛沂把塑料袋放到桌子边上，没坐下，目光微垂，说："买了点儿东西。"

"饭呢？"陈嘉漾问他，"你该不会还没买吧。"

盛沂"嗯"了一声。

现在马上就要过了饭点，食堂里的人已经不多了，只有零星几个现做的窗口还在排队。盛沂转身，径直走到正对面的档口，直接打了米饭跟菜，跟西城附中的食堂一样。

盛沂简单打了两道菜,大约是食堂阿姨看他长得帅,原本没几勺的菜都打进了他的餐盘里,两道菜都堆成了小山。

席悦怎么看都没胃口:"你还是买个现做的吧,别吃米饭了。"

陈嘉漾看这几道菜的表情也变了:"真的是,你要出去买东西起码跟我说一声,吃这个能行吗?"

单人组的比赛从两点开始,时间根本来不及。

盛沂没太在乎,指了下中间用纸巾垫好的筷子:"给我一双。"

水星应了一声,连忙伸手,没想到陈嘉漾还是快了她一步,先将筷子递给了盛沂。她又缩回半空中的手,有些僵硬地垂下头。

两个男生都坐在靠外的位置,水星一低头,李泽旭身子更歪了,这下直接堵住水星的视线,用胳膊肘碰了碰她:"鸡排好吃吗?"

水星蒙了下,又抬起头,根本看不见盛沂的表情,说:"挺好吃的。"

"好吃就行,还怕挑的不合你胃口。"李泽旭笑了下,说着把自己盘子里没吃的鸡排也夹给她,"那这些你吃吧,瞧你瘦的,多吃点儿下午争取拿个好名次。"

水星跟李泽旭道了一声谢。

盘子里顿时间多了好几块肉,水星拨了拨边上的米饭,听见旁边席悦的动静。

她饭吃到一半,总觉得嗓子干干的,平常他们一块出来吃饭,向司原或者郁晴都会给她准备好饮料,这会儿席悦是真情实感地怀念起跟两个人吃饭的好处,视线绕了一圈也没找到买饮品的地方。

"这是什么?"席悦看着面前的塑料袋,手已经在拨弄了,"有喝的吗?"

"自己看。"盛沂筷子没停,另一只手把塑料袋摊开,让他们去挑自己想喝什么。

有了盛沂这一声号令,食堂窗边的座位很快就热闹起来,陈嘉漾跟席悦两个人都在挑饮料,就连李泽旭都被席悦拉着给了一瓶。水星不比其他人天生能融入这些,坐在位置上,只等他们都选完了才准备看。

盛沂扫了对面一眼,筷子也不动了。

他起身,又把袋子往边上放了放,自己在里面翻了翻,从中掏出一包白桃

味的酸奶,悬在水星面前。

盛沂没说话,可样子就像是在问她喝不喝。

因为之后的全国比赛,这次英语演讲比赛的名次很快公布了出来。

一等奖统共就三个名额,水星和盛沂就占了两个。

自打名单公布,水星就收到了许多同学的祝贺。

晚上回家,水星跟蒋林英他们说了这件事,老两口别提多高兴,趁着蒋林英还没煮好稀饭,水星先进了电脑房,也没人阻止。

登上 QQ,水星才发现远在一中的陈嘉潆也给她发来了祝贺,庆祝她拿到了去全国参赛的名额。

陈嘉潆:我听盛沂说了,你拿了一等奖,恭喜你啊!看来你是个很强劲的对手呢!

三颗星星:你也是。

三颗星星:同喜。

陈嘉潆:那就下次比赛再见了。

三颗星星:好的,期待下次。

本就不太熟悉的两个人,很快就进入了对话的终结。

对话框又关掉,水星又想起了下午去办公室找阎格的时候,当时盛沂也在场,阎格很高兴地跟两个人公布了消息,等把这次比赛的奖励发给了水星,又单独留下了盛沂。当时她站在办公室里犹犹豫豫,也没出去,借机又听了几句两个人的对话。阎格跟陈嘉潆一样,在问盛沂想去参加物理竞赛还是全国英语比赛。

她重新在列表里找到盛沂的头像,还是灰色的。

两个人加为好友以后,水星每次上线都没在列表里看到盛沂的头像亮起来,这个 QQ 仿佛只是一个很不必要的社交工具。

水星纠结很久,才在对话框里输入一行小字:恭喜你,这次拿到了英语演讲一等奖。

手指在回车键上又放了很久,水星一狠心才摁了出去,紧接着又以非比寻常的速度关上了两个人的对话框。做完这一系列动作,长长地吁了口气,刚想起身去外面倒一杯热水,屏幕右下角的企鹅又在跳了。

水星又坐回原位,点开闪烁的标志,没想到是明明不在线的盛沂发来的消息。

SY:你也是。

水星手一抖,问号发了出去。

偏偏消息发出去又没办法撤回,她不想一个问号就僵在两个人的对话框,又往上找补。

三颗星星:你一直在线吗?

SY:嗯。

SY:之前是隐身。

三颗星星:我还以为你不在线呢。/大笑

三颗星星:为什么总要隐身?

SY:怕麻烦。

原本打字的动作停了下来,水星把对话框里的内容删了个干净。

确实如此,之前她就听席悦说过盛沂很忙,但自从在一个班以后,她跟盛沂经常见面,后来又坐了同桌,以至于有时候水星都忘了盛沂有时候是会忙到见不到的。

为此,她总是拼命地制造巧合,但又只能屡次去看他的背影。

是不是因为得到了太多的机会,她都忘了之前他们说一句话又有多难得。

水星忽然觉得自己好不识趣。

那天晚上,水星早早地就下了账号,蒋林英做了一大桌子的美食,戚远承难得夸了她,就连水浩勇戚芸都给她打了一通电话,可水星心里想的都是一句怕麻烦。

但也因为这次英语比赛的奖项,学校里的校报记者专门找到了她跟盛沂两个人,校报那边希望两个人能给以后的学弟学妹们一些经验,派了两名高一的学弟和学妹,安排在阶梯教室里给两个人做访谈。

"真羡慕你。"席悦约水星跟郁晴一块去学校附近的咖啡店喝东西。

水星之前来过这家咖啡店,当时阶梯教室里太冷,盛沂不太想待,一块喊她进来坐过一次。

几个人走在街上,水星转头,不太理解:"羡慕什么?"

"能给学弟学妹们讲讲自己的经验哎,我就特别特别想当众表现一下,你

再想想,台下乌泱泱的人喊你学姐,多有面子。"

郁晴看了眼最边上的席悦,问:"那你当时怎么不好好准备?"

席悦这次又拿了英语演讲比赛的第二名,她仿佛跟万年老二有什么莫名的缘分,原先没分文理的时候是第二考场,分了文理以后在班里总排第二,参加一次英语演讲比赛也只能拿二等奖。

"当时不是怕麻烦吗?"席悦叹了口气。

也就是因为这么一句话,坐在一边的水星忽然默不吭声。

……是啊,凡事只不过是怕麻烦。

他只不过说了一句话,让她感觉比得了最后一名都要差劲。

第二天下午的大课间,学校校报的两个小编辑上楼来找水星和盛沂出去,李泽旭看到他们往外走,还给水星加了个气,又说自己先拿水星的杯子帮她打些热水,等她采访结束回来正好变温。

前面的学妹回头跟水星他们套近乎:"学姐,你和刚刚的学长不会是……"

上了高中以后,八卦就不再仅局限于谁比谁的学习成绩好,更有甚者总会传出一些流言蜚语,水星之前也听过不少八卦,总觉得话说过了就过了,没什么,但放在自己身上才知道有多惊险。

水星下意识看了眼盛沂,语调都没控制住就反驳她:"没有!怎么可能?"

学妹摆摆手:"我不会跟老师讲的啦,这个不放在采访稿里。"

"真的没有。"水星再一次严肃拒绝。

兴许是这次多了面部的表情,拒绝的话语也比较严肃,学妹很有眼色地闭了嘴,一行人乖乖地走到了艺体楼,找了一间阶梯教室进行采访。

采访的中途,窗外忽然下起了淅淅沥沥的小雨,但阳光还是好的,更像是场太阳雨。

稿件问题是提前发的,水星都写过相应的回答,因此采访进行得很顺利,直到最后一个问题结束,旁边的一个学弟才拿出相机:"学长,学姐,你们换一下位置吗?我们拍个照,回头登在校报上。"

水星眼皮一跳,下意识转头看向一边的盛沂。

她跟盛沂也不是没有合照,之前在双人组比赛,水星就看见台下有志愿者在拍两个人,后来又有合唱比赛,阎格也在主席台下给他们拍过照片,不过当时是一个集体的大合照,不光光是两个人的。

如果真的算起来,这算是他们有意识的第一张照片。

高一年级组一直相传盛沂不太好接近,尤其是女孩,看见盛沂没反应就觉得完蛋了,以为盛沂不太爱拍照,他们只说要录一个采访稿,提前又没打过要拍照的招呼:"学长,要是太为难的话也可以不拍,今天的采访——"

前面的学妹还没说完话,盛沂就说:"拍吧。"

拿相机的学弟都要跳起来了,连忙把阶梯教室的窗帘拉开,应和道:"好的,好的,那学长和学姐能来这里吗?我们靠窗户一点儿,构图更好看点儿。"

太阳雨不影响阳光,相反阳光顺着玻璃窗上的水珠折射下来,木质的桌面照映出层层七彩光斑。盛沂直接坐到了靠窗的位置,等水星也坐在旁边。

阶梯教室偌大,回音也听得一清二楚。

水星起身,能听见椅子的声音,走过去,能听见脚步摩擦的声音。

她不清楚这些是不是她的错觉,但这样的座位排序确实有一瞬间让水星觉得他们就在一班。

盛沂跟水星的座位这样保持,她一直可以在他左右。前面的学妹还在指挥他们的动作,但两个人还是选择一起把胳膊放到桌面上。

"学姐,你冲学长那边偏一点儿,看一眼。"学妹为了拍摄效果很认真地在指导,"别那么生疏,你们两个可是同学哎,去年还一起参加了双人组的比赛!"

水星"嗯"了一声,脸上还是有些发烫,脚尖动了动,身子也偏向了盛沂。

那个时候校服总是宽大又肥身,但盛沂总能将它穿得得体,青绿色的袖口刚好包裹到里面纯白色的毛衣,他的身上总是干干净净,气质也清清爽爽。

盛沂的视线看过来,瞳孔的颜色很深,抬起眼睛,眸光里似乎总倒影着水星的身影。

周遭安静,水星看见窗外接近淡黄色的光滑落在盛沂的眼皮,那颗浅浅的小痣也不见了踪影。她能看见什么,又看不见什么,只能拼命感知每一次心率起伏的瞬间。

她知道她的心脏因此而跳,这决然不是个好的现象。

但如若真的没有了这些,心死掉似乎也没了什么所谓。

接受过校报的采访以后，水星跟采访的学妹打好招呼，学妹说好等校报的期刊出来会送一本到一班。在十二月剩下的日子里，每天下午的大课间，水星都会到艺体楼的阶梯教室接受老师们的单独辅导。

偌大的阶梯教室从一堆人剩下了她一个，席悦不想水星孤单，偶尔下课还会拽着郁晴，两个人陪她一块下楼。

"星星，你也别给自己太大压力。"席悦知道水星每次比赛前的状态，说，"别听吕灿他们说什么机会来之不易，再来之不易也要顾及心情，每天开开心心是最重要的啦。"

水星点点头。

"一会儿我跟晴晴先去小卖部，等我们买完吃的再到阶梯教室找你。"席悦把水星送到楼下说，"等等我们一起回去？"

水星应了一声好。

其实她根本不是一个人，自打盛沂决心选择物理竞赛，放弃了全国英语演讲的总决赛，西城附中的老师们更是把她当成了宝贝，每天恨不得二十四小时围在她周围，英语组八个老师都朝她一个人看。

全国英语演讲比赛定在了十二月二十五号，举办地点在北城，学校派了一直负责单人组的指导老师吕灿跟她一块去参加比赛，同时也负责心理的疏导。

但非常奇怪，这次的比赛明明比之前的竞争压力更大，水星反倒没了紧迫感。

从西城去北城的火车票订在二十三号晚上，临走前的一天，席悦跑到一班，她邀请了其他几个人给水星送行："我们就去吃这个吧，家属区那边刚开了家火锅店。"

"你说什么就是什么。"向司原抬手，揉了下席悦的头发。

李泽旭摇着脑袋倒退了几步，"咦咦"了几声："吃不下了，要酸死个人了。"

几个人站在班门口聊得好好的，结果盛沂从班里出来，席悦也喊他一块，李泽旭忽然收起了之前的表情，沉默地靠在了另一边的门框，撇开头，伸手又拽了拽校服的衣领，不讲话了。

两个人的关系还是没有好转，上次到西城大学参加英语演讲比赛更甚，在一张桌子吃饭都没跟彼此说一句话，好像多张一次嘴就能要了命。

盛沂更不擅长跟人维持关系，李泽旭都不讲话，他最多也是瞥几眼就收回视线。

席悦注意到几个人的气氛不对，仰起头，来回看了他们几圈，又把视线对焦到向司原身上，看到向司原给她使了个眼色，才说："干什么？干什么？明天星星就要走了，大家一块高高兴兴吃个饭怎么了？李泽旭，你该不会是突然就有事儿不想来了吧？"

李泽旭没回头，伸手把卫衣帽子往上一撩，假模假样地遮住了耳朵，当作没听见。

"行。"席悦转过头也不理他，"盛沂你呢？"

盛沂瞧了李泽旭一眼："我去。"

"行，那现在我、向司原、晴晴、星星还有盛沂是肯定到的。"席悦故意朝李泽旭这边张望一眼，"所以今天就我们几个有空会去，对吧？"

李泽旭顿时就变了，撤下盖在头上的连帽，着急："胡说什么呢？我也有空。"

"这还差不多。"

晚上放学，水星先回家跟家里人说了席悦他们几个人要一块出来吃饭的事情，蒋林英觉得有朋友是好事，只是多说了两句话，跟水星说记得早点儿回来再检查一遍她收拾的东西齐全不齐全，水星点点头又出了门。

火锅店离西城大学很近，水星走条小巷就能到，她才过去就看见李泽旭踩着台阶跳了下来，冲她招手："三星，这儿呢。"

盛沂跟席悦他们离家近，回家也方便，向司原护送席悦回去，郁晴也先绕道回了家，李泽旭离家太远，又没有专车再接送，这才一直没走，一个人先站在店门口等他们过来。

水星走过来才发现李泽旭的手都有点儿冻红了，问："你怎么不进去等？"

"这不是怕你看不见吗？"李泽旭说得理所当然。

"我们先进去吧。"

"行。"

两个人走进店里，火锅店是正宗的四川火锅，一进门就能闻到一股呛人的香辣味，水星没忍住呛了好几下，李泽旭听说一会儿店里还有四川变脸表演，

他想着热闹，跟水星一起挑了靠中间可以观赏的位置。

李泽旭坐在位置上，指了下最前面："听说一会儿就有变脸表演，让你临走前好好放松一下。"

水星顺着他的指头看过去，带着咳嗽地"嗯"了一声。

没多久，席悦跟向司原他们也到了地方。

水星跟李泽旭坐的位置显眼，席悦他们一进门就看到了两个人，席悦随便一坐到了边上的位置："晴晴呢？"

水星又被呛了下，清了清嗓音："还没来呢。"

"好吧，晴晴每次出来都这么慢，那我们几个人先点吧，等一会儿晴晴来了就能直接吃了。"席悦四处张望了下，评价，"我进门闻着这家店还挺对味的。"

李泽旭正好把菜单要过来，顺手推给对面的席悦："看看吧，吃什么？"

席悦埋头研究菜单，盛沂低头，似有似无地看了眼水星，又扫到店内窗户边还有空位置，止住席悦下单的手，说："等会儿再看，换个位置。"

"什么？"席悦中途收了手。

李泽旭以为是针对，抬起头，盯着盛沂的脸："干什么换位置？这个位置坐得好好的，过一会儿店家还有变脸表演，你离那么远一会儿怎么看？"

盛沂收回视线，没看他，安静了一会儿，才说："味道太大，呛我。"

完全没想到盛沂会这么说，几个人都以为是他和李泽旭最近不合的事情闹的。现在火锅没上，菜也没上，换座位是再简单不过的事情，席悦怕他们在火锅店闹起来，连忙站起来做和事佬，主动换了靠窗的位置。

"我本来就嫌里面热。"席悦一下坐在椅子上，招呼几个人过来，"坐这儿吧，靠窗通风好，一会儿吃了也不嫌热。"

水星愣了下，抬眼，看了下旁边的盛沂。

她想起席悦偶尔会跟她提起盛沂，会说他对吃喝玩乐这些没那么挑剔，平常都是他们选好了，他直接就来，按理说一个座位的事情，就算他和李泽旭闹得再不愉快也不会提出来。

难道说是因为自己？

在场只有她一个人吃不了辣，闻到这么呛的辣椒才咳嗽。

水星假装冷静地坐到盛沂旁边，心里七上八下地跳。

临近靠窗的位置通风是真的好，就算是全包围的落地窗还是能觉出一点儿风。她身上穿了衣服还能感觉到冷，才想缩一缩自己的手，就感觉盛沂的身子往前靠了靠。火锅店顶部的光照下来，映到盛沂的身上，水星躲在他的阴影里。

说不出来为什么，她就是感觉那股说不上来的冷风也小了好多。

等郁晴来了，几个人安排好位置就开始点餐。

李泽旭他们几个都嗜辣，选起锅底也不犹豫，还是在讨论辣度的时候席悦才想起来，扭头问水星："差点儿忘了，星星，你是不是还不能吃辣？"

"也不是，现在能吃一点儿了。"

"没事儿，我们点个鸳鸯锅吧。"席悦说，"也是我，光顾问是微辣还是中辣。"

锅底选好，菜品也上得快，一群人围在一起讲话，又加上沸腾的锅底，任谁看了也觉得热闹。

这顿火锅吃了快两个小时，席悦跟李泽旭无数次地嘱咐水星在外面要小心，郁晴瞥了眼边上的盛沂，问："你过几天是不是也不在学校？"

盛沂"嗯"了一声。

"你也不在学校里？"席悦吃午餐肉吃到一半，说话的声音也嘟嘟囔囔的，"你去哪儿？这次的英语比赛你不是不去了吗？"

向司原垂眸看见席悦嘴角掉下来的红油，伸手抽了张纸，给她拍到脸上。

"集训。"

"对哦，物理竞赛？"席悦这才想起来，"你是不是又跟陈嘉漾一块去？"

水星在火锅里捞东西的手不知不觉停了下，又很快恢复正常，视线没抬起来，耳朵还是往旁边在听。

"嗯。"

"她怎么跟屁虫一样啊，还是你参加什么她参加什么？"席悦为此不齿，"你们两个倒好，把一等奖的名额一放，直接空了。"

饭桌上的人在讲话，水星垂眸，夹起清汤锅里的竹笋，用筷子尖戳了戳。

席悦还在桌子上说话："你们今年也真是赶巧，在过节的时候一个两个的都走掉，我到时候包了苹果都不知道给谁，盛沂就算了，你也不爱吃这些。"

盛沂不甚在意。

席悦说着冲水星这边挥了挥手："星星，等你回来了我还是把礼物给你。"

"好。"

火锅吃了两个小时,一行人终于结束战斗。

李泽旭跟郁晴两个人跟他们的方向相反,向司原依旧跟他们不顺路也要一块回家。回家途中,席悦又拉着向司原跑到旁边的便利店买零食,水星跟盛沂也跟了进去。

自打在火锅店听到陈嘉漾的名字,水星吃火锅都没了味道,心情也低到了一个极点,连跟盛沂走在他们后面也不像之前想找话题了。

蒋林英知道她要走,早就准备好了东西,水星没什么要买的,只能跟在三个人身后。

席悦跟向司原一下就绕到了便利店靠里的甜品区,盛沂也没往里走,他站在柜台前,视线微微垂了垂,扫了一圈柜台,目光最后停在柜台的右下角,抬手,食指点了下六边形架子里的糖。

架子是旋转的,盛沂的手指一动,前面的玻璃没动,后面的糖果转了个边。

水星站在边上,歪了下头,看到盛沂默不作声从玻璃侧边抽出一包长条形的软糖,垂手推在柜台的对面,给店员看了眼,又付了钱。

她发现盛沂还真的挺爱吃糖,尤其是白桃味的,前几次在学校里也是拿了这个口味的糖。

水星伸手刚想跟盛沂拿一包一样的糖,就听见盛沂的声音:"别买了。"

"嗯?"

她下意识地侧过头,看向一边的盛沂。

盛沂付了钱,拿起了那包长条形的软糖,拆开了包装,就拿出了一颗,剩下的没再动,折好口,又把软糖递出去。

"这个给你。"盛沂说。

第二天傍晚,戚远承跟蒋林英把水星送到了火车站,两个老人家见到了吕灿又好一顿说,吕灿答应了他们会好好照顾水星。西城开往北城要经过十三个小时,两个人在火车上睡了一晚就到了北城。

西城附中在火车站前面安排了专车接送吕灿和水星去酒店休息,直到上了车,水星才真正有了要比赛的感觉。

酒店的位置在比赛的高校附近，为了节省经费，也为了更方便管理，学校给两个人订了双人间，等两个人真正整理好时，已经快到傍晚了。

"虽然今天是平安夜，但我们还是不能出去吃。明天比赛呢，万一吃坏了肚子，比赛场上发挥不出来，岂不是得不偿失？"吕灿考虑得很周全，她先把手机拿出来，等酒店前台电话接通时，跟水星解释："等我问一下酒店的自助什么时候开，今天就近吃了，等明天晚上老师再带你吃别的？"

水星点点头，没有意见，想了想，又问："老师，等会儿我能不能用一下您的手机？"

"怎么了？"

"我想给家里人打个电话。"水星解释。

电话接通，吕灿先打了个暂停的手势，跟酒店的前台简单地沟通了一下，挂断才跟水星说："确实该给家里打一个，让你姥姥姥爷放心点儿，跟他们说安全到了地方。那我把手机给你，密码1219，你先打，我去个卫生间。"

"好的，谢谢吕老师。"

吕灿把手机交给水星让她随便用，然后就进了卫生间整理。

大约英语老师总是有钱的一批人，吕灿也不例外，她的手机是市面上的最新款，还是半触屏的，水星没有用过，输入密码不知道碰到了什么就进了主页面的QQ里。

水星的眼皮莫名地跳了下，讲不清为什么，忽然有点儿心不在焉起来。

她按照约定先给戚远承跟蒋林英打了个电话，今天晚上会跟老师睡在一起，又让他们放心，几个人聊了几句闲话，水星才挂断电话。

吕灿还没出来，水星忽然就明白什么是烫手山芋。

一方面，吕灿进去前就跟她说了今天是平安夜，按理说是个节日，过节应该有些过节的氛围和仪式感。她看到手机上的软件，确实是想登录一下；另一方面，这部手机不是她的，水星没道理直接登录她的号码。

水星犹豫再三，没忍住还是走到卫生间门口："吕老师。"

吕灿没开门，隔着玻璃问她："怎么了？"

水星抿了抿唇，手指还在界面上停着："我想上一下QQ，可以吗？"

"行，你点屏幕试试，把你自己的号登录上就行。"吕灿一边应她一边开

了水龙头,"但别玩太久了,一会儿就该吃饭了。"

"好。"

吕灿忙着自己的事情,根本没有在意水星在外面到底做什么。她从卫生间那边重新回到靠窗的沙发上,登录账号。

手机里的消息太多,水星才登录上 QQ 就听见好几声响动。

除了席悦跟郁晴她们两个嘱咐她考试旗开得胜,还有班上几个关系不错的同学祝福她平安夜快乐,水星挨个回完,又瞧见李泽旭的消息。

李泽旭:三星?这个时间点儿你怎么在线?

李泽旭:还有!还有!平安夜快乐!

水星没想到他发现自己在线这么快,也想到今天是平安夜,先发了个表情过去。

三颗星星:/苹果

三颗星星:平安夜快乐。

三颗星星:我拿吕老师的手机给家里打个电话,然后上号看一眼消息。

李泽旭:怎么样?你在哪儿住?地方好不好?

三颗星星:还可以,学校安排了附近的宾馆。

李泽旭:好吧,好吧,明天就考试了,紧张不紧张?

三颗星星:还好。

李泽旭:加油!加油!

李泽旭:/鼓掌/鼓掌/鼓掌

水星抬眸,看了眼收拾到尾声的吕灿,飞快地在键盘上摁消息。

三颗星星:谢谢。

三颗星星:吕老师要出来了,我先不说了。

时间太紧迫,水星没来得及看李泽旭还有没有再给她回消息,就退出了两个人的对话框,在列表里翻起了盛沂的账号。

明天开始,盛沂要为了物理竞赛去市区的另一头进行为期两个星期的封闭集训,兴许现在是隐身,又兴许现在在整理东西,头像暗得很正常。

列表里找到了人,水星才真正发愣起来,她不知道该以什么借口去打扰他。

上次在火锅店两个人的状态似乎挺不好,但在便利店里似乎一切又回归正常，这样的来来往往，她总不能给关系定一个性。

可即使这样，她还是想送给他一个苹果。

卫生间的水龙头收了声音，好似大坝的阀门关上，水星的心也跟着一紧，她明明是跟吕灿说过要做什么的，但下意识还是会担心，将视线落在卫生间的磨砂窗上，去瞧吕灿的身影，趁着她没出来，水星重新点进QQ。

下一秒，水星的个性签名变了。

她把个性签名换成了一颗苹果，当成祝福送给了盛沂。

十二月底，水星从北城回去就接到了戚芸跟水浩勇的电话，英语演讲比赛的成绩还没出来，两个人就已经给她打算好了庆祝方式。

水浩勇跟戚芸似乎放弃了追回尾款的事情，两个人为了还清之前赊下的欠款，在南方做起了小本生意，家里的情况真的有了好转，空闲时间也多了不少。他们跟水星商量，等她放假，两个人可以趁着过年把她先接回来，一家三口团团圆圆地过一个年。

蒋林英在电话旁边听到戚芸的声音，跟水星笑道："星星，高兴不高兴？等过几天爸爸妈妈就能来接你了。"

戚芸同样听到了蒋林英的声音，又跟水星嘱咐了两句，让她把电话给了蒋林英。

水星把电话交了出去，起身回房间前又扭头看见坐在沙发上捧着电话的蒋林英，她很少见蒋林英这么高兴，拿起电话时眼角的皱纹就没淡下去，说的话颠三倒四，但内容的核心都是在问戚芸在南方过得怎么样。

等戚远承从楼下回来，水星才在房间里听到蒋林英挂断电话的声音。戚远承上来找了个东西，说："今天晚上还有个病人挂水，晚点儿回来吃，你跟星星不用等我。"

"知道了。"

客厅里安静了三秒钟，戚远承才又开口说："那儿是不是打电话回来了？"

戚远承没说是谁，但他们都心知肚明。

"跟星星说了会儿话。"蒋林英点点头，"今年过年说是要接星星回南边去呢。"

"哦,把东西给她整好了。"

戚远承拿完东西就下了楼,水星跟蒋林英吃过饭,也没再提过年回南方的事情。

一月中旬,西城附中通知了期末考试和放假的时间,戚芸也跟水星订好了回家的日期,日子照常进行,席悦还是经常来一班找他们玩,李泽旭跟盛沂经过上次吃饭关系缓和了一些,两个人偶尔会说几句话,但总归不再密切。

全国英语演讲比赛的成绩在期末考试结束的那一天公布,水星整理完课桌就被阎格喊去了办公室。

考试刚结束,水星还有点儿蒙,进了办公室都没反应过来到底发生了什么。

阎格坐在办公椅上,看到水星不动身子,把人拽过来,问:"还不知道我喊你来是做什么呢?"

水星"嗯"了一声。

阎格直接把电脑的屏幕转了下,屏幕界面上是英语演讲比赛的成绩公布名单,水星凑过去看了眼,正巧看到阎格光标停着的地方,水星拿到了全国比赛的一等奖,这也意味着水星在高三自招的时候一定能通过全国绝大多数学校的外语系专业审核,高考也能因此申请到别人享受不到的降分政策。

"现在就能考虑几个好学校往上使劲了。"阎格看到公布的成绩就给水星做好了规划,"像N大、SY大、BY大这些外语类的专业问题都不大,你可以跟家里人商量一下之后想去哪个城市,要学语言还是南方好一点儿。"

"外语类?"水星愣了下。

虽然阎格他们总是会提起高考跟大学,但其实对水星他们而言,高考也好,大学也好,总觉得这些事情还是非常遥远,他们想得最多的还是今天能做完什么题,明天能吃到什么饭,很少有人真正去考虑专业的选择。

当这个问题真正被提出来的时候,水星才开始有了一点点的真实感。

水星知道有了全国性竞赛的一等奖,选择一个相关的专业,听他们的意见,一步一步按照过来人的想法走下去,她会去上一所人人羡慕的大学,学一个很棒的专业,成为出色的翻译又或者什么别的语言类职业,怎么听都是很顺利的路程,但她内心忽然就出现了许多不确定。

她不确定选择英语竞赛到底是因为想要证明自己也可以做到跟盛沂他们一

样优秀，还是想从这里就定了以后人生的走向。

阎格正因为水星获奖的事情高兴，连李泽旭进来都没板起脸。

李泽旭来找阎格要放假的作业，赶巧听到了这条消息，跟水星一块回班的途中，他抱着一厚摞的卷子一直猛夸水星："三星，你这次怎么也太牛了！接下来何止是校报要采访你，我怕学校都要给你拉个横幅了。"

水星冲李泽旭摇摇头："没有，我运气好而已。"

要知道参加全国英语比赛的不仅仅局限于西城的学生，天外有人，人外有人，水星早就明白了这些道理，也正是因为明白了，又没有盛沂在，她的心态反而放松许多，却没想到她能出乎所有人的意料拿到了一个优异的名次。

"这怎么能说是运气好呢？你现在啊，高三都不用怎么学，等高考随便考考，过了一本线，重本都来得轻轻松松。换句话怎么说？一只脚已经成功地迈进了大学校门里。"

兴许是李泽旭夸赞得太用力，消息一传十十传百，不到一节课的时间，全年级都知道了一班有个拿到全国英语比赛一等奖的女生。

每个人跑到她身边恭喜她的时候，水星转过头，冲一个又一个人笑完，还是觉得很魔幻。

就好像所有人都在替她高兴，只有她当事人一直都反应不过来。

"水星。"旁边忽然叫了她一下。

她扭回头，"嗯"了一声。

四目相对，她撞上他的视线，听见他说："恭喜你。"

手中的笔捏紧了，她张了张嘴。

"恭喜你，取得了那么好的名次。"他的嘴角带着笑。

说不上来为什么，水星忽然想到一句话，当时她拿到了盛沂的笔记本，看到他写在扉页上的第一句话：昂首挺胸，逆行登高。

那么她现在算是昂首挺胸吗？

算是登高成功吗？

她逆行而上，再加努力，是不是有一天就真的能和盛沂比肩同行了呢？

晚上回家，水星给戚远承跟水浩勇打了通电话，她先是告知了他们这次英语竞赛的意外之喜，又跟父母两个人商量了回家事宜。

下周是西城附中的返校时间，学校要发全校同学的成绩单。去年水星的成绩单就是戚远承帮忙代领的，水星想等今年发完了成绩单再走。戚芸的意思是成绩单谁领都一样，但水星坚持想跟席悦他们多玩一段时间，水浩勇他们也没有再反对。

问题出在了水星到南方谁去接送。其实有了上次和去北城的经验，水星觉得她一个人足以应付独自回家的问题，但四个大人都不太同意。

最反对的非戚远承莫属："人那么多，你一个小娃在火车上被人骗了都不知道，错过点儿怎么办？进错站怎么办？要么姥姥姥爷送你，要么让你爸妈接，你是不能一个人就回。"

水星坐在沙发的另一头，没有应声。

"你姥爷说得对，姥姥姥爷也是为了你的安全着想。你想想你才多大？一个人从这儿跑回去不就是要我们担心吗？"

水星抿了抿唇。

她只是不想让戚芸跟戚远承他们见到彼此又徒生难过，这么一来，不论怎么，他们双方都要见面。

戚远承的脾气倔，水星最后也没能说服他改变主意。老两口以为水星是担心戚芸跟水浩勇跑得辛苦，二话不说就多订了一张从西城到南方的票，戚远承决定陪水星一块儿到南方。

西城到南方的火车比到北城还久，水星跟戚远承平常的话就不多，现在待在密闭的空间里，爷孙两个人大眼瞪小眼，尴尬更甚。戚远承一个小时就问了水星八次要吃泡面还是火车上的盒饭，水星均是摇头。

好在很快熬到了晚上，水星跟戚远承吃了饭，又写了一会儿寒假的作业，火车的灯就熄灭了。

戚远承睡得早，水星这才有机会从床上起来。

火车通向隧道，仅有两侧的应急灯散发出微弱的白光，水星坐在窗边的一侧，从裤子口袋里掏出盛沂在她前往北城前送给她的糖。

她在演讲比赛的时候吃了两颗，现在是第三颗。

白桃味的软糖冲淡了口腔里的薄荷牙膏味，水星知道睡前刷牙了不该吃东西，但还是作出了这么小小的任性。

列车一路飞驰向南，水星不知道什么时候睡着的。

第二天早上醒来，水星发现戚远承早就不在位置上了。他从卫生间回来，衣服也换过，头发也梳过，就连脸上的老年斑都像是专门遮掩过，淡了不少。

他手里还捧着早上从餐车那边买的热粥，放到水星床边，让她下车前吃了。

临近十一点，火车终于停在了站台前，戚远承把大包小包都帮水星提了下来。等到出站口的时候，戚远承反而止住了脚步："行了，姥爷就把你送到这儿，一会儿出去能找到你爸爸妈妈吧？"

水星愣了下，她看了眼不再移动的戚远承，想说些什么。

他一大早就整理好了衣服，水星还以为戚远承肯定会跟她一起出去，结果戚远承还是坚持一副怪脾气，就好像他只是把水星送到这里，目的就已经达成。

"姥爷。"水星试探道，"我们不一起出去吗？"

"不了，都把你送到这儿了。"戚远承挥挥手，脸又板了起来，"我买了下班车，该走了。"

来的时候水星就拗不过戚远承，出去也是这样，水星跟他僵持一会儿，还是被戚远承赶出了火车站。

南方的天气比西城要暖和得多，水星在接站口就看到了戚芸和水浩勇。自打上次暑假，水星又有好一阵没见过他们，大约是因为生计奔波，两个人面上都老了不少，戚芸尤为明显。水星看到她低头帮自己拿行李的时候，发根都白了好些。

水浩勇朝后面望，问水星："姥爷没跟你一块出来吗？"

"没有，姥爷说他买了下一班回去的车票，来不及了。"

戚芸提小包的手顿了下，扭头，看向出站口的位置，没说话。

"还准备带你跟姥爷出去吃呢。"

水星"嗯"了一声，抿了抿唇。

一家三口拎着大包小包走出火车站，水浩勇带水星回了家，他们没有搬家，还住在之前的出租屋里，不过可以看出屋内的装饰比去年精致不少。

戚芸和水浩勇做的小本生意也忙，经常朝五晚八，不过相比去年已经好了很多。水星偶尔也会到水浩勇和戚芸的摊位上帮忙，但更多的时候，戚芸和水浩勇还是会让她留在家里做自己的事情。

临近过年，戚芸跟水浩勇更忙了些，水星一个人待在家里的时间也相应地多了起来。她把作业和课外的练习写完，又打开角落里那台老旧的电脑。

才几天不上线，席悦跟李泽旭已经给她发了一大堆消息，水星挨个回复完，又点开了自己的空间。

上次平安夜，水星发过一条有关苹果的说说，收到了很多人的点赞，其中居然有盛沂。

水星坐在电脑屏幕前揉了揉眼睛，不太敢相信地又刷新了一遍。

她总想着事情可能只是机缘巧合，她为盛沂找借口，也许只是那天太闲了，或者她的说说出现在了他列表的第一个，盛沂只是礼貌才给她点了个赞。即使水星不想让自己抱有太高的期望，但她还是忍不住点起了截图的软件，将盛沂的点赞跟浏览消息都保存了下来，存在了空间的相册里。

接下来的几天，水星经常性地会发说说。

点赞列表里偶尔会出现盛沂的身影，水星都一一截了下来，视若珍宝地保存在她最隐秘的相册里，仅自己可见。

有时候，水星觉得她对盛沂的感情也像这锁在尘埃里的相册，难以窥见天光。

但又有时候，她觉得相册里的截图是她阒然凿的壁，她拼命证明他们之间可以有无限多的细缝，想让光渗透，只为让生命圆圆满满地散出亮来。

转眼到了除夕，徐丽跟盛在清都从外面回了西城。一家人难得团聚在了一块，徐丽买了一整袋的糖果点心，盛奶奶又找了好些个空盘让盛沂把东西都堆进去，一切都做完，盛沂才重新进了房间。

电脑是开着的，盛沂拉过一旁的转椅，坐在屏幕前面。

他的视线微微垂了垂，又刷新了一遍网页。

也不知道是不是因为这段时间水星回了南方，她开始发许多说说，有时候是早上窗外的风景，有时候是一句吃得很饱，内容很杂，时间也不一定。

他每条都看，但不一定每条都点赞，隔几条点一下，防止他的表现太明显。

现在已经到了下午四点，水星的空间还是没更新，盛沂的视线从界面上移开，点进了好友的列表，找到水星，翻起了两个人的聊天记录。

自打上次水星问他怎么总是隐身，他说了怕麻烦，她就没再回复他。

盛沂盯着电脑屏幕，沉默了一会儿，不知道在想什么，鼠标终究是移到了账号状态上，他把隐身切成了Q我吧。

这个状态他从来没试过，黑白分明的头像边上忽然多了个大大的黄色小标识，刺眼之余还多了几分可爱。

盛沂抿了抿唇，又低头从抽屉里找了张卷子，不想让自己的精神全压在那么奇怪的符号上。

三分钟不到，界面忽然弹出一个对话框。

盛沂没忍住，还在第一时间抬起眼，结果大失所望。

席悦：有点儿难得。

席悦：你这个时间点居然会在线？

SY：有事？

席悦：你这话说得多见外，没事儿就不能来找你了吗？

席悦：我这不是看你的状态这么积极，想着你现在应该很空，对吧。

盛沂不想回她，关掉两个人的对话框。

下一秒，消息又跳了出来。

席悦：你要现在这么有空的话就来一趟我家呗。

席悦：我有惊喜给你。

SY：你？

席悦：不是我，是我奶奶。

席悦：行了吧？

席悦：我奶奶给你准备了一份大大大礼包，等你带回家。

席悦：来不来拿？

盛沂面无表情地看完席悦的对话，脑子都不用过就知道肯定是她觉得东西太重，懒得提过来。水星还是没反应，盛沂随便应了席悦一句，说穿件外套就过去。

他将电脑息了屏，但状态还是没改。

两家人离得太近，盛沂从家到旁边不到五分钟的时间，电梯一开就看见趴在门边候着的席悦，席悦把门一敞，让他进来："来了。"

盛沂站在玄关，往里看一眼。席悦家里没有人，席奶奶他们应该都出去再补办年货，席悦成了小霸王，在书房里玩电脑，客厅还把电视打开。

"我奶奶他们都去超市了,我给你拿东西。你要坐会儿还是直接走?"席悦没等盛沂回答,又开启了新的话题,"我每天在家都无聊死了,晴晴家里总有事儿,向司原又跟爸妈去了乡下,李泽旭倒好,跑到国外度假,星星也回了家。"

"哦。"盛沂闻言稍微进了点儿门。

"你在家都做什么?"席悦扭头,上下打量他几眼,"总不能天天在家做题吧?"

盛沂跟在席悦后面,顺势坐在了一边的沙发上,等席悦从阳台把礼盒拿过来:"你怎么跟星星一样,假期过了跟没过似的。"

盛沂抬了下眼,又把她递过来的礼盒放在脚边:"水星也天天做题?"

"对啊,你不知道吗?"席悦想了想,又说,"也是啊,你这个常年不上号的人怎么能知道?寒假恐怕一句话都没跟星星讲呢吧?"

盛沂脸莫名瘫了下,又想起上次的对话。

席奶奶他们刚出去没多久,席悦一个人在家闲着也是闲着,盛沂好不容易过来,她又揪着他给自己干苦力,平常不想做的题都堆到他面前,非要闹着他做。

"就这么两页,你教完我,我立马让你走。"席悦扒拉人不放手,"你白拿这么多东西,良心上过得去吗?"

每年席悦的寒假作业都写不完,两家关系又近,不是前一晚喊盛沂来帮忙就是到学校赶,盛沂早习惯了,迟早都要帮的,只不过家里的电脑还有事儿。

盛沂完全不想说话,瞥了眼她的手,让她松开:"两道。"

"两道也行。"席悦立马从卧室找到寒假作业,"来吧,来吧。"

另一头,水星在家里研究戚芸前儿大从隔壁市场头的装饰性的年货。

红纸灯笼折好,窗花贴好,有串七彩的柿子型小灯也挂在了玻璃窗。

冬天天黑得早,水浩勇跟戚芸答应水星今天会早点儿回来,结果时间到了七点多,两个人还是不见踪影。

水星摁开小彩灯的开关,又从小冰箱里找了点之前剩下的饼干,才打开了角落的电脑,登录账号,看见了列表顶头的盛沂。

从加好友到现在,这是水星第一次看到盛沂在线,犹豫了几秒钟,她还是点开了两个人的聊天界面。

之前盛沂说他隐身是怕麻烦,那现在在线兴许是有了空闲,再加上今天这个时间点太特殊,即使她说一句两句话也不会有人觉得突兀。水星想着接连打开好几个人的对话框,把发给盛沂的"除夕快乐"都复制粘贴给了其他人,一并选择了发送,最后才又点进盛沂的对话框里。

三颗星星:除夕夜快乐!/可爱/可爱

盛沂那边过了两分钟才回。

SY:除夕快乐。

三颗星星:你之前在忙吗?

SY:不算。

SY:去了趟席悦家。

三颗星星:你要跟悦悦一起出去玩了吗?

SY:没有。

SY:她让我拿东西。

三颗星星:是吗?

三颗星星:悦悦也跟我说了给我准备了新年礼物,但是秘密,没给我看照片,我们是一样的吗?

SY:听她说了。

三颗星星:嗯?

三颗星星:她说了什么?

SY:应该不一样,席悦给我的是席奶奶送的。

水星还以为席悦说了什么不该说的话,直到看到盛沂的下一条才反应过来,是消息延迟了。

三颗星星:这样。

三颗星星:还以为悦悦说了什么。

三颗星星:你们两家的关系真好啊。

SY:还好。

水星看到电脑屏幕上的回复,挠了挠头。

盛沂在线一次不容易,她总想跟他多说点儿什么好,但又担心自己冒失,结果键盘上的字才打到一半,水星就听见防盗门开锁的声音,也不知道是做贼心虚还是别的什么,明明她都没聊什么,还是下意识地摁灭电脑。

戚芸跟水浩勇一前一后地进了门。

他们出门前还欢欢喜喜地说过等收了摊回家包饺子,现在两个人手里是空的不说,脸色也都不是很好。

水星转过身,从电脑旁边离开:"妈妈,你跟爸爸怎么这么晚回来?"

戚芸抬眸,注意到水星的视线,勉强地笑了下:"回来的时候有点儿堵车,是不是饿了?"

"还好。"水星指了指桌面的饼干,"我先吃了些别的。"

"行,妈妈先收拾下,我让爸爸出去买袋饺子。"戚芸用腿碰了碰坐在沙发上沉默的水浩勇,又朝水星说,"你把电视开了声音,妈妈把爸爸送下去,一会儿爸爸回来就可以煮了。"

水星乖乖地点了点头,看见水浩勇跟戚芸沉默地出了门。

她行动上是照做,但心底还是觉得之前的气氛不对劲,尤其是水浩勇进屋前,身上满满都是烟草的味道。

楼道里的灯是亮的,水星等了一会儿,才又从床边起身,走到防盗门那边,开了个小缝。戚芸跟水浩勇说是去买饺子,实际上没有走太远,两个人就站在楼梯口的拐角。

老旧居民楼的隔音都不好,戚芸跟水浩勇的声音很容易就从门缝空隙传了进来。

戚芸明显是跟水浩勇起了争执:"你自己觉得今天这事儿对还是不对?我们之前不是说好了吗?过去的事情就让它过去吧。去年追了一年,你说我们追出了什么结果吗?什么也没有,这次过年是咱俩都商量好的,把星星接过来,我们一起过年,结果呢?你不管不顾地冲出去追人,要是没发现追错了人,你还打算一直追?让星星一个人在家里?"

水浩勇没说话,只是低头,从上衣口袋里找烟盒。

吵架最怕有一方不讲话,什么都说不清楚。戚芸一个人说了这么多,水浩勇也没应承一句。她忽然觉得有些可笑,她今天才知道原来水浩勇从来都没有放弃追回欠款,想安心做好现在的小本生意,那些话只是嘴上说说。

当时大学义无反顾地选择了水浩勇,跟家里闹得难堪,现在连家都回不去,蜗居在三十平方米都不到的小房间，连做饭都要在楼道。

她没有办法陪伴水星的成长，她也没有尽到为人女的责任与义务。

她只是太累了。

"我们再努力点儿，欠款总有一天能还清，但要真放到虚无缥缈的找人身上，你说我们什么时候能给星星稳定的生活？"戚芸看向水浩勇，鼻尖忽然有点儿酸，"你又不是不知道我爸我妈怎么说我的。当时我们在一起，他们就说过，说我一定要后悔的，我不信，我说我会过得很好，到时候要他们看看他们是错的。可现在呢？难道我们要等星星上大学让我爸我妈去负责她的日常生活吗？"

水浩勇只是问她："你现在后悔了？"

楼梯口的感应灯灭了，水浩勇跟戚芸很长时间没说话。

不知道过了多久，戚芸才叹了口气，说："算了吧，阿勇，我们一家人好好在一块，不好吗？"

除夕夜应该是阖家团圆的日子，戚芸不想戳破这层保护罩，所以选择不跟水浩勇接着吵，水星同样也不想戳破，所以选择装作什么都不知道。她关上防盗门，等戚芸从楼梯口回到家，跟她一块在楼道里煮开水，等一袋从楼下小超市买来的速冻饺子。

防盗门开着，隐约间还能听到电视里播出的春晚小品。

锅里冒出的水蒸气糊在了两个人的脸上，水星从戚芸的背后抱住了她，她不知道这么做是对还是不对，但她总有一个很模糊的感觉，这大抵就是生活，没有香车别墅，没有万事顺遂，但是一家人在一起就很好了。

水浩勇从楼下买完饺子回来，一家人听着春晚吃过饭，三个人似乎不约而同地忘记了之前的不愉快。他们住的这片区域对爆竹的管控还算松，转头看向窗户外，水星已经看到几簇短暂且绚丽的烟花。

过一会儿才到零点，戚芸跟水浩勇收拾完餐桌，两个人又到走廊尽头的洗手台洗碗筷。

水星这才打开之前摁灭的电脑屏幕，她原本都不指望盛沂还会继续之前的话题，但偏偏还是看见了光点的起伏。

SY：席悦说你最近有在做题。

SY：你有不会的吗？

时间又断了几分钟。

SY：可以问我。

窗外的烟花急促地上升至天空炸裂，这两条消息太意外，水星几乎是愣在电脑前面。

除夕夜真的过去，现在这一秒就意味着踏入了新的一年，而水星就在新年的头一秒收到了2010年最好的礼物。

也是因为盛沂的这句承诺，水星总是有了借口去联系他。

她把不会的题都发给盛沂，他们跟在学校没什么差别。她遇到问题，他就帮她解决难题，再多找两道同类型的题目交给她做。偶尔的时候，他们会聊一下彼此的日常生活。

戚芸跟水浩勇在除夕夜吵架以后，两个人的关系并不像水星想象中的变差，他们没有吵得不可开交。戚芸似乎理解了水浩勇，水浩勇也答应戚芸会好好经营他们的小生意。

寒假的日子马上就要结束，水星也要从南方再回到西城。水浩勇跟戚芸这两天都没再出摊，大部分时间都在家里陪水星。

房间里没有厨房，两个大人都要去楼道，他们从家里拿完菜就出了门。

水星的卷子做到一半，又停了下来，抬眸看了眼边上亮着的电脑。她又发了一道题目过去，还在等盛沂给她的回复。

戚芸从楼道里回来拿东西，看到水星又在写题，拍了拍她后背："每天都做题，偶尔也休息休息。"

水星回过头："就差一道了。"

"行，做完就别做了，一会儿开饭了。"戚芸收回手，"妈妈今天做了你爱吃的油焖虾。"

水星"嗯"了一声，等戚芸出去，盛沂的消息刚好发了过来。他做了一整套的解题步骤，又将可能难懂的几个点都解释了个清楚，紧接着又多了问了一句是不是后天回来。

三颗星星：后天中午。

SY：先嗯。

SY：先你看解题，我有事。

SY：先下了。

水星又应了一声好，下一秒，盛沂的头像真的暗了下去。

水星转了下头，注意到戚芸他们没进来，才又回过身，盯着屏幕上有来有往的聊天记录。

不知道从什么时候开始，每次她上线，盛沂的头像总是亮的，她好像很久没再见过他隐身或者不在线的情况，他总是能第一时间解决她的困难。

也许是她的错觉，她总觉得盛沂在线的时间比之前多了好多。

寒假结束，水星收拾行李要回西城。

水浩勇还要出摊，家里只有戚芸到了火车站送她，戚芸买了张站台票，把东西都给水星安置好："妈妈把行李给你放上排了，等你要拿的时候就跟周围的哥哥姐姐说一声，让他们帮帮你。"

水星"嗯"了一声，冲戚芸笑了笑："我知道的。"

"等回了姥姥姥爷家给妈妈打个电话，跟妈妈报告一声你到了。"

"好。"

离火车的出发时间还有十分钟，戚芸先找列车员嘱咐了好些，又生怕水星会忘，把前面的话反反复复跟水星交代了又交代，说到最后眼睛都有些红，站起来，说："好了，妈妈一会儿下车了，在车上照顾好自己，知道了没？"

水星伸手，又拉了拉戚芸的手。

她的手上不知道什么时候有了老茧，不再有柔软的触感，水星跟着也有些难过起来："……妈妈。"

"嗯？"

"明年过年你们来西城好不好？"水星想起戚远承到出站口送她的时候，也想起戚芸接她的时候往里瞧，"我们一家人……"

戚芸好像知道她要说什么，先打断她："这是妈妈跟姥姥姥爷之间的事情，你一个小孩子就别管了。"

水星抿了抿唇。

火车马上要开了，戚芸的站台票只能送水星进来，不能再逗留，她又摸了摸水星的脑袋，趁两个人的眼泪都没掉下来前，先一步下了车。

从南方回西城的时间太久，水星做完当天的题，睡了一觉，等到下午到了站，领座的大哥哥又帮她拿了行李，到了出站口就看见前面等候的蒋林英跟戚远承。

蒋林英远远地抬起手，上下摆了摆："星星。"

"姥姥！"水星拉着箱子，跟着人流出了站口。

还没站稳，水星手上的行李箱就被戚远承拽了过去，蒋林英抱了抱水星，问："路上累不累？吃得好不好？休息得怎么样？没遇到坏人吧？"

水星摇摇头，挨个回答："不累，挺好的，休息得可以，也没遇到。"

"你姥爷听说你要一个人回来，生了老大气，差点儿一晚上都没睡着，昨天来回走，都要把我走烦了。"

戚远承一声不吭地拉着箱子往前走。

水星低头笑了笑，双手挽住蒋林英的胳膊。

今年水星从南方带回来的伴手礼不多，男生的礼物都是去年他们说好吃的东西，席悦跟郁晴的礼物除了伴手礼，还有在小店里买到的手链。

回到家里，席悦就打来了电话，两个人的家近，约出来也方便，水星答应了席悦，等洗个澡就去找她。两个人就约在上次一起吃甜品的地方，东西都收拾好，水星跟蒋林英说了一声，拿着席悦的礼物出了门。

才进甜品店门，水星就看见在店铺前排跟老板讲话的席悦。

她回过头，一把抱住水星的腰："星星，你总算回来了，好想好想你。"

水星笑着拍了下她。

"你快看看，你想吃什么？"

"提拉米苏吧。"

水星上次在这家店里吃过，感觉味道还不错，这次依旧点了相似的。

"那好，我要点两份提拉米苏。"席悦跟水星商量完，又转头继续看起了菜单，"你先进去吧，盛沂就在里面呢，我再点一道，马上就来。"

水星傻了一会儿，被席悦推着才动了两步，腿上还没什么感觉，人就先走到了盛沂面前。

说起来还有些神奇，自打放假以后，尤其是除夕夜过后，盛沂居然会成为她与之联系最频繁的人，两个人那几天的聊天次数甚至快超过跟席悦说话的迹象了，虽然大部分都在说做题的事情，但因为太过频繁，再见到他确实少了些陌生感。

盛沂坐在对面的椅子上，抬起眸子，看了她一眼。

"悦悦没跟我说你要来。"水星走到沙发边。

她说完就闭紧了嘴，像是在反思自己说了什么话。就算两个人在假期更熟了一点儿，但听她这句话总像是要赶客的意思，她生怕盛沂会误会自己是不想见到他。

手心又冒出了细细的汗，水星大脑乱成了一团糨糊，连忙拿起边上的伴手礼，解释："我的意思是没有给你带礼物，我以为只有悦悦，我只给悦悦拿了，要是知道你会来，我就多带一份了。"

盛沂朝水星又看了一眼，笑了一声。

这段时间，他的号码一直在线，席悦在家又没人说话，每天都要骚扰他两次，他有时候不回，有时候回。如果不是他正好回了上一条消息，也不会从席悦那边知道水星一回来两个人就要见面的消息，他更不会出现在这里。

盛沂抬手，拿过水壶给水星倒了杯柠檬水，说："没事。"

他说话间总有一股若隐若现的薄荷味，尤其是那声笑，水星脸上有些红，抿抿唇，"哦"了一声，从盛沂手上接过那杯水，温热温热的，低下头，就此不敢再看他的视线。

席悦从前台点完了全部的餐就跑过来了，她一直在讲这个假期里发生的事情。席父席母这个假期事情多，她除了偶尔找郁晴他们玩，基本上都没出去。

女孩子在一起就是有说不完的话，聊完自己的，她又问水星到底带了什么礼物回来。

水星这才从一边拿出给她的手链："我买了三份呢，款式是一样的，但颜色不同。"

水星自己的手链是青绿色的，席悦的手链是奶粉色的，郁晴的手链是天蓝色的。

"真好看。"席悦当下就戴好，把两个人的手腕朝盛沂那边凑，让他评价，"盛沂，你说是不是？"

盛沂垂下眸。

女孩子的骨架小，手腕很细，青绿色的晶石亮闪闪地映照在雪白的皮肤上，

临近晶石的地方泛出点儿浅光,更漂亮了。

"嗯。"盛沂肯定了下。

不知道是戳到了水星的那根神经,她的脑袋"嗡"了一声,脸上又发热了,不顾席悦还拽着她的手,手腕就连忙缩回了桌子下。

水星把伴手礼交给了席悦,三个人又一起闲聊了一会儿,水星才跟两个人告了别。

他们回家的路是相反的方向,水星重新回过头,看了眼盛沂的后脑勺。

也许是因为在甜品店看手链的时候,盛沂那一眼停留的时间太久,也许是因为她真的好久没面对面跟他们聊天,即使他们都分向而行,水星只是遥遥看他一眼,心底也止不住地怦然起来。

第二天是西城附中的开学日,也是一班固定的换位置时间。

多亏了盛沂的帮助,水星上个学期末进步不少,从阎格说的拖了一班的后腿到现在的第十七名,她只差一点儿就可以自己选择想要坐下的位置,这件事本来算是好事,不过随之而来的是她也要换位,适应再没有办法跟盛沂当同桌的事实。

大课间前,阎格就找了前十五名选完座位。

上个学期期末,李泽旭在班上排第十四名,在一帮一小组活动里正好负责到水星,李泽旭不仅在学习上要负责,生活上也不马虎,水星换座位前后都是他在帮忙。

盛沂的边上重新换了一个男生,是原先二班的同学,一个戴眼镜的小平头,叫高凯。上个学期开头还能保持班上二十六七名左右的水平,不知道怎么回事儿,最近的考试连连失利,要不是每午才轮次班,阎格大概早就让他滚蛋了。

"哇,你们有没有发现这次换座位的问题?"前排的女生转过头问。

"什么问题?"

之前的女生指了指高凯旁边的位置,他们几个都离得近,相继凑了过来:"李泽旭跟水星坐一块了啊,你没没看见一下课李泽旭就着急打扫他那边的卫生吗?李泽旭老早就算好这个学期的排名了,按格格的坐法,他们肯定在一块。"

其实水星来一班以后就一直很受欢迎,毕竟理科班女生本来就少,水星牌气好，眼睛又大，跟谁讲话都是和和气气的，身上也总有种说不出的柔和，再加上合唱比赛跟英语演讲比赛两层镀金的光环，班上男生不是没有私下讨论过。但大家和她的交流也仅局限于客气，根本没办法再靠近。

李泽旭跟水星平日里说话最多，他们难免多想些。

"旭旭这下高兴坏了吧，下课都不用往这边跑了。"

"你说呢？别的就不说了，上节课我还没换位置，就坐在他前面，他一直嘴角没耷拉下去，连写题都有劲了。"盛沂隔斜后方的同学也开玩笑。

高凯抬起头。

他来一班久了，跟男生也是能说得上话的，站在过道的男生用胳膊碰了下他，把他拉入话题里："水星跟旭旭到底……"

话还没有说完，前面的女生就拽了下他的袖口，示意别再讲话了。

周围的同学上一秒还闹哄哄的，见到盛沂回来都相互看了眼，好不容易有个胆大些的男生，之前跟盛沂的话也多了些，跟他打了声招呼，也从前面溜回了后面的位置。

盛沂刚从教室外回来，手里还拿着阎格给的卷子。

他的脸上一直没什么表情，走回位置就等着新同桌让位置，只是肩膀微微倾斜了一些，视线的余光也在不经意间向李泽旭那边看。

李泽旭一边给水星搬桌子，一边叽叽喳喳地跟她说着话，大约是问距离合不合适，东西有没有带全，等一会儿她可以再检查一遍，省得再跑回去会麻烦。

盛沂的目光像被无形的线牵引，以至于丝毫没有察觉高凯坐在位置上有多么崩溃。因为即使高凯已经把自己缩成了一条缝，盛沂还是没有回到座位的打算。

不只是高凯的成绩下滑，连郁晴的成绩也出现了不平稳。

下午刚换完座位，大家还处于一个静不下来的状态，直到阎格黑着脸走进教室，连书带成绩单摔到讲台上："笑笑笑，一个两个还有脸笑，我从办公室过来就能听见咱们班的声音，全楼道最闹腾，马上就是高三的人了，还有时间闹。"

阎格是真的上火。

其实上次考试一班的总体成绩不算差，但阎格要的从来不只是整体，更要每个同学的成绩都拿得出手，个个亮眼。

班上鸦雀无声，阎格在讲台上讲了下这个学期的主要工作。

换了座位也就意味着新学期的正式开始，除了应付平常的考试，水星他们还多了两项艰巨的任务——会考、争夺清北班的资格。

西城附中往年并不在意会考，皆是能过就行，今年学校领导对会考的重视程度陡然加强，不仅制定了详尽的复习计划，更是决定组织多次模拟考试，力求全员高分通过。

另一个就是清北班的争夺，水星高一的时候就听席悦讲过，西城附中高三的时候会给理科拆个班，只选取全年级前二十组成一个清北班，重点冲刺两所高校。为此，阎格特意强调了高二的每一场考试都至关重要，尤其是这下半年的考试。

阎格在台上说完了两个重要任务，没指名道姓地说是谁的问题，又教训了两句才开始上课，但下课前，阎格还是扫了一眼班上的人，叫了三个人到她办公室，说是谈谈心，其中就有郁晴。

李泽旭看到郁晴出去的背影，跟水星琢磨："你说郁晴这是怎么了？"

水星把课本放回书桌里，抬起眼，"嗯"了一声："什么怎么了？"

"考试成绩啊，她之前可是从来没掉出前五的。"

高一下学期分班，郁晴进入一班就一直保持着前三名的好成绩，李泽旭他们都知道阎格对郁晴的期望不比对盛沂的差，但自从上个学期开始，郁晴的成绩每次都在退步，阎格也不是没办法帮郁晴把成绩再稳定回原来的，但尝试了一个学期好像都没什么作用，上学期的期末考，郁晴甚至掉到了十名开外。

水星对此也不甚了解，两个人正说着话，水星就听见班门口有人喊她。

席悦从二班过来的时候就看见郁晴跟在阎格的身后，见到席悦也没有打招呼，精神状态也不太好。

席悦从口袋里给水星递了些小零食，她又看眼班里的位置，才退出来说："星星，你知不知道晴晴怎么了？我刚才还看见她耷拉着脑袋跟你们班班主任去了办公室，看样子挺不高兴的。"

水星点了下头："她这次没考好，阎老师生气要训话吧。"

席悦"啊"了一声。

西城附中每个月月考的成绩都是公开的，席悦每次下楼看排名的时候都会顺带看眼一班的成绩，前几次确实是发现郁晴的名次有所下降，但问题不大，上学期期末考的时间离得太远，她早就忘记了。

"那她这次排名多少？"席悦问。

水星说："十二名。"

话音刚落，席悦是真的吓了一跳。

席悦跟郁晴认识这么久，她的成绩很少会有起伏，都怪盛沂的光芒太耀眼，掩盖了郁晴在老师眼里也是香饽饽的事实。两个人又说了一会儿话，向司原也从班里出来打水，席悦看了看时间也跟着他一块往水房跑。

水星转身又回了班，发现盛沂不知道什么时候到了靠墙的第一排。

靠墙的第一排坐着班长孟子豪，秉持着为同学服务的精神，当起了一班的守门神，常年管理同学们和老师们的开关门事宜。

上节课前，阎格说了期末考比较难的两道题，并且提出有条件的同学可以借盛沂的卷子看一眼。

他犹豫纠结了很久，要知道他跟盛沂虽说是一起参加过英语演讲比赛的交情，但也仅局限于走到阶梯教室，然后坐在盛沂桌子的前一排。直到下课，他才扭扭捏捏地走到盛沂桌边，问他能不能借自己看一眼解题的过程，没想到不光借来了卷子，连人也跟着过来了。

水星的脚步不自觉走慢了一点儿，就听见孟子豪恍然大悟地感叹："原来是这个解法，我之前想得太复杂了，谢谢盛哥。"

之前孟子豪还不明白为什么阎格总让借盛沂的卷子看，班上的同学都觉得盛沂不热情，又听说他有洁癖，为了避免被拒绝的尴尬都敬而远之，现在真的了解了才明白阎格的用意。

盛沂的目光微微偏了下，面上没有什么太大的表情，"嗯"了一声。

她跟盛沂不再是同桌，说话的机会本来就少，听完了盛沂这一声嗯就满足了，匆匆地擦过盛沂的身后，又回到了座位。

盛沂解释完那道题，又出了门，过了一会儿重新进了教室，这次仍然走到了靠墙边这边的位置上，不过敲的是水星隔壁的女生。

盛沂微微低了下眼，说："陈老师喊你。"

水星低头，翻开手上的练习册，视线却若有若无地瞥到前面盛沂的鞋子。

被喊到话的女生傻了下,相对于孟子豪而言,她是真的完全没想到盛沂主动跟她说一句话,脸瞬间红了,连应了几声好,连课本都忘了放下,直接带着就出了教室门。

下一秒,盛沂的鞋尖一转,正朝这边过来,心莫名地停在了半空。

第三次了。

如果盛沂今天再靠近这边的座位,就已经是第三次了,水星默默地想。

旁边的女生收到了语文老师呼唤她的消息,起身离开了。离上课还有一会儿的时间,四周的人该出去的都出去放风了,这个时候靠墙这边的位置只有水星在。

水星没忍住飞快地抬了下眼,又想装作无事发生,只是去拿桌上一摞书里夹着的卷子。

桌子上的书垒得太高,卷子又在下一层,水星一抽,课本从下到上往过道的一侧倒,眼看就要摔落下去,盛沂的手一抬,接连抓住了边上坠下的书。

水星心也跟着掉了下去,抬手就要接过盛沂手里的书,轻声说:"谢谢,谢谢。"

不清楚为什么,每次在盛沂面前想办好一件事,她就总搞砸。

盛沂没介意,低头,看了下她的动作,问:"要拿什么?"

"卷子。"水星吞了吞口水,指了指下边的边角,"就……拿这张卷子。"

垒高的课本又少了,盛沂手里又多了几本书,压在底层的卷子显露出了面上,是一张之前盛沂交给水星的卷子。

水星拿到卷子,跟盛沂解释:"放假那会儿忘带回家了,放在学校一直没找到,还有两道题没有做。"

"嗯,不会做?"盛沂问。

"也不是不会。"水星想挣扎一下,开学头一天,她想给盛沂留个好印象,但又看了眼题,发现一个假期过去了,她长进的可能就一点点,只能在脑袋里有一个隐约的解法,沉默了三秒钟,还是放弃了,"……就是暂时没想出来。"

盛沂没忍住,偏头笑了下。

水星伸手揉了揉脸,盛沂分明没说什么,但她总觉得又丢脸了。

盛沂经常教水星题,再加上这份卷子是他留的,上边的题扫一眼就会。

认识这么久，两个人似乎已经找到最合适的相处方式，盛沂跟她不需要吵吵闹闹，两个人只是静默地去听教室的时钟在走，笔尖摩擦纸张的声音，心情就会慢慢地稳定下来。

盛沂从她的桌子上拿了一支笔，俯了附身，方便水星更好地看到解题过程："之前假期的时候给你做过一道类似的，记得吗？"

水星迟疑了一下，摇了摇头。

她实在是忘了，又不想跟盛沂说谎："我……太多了，我现在有点儿想不起来。"

盛沂的脸色没有变，只是在一边写着什么东西。两个人在网上教着做题是一回事，现实里面对面做题又是另一回事。她再次闻到盛沂周身的薄荷味，有一瞬间，她脑袋里冒出一个极其荒唐的念头，要是当时考试考得差一点就好了。

"怎么了？"盛沂写完旁边的题干，发现水星在发呆。

水星连忙摇摇头，甩掉刚才的想法，回过神："没有，你讲。"

两个人正说着话，就见一班的前门大敞开。班级里为了空气流通，对面的窗户是拉开的，李泽旭的动静太大，铁门重重地拍到了前面的墙边，发出"嘭嘭"的响声。

水星下意识抬了抬头，看到李泽旭从班外放风回来，看到两个人二话不说扑了过来，带着一股说不清的清爽感："干吗呢？"

盛沂跟李泽旭毕竟是多年的朋友，再加上李泽旭并不算记仇，遇到再大的问题多说几次话，心结就解开了。

席悦组织那场聚会就是破冰点，起码对于李泽旭来说这算一个台阶。

"三星，帮我拿个水杯。"李泽旭在室外吹多了风，又说了会儿话，这会儿已经渴了，先跟水星讲完才转头，又跟盛沂说话，"说真的，沂沂，我发现你今天有点儿不对头。"

盛沂侧眸，瞥了眼李泽旭，拍了下水星的后背，让她帮忙拿一下课桌左上角的水杯，才问："什么不对头？"

"你说呢？今天来这边两次了吧。"李泽旭拆穿得不留情面。

熟悉盛沂的都知道，盛沂的活动范围向来只有座位附近，非必要都不会走到后面的几排，最近冷不丁来多了靠墙这边，不用别人讲，是个人都能发现这里面的诡异。

但忽然被李泽旭这么说出来,水星的心脏重重地跳了下,视线没忍住朝上望了下。

盛沂抿了下唇,但没搭理李泽旭。

"没有,他……是我有道题不太会。"水星看盛沂的脸色不太好,连忙帮他解围,"盛沂正好路过,我就让他教一下。"

李泽旭一副明了的表情,灌了一大口水,缓过劲,说:"你不早说,你跟我说一声我马上不就回来了,或者不出去也行。"

水星应了声。

"帮助同桌是我的责任,是我的使命。"李泽旭一副信誓旦旦的样子,又说,"但现在盛沂跟你不一样了,你们都不是同桌了,一帮一小组也自动解散了,来指导你算个什么事儿?售后服务啊。"

水星抿了下唇,不知道该怎么反驳,就看见李泽旭说着就要把两个人中间的卷子往回拿。

好在盛沂指着卷子的手顿了下,卷子抽不出去。

盛沂眼皮一垂,沉着脸,"哦"了一声,道:"是啊,售后服务。"

晚上放学,席悦来找水星跟盛沂一块回家。

远处大片粉红色的落霞,余晖落在他们肩头,校园里相继能听到道别的声音。

女孩子话多,步伐慢一点儿,水星和席悦跟在盛沂后面,偶尔笑得直不起腰,但就在这样的欢声笑语里,水星还是感觉到了盛沂细微的变化。

他今晚上说话的频率更低了。

大约是丨字路口将近,水星的脚步无意识又慢了点儿,等席悦中途停下要去买袋饮料,她的身子才稍稍往后挪了些,跟盛沂站在边上。

"你今天晚上怎么不讲话?"

盛沂侧了下眸。

两个人肩并肩站着,前排便利店招牌的光照应在两个人身上。

盛沂收回视线,说:"平常不是这样吗?"

"说不上来,好像有点儿不一样,又好像一样。"水星说,"具体要从……"

她莫名地想到下午两个人在教室讲题的时候，李泽旭进来开玩笑地调侃盛沂，盛沂出乎意料地应了那句售后服务，他面上应的云淡风轻，但水星分明还是注意到了他耳郭有些红，当时她就愣了下，在想自己平常是不是也这样明显。

但这一切都是她的猜想……

水星看了眼席悦排队的背影，打消了念头，又把话收回去："没什么，也许是我想多了。"

三个人过了路口就道了别，水星压抑住内心的纠结，转头进了小区，在一楼遇见了要上楼的戚远承。

自打戚远承送她去过南方，水星感觉两个人的关系似有似无地亲近了好多，她跟在戚远承后面，主动问："姥爷，我们今天晚上吃什么？"

戚远承回了下头，看向她，说："下午见你姥姥买了茄子跟馍。"

水星一听到茄子就不太想说话，心不在焉地"哦"了一声。

"不喜欢？"

"……也不算。"

戚远承目光没有收回来，又问："你想吃什么？"

水星试探一句："吃虾？"

"回头跟你姥姥说一声，让你姥姥做。"

水星重重地嗯了一大声。

蒋林英的晚饭果真做了茄子炖肉，水星勉强吃了半个馒头，又吃了几口菜，然后就说进房间写作业。戚远承他们也没让她多吃，只是又给她送了一次牛奶和水果，让她别总熬夜，水星均是应承下来。

房间门关上，水星回过身。

她住的屋子在二楼，从这边看下去刚好跟楼前孤零零的路灯对上，不远处是小区圈起来的墙，天色太暗，白墙都抹上了一层灰调，不像白天似的还能看清爬了整面墙的绿油油的爬山虎。

做完作业，喝完牛奶，水星才起身，从床边的小柜子里又拿出日历。

从水星到西城以后，每一年过年她都会去集市买这样的老日历，带皇历的，每过一天就撕一页，偶尔也有不撕的时候，就比如今天。

床头有盏昏黄的小夜灯，水星从边上找了支笔，写着写着脑袋里又忍不住

回忆起了下午的细节。

兴许是上天真的感应到了水星的疑惑,这几天盛沂从班里离开总是在走靠墙的过道。

班上的同学很快就适应了盛沂的新改变,但当盛沂每次走到水星座位旁时,她身子还是控制不了会更直一点儿,像冬天僵了的树,蓄积了力量缓慢生长。

这样的情况持续到了下一次月考,多亏有盛沂偶尔的售后服务和李泽旭持续的辅导,水星的数学超常发挥,在高二下学期的头一次月考从第十七名一跃到了班级的第十一名,在全年级都排得上号。

成绩出来的当天,阎格还把水星叫到了办公室一顿夸,但成绩有人上升就有人下降,有人欢喜就有人忧愁,水星进步了七名,但郁晴的成绩又低了两位。

水星从办公室出去,迎面就撞上走过来的郁晴,两个人打了个照面,水星抬眼,微微瞥了眼边上的郁晴。她的眉眼间没什么女生气,原本的英气也显得阴沉,黑眼圈很重,早自习就趴在桌位上睡觉,要不是阎格叫她才勉强转醒,恐怕这会儿还在睡。

"晴晴。"水星在郁晴进去前先把人喊住,"你还好吧?"

郁晴的脚步顿了下:"什么?"

"我总感觉你最近神经状态不太好,是不是发生什么事儿了?"

郁晴说:"没有。"

郁晴拒绝沟通,水星也没办法继续深入问下去,她只是又朝着郁晴望了几眼,然后说:"要是有什么事儿你一定要跟我和悦悦说一声。"

郁晴"嗯"了一声,转身又进了办公室。

水星抿了抿唇,也没再说话。

早在之前,水星就意识到了郁晴把朋友之间的界限分得很清楚,虽然现在都是她在跟郁晴一起上课间操,又或者打水,两个人偶尔也会多说几句话,但始终没有聊过太深层的东西,更别提郁晴又是不爱表达的人。

水星回到班上,现在还没到大课间,座位要过一会儿才换,李泽旭见她走过来,连忙问:"三星,格格是叫你去选座位了吗?"

水星点点头。

"那你选了哪儿?"

水星指了下,说:"中间第五排,视野好一点。"

她其实是想选靠近盛沂的位置,但前面的位置都有人选,思来想去,她还是觉得靠中间的位置好一些,就算上课偶尔走个神也能偷看到盛沂的背影。

当然,她这点儿小心思没有跟任何人说。

除却换座位的事情,没过几天,阎格通知了班上同学郁晴要请几天假的事情,不过她只是顺嘴一提,没在课上多讲。

周六上午,席悦就到了水星家里,蒋林英跟戚远承都在楼下忙,楼上就剩下他们。

不只是水星,席悦这段时间也意识到了郁晴的反常,再加上前段时间看多了小说,忍不住猜测起来:"星星,你说晴晴该不会患了什么大病,然后不敢跟我们说吧?她决定一个人扛过风扛过雨,就算消失了也不叫我们伤心。"

水星连让席悦说了几个呸。

"不行,我实在放心不下。"席悦说,"昨天晚上我电话去晴晴家也没人接,这太奇怪了。"

两个人琢磨片刻,由席悦先提出到郁晴家一探究竟。恰巧水星在此之前还登着账号,席悦是出了名的爱热闹,就算查看真相也要聚集一拨人。

见盛沂现在在线,席悦连忙戳了戳水星:"星星,我们问问盛沂去不去?"

水星闻言向盛沂的头像看了眼,又假装淡定地"嗯"了一声:"那我问问。"

水星打开两个人的对话框,往上打字。

三颗星星:在吗?

SY:嗯。

SY:怎么了?

水星在键盘上慢吞吞地敲字,席悦在旁边实在忍不了她一下一下的斟酌,一把抢过主动权,直接给盛沂发消息。

三颗星星:下午有空没?

SY:?

SY:有。

三颗星星:行。

三颗星星:你要有空我们一块去晴晴家吧。

三颗星星：之前晴晴不是请了一周的假吗？我担心她出什么事儿，还是觉得去看一看放心些。

SY：？

三颗星星：？

三颗星星：？？

三颗星星：？？？

SY：你怎么了？

三颗星星：什么怎么了？问你去不去呢。

SY：是本人吗？

三颗星星：你说是本人吗？跟你说了半天话了。

三颗星星：总不能是盗号吧。

SY：我看挺像。

三颗星星：？

三颗星星：你是本人吗？

三颗星星：真的枉费了我们这么多年的感情，我都说这么多句话了，你没猜出来我是谁，居然还怀疑我是盗号。

SY：席悦。

三颗星星：这还差不多。

SY：你跟水星在一起？

三颗星星：不然呢。

三颗星星：我现在在星星家里，我用她的号跟你说，不行吗？

三颗星星：现在的问题是我是谁吗？现在的问题是你到底去不去？

三颗星星：去的话就说一声，我还联系了李泽旭跟向司原呢。

三颗星星：你要是去的话顺便再思考下给晴晴带点儿什么好，你们班主任也没交代清楚到底是生病了还是有事儿来不了。

三颗星星：回复我！

席悦半天等不到消息，转过头，发现水星的表情有点儿蒙，余光又瞥了一眼桌面，盛沂还没动静，又发了两句话过去，才问水星："你发什么呆呢？"

"你……平常这么跟盛沂说话？"

"不然呢，盛沂总不在线又不回消息，你不这么骚扰他就不知道什么时候能收到点儿回应。"

席悦一边跟水星说话，另一边又在给盛沂进行消息轰炸。

水星下意识揉了揉衣角，看向电脑屏幕，一条消息总算回了过来。

SY：嗯。

三颗星星：你又干吗去了？这么久不回复。

三颗星星：你有点儿问题。

三颗星星：别忘了啊，下午三点半，我们在十字路口这里见。

SY：[。。jpg]

席悦得到肯定的回复，又转而打开向司原跟李泽旭的聊天界面，向司原两句话就猜出了席悦，李泽旭也很快答应了下午的邀约。

水星还是没讲话。

说不上来为什么，她还在想席悦之前说的话，有几秒的时间里，她觉得她确实发现了盛沂好像有点儿问题的事实。

席悦跟郁晴从小认识，但席悦到郁晴家里的情况少之又少，只有一二年级去过两次，剩下大部分的时间都是郁晴到席悦家里玩。

几个人约好了下午的时间，水星跟席悦到外面买了些水果，打算带到郁晴家里当见面礼。

出来时是三点半，真的到地方时都已经五点多了。

"席悦，你确定郁晴家在这里？"李泽旭不敢相信，看了眼周围的环境，眼睛都要掉下来了，"别回头跟人讲好了，把我们卖了。"

其实不怪李泽旭，是这附近的地方实在太荒凉，周围大多是农村的自建房，一栋小楼里能住三十多户人家，一家一户，连做饭都是在家里。

席悦太久没来过，完全是凭借印象在找地方，来回朝四周望了望，直到看见一个很小的铁皮屋，小时候郁晴还带席悦来这里买过冰棒吃，才确定了地点。

盛沂侧眸看到水星拽了下李泽旭的后衣角，在提醒他："你别这么说。"

李泽旭回头，笑了笑："知道，知道，我没说这里不好的意思，就是之前没来过，有点儿震惊。"

一行人跟着席悦走到斜对面的自建房门口,席悦不确定地推了推铁门。

这栋房子三层高,第一层算是门面,二层和三层是出租房,席悦记得她小时候推开过类似的门,但里面没有宽敞的院子。房东大约是为了赚钱,又在之间多做了一层隔板,只有细细长长的一条走廊,每间屋子都晒不到太阳,空气里散发着湿漉漉的发霉味道。

李泽旭都有点儿没办法下脚:"走错了吧,席悦,你看看这里怎么住人?"

席悦也摸不定主意,正想说话,就听见二楼尖着嗓子讲话的女声:"要你有什么用?干什么都干不了,你怎么不想死了算了。"

老房子隔音都差,连关门声都听得清楚,席悦跟水星两个人走在最前面,摸黑找到靠近拐角的楼梯,正想上楼就撞见从楼上下来的郁晴。

她没去上学,在家还是穿了校服,青绿色在暗梯里是唯一一抹亮,手里提了一个黑色的大塑料袋,抿了下唇,僵在了原地,动也没有动。

"晴晴?"

二楼的房间又开了门,原本的女声还在骂:"摔摔摔,你还有理了?赔钱货,你自己看看你自己的样子,让你扔个垃圾怎么了?你晚上别忘了还要跟我去KTV,全家赚的钱还真供上你了,你也不掂量掂量自己几斤几两,要真厉害有本事就别回来,我倒要看看你脾气多硬,有什么办法。"

几个人都傻在原地,郁晴瞥了眼斜上方,发现对方没探出头,又跟席悦压低声音说:"你怎么来了?"

"我担心你。"

"先出去吧。"郁晴说。

他们从自建房的阴影里又走到前面的光明处,郁晴把垃圾丢在一边的小山堆,又带几个人往远处走了走。

席悦被楼上的吵骂声吓了一跳,在她的家里,向来只有她发脾气的份,席母席父都是顺着她的人,这么猛地一经历,席悦的嘴巴都要合不上。

席悦问她:"晴晴,刚刚那个不会是你妈妈吧?"

郁晴的眼皮垂下去,看上去不太想承认,"哦"了一声。

李泽旭替郁晴抱不平,嫌郁母说话太难听:"就算是你妈也不能这么跟你说话吧,什么赔钱货,什么掂量自己几斤。这些哪儿像父母能说出来的话?你到底还算不算她的女儿。"

算不算她的女儿吗?

郁晴没抬眼,莫名其妙地笑了下。

她好像很久没再问这个问题了,可能是因为太小的时候问过太多遍,在被打的时候、在被骂的时候、在一次一次被推出家门的时候,她无数次去呼唤郁母,叫她妈妈,但从来没有得到过一次温柔的宽恕。明明都说血浓于水,怎么他们的关系比水还淡泊。

她不能做错一件事,因为她从出生起就是错误。

郁母在失望,她在想郁晴怎么能是女孩,她给郁晴的本名叫招娣,她私下管她叫赔钱货,以至于多少个日日夜夜,她都在想为什么她不是一个男孩。

家里唯一爱护她的就是奶奶。

可是去年年尾,郁奶奶因病住院,郁父孝顺,为此花了家里好大一笔积蓄,为此还跟郁母大吵了一架,一时间闹得鸡飞狗跳,可即便如此,郁奶奶也没有看到春日里开花的景象。

家里有了欠款,郁母为此更是不满,整日里骂骂咧咧,没有一刻安宁,这段时间更是生出读书无用论,禁止郁晴再到学校去浪费钱。

"你妈太过分了,有病吧,她怎么这样?"李泽旭说着就要冲上去找人理论。

向司原伸手把人拦下来:"听完行不行?"

郁晴不想说很多,但架不住席悦的共情能力太强,以至于几个人都没怎么安慰郁晴,就看见席悦抱着她在哭。

盛沂沉默地看着现状,侧眸扫到水星退出了人群,往出租屋相反的方向走。这里地乱人杂,保不齐遇到什么事情,他没多想,也从旁边跟了出来,两个人的影子并到一起。

水星偏过头,呆了呆。

"去哪儿?"盛沂问她。

水星指了指拐角处的铁皮屋:"悦悦之前不是说那个其实是便利店?"

"嗯。"

"我想去一下,给悦悦买包纸巾。"

盛沂点了点头,地上两个人的影子更贴近一点儿,不知不觉脱离了大部队,朝向铁皮屋的方向去。

　　来的时候没注意，铁皮屋因为年久失修都生了锈，别说纸巾，里面早就空空如也，老板早就没了影。两个人站在原地环顾一圈，只有在最右边的街道角看到一家小小的超市，店门口的挂标也是破破旧旧的，隐约写着"童香便利店"五个字。

　　便利店的空间太小，老板精打细算，一条过道堆了五个长筐做分隔，硬生生多挤出半面货物放置处来。

　　盛沂跟水星并排贴进去，纸巾在最下边的一层。

　　水星想换个姿势再蹲下，就见盛沂不动声色地弯了下腰，手指关节微曲，从下层土红色的篮筐里捏出一包纸，偏眼，又问她："还要什么？"

　　水星摇了摇头。

　　两个人付钱的工夫，就听到不远处传来的叫骂声，水星蒙了下，本能地看向边上的盛沂，两个人赶忙回到郁晴那边。

　　原来是郁母发觉郁晴好久没回来，随便披了件衣服出来找人，正巧撞到他们在安慰郁晴。

　　席悦快气炸了，吵起架来也不让大人，嘴巴就没停过。

　　向司原把席悦护在身后，另一只手拨着郁母，保持他们跟她的距离。他们这个年纪，说是小孩，实际上比大人还高，郁母看到向司原这副样子才没直接上手。

　　"我们家的家事还轮不到你们外人插手。"郁母说。

　　"什么叫外人？你对晴晴就是家里人的做法？那还不如没你这个家里人。"席悦眼看向司原都要阻止不了郁母，连忙拽住郁晴的手，朝水星这边跑，"跑啊，晴晴。"

　　几个人相继反应过来，席悦朝后丢下手里的东西，带来的水果滚了满地，向司原跟李泽旭两个人断后，他们飞快地从大道跑进小路，从小路跑到马路，他们一路上都没停下来，直到临近边缘，周围有了烟火，席悦看到附近的建筑物越来越熟悉，郁母也没有跟过来，才停下脚步。

　　席悦回头冲郁晴笑了下，又抬起头，对身后笑。水星也转过身，发现他们全部半弯着腰喘气，连盛沂都没能逃过。

太疯了。

从小到大都没做过这么疯的事情。

"郁晴,你别回家了。"李泽旭擦了把汗,直接瘫坐在一边的台阶上,"实在不行就去我家住,我家空房间多得很。"

向司原伸手,用手掌捂住他的嘴,席悦也坐在一边的花坛角:"晴晴跟你一个男生住算怎么回事儿?说来说去不如到我家里住,我跟他们说一声就行。"

"也可以去我家住的。"水星小声提议。

本来是个挺低沉的事情,一下莫名成了争夺郁晴大赛。向司原跟盛沂看了眼彼此,皆是忍不住笑了出来。

这天晚上郁晴终究是没再回家,但她的事情还是报给了学校。

阎格知道了事情的大致过程,找学校动用资源给郁晴分了一间宿舍,不用掏钱,并且每个月都会发放定期餐补,足够郁晴日常的生活。每逢周六日放假或者其他什么日子,席悦跟水星说好了轮流带郁晴回自己家里住。

幸亏事情解决,郁晴的成绩再一次一路稳步上升。

水星换了座位,坐在盛沂隔着过道的斜后方。她偶尔上课发神的时候,总会去看盛沂的后脑勺。运气极好的时候,盛沂也会侧过眼眸,两个人间莫名多了一种非常微妙的状态,在目光触及的时候总是一碰即收,可越是克制就越显得暧昧不明。

时间过得不知不觉,转眼进入六月中,西城附中将会举行两场重要的考试,其一是会考,其二是清北班的争夺。兴许是知道这两次考试的重要性,一班的应考氛围格外浓烈,没有阎格的组织,同学们都自发增加了一个小时晚自习时间。

文科没有这么大的压力,会考结束,席悦也不可能每天待在教室等水星跟盛沂结束自习,不知道从什么时候开始,原本一起回家的人数从三人行转变成了两人。

晚自习结束,水星跟盛沂一块儿下了楼。

盛沂总是走在前面一点儿的位置,从西城附中回家的路途又没变过,水星也不担心会走丢。她今天没有再说话,一只手拿着没背完的英语作文,另一只手提着包,只有偶尔抬头看一眼前面的路况。

眼看水星就撞上了前面的路灯，盛沂没忍住折回身，一手忽然就捂在了灯杆上，说："还不看路。"

水星一愣。

她下意识地抬起手，指尖一刮不小心碰上了盛沂的手掌，有点儿凉，又连忙缩回手，手里的作文挤压变了形，赶紧解释："没有，我想把这个背完。"

盛沂垂下眼："然后？"

"就差一点儿，在进家门前背完，回去就能直接做卷子了。"

盛沂有点儿沉默，收回贴在灯杆上的手，问："为什么？"

水星抿了抿唇，她讲不上来是哪里的问题，可能是这段时间的相处，她跟盛沂之间没有席悦再做桥梁的嫁接，也可能是他们真的熟悉了许多，盛沂有时候会露出一些她想象不到的样子，像是他其实有点儿……龟毛。

好比她马上撞上路灯杆，他会回头护住她，但偶尔也会忍不住教训她。

"因为马上要考试了，还有好多题没做完。"水星试探地说，"我想考好一点儿就可以进清北班了吧？"

"那么想进清北班？"

水星点点头，下意识地应了声，又低下头，含糊道："……毕竟是清北班吧。"

她猜盛沂不会懂，她有这样明显的私心。

至今为止，即使她拿到了全国英语竞赛的一等奖，听到阎格跟其他老师们说她可以选择一个很好的学校，读一个很好的专业，她还是不确定那些看起来很棒的东西到底是不是她想要的。

她想如果到了清北班是不是意味着她多了一条选择，如果在高三的时候真的碰到自己想要为之努力的专业，她有底气也有能力去拼一把。

她可以跟他昂首挺胸，她想跟盛沂一起登高远望，路还很远，人生还很长，她不要在中途被拉扯下脚步，被他抛弃，她要凭借自己去争取。

她要让盛沂看得见她。

空气中有隐隐约约的薄荷味，十字街口两侧的路灯微黄，映在他的脸廓上，他的周身温和，眼里是她的身影。

停了一会儿，水星才听见他"嗯"了一声。

也就是因为这么一次对话，自打水星显露出她想去清北班的念头，她跟盛沂两个人的一帮一小组又恢复了原样。每天晚自习结束，两个人还会在班级里多留半个小时左右的时间，盛沂负责给水星进行加强训练。

某些时候，水星甚至感觉盛沂只是想要个陪练工具。

晚自习是同学们自发组织的，时间差不多相继就有人离开。高凯一走，水星就自觉地拿着练习册坐了过去，把不理解的题圈出来，然后又推给盛沂。

阎格接连几天都接到保卫处的通知，说一班的灯总是不关，此时晚自习的时间早就结束了。阎格批完作业从办公室过来，想检查一圈班上的灯有没有关，结果一进门就看见盛沂跟水星两个人并排坐在一起："几点了，你们俩怎么还没走？"

水星听见阎格的声音猛地抬起头，没说话。

"说话啊，两个人凑这么近干吗？"阎格进了班里，狐疑地看了眼水星。

水星愣了下，不知道是哪个字刺激到了她脸部的神经。

从耳根到脸颊，从脸颊到额头，全部烧红起来，心脏虚虚地在鼓动，悄然偏过头，又瞄了一眼盛沂，跟他的目光相对。

盛沂先一步回答："讲题。"

"讲题？讲什么题？"阎格半信半疑地看着两个人，走到他们桌前，发现他们还真的在做题，"那也得看现在的时间，你自己看看班上还有没有同学？就你们两个人，孤男寡女的。"

水星手里的练习册又攥紧一点儿，"啊"了一声。

"题还剩下多少？"

水星说不上来，还是盛沂面色无常，把卷子拿起来，摆给阎格看："马上。"

"哦，好吧，那也快了。"盛沂毕竟是在做好事，阎格没道理阻止，她一会儿还有事，没办法留下等两个人走，只能在临走前提醒他们，"是学生就该干学生的事情，别以为我走了就不知道你们干什么，讲完就快点儿离校，别磨磨唧唧的，走的时候记得把教室的灯关了，椅子搬上去，省得被查到，听见了没？"

盛沂没答应，倒是水星连忙点了点头。

结果等阎格一离开，她的话在盛沂那边就真成了耳旁风，一道题解完还有另一道题，盛沂压根儿没走的意思。

水星犹豫了一下，还想着阎格的话，转头看了眼盛沂："我们不走吗？阎老师不是说……"

盛沂有点儿无奈，他没扭头，只有右手扣过来，用食指骨节敲了下他在卷面旁边出的类似的题，打断她："做题。"

水星原本要再说孤男寡女的话也没说出口，转头答应一声好。

教室里又陷入了安静，只有笔尖摩擦卷面的声音。

大约是心灵感应，又或者是别的什么，过了一会儿，盛沂做题的手指还是停了下来，他转头，又看向水星，莫名其妙加了句："别胡思乱想。"

水星跟盛沂补习的情况持续到了六月底。

西城附中期末考结束，学校终于贴出了清北班的考试安排。

清北班有清北班的要求，除了内容覆盖高中全部重点所学内容，难度比高考还提了一个档，还有比重的变化。这次考试虽然重要，但总体占比只有百分之六十，另外的百分之四十在高一和高二整个学年的阶段考综合成绩。同时，西城附中还考虑到了竞赛生和优秀干部的评选，如若获得过什么重大比赛奖项或其他荣誉奖项，也可以酌情加分。

理科再次分班，文科反而跟着沾了光，可以趁机多休息几天，到清北班的名单公布再回来补暑假的课。

文科班放假前，席悦跑来找水星，几个人在学校天台吹风："大后天你们是不是就考试了？我才听李老师讲今年清北班的政策变了。"

水星点了点头："确实，除了这次考试成绩，还要看高一和高二的总排名。"

"太离谱了，那除了一直在一二两个班的，其他人想考进清北班不是很难吗？"席悦忍不住说，"学校这个政策就有问题。"

水星的眼皮一跳，低头拨了拨手里的糖纸。如果说她高二的成绩勉强能看，高一的成绩真是惨不忍睹，偶尔还会掉到中等偏下。

但盛沂为了她这次考试付出了这么久的时间。

席悦说完，忽然意识到她说的话有歧义，连忙解释："我不是说星星！"

李泽旭靠在一边，想抢席悦手里剩余的糖，又被向司原堵住，讪讪地收回手，又补充："其实也不算吧，三星还有英语竞赛能加分呢。"

盛沂站在人群边，听见李泽旭这么说，转过身，变了个姿势，从正面改成了背对着几个人。

"是哎！我差点儿都忘了，之前好像是有政策说过各种竞赛的成绩可以折合一下，学校会酌情加分的。"席悦说，"那星星进清北班的概率还是挺大的。"

水星笑了笑，余光看向旁边的盛沂，片刻才收回目光，说："希望吧。"

考试越近，班上的气氛越焦灼，最后不只是水星跟盛沂会迟走，每天晚上都要阎格来赶人，这样班上的人才能彻底清空。

第二天就是进入清北班的考试，阎格一下课就没走，站在讲台上就催促："行了，行了，明天就考试了，临时抱佛脚还能抱出一尊大佛？"

讲台下的学生相互对视两眼，不确定现在到底该怎么办。

"都早点儿回家，今天早点儿休息。"阎格看他们还不动，拍了拍桌子，说，"现在熬到后半夜，明早还考不考试了？起都起不来，赶紧都收拾书包走人，以后又不是没题给你们做了，还有一整年呢。"

台下终于有了点儿收拾书包的动静，紧接着热闹起来，班上很快空了人，水星跟盛沂也整理好东西出了校门。

六月底，西城的天气已经热起来，周围的大树下聚集了大片大片乘凉的人，路灯跟月光透过树隙漫漫地洒在他们的皮肤上，有欢声跟冰爽的啤酒和汽水，小孩子们围绕在大人身边跑来跑去，水星发神看过去还真的看出一点儿原先戚芸说的样子。

水星忽然想到，如果清北班的考试结束，她的运气不好，这大概是她最后一次有理由跟盛沂一起完完整整地走这条街。

就是这样简单地想，她告诉自己这不是告别，鼻尖竟然还是有些酸涩。

她的头转向旁边，没看见身前的影子停了下，盛沂稍微退了半步，水星回过神，对上他的视线，还有点儿迷茫，问："怎么了？"

"是我该问你怎么了。"

水星抬手揉了揉自己的鼻尖，因为跟盛沂的距离太近，她的情绪总是不自觉地显露出来，藏也藏不好。

两个人还在缓步前行，眼看马上就到了十字街口。

通常情况下，盛沂跟她都是过了这条路口就要说再见，水星不自觉地叹了口气，不想太伤感，又笑了下："也没什么，就是觉得明天就要考试了，然后就是分班，忽然发现时间过得好快。"

说不清怎么回事儿，两个人之间的气氛忽然僵持了一秒。

水星侧了侧身，朝旁边的人望了一眼，盛沂左手向上提了提书包带，眉头也皱了下，样子就像是她真的说了什么不该说的话。

水星抿了抿唇，正想着要用什么话再纠正回来，就听到盛沂又开了口，问："明天东西准备好了没？"

"什么？"水星没反应过来。

话题忽然被换掉，他们没能再继续伤春悲秋的时间问题，就好像一下拉回了柴米油盐酱醋的现实。

盛沂瞥了她一眼："明天考试用铅笔涂卡，晚上回去削尖了笔。"

水星愣了下，点点头："嗯。"

"题多看几遍，解决不了就试着看能不能画图。"盛沂又说。

"好，我知道。"

盛沂想了下，说："考试结束前记得把答案抄到白纸上。"

水星抬起眼，对上盛沂的视线。

她猜想盛沂这么做是为了对答案，他的嘱咐兴许是不想让自己这段时间的努力白费。

可是在这些细末的瞬间里，她总是产生出一种无端且强烈的情绪。

她觉得盛沂对她有点儿不一样，或者她希望盛沂对她是有点儿不一样的。

但不是有一句话吗？你总以为喜欢的人在喜欢你，实际上是你自己在自作多情。

水星太怕她成为自作多情里的典范，她不想自作多情，但即便如此，她还是想多听他再讲几句："还有呢？"

汇展街街口的西点店重新亮起了招牌，淡粉色跟浅蓝色的光越过空气中无数细小的分子飘浮在两人眼前。

盛沂回过头。

他穿了一身青绿色的校服，就站在这样的光景下，指了指两个人早已走过的便利店。他的目光偏了偏，视线又总是扫过水星的眼，不愿承认是自己不想这段路过早的结束。

他问:"酸奶喝不喝?"

考试结束,盛沂从办公室出来,问阎格要了全部的空白考卷,然后才回了家。

席悦知道他们考完试,晚上喊水星跟郁晴两个人到外面玩,盛沂没去。他打开电脑,重新登录账号,点开好友列表,在屏幕前重新做了次考卷。卷子都做过,他答题的速度也快,基本都是核对一下,确定正确程度。

九点多,好友列表里的上线才提醒响了起来,他估计水星大约到了家。

等了几分钟,盛沂点开水星的头像。

SY:答案记全了吗?

SY:对一下。

三颗星星:好。

SY:先对数学。

三颗星星:嗯。

水星没有手机,也没有拍照的工具,只能一个选项一个选项打,一共有六张卷子。抛开语文的主观性太强,不确定因素太多,盛沂选择了略过,剩下的每一科都没落下,连水星最擅长的英语都彻底对了遍。

两个人对完答案已经到了十一点。

所幸水星的错题并不是很多,这次考试甚至可以说是超常发挥,有几道不会的题都蒙中了选项,跟盛沂别无二致。

三颗星星:所以这些就是全部了吗?

SY:嗯。

过了一会儿,盛沂发了一张分数区间过来。

除却语文,水星的分数区间大约在五百三十到五百五十之间,就这个分数对于清北班还是可以一冲的。

三颗星星:那是不是证明……我还挺有希望的。

SY:嗯,是挺有希望。

三颗星星:这段时间真的谢谢你。

三颗星星:谢谢。

水星虽然觉得这次考试顺手,但没想到不会的题都能对,总分一加更是惊人,

她从来也没想过自己能考成这样。

盛沂的消息又发过来，说了句"无妨"。

三颗星星：等回头……我请你去喝水果茶吧？

水星还记得席悦说过盛沂不爱喝奶茶，上上次跟上次的水果茶还是喝了不少的。

SY：没事。

三颗星星：……好吧。

三颗星星：我不能说了，我姥姥喊我睡觉。

三颗星星：先下了。

说完话，水星的头像就暗了下去。

盛沂抬眸，又翻了两个人的聊天记录，总觉得水星发那句"好吧"有点儿失落，他不想让她觉得两个人的关系是谁欠谁。

犹豫一会儿，屏幕上才多了一行字。

SY：嗯。

水星下线没多久，盛沂也关了电脑。

不止这次的成绩，他还研究过清北班的条件，如果说高二以来，水星的成绩偶尔还能保持一个入班的标准，但高一的成绩就有点儿拉胯。她没有竞选班干部，优秀学生的奖项也没有，只有两次英语演讲比赛有了优势。

好在拿到了奖。

盛沂算完一系列的整合，放下笔，眉眼间积压的情绪总算松动了一点儿。

两天的假期结束，西城附中针对高三的补课也就此开始，一直持续到八月初才正式放假。

还没进班，水星就撞到孟子豪，他刚从办公室回来，看到水星冲她招了下手，笑道："水星，正要找你呢，阎老师喊你去趟办公室，有事儿说。"

"找我？"

孟子豪嘴角都要扯到耳朵根后面了，一看就是被选了进去："对啊，名单公布了。"

水星愣了下。

不过想来也是,西城附中判卷子的速度向来是神速,他们接连放了两天的假,老师们加班加点,为的就是名单早点儿确定。等清北班分出来以后,学校也更方便去安排后续的学习计划。

一班离办公室的距离说远不远,走过中间打水的地方即可。这个点钟从办公室回来的人都是通知去楼上清北班集合的,看到水星也过来,几个人冲她使眼色:"水星,你也去办公室?"

水星点点头:"嗯,阎老师找我有事。"

其中一个男生跟她说:"太好了,格格找你肯定是说清北班的事儿,到时候我们又是一个班了。"

惊喜被提前预知,水星全然忘记了后半段路是怎么走的,双腿轻飘飘的,心脏像是吹鼓了的气球,就差飞到嘴巴外。办公室的门是关着的,水星敲了敲,深呼吸了好几口气,才喊了一声报告,推开门进去。

水星攥了攥衣角,问:"阎老师,班长说您找我?"

她一进去就看见盛沂,这会儿通知过的人都回了班,只有他还站在阎格的工位旁。他没有走,也没有说话,只是微微侧了侧头,视线告诉她注意到了她进来。

阎格"嗯"了一声。

成绩单是早上发的,现在到阎格手里还冒着热气,但这份名单还没公布,只有老师先通知了几个学生。

水星走过来,听见阎格说:"老师知道你为这次考试努力了很久,付出了很多。"

不清楚为什么,阎格分明还没有说什么话,但水星心里就是知道了这件事的答案,应该是一个很差的结果,不然不该是以努力和付出作为开头。

真正的祝贺应该是"我就知道",应该是"当然是你",应该是"你配得上"。

以努力作为结语是一件很棒的事情,但开头不是。

"其实这次没进清北班也不是问题,单看这次考试成绩已经很不错了,总体来说非常靠前,再说了,一班又不比清北班差到哪儿。"

盛沂理卷子的手一僵,指腹顿了下,卷角折出一道深痕。他转头,目光扫到左边的水星。

也许是之前的预期太高,等答案尘埃落定,水星的衣角才会彻底皱成一团,

怔在原地。

　　大脑空白以后，水星第一个反应居然是想看一眼旁边的盛沂，想看他的视线看向哪里，想知道他对自己有没有失望，但她不敢去看，她潜意识里是害怕的，她怕看到自己不想看到的眼神。

　　嘴巴张开又合上，水星想说什么，静了半天，她想了一个最可能的答案："有没有可能是算错了？"

　　阎格刀子嘴豆腐心，平常考试成绩差了会骂，但私下给他们补了不少课，课间学生跑来办公室问问题的不在少数，到班上抓同学做题的老师就少了很多。水星刚开始进一班成绩不好，跟不上，都是阎格一下一下盯着，一套一套卷子塞着把她拉着往上爬。

　　"这个真的不会。我知道在你的立场上，你很希望这件事是因为失误才导致如此，老师也同样希望。但这么大的事儿，谁不想上清北班？每个老师就怕出错，都是前前后后加了好几遍。其实算上你的英语演讲比赛的分，如果再有高一头一次的月考成绩，其实是可以压边进的。"

　　水星反应过来。

　　沉默的那几个片段，她在脑袋里设想过很多种可能，如果是中途安排进了一个非常重要的人物，她只是站在边缘，她不得不去做一个被挤掉的人，或者是卷子太多，压力太大，只有短短两天的时间，老师一时半会儿忘了，把她的分数算错了。但她从来没想过事实会这样，她丢掉了一次考试的成绩。

　　确实如此，从她来到西城以后，她就盼着水浩勇跟戚芸能接她回去，头一个月没进西城附中，后来戚远承给她找到关系，想办法让她进了西城附中，如果不是盛沂，她甚至还有一点儿排斥，想着也许什么时候就会离开西城，不在这个地方待太久。

　　她很难不去相信一报还一报，是她欠下的债，能力又不足补上之前的债款，她没有道理去埋怨别人。

　　她只是可惜。

　　她好可惜她没办法再跟盛沂坐在一间教室里，他们没办法再一起回家。那天晚上看到的光景，想到的话果真成了现实。

　　即使她一百次一千次跟自己说过不要抱希望，但不要抱希望的前提是已经有了希望。她只是藏得太好,在彻底消失、黑暗降临的时候,她才知道那束光有多么明亮。

她是那么依靠那束光而活。

时间太早,学校的老师还没来齐,办公室里的气氛安静,只有几处视线似有似无地飘过来。水星没抬头,但能感觉到,可当下这一切都不算是她最在意的地方。

她的视线落在两个人的鞋边,盛沂就站在她旁边,相隔的距离不过两三厘米。

但她总是觉得他离她那么远,追也追不上。

阎格伸手,拍了拍安慰水星的胳膊:"还有一年呢,现在又没有彻底决定你的高考成绩,在哪儿努力不是努力?一次的失败就能打击到你,那这个心理素质太差了,放宽心,这算什么事儿?离高考还有时间,机会还在后面呢,没事哈。"

水星没出声,反倒是旁边的盛沂冷不丁地开了口:"确实。"

他算过这次考试的分数,预想过高一以来的排名,考虑过英语演讲比赛的加分,他把所有能算的都算到了,唯独忘记水星缺席过一次考试。

原本翘起的嘴角早就垂下,他拿起一边的成绩单,没等水星回答,就替她回答了阎格的话,也不知道安慰的人到底是不是水星。

安静了片刻,他又说:"没什么事。"

清北班的名单很快公布出来,一共二十个人,其中一班的人员流动最大,不少同学的座位都空了出来,又很快被新人的课本跟卷子堆满。

水星没进清北班,但排名大幅度靠前,她终于有资格选择了盛沂原先坐下的位置。

蒋林英他们虽然遗憾水星没有进入清北班,但并没对此产生太大的意见。隔了几天,水浩勇跟戚芸也打来电话安慰她,水星皆是把这一篇翻了过去。

一家人在电话里谈了谈这次的暑假安排。西城附中原本的补课计划打乱了,戚芸想让水星再回一趟南方,她只能在电话里问问水星这次的生日礼物想要什么:"你这几天多想想,要是有什么想要的就跟妈妈说,回头爸爸妈妈找时间给你寄过去。"

"妈妈，其实现在就有。"

"那你说，妈妈答应你，只要妈妈能做到。"

水星浅浅地呼了口气，朝在厨房的蒋林英看了眼，轻声说："今年过年你跟爸爸来西城过吧，我们一家人在一块，好不好？"

戚芸暂时没有答应水星的愿望，两个人又聊了些别的，戚芸就很快挂断了电话。

高三正式开始，西城附中的补课时间定在每周一至周五，除了每日的课程，相比高二多增加了一节晚自习，而清北班在此基础上自习课再延长四十五分钟。

阎格嘴上说一班跟清北班差不多，但明眼人都能看出来西城附中将重心移至什么地方，清北班连自习课都有专业的老师在台上坐镇，随时替他们解决问题。

不知不觉，水星跟盛沂见面的次数越来越少。

阎格知道同学们之间还没有熟悉起来，又正好进入高三，在班会快结束的时候，阎格不知道从哪儿掏出几打便利贴，站在台上，她让大家一人传一人，每个人都拿一张。

阎格把手里最后一沓便利贴传下去，说："既然同学们都知道，自己马上就真的要面临高考了，现在每个人都会拿到一张便利贴，同学们可以自己拿出笔在便利贴上写下名字跟目标学校跟专业，就当作是给自己的一个方向，有劲也要有处使，不是吗？

"当然，目标学校也别定太高，也别定太低，在符合自己实际情况下再往上垒垒难度。"阎格笑了，"不然你们一看这个学校自己轻轻松松就上了，高三还努什么劲。"

水星接过前面同学传来的便利贴，撕了一张，又把剩下的贴纸递给其他同学。

"行了，这节课也没剩多久了，你们就安心写。"阎格最后又说了一句，"等大家写完，每个人都可以站起来，走到后面的墙上，就右下角吧，回头找个时间，班委你们几个人装饰一下那片，以后就是大家的心愿墙。你们都有点儿仪式感，挨个去贴，贴完这个就当这些都贴心里了，要朝着这个目标，这个方向努力，都知道了没？"

台下的同学们纷纷点点头。

写下目标学校其实不算是件难事，好学校就那么几所，热门的专业也就那么几个,很快周围就有同学写完了并起身,走到后面的墙,把手里的便利贴贴了上去。

旁边的同学从后面回来,见水星迟迟没下手,随口问了句:"水星,你想什么呢?"

"嗯?"

"目标院校,你怎么还没写完呢?"

水星的笔尖戳了戳便利贴,留下一个很深的圆点,笑了下:"没想好呢。"

"你还没想好?"他显然不信,顿了下,又给水星出主意,"实在不行就乱写呗,什么清华北大复旦的,你想写哪个就哪个,这又不是最后的高考志愿表。"

水星抿了下唇。

他还在讲话,转头,指了下后面的墙:"我还写了北航呢,造火箭呢,牛吧?"

两个人正说话,下课铃打响,不只是旁边的男生,阎格在讲台上也注意到了水星并没有走到后面贴目标院校的事情,朝水星的方位招了招手,示意她跟过来。

等出了班级,阎格才转头,她问水星:"目标院校填的什么?"

水星如实回答:"还没有填。"

"怎么了?"阎格问她。

"我不知道填哪个学校比较好,也不知道学什么专业。"

"怕考不上?"阎格笑了笑,语气难得温和,"之前不是跟你说过吗?你英语演讲比赛获了奖,走走自招什么的都挺好,高一点儿像复旦、北外这些都能考虑。既然是填目标,老师建议你把目标定高一点儿,给自己稍微施加点儿压力。北外就不错,可以专门学语言,专业可以填外语方面的,对以后都是好的,家里人肯定也喜欢。"

水星低下头,手里的便利贴皱起了边角,她揉了揉,抬起头,看见旁边的李致垄也盯着这边看,慢慢调整了下呼吸,又勉强笑了一下:"知道了,谢谢老师,我回头就填上。"

阎格露出满意的微笑,拍了拍水星:"行了,该回去休息就休息,加油点儿,高三就拼一股劲呢。"

水星"嗯"了一声。

在学校的时间总是过得很快,每天除了上课就是做题,一眨眼就到 2010 年 7 月 11 日,这一天是周日,席悦都盘算好了趁着水星的生日几个人要一块儿过,奈何天不遂人愿。为了让高三的考生提前适应考场,锻炼心态,西城附中在每周周末额外多加了一次考试。

周考当天,席悦就板了一张脸:"真是没完没了了,高三假期要补课就算了,学校想一出是一出,说周考就周考。"

计划泡汤,谁都不愿意,但好歹几个人还在一块,学校里见面也是一样的。

向司原拍了下席悦的脑袋:"想开一点儿,今天要是出去玩,盛沂不是也来不了吗?"

"他倒好,还省了一次周考。"席悦叹了口气,"这次活动又拽盛沂去参加,想也别想,现场肯定又有陈嘉漾。"

自打盛沂进了清北班,别说是水星,就连席悦见他的次数都少了点儿,平日里学校的活动又经常推他出去。席悦偶尔还能知道盛沂的消息,但水星就不一样了。

水星的视线一偏,想要隐藏住自己的在意,但还是问了出口:"盛沂跟陈嘉漾?"

郁晴的目光落到了水星身上,"嗯"了一声,帮水星答疑:"学校跟学校之间有志愿活动组织,盛沂代表附中,陈嘉漾应该是一中的代表。"

水星没再说话。

"活动一开就是一天,今天八成是见不到了。"席悦倒在郁晴身上,"不然就算晚上我们多留一会儿,跟星星简单吃个饭也算。"

李泽旭不满意了:"你这话说的,盛沂不在我们还不能一块去吃了吗?"

"也是,也是。"

水星瞄了眼几个人,问:"一定要今天吗?"

"怎么了?星星,你有什么安排吗?"

"确实有一个。"水星笑了下,"之前的生日我都没跟姥姥姥爷过过,今天他们都在家,说是做好了饭,都要等我回去吃呢。"

席悦"啊"了一声，有些遗憾："那也没事，反正我们在学校一天呢，怎么都是一块过了。"

几个人敲定完晚上的事情，席悦先回了三班。

周考的难度等同于平常月考，不过考试题型少，每科只有一张A4纸，考试时间也缩短了一半，并且不分班。

李泽旭他们也跟水星回班，路上，李泽旭拽了下水星的校服："三星，晚上你真不跟我一起吃了？"

"你？"

"不是，是我们。"

"真的不行。"水星摇摇头，"我都跟姥姥和姥爷说好了，等过几天，我们还是可以一起出来玩。"

"那就说定了？"

水星"嗯"了一声。

考试时间缩短，不到晚自习，周考就结束了，只剩下一节晚自习，等上完了就是放学。

李泽旭知道晚上没办法一块吃饭，少考了一门考试，翘考出去拿早就在校外订好的蛋糕，直到晚自习前的课间才跟席悦在校门口集合。

两个人上楼，一前一后商量事情的时候，正巧在楼梯口看到要去打水的水星。

李泽旭下意识地就把蛋糕一背，藏在了身后，让席悦接过去先走，他一个人拖住水星："三星，你出来打热水啊？"

水星点了下头，越过李泽旭的肩膀忽然看到一个身影。

她本来都没有预期在学校里见到盛沂，这么猛地一瞥，甚至以为是自己的眼睛出了问题，揉了揉眼睛。

楼梯间的光线很暗。

盛沂抬手把跑歪的书包纠正，他的指尖在背带的边缘停了一秒，接连带视线一起，很快地又收回去，像是压根儿没有看到李泽旭跟水星。

他没有停留，只是觉得自己有点儿好笑。

活动一结束，他连学校派的大巴车都没有等，一路打车，就怕堵车，只是现在人真的见到了，水星旁边是另一个人。李泽旭藏着蛋糕，准备惊喜，他们

两个是一个班的人，而他……不知道什么时候开始就成了局外人。

盛沂垂下眸，面上没了表情，转头，沉默地去往七层走。

水星再睁开眼，盛沂已经不见了，李泽旭在她眼前晃了晃手，问："怎么了？眼睛进沙子了吗？我看看。"

"没有。"她回过神，躲了下，又问："我才看见悦悦跟你一起回来的，她怎么先走了？"

"她有事儿吧。"李泽旭说。

"可我刚才明明看到她往那边走了？"水星指了指一班的方向。

"什么？席悦干吗往我们班的方向走？"李泽旭心事被戳中，脸都僵了一秒，说起话来舌头都有点儿大，心虚，"你……你看错了吧，席悦要走也是相反的方向，三班又不跟一班在一起。"

水星没再纠结："好吧。"

上课铃打响，两个人打完水，重新又回了班。

教室里的灯全暗了，水星一进去就听见席悦起了个调，紧接着，全班都唱起了生日快乐歌。席悦他们知道水星晚上要回家，他们没办法一块过生日，所以几个人特意跟阎格说了声，想让阎格把晚自习空出来几分钟时间，哪能想到阎格大手一挥，干脆放了一天晚自习。

"刚考完试，你们还真能学进去吗？"阎格站在他们身后，"该玩偶尔也玩一下。"

班上的同学又唱又闹，大约是好久没有这么放松的气氛，连阎格都放松了不少，脸上被学生们抹了一层又一层的奶油。

平日里难熬的晚自习一下子就过去了，下课铃打响，三三两两的同学凑成一团又祝了水星一次生日快乐，跟她说了再见，这才各自散开。

席悦跟向司原两个人有事情，他们也没有在一班多停留。

教室很快就只剩下李泽旭跟水星两个人，李泽旭从抽屉里拽出书包，靠在第一排的桌子边，看着在讲台上整理刀叉的水星，笑问："三星，走吗？"

"你先回家吧。"水星把奶油都抹到卫生纸上，放进边上的垃圾袋，摇摇头，"我还要把这些都整理好了才行。"

李泽旭把书包一扔："那我留下陪你一起理。"

"不用。"水星心跳了下,抿了抿唇,不知道该怎么跟李泽旭说她的私心,犹豫一会儿,又说,"我想等一会儿晴晴下了课,蛋糕还剩这么多,我想分一块给她。"

李泽旭"哦"了一声,他又看一眼水星:"那我先走?"

"好。"

班上的人都走空了,水星一个人留在前排整理讲台上的蛋糕,李泽旭他们买的蛋糕还留了两块,是她说要带给郁晴的,但实际上还记挂了盛沂。清北班下学比他们迟四十五分钟,现在算起来还有半个多小时,等班上的东西都收拾好了,她再上楼也不迟。

可楼道里已经没有人。

水星把最后两块蛋糕切到纸盘里,还是没忍住,先出了一班门。

平常水星没有机会上楼,做什么也不太对,但现在既然有一个机会,即使她被抓到偷看盛沂他们,水星也能拿自己的生日找借口,说是想分享给他们一块蛋糕。走廊里的灯关掉了,水星快步走到楼梯口,刚踏上一节台阶,就看到拐角处的盛沂。

盛沂手里拿着透明的玻璃水杯,不小心磕了下边上的木栏,他看到她手里拿着的蛋糕,才放缓步伐,朝水星走过来。

水星愣了一下,一时间没反应过来在这里就见到盛沂,下意识喊了他的名字:"盛沂?"

盛沂点了下头,两个人的步伐都不动了,站在楼梯处,有点儿像两个木桩子,憋了半天,盛沂还是没忍住,问:"李泽旭呢?"

"什么?"

"你跟李泽旭。"盛沂偏了下视线,有些不自然,"你们两个人没有一起回去?"

"李泽旭?他先回去了,我跟他又不顺路。"水星有些疑惑,"怎么了?"

不知道是哪个词听着高兴,盛沂眼底的情绪顿时化开了些,"哦"了一声,低头又捏了下杯身:"没什么,你上来做什么?"

"给你跟晴晴留了蛋糕,本来打算上去等你们下课的。"水星看了眼他,"你呢?"

"打水。"盛沂顿了下,又解释,"楼上的饮水机没热水了,想下楼看看。"

水星点点头,对此并不怀疑。

现在这个时间点,教学楼里除了清北班,根本不会有人经过。

说不清楚来源,水星感觉到两个人之间的氛围有些尴尬,她两只手各拿了一个蛋糕,动了下,先把手里的一盘塞给盛沂:"那你要吃蛋糕吗?"

"嗯。"

"还有一盘是给晴晴的。"水星看向另一边的蛋糕,对盛沂说,"要不然你——"

她想说要不然你等我陪你一起打完水,再跟你上楼,我在班门口给一下郁晴,或者说要不然你先去打水,我去班门口给郁晴,然后再等你上来。总之,水星就是想见到盛沂,想跟他多待一会儿。

纸盘容易弯曲,水星一紧张就会在手上用力,可她还没有找到一个很好的理由,就听见盛沂问:"蜡烛呢?"

"在班里。"水星下意识回答他,"我回去拿。"

她慌忙回过头,生怕盛沂下一秒就反悔,会收回口中的话,这个结局比她想得还要好,如果说问她要蜡烛,是不是起码要等她许个愿。楼梯间的光线暗,水星一溜烟摸黑就跑回走廊里,进到一班,班里还亮着灯。

水星看向亮堂堂的教室,忽然反应过来。

她明明可以邀请盛沂一起下楼。

但因为她一时的紧张,因为太想留住他,反而自乱阵脚,把这些全忘了。

手里还有一块给郁晴的蛋糕,水星莫名地笑了笑,低头先放在一边,从讲台边缘找到了蜡烛和打火机,才又转身出了班门。

六楼已经走空了人,走廊里的灯都是关着的,只有楼梯口有盏微弱的白炽灯。水星压低脚步,低头,一边把蜡烛重新插到手里的一块蛋糕上,一边小心翼翼地看着她和盛沂之间的距离,停在他的下一级台阶,水星才抬起头。

盛沂伸手,接过水星手里的蛋糕,屈腿坐到靠近她那层的台阶上。他拿过她另一只手掌里攥着的打火机,机体很烫,像烧红了的烙铁,想尽了办法把她的体温印了过来。

水星想了想,跟他一起坐在台阶上。

大理石的台阶太凉，透过校服快速地贴进肌肤，还是止不住身体的燥热。水星两条腿微微弯曲，双手抱在脚踝处，指缝交叉，看到盛沂摁下打火机，听到打火机发出"咔嚓"声和蜡烛窜起的燃烧声。

盛沂把蛋糕放在水星面前。

之前为了节约用电，西城附中把楼梯间全换成了感应灯，两个人没有说话，听不见响声，连微弱的光也全然不见了踪影，跟他们的心跳一同藏进黑暗里。

水星抬眼看过去，两个人的距离靠得太近，似乎就在咫尺。

盛沂的嗓音很低，也许是烛光太温和，连带盛沂眼睑那颗浅浅的小痣都明显起来，她听见盛沂的声音在她耳边响起都格外温柔。

"生日快乐。"他说，"星星。"

骤雨

下

时祈 著

江苏凤凰文艺出版社

有爱的青春陪伴者

第六场雨
明天见

水星坐在原地,怔了一秒。

她险些以为自己耳鸣,又忽然觉得口腔干燥无比,像极了一棵室外的树。

窗外的天不该是暗的,应该有风,四周应该布满了九个太阳,它们要烧她、要烤她,要让她灼热到蒸发干了所有叶子的水分。

水星感觉嗓子都有些哑,"嗯"了一声,又忍不住重复:"星星?"

楼梯口的感应灯又亮起,盛沂就在她的另一边,两个人的校服边缘都碰在一起,他伸手,从口袋里拿出礼物。

盛沂的双指并拢,勾出一颗星星形状的金属钥匙扣,悬在半空中,金属边缘由灯光的照射泛起闪光。他反手,交递到她手里,声音又响起来,像是接连上前一句没有讲完的话:"生日礼物。"

水星回过神,原来是生日礼物。

那颗星星形状的钥匙扣很特别,整体的颜色是古铜色的,上面作旧印刻了一行数字4.435,右下角有她名字的缩写,一个英文字母"S"。

金属扣有些凉，水星抬起眼，看向一边的盛沂。

她强忍住想要再抓一下他手指的冲动，险些想试一试挂件上的温度有没有跟盛沂手掌相似，垂眸，把手又收了回来。

感应灯灭了亮，亮了又灭，盛沂在不知不觉中岔开话题，又问："有没有许愿？"

水星拽紧了钥匙扣，点头："嗯。"

盛沂又问："许了什么愿？"

生日愿望总是很私人，水星愣了下，下意识地回答："不能说吧，说出来就不灵了。"

"万一呢？"

"……万一。"水星余光又看向他，说不上怎么回事儿，盛沂的话总是像一种莫名的魔咒，一旦施咒，下咒者永远做不到拒绝，"也没什么，好吧，我的愿望还挺普通的，说了应该也没什么。"

盛沂"嗯"了一声。

"前两个愿望都跟家里人有关。"水星说，"第一个是想姥姥和姥爷身体健康，无病无灾。

"第二个是想爸爸和妈妈还清欠款，早日团聚。

"第三个……"水星顿了下，视线落在两个人倚在台阶上贴起的阴影，才说，"我想早日找到一个目标。"

"什么？"盛沂问。

"补课没多久，阎老师就让我们在班会上写下自己心仪的学校和目标。"水星转过头，重新看向盛沂，"班上的每个人好像都知道自己未来的路在哪里，去哪个学校、学什么、将来想成为什么样的人。"

也许是她从小都太听话，等到人生真要面临抉择的时候，水星居然一点儿想法都没有，她写不出，做不到，几乎是连方向都丧失。

可她又不甘愿了。

她不再甘愿听从别人的安排，不想听到别人说什么好，说什么适合她,她就去选择什么,那些都太被动。她想主动,想争取,她想要一个人能看得到她。

"感觉大家都很厉害,但放在我身上,其实我也并不知道自己真的想要什么。"水星低头,笑了下,"就好像很久之前,在我小时候电视机里经常会重播一个广告,吃一颗果冻梦想就能成真,他们有人说想当科学家,有人说想当太空人,当时我就在想如果是我的话,我会做什么呢?"

盛沂偏过头,问她:"你会做什么?"

水星用手当作剑比了一下:"我会想做一个女侠吧。"

"为什么?"

"女侠威风凛凛,可以行侠仗义。"

说来好笑,小时候的水星在南方,她的朋友不算太多,大部分时间都在书店泡着,就跟她刚来西城的时候一模一样,整日窝在书海里,不过是小说的书海,她随便翻看几页故事,总是能被作者创造出的女侠角色吸引。

她们都英姿飒爽,有自己心中想要坚持、想要保护的东西。

水星一直想当这样的人,但是她又清楚地知道那些只是小说,她们只是有人编造出来的。

可当她再长大一点儿,她开始面临着要选择未来方向的事情,她身边开始出现很多种声音。戚远承说女孩子适合学文,以后工作轻松。阎格说她应该选择外语类的专业,未来前途无量。

水星不知道,也不明白,他们说这些都是最好的选择,但这个"最好"到底该如何定义。

她忽然发现编造故事的人真的好厉害,起码在现实世界完成不了的事情,他们总有办法再次找到地方实现。

盛沂偏过头,没忍住也跟着笑了笑。

"你呢?"水星很轻地眨了眨眼,问他,"为什么喜欢天文学?"。

"你呢？"水星很轻地眨了下眼，问他，"为什么喜欢天文学？"

水星还记得盛沂说过他喜欢这个，她当时查了很久的资料，但对天文还是一知半解，大约是现在的气氛太好，平常不敢问出的话此时也说得多了一点儿。

但其实水星并不打算盛沂会回答她这么白痴的问题。

也许喜欢就是喜欢，没有什么理由。

她低眸，又看向手里捏着的星星，耳边再次响起盛沂的声音，他的手掌撑在一边冰凉的大理石台阶上，抬起头，盯着楼梯口的那盏小灯："大概是因为想拥有什么。"

"嗯？"

盛沂从来没有跟人说过这一点，当然，也从来没有人问过。

在很小的时候，盛在清告诉他，如果天文学观测者发现一颗小行星后可以报告给国际小行星中心，这颗小行星因此会获得一个临时的编号，如果完成了更多次的冲日观测，这个新天体将会拥有一个永久的编号，小行星的发现者也因此可以获得命名权。

从小到大，盛沂遇见过太多人，有过太多的荣誉，看起来很好，实际不然，旧的人很快会被新的人填补，一个奖项又会有下一个奖项代替，他忽然明白没有人会真正长久地去拥有什么。但星星不一样，如果他发现了一颗星星，可以用他的方式命名，即使陨落，变成流星，爆炸消失，它还是属于自己。

盛沂会完完全全地拥有这颗星星。

水星侧过身："那你有想去的学校吗？"

盛沂点头。

"在哪里？"

盛沂同样偏了偏身，校服边缘的褶皱叠合，两个人的视线对上，他说："南京。"

"……你会去吗？"水星问他。

盛沂垂下眸，脑袋里突然想起徐丽的话，犹豫一下，没有点头："不知道。"

楼道里很安静，清北班的同学还没有结束自习，巡视的老师也早已回了家，水星看到盛沂重新抬起眼，看向她。

"你呢？"他忽然问水星，"会想去南京吗？"

从学校出来，水星懵懵懂懂地回到家，脑袋白了一路，直到推开门看到一桌子的饭菜和蛋糕才恢复了一点儿神智。

晚饭结束前，蒋林英又给她煮了一大碗长寿面，寓意她身体健康，长命百岁。水星囫囵吞枣似的咽完，原本放在旁边桌子上的蛋糕又摆回了桌子上。

蛋糕不大，六寸，是蒋林英跟戚远承从汇展街口的西点店里买的。

戚远承给水星关了灯，蜡烛又亮起，水星不知道怎么就忘了闭眼，盯着火烛的中心，脑袋里又想起了在楼梯口跟盛沂的对话。

蒋林英在一边催促水星快点儿许愿，水星"嗯"了一声，双手合十，放在胸前，重新闭上眼。

生日愿望只能许三个，水星前两个都没有变，唯独最后一个，她想早日有一个目标到拥有一个目标，愿望实现得太快，以至于她忍不住贪心，跟上天偷换了请求。

盛沂想去南京。

她想跟盛沂一起考去南京。

七月底，西城附中的补课进入了尾声，一班班上的同学大多也混熟了许多，原本的班长孟子豪去了楼上的清北班，班委又进行了新一波的选举，李泽旭从卫生委员一举接替了原先孟子豪的位置，成了一班新任的班长。

马上要放假，班上的同学也松懈下来，水星跟李泽旭两个人出去打水回来，就听见班里讨论的声音骤然停了下来。

水星回到座位上，本能地觉得不对劲，问了下旁边的男生："教室怎么这么安静？"

"有吗？"边上的男生装傻充愣，"没有什么变化吧。"

"我跟李泽旭进来之前明明听到你们在讨论什么。"

周围的同学身子是扭过去，但两只耳朵都竖起来在听水星他们的对话，有个同学实在没忍住，扭过身子，戳了下水星的桌子："也不是什么大事儿，我们就讨论了一下你跟班长。"

水星傻了下："我跟李泽旭？"

"对。"周围的人纷纷点头，询问，"你跟班长，你们两个到底怎么回事儿？"

"什么怎么回事儿？"水星不明所以。

"你们两个人有没有……"女生之间脸皮薄，没办法直接说破，两只手的食指对在一起，脸就要红了，"是个明眼人都看出来了。"

"还有！还有班长下课总到这边，又是打水又是找你聊天的，之前过生日也是，谁会好端端地给一个普通朋友买蛋糕，还请求阎老师空了一节晚自习出来呢。"

"再加上班长喊每个人都是连名带姓的，只有喊你的时候是三星，这个三代表什么？"

班上新来的同学早就注意到李泽旭对水星的称呼，跟他们每个人都不一样。

"是水的意思，三星其实就是水星。"

"那换而言之，泽的一半不也是三吗？"边上的男生不信水星胡扯的话，他反应快，抢先一步作答，"水星，你说我说得对不对？"

水星下意识地朝李泽旭那边瞥一眼，反驳他们，说她跟李泽旭只是普通的朋友。但耐不住起哄的声音越来越大，相继出现了几种酸酸的语气词，还有人说："咦，拿了喜欢的人名字的一半拼到自己旁边，你们

还怪浪漫的。"

水星的表情彻底僵了。

好事不出门,坏事传千里。无论水星接下来怎么辩驳她跟李泽旭的关系,每个听到的同学都是一副"懂的都懂"的表情,根本不听水星解释,甚至连外班的同学经过时看向水星的眼神也有了变化。

席悦远在三班,小道消息一个没落下,当天下课就跑过来,拽着水星到操场绕圈:"星星,这件事你就别瞒我了吧,你跟李泽旭到底什么时候在一块的?"

水星真的有点儿崩溃:"真没有。"

"怎么可能?我之前其实就看出来点儿端倪,但向司原不让我讲。"

席悦前几次就瞄到过李泽旭的眼神,他总是似有似无地往水星身上瞥,平常都不注重形象的,在水星面前又只许别人说好的一方面,有时候席悦撞到李泽旭,两个人说话,席悦三句话都离不了向司原,李泽旭三句话离不了水星,各说各的。

正常情况下,从一个人嘴巴里提到另一个人的名字越多,代表这个人就越在意对方。

席悦也不是傻的,很快就从这些推断里找到了证据:"还有上次你生日的时候,我不是说要一块出去吃吗?结果你说你要回家,其实李泽旭之前都订好蛋糕了,只不过送达时间会晚很多。当时李泽旭丝毫没犹豫,直接翘了周考,一个人翻墙去校外取,是我在楼底下等他,跟他一块拿上来的。"

水星忽然想起那天她看到了席悦,李泽旭就是不肯承认。

"你自己想想,他要是对你没意思,他白白做这么多干什么?还真当你是普通好朋友。"席悦说,"他又不是中央空调,对谁都暖。"

水星皱了皱眉。

两个人从楼下上来,席悦跟水星回班的方向相反,席悦上一秒还在跟水星继续唠叨李泽旭,下一秒两个人就在楼梯口撞到了人。

席悦在一边暧昧不明地笑了笑，水星只感觉眼皮一跳，低头，不知道出于什么心理，她只想躲开李泽旭的视线。

水星跟李泽旭之间的流言很快就传到了办公室老师的耳朵里，在此之前，水星已经不再跟李泽旭讲话，有他的场所也尽量去避免经过，但还是没避免掉阎格的一对一谈话。

放假前一天，阎格把水星叫到了办公室："这几天发生的事儿就不用我再重复了吧？我没说你们这个年纪不该产生一些说不清道不明的情愫，毕竟谁也没办法控制，是吧？有欣赏的情感很正常。但我之前也跟你讲过，什么年纪就该做什么样的事儿。你现在是高三，最关键的一年，对未来影响有多大，这些自己心里是不是该有点儿数？有点儿谱？"

自打没进清北班，阎格对水星的要求比之前还严，生怕她再落下一步。

水星抿了抿唇，"嗯"了一声。

"老师今天跟你说这些话，你也别嫌听着不舒服，不爱听。"阎格又继续道，"你现在才多大，知道什么是喜欢，什么是不喜欢？我没说李泽旭不好的意思，但以后你还有机会见到更好的男生呢，难道现在就为了一个人确定了以后吗？作为你的班主任，我真心觉得你该再熬一年，出去见见大一点儿的环境，然后再确定自己的心意，看看能不能遇到更好的男生。"

水星点点头："阎老师。"

阎格说话到一半，忽然被水星打断，疑惑地看了她一眼，以为水星有什么不满的地方，语气有些不好："又想说什么？"

"我想麻烦您一件事情。"水星垂了垂眼，揪了揪衣角，才说，"下学期开始，您能不能把我和李泽旭两个人调远一点儿？"

尽管这样说，水星觉得有些对不起李泽旭，但在她发现李泽旭对她有些许感情时，她就知道自己没办法回应，结果同样会是对不起他。与其以另外一种让李泽旭受伤的方式，水星宁愿这件事情由阎格及时止损，不要再进行。

阎格本来以为还要进行一轮辩论，原本打了一肚子的草稿全没用，要说的话咽进了肚子里，"哦"了一声："那……那还挺好。"

"阎老师，那您还有什么其他的事儿吗？"

"啊？"阎格一脸"你把结论都说完了还用我再说什么"的表情，冲水星挥了挥手，"没了，要想回你就先回去吧。"

水星跟阎格说完，刚走到办公室门口，就看见推门进来的盛沂，前一秒的对话才进入尾声，水星心里的气一提，脑袋里飞快过了一遍跟阎格说过的话。

气氛僵持一秒，盛沂给她让了些位置。

清北班的数学老师还是阎格，她的办公室没变，找盛沂下来说话是常有的事情。水星看向她跟盛沂之间隔开的距离，吞了下口水，问："你来找阎老师吗？"

盛沂垂下眸，他的气质总是冷清清的，睫毛的阴影盖在眼睑处，瞥一眼水星。水星总觉得他现在心情不是很好，舔了舔唇，结果没等他回答，就听阎格在后面招了下手，招呼盛沂快点儿过去，她有事要讲。

两个人最终还是没有说话。

盛沂朝后"嗯"了一声，跟她的距离一拉开，人走得很快了些。水星回头，说不清楚心里是什么滋味，转头从办公室走了出去。

八月初，西城附中高三的补课结束，属于水星他们的假期正式开始。

自打席悦知道水星和李泽旭被阎格谈话，她没少替两个人操心。放假头一天，席悦就把水星约了出来，两个人进行了一番深入探讨。

作为水星跟李泽旭关系的先行发现者，席悦义不容辞。两个人坐在西城大学西门的甜品店里，面前照例摆了一堆蛋糕，席悦一边吃一边跟水星讲话："你还真跟阎老师这么说的？下个学期就让你们俩换开座位、离得越远越好？"

水星点点头。

"那李泽旭多可怜。"

"悦悦。"水星实在没办法。

"真的很可怜,全年级的人,别说全年级了,恐怕全校都要知道了,他还没说什么呢,现在就被拒绝了,我要是他都伤心死了。"

水星听到席悦说全校的人都知道她跟李泽旭的事情,又是愧疚又是不知所措,银制的叉子都摁下一层浅浅的手印。她问:"没有这么夸张吧?再说,李泽旭万一并不是对我特别的呢。"

"这话你自己信吗?"席悦摆了摆手,毫不夸张,一脸肯定地凑过脸,"还有,我真的一点儿都没夸张,你这又是拿奖又是上校报的,早就成了咱们附中的名人了,再加上你跟李泽旭两个人先后进了办公室,那会儿周围都有人,消息想传得不快都不行。"

水星又想起那天下午,盛沂推门而入的表情。她的心脏下意识空了一秒,犹豫一会儿,她又问:"那清北班的人……他们离那么远,总不可能知道吧?"

"清北班难道就不算人啦?八卦娱乐,人之常情也。"席悦说,"这事儿除了盛沂能当事不关己,谁能不关心?"

水星不经意地朝席悦瞄一眼,把话题往他身上引:"盛沂?"

"嗯?"

水星说:"他平常都不听八卦的吗?"

"当然。"席悦点点头,"如果说八卦是触电,盛沂就是橡胶,不管谁跟他讲这些,他一律都是'哦'一声,一点儿分享欲都没有,傻子才跟他聊呢。"

"其实我有时候还挺不理解我爸妈的,他们总跟我说凡事多跟小沂学一学,还跟我说盛沂成熟稳重,懂事老成。"席悦叹了口气,"但说句真的,我们才十六七岁,那么成熟做什么?"

水星戳了戳面前的蛋糕,假装随口提:"盛沂小时候也是这样吗?"

"也不算吧,再小一点儿的时候还好。"席悦回想了下,"盛叔叔经常出差,徐阿姨上班的时候就总把盛沂放家属区,下班才来接,我记得当时盛沂会假装,跟我们好几个院子里的小孩玩,但一到徐阿姨要来的时间点,他的眼神就往别处瞥,看到徐阿姨又不着急过去,在原地磨磨蹭蹭,平常不玩的东西都要碰一碰。"

"为什么?"

"谁知道呢?徐阿姨经常要陪他好一会儿,盛沂才离开,然后两个人一块回家吃饭。"席悦叹了口气,"后来徐阿姨调离了西城,盛沂一直待在家属区,我反而不怎么见他出来玩了,我爸妈他们总拉着我去找盛沂,说要我多跟小沂聊聊天,但他每天的样子都冷冰冰,跟他说什么,他两耳都不闻窗外事。

"我也说不上怎么回事儿,就是觉得盛沂不太一样了。

"其实仔细想想,盛沂跟盛叔叔还挺像的。盛叔叔一开始给我的感觉也是这样,除了工作,他对什么事情好像都不太关心。"席悦说,"再后来,有时候我看到盛叔叔跟徐阿姨回来接他,他也没有要回家的意思,就一直跟盛奶奶他们住。"

水星忽然想到那天晚上,她跟席悦到盛沂家里,徐丽站在门口,盛奶奶招呼她们两个人明天过来吃螃蟹的时候。当时她只是隐约猜测,盛沂是不是知道徐丽变过心,跟盛在清的关系不再那么好,但从来没想过父母双方一直都有离开过盛沂。

从小到大,他从依靠一个人,到只有自己。

难怪在她生日的时候,盛沂会说他想要拥有什么。盛沂想要拥有的其实哪里是一颗星星,他只是想有一个他可以确定不会离开自己的人。

水星低垂下眼,给她讲述这些事情的甚至都不是盛沂,但她还是能体会到这份心情之下的难过。

面前的甜品不知不觉消失了一大半。

"其实……"席悦没说完,忽然反应过来,"不对劲,怎么话题跑盛沂那儿去了呢？我跟你谈李泽旭呢。"

水星这才反应过来，她们出来的主题确实是为了说李泽旭的事情。

"其实李泽旭也挺不错的，嘴欠是欠点儿，但我一直跟他玩，我们关系这么好，我起码是能证明他人品不错的，对你也没得挑，上次我就跟你说了……"

水星放下手里的叉子："悦悦，你再这么说我现在就回家了。"

席悦一把拉住水星的胳膊，赶紧讨饶。

"好吧，好吧。"席悦连忙点点头，给水星喂了一口蛋糕，又眨眨眼，"但我确实有个好奇的事情，你对李泽旭没意思，对周围其他人呢？"

水星嘴巴里的蛋糕还没咽下去，幸好有席悦喂给她的那么一大口，她偏过视线，含糊地"嗯"了一声："你怎么关心这个？"

"就是……周围的人总在讨论。"

席悦拿起旁边的饮料，双手捧着杯身，歪头，朝水星露出求知的眼神。

理科班男生多，周围都尚且容易出现花边新闻，文科班男生少，女生们对男生们的关照又不免上了一个档次，谁跟谁互动多一点儿，谁跟谁一起出去走了一圈都被调查了个一清二楚。席悦跟向司原两个人关系好众所周知，其他人没有过多讨论过她跟班上的男生，这也导致席悦周围成了一片净土，不少女生跟她讲述起了各种八卦。

"那这么说你跟晴晴都是万年铁树开不了花，就这个问题，我从小问晴晴问到大，晴晴从来没有觉得哪个男生是特别的，你敢相信吗？"

水星回想了下，点点头。

"为什么？"

"我没怎么见过晴晴跟男生说话。"水星说。

她之前跟郁晴在一个班里，班上的男生虽然多，但郁晴基本上只跟他们保持正常同学之间的交流，连玩得好的女生都很少，非要算，水星都能占到一班里的头一份。

"唉，好像真的是这样。"席悦叹了口气，"小学到初中就是这样，

晴晴都不怎么爱跟人聊天，跟男生聊天更少，还是我拽着她，她才跟李泽旭跟盛沂他们玩。"

水星"嗯"了一声。

席悦把她好奇的事情都问完，埋头又喝了口饮料，突然问："对了，差点儿忘记问你，那你今年暑假有什么打算？"

"补课，然后把作业做完，多陪几天姥姥和姥爷吧。"

暑假剩下的时间不多，蒋林英他们给她在学校附近报了一个为期十五天的课外补习班，剩下的时间都由水星自行安排。

"怎么又是做题？"席悦都冲她摇头，"星星，你这么做题做下去脑袋都要僵掉的，不然这样吧，明天我跟晴晴去找你玩，暑假那会儿新上了一个电影，我们可以一起去看。"

水星抿了抿唇，内心期待一个名字。

哪能想到席悦思维扩散，盯着水星的表情还以为是她担心李泽旭的事情，连忙保证："放心，放心，我跟男生那边保密，保证不让李泽旭他们知道我们出来，不叫你难做。"

水星"啊"了一声，点点头："好。"

两个人就此分开，回家以后，席悦给水星打了电话，约好了第二天到场的地点。

接下来的时间，水星大部分时间都分给了补课班，剩下一点儿时间留给了席悦和郁晴。席悦的父母在新校区分了一套家属区的房子，席悦经常会喊水星和郁晴一块儿到新校区，把装修简单的屋子当成她们仨的乐园。

假期里太充实，水星反而很少有机会再打开电脑。

八月下旬，水星的课外补习结束，作业也写得差不多，等蒋林英和戚远承都出了门，她才从房间里出来，转移到隔壁房间，打开电脑。

自打暑假避开了李泽旭，两个人之间的联系完全断掉。水星刚登上QQ，才发现放假第一天李泽旭就给她发过一长串消息，内容很多，但大概意思是没想到这件事会给她造成困扰，不小心把她拖下水，让他们的关系闹得很僵。

她和李泽旭的事情本来就是捕风捉影，水星很快告知李泽旭之前没有回复他的原因，并说自己从来没有认为是他把自己拖下水，她很高兴做他的朋友，但两个人的关系只能是朋友，仅此而已。

消息都回复完，水星才关上聊天界面。

她好不容易上线，刚想再看一下好友列表里的在线人数，没想到下一秒，屏幕右下角的光标又在跳，水星将鼠标移至下方，双击，发现是原先一班的班级群。

自从分了清北班，李泽旭又拉了一个一班的班级群，原本旧群早就没有人说话，连备注都懒得换。

SY：有人想看电影吗？

消息一经发出，一班班群炸了，屏幕上的消息回复得飞快。

班长-孟子豪：[？.jpg]

高凯：[？.jpg]

齐佳蕊：[？.jpg]

盛沂只不过冷不丁在群里发了条消息，一串又一串的问号就相继地沾满屏幕。

大约过了两三分钟，才有人冷静下来。

黄明：哪种电影？

高凯：你这个思想很新奇。

向司原：[？.jpg]

林肯垦：报告！我举报有人想要间接性试探危险底线！@班长-孟子豪

班长-孟子豪：[？.jpg]

班长-孟子豪：为什么？盛哥你是不是发错群了？还是说被盗号了？

黄明：发错群的概率不大，群发还差不多，但这年头要盗号都不走寻常路，怎么说归说，问归问，一个链接或者号码都不给发。

齐佳蕊：班长，能不能把黄明移除咱们班班群？

黄明：[？.jpg]

齐佳蕊：我嫌眼脏。

早就冷清的班级群又热闹起来，只是话题没再停留在电影上，不断有人问起了从一班到清北班的同学们现在都什么感觉，想知道两个班更大的差距在哪儿。

水星扫着飞快一条条向上的消息，始终没再见盛沂多说一句。

犹豫半个小时，水星还是点开了盛沂的聊天界面：你想看什么电影？

结果消息刚发出去几秒，盛沂的消息就回了过来。

SY：《初恋这件小事》。

水星愣了下，前几天跟席悦出去的时候，她才拉着自己跟郁晴看完，当时席悦哭到死去活来的画面，她现在还记忆犹新。

下一秒，盛沂的消息又发了过来。

SY：看过吗？

水星吞了吞口水，目光落在屏幕上。她知道她不该向盛沂说话，但现在好不容易多出个机会，虽然是一场集体的活动，但好歹她终于能跟盛沂在暑假见面。

迟疑几秒，水星揉了揉脸，没忍住，睁眼说瞎话：没有。

三颗星星：我还没看过。

三颗星星：要不一起？

电影的时间约在了周二，也就是盛沂生日当天。

西城围绕中心的位置有个商业广场，附近的影院很多，水星跟盛沂约在了汇展街口的公交车站，说好两个人一起去。

水星出门前特意背了个双肩包，可以放下更多的东西。但一直到了车站,她才发现盛沂是轻装上阵,基本上什么都没带。

"怎么背包啦?"盛沂的视线落在水星身后。

水星的背包一直没换过,从始至终都是黑色的双肩包,高一的时候还好,现在用到高三,底部是真的出现了些许磨损。不知道是不是因为盛沂这么一提,原本她不觉得别扭的行为,现在是真的有点儿在意了。

她把书包往后推了推:"出去的话要装东西,我想背个包比较好。"

公交车十分钟一趟,没过两分钟,下一趟就到了站。在汇展街上车的人还不算多,两个人径直走到后排靠门的位置,一起坐下。

水星把书包抱到怀前,余光里看到盛沂的视线又落了过来。

她忍不住替自己的书包做辩解:"这个书包我一直都在背,容量很大的,又耐脏。"

"我没说它不好。"

"那你怎么总盯着它看?"

盛沂的视线收了收,被水星这么一问都忘记了掩藏他的真实目的,头一次直白地问出来:"上次给你的挂件呢?"

"……放在家里的抽屉里。"水星握了握旁边的书包拉链,"我不是不喜欢,就是……觉得这个书包有点儿旧了。"

有点儿旧了,就配不上盛沂给她那么好的挂件了。

"你才不是说了它很好。"

水星憋了一下,说不太出来。

"觉得旧了为什么不换新的?"盛沂问。

"之前学校发了一个新的书包,就是高一时参加英语演讲比赛双人组的奖品。"水星抬眼,看了看盛沂,"但我还放在衣柜里,本来是想用的。"

"为什么不用?"盛沂又问。

水星想起她之前的想法,是盛沂一直没有把那次的奖品放在心上,所以她现在才没有用。沉默一会儿,她说:"没找到合适的时机。"

大约是因为工作日的缘故，他们出来的时间点又避开了高峰期，西城大学本来就离市中心近，两个人坐公交车不到半小时就到了约定地点。

他们先一步到了电影院，在门口等一班的同学，结果时间过了不知道多久，水星还是没有见到一个熟悉的面孔。

水星看了眼手表上的时间，他们约的是下午三点，电影开场是三点四十，现在买票截止时间还有五分钟，班上的同学还是没有一个人到场，她都没想到盛沂的人缘差成这样。

水星纠结了一会儿，问："其他人还不来吗？"

盛沂排到一边的售票处，躲了躲视线："估计不会来了。"

"那……就我们两个人吗？"水星尴尬一笑。

"嗯。"

"这样啊。"

两个人买票的时间晚，中间的好位置全占完了，只有前几排或者后面的位置，两个人最终只能选择倒数第二排靠边的位置。

天气热，买好票，水星又在旁边多买了两杯冰可乐，转过头，才想起还没问盛沂想不想喝。

她抿了下唇，指了指从机器里打出来的可乐："冰的，可以吗？"

盛沂点点头："嗯。"

一杯可乐小半杯都是冰，店员从后面打完可乐就端了过来。

电影票就是盛沂拿的，水星想主动表现一下自己，说着就要准备接过店员手里的杯子："是不是要开场了？"

盛沂"嗯"了一声，不动声色地扫了下后面被可乐冷到的店员，把电影票塞到水星手里，换掉她手里的可乐，又说："走吧，进去。"

"好。"

前面的观众早就进了场，电影还有一分钟的等候时间，整个电影厅是黑的，只能靠台阶边缘微弱的提示灯。

盛沂比水星先进了门，在靠前一点儿的台阶拐角才停了下，一只手拿着先前放的可乐,另一只手则背到了身后。

盛沂的皮肤白,在黑暗里显得清楚,水星盯着他的手指,还没反应过来,指腹就本能地蹭了过去。大约是前几秒还拿着可乐的缘故,相比室外的高温,盛沂的指尖很冰,手指很长。她只是握住了一根,就在黑暗里看见了全世界的烟花,在她眼前炸裂。

迷糊的过程反而放在了看电影的时候。她坐在座位上想的是上台阶的时候,拿起可乐想的是他指尖上的温度,连看到屏幕亮出一点点的光想的都是瞥一眼旁边的盛沂。

水星感觉自己的心脏要炸了。

她跟盛沂……牵手了吗?

算她主动的。

"怎么了?"盛沂问她。

"嗯?"

"电影不好看?"

水星摇了摇头:"没有。"

再换个姿势,水星盯着大银幕,发现自己根本看不进去一点儿剧情。

直到电影厅的灯光重新亮起,水星捧着早已见底的可乐,才有一点儿真实感地跟盛沂从电影院正门出去。

电影院附近是一片巨大的商业广场,附近的饭店不少。两个人走在途中,水星看见旁边新开的快餐店门口摆了一幅巨大的宣传海报。

海报上的神奇宝贝玩具太显眼,水星没忍住多瞥了两眼,就听见盛沂转头问她:"吃汉堡吗?"

"你想吃吗?"

盛沂瞥了眼海报,"嗯"了一声。

快餐店是新装修的,进来的客人不算多,大部分都是年轻人。两个人找了个靠窗的位置,盛沂就先一步到前台点餐。水星坐在位置上,侧了侧身,朝那边盛沂的背影看了一眼,忽然庆幸起了上次跟席悦他们把

电影完完整整地看完了，不然真的凭这次到结尾她恐怕都不知道男女主人公叫什么名字。

快餐之所以叫快餐，就是因为出餐快，盛沂很快就捧着餐盘回来了。

水星把桌面收拾好，发现盛沂点了两份不同的套餐，一份是普通的汉堡可乐组合，另一份则是专为儿童准备的宝宝套餐。盛沂坐到对面，把餐盘转了个方向，摆在水星面前，示意她先挑自己喜欢的食物。

儿童套餐才附带的塑料包装袋露了出来，水星愣了下，抬起头，看向对面的盛沂，说不清楚为什么，她的心里痒痒的，拿起餐盘上的塑料包装袋，来回摸，舍不得撕开。

"你买了儿童套餐吗？"水星问。

塑料包装袋里的皮卡丘只有儿童套餐的礼盒才有送，四分之一的概率，没想到正中她最喜欢的一个。

盛沂又"嗯"了一声。

"我本来还想等我们吃完再去买一份的，没想到真的会拿到。前几天我跟悦悦她们出去的时候就看到这个了，因为想要皮卡丘，我才买了一份，可是我的运气好差，换到的玩具是草苗龟。"

盛沂看到她手里揪着的包装袋："知道，前几天听席悦说了你们一块出来吃儿童套餐的事情。"

水星捏塑料包装的手一顿，心脏跳乱了。

盛沂声音低了点儿，问："当时有李泽旭吗？"

"什么李泽旭？"

盛沂又瞥了她一眼，目光很快地收了回去，就像只是随便提一嘴："席悦喊你们出来的时候没有叫李泽旭吗？"

水星愣了下："没有啊。"

盛沂的视线又偏了一些，隐约地看见玻璃映上的灯光在晃。

不知道是不是因为自己否认的速度太快，连水星自己都觉得有点儿不自然，顿了下，才又补充说："我姥爷的病人推荐了一个补课班，说是效果很好,假期大部分时间都是在补课度过,只有偶尔的时候会跟晴晴和悦悦出来,但我们差不多都是去新校区附近逛。"

她本来是想掩盖之前的不自然,结果解释了这么多,反而显得她更在意了。

"你是不是听到我跟阎老师的对话了啊?"水星问,"以为我跟李泽旭在……"

盛沂的视线又抬起来,两个人的目光重新对上:"不是吗?"

"不是,真不是。"水星说,"悦悦没有跟你说吗?我跟李泽旭就是普通的同学关系,就跟——"

她想说就跟我和你一样的,但又觉得不太一样,抿了下唇,又把话吞进了嗓子里,水星不说话了。

原本要讲的话意外地偏离方向,两个人大约都感觉到了什么,安静地吃完汉堡,喝完套餐里的饮料,坐车,又不知不觉走回了汇展街。水星跟盛沂走过十字街口的红绿灯,眼看盛沂就要往对面的书店走。

她抬起手,终于揪住盛沂身后的衣角,轻轻地搓了下边:"盛沂。"

盛沂回过头。

水星松开手,将双肩包背到胸前,拉开拉链,从里面拿出包装精美的礼品袋。

"这个是给你的。"

"嗯?"

盛沂愣了下,难怪她出门还背了平常上学的书包,接过袋子,隐约从空隙间看到一本书。

他又问:"这是什么?"

"生日礼物。"水星强压住剧烈起伏的心脏,声音都有点儿哑,"我知道今天是你生日,要准备礼物的,你可以拆开看一下,喜欢不喜欢?"

礼品袋袋口贴了一条青绿色的胶带密封,盛沂点了点头,垂手,把胶带边缘拆开,从里面拿出那本书,一本崭新的书,霍金的《时间简史》,

是最新版本的典藏。

这本书他早就看过了,盛在清研究的方向就在这里,家里一直有这本书,等盛沂对这方面有兴趣的时候,书柜里总有他翻不完的书。开始的时候他还能问盛在清,听他亲口讲解,再到后来,家里装了电脑,盛沂习惯性地上网查找,这本书翻过两遍,也没有再翻开。

但盛沂没有跟水星说这本书的事情。

书的保护外膜已经被拆开过,盛沂又翻开扉页,已经想到了她会写下什么。

纯白色的扉页,是用黑色的碳素笔写下的字,但内容出乎意料,不是"生日快乐",也不是"学业进步",而是"Remember to look up at the star"。

记得仰望星空。

西城的夏日太热,即使没了太阳,水星都能感觉到脸上升起的热气,一直蔓延至头顶。

东西是她提前买的,在网上查了很久,挑了很久,又到书店跟老板商量了很久,还是觉得这个最适合他。

水星站在一边,仰起头,看向一边的盛沂。她拽紧书包的肩带,指尖都有些泛白,对向光的一面,很轻地眨了眨眼,盖不住那道晶亮的光:"书店的老板跟我说这本书很畅销,不知道你会不会喜欢。"

周围吵嚷的杂音不知道在什么时候就不重要了,盛沂很长时间没再抬起眼,他的视线一直盯着书本扉页的那句话。

一行只有两个单词加了粗体。

Remember

——**Star**

是记得跟星星。

英文之下是一颗圆滚滚的水星图案。

盛沂抬手,拇指轻轻蹭了蹭那颗轻微褐色的星球:"喜欢。"

他说的话太缓慢，有一瞬间水星甚至都分不清盛沂到底是在肯定什么，胸腔里持续的震动表现在微微颤动的睫毛上。她解释："扉页这句话是我写的，但其实也不能算是我写的。"

盛沂"嗯"了一声。

水星抿了下唇，看到盛沂的目光扫了过来，耳朵有些发烫，又补充："原话是霍金说的，我只是觉得合适。"

合适她的一点儿私心，合适她把后半句丢掉，合适她把记得跟星星放大，合适她丢掉复数，让盛沂拥有这样一颗独一无二的只属于他的星星。

九月上旬，西城附中开学，水星他们正式步入高三。

水星说不上来两个人的关系是不是又有了什么新的转变，但每次清北班出了新的习题，盛沂总在第一时间整理好，等找到时机就交给她，有时候是楼上的饮水机没了热水，有时候是下楼到阎格的办公室，有时候干脆站到一班门口。

盛沂会不断反复强调高三不要早恋，会跟她说以后有的是机会，他像极阎格附了身，总是动不动抓她的学习，也抓她跟哪个男同学关系好。

有时候，其实水星能感应到彼此之间隐秘的气氛，她想冒险试探一点儿，又怕这份心过了头，变了质，他们连朋友都做不成。

他们的关系保持在了彼此之间的监督，盛沂始终占据第一的宝座，而水星的成绩一次比一次高。

从前十到前五，又从班级到年级。

阎格不停地给她安排接下来的路，会让她去参加各式各样的英语比赛和一些竞赛，她看到的视野越来越开阔，在学校的名气也越来越大。走在路上，水星不停地能听到其他人在背后讨论她的名字，也有学弟和学妹知道她性格好，他们经常从楼下跑上来问她要联系方式和学习方法，水星能帮都会帮一把。

十二月底,水星和盛沂过了属于他们的第一个平安夜。

大约是之前的名气,水星收到的苹果不止一班的同学,连之前有过接触的学弟和学妹们都跑来送了很多。晚自习下课前,班上的同学开玩笑地说这个平安夜再长一点儿,水星能直接在学校外面开家苹果店。

水星笑了笑,等到班上的同学都走光,把桌子上的苹果都装进书包里,只拿了一颗塞进口袋,待在教室里又写了一会儿题。

清北班比一班晚四十五分钟,水星抬头看了眼黑板上的钟表,等到了时间,听见七楼传来的下楼声,刚想起身,从抽屉里拿书包,就听见盛沂的声音。

盛沂从楼梯口绕了个弯,走到一班门口。他抬起手,中指跟食指并拢,指节敲响了一班的门,说:"还不走?"

"正要走。"水星把书包背到身后。

楼上陆陆续续地有人下楼,两个人把一班的灯关掉,门锁了,趁着黑,站在班门口,听他们飞速逃离学校的脚步声。

水星的背靠在墙上,冬天的衣服厚重又滑,身子靠了下就要歪。盛沂看了她一眼,伸手,拽着她的领子,把人往起提了下。

她脸上突然有点儿热,主动解释:"……我就是在想我们为什么不走,没留神。"

话说出口的一瞬间,水星就后悔了。

她觉得他们在做贼心虚,如果只是普通的同学关系,他们大可以光明正大地走到楼梯口,遇到原先班上的同学打个招呼,然后并肩再走。

可他们没有。

他们站在原地,止步不前,不只是水星没有说话,盛沂也是。

走廊里的光线昏暗,只有不远处的楼梯口会因为楼上经过的同学亮起灯,微弱的白光斜斜地照射在两个人的脚边,掠过他们的鞋尖。

楼梯口每响起一声脚步都像是朝他们心底扔来一块重重的巨石,两个人的视线分开又对上,对上又分开,沉默成了他们的症候,他们在沉默里疏离又暧昧。

等到楼下的声音都消失不见,盛沂的声音才又响了起来,低声:"回家吗?"

"好。"

两个人走在马路的一边,兴许是因为之前在教学楼里的话题太尴尬,两个人都没说话。

水星摸了下自己的口袋,里面装了所有苹果里最红的一颗,是她想送给盛沂的那一颗。

手指不知道在苹果的包装纸上摸了几遍,水星才拿出来,递了过去:"给你的。"她记得席悦说过,盛沂对苹果没兴趣,又解释,"虽然我知道你不喜欢吃苹果,但因为今天是平安夜,这个时间比较特别……"

"没有。"话还没说完,盛沂打断她,"喜欢的。"

苹果包了一层薄薄的彩纸,但拿在手里握一下就能知道很圆。

他又问:"过节的话,你想要什么吗?"

"我能提吗?"水星的眼睛亮起来。

"看你。"

水星一愣,没明白过来这句"看你"到底是可以还是不可以,脑袋又要垂下去。

盛沂走在马路的外侧,转过身,看向水星低落下去的脑袋,眼底浮起一抹无奈的笑意,很快又压了下去,又说:"看你的意思就是可以。"

大约是冬日,西城附中的小商贩抓住时机,门口都摆起了关东煮,边上的热汤冒出白雾,飘绕在两个人之间。水星把脸埋进围巾里,大约是被风吹到,脸上忽然有点儿红。

她拉长语调"嗯"了一声:"那我想一想再告诉你。"

转眼到了1月中旬,西城附中安排了期末考试,但考试是考试,对于高三来说放假又是另外一回事儿,高三比前面两个年级放假晚,等水星他们不上课已经到了年底。最后一天的上课结束,水星跟席悦他们一块儿在校外喝了杯奶茶，比原定时间晚了二十分钟才回家。

兴许真的有第六感，水星才上二楼的台阶就感觉到了什么。

打开家门，她果然在玄关处看见了两个行李箱，一转头，又对上坐在沙发上的水浩勇，有些吃惊："爸爸！"

蒋林英拿着锅铲从厨房出来，笑眯眯地跟水星说："瞧把娃高兴的，不止你爸爸在呢。"

"妈妈呢？"

"厨房。"

水星连鞋都没来得及换，直接跑进了厨房："妈妈，你们什么时候来的？"

"没多久，刚进门。"

"你们怎么会来？"水星还沉溺在惊喜里。

去年生日的时候，戚芸询问水星的生日愿望是什么，水星说想要一家人团团圆圆过一个年，当时戚芸没答应，水星还以为她忘记了这件事。戚芸摸了摸水星的头："明知故问。"

厨房里本来就小，再加上蒋林英都算好了水星下课的时间，现在饭马上就做好了，她让水星把书包放下，给她使了个眼色，故意放大声音，给另一个房间的戚远承喊话："饭快好了，你姥爷在房间里呢，还不知道什么时候吃呢，星星，你去问问他还开不开饭了。"

水星扭过头，"嗯"了一声。

她把书包放到一边的沙发上，才走到蒋林英他们房间前，想转一下门把手，发现门朝里锁死了。

戚远承脾气倔，自打戚芸跟水浩勇从车站进门，他就把自己关在房间里，大门不出二门不迈，小半天谁喊他都没动静。

水星又拍了拍房间门，想了几秒："姥爷，出来吃饭吗？"

房间里的人没回答她，连动静都没有。

"姥爷？"

戚远承还是不说话。

戚芸从厨房里出来，看了眼水星，把手里端着的饭放在客厅中间摆出来的折叠大圆桌上才从那边走来，让水星先去找水浩勇。

戚芸跟戚远承的心病不是一天两天能够解决的，她这次回来是提前跟蒋林英说的，戚远承生气很正常。她又敲了敲门，停了一会儿，才说："爸，妈让我跟您说饭好了。"

门里头传来电视机打开的声音。

"妈之前跟我说您爱喝曲酒，我从那边回来给您带了两瓶。"

水星在沙发上都听见电视声音调大的动静，戚远承冷冷地哼一声，终于开了口："我不喝，你也少花这个冤枉钱，早退了早省事。"

戚芸边说边走到玄关，从门边拆开包装，拿出一瓶酒："您要不然看一下吗？我把包装都拆了，要退也退不了。"

水星听见门从里面打开的声音。

解铃还须系铃人，戚芸进房间二十分钟，戚远承才板着一张脸，看似不情不愿地从房间里走了出来，又勉为其难地坐在了主位座，哼一声："这酒我没兴趣，该吃饭就吃饭，等我做什么。"

水星不知道为什么脑袋里忽然蹦出一个词，她头一次觉得戚远承也有老小孩的一面。

因为戚芸跟水浩勇回来，下午蒋林英出门买菜都多了一倍，桌子上摆满了大大小小的盘子，其中有虾，也有茄子。

戚芸把茄子往远处放了放。

蒋林英又伸筷子把那道菜往旁边的盘子夹了好几筷子，说："你小时候就爱吃红烧茄子，快尝尝还是不是这个味道。"

戚芸点了下头，把茄子都拨进碗里，给水星夹了两只虾。

"星星也吃点儿茄子，看看姥姥今天做的好吃还是之前做的好吃。"

"妈，别管她了。"戚芸知道水星讨厌吃茄子，"小孩子爱吃什么就让她吃什么吧。"

"也是,这么一盘你恐怕都不够吃呢。"蒋林英笑呵呵地回忆起了戚芸的小时候。

水星才知道蒋林英跟戚远承总做茄子的原因,戚芸小时候爱吃茄子,什么做法都能吃很多,他们都以为水星是戚芸的女儿,两个人的口味应该差不多,所以家里每次做饭都多了一道茄子。

可他们不知道水星最讨厌的就是茄子,幼儿园吃一口就哭,长大更是连味道都不想闻。戚芸为了让水星多吃几口饭,这么多年都没有再做过茄子。

说不上来怎么回事儿,水星看着平常讨厌的茄子都觉得心里暖暖的。

晚饭很快吃完,戚芸跟水浩勇在外面订好了一家宾馆,他们原本还想拿行李出去住,结果没想到戚远承硬生生把东西全塞进了戚芸之前的房间里,一句嫌钱多就把两个人都堵在了家里,不让再出门。

洗漱完,水星就回了房间,老房子隔音差,水星早就习惯了,躺在床上还能听到客厅里的对话。戚远承跟戚芸都没回房间休息,戚芸给戚远承倒了一杯热水,就听见他问:"你们大概留几天?"

戚芸坐在旁边的沙发上:"最晚初六就该回去了,我跟阿勇后续还有其他事儿要做。"

"哦。"

"爸,辛苦你们照顾星星这么久了,等今年星星高考完,看看星星想去哪儿发展,留在南方也好,在北方也不错。"

戚远承又板起一张脸。

"爸。"

计划如此,戚远承也没办法多说,只能嘴硬."你们自己的事情自己看着办,反正这个家是想来就来,想回就回的。"

门外的声音越来越小了,水星不知道什么时候就闭眼睡了过去。

放假以后,水星除了跟戚芸和水浩勇他们在西城逛一逛,基本上一直待在家里,她会和盛沂、席悦他们在网上定时定点地聊天。

这个年大概是最能算是团圆的一个年,因为戚芸初六就要走,戚远承预备跟他们置气的时间都缩短到了看不见,父女两个人拌一下嘴,但吃一顿饭起来又会变好,就连带着水浩勇,戚远承都偶尔会拉着他下一盘棋。

假期的生活总是过得很快,转眼就到了戚芸回南方的日子,戚远承说要等病人来,讲了半天都没跟蒋林英他们到火车站送行,四口人正好搭一辆车到火车站。

临进站前,戚芸把行李箱放到一边,抱住水星:"妈妈走了以后要听姥姥跟姥爷的话,别惹大人们生气。"

"我知道。"

"平常好好学习,在这一年看一看自己到底想考哪个大学,未来要走哪个方向。"

水星点点头。

"好了,妈妈不唠叨你了。"戚芸的眼眶都红了,声音有些哑,偏了偏头,"等爸爸妈妈暑假就回来了,在家一定要乖点儿。"

水浩勇接过戚芸手里大大小小的行李,两个人结伴走入进站口,又回过头,跟蒋林英和水星告了个别。

蒋林英半途要到附近的菜市场买中午的饭菜,水星也说好了一会儿先去找席悦。她们在十字街口分开,水星过了红绿灯,朝西城大学的家属区走,没想到遇到了刚出书店的盛沂。

水星愣了愣,停下脚步:"你怎么在这里?"

"买份试卷。"盛沂问,"你呢?"

"我去找悦悦。"

"哦。"

过年过节,学校附近行驶的车辆本来就不多,两个人走在汇展街的辅路边,一边走一边说些有的没的。

说话中途,水星匆匆一瞥发现那辆黑色轿车莫名眼熟,又不敢轻易确定什么。

那辆车开得太快,像有什么急事,差一点儿就擦到旁边的盛沂,好在它又停下,但它偏偏又停在了西城大学前面的东门。

先前的记忆飞速地对接上了那辆车,水星下意识地屏住呼吸,她抬起眼,看到了从车上下来的徐丽,连忙拽了下盛沂的衣角,想分散盛沂的注意力,想跟他说话。

她说:"盛沂,我好像有东西掉了。"

盛沂头一次没回应。

她说:"盛沂,我们能不能回头找一下?"

盛沂的脚步没停,他的目光也没看过来,视线落在前面的黑色轿车上,扫在徐丽跟驾驶座的男人身上。

"盛沂,别去。"

水星向前,她着急想摁住盛沂向前的步伐,不想让他过去。

可每一次喊过他的名字,他的身影就要再远一点儿,说不上是因为面前的情况太紧急,还是她跑步的时候就是如此,水星总觉得喘不上气。

她碰到他的手指很凉,怎么捂也捂不热,所以她说了几遍别去,盛沂也像是听不见。

徐丽没想到蒋承江差一点儿撞到的人是盛沂,慌乱地从车上下来,头发都有些乱。

她拉住盛沂的手,来回检查盛沂身上有没有擦破的地方,问:"小沂,你怎么在这儿?刚刚有没有事儿?撞到你哪里了吗?"

盛沂没回答徐丽的话,他抬起眼,看向对面的男人。

他穿着很得体,黑色西装,头发梳在脑后,商业精英的气息很重,仅仅是看外表就知道他跟盛在清不是一类人。

徐丽随着盛沂的视线看过去,面露尴尬,又不得不强装出一副镇定的模样，说："差点儿忘了给你介绍。小沂，这是妈妈单位的同事，你叫他蒋叔叔就好。还记得上次给你带的螃蟹礼盒吗？就是你蒋叔叔托人买的。"

盛沂没说话，但只是听到"螃蟹"两个字，周身的气压就变低了起来。

过年过节，学生都放了假，西城大学附近的人不太多，整条街都显得有些清冷。蒋承江原本就皱着眉，现在听到"同事"两个字，脸色更是不好看："你还打算瞒他多久？"

先前蒋承江跟徐丽差点儿撞到盛沂，就是因为徐丽一直不肯承认两个人的关系，他们在车上发生了争执。徐丽在其他人面前保持距离，无论他怎么样跟徐丽提起，徐丽都只是说再等一等，要等盛沂再大一点儿。所以即便盛沂跟蒋承江都没见过，他天然就对盛沂带上了敌意。

蒋承江这一句话彻底打破了徐丽想要掩盖的真相，还不等他再说什么，徐丽的声音已然尖锐："蒋承江！我说过这件事要慢慢来。"

"还是慢慢来。"蒋承江笑了，"慢慢来让你把这件事情拖了有多久？"

他是男人，耐心有限，即使爱慕徐丽，但是等了这么多年，徐丽一直都把他跟她的家庭分得很开，就好像他永远都融入不了，他等够了，也等烦了。尤其现在碰上了她的宝贝儿子，见了面第一时间还是跟他撇清关系。

"他都十八了，他成年了，有什么听不了的？我们在一起——"

他的话还没说完，徐丽脸上就没了血色，整张脸煞白，像疯了一样开始推搡他，想把人往车里塞："什么在一起，我们什么关系都没有。你也知道他才十八岁！你都在说什么？你走吧，现在就走。这段时间你别再跟我联系了。"

她一边说一边又拉着盛沂往家属区里走，不顾身后的动静，也忘了拿还留在车里的螃蟹，一直拽着人往斜坡上走。

斜坡路抖，不再像平地能拉扯开脚步，盛沂把手抽了出来，站在台

阶上,一动不动地停在原地。

他太沉默,这样的气氛任谁看了都异常。

徐丽犹豫几秒,想上前牵住他的手,但又什么也抓不住。

她愣在原地,看了看空落落的手,只想解释再解释:"小沂,小沂,你听妈妈跟你说,刚刚那辆车确实是妈妈的同事,他正好顺路,就说送妈妈到东门这边,比较方便。你相信妈妈,妈妈真的……"

徐丽本来想跟盛沂说妈妈真的不是你想的那个样子,妈妈真的跟他没有关系,但抬起眼,她对上盛沂冷冰冰的视线,她就知道她说什么都没有用了。

盛沂很聪明,从小到大遇到什么事情一点就通,就算这些年她瞒得很好,但她跟盛在清总不见面,盛沂总是能或多或少感觉到什么的,更何况今天,更何况他撞到了蒋承江,听到他说的话。

她太急于撇清关系,反而陷入了一种怪圈。

徐丽的心都搅在一起:"小沂。"

她看见盛沂站在一边的台阶上,他不再是故意要走斜坡想要靠在自己身上的小孩子,记忆里的盛沂早就变了人,少年的身型清瘦而挺拔,逆着光,看不清神情。

他问:"我爸知道吗?"

徐丽还没说话,盛沂就已经知道了答案。

他确实跟徐丽想的一样,面对变化,哪怕一丁点儿的改变都能发现。但他确实跟徐丽想的不一样,其实在很早之前,他就已经知道了蒋承江的存在。

在盛沂初一那年,他们单元楼下总是停着一辆黑色轿车,轿车来了又走,走了又来,接送的人只有徐丽。

不到半年,徐丽忽然调动了岗位,从西城调到北城,也许真的是上天在跟他开玩笑,自此以后,每个节日,只要徐丽回来,盛沂总能看到楼下停靠的那辆黑色轿车。

当然也有偶尔的时候，没有黑色轿车，徐丽就会跟盛在清一起回来。

盛沂又见证了他们从一开始在厨房一起做饭，到只是偶尔一起坐在饭桌吃饭，再到后来的时间里，盛在清的出差更频繁，徐丽回家的次数也越来越少，更长的时间里，盛沂根本碰不到两个人见面的时候。

也许比徐丽跟盛在清还要早，盛沂就发现了两个人之间的疏离。

无论他们怎么样维持表面的平稳，他们会在言语中提到对方的名字，但神态、语气、眼神都不一样，这些微末的细节无时无刻不在告诉盛沂，他们早已不相爱的事实。

徐丽站在台阶之下，她抿紧唇，又张张嘴，似乎想说什么，又说不出。最亲近的人总是容易失去判断的能力，他们看不到，摸不到，仅凭自己的经验之谈去认定盛沂会有什么样的反应。为了保护他，让他以为自己还有一个家，他们从来没有考虑过告诉他实情。

徐丽忽然觉得自己像一个泄了气的皮球，盛沂的一句话把她全身的力气都抽光，她几乎没办法再辩解："知道。"

跟盛沂想的一样，徐丽跟盛在清两个人的感情很早就支撑不下去，双方的付出从来都不是平等的。

结婚以前，周围的朋友都劝过徐丽，跟她说他们之间总是徐丽在迁就盛在清，跟她说这样的感情没办法长久，但徐丽没有听，也不在乎，她完完全全地陷入了与盛在清的爱情中。

他们很快步入婚姻，又很快结婚，徐丽放弃了晋升的机会，丢掉自己的爱好，丢掉自己的身份，一心投奔于家庭，生下盛沂，她以为自己不会后悔。

她以为她足够幸福，跟自己心爱的人结婚，有了可爱的小孩，有轻松的闲差，可直到盛沂小学三年级，她才意识到生活中的各种不对劲。

徐丽问："你还记得你大概三四年级的时候有次发高烧，后半夜整个人都烫傻了，说话也没有力气，家里只有我跟你。那个时候我打电话给你爸爸，怎么打都打不通，我打了十几个都没有人接。我当时整个人

心都是乱的,下着大雪,我只能一个人扛着你到大街上,车那么少,我到处找一辆空车,就是想找一辆车送你去医院。直到你进了急诊,我坐在旁边的椅子上,我的眼泪才能往下掉。我真的……真的不知道该跟谁讲,也不知道到底谁能来帮我一把。"

盛沂低垂下眼眸,仿佛跟徐丽一起重新走回了那段时间。

"没有人,你爸爸的电话从来都打不通。"徐丽移开视线。

其实这样的事情不在少数,盛在清不接电话,遇到大事找不到人,她应该习惯,但只有在面临盛沂的时候,她真正面对盛沂的生死,她才反应过来,原来这么多年,这么久以来,家里的一切大大小小的事物都是她在扛。

她去参加同学聚会,她的同学,她的朋友,他们都在工作上有了大大小小的起色,再不济也有老公的陪伴和疼爱。那时候徐丽就在后悔,她后悔没有听朋友的劝告,后悔自己的一腔孤勇,爱上了一个并不把自己放在第一位的人。

她以为很快,也许不到几秒钟,她就会忘记一切,重新回到她的生活。

可没有人告诉过她,后悔这样的东西是没有办法消除的,它是一颗种子,即使掩埋在泥土之下,用水冲刷,用时间等待,都会让它扎了根,发了芽,连拔除都拔除不干净。

"你知不知道多少人都跟我说你爸爸了不起?我自己也跟你说,我说要体谅……要体谅你爸爸,你爸爸很伟大,他的工作需要我们的支持,我说了那么多年,我说了那么多年!"徐丽说,"……可怎么就说服不了后来的自己呢。"

徐丽的眼神有些空洞:"不知道什么时候开始,我看到路边的小姑娘们有花,我发现我还是想要,我看到别人一家能在一起,我发现我真的不甘。我每次想,再过一段时间就好了,也许在清就有空了呢,可是没有。"

徐丽说:"可说一次都没有。

"其实在很早的时候，我跟你爸爸就发现了两个人的不合适。他太实际，我太浪漫，他什么样的日子都能忘，我追求仪式感。我们谈了很久，聊了很久，是真的解决不了这个问题。"徐丽眼眶都红了，低下头，想能拉住盛沂的手，"可你当时那么小，你那么小，我们要怎么跟你说爸爸妈妈不相爱了呢？"

不只是老一辈，在传统的观念里都会认为单亲家庭的小孩是不幸福的，他们担心盛沂接受不了父母分开的事实，所以徐丽跟盛在清没有告诉任何一个人，连长辈那边都在骗。

他们还是会见面，会在一张桌子上吃饭，可时间太久，两个人有时候就会忘记要假装。

盛沂垂着眼，没人再能琢磨透他在想什么。沉默良久，他才说："其实我早知道了，也早适应了。"

盛沂承认最初他确实没有办法接受两个人分开的事实，在他意识到徐丽跟盛在清感情变质的时候，他就想过努力的办法。

他知道盛在清跟徐丽两个人很少见面，即使见面也会很快地分开，只有一次，在他发现饭桌上有螃蟹的时候，盛在清待在饭桌上的时间总是久一点儿，在家的时间也会再长一点儿。

他并不爱吃螃蟹，但因为这十分钟的时间也被他看得弥足珍贵，他不断地跟盛忠群他们强调喜欢螃蟹的假象，似乎这样做就能给他们多一点儿的牵挂。

他知道盛在清总是出差，他不在家，徐丽一个人总是不好受，所以当盛沂意识到这一点，他真的很努力地在学习，他像极了原地打转的小丑，努力扮演盛在清，想要担负起他的角色。

他一直在寻找能将徐丽跟盛在清黏合起来，能将这个家黏合起来的办法，他知道这个过程很难，但他想试试。

可有些时候，试试并不能解决问题，不合适就是不合适。

因为盛在清，徐丽放弃过自己的梦想，她一个人留在西城工作，没

有去自己想去的地方,生活里围绕柴米油盐,她的生活一团糟,下雨了没有人接,刮风了没有消息,生病了也只能一个人扛,那些不满跟疼痛一直都在,不会因为盛在清偶尔到家就消失。

盛沂不怪她,也没有办法怪她。

但他只是不明白,为什么无论他多聪明、多敏锐,他们还是觉得他是一个长不大的孩子,要求他听话,要求他懂事,要求他什么都不知道。

其实他根本不要求徐丽跟盛在清对他做出什么样的承诺,明明他只需要他们承认就好,好好解释清楚,仅此而已就够了。

可是他从来没有得到过。

"小沂,对不起,对不起,爸爸妈妈对不起你,是妈妈不知道该怎么跟你说。"徐丽眼泪一直在掉,她的声音哽咽,一直在道歉,"妈妈真的不想让你知道这些事情,妈妈是真的对不起你。"

水星说不上来自己是什么感受,她想到席悦之前说盛沂小时候总喜欢在徐丽来接他才跟其他小孩子玩,当时她还不太懂,以为盛沂只是小孩子心性,现在想起来也许是他知道父母能陪在身边的时间太少,他想把时间再留长一点儿。

在别人眼里,盛沂是最完美的小孩,连从小跟盛沂认识的席悦都不会有丝毫的怀疑。他们觉得他有优异的成绩,觉得他有幸福的家庭,但没有人知道盛沂要过早地长大,以一种最隐秘的方式成长才行。

在斜坡的下角,她有无数次想上去又或者拉盛沂下来。

可她知道她不可以,盛沂等了那么久才等到一句他早已确定的答案,他好不容易才能说出自己想说的话,从这段关系中完完整整地解脱出来。

他终于可以不再吃螃蟹,不再想变成另外一个人,他终于不是谁的所有物。

盛沂没有跟徐丽回家,水星也没有去找席悦。

两个人走在街上,偶尔跟不认识的行人擦肩而过,他们从西城人学走到书店,从书店走到西城附中,水星不知道盛沂会不会喜欢她这样时时刻刻地跟在身后,但她只是希望他想说话的时候会发现身边还有人在陪他。

在空旷的街道,她看见一片雪花落在她的睫毛上,冰冰凉凉地滴入她的眼睛,水星抬起眼:"下雪了。"

盛沂侧了侧身,看向一边的水星。

"小时候我妈妈跟我讲过一句话,雪是这个世界上最圣洁的存在,下雪就是为了覆盖过去的记忆,落得一片白茫茫的大地,让一切都能重新来过。"

水星仰着头,眸子亮晶晶的,四目相对。

白雾弥漫在他们身侧,压不住暗涌的心动,眼神出卖了一切,盛沂克制地垂下眼,看向另一边,"嗯"了一声。

说不清怎么回事儿,他忽然想起很早之前,他去戚远承的诊所,当时水星忽然闯入隔壁的房间,她的眼睛也是这样,干净又清透。她总是在照顾其他人的情绪和感受,很努力地去弥补自己的不足,她想要成为更好的自己,让所有人看得见。

即使向司原让他看清自己的本心,即使李泽旭一直问他对水星到底是什么态度,他都尽量地选择一个折中的回答,不想让两人的关系过早地被定义。

他清楚地记得早先英语老师上课总会提起一个词,delay of gratification,他说这个词是延迟满足,把一切的苦与痛放在前面,为了更长远的结果,忍受再忍受,未来一点儿的快乐才会真正地放大。

他知道盛在清和徐丽发生过什么,经历过什么样的痛苦,他知道现在的时间点不对,他们遇到的机会要更多,面临的选择也更多。

他不是不想让荷尔蒙作祟,不是不想冲动,不是不想握住她的手。

盛沂只是不想让水星因为他而放弃什么,或是改变什么,不想有一天被他拖累。

所以即使在水星生日那天,两个人聊到了未来,聊到了目标院校,

他只是问她想不想去南京,而不是跟我一起去南京。

他要她做长长久久最明亮的少女,带着光,拥有爱。

真诚且勇敢,善良且温暖。

周围没有往来的人,小小的雪花聚集成偌大的雪块,一颗一颗地砸向水星伸出的掌心,雪块与体温相接。

长久的安静后,是她抓住他的手。

雪花顺着她的手心融入他的掌中,水星说:"送你的。"

两个人的距离再次拉近,她看向盛沂,一片小小的雪花停在他的眼皮,与他的小痣融为一体。

他们的心脏跳得好快,连眼睛都忘了眨。

她看到盛沂的视线落到他们相碰的手指,他的指纹终于成了暗锁,跟她紧密地结合在一起。

迷雾散尽,他也看见她眼里的自己,在发着光。

她说:"盛沂,我们一起考去南京吧。"

假期结束,不只是高考,对于自招跟保送的竞争就此拉开了序幕。

西城附中每年有固定的保送名额,从 B 大到其余各高校不等。一班有同学从办公室回来,跟水星说了声班主任找她,就凑在后面,首先传播起了办公室里发生的激烈情况:"哎,你们知不知道盛沂要放弃保送名额。"

"太狂了吧?他不是能去 B 大吗? B 大的保送都不要。"

"保不齐人家有更高的志向呢,根本不稀罕 B 大呢。"

"开什么玩笑?那可是 B 大。"其中一个男生说,"你说盛沂是不是打算出国?不然干吗放弃这么好的一个机会。"

水星的脚步顿了下,又很快地出了门,才到走廊中央,水星就撞见了从办公室出来的盛沂。

"阎老师喊你?"盛沂停下脚步,问她。

水星点了点头："你才说完保送的事情吗？"

"嗯。"

"我出来的时候听班上的同学说你直接拒绝了。"

盛沂又"嗯"了一声。

水星有点儿沉默，之前跟盛沂说一起去南京是真的，但现在听到盛沂放弃 B 大的保送失落也是真的。就所有人看来，能保送到全国的最高学府是多少人求之不得的事情，她总觉得盛沂能有更好的机会，如果真的是因为跟她的一句约定就放弃，她反而成了罪人一样。

"想什么呢？"盛沂看了她一眼。

"因为我……"

盛沂总算明白向司原怎么总爱抬手揉乱席悦的刘海了，但现在下了课，四周都是聚过来打水的同学，他拨了下手里的卷角，知道水星担心什么，才说："不是，南京有最好的天文系，之前不是说过吗？我喜欢天文学。"

水星点点头。

阎格还找她有事儿，两个人又说了几句话，就在楼梯口分开。

办公室还有老师，水星敲了敲门，喊了声"报告"才又进去。

阎格跟斜上方的女老师又说了两句话，才停下来，从一边的文件袋里抽出几张申请表，冲水星笑了笑："来得正好，这几张申请表回去填一下，下节课前交给我。"

水星接过申请表，愣了下。

按理说她没有保送资格，就算盛沂不要，再怎么也轮不到她，她问阎格："阎老师，这个是？"

"BY 大的自招申请。"

在此之前，阎格没少替水星操心，又是督促她参加比赛，又是找学校，现在连申请表都替她打印好，等水星把资料一填，字签好，她就一并交上去。

阎格嘱咐:"这三份都写一样内容,二等奖放后面写,你先把一等奖放前面,起始印象很重要,要亮眼,知道不知道?"

水星捏着申请表的边缘,抿了抿唇。

"愣着干吗?回去填吧。"阎格催促。

犹豫一会儿,水星还是说:"我能不能不填这个表。"

阎格皱了皱眉:"什么?"

"我之前就没有考虑过BY大。"水星偷偷看了眼阎格的脸色,"而且对外语类的自招一直没有很大的兴趣。"

"没有兴趣?"

阎格本来就上火,盛沂放弃了保送,水星又放弃自招,她现在的冲击实在是太大了。

"你高考是为了兴趣去考的吗?你知不知道这个机会多少人想要,眼看能拿到了,你现在给我说放弃,之前的比赛白参加了?努力白付出了?为了什么?"

水星的脑袋低了点儿。

阎格冷笑一声:"我看你们现在的小孩就是活得太轻松,太快乐了,脑子都进了糨糊。你现在不想去,等到时候你高考有什么闪失,BY大要不要你还是另一回事儿。"

阎格的脾气本来就暴躁,一时半会儿控制不住火气,声音大到办公室其他老师忍不住也要往这边瞧。

"你跟盛沂一个两个,我真不知道该夸你们有志气还是没脑子,把自己的人生当过家家?拿高考当儿戏?"

水星 僵,她知道她现在说话是火上浇油,但事关盛沂,她又实在忍不住:"阎老师,我们没这么想过。"

"什么叫没这么想过!"阎格真的气不顺了,"那你现在在做什么?你自己知道不知道?你现在这个年纪就能知道自己喜欢什么?什么叫兴趣吗?学有余力才有兴趣,你现在真的是把人生想得太简单。"

办公室里的气氛僵持了好一会儿,幸好李致堃还在旁边的位置上,整个办公室也就他敢在阎格手底下劝人的。

李致堃看事情闹得太大,起身拍了拍阎格,又把水星单独叫了出去。李致堃带她走到楼梯口,脑袋往后探了下,确定阎格没出来才讲话:"你们阎老师脾气大,在气头上说的话听完了就忘了吧,别放心上。"

水星低头,盯着自己的脚尖,"嗯"了一声:"我知道。"

李致堃多少带过水星,知道她的脾气,今天能闹出这么一幕想必是之前考虑好的,他默默看水星一会儿,就知道前面的话她还是不服的。

笑了下,李致堃问:"其实听你跟阎老师对话还挺好奇的,作为之前的班主任,李老师能不能私下悄悄问你,BY大可是个挺好的学校,你怎么就那么不想去?是因为考虑好了以后想学什么专业吗?"

"也不是那么不想去,也没想好以后要学什么专业。"水星捏了捏校服角,"我只是觉得……不太对劲,不想就这样把还没想好的事情确定下来。我想再等一等。"

李致堃挺理解,又问她:"等到什么时候?你报志愿的时候吗?"

"嗯?"

"等你报志愿的时候你就能知道自己要学什么专业了吗?"

水星说不上来。

上课铃打响,原本还聚在打水区的同学们相继回了班,整个走廊都冷清下来,李致堃跟水星站在楼梯口。

李致堃看了眼四周,干脆朝旁边走了一步,扫了扫台阶上的灰尘就坐了下去,跟水星说:"你见过报志愿指南吗?咱们附中每年高考结束都会给毕业的学生发一本,又大又厚,你们的学校和专业都是从里面选的,只有极少数人能挑到很好很好的学校。"

他侧了下头,示意水星坐在旁边。

"你看楼上的清北班,他们就立志要做这些极少数人,但其实就算是这些极少数人也不知道自己未来的方向是什么,要走哪一条路。"李致堃笑笑,"他们的专业也可能是随便选择,或者看当年什么比较热门。"

"老师觉得你现在把人生比作了一条直线,从 A 点出发选择一条路就只能走到 B 点,但其实人生不是这样。"他说,"我们的人生是一个圆,在开始的时候是有起点,你知道你从哪里出发,到哪里结束,但当你把这个圆画得完完整整,反而不知道哪里是起点,也不知道哪里是终点。"

水星想起文理分科那会儿,李致堃好像就说过这样的话,其实现下的选择只是一个简单的选择而已,没必要想得那么复杂。

"我以一个不恰当的方式解释,你可以选择听,也可以选择不听。"李致堃说,"就好比你现在的情况,也许阎老师现在给你选择的路并不算是你想要的,但当你还不知道想要什么的时候,不妨先画上一个起点,也许总有一天就会遇到你的终点呢?当它成了一个闭环,也许你并没有想过的路反而帮助了你找到正确的方向,你说对不对?"

水星心底不免动摇了些,"嗯"了一声。

"别把自己的路走得太狭隘,世界那么大,学校那么多,既然你不想去北外,大可以跟你们阎老师讲换一所其他的。"李致堃没有跟她急眼,说,"要你拿到自招降分,但高考完发现这个专业实在是——你实在是不喜欢,大不了咱们就放弃了,这个名额只是给你一个保底,又不是刀架在脖子上,必须要你读。"

水星应了一声:"好,李老师,我知道了,谢谢您。"

兴许是因为李致堃的调节,阎格没有再定死专业院校,甚至听取了水星的意见,将难度更大的 N 大划为考虑范围之一。

接下来的几次周考,盛沂还是以遥遥领先的分数甩出第二名一大截,实力碾压,没有人再议论他放弃保送。

三月下旬,水星如愿收到了 N 大自招申请通过的消息,她可以在投档线下二十分内录取。

一切看起来都是在往好的方向走。

四月底,盛在清和徐丽跟盛忠群他们坦白了离婚的事情,老一辈的人又劝了很久，拿盛沂说事，但还是没有挽回两个人的心意。

席悦不知道是从哪儿听到的这个消息，当即拉着水星去七楼问了盛沂："盛叔叔跟徐阿姨感情不是一直很好吗？怎么说分开就分开，你……你最近没事儿吧？心情怎么样？"

"没事。"盛沂朝席悦旁边的水星瞥了一眼。

他们没有告诉任何一个人事情的真相，就好像这只是他们之间的秘密。

"别管有事没事儿，该跟我们几个人发牢骚就发，你平常就爱憋着，这下可别再憋坏了。"

水星的视线微微扫过盛沂，从旁边抱住席悦的胳膊，把话题扯开："悦悦，我听说旁边的奶茶店出了新品。"

"真的假的？"席悦的注意力很快就分散出去，"什么味道的？我怎么没看见。"

"桃子味的。"

"那还是挺特殊，不过晴晴不太爱吃桃子，算了。盛沂你进去喊一下晴晴，中午我们几个人一块吃饭。正好我们是不是很久没一起吃东西了，我把向司原跟——"席悦反应过来什么，看了看旁边的水星，"或者还是你们回你们的，我们女孩子一起吃就好。"

水星抬起头，不动声色地跟盛沂对了个眼色。

她明白席悦为什么话说到一半就不再继续，但其实跟李泽旭的事情已经过去好一段时间，阎格把两个人的座位调开，再加上两个人在QQ上说了只做朋友，李泽旭叫她的称呼从三星变成了跟大家一样的称呼，没有人再觉得他们有什么不同。

普通朋友就该有普通朋友的样子。

"没关系吧。"水星说，"我们确实好久没聚在一起了。"

席悦放下心来。

自打那顿饭以后，他们的关系又恢复如初，偶尔的时候，李泽旭会走过来跟水星说几句话，遇到不会的题相互询问。盛沂还是负责定期将清北班的习题整理在一起，挨个让水星做完，只不过除了再标准不过的批注，他本人抽出了更多的时间亲身答疑。

咖啡店成了他们的好去处，两个人时常会窝在店铺角落的沙发，写完同一张卷子。

高三的时间很快就过去了，高考前，学校放了三天假期，说是给同学们调整心态用的。阎格把准考证挨个发给台下的同学，看他们的样子，又忍不住训话，但训来训去还是那么两样，只有最后一句变成了"常回班看看"。周围的同学又是哭又是笑，一群人闹作一团，胆子都大起来，敢跟阎格开玩笑。

席悦从家里翻出一台胶卷相机，她赶到一班，又把盛沂跟郁晴从七楼拉下来。楼道里到处是热闹的聚集声，说起来好笑，以前最讨厌的学校，现在反而要他们抓紧一切机会留念，才能努力地把自己跟过去挂上一点儿名头。

向司原追上前面乱跑的席悦，李泽旭和郁晴跟在他们后面，盛沂跟水星缓慢地走在最后面，两个人保持着若有若无的距离。盛沂的手放在身侧，水星的手也垂在一旁，只要走路的跨度大一点儿，步伐再快一点儿，他们的手背就总会轻轻地碰在一起。

水星转过头，看向一边的盛沂，阳光打在他的肩头，经过他带有笑意的眉眼，漂亮得让人挪不开眼。时间走得太急，题做得太多，眼看这么久的努力就要成真，她隐隐约约出现一种不真实感。

"你们干吗呢！"席悦在前面催促，"走得那么慢，一会儿那边拍照的人多了，赶不上好时机了。"

"就是，就是。席悦说学校拐角的小花园最出片了。"李泽旭在一边迎合，"你们再不快点儿，我们就先去拍了。"

盛沂"嗯"了一声，步子还是没有加快，他的头微微偏了下，对上水星的眼睛，问："准考证拿到了吗？"

"拿了,阎老师还给我们每一个人发了准考袋呢,透明的。里面的橡皮跟铅笔什么的都准备好了,万事俱备。"

盛沂"嗯"了一声,又问:"在哪里考?"

"十七中。"

她是借读生,跟盛沂他们这样正儿八经有学籍的还是不一样,他们都留在西城附中,只有她是被分到了隔壁的区。

盛沂点点头:"还有五天。"

水星侧眸看向盛沂,她发现盛沂每次考试都是这样,一下子会变成个小老头,唠叨来唠叨去,一点儿马虎都不允许。

水星点点头:"嗯,五天就考完了。"

再过五天的时间,他们就不再是传统意义上的小孩子,全世界不会再因为他们高考而让路,也不会再围绕他们而转。他们要真真正正地成为一个大人,要独自扛起更多的事情。

"我说的不是这个。"

盛沂的眸子轻轻偏了偏,又扫了过来,水星莫名地看到了他耳郭泛起的红晕,浅浅地弥漫一层接连地晕在脖颈之下。

他没有说什么,但水星就是有一种直觉,轻轻"哦"了一声:"我知道。"

两个人的距离靠得太近,水星垂下眼,发现还是难以抑制住自己心跳,好像有个小小的人偶在心底打鼓,每敲一下,眼睛里就要多冒出几分期许。

校园里充斥着喧嚣,连高一和高二的学弟学妹们都没办法专心上课,窗户边上总有他们探出的脑袋。席悦在前面拍了很久的照片,发现两个人还是没有跟过来,隔着老远催促他们能不能跑几步。

周遭人声鼎沸,水星眨了眨眼,看见盛沂的手背松了松,手掌向后移了些位置,正好与她打过去的手背错开距离,心顿时失去了重量,下一秒,又因为他反扣过来的手,再次高高地悬空起来。

盛沂抓住了她的手。

他们牵着手，竭尽全力向前奔跑，约定好了要往更高处去。

因为毕业，郁晴在西城附中的宿舍没办法再住，几个人先帮她把行李搬到了水星家里。东西收拾好，席悦本来要回家，但又因为累到一步都懒得动，干脆给家里打了个电话，说当天晚上在水星家里住，等明天一早再回去。

三个人晚上吃了饭，一起窝在水星的写字台前做题。

席悦做了半张卷子就有点儿坚持不住，站起来，打开窗户，在房间里乱转："星星，都这么久了，你房间怎么还这么简单？"

"没有特别简单吧，该有的都有。"

水星在日常生活里没有那么多讲究，但席悦不太一样，她房间里都是玩偶，像小女孩一样的装扮物。

席悦躺在一边的床上，抱着枕头，滚了一会儿："唉，不想学习了，没几天就考试了。"

"临阵磨枪，不快也光。"郁晴把席悦又抓过来，"卷子起码要做完，再把语文默写复习一下。"

席悦反抗不了，又爬在书桌前，安静没两分钟，又拽过边上的日历。

水星眼皮猛地跳了下，她房间里的东西不多，桌面上放着的除了笔筒跟台灯，大概只有这个日历能动一动，平常戚远承他们都不会来翻这些东西，秉持"最危险的地方就是最安全的"，水星一直没把它收起来。

水星正要伸手把日历收回来，就看见郁晴打了下席悦的手："背书。"

"知道了。"

水星看了郁晴一眼，紧绷的神经又慢慢放松下来。

卷子做完，书都背完，几个人把东西整好，分配起了床铺。

戚远承之前买的高低床现在正好派上用场、席悦让她们别抢，率先占领了最高处，郁晴跟水星两个人分配到下边的床位。

今天疯玩儿了一天，晚上又用脑过度，席悦很快就昏睡过去，倒是水星跟郁晴两个人洗漱完还清醒着。

"悦悦已经睡着了吗？"

郁晴站在旁边的木梯上看了眼席悦，帮她重新掖了下被子："跑了那么久，又搬东西，能熬到现在不错了。"

水星点点头："那我关灯了？"

"好。"

郁晴不住校的时候就在水星跟席悦两家倒腾，只不过之前上床的位置属于郁晴，这还是两个人头一次睡在一张床上。水星睡在里面，背对郁晴，脑袋里又忽然想到了她阻止席悦的动作，犹豫一会儿，又转了转身，想要换一个姿势。

她才动了下肩膀，郁晴就问："睡不着吗？"

"嗯。"

水星重新睁开眼，视力还没恢复，眼前是一片漆黑。说不上为什么，她总觉得郁晴像是知道什么，又不知道怎么开口。

"是在担心我会把你跟盛沂的事情跟悦悦说吗？"

水星的呼吸一滞，下意识反驳："我跟盛沂……我们没……"

"我知道现在没有，但高考结束呢？其实我们几个早就知道了，也就只有悦悦还觉得你跟李泽旭……"

没想到郁晴他们早就发现了，她还总以为自己掩盖得很好。水星能感觉到心脏撞击胸膛的声音，耳朵嗡嗡作响。

"有那么明显吗？"水星小声问，"我以为没人发现。"

"可能觉得一个人特别的话是藏不住的吧。"郁晴笑了下。

不知道怎么回事儿，水星竟然在她的语气中听出了几分伤感，她侧了侧头，看向一边的郁晴，问："晴晴，你是不是也有很在意的人？"

郁晴没否认。

"他是什么样的？"水星好奇。

水星有些震惊，上次她跟席悦聊天还说起郁晴的事情，郁晴对感情这方面并不感冒，身边的男生更是一只手都能数得过来，如果要有什么，席悦应该早就发现的。

末了，她又补充一句，"我不会跟别人说的，就当是……我的秘密交换到的，我们相互为彼此保密。"

郁晴没说话，盯着高低床的木板，沉默了一会儿，才说："我喜欢的那个人很好很好，好到我觉得我不应该自私地跟对方表达任何感情。"

水星明白郁晴的苦恼，她最初的感觉也是如此。

暗恋一个人最先感觉到的永远是自卑，担心无法跟对方成为匹配的人。

"可我觉得你也是很好的人，就算真有比你还好的人，跟这样的人比，差一点儿也没关系吧？"

郁晴没说话。

"我觉得不光要试着把自己变好，更要学会接受自己。"

水星说："虽然我不知道你在意的人到底是谁，但我觉得……有一天等你真正接受了自己，如果还在意对方，应该跟他去说。"

时间太晚，两个人的话题没再继续。

第二天，席悦跟郁晴两个人回了西城大学的家属区，跟水星不同，她们的考场在一起。

戚远承跟蒋林英知道水星的考试地点在隔壁区，赶忙找了家专门为考生提供休息的宾馆，提前订了高考状元房，说是考前就要住过去，以防当天发生什么意外耽误了水星。

考试前一天，戚远承跟蒋林英带水星住到了宾馆。

不只是两位老人这么操心，其他家长同样如此，水星晚上跟戚远承和蒋林英外出吃饭的时候就撞到了不少入住的考生。

头一天的科目是语文和数学，水星这两门做得都算顺手，检查了好几遍卷面才交。

十七中的考点没有西城附中的考生,水星算是独一个,下午考完试,水星从考场出去,发现门口只站了蒋林英一个人。

蒋林英接过她手里的准考袋,问她:"考得怎么样?"

"挺好的。"水星朝四周看了一圈,"姥爷去哪儿了?在宾馆等我们吃饭吗?"

"没有。"蒋林英的视线没对上来,躲了下,她说,"有个病人去你姥爷的诊所了,他回去看看,明天再过来。"

水星说不上怎么回事儿,总觉得蒋林英的笑容有些勉强:"姥姥,没出什么事儿吧?"

"能有什么事儿?"蒋林英拍了下她的背,"你想什么呢。"

水星悬着的心往下放了放,两个人选了间干净的小店喝了碗粥。回到酒店,水星还是不太放心,又到酒店前台给戚远承打了通电话,两个人说的话没什么误差,戚远承跟水星说,就是诊所的病人不知道他陪孙女参加高考,之前有个很重要的文件锁在这边,现在急着要。

"姥爷,那你明天还过来吗?"水星问。

戚远承应了声:"下午去接你回家。"

电话打完,水星又在柜台处停留了一会儿,前台的老板莫名其妙地担忧起来,还以为自己宾馆出了什么问题,忍不住问她:"你怎么了?"

"……我能再打个电话吗?"

老板爽快,又把电话摆了上来:"想打就打,客气什么呢?"

水星接过电话,看了眼老板,又低眸看了下电话,有些紧张地往上摁数字。

说起来好笑,水星这两年的数学成绩提上去不少,但对数字还是不敏感,尤其是电话号码,这么久了,她除了家里人的手机号就只背会盛沂留给她的电话号码。

电话接通,是盛奶奶接的:"谁呢?"

水星的心脏一跳,握电话的手更紧了些:"奶奶好,我是盛沂的同

学,找他有件事儿。"

"等一会儿哦,我给你叫叫小沂。"

电话那端是脚步声,水星站在柜台边,用原地踏步来分散紧张。

她心想她现在这个行为太冒险了,在高考前给盛沂打电话,要是他们的家人多问几句,她到时候该怎么编?说自己知道盛沂厉害,想先跟他对个答案吗?太假了。

可她真的太想听盛沂的声音了。

过了几分钟,盛沂接起了电话。

水星还没开口,盛沂就很自然地问了她话:"怎么了?"

"你知道我是谁?"

"不然呢?"

"嗯,这样啊。"水星揉了揉电话线。

"遇到什么问题了吗?"

"没什么。"

电话那边有盛忠群他们出门的响动。

两个人安静了一会儿,盛沂才开口:"没什么?"

"嗯。"

"那就是单纯给我打一通电话?"

"没有,没有,我想来找你对答案的。"水星不知道怎么就用上之前要编给盛奶奶他们的话,拨了拨电话线圈,"今天考完试了,我还不知道考得怎么样,就想——"

"没有人跟你说没考完不能对答案吗?"

"说了,但是我……"

"想给我打一通电话?"

水星有点儿震惊:"你在家就这么说话吗?"

"怎么说话?"

"你奶奶他们都走了吗?说什么想给你打电话的。"水星看一眼已经背过去的老板,胆子终于大一点儿,"起码含蓄一点儿,和平常一样,装模作样一些。"

"装模作样?"盛沂又问她。

"不是,我不是说你装模作样,我只是说有人在的时候,我以为会是……我在这边胡乱说一些,你遮遮掩掩地跟我说要对答案吗?"可能是明天就意味着考试要结束了,他们不必再遮遮掩掩。水星抱着话筒,试图模仿盛沂的声音,又用自己的声音回答,"我跟你说今天考试怎么样,我觉得数学题有点儿难,尤其是最后一道大题,你做出来了吗?你说哦,对吧。我跟你说——"

话没说完,水星就听见话筒那边盛沂很轻地笑了下,纠正她:"你在前面的话太多,换一句吧。"

"什么?"

盛沂的声音再次传过来,只有三个字,简简单单又清清楚楚,说:"明天见。"

水星闷头,搓了搓发热的脸,耳朵彻底埋在话筒上,不想放下了。

一通电话,让这一天烦闷的心情又明亮起来,就连老板收走水星电话时候的暧昧眼神都被她忽视。水星重新回到房间,发现蒋林英正冲窗外发呆,她回来都没反应,也不知道在想些什么。

水星走到窗边,喊了两句姥姥,蒋林英才回过头,看向她:"给你姥爷打完电话了?"

"嗯。"

"打这么久。"蒋林英的声音虚虚的。

水星的心更虚,凑过去笑了下:"我又在楼下走了一会儿,吹了吹风,毕竟明天就考完了,感觉要解放了一样。"

大约是明天还要考试,蒋林英没了再跟她唠叨的心,只是起身,帮她把被子铺好,让她早点儿上床休息。

水星还沉溺在之前的对话里,没有反驳,盖着被子,遮着脸,笑意

一藏藏到了第二天早上都没散干净。

第二天的考试科目是理综和英语,水星中午跟蒋林英吃完饭,在宾馆又休息了一会儿,说不出怎么回事儿,一觉醒来,水星的右眼皮就跳个不停,老一辈讲究多,说是左眼跳财,右眼跳灾,意头不好,赶忙用手给她摁了摁,生怕会耽误了水星的考试。

水星倒是没有放在心上,摆摆手,跟蒋林英说了声没事儿,不等眼皮摁好就接过她手里的准考袋,从宾馆离开又进了考场。

十七中的教室开了风扇,呜啦呜啦地刮着他们的卷面,她满脑子想的都是考试结束,想着等监考的铃声再次打响,她跟盛沂就能见到面,两个人离约定会更近一步。

监考老师一说停笔交卷,水星就立刻放下了笔,似乎巴不得下一秒就飞出考场。监考老师们看惯了这样的学生,也没有觉得水星有任何反常,只是等卷面清点完毕就放他们离开了考场。

考试结束,周围的考生全在欢呼,水星也不是例外,她加快步伐,出了十七中校门,视线扫到了最前面的戚远承跟蒋林英。

水星愣了下,原本想要说的话噎在了嗓子里,挂在脸上的笑容也就此僵住。

她总想着明天见,可真到了明天,她就说不上哪里不对劲,也许是考试当时的右眼皮一直在跳,也许是她看见戚远承跟蒋林英都站在校门前。

跟其他家长不同,他们旁边放了个很大的行李箱,一看就是出行用的。

走到戚远承身边,水星才知道这么大的行李箱是用来做什么。他们已经买好了回南方的火车票,今天傍晚就出发,从昨天起戚远承说是回诊所,其实一直都在收拾东西,只不过他们怕耽误了高考,还没有跟水星说。

火车的时间点比较紧，水星甚至都来不及打一通电话，人就被带上了车。也是在戚远承跟蒋林英的对话里，她知道了戚芸跟水浩勇的近况没有她想象的那么好。

小本生意太容易垮台，根基不稳，两个人大街小巷乱窜，还有城管的阻碍。时间久了，水浩勇又想起了那笔拖欠款。

他们说水浩勇在出摊的时候真的碰上了之前卷款逃走的负责人，那会儿他没留神，走到水浩勇的摊位前问他要了一份生煎包。他抬起头付钱的时候，水浩勇一下就认出了人。戚芸在一边招呼客人的时候，只听见他大喊了一声，然后就追着人往前跑。

三四点钟车流不堵，两个人又相继闯了红灯，水浩勇没留神被一辆大卡车撞飞了好几米距离。

水星沉默地在旁边听，蒋林英说着说着哽咽起来："芸芸都跟你爸说了多少遍，这个钱能不能不追，安生一点儿过日子，结果你爸爸还是不听，现在闹成这个样子，谁都不愿意看到，幸好还能买到今天晚上的票，等见到你妈妈好好跟她说几句，开解开解她。"

水星看向车窗外倒退的风景，"嗯"了一声，双手不自觉地搅起火车边上的白色桌布。

蒋林英忽然拽住水星的手，大呼一声："星星，你这孩子做什么呢？"

水星怔了下，才反应过来，她面前的桌布早就乱成一团，原本在正中央的热水杯都要扯到了边缘。

"……对不起。"水星低下头，不知道怎么就道了歉。

"知道你现在心情不好，但也别太担心，你妈妈还在医院看着呢，现在没有给我们说任何事情就是没有事情，没消息就是最好的消息。等姥姥姥爷带你回了家，你先带妈妈去吃点儿饭，发生了这么大的事情，你妈妈肯定没心情，她照顾不好自己，姥姥姥爷在病房照顾你爸就行。"

水星"嗯"了一声，又有些失神。

她想起昨天晚上她给戚远承打电话，他说考完接她回家，当时她没

想到这个家竟然是回南方。

"现在时间还早呢,你看看吃什么?让你姥爷到餐车给你买还是什么的?"蒋林英问她,"先把身体顾好了,事情会好起来的。"

水星摇摇头,爬上了上铺,对着墙面又开始发呆。

她直觉这次的事情不会这么简单,她一直知道水浩勇跟戚芸因为追款这件事争吵,但没想到会出这么大的事情,甚至要把自己的生命都搭进去。水星现在心里乱得很,欢喜感早就清空得一干二净,只剩下对未来的迷茫,甚至有一刻钟,她不知道自己还能不能去南京。

戚远承他们买的是硬卧,睡一晚上正好到南方,一行人当即赶往医院。

水浩勇从抢救室出来,生命是保全了,但医生没有办法确定他什么时候会醒,或者永远不会醒。

他们来的时候,戚芸正在病床上按照医生的嘱咐擦拭水浩勇的身体。比起上次见面,戚芸的头发没有再染,发根生了一圈白,她没扎整齐,一头长发松松散散地落在一边,嘴里在念叨着什么话。她看到戚远承和蒋林英进来没有太大的反应,直到等到水星走过来,她的眼泪才一滴又一滴地滚落下来。

水星头一次见到这样的戚芸,苍老疲惫,对生活没有任何憧憬,她不知道说什么,只能把头靠了过去。

戚远承和蒋林英没来的这两天,从抢救到住院,都是戚芸在照顾水浩勇,她心力交瘁,有时候分不清白天,有时候分不清夜晚,嘴巴里总是说些什么,一开始他们谁都没放在心上,只是以为戚芸太累。

当天下午,蒋林英先把戚芸带回了家,让她好好休息。

病房是六人间,戚远承和水星又嘱咐了几句,让她在这里好好待一会儿,他先去打一壶热水就出了门,临走前,他把随身带的小手机放在了边上的床头柜。

水星本来在旁边的折叠椅上坐了一会儿,视线又总忍不住瞥到床头的手机,她出来得匆忙,都没有跟盛沂说一声不能回去。

纠结了一下,水星刚碰上一边的手机,就听见戚远承推开门的声音,又瞬间放在了一边,假装站起来只是为了看一眼水浩勇醒没醒。

"打了热水。"戚远承拿过一边的玻璃杯,给水星倒了一杯,"把水喝了。"

水星点点头,又见戚远承把手机揣回了兜里。

接下来的几天,蒋林英跟戚远承总是倒班来医院,水星跟戚芸待在家里的时间多了些,戚芸的状态不好,一天里不是在小声重复什么东西,就是在听电视里的声音,水星负责起她的衣食住行,会做一些简单的饭菜。

一晃到了六月下旬,水浩勇的病情没有一丁点儿好转,相反,他因为手术引起的后遗症太多,水星偶尔去医院的时候都能看见他身上插了新的管子。

说不上来怎么回事儿,她总觉得事情还会再变坏。

即使蒋林英跟戚远承都不让她多想,但水星来医院的次数比之前要更多了。

蒋林英从家里换班过来,她让水星先跟戚远承回去休息,等第二天白天再来。爷孙两个人从医院回来,路上还买了小店橱窗里的酥皮点心,都打算带给戚芸吃。结果一上楼就发现不对劲,家里乱了,大门没有关,屋里更是见不到戚芸的身影。

原本从外面带回来的点心掉落在水泥地上,酥皮散落一地。

戚远承赶忙翻查了下,家里没有陌生人,又看见桌面上的饭菜一口没动,跟水星说:"你一个人待在家里,饭菜自己热着吃,把地扫一下,等等姥爷出去找找你妈,一会儿跟你妈一起回来,在家乖乖的,听见没?"

兴许是预感到会出什么大事,他说话的语气很急,看着水星的时候视线都对不上焦,鞋脱了一半忘了抽,就想出门。

但戚远承对南方很陌生,说起来大街小巷还不如水星熟,他每天固

定的地点就是从家到医院,再从医院到家,别的路再问也不知道。

水星拽住戚远承,摇了摇头:"姥爷,我跟你一起去吧。"

戚远承原本不想让水星再乱跑,可看到她这么坚持,犹豫再三:"那你跟紧姥爷,别到处跑,知道不知道?"

"好。"

"把伞带上,感觉一会儿要下雨。"

水星"嗯"了一声,抽过玄关处的一把直筒伞,两个人又一起重新出了门。

戚远承对附近是真不熟悉,说是让水星别乱跑,其实到头来还是水星带着他找地方,他们以出租屋为中心朝四周找。

马路两侧聚集了小摊贩,平日里的叫卖声现在吵得让人头疼,水星想让他们安静下来,但她知道不可能。

天上果真如戚远承说的下起了雨,从小雨转大雨,水星的心更乱了。

"他们平常都去哪儿?"

水星忽然想起戚芸跟水浩勇最常去的摆摊地点,她假期经常去帮忙。两个人赶到地方,还是没见到戚芸,正想找个附近的公交车站再回家,转眼却在路口看见了瘫坐在马路边的戚芸。

这里是水浩勇出事的地方。

那天下午,戚芸其实是看见了水浩勇去追欠债的负责人,她来不及招呼摊位上的客人,连勺子都忘了放,跟水浩勇一起往前跑。

男人的体力好,戚芸很快就被甩在了后面,直到下一个街口,街角全都是聚集的人,戚芸不知道自己是怎么走过去的。她不敢去看前面到底发生了什么,但人挤人还是到了马路口,看到水浩勇倒在柏油路上,周围全部都是血迹。

那天的血跟这天的雨一样多,遍地都是,戚芸把雨水当成了血水,伸出手指反复浸湿又摆放在眼前。

"妈妈!"水星赶忙跑过去,从地上扶起戚芸,"你怎么一个人跑到这里？家里都没有留个纸条，我和姥爷还以为你去哪儿了。"

"阿勇。"

水星愣了下："妈妈？"

有那么一瞬间，水星想起了最初她到医院的时候，戚芸没有理戚远承，没有理蒋林英，唯独看到自己才会有一丁点儿的反应。

戚芸伸手去探水星的脸，湿漉漉的水渍蹭在水星脸侧："阿勇，你别跑好不好？账我们不要了好不好？"

"妈妈。"

"阿勇，你回来了吗？回来就不要走了。"戚芸的眼睛都不眨一下，抱着她，脸上分明有笑意，但比任何一个表情都要让人恐惧，手指抚在水星脸上，"阿勇，我跟你说了不要再追，不要再追，你为什么就不——"

没等戚芸说完，旁边的戚远承就已经将水星从她失控的状态中拽了出来，转头，把手机递给水星说："星星，给医院打电话。"

水星反应不过来，她完完全全地被眼前这一幕吓到了。

她从来没见过戚芸现在这副样子，就好像是被什么东西附身，无论她怎么叫都不回应，戚芸的眼睛里只有自己的世界，能想到的只有水浩勇的名字。

戚远承又把电话往那边一递："打电话。"

这是水星这么久以来头一次碰到手机，但出乎她的想象，并不是打给盛沂，而是医院。救护车的声音在她耳边响起，水星才缓缓地回过一点儿神。

事实证明，人一旦开始倒霉，喝凉水真的会塞牙。水浩勇的事情还没处理完，戚芸又彻底病倒。医院里的人说她是因为水浩勇的事情出现应激反应导致对个体的精神崩溃，病症时间不定，可能是三个月，也有可能是几年，甚至不会再好转。

水浩勇持续处于昏迷中，现在的状态又不适合转院，他们谁都不知道要拖多久才算结束。

戚芸时而清醒，时而糊涂，她的病症不由自己控制，更别提照顾水浩勇。

一层又一层的变故叠加起来，以至于水星都忘记了自己还是一个高考生，更不记得这个暑假她原本跟盛沂约定好的内容是什么。

高考结束，高中毕业。

听起来就是再轻松不过的开端，可生活里沉重的负担这才一下一下积压过来。

戚芸在家休养，家里时常需要一个人在，水星成了蒋林英跟戚远承之间交接班的守护者，努力维持这个家的平衡。

水星想起来出高考成绩还是隔壁床的家属说家里有一个高考的小孩，今年考试考了五百八，比起他高一不学无术，这个成绩真是求爷爷告奶奶文殊菩萨显灵。

南方比西城早出一天的高考成绩，水星先向隔壁床的家属手里借来一本高考的报考指南，虽然西城跟南方考的不是同一套卷子，但指南上的学校大体相同。

隔壁床热热闹闹讨论着小孩子该留在本地发展还是去北城，水星谢谢了他们，拿着报考指南出了病房，坐在走廊尽头的窗户边上，慢吞吞地翻起了目录。

她从确定去南京，到不知道该不该去南京，到现在……她没办法抛下一切，让戚远承跟戚芸两个人去承担起这么大的责任。

"星星。"戚远承从病房里出来。

水星回过头，刹那之间，她猛然发现戚远承的头发全白了，脸上的老人斑好像重了好多："姥爷。"

"想好志愿报哪里了吗？"戚远承问她，"还是等分数出来？"

"我……"水星抿了抿唇，"想好了。"

"嗯？"

水星低垂下目光，沉默许久，才抬起头，"嗯"了一声："我留在南方，报政法大学。"

戚远承定定地看着她。

水星还记得李致堃跟她讲过人生像是在画一个圆，记得他说其实大家都不太知道自己的方向，大多数人的一生简单而平庸，但只要圆圈出现了闭环，一切都能重新连接，他们之间那些莫须有的问题都能找到关联。

这几天她一直在想这个问题。

从戚芸跟水浩勇的工程款出问题，她被迫到西城，到现在戚芸出了问题，水浩勇躺在病床上，她在想她的人生是不是出现了第一个完整的圆，高中这三年发生的点点滴滴都是为了让她找到一个关联。

她想竭尽全力，不让悲剧重演，最大限度帮助别人。

以正义之名，成为一名律师。

一切都确定下来，第二天就是西城高考出分的时间点，水星没再来医院，跟戚芸留在家里。

戚芸的精神状态越来越不好，清醒的时候少了许多，出租屋里，水星一个人打开电脑，那台老旧的电脑"嗡嗡"作响，打开软件的速度比先前还慢。

水星很快查询了高考的分数，相比起最近发生的一切，等待页面转出的焦虑都不值一提。

成绩页面出来，水星高考总分六百五十七，总体而言发挥正常，再加上之前自招的降分，去南京大学绰绰有余。

知道分数后，水星第一时间就找到了界面，想登录QQ跟盛沂一起分享这个消息，可密码输了三遍，她一次又一次登录，大写小写都试过，可每一次漫长的登录都会变成失败。

直到系统提醒账号上了锁，水星才终于确信她的账号丢失的事实。

有关西城的一切数字，她只记得盛沂家里的电话，可自从上次打过，她就再也没抓住机会打一通。这是她头一次不顾及戚芸还在家里，就偷

拿了她的手机,飞快地输入一串她早就烂熟于心的号码。

又是长久的等待,电话那边没有人接起。

她明知道危险,但还是一通一通地又打过去,心想也许只是他们现在外出,或是帮盛沂查了分太兴奋,他们顾及不上响来的铃声。可是,直到戚远承回来,家里重新有了人,戚芸的手机通话记录上满是拨打同一个号码的记录,盛沂也没有来接。

电话打不通,QQ号被盗,她跟西城的联系在不知不觉中彻底中断。

水星的眼皮一跳,就好像一时间所有的事情都在告诉她,向她证明,她跟盛沂只能走到这里,他们的缘分因为她在生日许愿的贪心提前用了个干净。

可她还是不信,或者是不想相信。

因为盛沂会去南京。

她知道去南京算是容易,两地的距离很近,快一点儿的话三个小时不到,慢一点儿的话也只要五六个小时,平时抛开上课的时间和照顾水浩勇的时间,只要放假再久一点儿,她还是能见得到盛沂。

她跟盛沂的见面机会还是很多。

她想一定还会很多。

第七场雨
水星光谱

　　七月底,水星在网页上查到了政法大学的录取通知,不过当时填写地址的时候,西城附中要求通知书统一寄回学校。

　　为了拿到录取通知书,戚远承决定提前带水星和戚芸回去,而蒋林英暂时留在南方照顾水浩勇。

　　行李收拾得很快,火车票买好,水星跟他们重新踏上了回西城的旅途。

　　那年的高考状元落在了西城附中,学校大力宣扬。因为戚芸和水浩勇的关系,水星错过了班级组织的一切活动,连取录取通知书的时间都比普通同学要晚,但这不妨碍西城附中门口挂着鲜红色的横幅。

　　它向每一个人宣告盛沂依旧是那个遥遥领先、永占顶峰的少年。

　　席悦不知道从哪儿听到的消息,知道水星回了西城,阁格的录取通知书还没从旁边取出来,她就拉着郁晴又蹦又跳地进了办公室,跟每个老师打招呼,跟水星来了一个大大的拥抱。

　　其实席悦高二在闲暇时间耽误了不少功夫,好在高三又赶了赶,这

次考试算是比正常再好一点儿，去了长沙的 H 大，跟向司原的军校在同一座城市，即使平常周六日两个人都能见面。

"现在毕业真是不把老师放在眼里了。"旁边的李致堃拿她打趣。

席悦松开水星，不好意思道："哪有，哪有，我还是很尊敬您的。"

阎格把录取通知书找到，交到水星手里，一边的席悦已经按捺不住了："星星，你报了哪个大学？"

水星把录取通知书拿出来："D 大。"

"那岂不是跟李泽旭在一个城市！"席悦惊了一下，"你说你们这算不算冥冥……"

席悦还没说完，郁晴就在旁边捂住了她的嘴。

"都毕业了还捂什么，我现在还能罚你们不成？"阎格率先笑了笑，打破气氛，"再者说，我又不是不知道水星跟李泽旭没什么。"

他们作老师的最擅长分辨学生之间的一举一动，水星跟李泽旭的互动压根没超越过同学之间的距离，反倒是其他人，他们后来还真操心过，但两个人的成绩一直都稳定，高考在即，老师们怕影响双方的心情就没再说什么。

"也是，我们都毕业了。"席悦嘿嘿一笑。

因为脱离了家里，郁晴待了一会儿就先离开了学校，去附近的咖啡店打工，席悦跟水星说好了再在学校里待一会儿再去找她。

两个人从办公室出来，席悦跟水星聊起了之后的打算，但水星满脑子都是盛沂的事情，说了两句话，话题七拐八拐终于绕到了正题。

席悦说："说起来这个事情也蛮好笑的，盛沂当时不是拒绝了 B 大的保送了吗？我们都以为他要去哪儿读呢，结果还是报了 B 大。"

水星愣了下，错乱地对上席悦的眼睛，不确信地又问一遍："盛沂报了哪里？"

"B 大啊。"席悦看着水星惨白的面色，"怎么了？"

"没有。"水星的大脑一片空白。

原本算好的距离拉长了不止一倍，她看了那么久的火车排班表，用刻度尺量了一遍又一遍的距离，一刹那都白费了。

席悦还在说盛沂的事情，各个高校都有内部消息，盛沂对于自己的成绩比他们要早知道，国内最好的两所高校一通又一通地把电话打过来，席悦推断是因为徐丽担心盛沂不爱热闹，或者是两所高校还可以见面谈。总之，在出成绩的前一天，她提前订好了到北城去的火车，把老两口一并都接了过去。现在媒体的热度还没有过，他们一家人不爱热闹，想以这种方式回避采访很正常。

"还有陈嘉漾，她考得也不错，也决定去B大了。"席悦叹了口气，"平常竞赛当小尾巴就算了，上大学也是这样，你说她何必呢？"

席悦本来是在给水星补这几个月她落下的课，没想到真补完了，水星一句话都说不上。

原本还说两个人在校园里逛逛就去找郁晴，可结果是水星根本不知道自己是怎么拒绝的，席悦就先回了家。家里还有人，她把录取通知书交到了戚远承手里，就回了房间，脑袋虚飘飘的，倒在了床上。

七月底，正是西城最热的时候，水星反而把一边叠得方正的被子蒙在头上。

她把自己锁在一片黑暗里，眼前是一片漆黑，以至于她分不清眼睛里流下的是泪还是汗。

水星没办法出声，因为门外就是戚芸跟戚远承，她嗓子好堵，都要喘不上气来，甚至有一刻钟，她觉得心脏在此骤停也没什么大不了。

他们说好明天见的，可明天真的好久。

明天大抵是没有办法到了。

水星在西城待了没两天，就跟戚远承提出回去照顾水浩勇。戚远承本来想劝她留下跟朋友们再玩几天，自打毕业以后，水星从来没有真正的放松过。可事实上，水星一天都不想多留，她买了很早一班的火车票，然后就回了南方。

学校还没开学,水星每天都待在医院里,病房里的病人换了一个又一个,人人都夸水星孝顺,一个小姑娘每天起早贪黑来医院照顾父亲,又知道她考上了本地的政法大学,还有人想给水星介绍自己的儿子当男朋友。

家里的老电脑不堪重负坏了个彻底,留在电脑里的记录也不见踪影,水星没再试图找回原来的QQ,也没有办新的号码。

开学前夕,戚远承给她寄来当年最新款的触屏手机,一方面算是补给她的生日礼物,另一方面方便水星随时跟家里联系。水星办了一张手机卡,把号码告诉了几个熟悉的人,但唯独没有再跟盛沂联系。

大学的日子比她想象中的忙碌,军训结束又是上课,各种各样的社团邀请,尤其是她在军训结束的汇报表演上唱过一首歌,之后但凡有歌唱比赛,总是少不了有人要推荐她去。

周围同学不知道从哪儿看到了水星的高考成绩,知道了她以高出D大五十多分的成绩入学,除了性格长相跟唱歌,讨论她的时候又多了一项——成绩真好。

水星不知道从什么时候起成了一颗闪闪发光的星星,让每个人都错不开目光。

九月底,席悦还在询问水星放假回不回西城的事情,她纠结是留在陪向司原训练还是回去找他们玩。两个人讨论到一半,席悦忽然想起了一个惊天大瓜。

她跟这个小圈子里的人接触最频繁,再加上从小跟盛沂认识,前几天她给盛沂打电话的时候,无意间从他舍友嘴巴里听到了盛沂谈了女朋友:"真的,他们宿舍的人就是这么说的,问他是不是马上去找女朋友了,盛沂'嗯'了一声,没反驳。"

水星僵硬了一瞬,又努力想要恢复自然,问了句:"是吗?"

"当然,我就知道陈嘉漾跟过去总忍不住要表白的。"席悦"喊"

了一声，"我问盛沂，他还给我在那儿装，等你回来，我们可要好好敲盛沂一顿饭。"

水星"嗯"了一声。

两个人的话题终究没持续太久，他们都各自有了新的朋友，不在一所学校，不在一间宿舍，旁边有一个人的声音，电话就能被打断。没等水星再问什么，席悦边上的舍友就喊她有事情做，水星也因而挂了电话。

那段时间里，水星整个人都浑浑噩噩的。她时常听别人说暗恋是所有恋爱里最苦的，也是所有恋爱里最容易掉眼泪的。可喜欢盛沂至今，她别说真真切切哭过，似乎都没有红过几次眼。盛沂给她的都是最好的回忆，以至于真的等时间发酵，这些糖太浓烈竟然会返还出一股苦味，让她险些支撑不下去。

为了避免脑袋里总回忆起来的念想，水星把自己变得更忙了。她不断地参加各种社团，最终定在了学校的辩论社和公益社。公益社的活动少一些，辩论社时常开会，大家坐在一起讨论的时间更久，熟悉起来更快。

社团里大多数是本专业的学生，不知道什么时候起，不需要她主动靠近，身边就有了聚集在一起的朋友。

辩论社的社长跟水星是相同专业，比她大一级的学长，皮肤有点儿黑，头发有点儿卷，笑起来的时候有颗尖尖的虎牙。他为人很好，知道水星不回家，特意组织了一次社团团建，两天一夜游，地点就选在南方附近的海岛。

出去玩的时间总是过得很快，等当天要返回学校时，跟她一起出来的同学都先回了学校，水星总觉得怪怪的，直到到了学校的宿舍楼下，她才明白这份怪异出自哪里。

辩论社的社员们早就知道了社长对水星的感觉，不断撺掇社长，以至于对方终于决定在这次团建结束后向水星表白，社员们都当起了内鬼，提前回学校布置告白仪式。

宿舍楼下又是气球又是鲜花，水星定定地站在路边，看到社长把一

大束娇艳欲滴的玫瑰推到她手里："水星，说起来也挺不好意思的，从你在军训会演上唱歌的时候我就注意你。当时你唱了一首《离人》，我还记得你唱那句'有人说一次告别，天上就会有颗星又熄灭'。你是水星的话，我就想如果我永远不跟你说告别，你大概就永远不会熄灭。"

水星怔在原地，看向周围大呼"答应他"的同学们，再看向面前的男生。他的眼底满是炽热，露出可爱的小虎牙，还在等待一个回答。

这样热闹的场景，水星清楚地知道她应该心动，可无论她怎么提醒，她的心底就是没有一丁点儿想要跳动的感觉。

她像……彻底地丧失了喜欢的能力。

水星垂眸，从面前大束的玫瑰花上收回视线。现在人太多，对方还是她在社团的部长，水星不想让他在这么多人面前难堪。她没有答应，只是先收下花，等人散开，才把对方叫到了边上的角落，跟他说了对不起："你是个很好的人。"

"所以呢？"社长问她。

"还是对不起，我不能答应你。"

"为什么？"他不甘心地问，"是因为你有喜欢的人了吗？"

水星愣了下。

原先她要费尽心机和力气才能隐藏的感情，此刻她无须再藏，没有错误的时间，也没有严格的老师再来约束，她反而不知道该说什么。静默片刻，水星才说："有过，在高中的时候。"

"你说有过，那就说明他成为过去式了，并不是最好的人，不是吗？"他说，"现在大学了，一个阶段会遇到一个阶段的人，你也说了，我是一个很好的人，也许跟我在一起会更好呢？"

水星垂下眼。

她知道这个世界上从来没有什么最好的人，天外有天，人外有人，连盛沂也没有办法逃脱。他走向新的生活，去 所新的大学，开启新的恋爱，这听起来很正常，她也不该止步不前，停在这一步。

可她就是不想。

她对任何人都心动不起来，她不想在回应不了别人感情的时候就轻易答应，与其在对方对她的爱意消磨，两个人爆发爱与不爱的冲突前，她不如提前止损，尽早终结不该开始的感情。

水星想把怀里的花递给他："对不起。"

"算了，我知道了。"话说到这份上，对方早就明白了水星的意思，苦笑一下，"花本来就是送你的，不喜欢丢掉也行。"

水星大概是那届退社退得最早的成员，没了社团，她的生活只剩下学习和照顾水浩勇，但老天偏偏要跟她作对似的，水浩勇终究没坚持见到来年的春天，伤口发炎溃烂，一次又一次的手术，让水浩勇的身体不堪重负。

水浩勇在除夕的前一天去世。

事情发生得太快，戚远承独自来南方陪水星处理后事，水星茫然地站在墓碑前，想哭都哭不出来。她早该知道有这么一天，但还是没想到真的发生的时候，她的心情会……这么复杂。

老一辈讲究多，戚远承带了水果点心还有白酒，全部摆在水浩勇的墓碑前。水星在戚远承说要去跟管理员说点儿事情的时候才坐在一边，拿起旁边给水浩勇准备的白酒，一口又一口地灌进嗓子里。

白酒辛辣刺激，她还是像不知道停下似的，呛得眼睛都红了还是没停下来一点儿。

戚远承从下面上来，看到在喝酒的水星没阻止，只是静静地站在远处。

他知道水星心里藏了许多大大小小的事情，她心思敏感细腻，这样的性格看似脆弱，风一吹就垮，但偏偏她总是能忍。每次给家里打电话报平安，说同学对她多好，讲医生说水浩勇最近的状态好了不少，只报喜不报忧。

但他们明明都知道，事情总不会只有好没有坏。

他知道水星憋了太久太久，是真的好不容易才找到一个释放的机会，偶尔哭一次是好事。

水浩勇去世，水星在学校里的时间更多了，她空出的时间都泡在图书馆，专业成绩一直是年级第一。李泽旭偶尔会约水星出去吃饭，但大部分的邀约都落了空，只有几次李泽旭来D大的校园里，跟她在食堂吃饭，才能聊一会儿天。

大约是学业太重或者是逃避什么，水星回家的时间更少，只有过年几天会待在家。即使放假，她还是会回南方，把时间都空出来，找律所实习，专门跟一些建筑工程方面的案子。

"今年暑假你也不回去吗？"李泽旭跑来跟水星吃饭。

水星点了点头。

大三下学期就可以报名司法考试，她想早一点儿考完，早一点儿真正能接手案子。

李泽旭拿她没办法，只是反复嘱咐她别太累，随后独身一人回了西城。

等到大四，水星通过了司法考试。凭借优异的成绩，保研名额自然落到了她的身上，老师推荐水星去全国最好的政法大学读研，认为专业的院校对未来积累人脉更有帮助。

水星犹豫了一下，跟老师说会回去考虑的。

她不知道该不该这个时候继续读研，戚远承跟蒋林英在变老，家里还有戚芸要照顾，她想早点儿挣钱，早些补贴家用。

这个想法一旦被戚远承知道了，他少不了在电话里把水星骂一通："家里缺你挣两个钱吗？你姥姥跟我又不是不能养活自己，你自己顾好你自己的，考虑我们做什么？"

水星握着手机，没有说话。

戚远承至今还记得水星喝醉了的样子了，她当时就是因为家里的事情放弃了想去的大学，现在又要因为家里的事情放弃本该有的工作。他总被人喊一把老骨头，但他这把老骨头还硬朗，能挺几年是几年，足够水星把研究生读完。

他不想再让水星因为他们放弃什么，这样对她而言太不公平。

"你给我想去哪儿读去哪儿读，天天想什么挣钱？学生就有学生的样子，行不行？"戚远承在电话那边嘴硬，"别因为我们就回西城来读，好端端的一个名额，回来了可丢不起这个人，我老脸都没地方搁。"

水星低下头，眼眶里的泪水"吧嗒"一下掉下来，"嗯"了一声，强压住声音里的哽咽，笑了："知道了，姥爷，我肯定不给您丢人。"

戚远承咕哝了一句这还差不多。

水星停顿下，用手背擦掉滚烫的眼泪，又说："但这次……我真的要去更远的地方了。"

"嗯。"

保研的流程下来得很快，没什么争夺就确定了人选。

水星放弃了老师推荐的政法大学，最后选择了B大。在确定保研以后，水星的空余时间比别人多了一倍。她接受了学校公众号的采访，采访的人问她有没有什么话想留给之后的学弟学妹们，她想了想，只说了一句："昂首挺胸，逆行登高。"

学校的工作处理完，水星重新找了份律所的实习，没有留在南方，反而跑去了人生地不熟的南京。

律所的老板知道她还要去读研，在工作上也没有特别为难她，让水星挑了几个想跟的案子。总体而言，她的日子过得还算轻松。

每天下班以后，水星就会跑到N大走一圈。

不过待了三个月，她就摸清了N大里的每一条路，仿佛整个大学都在这里度过似的。

B大的报到时间在九月中，水星交接完手头上的工作，跟实习的律所告了别，决心在校园最后逛一圈。

水星脱离学校的时间不长，再加上她长相显小，现在新生入学，她

一个人手里什么都不拿,怎么看都像是学校里的学姐。她走在校园里,总是会碰到爸妈跟在身后,提着行李箱乱跑问路的新生,他们问她宿舍楼怎么走,问她报到处在哪里。

不知道怎么回事儿,水星觉得自己像个指点迷津的圣人。

一个男生独自来的,他提着行李箱,看有太多人问水星,也停下来问她:"我刚来这个学校还不太懂,学校发了宣传册,但是我有点儿分不清现在在哪里,不好判断方位。学姐,你知道天文系在哪儿报到吗?"

水星抬起头,忽然愣了下。

有一个瞬间,水星觉得她在视线偏移的时候看到了一个背影,从高考前到现在,她已经记不清多久没再见到过盛沂,可在茫茫人海里,她还是一眼就瞥到了跟他最相似的样子。

"学姐?"旁边的疑问声让水星收回视线。

水星的目光重新对上面前的男生,恍惚地"嗯"了一声,指了一个她路过数百次的地方,转身,又朝学校外面走去。

她低着头,完全丧失了在此之前引导众人的高大形象。

水星忽然反应过来,这么久以来,任何人问起她有关喜欢的人,她都可以否认现在还没有,她没有喜欢的人,她只是曾经有过喜欢的人。可是,当有人提起天文学,人群中再次发现有可能是盛沂的背影,她才反应过来……她还记得那句昂首挺胸,记得那句逆行登高,没毕业就跑到南京找实习,保研选择 B 大,N 大里的每一条路她都那么那么认真地走过。

每一点回忆,每一处经历,她都在不知觉地想念盛沂。

她在这场众所周知的暗恋里,自负又自卑。

自以为稳操胜券,实则一败涂地。

那根她自以为包裹严密、隐藏很好的小刺不知什么时候又冒了出来,一下一下,反反复复地扎在她的心尖。

她想,对她而言,盛沂大约已经成了她致命的痛点。

它莫名地、没有理由地、富有侵略性地出现，没有限制地生长，以混乱散漫的姿态蔓延，破坏她一切合乎常理的行为。

但比起症状本身来说，治疗要糟糕得多。

即使进入B大，水星也没有一点儿真实感。研究生不比本科生，本科的时候班里活动多，上课在一起，大家怎么都能认识，现在没了集体的召唤力，跟她一个宿舍的女生选择了外出租房。水星除了每周读书、上课、看文献，去做导师手里做不完的项目，都是独来独往。只有在一次机缘巧合之下，水星认识了一个应用经济学的研究生，张宇飞。

两个人在一次志愿活动里认识，张宇飞是本校保研，现在已经研二，在卷而又卷的学校里说自己轻轻松松没压力，他因此给自己封了两个称号：B大摸鱼界的一把手，八卦界的二把刀。

他们相处起来轻松，碰到的时候就一块吃个饭，没碰到也不会刻意约，谁对谁都没半点儿意思。

研一下半学期，张宇飞他们学院有个讲座活动，当时水星正忙于经济纠纷的案件，听到主讲人是相关的大牛，她拜托张宇飞帮她走走后门，让她去蹭着听一会儿。

讲座结束，水星先从会场出来。

原先学院楼里摆了不少照片的展板，这两天学生会的工作人员正在组织清理，大大小小的板子放在一侧，水星侧睇，忽然在一块老展板上看见了盛沂的身影，就像在南京看到与他相似的背影一样，她在寻找盛沂这方面有过人的天赋。

"认识啊？"张宇飞不知道什么时候从里面出来了，看到水星半弯着腰，指了下展板上的照片。

水星没有遮掩，点了点头："嗯，高中同学。"

张宇飞有点儿意外，随即又想到两个人聊过老家，他似乎记得水星在西城读过三年书："我说呢，他跟你是不是一届？这小子本科的时候

挺出名的，大一考到我们系，大二就以年级第一转到了物理院，自己补大一的课程不说，听说还辅修了门天文当二专。"

水星晃了下神。

"虽然后面不在我们本系了，但系里还流传着他的传说。"张宇飞说，"就去年吧，他在本校保研和出国之间选择，最后申请到了MIT读天文的研究生。"

水星低头一笑，想了想他们两个人是真的没缘分。

因为盛沂的关系，她没有去老师推荐的政法大学，来到这里，结果没想到他又选择了与她相错的一边。

之前虽然听席悦提起过盛沂几次，但他们终归不在一个学校，她能听到的也只有好或者不好两个状态。现在张宇飞在这里，水星又问他知不知道一些有关盛沂的事情。

"那我得想想。"

张宇飞毕竟比他们大一届，平常上课也不在一起，就算是八卦界的二把刀，也只有偶尔的时候才会关注低一年级的事情。

"哦，想起来了。"张宇飞拍了拍手，"我原先从我们班同学口中知道的，盛沂这个人防骗意识特别差，那会儿应该是他大一下学期吧，在网上被人骗了三四千，这个数目可真的一点儿也不小了，坊间传闻那会儿他啃了很久的馒头，连泡面都吃不起。学校后来还专门就此事开了好几个宣传讲座，又找辅导员下寝，千说万说，让大家别在网络上受骗。"

水星眨了眨眼："他……不是挺聪明的吗？"

张宇飞咂咂嘴，回答不上来她这个问题。

"你说吧。"张宇飞只能摇摇头，"那么聪明的脑袋，只能说在网上脑子转不过来吧。"

水星跟张宇飞只是简单打探了下盛沂的情况，张宇飞说到兴头上，又拿出手机给她看微信。

张宇飞跟盛沂不太熟悉，但是两个人因为老师交接作业的事情加过微信，聊过的话区区几句，他把手机拿到水星眼前："对了，这可是你高中同学哎，你没加他微信吗？"

水星说没有。

也许是她回答的语气出现了什么问题，也许是因为她今天有关盛沂的问题实在提得太多，张宇飞不知道怎么就捉住了她的马脚，没管住嘴，多说了句："你该不会是表白拒绝被删了吧？"

"……没有。"

她嘴巴里是否认的话，但是人都不傻，自然知道其中必有隐情。

也是在那年，微信忽然流行起来，水星不知道什么时候就被拉进了西城附中2010级的年级大群里。大约她在那届还算出名，才加进去不久就纷纷有人来申请她为好友。水星胡乱地点击了通过，又鬼使神差地点到更多的群成员里，去寻找她熟悉的头像。

这么多年，盛沂的头像还是没变，白底黑线，水星记得他说过这是恒星的光谱。

她点进头像，看到盛沂的朋友圈，非好友在这个时候显示出了非好友的优势，原先在张宇飞的手机上只能看到仅三天可见的提醒，现在反而能看到他整整十条的朋友圈。

相比过去，他发朋友圈的次数要频繁得多，不过时间不定，有时候三天，有时候半年，有时候配一首歌，有时候只有一句话。

水星以为自己早就过了对任何一句话都要做出仔细阅读的年纪，但当她再次翻阅的时候，她才发现其实有些事情无关年纪，只关乎在乎或者不在乎。

十条朋友圈，她看了一整夜，然后从他的界面里退出来，像是什么都没发生过一样。

就像是当年她小心翼翼地退出他的空间，不敢留下丝毫痕迹。

这样的状态持续到了研二升研三的暑假，水星在北城找到一家律所做实习，平日里还有高强度的文献跟论文，每天忙到焦头烂额，连原本

预订好要回家的票都忘记,还是蒋林英给她打了个电话,跟她说戚远承最近身体不好,前几日还住了院。

水星连夜处理好在北城的事情,又买了最早一班的高铁回西城。

再回西城是个阴天,一下高铁站,水星就打了辆车,才到中午,戚远承一进家门就看见坐在饭桌上的水星。

"姥爷。"

水星从饭桌上起来,跑去玄关那边给戚远承找拖鞋。

戚远承愣了下,换鞋的动作慢了一步:"之前不是说了误了票不回来?不回来就不回来了,这会儿假期都快结束了,就不耽误时间了?"

戚远承年纪见长,但还是没有改掉嘴硬的习惯,他讲完话就不作声地去房间里找戚芸,把人带出来吃饭。

水星跟在后面,不知道什么时候起,她承担了戚芸的角色:"还说我呢,姥姥跟我说你前几天住院了,这么大的事情怎么不跟我说?"

"你听你姥姥胡说,谁住院了?我到医院是例行检查。"戚远承嫌蒋林英说出去,骂骂咧咧重复了一遍,"例行检查,懂不懂?我一个学医的还能不知道自己身体?你比我清楚?你该干吗干吗去,别因为我的事回来。"

"行,我没有因为你的事情回来,我想家了。"水星顺着戚远承的话说,"我想家了,想回来看看,行不行?"

戚远承冷哼一声。

戚芸近两年的精神状况好了不少,除了偶尔会喊起水浩勇的名字,基本上没有什么大问题。蒋林英跟戚远承和她聊起小时候的事情,戚芸也总是乐呵呵的。

饭桌上又摆起了茄子,只不过自从蒋林英知道水星讨厌这个味道后,都会摆得远一点儿,专门给戚芸吃。

"星星,这次回来能待多久?"蒋林英问她。

水星夹了一只虾,心里算了下日子,研三早就没了课,她大可以不按开学时间回去："十七八号。我等高峰期错开再回去,还有七八天呢。"

蒋林英应了一声好。

说不清是不是因为长大,一家人聚在一起首先问的总是什么时候再离开,知道时间还久,蒋林英难免提起过去的日子,话没说几句,蒋林英就说到了之前总来家里住的郁晴跟席悦,跟水星说既然回来了就去找原先的朋友多玩一玩,身边有朋友才热闹。

"我看悦悦跟晴晴两个小姑娘挺好的,去年过年还来家里给我跟你姥爷送了不少东西呢,小姑娘嘴甜人又漂亮,我还问她有没有男朋友。"

水星心里暗道不好。

以前上高中的时候,大人们总跟他们强调不要早恋,严禁他们谈感情。上了大学,蒋林英跟戚远承隐晦地问了几次,但总体的态度还是朋友可以,以后再谈,现在先观望观望也不急。可一上了研究生就不一样了,蒋林英不知道是不是看隔壁奶奶都抱上了孙子,眼红得紧,打电话五次有三次都在问水星的感情状况。

"姥姥,我吃饱了。"水星像是没听见,囫囵吞下碗里的最后一口饭,说,"您不是让我去找悦悦玩吗?我现在就出门。"

蒋林英还没说完关于结婚的事宜,就看见水星在玄关换好了鞋,她连忙站起身,在屋子里找伞,喊道:"星星,带上伞,一会儿小心下雨。"

水星一心只想尽快摆脱催婚的困扰,所以没有停留,连伞也顾不上拿,就匆匆跑出了家门。

她在家虽然说是出门找席悦,但其实两个人前几天还联系过,席悦根本不在西城。

大四毕业,席悦考研回了西城,而向司原毕业后就进了部队,他们基本上没怎么分开过,现在一年见不到两次面,正好前几天碰上向司原有假期,席悦哪里能待得住,立马订了当天晚上的机票,连父母都没反应过来就跑去找了向司原。

说起来两个人从初中认识，高中在一起，直到现在，论起正常的恋爱时间都有八年。

　　八年的时间足以改变许多东西，就好比水星现在走在汇展街路边，发现马路不知道什么时候整修过，两侧更宽了，周遭的商铺不知道什么时候都变了，过去的小店面都改了名字，就连水星在上高中前常去的书店都紧跟上了时代，与咖啡结合，在附近做起了第一家咖啡书吧。

　　唯一没有改变的大概只有西城的雨，说来就来，毫无规律可言。

　　水星才走了没几步，就感觉鼻尖润润的。她抬起手，摸了摸，又把掌心伸向外面，两滴黄豆大的雨珠瞬间就砸到她的手掌心。

　　没办法，她只能就近跑到街对面的咖啡书吧。

　　老板还是没变，但已经记不太清水星了。她进门不再问她要看什么书，而是客气地说了一声"欢迎光临"，紧接着又问她喝点儿什么。

　　水星抬起头，看了眼吧台后面悬挂的菜单，正出神地考虑着，忽然她听见背后传来低低的声音，他喊："星星。"

　　水星回过头，愣了两秒。

　　她看见外面的雨铺天盖地地砸下来，一遍又一遍地刷着透明的落地窗，看见盛沂从餐桌的后一排过来。他的脊梁总是挺拔，人高腿长，身材极好，白色衬衫黑色西装裤这样简单的穿搭在他身上都格外养眼。

　　她推门进来时，身上还携带着一股雨中特有的微腥味，可怎么盖还是盖不住面前的人拥有的薄荷香。

　　水星看着眼前的人，脑袋里不合时宜地想起她试想过的无数场景，她想过自己的反应，她想他们太久太久没有见面，她的心脏大概不会为他再跳动了。

　　想象只是想象。

　　他只不过叫了她一声星星，某个瞬间，水星以为他们还在十七岁。

　　她只是做了一场很久没有醒来的梦，梦里的结局和现实有些偏差，她和盛沂没有再见面，她经历了很多很多让她讨厌的事情，他们分开太久又因为时间与环境不再为对方的一举一动感到新奇或是喜悦，对于过去都归结为一把死灰。

就好像灭了就灭了，没有什么大不了，以至于她从来没想过，或者不敢想。

一别多年，死灰复燃，轻而易举。

水星跟盛沂面对面坐在咖啡桌前，老板端来一杯水果茶，她都说了三句不止的谢谢。

窗外还在下雨，水星说不上来的局促。大学的时候还经常会幻想跟盛沂在什么情况下遇到，可能是年龄渐长，她想的次数少了又少，以至于真遇见了，她脑袋里反而是头一次见盛沂的样子。当时他军训完没多久，套了一身青绿色的校服，外面下着雨，他连伞都没有，只能跑到这边的屋檐下避一会儿雨。

但这一次，顺序似乎完全颠倒过来。

她脑袋里乱乱的，都是在学校里听到有关盛沂的事情。

其实想问的不只是什么时候回来，她想问盛沂恋爱谈得怎么样，对方是不是陈嘉漾，他有没有分手，当年高考结束有没有找过她，太多太多，可真的要把这些话说出口反而不自然起来。

水果茶放了许多冰块，清清凉凉的，水星伸手用手掌包裹着杯壁，食指勾了勾壁上的花纹，企图以此稳定下心境，才说："好久不见。"

盛沂垂眸，看着她的动作。

水星紧张的时候手上的小动作总是很多，原先是揉搓卷子跟衣角，现在收敛一点儿，换成了杯壁，东西不再柔软，不容易看出它的皱褶。

"好久不见。"她听到盛沂说，"你什么时候回来的？"

"今天中午才到。"水星问，"你呢？"

"比你早两天。"

盛沂的导师收到了西城大学的邀请，学校里想新设一个天文系，想

吸收一下国外的先进经验，双方做一个交流。导师知道盛沂是西城人，再加上他奶奶跟爷爷都是西城大学的老师，除了导师还带了一个同门，三个人一起回来。

"嗯，你好像……是到国外读研了吧？"水星不想显得她太关注盛沂，询问他的时候故意顿了顿，又解释，"我之前好像是听悦悦提过一句。"

"没有，在读博，明年毕业。"

水星噎了一口气，心情莫名其妙复杂起来。她一直以为现在的她跟盛沂再没什么差距，他读研，她也读研，即使没去国外，她现在所在的学校也不算差，结果没想到她还在原地沾沾自喜、自鸣得意的时候，盛沂居然跟她说读博了，而且博士还快毕业了。

"哇！"水星不知道能说些什么，干笑了几声，"那你还挺厉害的。"

两个人一下子沉默下来。

水星偏头看了眼窗外的雨，在想她该找话题还是直接走，可惜还没等她确定好，盛沂那边就响起一通电话。

"有电话。"盛沂低了低头，看向手机屏幕，指尖顿了下，还是选择接了起来，"我接一下。"

"好。"水星又拽过吸管喝水果茶。

他们之间隔了一张桌子，盛沂偏过头，他没有开免提，她还是能听到对面传来的女声。

电话那边的语速很快，用英语说的，即使水星的口语还不错，但只是隐约听见几个关键词，有关晚饭跟订座位的。她最后刮了下透明的杯壁，原本就坐立不安的心思又冒了出来，再等三十秒，还是选择先起身。

盛沂还在打电话，顾不上那么多，水星只能用手轻轻拍了下他，指了指窗外，跟他无声地对口型："我先走了。"

电话那头是盛沂的同门，导师来西城几天还没吃过正儿八经的地方小吃，知道盛沂是土生土长的西城人，今天晚上好不容易有空闲了，导师让同门先给盛沂打通电话，让两个人商量把餐馆订在哪里。

盛沂抬手捂了下通话口，他的声音很低："我送你。"

"不用。"水星摇摇头，"你忙你的就好。"

她又不是三岁的小孩子，原先在学校里才会把自己搞得很忙，都是为了等盛沂下学，两个人可以一起走回家。当时的她巴不得汇展街永远走不完，现在她自己走得也很好，没必要为谁停下脚步。

盛沂没反驳她，只是余光又看了眼窗外的雨。他记得水星来的时候没带伞，现在雨还没有停，他垂手，把一边的折叠伞递了过来，道："要走的话把伞带着。"

水星拿着盛沂交给她的折叠伞，伞身是黑色的。她打开，走到了马路对面，目光还是没忍住往咖啡书吧里飞。

伞边向下歪一点儿，水星靠外力彻底挡住自己的视线。

当天晚上，水星就失眠了。她躺在床上，反复点进西城附中的年级大群，在近千人的群里又找到盛沂的头像，每次到添加好友那一步又退出来。不知道第几次，手机忽然振动了一下，水星退出群聊，发现是张宇飞的微信。

张宇飞研三毕业留在了学校，成为一名光荣的辅导员，服务于学校大众。眼看学校马上开学，他每天都在新生堆里蹲。

张宇飞：[图片1]

张宇飞：[图片2]

张宇飞：[图片3]

张宇飞：帅吗？

他发来的照片都是同一个男生，模样怪陌生的，身型高大英俊，单肩背了个黑色的吉他包，神色懒洋洋的。

三颗星星：[？.jpg]

张宇飞：这届新生里面的一个，人还没进学校呢，我周围的学妹们看见照片就哇哇乱叫，一直向我打听，连点儿理智都没了。

张宇飞：你觉得呢？他真帅吗？他帅我帅？

三颗星星：嗯，是挺帅的。

三颗星星：后面的我就不回答你了，我不喜欢说伤害朋友的话。

张宇飞：[省略号.jpg]

张宇飞：对了，你怎么还没睡？

水星一直属于早起早睡型选手，自律得可怕，这个时间点还能回复实属难得。

三颗星星：[省略号.jpg]

张宇飞：你回复一串省略号就更不对头了。

张宇飞：我才刷某人的朋友圈，他定位在西城，你早上不是才跟我说回家一趟，失眠原因是怎么回事儿？是两个人见到了不？

水星还没回复，张宇飞已经把截图发过来了。

张宇飞：[截图1]

水星没回复，先点开截图，她纠结着要不要加好友那会儿，盛沂还没发。

截图里只有两个字"回家"，再加上西城那家咖啡书吧的定位。

三颗星星：不早了。

张宇飞：[省略号.jpg]

张宇飞：你知道你现在这个行为是什么吗？逃避。

张宇飞：你越逃避越说明我说对了，你说是不是？你完全可以光明正大、明明白白地跟我说遇到了。

张宇飞：say！say it！

水星没搭理他的激将法，干脆明了，只回了一句睡了。

手机摁灭，水星的睡意更是没有了，从床上爬起来，打开小夜灯，随手抽了一本边上的小说，打算看一会儿书，等有了睡意再睡。结果书才翻了两页，就因为里面夹着什么自动转到了中间，水星愣了下，从书页里拿出那张纸。

因为时间太久，白纸边缘早已泛了黄，变得有些脆生。

水星小心翼翼地折开面,看到了满张有关盛沂的缩写字母。

她忽然想起来那段时间正值蒋林英扔掉了她放在抽屉里的白桃酸奶。为了避免东西放在一起太明显,水星那会儿把抽屉里的东西都分散开来,东放一件西放一件,以至于后来有很多东西她都再也找不到。

人就是这样,原先找遍办法费劲脑筋担心别人发现的东西,一旦真的隐藏起来,反而成了过去,遗忘也成了正常。

第二天,水星中午才起了床。

蒋林英在厨房炒菜,水星还没出卧室,光闻饭香就知道她炖了排骨。她推开门,看见戚芸在沙发上等电饭锅里的米饭蒸熟。厨房里的蒋林英也听见水星的动静,从里面掀开帘子:"星星起来了。"

水星含糊地"嗯"了一声:"刚起来。"

"洗脸刷牙,饭就好了。"蒋林英挥了挥手里的锅铲,"你下去喊你姥爷一声,让他上来吃饭。"

水星应了一声:"好。"

她以最快的速度洗漱完,又在沙发边上随手拽了件外套,跟蒋林英说了一声现在就去,然后就下了楼。

楼上到楼下的距离很近,水星连拖鞋都没换。

为了方便病人进出,戚远承一般都不会关下边的门。水星掀开棉布帘,刚要走进处方室喊戚远承上楼,话没说出口,就看见坐在客厅打点滴的盛沂。

棉布帘掀开又放下,水星连诊所的玄关都没踏进,一秒退回了一楼半。

她低下头,上下扫了扫现在的打扮,心态有点儿崩,这次她回家匆忙,根本没带多少行李,睡衣还是高中买的,白色底子印着胡萝卜兔八哥的睡裙。

水星晃着神从楼下又上来,正巧碰到蒋林英把饭菜都端上了桌,朝后看了眼,发现水星是一个人回来的:"星星,喊你姥爷上来没?"

"还没。"

"楼下还有病人？"

"……嗯，还有一个。"水星脸上发烫，埋头就往房间里走，"我回屋换个衣服再下去。"

"就楼上楼下的距离换什么衣服？"蒋林英莫名其妙地看她一眼，"饭都做好了，今天有排骨跟西红柿炒鸡蛋，你吃米还是吃面？"

水星胡乱地答了一声"米"，紧接着把房间的门关上，手脚瘫软地坐在床上。她忽然想起来高中的时候，她见到盛沂也是这样，那会儿她只想下楼看看戚远承跟蒋林英做什么，没想到在隔壁的卧室撞见了烫昏过头的盛沂。

他迷迷糊糊什么都不知道，水星还是为他换了一身干净的衣服。

都怪这场雨，一切似乎都有向回发展的征兆。

水星换好衣服才出了卧室，结果还没下楼，就被眼前这一幕又惊回了房间。

蒋林英估计是嫌弃水星太慢，楼上楼下的工夫，她做好了饭就下了楼，没两分钟就把人带了上来，只是水星非常不理解，单是她下楼叫戚远承就算了，盛沂不知道为什么也跟着一块回了家。

"星星，出来吃饭。"

蒋林英在外面叫人，水星没办法当听不见，只能硬着头皮，又从房间里出去。盛沂的点滴还没打完，蒋林英给他找了个衣架子放右边，方便挂点滴。

不是长大的缘故，水星确实觉得客厅缩小了一倍，光呼吸都有点儿困难，她看了眼单手帮忙摆碗筷的盛沂，犹豫一会儿，忍不住说："姥姥，这怎么还——"

她想说这怎么还多了一个人，盛沂是病人，戚远承的诊所什么时候开始管饭的。

没想到蒋林英未卜先知，不等水星说完话，蒋林英就打断了她：

"你不是回去换衣服了吗？我想着太麻烦就下了趟楼，正巧看见小沂在打点滴呢，我记得你们是高中同学，关系好着呢，楼下就他一个病人了，问了下他点饭没有，小沂又没点，娃一个人怪可怜的，我让你姥爷把点滴拿上来给他打，家里多添个碗筷算什么？"

水星倒吸一口凉气，在这一大段话里就抓住一个重点，蒋林英把自己专门回房间换衣服的事情说出来了。

盛沂放筷子的动作一顿，碰到旁边的碗口，筷子跟着滚了下来。蒋林英的注意力一秒转移过来，看见盛沂左手上贴的胶布："这边怎么还贴了胶布，换手扎的吗？"

盛沂抬起头，扫了眼边上的戚远承。早上来诊所打点滴，戚远承不知道怎么回事儿没发挥好，同一只手扎了两次都扎不进去，换到了右手才见好，他翻了翻手背，把胶布藏下去。

蒋林英在一边向戚远承打趣，朝水星说："你看你姥爷现在，老眼昏花，连针管都要扎不稳了哦。"

戚远承被质疑了医术，一张脸黑得吓人，没说话。

"不过我看小沂这次病得也不算太严重。"蒋林英从小看盛沂来诊所打点滴，他体质差，小时候浑身都烫到不行，现在明显好了点儿，不会晕乎乎地躺在床上没反应。她找了个凳子给盛沂坐，又说，"吃点儿药就行了，你姥爷还按小时候的方法给他治，打什么点滴呢。"

"谁按原先的方法给他治。"戚远承没好气道，本来就因为医术不精不高兴，哼了一声，直接出卖了盛沂，"跟他说吃点儿药就行，他不吃，非要打点滴，你怎么不问问他，他打什么点滴？"

盛沂："……"

五个人不尴不尬地吃完了饭，吃饭半途，水星能明显感觉蒋林英不经意地把话题向盛沂引，一开始她还有点儿挣扎，后来干脆破罐破摔起来，反正自己也想听，如果硬要她问可能还问不出口。

水星一边扒拉碗里的饭，一边耳朵竖得比谁都高。

盛沂说的话不太多，但蒋林英问起的都答得清楚，即使水星在别人眼里已经算是别人家的孩子，蒋林英还是忍不住感慨一句盛沂很优秀，话说着说着，她不知道什么时候就转了弯："小沂现在有女朋友吗？"

水星低着的头猛地一抬，又察觉出自己反应太大，生硬地夹了一道最远的茄子扔在碗里。她吃饭的速度都慢了点儿，然后听见盛沂说了句没有，强压已久的心脏仿佛安装了弹簧，一时间压到了低，眼看要急速反弹。

"这么优秀还没有女朋友？"蒋林英眼睛都亮了，视线直接扫向了一边的水星，"我也是听朋友儿子说的哈，他们都说上了大学跟研究生最爱往高中同学里面找男女朋友的，也不知道你们年轻一辈是怎么想的？对了，你跟星星上了大学联系还多不多？那个什么信加着没有？两个人关系好就要多联系，感情吗？总是联系就联系出来了。"

她错愕地抬起头，呛得米都吃不下，咳嗽几声，没应蒋林英的话，赶忙说了句还有工作，就逃回了房间。

席悦不经常跟她聊盛沂，张宇飞对他也是一知半解，但盛沂今天就坐在她旁边，每一句话都解释得清清楚楚。

其实还是期待的吧，在蒋林英问出盛沂有没有女朋友的瞬间，在蒋林英说两个人多联系的瞬间，她都在期待，想着他说没有，想他按自己的期望回答。

可如果这么多年过去，她跟盛沂那么一点儿回忆都没有了，频繁的期许只会变成厌烦。

笔记本打开，水星盯着屏幕上的资料，其实一个字都看不进去，一旁的手机忽然"嗡"了一声。水星下意识察觉到什么，打开手机屏，看到了微信底部的小红点，是一个好友申请，眼皮又是一跳。

是盛沂的好友申请。

是他第二次申请添加她为好友。

水星盯着手机屏幕上的日期，时间停留在 2012 年 12 月 21 日。

那年水星上大二，学校里疯传玛雅人的语言，一时间所有人都在讨论如果真的有世界末日该怎么办。当时宿舍里四个人，只有她一个人没有男朋友，宿舍其余三个人商量着怎么也不能让她枉来人间一遭，把她的照片和联系方式贴在了学校的表白墙。

那几天，水星的微信频繁地收到好友申请，起初她还看两眼，后来一概无视，当作不知情，以至于盛沂早就申请过她，想要再当她的好友，她都没有看见。

她在房间静静地听着屋外的声音，蒋林英还在跟盛沂说话。

好友申请是在盛沂出了戚远承的诊所后才通过的。

三颗星星：你……2012 年的时候加过我吗？

消息发出，水星立马撤回了消息，她想问他当年加自己做什么，又怕问了她再次因为一颗时隔多年的、简单的糖再次沉沦。

她不想承认自己已经对盛沂心软了。

她琢磨了很久，猜想盛沂大概率没有看到，手指在屏幕上碰了碰，又重发一条。

三颗星星：你走了吗？

这条很快回过来。

SY：刚走。

SY：怎么了？

三颗星星：还没还你的伞。

SY：没事。

三颗星星：你明天还来吗？

三颗星星：输液。

SY：嗯。

三颗星星：那你明天来的话提前跟我说一声，我下楼给你。

SY：好。

盛沂看着对面的人从正在输入中改成了正常的状态，水星没有再发消息过来。

盛沂其实看到了撤回的消息，那会儿是 2012 年年底，每个人都说今天就是世界的终结，互联网上不断地宣扬着及时行乐的口号。他们说大部分的爱都建立在及时行乐上，趁着末日，要想对一个人好就对一个人好，想联系一个人就联系一个人，一切都跟他一直秉持的延迟满足大大相悖。

也是在那一刻，他忽然在想及时行乐有什么不好的？长久以来，他做好计划，做好安排，做好打算，他觉得只要自己按部就班就能把缥缈跟遥远的事情落实下来，攥在手里，可事情从来没有按照他的意愿发展，他丢了西瓜丢了芝麻，什么都不曾拥有。

盛沂能清楚地感觉到，他在这样的氛围里一点又一点地失控。

等到真正末日的那一天，他几乎是冲昏了脑袋，找到水星的微信，输入添加，他努力想找一个开口，又或者理由，想尽了说法，等水星的添加。

可是晚来一步的勇敢，不是勇敢。

他守了一夜，真正等到了明天，好友还是没有通过。

盛沂又来回翻看两遍和水星的消息，过了片刻，才退出聊天界面，转而看见了朋友圈的红点。

两个人刚加上好友没多久，水星就发了一条朋友圈，只有一个字，烦。

他记得高中的时候，水星有一阵很爱发说说，最多一天四五条，最少一天一条，有点儿类似报平安，再讲一讲当时的心情。这么多年，他的消息大部分都是从席悦那边旁敲侧击来的，知道她去了 D 大，知道她进了社团，知道她去实习，知道她选择保研，直到后来西城附中拉了一个年级群，他才又多了一个了解她的地方。

可水星跟高中不太一样了。

她发朋友圈的频率很低，甚至相比他来说都少。

然后，下一秒钟，水星朋友圈多了一个赞。

水星一秒从床上弹起来，盯着盛沂在朋友圈给她点的赞。原先没加过盛沂，她平常发朋友圈也不怎么爱屏蔽人，这会儿看到这个赞才明白微信分组的好处，指尖在删除上犹豫了两秒钟，她还是没摁下去。

删除显得她太心虚了。

结果光明正大还不如心虚，不到十五分钟，好友列表就收到了席悦的疯狂轰炸，一边问她怎么了，一边拍了好几个小视频展现她跟向司原的恩爱。除此以外，张宇飞更是一通电话直接打了过来，发现了华点："不错的，你跟盛沂加上微信好友了？"

水星就知道盛沂给她点了赞不会有什么好事，一个头两个大，支支吾吾地"嗯"了一声，嘴硬地反问他："对，我跟他加好友了，怎么了？"

"还怎么了？"张宇飞在电话那端合理推测，"我就知道，昨天两个人见面，今天加好友，后天就沦陷了，你该不会又准备追他吧？我怎么还记得他有个女朋友呢，不过这么多年也没见他秀过，八成是分了，但你还是得调研啊。"

水星又不能直接跟他说蒋林英今天都帮她调研好了，盛沂早没女朋友了。

张宇飞在那边跟她语重心长地聊恋爱经验，两个人都是小白一个，但他就是比水星能说。聊了半天，张宇飞以自己作为水星兄长的身份给出承诺，早晚要把盛沂这几年的小九九扒个干净，水星要追人也得有点儿眉目。

水星有点儿无语，把手机往边上挪了挪，过一会儿才贴回耳边："谁说我要追人了。"

"那总不能是他追你？"张宇飞咂了咂嘴，"口气真不小，当年他连外语系的系花都拒绝了，这种祖宗要追人可是什么样？还不如等我给你调查完了，到时候我们详细列一套攻略，什么你追我赶，你进我退，咱自身条件也不差，再说有你哥我还怕追不到他？"

水星让他赶紧闭嘴，两个人八字都没一撇。

挂断电话，水星怕再惹什么麻烦，犹豫一会儿还是没舍得删掉。这算是她和盛沂的第一条朋友圈互动，就算两个人没什么了，她还是想留着，干脆设置成了仅自己可见，给自己看就算了。

盛沂是第二天下午才来戚远承的诊所打点滴的，他这个状态好了差不多，戚远承跟他说最多再输一次，多了也没什么用。

水星自打收到了盛沂的微信就在楼上磨磨叽叽，短袖换了三件，裤子找了两条，折叠伞都不知道整理了多少遍，算着盛沂差不多打完才从卧室出去。

结果刚推开门就看见趴在门边的蒋林英，水星吓了一大跳，蒋林英伸手拉了拉衣服："星星，姥姥刚想进去找你帮忙呢。"

水星"嗯"了一声："什么忙？"

"这不是在家给你姥爷洗了点儿水果，医生说他最近缺VC，要多补充营养，你看着把外面茶几上的果盘拿下去吧。"蒋林英说，"我从窗户外面看的时候好像还看见小沂也过来了，那么多水果，你姥爷一个人吃不完，你到时候再给小沂分点儿，听见没听见？"

蒋林英之心，路人皆知。

水星说不上来话，她本来就要下一趟楼，所幸蒋林英给了她这个借口，点点头："我知道了，那我现在下去。"

"哎，星星乖，去吧。"

果盘里的水果真不少，沉甸甸的一盘。水星从楼上下去，正好碰上戚远承从处方室出来，看见她拿着水果，皱了皱眉："下来做什么？"

"姥姥让我监督你吃水果。"

"监督我？我吃得了这么多？"戚远承抢过一盘水果，说着都又要往处方室带，"你姥姥还把水果都切好，柚子这么麻烦哪回见她剥过，天天的……"

水星跟在戚远承后面找盛沂，发现他没在客厅里坐。

"你该吃就吃,一会儿我进来找你。"戚远承把人领进房间,东西丢在桌子上,"我出去给病人扎个针,药还没配完。"

水星点点头,从里面挑了一个桃子,等戚远承出去没两分钟,就给盛沂发消息。

三颗星星:你不是来了吗?

SY:嗯。

三颗星星:在哪儿?

SY:隔壁家。

水星听见盛沂的咳嗽声,心莫名跳了下。原先她也是经常在这个家写作业,盛沂通常都会去隔壁,老房子隔音差,以至于对面说些什么都能听见,当时盛沂每一声小咳嗽她都想听得一清二楚,恨不得刻在脑子里。

戚远承去另一个房间给病人打点滴,客厅里只有两个病人玩手机。水星轻手轻脚地开了房间门,又以最快的速度溜进了隔壁,看见坐在沙发上的盛沂,视线往下一瞥。

窗外的阳光很好,窗边种了绿植,有青绿色的阴影揉碎在光里,他们两个人一个在上一个在下,水星猛地一回头,看向对方,那些过往的记忆又充斥而来,一点儿也不含糊。

水星强压住激烈的心脏,找了离盛沂相近的沙发坐下来,又垂着头,一时间都忘了她原本进来的目的。

"伞还你。"水星拿出藏在手里的那把折叠伞。

明明都没有雨,伞身却有些湿漉漉的。

盛沂伸手,隔着沙发,把她的伞接过来。

"对了,还有这个。"水星缓过神,又想起蒋林英的嘱托,"我姥姥说准备了很多水果,让我给你带一点儿吃。"

盛沂"嗯"了一声,伞放沙发后,又伸过手。

如果说折叠伞还不用两个人靠得太近,仅靠他们的臂长能勉强碰到

边，桃子就没有那么好运，水星只能起身，走到盛沂旁边的沙发上，再次递给他。她等盛沂接过去，又想往回走，但听见盛沂说了声谢谢，走回去又太显得刻意，只有僵硬地坐在一边。

"没事，应该给你的。"

"嗯？"

水星吞了吞口水，又看了盛沂一眼。他盯着手里的桃子没吃，似乎在想什么，顿了下，她又主动解释，说："我的意思是，我姥姥觉得我们原来关系挺好的，想着我把水果给你，我们就能多说几次话，就是……她想撮合我们。"

水星模拟法庭的时候都没嘴瓢几次，还以为自己早就不会紧张了，这时候才明白过来为什么古人会说江山易改本性难移。

她是真的改不掉胡言乱语的毛病。

房间忽然陷入了寂静，只有门后偶尔有客厅病人的询问声。他们在问戚远承失眠多梦有没有事，又在问戚远承心率过快严不严重。

盛沂的视线偏了下，转向旁边的水星，静了片刻，才"嗯"了一声，说："我知道。"

"老人家都是这样，我姥姥看到我身边有合适的男生就总喜欢给我制造机会。"水星尴尬地笑了笑。

"之前也是？"

"之前……之前还没碰上。"水星哽了下，飞快地扫了眼盛沂，"我是合理的猜测，毕竟周围的人都结婚生小孩了，她着急一点儿也是正常。"

"嗯。"

"那你别放在心上。"水星说，"好吗？"

"不好。"

盛沂拒绝得很快，以至于水星都愣了下："什么？"

盛沂的目光又对了上来，他的眸子蕴了光，显得颜色很浅，睫毛尖也亮亮的。

四目相对,她似乎再一次清楚地看到了盛沂眼底翻涌的情绪,她很轻地眨了眨眼,生怕错过任何痕迹。房间又热闹起来,两个人的心跳填补了全部间隙。

阳光太温暖,以至于房间都沾染上了暧昧不明的温度。

他开口说:"因为我想重新追你。"

直到盛沂病好,水星都没有再去过一次戚远承的诊所。

手机里的微信很少回复,她把卧室当成了图书馆,手里的飞行模式比任何时候都要长,唯一不同的是她每隔半个小时都会接收一次消息。

也许是大学时候太稳重了,她现在的心思想稳反而稳不下来,说不清楚她现在的心理,既想收到盛沂的消息又不想收到盛沂的消息,担心不知道该回复他什么。

昨天上午水星就收到了盛沂的邀请,他的导师在西城大学组织一场讲座,除了导师本人,他跟同门的师姐也是发言人,时间就在两天以后,也正巧是水星订票回北城的同一天。

她犹豫几秒,最终还是选择了拒绝。

其实不是说学校里的工作有多忙,水星只是不想因为盛沂变得没了原则,连最后的底线都没有,她会觉得自己像记吃不记打的小孩子,轻易沦陷。

她总共回家的时间就七八天,在卧室里已经待了三天,蒋林英担心她发霉,有事儿没事儿就催她下去走走:"你在学校是不是也总待在宿舍?坐在椅子上都不知道走的,小心年纪轻轻要有颈椎病的。"

水星勉强把电脑熄灭,拿起一边飞行模式的手机,又调回正常,起身动了两下,自欺欺人:"不会的,姥姥,你看我这不是在运动吗?"

"这算什么运动?要出去走走。"

"姥姥。"水星叹口气,有点儿不情愿,"我在家挺好的。"

手机反应慢,缓了两三分钟才蹦出新的消息,都是盛沂的。她垂下

眼,藏住眼底的雀跃,又看向一边琢磨事情的蒋林英。

"你是不是长大了觉得姥姥的话多余了?"蒋林英说,"姥姥让你出去走又不是走多远,正好我在家里做了白粥,还有前几天腌了不少小菜,一会儿姥姥给你装一点儿,你不是常去西城大学家属区吗?"

水星的眼皮一跳:"啊?"

"小沂病刚好,吃不了油腻的,你给小沂带过去点儿。"

水星心里别扭,挣扎了两下:"他可以自己点外卖,不行吗?"

"外卖能比得上家里的吗?"蒋林英一听外面送的就嫌弃,"再说了,我刚刚在微信上都跟小沂说了,一会儿就让你把东西送过去,你让姥姥说话不算话啊?"

水星彻底说不出话了,争辩不过蒋林英,水星最终是被她推着出了门,蒋林英说她到时候会让盛沂拍张照片以防水星没送到。

戚远承的诊所离西城大学不远,走路几分钟就到,从西门过去,这一条街还是老样子,不过有几家店倒闭换成了新的,高中那会儿他们最爱来的甜品店现在成了一家西餐厅,里面坐了许多学生。

她一边走一边给盛沂发消息。

三颗星星:你在家吗?

那边的消息回复得很快。

SY:嗯。

三颗星星:我姥姥让我给你带点儿东西。

三颗星星:过一会儿我去你家,行吗?

SY:行。

SY:大概几点?

她手里拿着东西,保安理所应当地把她当成学生去拿外卖,没有拦她。即使这么久没有进过家属区,水星还是能绕到盛沂的单元楼下。

水星没再回复盛沂的消息,摁响门铃,里面传来盛沂的声音:"谁?"

"我……水星。"水星挠了挠脸,总觉得被蒋林英这么一闹,她成了追人似的,"你现在能开门吗?"

"嗯,上来吧。"

水星听见门锁开了的声音,她进了单元楼,上了电梯,找到盛沂的家门口,看到那扇防盗门已经开了,才想起盛沂是跟爷爷奶奶住在一起。很久没见两位老人家,想着她要进去也应该买些礼物再来的。

门从里面打开,盛沂穿了一件灰色的居家服,垂眸扫了眼她手里的东西。

"我姥姥说给你熬了白粥。"水星吓了一跳,把袋子递到他手里,抿了下唇,没打算进去,只是重复一遍,"里面还有前几天家里腌的小菜,你可以吃一点儿。"

"谢谢。"盛沂的病是真的好了,嗓音比之前干净许多,他又让了些位置,"进来吗?"

水星有些犹豫:"你爷爷跟奶奶……"

盛沂说:"学校里有事儿,他们不在家。"

"哦,好。"水星松了一口气。

盛沂转身进去,水星这才也一并跟了进去,防盗门又被碰上,发出重重的声响。厨房在客厅旁边,盛沂把袋子放到一边,从里面取出砂锅,他站在餐桌一边,又去找台上的碗,想先把锅清出来。

砂锅太烫,盛沂的动作很慢,他的指甲修剪得很平整,有浅浅的月牙型。水星低头,站在一边望着他的动作出神。其实两个人上次在戚远承的诊所说完话就有点儿尴尬,算起来这还是两个人之后的第一次见面。

盛沂先舀了一碗,放到水星面前:"要喝吗?"

"我……好。"水星本来想放下就走,现在不知道怎么就答应下来。

"后天就走?"盛沂问她。

水星拉开一边的椅子,坐下,捧着白色的碗,"嗯"了一声。

白瓷碗导热很快,没一会儿她的手掌就暖了起来。盛沂把一边的小菜打开,推到她面前,又问:"什么时候的票?"

"上午九点。"

盛沂又"嗯"了一声:"我去送你。"

"不用。"水星几乎是下意识拒绝,偏过头,看向盛沂的眼底,解释,"我一个人打车很快就到了,你还要早起,下午不是还有讲座吗?来回太麻烦,也没什么必要。"

两个人的气氛又僵下来,水星低头喝着粥,忽然觉得她是一个太不合格的被追求者。消息要延迟回复,关心要及时拒绝,一点儿机会都不给,严密得像块硬石头。

她也知道她大可不必再补充些什么,但说不清为什么,她的心里会冒出一点儿波澜,担心真的把盛沂吓跑了。

她总要给盛沂一个交代吧?

还是说,被追求者还是有权利保持沉默。

两个人喝碗粥,盛沂把碗叠在一起,水星本来想说回去了,没想到盛沂先跟她简单介绍了下屋子里的布局,说:"房子不大,学校分的,就那么几间,你可以在客厅,也可以随便逛一下,等我洗完碗送你回去。"

水星的话又噎回去,应了一声"好"。

厨房跟客厅是连着的,两个人才经历了那么尴尬的一幕,她有些想错开,一直在卫生间待着也不是办法,她指了下盛沂之前给她介绍的房间,问:"我可以看一下这个房间吗?"

"嗯。"盛沂说,"随你。"

水星知道他的意思是可以。

房间的门是白色的,水星推开门,她想这大概是盛沂的房间,整体的颜色都是很淡的蓝,书桌是木头的,跟书架连在一起。盛沂的桌子上放了一台笔记本,大约之前在办公,还没有合上,水星没敢多看,只是选择坐在木椅上,偏头去看一边的书架。

盛沂的藏书很多,除了书桌这边连着的,还有另一头的书柜也都摆满了书。

房间朝阳,楼层又高,窗外的光线很好,阳光透过玻璃晃向一旁的书柜,书皮擦着金灿灿的亮光。

水星随意地一扫,一眼看到在最靠近桌子边角的两本书,怔愣一瞬。

那两本书并排列在一起,名字一样,都是《时间简史》,其中一本是她送给盛沂的。

她伸手,小心翼翼地从其中抽出她送的那本,过了这么久,书本还是干净的,连一丁点儿的皱褶都没有。她垂着眼,轻轻地翻开扉页,看到那颗她曾经用彩铅反复临摹修改的水星。

褐色的铅笔印痕变淡,早已跟书页融在一起,分不出边缘。

也许是最近经历了太多过去的回忆,她没想到盛沂会保存这么久,这么好,水星的心口重重地疼了下。

她其实知道时间过去很久了,但还是忍不住想起她的私心,忍不住随手碰一碰书页。她把书悬空着,没想到内里夹着的东西一并掉落出来,除了一张红色的硬座火车票,其余贴在边上的票根四散开来。水星慌乱地把一边的火车票塞了回去,又想低头去捡掉在地上的两张电影票。

她弯下腰,找到票根的位置,看清票根上的字,忽然愣在了原地,连起身都忘了起。

年代太久远,那两张电影票的边缘早已从粉红色褪成了白色,票根上的电影都是同一部,《初恋这件小事》。

水星隐隐约约想到了什么,她伸手又去翻之前夹进书里的那一张,在看到的瞬间,眼眶忽然抑制不住地泛起了酸。

指尖掐在手心里,水星一句话都说不上,有什么东西堵在了她的喉咙口,她的心也在涨,涨到非要溢出什么才好。

同样,第三张还是《初恋这件小事》。

水星从来没有想过那场她以为只有她一个人在重复的电影,其实另一个人也重复过。

三次,整整三次。

盛沂看了三次。

最后一张跟她一起，时间停留在 2011 年 8 月 24 号。

水星几乎是逃回北城的。

北城的气温比西城低一些，水星中午下了高铁，才下车就收到了张宇飞的微信，问她到了没有，回头给他打一通电话。

水星打好车，就给张宇飞回了通电话，一句"怎么了"还没说出口，张宇飞就在那边催促对方赶紧滚回队列里，事后又不忘感恩戴德地喊了她一声"姐"。

张宇飞这两天被大一的新生折磨到落泪，也不是说所有的新生都闹腾，只是极个别太出挑，张宇飞在前段时间给水星连发几张照片的男生最让他头疼，一天到晚处理的都是他的事情，张宇飞现在就想拿起针线，体会一把"张飞穿针"，把对方的嘴缝上。

"真的不是我说，这兔崽子太能惹事了，我才来几天，教官找了我七八次了，都是说这小子的事情。"张宇飞在电脑那头愤怒，"头一天在腰间别一个小挂件，教官让他摘下来，他死活不摘，说什么……说什么摘下来就是对不起女朋友，摘下来他桃花就断不了，枉费了他跟女朋友从小到大的缘分。"

那段话，张宇飞从不同人口中听了有十几次，他现在基本上倒背如流，不成问题。

"小挂件还算小事，就昨天，有个女生问他要微信，你说要就要吧，你不给就不给，他硬拉人家小姑娘说了二十分钟恋爱经历。"张宇飞一口气没上来，"隔壁学院辅导员今天就来找我投诉，让我好好管。我……我倒是想管。"张宇飞咬牙切齿，"一抓过来人，就跟我唠了三个小时恋爱经历，我跟他说要去吃饭了，他不让我去，非要给我讲，我过得比平常听导师课还惨，导师好说歹说还让我有两分钟摸小鱼的时间，他怎么……

"我现在……我现在一闭眼脑子就嗡嗡的,从他小时候怎么跟女朋友认识,到初中怎么又见到女朋友,再到高中……我恨不得直接把我的脑子丢了。"

水星从来没有遇见过这么特别的学生,一般的学生见到辅导员恨不得绕道走,哪有人会跟辅导员聊感情经历,一聊还是三个小时。

"对了,你给我打电话做什么?"张宇飞吐槽半天才缓过劲。

"不是你让我给你打吗?"

"忘了,忘了。"张宇飞一拍脑袋,"我上午被吵得脑袋大了,我明天回学校那边,晚上一块吃饭吧?给你准备了份大礼。"

"什么大礼?"

"现在不能说,说了就没意思了,反正到时候见吧。"

水星勉强应了一声"好"。

刚回学校的时候最麻烦,即使水星才回了一个星期的家,到宿舍还是免不了一顿收拾,直到傍晚才把东西都归置好。

第二天,张宇飞不到五点就到宿舍楼下等水星,看到她下来,凑过来:"你这眼圈怎么黑成这样?昨天晚上熬夜打鬼了吧。"

"没有。"

水星在昨天晚上收到了盛沂的微信,讲座结束,交流很成功,这也意味着他回国的时间告急,再过几天他又要离开。

"话说到正题。"水星拍开他的手,"你昨天说的惊喜是什么?"

"你说呢。"张宇飞嘿嘿一笑,自打他留校工作,接触的人更广,吃瓜从一个年级扩到了一个院,前几天他才发现盛沂同宿舍的室友还在学校,当即跟人加了微信,"说好帮你摸清楚底细,谁能比他室友还清楚?三句两句就套出来了。"

水星当即就想回去了。

张宇飞几乎是把人架到了饭馆,学校这边的小餐馆很多,都是给学生聚餐用的,他们两个人先开了一桌等人,期间,张宇飞跟水星聊着聊着又接了个电话,说出去接电话的工夫,把人等到,顺便带进来。

水星坐在靠窗的位置上,瞥了眼在门口的张宇飞,他背对着自己,根本不知道她在做什么,这才低头看了眼手机。

半个小时前,盛沂给她发了个定位,跟她说他们在北城转机。

水星犹豫着要不要回他一个消息,跟他说注意安全,但又想到了前几天她从家属区落荒而逃,如果在她看到三张电影票的时候再犹豫一下,或者盛沂洗碗的速度再快一点儿,提前进房间阻止了她,他们会不会把一切话题都说开?

可她又不想把一切拆得太明白,过去的事情总归是过去,没有人会停留在原地不动,等到他们真的讲明白,她发现真相不如她的幻想又该怎么办?

正出神地想,面前就覆上了一层阴影,一个男生凑过来看了眼她,嗓音里有几分惊喜:"是弟妹不?"

水星愣了下,视线看向他,面前的男生她压根儿没印象。

她又看到他四处张望,像是在找什么人:"你跟盛沂一起来的不?我看他前几天就回国了,你们来北城逛啊。"

水星猛地听见盛沂的名字,有点儿没反应过来:"什么?"

"盛……你是水星吧?"男生的声音不确定了。

水星点点头。

"那不就对了,我就说我没看错,我之前就在盛沂钱包里见过你,你跟钱包里的照片一模一样。"他松了口气,险些以为自己真认错了人。

水星抓着桌布,怔了一瞬:"照片?"

"对,你跟盛沂高中一起拍的吧,两个人坐在教室里。"钟崎回忆了下,"不过看着又不怎么像照片,更像……杂志上剪下来似的。"

钟崎话说到一半,就看见张宇飞从饭店外面风风火火地往回赶,两个人在室外撞上。张宇飞只跟钟崎说人在里面,电话打完才想起来都没说方位,连一个名字都没吱出来,怕他找不到人,结果发现钟崎跟水星早就聊起了天。

钟崎是盛沂的大学室友,当年盛沂在宿舍里排行老三,钟崎比他大一点儿,一直以哥自称。

大二那年,盛沂换了专业,但宿舍没有变,四年都住在一间宿舍。大三时,其余两个本地人一个搬去跟女朋友住,老四年纪小,收拾东西回了家,只有平常有课的时候来一趟,宿舍里只有他们两个人相依为命。

盛沂的话很少,大部分都靠他去说。

那会儿他经常拉盛沂出去吃饭,有次钱包没带,他先让盛沂垫上。盛沂打开钱包,他在夹层看清了这张照片,其实也不能完全算照片,他觉得更像是在哪儿剪裁下来的书页。他开玩笑地跟盛沂说没想到他这么深情,都多少年了还带着女朋友的照片,盛沂只是垂眸不回答。

大四他们宿舍又一次聚齐,四个人在一块喝酒,盛沂头一次喝醉,钟崎没忍住好奇,借着酒劲找到了盛沂的钱包,想把照片看个清楚。跟他预想的差不多,真的是杂志剪裁下的照片,照片里的人除了盛沂还有一个女生,就是水星。到现在为止,她跟高中的时候其实没有什么太大的差别,所以钟崎很轻松地就认出了人。

水星记得当时她还加过西城附中的校报的学妹,学妹说等他们那一期的刊物出来送她一份当纪念,后来刊物真的出来,学妹反而跟她说没有多余的。

她一直以为刊物没有了,也预示她跟盛沂最后的一点儿牵扯消失了。

张宇飞在桌子那边一脸蒙,做梦也没想到自己想撮合的两个人有过这么一段渊源:"什么就照片?盛沂暗恋水星?你可别吹了,他们两个人压根儿没在一起过。"

"你别吹,不可能。"钟崎一脸肯定,"我跟盛沂四年感情,我能不知道这个?就大学头一次放国庆吧,那会儿宿舍就我俩不是本地人,我本来还想约着他去爬长城,结果他说要到南方,我又问他是不是去找女朋友,他也没否认过。"

水星怔在座位上。

大学第一次放假，水星跟社团里的人去了南方附近的海岛。

她忽然想起那张藏在《时间简史》里硬座火车票，红色的，时间也很久了。

当时的她只顾着去看那三张电影票，忘记了那张火车票，隐约中有一点儿记忆，大约是国庆的第二天。

北城到南方的距离极远，那时候高铁才开通不久，盛沂又没有太多的钱，坐了一夜还要多，但偏偏没有见到她。

钟崎跟水星讲了一晚上，他说他记得盛沂刚进大学的时候很不高兴，每天都黑着一张脸，后来才知道他是被父母改掉志愿才到了B大。当时有不少女生都在追盛沂，有个女生甚至从初中追到高中，跟盛沂考上同一所大学才表白，大家最看好的就是他们，结果盛沂还是拒绝了。他不爱参加活动，再加上大二转了专业，每天泡实验室泡太久，后来表白的人渐渐少了许多。

差不多到了十点多，张宇飞才把他送回学校。

水星一个人坐在饭店的窗户边，手指碰在玻璃上，借着钟崎说过的话把那几年的盛沂拼凑在一起，心里难受得要命。

她忽然记起盛沂之前说过会来北城转机，她不知道他现在有没有飞走，但还是抱着一丝希望，给他发了消息。

在此之前，水星其实一直没有办法原谅盛沂。即便他说重新追她，即便他还留了当初送的礼物，即便她看到了那三张电影票，明白他曾经的心意与她相同，可对于他去选择新学校，还谈了新的女朋友这件事，她始终耿耿于怀，难以释怀。

她不能明白为什么她还没有做好准备接受新的开始，盛沂就那么快……那么快就能忘记一切。

可事实上，是水星大错特错。

他从来没有女朋友。

他报了南京的学校，被父母改掉了志愿。

他坐了一天的火车，从北城到南方，但又无功而返。

钟崎说他不知道盛沂当时经历了什么，但他比他们预计的还要早就到了宿舍，全宿舍都以为他被绿了，他们回宿舍就按了静音键似的，什么声音都不敢发，连宿舍中过早陷入恋爱的老大都没敢在宿舍跟女朋友打电话。

他说盛沂那几天什么话都没有说，课也没有去，他只是干巴巴地坐在电脑前，看着一张他们都认不清的图片。

后来他们才知道那张图片是水星的光谱，因为他喜欢的女孩子叫水星。

那张光谱的图片是盛沂现在的头像。

他一用，就是七年。

从没变过。

事实上，水星不知道的事情还有很多。

那年高考结束，水星被戚远承跟蒋林英带回南方，盛沂用过很多种方式联系水星，电话不通，消息不回，戚远承的诊所再不开门。他问过席悦，问过郁晴，跟水星要好的朋友都不知道她的去向，后来他去找了学校里的老师才知道她回了南方。

他问老师要过戚远承的手机号，打过两次，都不是水星接的。

后来高考成绩还没出，各个高校就轮番给家里打电话，他们向盛沂抛出橄榄枝，盛沂没有接受其中的任何一所，他跟家里提出了自己想去南京学天文。

但即使说了，似乎也没有人去听。

徐丽把他们都接到了北城，再次提起填志愿的事情，他们让盛沂认真地考虑要去哪个学校。她说她并不是反对盛沂的选择，只是小孩子们对未来难免考虑得不周全，她说盛沂兴许是受了盛在清的影响，对这个专业产生了美好的幻想。

这么久以来,他们都在努力维持面子上的平稳,唯独再提起盛在清的时候,原先的不满跟阴霾再也没有办法压抑。

徐丽跟他吵,盛忠群叹气,就连盛在清的眼神都有一秒的犹豫,但盛沂以为他坚持,他们起码会尊重自己的选择。

直到录取通知书寄到家里,盛沂下楼去拿快递,快递件上的学校不是N大,而是B大。

送快递的小哥在快递件上能看到他的录取学校,他一个劲夸盛沂是高才生,祝贺他去了一所人人羡慕的大学,可盛沂一句话都说不出。

夏日的阳光直晒在通知书页面上,烤得烫手。

"录取通知书到了吧?"徐丽眼看盛沂半天不上楼,下来,一眼看到快递件,"你瞧,不愧是B大,这个录取通知书设计得就是精致,这里面有校园卡吗?让妈妈打开看一眼。"

盛沂侧过头,手里的录取通知书被抽走,他的手中很空,什么都没握住。沉默几秒,他问:"学校怎么回事儿?"

"嗯,什么怎么回事儿?"

盛沂问:"你改了我的志愿?"

"什么叫改了你的志愿,这不是爸爸妈妈跟你一起商量了好久吗?你没有做过这方面的调查,没有经历过社会上的事情,哪能知道什么是好什么是不好的?"徐丽说,"你爷爷都说了,这是全国最好的一个专业。"

盛沂想起他撞上徐丽跟蒋承江的那一天,徐丽一遍又一遍地跟他说对不起。

她说她跟盛在清是真的觉得对不起他,当时他以为一切会有转机,在他们眼里也许他就跟小时候不一样了。他真的很努力地在证明很多事情,他不止可以做到,而且能处理得很好。可即便如此,在大人的眼里他还是像一个透明的容器,被他们装饰成五颜六色、精彩纷呈,实则一片荒唐、无人问津。

盛沂打断她："妈，你知道我想要什么吗？"

"什么？好端端说这个做什么。"徐丽愣了下，停住推开单元门的手，"我怎么能知道你想要什么？"

"你不知道。"盛沂低头，扯了下嘴角，"因为我活着只是为了满足你们。"

盛沂上楼回了房间，等盛忠群他们都回了西城，他一个人申请了提前住校。他带走的东西不太多，除了日常用品，剩下的都留给了徐丽。

他利用暑假的时间打工，B大的身份确实很好用，家教费高得惊人，再加上他状元的成绩，学校给了他一笔不菲的奖金。他已经成年，不必再拿徐丽给他的生活费，不必再有法律上的监护人，他空空荡荡，又成了孤身一人。

不再拥有，不再抓住什么。

徐丽选了最好的学校，最好的专业，把他人留在了北城。

她以为让盛沂留在北城，他们两个人就会有很长的时间去修复两个人的关系，可事实上，她再也没有机会去改善什么。

盛沂从酒店赶到会合点的时候，在饭馆的门口发现了水星。

饭馆打了烊，天气阴沉沉，下了些细细密密的小雨。水星不知道是从哪儿找来四五瓶啤酒，她喝了几瓶，其余的酒瓶散乱在脚边，看到他来了才仰起头，眨眨眼，笑了出来，可总觉得像哭一样难过。

盛沂缓慢地走到水星旁边。他来得着急，来的时候甚至没有打伞，肩膀两侧的衣服都湿了大半，可真的要走过来脚步又变得很轻，像是怕惊醒什么，低声喊她的名字："星星。"

水星点点头，答应下他的话。

盛沂其实不常喊她星星的，一般情况下，盛沂都尽量避免太过亲昵的称呼，他们很少主动去谈这个问题，即使他真的叫了，两个人也当什么事都没发生，他们只是偷偷回味改变了的昵称。

"怎么喝酒了？"盛沂问她。

"因为想跟你说话。"水星说，"清醒的时候，我有很多话都不敢说。"

戚芸跟水浩勇把她送到西城。她来到陌生的城市，跟十几年都没说过一句话的长辈住在一起，周围没有朋友，她过得小心翼翼。她不能任性，不能生气，连珍藏在抽屉里的白桃酸奶被扔掉，她也只能安静地坐在饭桌上，强逼自己吃饭。

后来遇到席悦，遇到盛沂，戚芸和水浩勇回来，陌生的城市不再陌生，他们真正成了一家人。高考结束，一切就能更好起来，但水浩勇出事，戚芸出事，家里的灾祸接踵而至。她从可以表达自己的不满变成了不敢轻易地宣泄自己的情绪。

在戚芸和水浩勇住院那段时间，水星几乎都是靠着"再熬一熬就能见到盛沂"的想法去过，可其实没有，盛沂去了B大，他们都告诉她盛沂有了女朋友。

水星以为盛沂没有在原地等她。

刚上大学的前两年，她尽量把自己变忙，参加社团，照顾水浩勇，不停地兼职，水星想让盛沂看见或者是知道，她没有他不是不行，她可以过得很好。

今天听到钟崎的话，水星以为她本来该高兴的。

这么久以来，盛沂其实都没有走，盛沂一直在等她。

但事实上她好难过，一想起那段时间，一回忆起他们错过的七年，她就难过得要命，恨不得把时间全部推翻，哪怕她知道盛沂去了B大，哪怕她从席悦口中知道了盛沂有女朋友，她也应该问一问呢。

水星低着头，手指拨弄酒瓶的瓶口，他的影子拉扯过来，跟她肩并着肩相叠在一起，他们之间似乎一点儿缝隙都没有，她随时能闻到盛沂身上的薄荷香。

盛沂坐在她旁边，他的食指微微弯曲，从她手里拿走喝了一半的啤酒："那你现在还清醒吗？"

"一半一半，清醒也不清醒。"

盛沂的视线侧过来。

"其实那天我从你家出来前翻过之前送给你的《时间简史》。"水星尽量想把话说得轻松些，去解释那天的意外，"我翻的时候没留神，书页太松，里面的电影票跟火车票都掉了出来，那会儿我伸手捡了两张，发现那两张都是同一部电影。"

盛沂抿着唇，呼吸忽然变得很重，"嗯"了一声。

"我再去翻之前夹在书页里的第三张，发现还是那部电影，《初恋这件小事》。"水星低下头，笑了下，"……你看了三遍，比我还多了一遍。"

因为下雨，街道上的行人走得很快，步履匆匆，没有人在意台阶上低着头的醉鬼。

"录取结果出来，我一直都在说服自己，你去不去南京没什么关系，反正我也不想去南京。我找到了方向，找到了目标，我在学校里很厉害，我会有好多好多人喜欢，以后的我会变成最最最知名的律师，甚至……甚至有的时候，我总是故意跟悦悦说一些很夸张的事情。"水星的喉咙有些哑，不想回忆，"我就是……就是想万一你跟她说话的时候，你们提起我，她会告诉你，我跟你一样，我……我跟你一样，见不见到你没有什么所谓，我每天过得很开心，我很努力地在生活。"

"我知道。"盛沂说。

"她跟你说吗？说了很多很多吗？"

"嗯。"

"说我保了研，实习了，说我有很多很多人喜欢吗？"

盛沂点头："都说了。"

"我是不是很厉害？"水星嘿嘿笑一下，眼底的泪水又要溢出来了，"盛沂，你说我是不是很厉害？比高中厉害好多。"

"嗯，但你高中也很厉害。"

"可其实……其实都是假的，盛沂，我骗你的，也骗悦悦的。"水星的眼泪再也控制不住，啪嗒啪嗒地向下掉，她用手背一遍又一遍地抹，还是擦不完，"我不厉害，我……想去南京，我想跟你上一所大学，我想跟你走每一处的校园。我想周六周日……周六周日的时候，我们可以一起去郊区支帐篷，跟其他人一样躺在草地看星星。我想……寒暑假，我可以跟你一起计划回家，把行李都给你拿。我想……我想一切都能按我们的计划来。"

盛沂的眉心轻轻一跳，说不上来话。

他把人转过身，她的肩膀不经意地磕在盛沂的肩膀上，让她的头埋在他的脖颈，泪水渗透过衬衫。他听见她问："盛沂，你会后悔吗？"

雨打在坑坑洼洼的地表，暧昧的情愫在空气中疯长，他抱着这个让他后悔了不止一次的人。

盛沂很早的时候就在想，当时志愿报完他再多看几遍，去找水星的时间再提前几天，联系水星的方式再多几种，他跟水星的情形会不会不太一样。

他们会在休息的时候跑到各个地方旅游，闲暇的时间他会坐车去南方，偶尔带她在南京大学里逛逛校园，他会跟她开着视频写论文，会打电话抱怨食堂的菜不太好吃，会去看星星，会在寒暑假一起找个折中的地方再回家。

他们还是可以有很多计划，还是会有很多未来。

可他都没有做到，他让水星失望了。

于是，他们一错过就错过了好多年。

直到在这一年，一场大雨帮他留住了水星，让他看见了水星，似乎老天爷又给他一次机会，跟他说可以重新来过。

在遇到她的每一分每一秒里，盛沂都在想办法，想该怎么让他们回到过去。

雨丝轻轻地拂在他们身上，水星在昏黄色的灯光里仰起头，她的眼眸里积满泪水，光线一照，总觉得亮闪闪放不住，睫毛轻轻颤了颤。她的声音全哑了，问他："盛沂，你还喜欢我吗？"

盛沂伸手，抚过她的眼角，滚烫的泪水顷刻间填满他的指纹。

他"嗯"了一声："喜欢。"

在水星送他苹果跟礼物的时候他也说过，但这一次不再是喜欢她送的苹果，也不再是喜欢她送的礼物。

盛沂垂下眸，视线落在她的唇边。

下一秒，他侧过头，伸手，抬起了她的下巴，吻了下去。

他不再忍耐，不再隐藏。

他喜欢她，喜欢的一直是她。

雨越下越大，差一点儿就从台阶下边蔓延上来。

在无处不在的大雨里，他们闭上了眼，紧紧靠在一起，耳边是淅淅沥沥的雨声，他们拥抱又接吻，暧昧又缱绻。

盛沂亲了她的唇角，摸了她的发梢，听到了她的心跳，抓住了他的星星。

在很早很早以前，宇宙的尽头有一颗星星。

星星黯淡又不起眼，日复一日，年复一年，等待她的神明看到她。

星星不知道，黑暗无际的夜晚，她是唯一光亮。

星星不知道，她的神明早已爱上她。

研究生没有门禁，水星跟盛沂两个人等到雨停才准备回学校。

雨后空气里总有一股微潮的味道，道路两边的路灯冲洗得干净，两个人肩并肩走在校园里，彼此保持一米的距离，说不上的尴尬。

水星摸了摸鼻尖，转头，悄悄看了眼旁边的人。盛沂的表情没什么起伏，目视前方，嘴角抿成一条线，还是有点儿向下垂的线，纠结几秒钟，水星忍不住问："你……是不是有点儿不高兴？"

"没有。"盛沂回答得很快，顿了下，又问，"为什么这么问？"

"看你的表情。"

水星用指腹搓了搓边上的衣角，其实是想拉一下盛沂的手的，但总觉得他冷冷淡淡的，给她一种无法靠近的错觉。

"没有。"盛沂第二次回答。

"哦。"水星低下头。

校园里没什么人，盛沂垂眸，看了眼两个人的影子，影子比他们都要大一圈，相比两个人拉开的距离，很容易地贴合在一起，他又看一眼水星。她捧起手，两只手包成一个浅浅的弧度，深吸了一口气，又缓缓地吹了出来，嗅了下。

"怎么了？"盛沂奇怪。

水星双手还没放下来，有些犹豫："我……是不是不太好闻？"

她喝多了酒，有些闻不出来是什么味道，但是想起每次水浩勇喝多了酒，戚芸总会嫌弃他身上的味道，还说这就是臭男人。水星想，道理总是同等适用的，万一她也臭臭的。

盛沂愣了下："什么？"

"嘴巴里的味道。"水星尴尬地抿了抿唇，"我……是不是该吃个糖？"

水星现在后悔得要死，她应该在盛沂靠过来的时候推开他，抬起眼，发现盛沂的头已经偏开了，但还是能看清楚他眼底浮起的浓浓笑意。

盛沂也没想到水星担心的是这个，他伸手，攥紧了水星的手，把她的手裹进手掌里："没有。"

手指碰到他掌心的温度又在瞬间升高，她猛地转开头，余光又千百次地扫到两个人握紧的地方，心跳得厉害，怎么止都止不住。

她回过头，又看向旁边扫过她的盛沂："那接吻你高兴吗？"

"嗯。"

一条路两个人磨叽了半个小时，盛沂把人送到宿舍楼下，发现旁边还有一对情侣，两个人大约是早回来了，但现在男生跟女生站在楼梯边，他们的距离好近，水星的视线微微往旁边瞥了一眼，又很快地收回来，在不经意间再靠近盛沂一点儿。

她低下头，问："你明天跟导师他们一起走吗？"

"嗯。"

水星点了点头，她本来打算去送他的，但毕竟有导师跟同门，自己粘粘糊糊地送盛沂反而不太对劲，反正如果放到她自己身上，水星试想了下她跟导师去开会，盛沂在导师面前送她，她肯定接受不了。

"那我就不送你了，你自己路上小心。"

"好。"

时间不早了，盛沂明早还要赶飞机，水星又嘱咐了他两句话，脑袋里迅速地想着宿舍有什么东西可以送给盛沂，又后悔自己平时没有囤零食的习惯。

有旁边的情侣打样，盛沂和水星在楼底下也多站了十分钟。

等回到宿舍，水星的一颗心还是没放下来，看到杯子会笑，看到牙刷会笑，看到镜子里的自己会笑，看到嘴唇……伸手想摸一下，然后又笑起来，平常洗漱的时间和在楼下的时间呈正比上升，足足增加了一倍还多。

放在一旁的手机振动了一下，水星连脸上的水都没擦干净，拿起手机，看到盛沂的消息又笑。

SY：早点休息。

三颗星星：你坐上车了吗？

SY：嗯。

三颗星星：什么时候能到酒店？

SY：二十分钟，你先睡。

SY：把手机调成勿扰。

SY：到酒店再给你发消息。

三颗星星：不用，我睡不着。

SY：为什么？

水星隔着屏幕脸都有点儿烧，她现在光顾笑还来不及，没回答这个问题。

三颗星星：我陪你到酒店再睡。

SY：好。

三颗星星：其实我是觉得有点儿不真实。

SY：什么不真实？

三颗星星：就是在一起的事情。

SY：确实。

水星愣了愣，看到盛沂的消息，又忽然有点儿不确定，刚恋爱的人恨不得把对方的话拆解成八百种意思。她盯着上边的话，不明白"确实"是他确实觉得这件事不真实，还是说……一句话删删减减，水星才把消息又发过去。

三颗星星：……"确实"的意思是我们现在是在一起了吧？

消息发出去的下一秒，一条语音通话就打了过来。

水星差点儿把手机扔出去，似乎只要是跟盛沂有了牵扯，再平常的小事都会让她心跳加速。她缓了几秒，才将电话接了起来。

水星轻轻地把电话贴到耳边，听见盛沂的声音从里面低低地传了过来："你在想什么？"

"没……没什么，就是想知道我们现在到底……"

"在一起了。"盛沂顿了下，"不要多想。"

"……哦。"水星又忍不住笑。

她头一次庆幸宿舍只有她一个人，怎么笑都没人看得见。电话那边似乎也在笑，不清晰又很勾人，盛沂说："笑什么？"

他明明也在笑，水星反问回去："你呢，笑什么？"

"不知道。"

"那我也不知道。"

反正就是绷不住,就是很想笑,就是很开心。

水星把整张脸埋在枕头里,憋了一会儿,才又恢复正常,咳嗽了下,问起一件正经问题。他们两个人谈恋爱这件事太突然,郁晴他们几个还算是知情,但这么多年过去,大约没人能再记得当年的事情。

"对了,这件事情我们要不要等等再说?"水星抱住一边的枕头,"我从来没跟悦悦说过喜欢你的事情,突然告诉她,她会吓一跳吧?"

"看你。"

水星"嗯"了一声。

第二天下午,水星才醒来,昨天熬到太晚,怎么都不觉得困。两个人说好了等盛沂回酒店就挂断电话,实际上在盛沂洗漱的时候,电话还放在一边。

大学那会儿她就经常看到有人在朋友圈里秀恩爱,她当时觉得这种事情还有点无聊,结果事情轮到她身上,水星才发现她嘴上说别把事情告诉其他人,实际上根本忍不住,她自己就先发了一条,虽然只有两个字,真蠢。

结果就两个字还是收到了张宇飞的激情轰炸。

张宇飞昨天晚上吃了一系列瓜,他常年总结瓜田乱码,再加上跟水星是朋友,自以为对她的心理揣摩得清楚,看到真蠢两个字就明白了一切。

张宇飞:朋友圈怎么回事儿?

张宇飞:是说盛沂的事情吗?你别说,昨天我听得都有点难受,你俩相互喜欢彼此,结果还错过那么多年。尤其是盛沂那个头像……但这人也忒闷骚了,咱们又不学天文,谁能知道他头像到底是什么玩意。

张宇飞:说实在话,我真觉得挺可惜。

张宇飞:昨天我不是跟钟崎先回去的吗?哥们儿私人给你问出条信息,今天上午盛沂可就是从北城转机的,航班号 A71117,你现在打车过去还来得及。

张宇飞：？

张宇飞：回我消息。

张宇飞：我还看见盛沂给你朋友圈点赞了呢，你真不去？

张宇飞：用不用我给你叫辆车？

三颗星星：……我刚睡醒。

张宇飞：虽然但是，我替你着急了一早上，就差横冲女生宿舍了，你现在跟我说你才起？

张宇飞：成吧，现在你也不用去了。

张宇飞：飞机都飞出国界线了。

张宇飞：你……你这太可惜了，你又错过了，你让我说你什么好？

三颗星星：没有。

张宇飞：什么没有？

三颗星星：没错过。

张宇飞那边开始一顿乱码，各种稀奇古怪的表情包都往上发。

水星有点儿头大，头大的同时嘴角又有点儿想上翘，隐瞒的计划比她想象的难以实行，她想大概没有人问她，她三天也能让周围人知道个清楚。

她退出张宇飞的聊天界面，转头又点开那条朋友圈，大家都对她这条没有因果的真蠢摸不清头脑，朋友圈下边都是一串又一串的问号，只有一个赞，是盛沂点的。

昨天晚上她发完朋友圈，盛沂还问她，他要不要发一条。

水星看过盛沂的朋友圈，虽然相比高中的时候，他的朋友圈已经多了很多，偶尔发几条也不奇怪，但水星前脚发，盛沂后脚就跟上。两个人现在的圈子不太一样，大概率不会被联想在一起，可是不怕一万就怕万一，水星担心别人能看出端倪。两个人商讨了半天，最后的结果还是不让他发，没想到她睡着了以后盛沂还会点个赞。

水星顺着盛沂的点赞又点进他的朋友圈，他果然没有发朋友圈，而且界限还是三天可见。但这三天似乎没有什么趣事，他也没有发过动态，只有底部光溜溜的一行系统提示字。

她把视线收回来，视线随便一瞥，忽然发现那张属于她的恒星光谱图像下，盛沂新改了一个签名。

简简单单，只有一个字：嗯。

他在回应她。

第八场雨

爱是雨落不停

水星跟盛沂两个人开始即异地。

两个人的生活上其实没有太大的改变,只是每天早上起来、中午吃饭、晚上睡觉都有了一个要定期报备的人。

张宇飞偶尔看见水星对着手机发呆的时候,嘴上就啧啧个不停,一副吃酸吃多的样子。好在张宇飞跟席悦和郁晴他们不认识,整个圈子里算起来只有他一个知情人。

"我说你们每天异国恋都聊什么呢?"张宇飞作为一个恋爱小白,对这方面还挺好奇,尤其是他每次见水星,除了极个别时候,她听到手机有个什么振动都会抓起来看一眼。

"也没什么,就起床干什么,然后吃了什么,偶尔看到一些视频会分享给他。"水星挠挠脸,"还有我高中的好朋友不知道我们恋爱的事情,我们两个人每天都会微微分享一下近期的'渗透'经历。"

张宇飞倒吸一口凉气:"你们公开一下这么严谨?"

"那也不能随随便便公开。"水星认真道,"我之前查过,恋爱前三个月最不稳定了,要是一时兴起公开了,空欢喜一场怎么办?"

"我看你就是想太多了。"张宇飞满不在意,"就除了这些,你们还聊什么?"

"论文,还有最近看过什么书吧。"

张宇飞陷入了沉默:"我说的是情情爱爱。"

张宇飞怀疑自己最近是跟这帮新生混多了,听惯了甜甜蜜蜜的恋爱故事,猛地改成努力学习共同进步,他还真的有点儿不适应。

水星的脸一热,语气瞬间虚了几度,又"嗯"一声:"……不太好吧。"

"你们在谈恋爱,这又什么不好的?"张宇飞恨铁不成钢,他恨不得亲身教学,"你就不能学学我带的那帮学生,也不是,极个别学生,你看看人家对爱意的表达,充分、热情、洋溢,恨不得全天下都知道。你就私下拨个电话,说一句'我想你了''我爱你',这能有什么?"

张宇飞在桌子对面对水星进行了一波恋爱教学,说到快晚上,两个人才散开,水星回到宿舍就看见了盛沂的消息。

一通视频打了过来。

这算是两个人心照不宣的习惯,因为见不到面,两个人找到一个很好的平衡办法,每天在固定的时间打视频,有时候说些话,有时候只是把视频开着然后各自做各自的事情。

盛沂才洗完澡没多久,他在家穿了件深黑色的短袖,脖颈还挂了条灰色的毛巾,他的皮肤很白,再加上电脑总是自带一种磨皮滤镜的效果,显得整个人更通透了。

"吃过饭了吗?"盛沂在那边问她。

水星点点头,心不在焉地"嗯"了一声:"跟张宇飞吃的。"

"怎么又是他?"

"在食堂正好碰上。"水星觉得他说话的语气怪怪的,又胡乱地应了两句别的话,谈起了盛沂最近在忙导师布置的任务,"你今天是不是要写开题?"

"嗯。"

"那你做你的吧。"水星偏开视线,没再看盛沂。

她现在没心思想别的,脑袋里想的全都是张宇飞分享给她的恋爱经验,想着要大胆表达出来一些什么,但真当她再抬起头,眼睛看向盛沂,他已经在敲键盘写东西了,她又觉得这大概不是合适的时机,应该再等等。

盛沂在那边敲了一堆乱码,从字母敲到数字,实在没忍住还是停下了手里的事情,问:"今天怎么了?"

"什么?"

"这么沉默。"盛沂指出了她的问题。

也许是因为盛沂太直接明了地指出问题,水星反而慌乱起来,两只手都在乱翻桌上的打印件,当下就想显得自己忙一些:"有吗?没有吧,我就是脑子里在过张律跟我说的活动。"

盛沂静静地看着摄像头,没讲话。

水星最近实习的律所多开辟了一条法律援助的活动,加入的志愿者主要针对贫弱群体或是经济困难的人,为其提供免费的法律服务。

如果说水星一开始当律师是为了避免水浩勇的悲剧再次发生,进入研究生的这段时间,她学到的东西更多,包括导师、实习律所的律师们也一直在教她,她才发现除了正义应该得到伸张,还有许多弱小的人也许都不明白正义到底是什么。

"我记得高中那会儿阎老师他们都想让我读英语专业,因为觉得我口语好,他们跟我说以后当个翻译或者英语老师什么的都是很好的选择,我当然也没觉得不好,就是……有点儿犹豫。"水星说,"我当时每天都在问自己,学这个专业真的是我想要的吗?然后李老师跟我说人生是一个圆,总有一个节点能把一切联系起来告诉你自己到底想要什么。"

盛沂"嗯"了一声。

"我……因为我爸爸的事情想了很多。"水星停了下,这算是两个人第一次说起高考以后,水星家庭的变故,"我爸爸也不懂什么法,我妈妈跟他说过几次报案的事情,但他总是不信真的会有个结果,即使跟我妈妈在外面摆摊做些小生意,心里还是想着自己怎么才能把这笔债追回来。"

水星当时听到过戚芸跟水浩勇在楼梯口吵架,戚芸跟水浩勇说过很多遍先把追债的事情放一放,水浩勇嘴上应了,但也只是嘴上应了。

"那个时候我就想如果我能想一个办法就好了。"

虽然想到的时候已经晚了,事情发生过了。

话题不知道什么时候被带偏了,盛沂的眉头皱了下,又问她:"然后你就选择了读法律?"

"嗯,其实当时的分数去北城也不是不行,但我姥姥跟姥爷年纪都大了,西城还有诊所,那个时候我妈妈精神也有点儿……不太对劲。等我姥姥跟姥爷都回西城了,我爸爸一个人在医院,没人照顾,我就选了南方这边的政法大学。"水星说,"我平常除了上课就会去医院,所有人都夸我,连医生都跟我说我照顾我爸爸照顾得很好,但是……"

但水浩勇还是没能熬过除夕,没能陪她过一个新年。

"不知道什么时候起,我对过年就有点儿反感,好像过年发生的总是不太好的事情。"水星抿了抿唇,看着盛沂在屏幕那边一动不动,他太安静,以至于水星下意识有点儿紧张,"我今天的话是不是有点儿多?"

盛沂目光垂了下去,摇了摇头:"没有。"

这么多年,很多事情他或多或少都跟席悦打听过,但从水星口中说出来还是不一样,本以为时间过去那么久,他们都有在变得更好,可她一说,他就遗憾那会儿没能陪在她身边。

水星讲不清是怎么从想跟盛沂说我想你了到这一步的,她只是觉得今天晚上的盛沂有点儿奇怪,明明是隔着电脑的屏幕,她偏偏感觉到一股滚烫的灼烧感,他似乎要透过屏幕越到她的身边。

她怀疑是自己说话方式有问题，抬手揉了揉自己的脸，硬着头皮，又对上了电脑屏幕那边的人："我现在跟你说这么多不是想让你心疼我。"

盛沂的视线再次扫过她，低低地应了声："嗯，我知道。"

"我不太会说话，其实今天是张宇飞一直跟我说谈恋爱在适当的时候应该表达……我想你了。"水星说，"但我又不知道怎么说比较自然，可还是想让你知道。"

盛沂的喉结滚了滚："嗯？"

"我想你了。"

水星不知道盛沂当下是什么反应，但她的心跳跳得确实快。

不过张宇飞的招数确实好用，一句"我想你了"让两个人的感情再次升温。水星原先还以为自己能忍过七年的分别，忍一忍一年都不到的异国恋是件轻而易举的小事，可大概是最近说想念的次数太多，结果这才不到两个月，水星就巴不得马上到六月。

她想毕业。

她想能早一点儿见到盛沂。

转眼间到了寒假，水星跟席悦他们说好了今年会在西城多待一段时间，席悦约水星和郁晴两个人到西城大学附近的甜品店聊天。

她一边感慨几个人好久没见面，一边抱怨盛沂那边没有年假，连盛忠群他们今年都去跟盛在清过年了："果然长大了就很难凑齐人了，前几年是星星不在，后来又是晴晴，李泽旭倒是动不动就回家，什么时候我们几个人才能凑齐一次。"

水星无奈地笑了笑："这不是没办法吗？"

"唉，我这不是遗憾。"

水星一边听席悦的抱怨，一边看向她旁边坐的郁晴。

高中毕业，郁晴去了Q大，两个人是真的有好多年没见面了。她剪掉了多年留起的长发,一直到现在头发都很短,更配她眉眼之间的英气。听席悦说郁晴是在大一打了一个耳洞,在左耳,从那会儿起她总爱戴一个银制的月亮耳环,小小的一颗,光一照就会发亮,任谁看了都觉得很帅。

席悦抬手拨了拨郁晴的耳环,有点儿好奇:"晴晴,你打这个耳环疼不疼?"

她从初中犹豫到现在,但每次都会因为打完耳环一系列的忌口跟银针而退缩,到现在耳垂上都是空落落的。

郁晴摸了下被席悦碰过的地方,好笑道:"你都问了多少次了,真的不疼。"

席悦将信将疑:"不疼吗?"

"你想打?"

"嗯,有一点儿吧。我爸妈一直催我跟向司原结婚呢,之前双方见家长的时候,向司原就保证过,等他出完这次的任务,回来我们就结婚,我想着结婚的时候戴副耳环会好看一些。"席悦笑了下,谈起结婚还是有点儿害羞,又岔开了话题,"到时候你跟星星要来当我的伴娘,知道了吗?"

水星的视线落在郁晴身上,停了一会儿。

"知道了。"郁晴回答。

三个人才约好过两天陪席悦去打耳洞,地点还没定,向司原的一通电话就打了过来,席悦说了两句话,跟水星他们比了个手势,大概意思是要先出去一下。

水星点了点头,表示你去吧。

席悦一走,郁晴跟水星两个人留在甜品店里。

视线对上,水星听见对面的郁晴问:"你呢?最近跟盛沂怎么样?"

"嗯?"

"前段时间看到你们加了微信。"郁晴笑了笑,"朋友圈的互动不

是挺频繁的吗?"

郁晴猛地这么一提,水星脸侧的温度立刻烧了起来,她抬手,挠了挠脸,一句完整的话还没说出口,就看见席悦从甜品店的正门风风火火地冲进来,她一下扑到郁晴的后背上,手舞足蹈道:"我跟你们说一个惊喜,我才知道的!"

水星把话收了回来,问她:"什么?"

"盛沂要回来了!"席悦说,"向司原刚刚跟我打电话的时候说的,一会儿飞机都到了,他问我去不去机场。"

水星傻了下,盛沂怎么没跟她说过自己要回来?

"走吗?去接人了。"

半个小时不到,向司原就开了车过来,席悦一边打电话一边找车,看清前面的白色保姆车,连拍几下,等向司原把锁开了,又一把拉开后面的门:"你什么时候换的车?"

向司原之前都开黑色轿车,席悦是头一次见这辆保姆车。

事实上,这辆保姆车并不是向司原的,而是副驾驶上的李泽旭的,他家里的生意越做越大,车库里多塞几辆车是常有的事情。听闻盛沂回国,李泽旭专门找了这辆车跟席悦他们去接机,结果门一打开,他转头,正要跟席悦说话,看到的却是在上车的水星。

李泽旭愣了下:"你回来了?"

水星扶着车门的手一顿,"嗯"了一声。

"什么时候到的?"

"前天晚上,今年说多回来几天,陪一下姥姥跟姥爷。"

"因为知道盛沂也回来?"

大学那会儿,但凡有假期李泽旭总爱跑到学校问水星回不回西城,他回家的次数很多,到学校的次数很多,但每次的邀请都没有结果,水星很少答应他的邀约,很少回西城,只有偶尔的时候,水星会在过午的时候回来几天,但很快就会再回去。

他知道水星跟盛沂在高考毕业以后就没了联系，除了开学那几天，后来他偶尔提几句有关盛沂的话，水星总是淡淡地没有什么反应。他以为两个人的事情就此打住，说过去就过去了。

他从来没想过多回来几天这样的话会出自水星口中。

尤其是在这个时间点，盛沂跟水星的朋友圈开始频繁地互动，他跟向司原说了会回来一段时间，能多待几天待几天。

水星抿了下唇，她讲不清楚为什么，自己已经很久没见到李泽旭这种表情了："不是，他没跟我说这件事。"

李泽旭又"嗯"了一声，转回头。

去往机场的路上异常沉默，席悦后半段跟郁晴绕到了后面讨论，水星坐在两个人斜上方，隐约能听到席悦问李泽旭是怎么回事儿。

"李泽旭该不会还喜欢星星吧？"席悦的视线来回在两个人身上转，"我以为这么多年早放下了，还有他好端端提盛沂做什么？"

郁晴拍了拍她的手："回头再说。"

水星把头靠到一边的玻璃窗上，低头，盯着手机屏幕的置顶聊天。

她真的不知道盛沂回国这件事，就在昨天盛沂才跟她说了最近工作太忙，没办法随时看手机，可能会失联一阵子，让她别担心。水星又看了眼两个人截止的聊天时间，心里默默推算起了时间。什么工作太忙？他说最后一句话的时候八成已经上了飞机。

如果今天她没有跟席悦出来，水星都不知道盛沂憋了这么一个大招。

离盛沂出来还有十五分钟，一行人到了机场，李泽旭跟向司原先把三个女生放下，到机场找个停车的地方再进来。

"我怎么感觉刚才气压这么低？"席悦小声问。

"还好吧，可能是李泽旭没想到我会来。"

"也是，星星你确实是很久没跟盛沂联系了，我感觉我们也是最近才开始说有关他的事情。"

郁晴的视线偏过来："最近？"

"嗯，差不多有两个多月。"席悦记不太清时间，"之前跟星星说起盛沂的话题，她好像都不太感兴趣，我就没怎么说过。"

"不感兴趣。"郁晴又瞥了眼水星，笑了下。

水星也挠挠头，脸上有些热。

她觉得她最近的渗透还挺成功，郁晴是最先反应过来两个人互动的，连对感情反应慢一点儿的席悦都有所察觉。大概下次公开的时候，席悦对此不会太震惊，等毕业以后再跟蒋林英他们说自己谈恋爱的事情，那会儿时间久了，更稳定一些。

因为天气原因，盛沂的航班晚点了十五分钟，又熬了一会儿，旁边的屏幕才显示航班已到达。

席悦爱凑热闹，不管接谁都爱往栏杆那边围，隔着一层玻璃都耽误不了她向里看的视线。

水星心跳得也厉害，说是被席悦拉过去，实际上早巴不得没有栏杆堵着，也进去看一眼。好在盛沂的身型高挑，一群人里数他最显眼。他一身黑色羊驼大衣，内里是一件白色衬衫，单手拉着一个大的漆皮行李箱，抬眼，看到堵在围栏后面的五个人，视线又定在最靠内的水星身上。

"盛沂！这里！"席悦还担心他看不见，疯狂地摆着手，"这里！这里！"

郁晴的余光扫了下旁边的水星，发现她一只手攥紧了栏杆，另一只手小幅度地伸了上来，也冲盛沂招了招。

盛沂没有直接出来，走到围栏对面，视线才从她身上挪开一会儿。

席悦顺手推他一把："回国都不跟我们说，前几天盛奶奶还跟我抱怨，说你也是个不着家的，快出来吧，等什么呢？"

盛沂"嗯"了一声，视线又扫到水星身上："马上。"

一行人回到车上，幸亏李泽旭赞助了辆保姆车，不然六个人还真的坐不下。水星跑到最后一排跟郁晴两个人坐在一块，盛沂跟李泽旭坐在靠中的位置，席悦转移到了副驾驶那边。

水星抬眼,视线落在前面盛沂的背影上。他半侧着头在跟席悦和李泽旭说话,相比视频上,他要瘦得多,怪不得别人总说上镜胖三斤,水星有点儿后悔没在视频的时候好好督促盛沂吃饭了。

席悦在前面都不安稳,一下子就转过身:"今天晚上我们一块吃饭吧?难得人聚得这么齐!"

向司原在一边开车,他伸手,单手摁住席悦的肩膀,把人往下压了压,揉了下她的头发:"坐好再说。"

"知道了,知道了。"席悦调整了下坐姿,看向前面的车流,"怎么样?你们想吃什么?这个天气感觉要下雪一样,最适合吃火锅了。"

"我记得学校附近那家火锅店还开着。"李泽旭说。

"改天吧。"

席悦愣了下,跟李泽旭商量的话顿住,问:"干吗改天?"

盛沂的余光扫了下后排,视线又收了回去:"今天有事。"

水星看见盛沂的视线瞥了过来,两个人在车上不能好好说话,她只能把身子往门那边侧了侧,脸贴到车玻璃上给盛沂发消息。

三颗星星:你骗我。

SY:嗯?

三颗星星:回来都不跟我说。

SY:想给你个惊喜。

三颗星星:……没有。

怎么可能不高兴,她都要高兴疯了。

从知道他回国的时候脑袋就是一片空白,见到他才有一点儿真实感,那么多人看着,她又不能直接跟他说话。

三颗星星:你晚上有什么事?

三颗星星:为什么不跟悦悦一块吃饭?

盛沂打字的手顿了下,视线若有若无地又看过来,眼底浮起一点儿无奈,又回过头:你说呢。

SY：先跟你吃。

三颗星星：跟我？

三颗星星：可悦悦知道我今天没有其他的事情，晚饭肯定要跟他们一起吃的，我不在场的话，你跟谁吃？

SY：［省略号.jpg］

天气果真如席悦所说，车开到半路，前面的车窗上就飘下两三瓣雪花。保姆车驶入西城大学这片，水星侧眸，又看一眼车窗外，晚饭是肯定要跟席悦他们一起吃的，但不妨碍在吃晚饭前她可以先去找盛沂一会儿。

水星拍了下车窗，跟前面的向司原说："那个什么……你们先把我放这里吧。"

车速慢了些，向司原问："这里？"

"嗯，这里。"水星点点头，看了眼前面的盛沂，嘴上胡乱地应了两句，"我忽然想起有东西没拿，我先回家拿一下，一会儿吃饭再来找你们。"

水星下车，就在路口绕了两圈，等盛沂说席悦跟郁晴上了楼才又跑进西城大学的家属区，单元门大常开，盛沂还在楼道里等她。

水星笑了笑："走吧。"

"嗯。"

楼道里有些黑，水星抬头看前面的盛沂，他的头发剪短了些，虽然视频里天天见面，但看到真人的感觉总是不太一样，怎么看都看不够。

盛沂的脚步慢了些，转头看向她："过来。"

水星"嗯"了一声，跑到他旁边，低头，又盯着他拉着行李箱的手，想碰一下可总觉得无从下手。

两个人肩并肩走进了电梯，水星又悄悄看了眼身旁的盛沂，发现他的视线也在看向她。

电梯匀速上行，电梯间里只有他们两个人，水星转眼看了下变化的数字，说："要不然一会儿你还是跟我们一起来吧，你晚一点儿到，说事情都解决完了。"

"真的要一起吃？"

水星"嗯"了一声，她盯着脚尖，不太好意思，说："你之前也没跟我说，做人又不能言而无信。"

两位老人都以为盛沂今年不回来，一并去找盛在清热闹一下，家里没人。盛沂拿出口袋里的钥匙，把防盗门打开，室内一片冷清，摁开灯也没有烟火气。

后面的门又关上了。

客厅太大，只有他们两个人，总觉得怎么贴也贴不近。盛沂把行李箱先放到房间里，水星想了下，也跟了进去。

"那你晚上一个人做什么？"水星站在后面看他。

"不知道。"他的语气有些硬。

水星凑过去几步，总觉得盛沂心情有些不好，表情也是淡淡的，说："明天我不跟悦悦他们出来。"

盛沂瞥了她一眼，坐在一边，水星也跟着坐下。

两个人好不容易见到，她不想让盛沂有一点儿不高兴。卧室的灯常年不换，顶头的光有些暗，压在两个人身上。水星轻轻抬了抬手，指腹碰上他的手背："明天我来找你？"

室内有暖气，反而显得盛沂的体温太低，水星忍不住缩了缩手，也就是这一躲之间，手腕被他紧紧地牵扯住："躲什么？"

"太冷了。"水星实话实说。

谈了小半年恋爱，现在见到又跟才谈一样，她心脏一下一下地往胸腔前压，像喘不过气似的，两个人的视线对上又错开。

水星又肯定了一遍："明天我来找你。"

"太冷了。"水星实话实说。

谈了小半年恋爱，现在见到又跟才谈一样，她心脏一下一下地往胸腔前压，跟喘不过气似的，两个人的视线对上又错开。

水星又肯定一遍:"明天我来找你。"

"嗯。"

盛沂抬手勾了勾水星的手指,从一根到把整只手都握在手里捏,手指碰在一起,温度更容易上升。两个人就这样静静地坐了一会儿,什么话都没说,但相互的距离越来越近,盛沂靠了过来,用力把人扯到了腿上。

突如其来的动作让水星的心脏在一瞬间失重,她的眼睛瞬间睁大,双手也下意识地去贴近能碰到的东西,就这么抱住了盛沂的脖颈。

水星低头,能看到他环住她的腰侧。

他的鼻尖轻轻蹭了下她的下巴,然后是脸颊。

盛沂的呼吸很烫,几乎要将她覆盖。

水星脑袋忽然有点儿晕,从进楼道起,两个人脑袋里就在想这些有的没的,心猿意马,路人皆知,他们分别太久,恋爱谈起来都不真实。盛沂不太擅长表达情感,但现在每次触碰都似乎有千万电流经过,的的确确在跟水星说他也想她了。

他很想她。

不知道过了多久,水星才缓过劲,试图提醒他:"……一会儿我还要去找悦悦。"

"嗯。"盛沂微微退了一点儿,但左手还是没有松开她,他偏了下头,看了眼窗外的雪,"雪太大。"

水星跟着他的视线,转过头,也看向窗外。

西城的温度比往年要高,即使下雪也积不住,雪花贴在窗户上,汇聚到一起融成一滴又一滴的水珠,像是下了雨。

他的手搭在她的侧,让她回过身。

四目相对,水星很轻地眨了下眼睛,低头又看他,她的手指碰在他的脖颈,指尖向下滑了滑,一种拼命想抓住什么的感觉又弥漫在心间。

她重复一遍:"嗯,雪太大了。"

"那就等等。"

盛沂又贴了过来，他们四目相对，认清了彼此眼底相同压抑的渴望，他捧着她的脸，食指跟中指的指缝捏了捏她的耳垂，痒得要命。

房间太小，他的唇齿滚烫，又吻在她的嘴唇上。

他声音很哑，话语几乎是震过来："等等送你。"

盛沂最后还是跟水星一块去赴约的，只不过他把人送到了楼下，打算在外面逛两圈，再由水星跟他们说他就在附近。火锅店的设施陈旧了些，他们挑了中间一些的位置，刚坐下，就看见说好不来的盛沂掀开门帘进来。

席悦把菜单拽了过来，背过身没搭理盛沂，反而是跟旁边的向司原说话："也不知道是谁说今天不吃，然后又眼巴巴地来。"

向司原侧了侧身，隔着席悦看了几眼盛沂，又扫过另一边的水星。

他们坐了一张方桌，除了位置不同，几个人的坐法跟高中没有区别，盛沂没应声，脱了外套，径直走到水星旁边，坐了下来。

"给星星点个清汤锅，你们的辣锅要什么度？"席悦拿笔，问旁边的人，"微辣？中辣？还是特辣？"

李泽旭瞥了眼旁边的盛沂："随便你们，再拿一箱啤酒吧。"

"行。"席悦不含糊。

"今天能喝酒吗？"李泽旭转头又问他。

盛沂点点头："能。"

啤酒跟鸳鸯锅一块上来的，李泽旭坐在一边就先开了两瓶酒，伸手，把一瓶推给了盛沂，明白地让他喝，两个人对视一秒，其实谁都没把话挑明，但他们都明白，李泽旭应该是猜到了他跟水星的事情。

结果就是不止喝了啤酒，白的、洋的，火锅店里有的酒都掺了一点儿，两个人一时间喝得都有点儿多。

水星看着面前的一盘盘菜都没吃完，两个人还在给对方杯子里倒酒，心有点儿急，一时间也顾不上在哪儿，在桌子下就拽起了盛沂的手，头

往那边偏了偏:"少喝一点儿。"

可能是因为醉了,水星本来是想提醒盛沂,然后就抽出手,没想到右手反而被他攥住了,根本拿不出来。

啤酒是冰的,盛沂的手是热的,水星的余光落在两个人在桌子下扣紧的双手上,还没再挣扎,就发现席悦从后面溜出去的脚步停了下来。

席悦愣了下,她原本是想卫生间的,结果无意间撞见水星跟盛沂在桌子底下的互动,一时间还以为眼有点儿花,揉了揉眼睛,连卫生间都忘了去,忍不住问了出来:"你跟盛沂干什么呢?"

"我……"水星本来想说,发现李泽旭的情绪有些不对,又瞧一眼盛沂。

李泽旭重新把啤酒端了起来,杯子堵在眼前,让人看不清眼底情绪的波动,等水星真把手抽上来了,他才笑了下:"席悦问你们话呢,怎么不说了,都是老朋友了还藏这点儿事干什么?"

其实他这个角度能看清楚四周的动静,水星跟盛沂两个人又不处于视觉盲区,两个人拉一会儿手,他心知肚明,大约是他们双方都在给自己留面子,谁都没现在点破,哪能想到席悦正巧去后面的卫生间,不然他们……应该还会瞒一阵吧。

事情被撞破,水星跟盛沂没有办法再在饭桌上瞒着人,向司原跟郁晴他们都不惊讶,惊讶的只有席悦:"你怎么什么都不跟我说?你们什么时候在一起的?在一起多久?"

"九月那会儿在一起的。"水星回答。

"都快半年了。"席悦站在饭桌边,掰着手指算了下,"你们瞒这么久!"

"哪是他们瞒得久。"郁晴忍不住说,"你自己想想你今天说了什么话?"

"说了什么话?我不就是……"席悦忽然反应过来,"怪不得你这几个月总跟我提盛沂,敢情是想慢慢渗透我。"

一瓶啤酒又见了底，李泽旭把杯子放下，低头摁了会儿手机，抬起头，又看向几个人，有些抱歉地笑了笑：“真不好意思，生意上有点儿事，我现在就走了。”

"哎，李泽旭，你这可就……"

席悦的话还没说完，向司原就在一旁摆了摆手，示意他想走可以先走。他抬头又冲对面的席悦问：“你不是还有话问水星吗？盘问完了？”

"哦，也是，这个比较重要。"席悦不在意道，"算了，那你走吧，路上慢点儿。"

盛沂起身，也站了起来，把位置让给席悦，又看了眼水星，才拍了拍旁边的李泽旭说：“送你出去。”

"嗯。"李泽旭没拒绝。

火锅店的热气足，两个人还没掀帘就能感觉到室外的冷风，盛沂的外套在水星那边，他出来的时候没拿，李泽旭跟他就停在了店门口。

饭桌上人太多，两个人的话都不能多，盛沂抬头看了眼天，雪比来的时候小了不少：“给你叫辆车？”

"不用。"李泽旭说，"走一走醒酒，你跟出来不止送我这么简单吧。"

盛沂看了他一眼，他没说话。

李泽旭不傻，两个人多少年的情分，彼此一个眼神就心知肚明，他知道盛沂没放下水星，同理，盛沂也知道他没放下水星。

高中那会儿，李泽旭知道他跟盛沂差在哪儿，女生们的视线里总是塞了一个盛沂，似乎只有水星能看到自己，他一直安慰自己盛沂可以当王子，他就可以做骑士。

但安慰只是安慰，骑士也只是骑士。

他们走在一起的时候，水星的视线总是飘向旁边的盛沂，李泽旭只能沉默着，他当作什么事情都不知道。

清北班分班以后，他实在没忍住跟盛沂说起了水星的事情。盛沂单手靠在天台的栏杆上，他转过头，看着自己，再次从他翻来覆去的话里

找重点，问他想说什么。

"你喜欢水星吗？"李泽旭问。

李泽旭在心里预演了很多遍，他以为盛沂会点头、会摇头，李泽旭想好了自己接下来的全部反应，可盛沂什么都没说，他的眸子动了下，视线很快地收了回去。

那段时间，班上很快流传起了水星跟他关系好的消息。李泽旭每次听到这些话，余光总会不经意地瞥向靠窗的位置。

他想盛沂什么都没说，他大概率没那么在乎。

可随着年龄变大，见到的事情越来越多，李泽旭才发现盛沂当时克制的目光并非不在意，而是太在意。

他和水星当时什么出格的事情都没有做，办公室的谈话一次都没有落下，两个人的座位越分越远，谈话越来越少。李泽旭知道，盛沂比他们都要成熟得多、稳重得多，他明明有机会跟水星在一起，但只是因为过早地想好了接下来的结果，他甘愿成为等待的那个人。

所以盛沂不说，他会收回视线。

阴错阳差之下，盛沂跟水星没有到一个地方上大学，水星甚至都很少提起盛沂，李泽旭知道他不应该这么想，但还是生出了一丝侥幸，水星跟盛沂大概是没可能了，他们不会在一起，只要他也学会等，总有一天水星会看到自己。

但事实上他还是错了。

水星看不到自己，正如他蒙蔽了自己的双眼，无视水星去南京实习，无视水星不顾一切到B大读研，无视水星跟盛沂在朋友圈频繁点赞。

"少说两句安慰人的话吧。"李泽旭抬手，捶了下盛沂的胸口，"赢家的安慰让人恶心。"

盛沂下意识捂住被他砸过的地方，李泽旭的手劲下得不小，一拳头似乎要化解这么多年的不爽，他听着李泽旭这句话，忍不住笑了笑，轻轻拍开衣面上的褶皱："没人说要安慰你。"

李泽旭回过头看他一眼，跑进风雪里，笑着冲后面骂一句："就知道你这臭脾气，滚吧，回去了。"

盛沂看着他，"嗯"了一声。

水星在饭桌上坐了一阵，实在坐不住，拿着盛沂的衣服又出来。外面有些冷，她把外套搭在盛沂肩膀上："怎么不回去？"

"一会儿。"

"李泽旭呢？"水星问。

盛沂指了指远处："走了。"

两个人站在火锅店门口，下过雪，地上潮潮的，还没干。

水星下了一级台阶，拽着盛沂的指尖走到路边，转头看了眼拐弯的地方，已经看不到李泽旭的身影了，才转头，轻声问："你跟李泽旭两个人没事吧？"

"嗯。"盛沂应了声，"能有什么事？"

他喝醉了酒，身上比平时都要烫，碰起来极其舒服，水星抬起头，指尖又戳了戳他的指节，轻声说："不好说，吃饭的时候气氛怪怪的，你们两个人一直喝酒，你又专门出去送他。"

盛沂笑了笑，抬手揉了揉她的头，重新拉过她的手，把手放进衣服的口袋，说："想什么呢，就是太久没见面了。"

"吓死我了。"水星靠近他，"之前好久没见李泽旭了，我还以为他还……我还担心吃饭的时候说我们两个在一起会不会让你们关系太僵。"

盛沂顺着她的话问下去："还什么？"

水星低下头，躲开盛沂的视线，那些都是陈芝麻烂谷子的事情了，她跟李泽旭在高中说开以后就没再提起来过，水星岔开了个话题，说："没什么。你还说我呢，我都忘了问你，你这次怎么会突然回来？"

国外的学业比国内更重，尤其是盛沂赶着今年就毕业，国内的博士还经常出现延迟毕业的现象，盛沂每天要抽空跟她视频，还要做不同的

项目,她怎么算都算不过来他是怎么抽出时间回来的,还有非要回来的理由是什么。

"没有突然。"盛沂笑了笑。

水星重新抬起头,"嗯"了一声:"什么?"

街道一侧的路灯亮着昏黄的光,光线打在盛沂的脸上,勾勒出他清隽的眉眼,他侧过眸,目光对上她的眼睛,说:"不是说不喜欢过年吗?"

水星有些疑惑:"嗯?"

她确实是跟盛沂说过她不太喜欢过年,总觉得过年会发生一些不好的事情,但一时间还是没把不喜欢过年跟盛沂回国联系到一起。

盛沂握着她的手紧了些,眸子被灯打得有些亮,垂眸,露出眼皮上那颗漂亮的小痣,看向她就让人心动。

他说:"回来陪你过年。"

结果两个人在一起还不如没在一起的时候自由,水星担心蒋林英跟戚远承他们发现自己跟盛沂走得太近,原先还能来的诊所,现在连近一步都难,两个人最多走到汇展街的十字路口就要分开。

家附近的地方不能去,水星跟盛沂碰面最多的地方成了盛沂家里,不过两个人很擅长劳逸结合,只有工作做完才会休闲。

平日里蒋林英总是说着让水星多出去逛一逛,但真等人每天都往外跑,蒋林英反而担心起来。眼看今天就是除夕夜,水星还在家里待不住,蒋林英趁着水星还没出门,看到她在卫生间洗漱,忍不住问:"今天又出去吗?"

水星刷牙的手一僵,嘴巴里还含了牙膏,"嗯嗯"了两声:"出去逛一会儿。"

"去哪儿逛?"

"还不知道呢,就先在附近逛一逛。"

"就附近。"

"嗯,真的。"水星没有说谎,西城大学确实就在附近,她从家走到家属区确实是逛了一会儿。眼看卫生间门口的蒋林英还在巡视,水星漱了漱口,用毛巾捂住脸,又问一句,"姥姥,怎么了?"

"没事儿,姥姥就问问,你打算找谁?"

水星还是没直面蒋林英的问题,跟她打圈圈:"我能找谁?"

"又是去找悦悦吗?唉,每天跟悦悦出去也挺好的。"蒋林英很快就对号入座,在那边说话,"但你看人家悦悦老大不小,你不是也跟我说吗?人家最迟明年都要结婚了,感情稳定,学业顺利,你说你也不急,姥姥也没催你现在就结婚,起码今年先找个男朋友,两个人谈一谈恋爱,发展下感情。"

水星"嗯"了一声,从卫生间走出来,看似顺口问她:"按你这么说,我要真找了男朋友怎么办?"

"真找男朋友了还能怎么办?那不是得高兴傻了,我问你妈妈,前几天还说了想趁过年看看有没有合适的对象给你介绍。你这边是一点儿消息不肯透露,姥姥跟你妈妈只能盲选,我们先挑了我们觉得合适的。"

水星一听赶紧制止:"姥姥,你们就别操这个心了。"

"什么是别操这个心,你姥爷不操心就算了,我跟你妈妈两个人再不操心,你又不上心。"话说一半,蒋林英忽然反应过来什么,一下走到水星的房间门口,问,"星星,你是不是找男朋友了?哪儿的人?本地还是外地?干什么的?人品呢?好还是不好?"

蒋林英这么一连串的问题差点儿把水星问蒙了,她随手拿了条围巾往脖子上套,脚步没慢下来,赶忙往玄关走:"姥姥你调查户口呢?"

"哪是调查……"

"不说了,不说了,姥姥,我该迟到了,说好十点半呢。"

水星从二楼逃出来,跑到汇展街口才缓了口气,在家差一点儿就真的说漏了嘴。她现在不是不想说,但八成是高中跟大学那会儿被家里吓怕了,总觉得谈恋爱先别告诉家里,现在跟盛沂谈了又没多久,还不到

稳妥见家长的情况。

水星拿出手机给盛沂发消息。

三颗星星：起了吗？

SY：嗯。

三颗星星：我马上过去，在家耽误了一会儿时间。

三颗星星：你要不要吃点儿什么？

三颗星星：我给你带过去。

SY：不用。

SY：人先过来。

水星看着手机上的聊天记录，低头忍不住笑，又把手机揣回兜里，赶忙跑了几步就进了家属区。

这段时间她来的次数多了，门口的保安不把她当成学生，直接把她当作了自己人。有天晚上她跟盛沂太饿了，又不想吃学校里的饭，跑到西门这边吃饭，出门的时候旁边的保安就跟她打招呼，问她是不是带男朋友去吃饭。

水星那会儿觉得自己成了学校里的人，盛沂反而变成了局外人。

西城大学前段时间放了寒假，学校里一时间空荡荡的，没什么人，只有职工和家属会在街道上遛弯，把小孩带到操场玩。

水星轻车熟路地进了单元门，又上了电梯，敲开盛沂家的门。

盛沂在家里只套了件白色毛衣，脚上还穿着拖鞋，看到人就把她拽了进来，让人往房间里去。

"书在桌子上。"盛沂说。

"打开了吗？"

盛沂点了点头。

"我今天就能把这本看完了。"水星对自己很有信心，"我坚信。"

前几天她就开始看《时间简史》，今天都要看到尾巴了。

"看吧，不会的问我。"盛沂把椅子推开，让她坐下。

水星"嗯"了一声。

水星前段时间就把论文初稿写完了，现在导师还没答复，她的时间全凭自由分配。对比她而言，盛沂就忙得多。大部分时间都是她拿本书坐在书桌的另一边看，而盛沂在另一边查阅些她更看不懂的文献。两个人几乎不说话，但靠在一起，偶尔对视一眼就足以让人心动。

直到快到中午，她把最后一页书翻完，看了眼旁边的盛沂，他才打开一篇新的文献。水星合上那本《时间简史》，正想拉开椅子，跑到厨房接一杯水走走神，就听见旁边盛沂问："无聊吗？"

"嗯？"水星愣了下，又坐回去，"什么无聊吗？"

"我是说书。"

"还好。"水星似答非答。

其实没怎么看懂，当时礼物送是送了，但这会儿才是她第一遍读，里面很多东西只能了解到皮毛，更深层次的真的不明白。

水星又说了一句折中的话："有些东西确实挺深奥，书店的老板没骗我。"

盛沂把书收回去："早知道该去席悦那儿帮你借本小说。"

"也不是不行。"水星跟盛沂开玩笑，他书柜里是真的没什么闲书，再说这本书是她自己挑的，哪有人看两页就放回去的，"你这篇文献看完了吗？"

盛沂看她坐不住的样子，说："快了。"

"那你先看完这篇，我出去倒杯热水。"

"渴了？"盛沂问她。

水星点点头："有点儿。"

盛沂的手从鼠标上收回来，把椅子往后挪了挪："我拿。"

"不用，就烧一下水，我又不是不知道在哪儿。"

显然，盛沂根本没有听到水星的拒绝。他推开椅子就去了外面的厨房，房间的门没关，水星竖起耳朵能听见他烧水和开冰箱的声音。

她不知道盛沂还要拿什么，但八成是水里的冲剂，逗小孩喝的。

书桌上的电脑还开着，水星闲着也是闲着，随手点了页面上面的两篇论文，就算她英文很好，才看了两眼都觉得头痛。把界面缩小后，她又看到屏幕左上角的企鹅标志。

自打微信盛行，水星用 QQ 的次数越来越少。那会儿水星在南方过寒假，她把跟盛沂的聊天记录和空间互动的截图都保存了下来，当时自以为聪明地设置了一个仅自己可见，哪能想到有一天账号会丢，只有自己可见的东西再也见不到。到现在，她甚至连自己最开始的账号都不太记得。

盛沂从厨房回来，把酸奶和零食放到她面前："水还没好，饿不饿？先吃这些，一会儿我们出去吃。"

水星低头，看了眼桌上的东西，酸奶是白桃味的，零食也都是她高中经常跟席悦吃的，不知道他从哪儿找来这么多。

她点点头，但手指停在笔记本的键盘上，没放下来。

盛沂俯下身，又问她："怎么了？"

"想登一下账号。"

"还记得密码？"

"记得是记得，但账号忘了。"水星说。

水星说着就抬手，想先拿袋酸奶润润嗓子。

酸奶刚从冰箱里拿出来不太久，在外面放凉一会儿也没缓过劲，还有点儿冰。盛沂伸手，先把一袋零食递给她，让她先吃东西，等一会儿冉喝。他的身子起来了些，伸手又点开屏幕上的企鹅，登录界面跳出来，他说："用我的吧，上边有你的账号。"

水星没反驳。

家里的网速够快，没一会儿就听见了登录成功的响动。

盛沂的账号也很久没用过了、一登录，电脑右下角的标识就闪个不停，水星先把那些消息都点了忽略，然后又把盛沂的 QQ 拉了下来。

她本来是要到同学的分组里找自己，结果目光先停留在了一个单独的分组。

那个分组跟其他的标识都不同，不是朋友，不是同学，不是家人，而是一个很简单的英文字母，Star。

水星愣了下，转过头，看了眼旁边的盛沂。他跟她肩并肩坐着，手臂搭在书桌边上，袖口微微挽起。他伸手，小臂又搭在她的手背上，轻轻点了下屏幕："在这里。"

是那颗星星里。

"单独的分组？"水星抿了下唇。

盛沂点了点头。

"是什么时候？"

水星想问是什么时候她成了单独的分组。

她的手指有些抖，光标很艰难地才移动到展开分组的小三角上。就听见他说："你送我《时间简史》那天。"

分组又展开，她的头像很久没亮过，是暗灰色的，只有旁边的小眼睛一直闪着光。

水星盯着看了一会儿，有些沉默，她记得盛沂很爱隐身，但不知道从什么时候开始他频繁在线，当时的她并没有多想，即使听到席悦说她总是抓不住盛沂在线，水星也以为是两个人的时间总是错开。

但一天不过二十四小时，他们能在线的时间点总是差不多，再错开又能错开到哪儿去。

只不过是盛沂想让她知道他是在线的。

"能看一会儿聊天记录吗？"水星轻声问他。

盛沂愣了下，一瞬间有些慌乱："算了吧。"

"干吗算了？"水星不理解。

到现在她还是隐隐约约能想起跟盛沂最后一次聊天的时间，是在高考前两天。那会儿西城附中给他们放了假，她还跟盛沂聊过几句，相互打气。

虽然知道这么多年过去,消息不一定还在,水星还是抱着万一的心态想瞧一眼。

"就一眼,我就想看看我们之前聊过什么,我的记忆力准不准。"水星一边说一边将光标移动至她的头像,双击两下。

电脑的屏幕很亮,暗淡的头像点开,结果出乎意料。

两个人的记录里并非什么都没有,也并非停留在高考前的两天,而是 2014 年。

那年盛沂上大二,被人骗了三千多块钱,骗他的人就是盗用了水星的账号。

他们的对话说多不多,说少不少。

对方的手法几乎可以算得上是拙劣,连盛沂的名字都没打对,是她没有改过的备注。

水星突然想起之前张宇飞跟她说过,盛沂大学的时候被骗了一次,似乎就是互联网诈骗,对方骗走了三千多块,当时学校又是演讲又是辅导员下寝,提醒每个同学别再上当,水星还说盛沂那么聪明怎么会识破不了这么简单的骗局。

其实哪里是识破不了?这么简单的骗局,盛沂早知道了。

可他宁愿骗自己一次。

无非是想抓住与她相关的可能,哪怕知道对面的人是骗子,他依然将钱打了过去,一分不少。

水星愣了好一会儿,鼻子早酸了,视线停在聊天记录的界面上,一直没有动过。

水星当时听张宇飞说盛沂连着吃好久的馒头都不知道心疼的,现在忽然觉得自己早该心疼,早一点儿心疼,现在难过的劲早就过了,哪儿至于一刀又一刀地捅过来,伤口结痂又扒开,怎么好也好不了。

她只是想着眼泪就要掉下来,盛沂连忙伸手,用指腹蹭干净她的泪:"怎么还哭了?"

"干什么那么傻?"

"哪里傻?"盛沂说。

"给骗子打钱还不算傻吗?"水星伸手打他一下,力气不算大,手指捏在他的毛衣领口,"张宇飞跟我说你当时泡面都吃不起。"

盛沂的手抬了起来,抓住她伸过来的手指攥在手心里:"事情都过去那么久了。"

水星的眼泪又掉两滴,抬头问他:"当时吃了多久的馒头?"

房间里安静了一会儿,盛沂似乎真的在想答案,他的指腹轻轻滑过她的手背,静了一会儿,才说:"记不清了。"

但记得当时是真的没什么钱了。

盛沂那会儿转专业不久,学业压力太大,才把兼职辞掉,他比别人晚起步一年,要补的课程太多,又不能落下,每天的生活除了在图书馆就是泡实验室,只在用笔记本查资料的时候会挂他的账号,那会儿宿舍里的钟崎还说自己太念旧了,什么东西都往回望,甚至一度建议盛沂应该去学个考古专业。

他们不知道盛沂挂账号也是隐身,没人会知道,而能看见的那个人早就不上线了。

盛沂只是抱着一丝希望,他怕有一天水星万一上线还能看到自己,也许还会回复他的消息。直到某一天,盛沂论文写到一半,忽然听见耳机里的声音。那是他专门给水星设置的,为的是每次上下线都有个提醒。盛沂已经想不起来有多久没再听见这个声音,大脑几乎是一片空白,连文档都忘了保存就关掉。

盛沂盯着她亮起的头像,点开聊天的界面。

他输入很多,又删掉很多,可是连一句"你还好吗"都没发出去。对面的聊天消息就发了过来,那是一段火星文,白痴得要命。

星星：SY，怒玖荣见，猜猜莪湜誰？

盛沂偏偏就是就这这么几句火星文，跟对方聊了下去。

后来钱打过去，钟崎连续叫了他好几次去外面吃饭，他都没去。两个人在食堂，他吃的是便宜菜，钟崎不放心，一直缠着他问到底怎么回事儿。盛沂耐不过去说了几句，谁能想到辅导员当天晚上就知道了，给盛沂打电话，带盛沂去派出所。当时全系乃至全校的人大概都觉得他是个不折不扣的书呆子。

只有书呆子才能被骗这么多钱。

可他们不知道，他们不知道盛沂从小就在电视上看到有关诈骗的消息，那会儿盛忠群跟他一起看的时候总是会点评，老人们之所以会被骗是因为渴望拥有健康，年轻人之所以会被骗是因为渴望能找到快速通关赚钱的途径，被骗的人多多少少都有所求，盛沂想他也没办法逃脱。

他是真的想看见水星的头像亮起来，也是真的想跟水星说话。

他被骗得心甘情愿。

水星骂他："白痴。"

她嘴上是骂他的话，心还是疼的。她当时整天恨不得没有盛沂这个人，他还傻乎乎地给她打钱。

"那你当时干吗不找我？"水星想问，后来又想起他不是没找过自己，当时世界末日那会儿她都没有通过盛沂的微信，"算了，好像是我的问题。"

"嗯？"

"我应该再坦荡一点儿的。"水星想了想，说，"我现在最后悔的事情是高中有一个寒假，当时我没留在西城，回南方了，你还记得吗？"

盛沂点点头："记得。"

"我那会儿特别特别想跟你说话，但你之前总隐身，我担心你嫌我烦，又发现你偶尔会给陈嘉漾点赞，我一天二十四小时恨不得都在空间里发说说，想让你知道我现在在做什么，想万一碰到一件事情是你感兴趣的，你会来找我说话，哪怕就是点个赞，我就很开心了。"水星讲到这里，声音骤然变得小了些，顿了顿，才又说，"当时我的相册里存了好多截图，都是你给我点赞的说说，你浏览我空间时候的记录，还有我们聊天的截图，当时你大概才注意到我——"

"不是。"盛沂说。

水星愣了下："什么不是？"

"不是才注意到你。"

盛沂记得在戚远承的诊所遇见她，是淋雨后一场持续的高热。他体质不好，从小发烧就容易烫昏，打完点滴已经撑不住，进了他最常去的房间，躺在床上，难受得几乎要受不了，只不过随口说了一句水，他就听见有人在回应他。

迷迷糊糊之间，他看见一双眼睛，是水星的眼睛。

嘴唇上冰冰凉凉的，她用棉签一点儿一点儿地给他沾水，耐心又细心，以至于后来几次他病情转好，再到戚远承的诊所时，他的视线总是忍不住搜寻她的身影。

当时戚远承跟他说起盛在清跟徐丽，他态度太差，又看到高一的课本，向来不爱多管闲事的他破天荒地提起了解题的方法，后来打水、借书、包括去问张自立要一张崭新的化学卷子，他的行为越来越莫名其妙。

那时候，他不确定他的反常是为了什么。

他会注意到水星爱喝的是白桃味的酸奶，会对演讲比赛上心，会在她紧张的时候安抚她。他注意到水星的次数越来越多，越来越频繁，直到那天徐丽回家，她手里提着螃蟹的礼盒，所有人都劝他要懂事听话，只有水星站出来替他拒绝。那天很糟糕，但盛沂总是忍不住回想起当时的情景，回想起水星说话的颤音。

他意识到的时候就已经喜欢上水星了。

他不是才喜欢上水星。

他在反复的细节与经历中确认他没办法不喜欢水星。

她把他的手掌翻扣过来，盛沂的手指很好看，白净又修长，她轻轻地一抓，他的指节又本能地抓住她，大拇指跟食指并在一起蹭她的手背。

　　直到现在，水星还是很难想象盛沂对她的感情。即使身边的人或多或少能看出来，她也能感知到一些，但盛沂的喜欢总是克制又不冲动的。

　　她总以为这段感情里是她先喜欢上盛沂，她会是付出得多一点儿的人，但事实并非如此，盛沂把他在每个年龄段里能做到的关照都给了她。

　　十七岁的时候为她整理一本又一本的错题集。

　　十八岁的时候试图牵住她的手，理清他们的未来。

　　十九岁的时候把校刊上的照片放到钱包里，拒绝了其他的任何可能。

　　指节上的温度渐渐升了起来，卧室里反而安静了下来。

　　窗外的阳光太好，落在他们身上，晒得人暖洋洋的，总想伸个懒腰。水星微微转了下头，视线落在盛沂喉结上的光点上。她抬手，先是摸了摸他的凸起，指腹才碰上去，盛沂的喉结就动了动，那束光也跟着动了下。

　　"干什么？"盛沂的声音已经哑了。

　　"不知道。"她抿了下唇，身子已经撑起来一点儿，停了下，还是吻在了那束光上。

　　两个人又在卧室里多待了一会儿，盛沂睁开眼睛，闭上眼睛都是水星的样子。

　　大约是今天的心情有点儿不一样，他们亲起来的时候比往常都要疯，水星的头靠在他的肩膀，身上没有力气，只是仰着头，把脸朝向他，要他手上撑了劲才勉强能支起一会儿。

　　"不亲了。"水星是真的没劲了。

　　她把头低下，没让盛沂再碰她，身上热热的，没做多人的运动，但总觉得发了层汗。

　　"累了？"盛沂问，"带你去吃饭。"

　　水星点点头，连话都懒得说。

　　"一会儿想吃什么？"

水星缓了缓呼吸，看似在很认真地想些什么，嘴角的笑意先露了出来，才拿他打趣："想吃馒头。"

盛沂的目光又扫下来，看了她一眼，说着又要吻下来。

水星连忙躲开他的手，脑袋里飞速过了几个选项："好吧，好吧，不跟你开玩笑了，我想吃西门的部队火锅，然后再打包一……两块提拉米苏回家，等会儿我看别的书慢慢吃。"

"怎么跟席悦一样了。"

水星哼了一声："就是想跟悦悦一样，不行吗？"

"怎么不行。"盛沂笑了下，"口味不换一下？"

"也是，那就一块提拉米苏一块抹茶蛋糕。"水星认可了盛沂的想法，"我吃不掉的话都要你吃完。"

"知道了。"盛沂拿她没办法。

现在马上都一点多了，饭点早过了，水星手里抱着衣服就要先下楼，还是被盛沂揪回来，非要她穿好了外套才放行。水星半是挣扎半是高兴地等他服务好自己穿上外套，抬手就要去开防盗门。

结果门一开，两个人都愣在了原地。

门口插钥匙的人也怔在原地，似乎都没想到会撞见彼此。

盛沂把要给水星套的围巾又拿了下来。

他的手里捏着围巾，灰色的毛线乱成一团，他的手指陷入困境里，沉默一瞬，他喊："……妈。"

即使跟盛在清离婚，盛忠群他们也并没有因此跟徐丽斩断来往，在他们眼里，徐丽还是这个家的一员，他们给徐丽保存了家里的钥匙，逢年过节还是会彼此问候。

不过，现在会碰上盛沂跟水星也纯属巧合。

徐丽前几天跟盛忠群他们联系过，她作为小辈每年都会拿年货来拜年，今年知道两位老人到外省找盛在清过，她跟盛忠群说了先把买来的

年货放家里,这才拿着钥匙来了家属区。

如果不是这次意外,徐丽已经记不清有多久没见过盛沂了。

徐丽站在门口,提着礼盒,一时间不知道该进还是不该进,她的手指蜷缩了下,提绳都短了大半圈,静了半天,还是从盛沂旁边的水星找了突破口:"旁边这位是小沂的同学吧?"

"不是。"

徐丽愣了下,她隐约觉得见过这个女孩,还以为大概率会是盛沂的高中同学。

还没再说什么,就听见盛沂说:"女朋友。"

水星当即倒吸一口凉气,尽管水星知道家门口的隔音效果还不错,也知道隔了这么几个房间就算徐丽真进来也不可能一下子就听清他们在卧室里的动静,但对上视线的时候还是有点儿心虚,勉强笑了笑,才说了句:"阿姨好,我是盛沂的女朋友,水星。"

徐丽一时半会儿也没反应过来,又连"哦"了好几声,才说:"好,挺……挺好,水星……是吧?挺好。"

三个人僵在门口也不是个事儿,水星连忙让了让,请徐丽进来:"阿姨,您进来坐一会儿吧。"

徐丽下意识看了眼盛沂的脸色,他皱了下眉,视线偏向一方,并没有接应这句话。与此同时,水星的手指也被捏了捏。

"没事。"徐丽知道盛沂还没有原谅自己,伸手把年货放在门边,"给小沂的爷爷奶奶带了点儿年货,本来就是打算放下就走的。"

盛沂"嗯"了一声,把年货往边上放了放:"那您早点儿回去,我们就不留您了。"

徐丽沉默了一会儿。

这种气氛太尴尬,即使水星没怎么跟盛沂谈过,也知道他们母子两个人的关系不好。徐丽嘴上说想把东西放下就走,但是身子一直没动,水星都能看出徐丽是想多待一会儿,她抬起手,摇了摇盛沂的手指。

"起码让阿姨进来喝杯热水吧。"

徐丽看一眼水星,露出感激的笑容。

他们又从大门口退回了客厅,徐丽局促地坐在沙发上,她侧睬看了眼坐在茶几后面椅子上的盛沂,又看一眼自己边上的空位。她想跟盛沂好好聊聊天,想问盛沂什么时候找的女朋友,想问盛沂为什么忽然会回国,但没有跟家里任何一个人说。

想说的话太多,反而不容易说出口。

水星从厨房给徐丽倒了一杯热水,递到她手里,水温正好,握在她手里很舒服。她垂眼,看了看杯子里的水,半晌,才转头问:"阿姨,差点儿忘了问你,怎么跟小沂认识的?"

"我们两个是高中同学。"

"高中?"徐丽想到什么。

"嗯。"

徐丽上下打量了她几遍,原先尘封的记忆有了松动。当初盛沂撞破她跟蒋承江的时候,旁边似乎就站了个女生,她当时满心都想着盛沂,连一句话都没跟对方说,看到的也只是匆匆望了一眼,因此在刚见到面的时候根本没想起来。水星就是当时的女生。

客厅里又出现了短暂的安静。

水星不知道自己哪句话说错了,她拢共没说两句,只能求助似的向盛沂投去目光,盛沂看她一眼,似乎接收到了信号。

"喝完了吗?"盛沂打破僵局。

徐丽猛地抬起头,看了过来:"嗯?"

盛沂说:"喝完了就回家。"

水星觉得自己还不如不找盛沂求救。

她不知道这是他们母子两个人的相处方式。她家里的氛围还算和谐,父母之前基本上不怎么吵架,姥姥姥爷最多只是拌嘴,亲生父母不必说肯定是疼她的,就连姥爷嘴上硬邦邦,实际行动也都是为她好,水星长大了更是没跟他们发生过什么矛盾，所以一听到盛沂跟徐丽这么讲话，最多的是震惊。

水星连忙站起来，走到盛沂旁边拽了拽他，帮他打圆场："没有，阿姨，盛沂不是这个意思。"

盛沂不太想接话，水星又把人拽起来，胡乱地推了推他："我们之前不是说出去吃吗？但我想来想去还是在家吃好一点儿。"

"什么在家吃？"

"就是你先出去打包点儿东西回来。"盛沂现在这个状态实在不适合跟徐丽说话，水星给他使眼色，"我跟阿姨在家等你。"

盛沂好不容易被推出门，水星才关上门，就在防盗门那边听到徐丽轻轻的叹气声。

她的手在门把上停了一会儿，缓了缓心里的紧张，才从玄关又走回去，原本叹气的人一下子收了声音，她慢慢抚了抚额间掉下来的碎发，脸上有些不好意思，说："真是抱歉了，让你看笑话了。"

"没有。"水星摇摇头。

"小沂跟我……之前我们闹了点儿矛盾。"徐丽又捧起那杯水，"不知道他有没有跟你说过，要是可以的话，阿姨还想你帮忙劝劝他。"

那会儿盛沂撞到徐丽跟蒋承江，徐丽就再也没跟蒋承江联系过，本以为在北城专心陪读，她能跟盛沂的感情又恢复如初，可并没有。盛沂会回她的消息，会在她问地址的时候报平安，他的朋友圈从来没屏蔽自己，但就是不会再回家里见她。

有几次，徐丽到学校里跟盛沂装作偶遇，她说要陪盛沂逛一逛校园，盛沂只是皱着眉头说没什么好逛，然后把她带到学校外面吃一顿饭就走。

徐丽怎么会不知道盛沂在怪她？但哪个父母不想要孩子发展得好。

当初徐丽跟盛在清结婚，她从来没想过什么专业挣钱，什么专业对未来会好。她经历了这么多年，认识到那么多错，换句话说，吃过的盐比盛沂吃过的米还多。她是盛沂的妈妈，怎么可能会害他。她想盛沂年纪太小,他现在不懂,但有一天长大了,在外面吃了亏总是会回来的,他会理解自己的一片良苦用心。但她等了又等,还是没等到想要的结果。

盛沂大四那年,徐丽托关系给盛沂找了份不错的工作,可盛沂非但没有去,她还从盛忠群他们口中得知了盛沂准备出国的消息。

临出国前,徐丽又给他打了一笔钱,盛沂还是没有要,原封不动地退了回来。

她才知道盛沂不光是没要过她的钱,在很早以前已经不问盛忠群他们拿钱了。每年过年即使收了红包,过几天也会以双倍的价钱买礼物还回来。

盛沂似乎无形之中把他们推到了门外。

"你知道那份工作多少人想求都求不来,我去找人托了多少关系,说破了嘴皮。"徐丽说到这里就委屈。一直以来,她都想尽办法想要给盛沂最好的东西,但她做的一切,盛沂都没有办法理解,"你说我哪一项没为他考虑?做什么不是为了他好?"

水星沉默了一会儿:"可是盛沂需要吗?"

徐丽侧过头,神情疑惑。

"阿姨,您知道盛沂想要什么吗?"

徐丽愣了一下,有一瞬间,她觉得自己回到了盛沂刚拿到录取通知书的那一天。当时盛沂好像也这么问过自己,问她知不知道他想要的到底是什么。不知道从什么时候起,他们成了最亲密的陌生人,明明骨子里都流着相同的血液,但就是融不到一起。

"他想要什么?"徐丽又问出了相似的话。

"他想学天文。"水星说。

窗外有乌云飘过,太阳遮了一半,客厅的光线暗了下来。徐丽不停地转着手里的透明玻璃杯,杯身慢慢凉了,她的手指再也感觉不到温度。

"我其实能理解您的心情,做父母的哪个不想要儿女过得顺遂如意,可人生有这么多条路,您怎么知道盛沂选择的路未必不会顺遂,不会如意?"水星说,"何况……他在做自己想做的事情,这难道不比任何事情都要重要吗?"

徐丽没说话。

父母对孩子的了解程度似乎永远比他们长大的速度要慢一点儿,他们了解的孩子大多停留在小的时候,他们更容易放大缺点,看不到优点。太过闹腾的时候说静不下心,太过安静的时候说不懂圆滑,太完美的时候又说不会一直这么好,似乎怎么做都没办法符合父母的心意。

不可否认,父母会为了孩子付出全部,会因为孩子遮风挡雨,想让他们避免弯路,但人生从来都不是直线,弯路也不止有一条,走捷径未必是件好事。

重要的是,每个人都应该也有权利去走一条属于自己的路。

水星不知道她现在心里是怎么想的,她想着徐丽的水大概是凉了,起身正要去厨房把热水壶再拿过来,就听见徐丽的声音,说:"但我也没反对他了,起码……现在没有了。"

这些年来,徐丽不是没有反思过自己的问题,她想过要跟盛沂好好沟通,但每次话没说两句,盛沂就又躲开。时间久了,他们都对问题避而不谈,似乎这样就从来没发生过,以至于如果不是再见到或者再说什么,她会觉得他们的关系一直如初。

水星又坐在一边的沙发上。

"你也说了,做父母的那个不想要儿女过得好,我……真的只是太担心了。"徐丽说,"孩子,你现在还小,你跟小沂都没有成家,没有立业,你们不会想你自己的小孩有一天无意间走错一条路后悔怎么办。"

水星看向她。

"我也年轻过,也有过梦想,我怎么可能不知道你们现在的想法呢?当年我跟小沂的爸爸结婚,我妈反对了多少次,我周围的朋友劝过我多少次,我当时说得多好,一句话都听不进去,我觉得我有我的路要走,可结果呢?我现在……我也是做了妈妈才知道。"

徐丽眼眶红了，低下头，又说："当妈的真的是操心的命，小沂的爸爸……他可能说几句话就不管了，但我这个当妈的不行。我过自己的人生都没有那么仔细考量过的，你知道吗？当年高考结束，我给他算分数，算学校，算专业，问了多少人才确定了让他去学经济，挑挑拣拣就想找一个方向，就是想让他以后能稳定下来，能过得快快乐乐的。"徐丽说，"做父母的别的心愿都没有，要求就这么一点儿，想让孩子过得好。"

水星抿了抿唇："阿姨，盛沂现在过得不好吗？"

徐丽张了张口，忽然说不出话来。

她下意识地想要反驳，但也是真的没得反驳。

盛沂现在过得不好吗？没有不好。

她忽然意识到，这么多年盛沂一直是街里街坊夸赞的对象，同学和老师眼里骄傲的宠儿。他一路直升，一帆风顺，人生顺利到似乎一点儿路上的坎坷都看不见，连小石子都主动要绕道。大二转了专业，他照样是专业第一，他照样申请出国，照样成了博士。

她没有干预一点儿，也不需要她的干预，盛沂还是能朝着好的方向走，他一点儿也不算糟。

可她当时为什么就是不相信呢？这个答案恐怕也是无解。

客厅里静了半天，徐丽好不容易找到一句话要问，她问："那他现在高兴吗？"

盛沂从外面回来已经是半个多小时以后的事情了，他打包了部队锅回来，手里还拎了两块蛋糕，但在客厅里没有再看到徐丽。水星当时说要留她一块吃，但该走的人总是会走的。

厨房的顶灯打开了，灯泡跟客厅的一样暗，盛沂跟水星这段时间一直没修过，修了又怕两个老人回来发现有人进来过。

"阿姨先回去了。"水星想了想，主动解释。

盛沂"嗯"了一声，不算太关心。

他把东西都放在了餐桌上，垂眸，又看了眼边上再次沉默下来的水

星,以为是徐丽跟她说了什么难听的话,正想着就听见旁边的她喊人:"盛沂。"

"嗯?"

水星低头,接过他手里的包装盒,塑料袋系了好几次,估计是怕洒了,她解开的速度很慢,看似不经意地跟他说:"你知道吗?做律师其实能挣挺多钱的,尤其是我现在专门攻建筑工程纠纷,我导师还是实习律所的老板们都说我挺适合做这一行。"

她想她大概是把婆媳关系弄僵了,顺着徐丽的话都不会,徐丽让她劝盛沂,结果一涉及盛沂她就想护,根本顾不上对方是谁,以至于徐丽走了,她是真的开始很认真地在计算两个人未来该怎么办。

她每年都有拿奖学金,很早就开始实习,手里攒了不少钱,要真的按照现在的状况发展,买房买车都不会是问题,她再努力一点儿,以后还能给他们的小孩很好的教育。

不会跟徐丽说的一样。

盛沂在一边皱了皱眉,不太明白她好端端地在说什么。

"怎么说这个?"

"我是想说你可以做自己喜欢的事情。"水星很轻地眨了下眼,"哪怕就算没钱也没关系,只要你开心。"

盛沂低头,看了水星,实在想不到她怎么会觉得自己一个大男人会沦落到赚不起钱养不起家的份上,他的视线落在她身上,但看水星又说得情真意切,怕扫了她的兴致,只能有些无奈地"嗯"了一声。

"或许……"水星低声问他,"你现在高兴吗?"

徐丽把话问向水星的时候,那会儿她其实有些不确定。

她跟盛沂在一起的时间有限,不确定这么多年盛沂到底高兴不高兴,会不会一直高兴,但在一起的时候她总是能发现盛沂眼底很轻松,嘴角会有笑,皱眉的次数会减少,她猜想这大概是高兴的。

可水星还是想听盛沂亲口说一回,她想确定盛沂是真的高兴。

她的话很轻，几乎是飞速地讲完，又怕他多想似的，自顾自地多补充了几句："不是当时当刻，就是……现在，这一段时间，我就是想起来跟你说几句，你不用多想。"

盛沂把蛋糕盒拆开，站到她旁边，总觉得她低落得要命，趁她不注意，忽然伸手捏了下她的腰，反问："你觉得呢？"

"我怎么知道你？"

水星腰上有痒痒肉，他一碰她就想躲，跌跌撞撞又落进他怀里，嘴角忍不住翘起来。她的身子转了下，耳朵贴在他胸前，跟着他的心脏慢慢感受跳动。

她大致跟盛沂讲了下刚刚的事情，才说了自己的心里话："其实刚才阿姨问了我这么多话，我想了很久，还是觉得你现在应该是高兴的。"

她差不多是自顾自地给盛沂下了结论。

水星抬手，埋着头，双手抱在他身后，她的手指蹭了蹭他的背部，不太确信，有些担心，但抱着的男人也在抱她，水星听见了盛沂的声音，在她头顶又响了起来。

他说："你觉得没错，我很高兴。"

蛋糕最后都没吃成，买回来的两块都掉在了地上，一块摔得不成形，另一块被他们玩闹的时候踩坏了，水星胡乱地吃完饭就要回家。

老一辈人对大年三十都有点儿讲究，不到六点，水星就从西城大学的家属区出来了，一进家门就看见蒋林英跟戚芸两个人在客厅包饺子，就连戚远承都在卧室的小阳台挂灯笼。

这两年戚芸的精神状态好了不少，但戚远承没有让她出去工作，只是在家里的诊所帮一点儿小忙。戚芸大部分时间都在帮蒋林英分担家务，一家四口人过得各有各的自在。

水星慢吞吞地换了鞋，进卫生间洗了手，又溜到了戚芸旁边，嘿嘿笑了一声："姥姥，妈妈，我回来了。"

"还知道回来。"蒋林英把肉馅包进面皮里。

早上怎么叫人都叫不住,一下子就往外跑,问话都没问清楚,要不是大年三十一家人要团团圆圆,她担心今天晚上还能不能见到水星。

蒋林英三下两下就包好了饺子,放到一边,问:"上午到底干什么去了?"

"看了一会儿书,又吃了点儿饭。"水星句句实话。

"跟谁?"

"就高中同学。"水星抢过戚芸擀好的饺子皮,一边帮蒋林英包,一边把话题岔开,"姥姥,今天晚上我们吃什么?"

"油焖虾、清蒸鱼、蒜末茄子还有饺子,你再看看你还想吃什么,姥姥一会儿给你做。"

水星笑着点点头,又直夸蒋林英真好,一时间哄得蒋林英笑得合不拢嘴,连原本打算问什么都忘了。

饺子包到一半,水星才收手,抽出一边的纸巾蹭干净手,从口袋里拿出手机。

她晚上说什么都得在家吃饭,但今天是除夕,一家人该团圆的日子,盛沂只能一个人在家过,她想一想就有些难受。

三颗星星:在干吗?

SY:[图片1]

盛沂发来的是一张电脑屏幕,她一走他又要在书桌前工作了。

三颗星星:今天除夕夜呢,你休息一下。

三颗星星:晚上怎么过?还是一个人在家吗?

今天遇上了徐丽这么一档子事情,水星回家又回得匆忙,都忘了问最重要的事情。她记得盛沂跟席悦家里的关系很好,高中那会儿他们经常一起玩,水星到席悦家里的时候总是听到席奶奶跟席爷爷提起盛沂,有事没事就叫他到家里吃吃饭,想必过年这么重要的日子,两位老人应该也邀请他了。

确实跟水星想得差不多，但这次盛沂回来就是瞒着盛忠群他们，结果席悦一回家就把话说漏了。席奶奶知道盛沂家里没人，前两天就说过大年三十的时候让盛沂到家里过，但盛沂还是没答应下来。他习惯了一个人，过年只不过是平常的一天，冷冷清清没什么不好的。

三颗星星：不行。

SY：嗯？

三颗星星：你说了陪我回来过年的，结果一个人冷冷清清的，一点儿也不好。

SY：这有什么不好。

三颗星星：就是不好。

三颗星星：那你晚上少吃一点儿，我姥姥跟姥爷睡得早，等他们睡着了，我偷偷溜出去，给你带饺子吃。

三颗星星：都是我亲手包的。

SY：好。

水星没注意到她拿手机的时候就有人盯着她，蒋林英从厨房放完一屉饺子出来，看见水星傻乎乎地看着屏幕笑："跟谁聊天呢？"

水星一下子反应过来，佯装切到其他软件的界面，刷了两下："没谁啊。"

"那怎么笑得跟一朵花儿似的？"

"这个笑话好笑，哈哈哈哈！"水星跟着笑了几声，说，"要不我给您念一下，上面说两只番茄在过马路，一辆汽车飞驰而过，其中一只躲闪不及被压扁了，姥姥，你猜没压扁的番茄指着被压扁的番茄说什么？"

"说什么？"蒋林英想不到，"压扁了的番茄？"

"不是，是番茄酱。"

蒋林英拍她一下，又是好笑又是无奈。

年夜饭在一家人的帮忙下做好了，蒋林英煮完饺子，水星还专门把

他们请出了厨房,说是要在厨房把饺子摆盘装好,新的一年有新气象。实则在储物柜里一番翻腾,好不容易找到了个保鲜盒,专门挑了好些个没破损又好看的饺子塞了进去,藏在了储物柜底端,想着一会儿溜出去前拿走。

戚远承跟蒋林英他们已经坐好了,水星端着两盘新鲜出炉的饺子摆在桌上,戚远承也在那边蠢蠢欲动。

蒋林英一扭头就看见戚远承搓着手准备开白酒,慌忙地抢过来:"人家医院里的医生都跟你说多少遍了,是不是不让你喝酒?"

戚远承的手里一空。

水星这段时间确实没看到戚远承喝白酒,不知道是怎么了,有些疑惑:"姥姥,姥爷为什么不能喝白酒?"

"之前医院检查说你姥爷心脏……"

蒋林英还没说完,就见戚远承挥挥手,不让她多说:"别听你姥姥多说,哪那么严重,再说过年喝点儿酒,我就喝一杯两杯的,能出什么事。"

"爸,医生都说了少喝了。"戚芸劝戚远承。

"对,是少喝不是不能喝。"戚远承玩起了文字游戏,"我也没多喝。"

蒋林英瞥他一眼,看样子就想找戚远承算账,又奈何大年三十不好吵架,一瓶酒放在旁边也不正经推过来,只是说:"以后有你好受的。"

戚远承一只手要往那边伸,转头又想给自己找台阶,语气严肃点儿,把话语权交给了水星:"星星说吧,这个家现在星星说的算,星星让姥爷喝这杯酒姥爷才喝。"

水星忍不住觉得有点儿好笑。

她到现在还能记得自己刚来西城的样子,戚远承一脸凶巴巴的样子,黑着一张脸不爱跟她讲话,又在背地里默默给她买好了别的小孩都喜欢的高低床。结果现在年纪越大,戚远承越活越回去,脾气比谁都倔,嘴上说着听自己的话,眼睛瞪大了比口头威胁还管用,一副"我管你让不让我喝我今天都喝定了"的样子。

水星帮戚远承倒了一小杯白酒，笑了笑："姥姥跟妈妈的话都有道理，但姥爷也说了今天大过年的，那就只喝这一杯，不能再多了。"

"好，姥爷保证。"戚远承有了酒就笑眯眯。

两个老人家的休息时间还算早，春晚才播一个小时就熄了灯。戚芸拉着水星在客厅里又说了一会儿话，总觉得水星心不在焉，以为是她这两天休息不好，又说了两句就让人回了房间，自己在客厅又想简单打扫打扫。

水星窝在小床上，连灯都没开，时时刻刻听着客厅里戚芸的动静，又给盛沂发微信。

三颗星星：看春晚了吗？

SY：没有。

三颗星星：其实我也没看，就等我姥姥跟我姥爷睡觉。

SY：小孩子。

要等长辈睡了才能偷偷溜出来约会的，不是小孩子又是什么？

三颗星星：小孩子就小孩子，到头来你还不是要靠小孩子吃饭。

三颗星星：现在肚子饿不饿？

水星看了眼时间，都快十一点了。

SY：有点儿。

三颗星星：你再等我一会儿，我等我妈回卧室了，马上就出去。

三颗星星：估计快了。

三颗星星：我一会儿出门的时候跟你说。

好在戚芸在客厅没有待太久，过一会儿就回了隔壁卧室，水星有什么动作都跟盛沂回报一会儿，又在卧室等了五六分钟，确定没有人会再到客厅，她才轻手轻脚地推开卧室门，又小心翼翼地跑去厨房把装好的饺子拿出来。

幸好找到的是保温盒，水星打开看了一眼，饺子还是温的。

房间里没亮灯，到处是一片黑，水星就这么摸着黑找了一双鞋，连

鞋带都没来得及再系,慌慌张张地下了楼,跑到楼栋角才拿出手机给盛沂发消息,跟他说已经出门了。

这个时候小区里根本没有人,各家各户窗户口都挂了彩色灯条,小区里张灯结彩,五颜六色,喜气洋洋。她心里高兴,步伐都轻快了好多,结果刚出了小区门口就在前面的路灯下撞见了盛沂。盛沂穿了件黑色的大衣,衣服大敞开,站在灯光下边漂亮得有些不真实。

两个人只是几个小时没见,心里就想得紧,水星能跑多快就多快,一下扑进了盛沂怀里,另一只手还不住抬起来把保温盒摆给盛沂炫耀:"饿了吧,你带了饺子,我们去你家吃吗?"

"就在附近吧,我看便利店还没关。"他把保温盒接了过去,又把另一只手里的蛋糕递过去,"一会儿你回家方便。"

"还有蛋糕!"水星惊讶起来。

"嗯,下午不是没吃到吗?"

水星想起了下午因为他们浪费的两块蛋糕,脸瞬间红了起来,低头又去抓盛沂的手,他的手是冷的,天知道他在小区门口等了多久。

水星揉了揉他的指尖,问:"你什么时候来的?"

"没多久。"盛沂反而把手抽了出来,又揣回兜里,在她旁边,让她抬手勾住自己的胳膊,"正好在家时间久了,出来走走,呼吸下新鲜空气。"

盛沂说话的时候空气里会有白白的雾气,水星的脸往那边贴了贴,蹭在他的外套上,有很淡的薄荷香:"好吧,那一会儿去便利店买个关东煮吧,给你暖手用。"

盛沂点点头。

前两年,汇展街口的便利店换成了二十四小时营业的,即使过年也不会关门。大年三十,店员还拿着手机看春晚节目,看到两个人来了,只是把手机放在一边,声音还是公放的。他们来得还算凑巧,关东煮还有,水星在边上要了五六串关东煮,又让店员倒满了汤,走到玻璃窗那边的空位，递给盛沂。

"你用手捧着。"水星指导他，"冬天吃这个很暖和的。"

盛沂"嗯"了一声。

两个人坐在便利店的窗户边，马路上偶尔有一两个路过的行人，也有成群结队在外面玩的年轻人，路边挂着通红通红的灯笼很有过年的气氛。

水星歪头，以最快速度消灭了一块蛋糕，才扭过脸去看一边吃饺子的盛沂。其实有很多年她都没好好过一次年，家人不在身边，水浩勇去世，乱七八糟的事情都堆在她身上。每次到这个时间点，她整个人都会变得非常焦虑，恨不得把年前的事情又再做一遍。

戚远承跟蒋林英他们常常怪她在家待不了几天，但是每年她还是会提前回去。

水星还以为自己再也没办法过好一个年。

盛沂抬手给水星塞了一串鱼豆腐，问："想什么呢？"

水星嚼了几口，口齿还不是很清楚，只是问他："是不是有点儿简单？"

"嗯？"

"我是说这个年。"水星咽完东西，认真地问他，"在南方确实没什么过年氛围，但小时候我妈妈还是会包饺子让我们看春晚，后来来了西城，我感觉大街小巷都会贴春联、放烟花什么的，就是说不上来的热闹。算来算去，这好像是我们一起过的第一个年，总觉得有点儿简单。"

"放了烟花就不觉得简单了吗？"盛沂忽然问她。

水星思考两秒："总比现在丰富。"

她说着就看见盛沂从大衣的口袋里掏出什么，水星低头，仔细一看，谁知道他是从哪儿找来的一盒仙女棒，还是开过封口的。

盛沂出来得早一些，那会儿街口还有一堆小孩玩爆竹，其中有两三个小女孩一人拿了一盒仙女棒，盛沂小时候没怎么玩过，但看小孩子玩得高兴,又想水星才承认了自己是小孩,想着她应该也喜欢。

盛沂蹲下,跟她们商量能不能分他几个仙女棒,小朋友大概都看脸,开出的条件很简单,只是请她们在便利店里吃一根棒棒糖,盛沂很轻松地就换到了一盒。

水星看着他的脸,从他手里拿过仙女棒:"谁能想到你还会冲小孩子用美色。"

盛沂把一边的关东煮打包好,从口袋里又找出新买的打火机,递给她前,揉了揉她的脑袋,两侧的头发都乱了:"你是不是小孩子?"

水星噎了下,才想起自己承认过的事情。

她说不过盛沂,当下就想逃,其实逃的地方都不远,就在便利店门口。水星从盒子里拿出两根仙女棒,凑在一起点燃了火。仙女棒很亮,闪着白光,几乎要晃瞎眼睛,一根又一根的亮丝散在四周,形状像完整的星星。

新年的倒计时在这一刻响起,千家万户没有关掉的电视在倒计时,便利店里的售货员在倒计时,有无数的人跟他们共享这样美好的时刻,但他们只属于彼此。

盛沂的五官被仙女棒映衬得明亮,显得太漂亮,水星一时间都忘了出来的目的是什么,整个人有点儿傻,看着他感觉时间就像是静止了。

暗色的天空中是耀眼的烟火,他们知道新的一年来到了,旧的一年过去了,他们完完整整地度过了一个年。

水星想永远铭记这个时刻,眼睛都不想眨一下,祝贺他,想跟他庆祝,说:"盛沂,新年快乐!"

盛沂同样也看着她,只不过更靠近些。

因为他跃过了仙女棒,弯下了腰,他凑在了她脸边,抵住了她额头,细细密密的吻皆数落在她唇边。

他轻声跟她说:"每天快乐,星星。"

潜逃有多快乐,回家就有多惨痛。

两个人在室外消磨到快一点，水星才准备回家。说不清楚什么原因，她才上楼梯就觉得气氛有点儿不对劲，站在门口，钥匙还没掏出来，家里的门已经开了。

"去哪儿了？"蒋林英急死了，"出去也不跟家里人说一声。"

不清楚开门的怎么会是蒋林英，更不清楚为什么才进客厅就看见戚远承跟戚芸两个人排排坐在正中央。戚芸脸上的急切，再看戚远承，他黑了一张脸，眉头紧紧皱着，晚上吃饭时候的好脸色一点儿都不剩下。

水星长大了以后很少再看到戚远承有这样的脸色，一时间有点儿慌，连忙叫了一声："姥爷。"

"知不知道现在几点了？"戚远承没应她的服软。

水星心虚地搓了搓手指，看了眼旁边客厅挂的钟表，没敢说时间，只是解释："我晚上睡不着觉，就想在附近走一走。"

"就是在附近？"蒋林英疑惑地问了句。

水星点点头："就在小区门口。"

回家前，水星忘了从盛沂手里拿回来保温盒，现在反而暗自庆幸起来，幸亏没有保温盒，否则她连编谎话都编不下去。

蒋林英的表情更微妙了，视线在水星和戚远承之间来回游移："你姥爷连睡衣都没换，外面找了你小半个小时，你就在小区门口？"

水星猛地看向戚远承，脑袋耷拉得更低了。

她脑子里飞快地回想她和盛沂在小区门口那边做了什么事情，按照蒋林英的时间推算，那会儿她和盛沂……一想到这里，她就不敢再仔细看戚远承了。

戚芸在一边，站起身，摸了摸水星的手，在外面冻了这么久，她的手还有点烫："身上怎么还是热的？别是发烧了。"

蒋林英一听这话就坐不住了，说着就要进卧室找温度计。

"没有，没有，没发烧。"水星拦不住人，心虚地又看一眼戚远承，"我……跑步来着。"

戚远承坐在沙发那边不动如山,水星想回房又回不去,被蒋林英硬摁在客厅量体温计,戚芸跟蒋林英一个到厨房给水星烧热水,一个到家里给水星找毯子,客厅里只剩下了她跟戚远承。

夹体温计要五分钟的时间,五分钟实在太难熬。

水星抬起的视线又落下,而戚远承的视线自始至终盯着她看:"跟姥爷说实话,晚上是不是跟盛沂出去的。"

戚远承连盛沂的称呼都改了。

事情到了这么一步,水星实在是瞒不住了,含糊地"嗯"了一声,想解释:"他家里没人在,我……我说给他送点儿饺子吃。"

戚远承没接话。

水星看眼两手空空的自己,又后悔没把保温盒带回来了,只能放软声音,再叫一声:"……姥爷。"

"什么时候的事情?"

"就……去年碰上了,然后一直有联系。"

厨房的热水快烧开了,水星似乎能听见耳边传来沸腾的水噪声,右胳膊夹着体温计,她又不方便动,只有左胳膊偶尔挠一挠鼻子,水星不知道还能说什么,等戚远承再问她,又怎么也听不见戚远承再讲话。

好在戚芸从房间里给她找了张厚毯子盖在身上,客厅的氛围才缓和了些。

水星发热本来就不是因为发烧的缘故,蒋林英跟戚芸挨个看完体温,又揪着人说了半天的话,告诉她以后出门要提前跟家里的大人说一声才行,水星答应完了,又让她把一杯热水喝完才安心放她回去休息。

水星长呼一口气,一进卧室就爬到了床上,打开一边的小夜灯,从衣服口袋里摸出手机,盛沂早就给她发了消息。

SY:到家了。

三颗星星:……哦。

SY:怎么这么久才回?

三颗星星：刚刚被审问了。

水星简单讲了一下她回来的经历，才说出关键。

三颗星星：我现在觉得我姥爷应该看见我们……嗯……我心情很复杂。

三颗星星：有点儿不想活了。

SY：什么？

三颗星星：你知道的！

水星现在有点儿恨西城大学离家太近了，她跟盛沂见面方便，被当面抓到更方便，但她现在觉得被抓到也不是不行，只是戚远承偏偏那么会碰。

三颗星星：他直接问我我们什么时候在一起的。

SY：[省略号.jpg]

三颗星星：完了，我真的觉得完了。

SY：我明天去你家。

三颗星星：你别……我想姥爷估计忍了很久才忍住。

SY：[问号.jpg]

三颗星星：忍住没直接动手打你。

三颗星星：当时我们……我姥爷现在肯定觉得你跟流氓没什么区别。

三颗星星：……我现在看一眼有没有回北城的火车票吧。

她明天就想回去了，一想到还要待在家里几天就尴尬得要死。

SY：别多想。

水星根本没办法不多想，她才退出聊天框查看火车票的时间，就听见客厅传来一阵手忙脚乱的声音，蒋林英让戚芸赶紧到房间里找什么东西，水星一听就觉得有点儿不对劲，立刻又从房间里出去，一下子看到平躺在沙发上的戚远承，真的吓傻了。

蒋林英等戚芸出来，拿过她手里的速效救心丸，连忙倒了几粒，给戚远承含在嘴巴里："远承，没事儿吧？"

戚远承没说话，摆了摆手。

去年年初，戚远承就觉得胸口总是憋了一股劲，他对着症状吃了两次药，又去医院做了个检查，心电图显示结果是心血管堵塞。说起来也正常，冠心病的多发群体就是中老年人，再加上戚远承平日里爱喝酒抽烟，他看到报告前就想到了，蒋林英那会儿就想给水星说一声，结果电话还没打出去，戚远承就把人拦住了。

水星心思细，高中大学都因为家里的事情耽误了不少，研究生好不容易去了个自己想去的地方，做自己想做的事情，还没稳定下来就跟她说生病的事情，到时候好好的机会又放弃了不说，太耽误事情。

八月底那次，还是因为戚远承给病人坐诊，自己却突感不适。事发突然，当天下午，救护车赶到，蒋林英一时慌了神，这才给水星打了通电话。好在问题并不严重，等戚远承精神恢复以后，水星回了西城，他也赶紧出了院，这才又瞒了一段时间。

今天的不适，兴许是晚上喝多了酒，再加上情绪有些波动，再次引发了旧疾。

原本只是吃点儿药就能解决的事情，水星一直不放心，按照戚远承的说法没叫救护车，但还是打着车陪他进了急症。

戚远承到医院的时候已经恢复正常，心电图的波形也看不出什么异常，医生建议可以留院观察一晚，水星也不含糊，直接交了钱，让蒋林英跟戚芸先回去，打算早上等心内科上班再带戚远承检查一遍。

戚远承躺在床上，看着水星忙前忙后就烦心："又不是什么大事，你姥爷是不是医生，你还不信你姥爷？让你跟你妈他们回去又不回去。"

水星一想到戚远承平躺在沙发上的画面更不舒服，又给他调了调枕头，输液管握在手里，有点儿气："怎么不是大事儿？你还说你是医生呢，这种事情要告知患者家属，知道不知道？"

"你姥姥又不是不知道。"

"那我呢？"水星把头偏到一边。

她心里难受得厉害，戚远承一直跟她说想做什么都行，每次过年回家时间短他也没怪过自己，每次嘴硬心软什么都想着她。她其实早就把戚远承跟蒋林英看得和爸妈一样重，有时候甚至会因为时间把他们放在更前面一点儿。

戚远承这件事本来就不占理，轻轻地调整了下躺着的姿势，想了半天，才"嗯"了一声："姥爷又没事儿。"

水星的视线没抬起来："姥爷，你今天晚上是不是因为找我……"

"胡说，是没听你姥姥的话，今天确实……不该喝酒。"戚远承叹一口气，"以后就知道了，以后知道了就少喝点儿，争取不喝，就没事儿了。"

水星"嗯"了一声，握着输液管的手往前伸了伸，碰到戚远承的手背。

她跟戚远承相处这么久，似乎还是头一次碰到他的手背，老人家的手背粗粗的，有些皱，皮肤很松，但摸起来一点儿都不让人讨厌。

"姥爷，你是不是不喜欢盛沂？"水星想起戚远承喊盛沂的全名。

戚远承没回答。

"其实盛沂他挺好的。"水星抿了抿唇，不知道该从何讲起盛沂的好。

戚远承的脸又绷了起来，他转了转头，一副不想听的样子。水星还记得高中那会儿戚远承就给盛沂打点滴，会跟其他病人不一样，会喊他小沂，会问他爸爸妈妈怎么样。这才多久过去，戚远承就一点儿都不记得过去，以至于她根本不知道戚远承到底不喜欢盛沂哪里。

病房里的空气又莫名僵了一小会儿，水星就听见戚远承勉强开了口，语气不太乐意："好什么好，对你一点儿也不好。"

水星愣了下："……没有吧？"

戚远承的语气冷飕飕不见好："打一巴掌给颗甜枣就好了，你怎么记吃不记打，高中那会儿他让你多伤心。"

水星一下子就蒙了。

戚远承到现在还记得他到水星房间里关窗户，临走前想把剪刀再拿

出去，结果抽屉一打开，剪刀还没拿出来，他就看见一张白纸，上面写满了盛沂的名字。

那年水浩勇去世，水星在墓地喝醉了酒，嘴巴里念叨的名字反反复复就数盛沂多一些，她絮絮叨叨的话恐怕自己都忘了，戚远承全记在心里。

水星望了眼躺在床上的戚远承，他的头发早就白了，一脸不屑，还在说自己当时打点滴故意给盛沂扎错了针："别以为我不知道你总不爱回来是为什么？没有这小子的原因？"

水星没想到戚远承猜得这么准，更没想到是他丢掉了自己的白桃酸奶。

"哄哄你你就回去，你姥爷没那么好脾气。"

这也是水星头一次跟戚远承认认真真地谈心，小时候是害怕他，长大了是没时间，结果住在了病房里，爷孙俩的话反而多了。水星把自己和盛沂这么多年来的阴错阳差给戚远承讲了个明白，说了盛沂又有多不容易，还有最近发现的许多许多秘密。

戚远承的脸原本硬邦邦的，后来听着听着也会跟着叹一口气，叹完还不忘强调一下自己的立场，说自己不会吃了甜枣就忘了巴掌。

水星笑得不行。

两个人真的是到天快亮了，把戚远承手上的点滴拔了才有困意。临睡前，水星还是不忘看一眼戚远承，在他严肃的目光里，又说一句："姥爷，我真的很喜欢他，从高中到现在，看到他还是会心动、喜欢。"

第二天早上，盛沂就到了医院。

两个人做梦都没想过让盛沂第一次见家长的地方会在医院，水星陪着戚远承做全身检查，而盛沂只能留在病房里接受蒋林英的全面透视。

蒋林英上次见到盛沂就很满意，原本想两个小辈相互多联系就是为了这个，结果等两个人真的加到微信，撮合了没几天，水星就说要回北城，再没几天连盛沂都不在国内，距离近点儿都没戏，距离一隔到天南海北，蒋林英直接把选项排除了。

如果说丈母娘看女婿越看越顺眼，蒋林英现在抵了两个丈母娘。

水星才陪戚远承从检查那边出来，就看见蒋林英已经拉着盛沂聊起了婚礼的现场布置。她有点儿崩溃："姥姥，你跟盛沂说什么呢？"

"就问问小沂是喜欢西式婚礼还是中式的。"蒋林英一副理所当然的样子，"到时候要办婚礼总要脑袋里有个印象的，我们盲选，你们年轻人不喜欢怎么行？"

"谁说星星要嫁给他的！"戚远承下意识地反驳一句，又看一眼水星，"……双方家长还没见面呢，算怎么回事儿。"

"对对对，刚刚太高兴把正事儿忘了，回头我们双方家长应该见一面的。"蒋林英说。

水星忍不住了："姥姥！"

盛在清他们都没在西城，盛沂大概说了下现在的情况，蒋林英表示理解，又在屋里念叨了其他的半天，别说水星想逃，戚远承恨不得都不住这个院了。

水星好不容易才拉着盛沂从病房里跑出来，留戚远承和蒋林英在里面争论水星干吗那么早嫁人。

医院附近有便利店，昨天水星基本上都没怎么睡觉，早上囫囵睡了几十分钟就又陪着戚远承到各个科室做检查，那会儿凭一口精气神吊着，这会儿急需一杯咖啡，哪怕是罐装速溶的。

盛沂的手撑在水星脑袋上："昨天晚上几点睡的？"

"早上……六五四三点。"水星瞥了一眼，就见盛沂的脸色越来越不对，"其实也没多晚。"

"六点还没多晚？"

水星吞了吞口水，觉得盛沂现在这个样子特别像她刚来西城的时候，戚远承看见她不好的地方也是这样。沉默两秒，她踮了踮脚，盛沂的手掌贴在了她的脸上，水星上下左右轻轻蹭了蹭，又勉强睁大眼睛，想让

盛沂原谅她。

盛沂叹了口气,没办法还是用手撑着她。

两个人买完咖啡没有再回病房,戚远承跟蒋林英还有一阵要争辩,房间里根本不缺他们的人手。两个人随便找了个小花园,自打双方家长知道了以后,水星跟盛沂反而不用藏着掖着,坐在石凳上都不用拉开距离。

盛沂把易拉罐打开,递给水星,没有说话,水星就知道接过来可以喝。咖啡有些凉,总体味道苦涩又丝滑,水星喝了大半瓶,眼皮还是不受控制地往下掉,一点儿作用都没有。

"还困?"盛沂侧眸看了眼她。

水星似有似无地点两下头。

盛沂抬手,把水星的头往肩膀上一搂,他的位置本来就挡着阳光,现在脑袋一靠进盛沂的脖颈那边,眼前刺眼的阳光完全暗下来不说,还能闻到一股清爽的薄荷味。水星的姿势换了换,伸出胳膊,两只手就环抱住盛沂,鼻子也往里埋。

"想做什么?"盛沂感觉到脖颈上痒痒的。

"嗯。"水星长长地吸了一口气,"就是闻一下,你身上怎么总是那么好闻?冰冰凉凉的,总有一股薄荷香。"

盛沂只能感觉她嘴唇上的温度,热热的:"现在在哪儿还记得吗?不补觉了。"

"医院。"水星闷闷地笑了两下,"我们现在离住院部那么远,我姥姥跟姥爷又看不到,再说了,现在也没有人来这边。"

话是这么说,水星确实把动作停了下来,结果反而是盛沂在得寸进尺,水星连忙想起身:"不能。"

盛沂拉紧她的腰,他们的距离又近了几分,垂眸,面无表情,问她:"不能哪样?"

"这是在医院。"

"但我们离住院部那么远。"

"会有行人。"

盛沂装模作样地看一眼周围:"没有人来。"

水星觉得他简直是把自己刚才的无耻学了个十成十,怪不得有些人能提早念上博士,都因为模仿能力太强。他嘴巴里的薄荷味比身上的还浓,现在又混合了咖啡味,两种味道融合起来居然一点儿也不奇怪。

过了一会儿,水星是真的听见有脚步声往这里来,用猛了劲,一下子推开面前的人,下一秒又把脑袋往他怀里钻,蒙着脸,用余光去看前面的路有没有走过的脚步。

盛沂被水星抓着衣服领子,实在忍不住,喉咙里发出了低低的笑声。

女孩子谈起恋爱来可能真的会放肆一些,之前不太敢做的事情,因为有了确定的身份肆意妄为,连做了丢人的事情都想堵着盛沂先丢人。

盛沂本来以为水星一开始说在医院也没关系,周围没有人也没关系是真的,结果只不过远处有一点儿动静就脸红起来,耳朵尖也是烫烫的。

水星听见头顶的笑声才意识到人根本没往这边来,直起身,就愤愤不平地盯着盛沂。面前这个看似冷静的人耳郭也是红的。

水星伸手,碰了碰他的耳朵,想起高中的时候。

当时她跟盛沂还不太熟,六个人一起出去,李泽旭跟她的话多一些,给她把几个人的性格挨个讲明白,席悦大大咧咧、热情开朗,向司原浑身痞劲,尤其仗义。说到盛沂的时候,李泽旭想了半天,憋了一个闷骚。李泽旭说盛沂怎么看都是生人勿近、冷气十足,但关系一熟会发现他很容易害羞。

他说盛沂自己都没意识到自己的问题,每次心里有鬼,说话就会变多,耳朵还会热。但也就是因为盛沂会话多、会耳热,水星才觉得原来在他身上也能看到跟自己相似的一面。

戚远承的全身体检报告出来以后,水星才放心接他回家。眼看离盛沂回学校的时间不远,水星打算跟盛沂一块儿回北城转机。临走前,水

星又把家里的烟酒一并锁在了柜子里,并把钥匙都拿走,严禁戚远承再喝酒。

席悦跟向司原知道两个人要走,又开车把两个人送到了高铁站。

"下次回来就该参加你跟向司原的婚礼了吧?"水星算了下日子,提醒席悦,"打耳洞的事情别再拖了,不然到时候换不了耳环。"

席悦说是打耳洞现在又拖了快一个月。

"知道了,知道了。"席悦抱住水星,"没想到时间过这么快,又见不到面了。"

"又不是不回来。"水星笑了笑。

相比席悦,旁边的两个男人倒是很冷静,向司原抬手捶了下盛沂的肩膀,他们说完下次见就等着席悦松开水星。

水星跟盛沂转头进了高铁站,两个人在等高铁的时候就说起了席悦婚礼的事情,深入一点儿又聊到了长大,理所应当话题回到了将来会不会回西城工作。

水星想了下戚远承的身体:"我应该是要回来的,姥姥跟姥爷年纪都大了,再说我觉得西城挺好的,有归属感。"

盛沂点点头:"嗯。"

"你呢?"

"当然也是西城。"盛沂捏了捏她的手,"找归属感。"

两个人在北城分开,盛沂没让水星到机场送他,水星回了学校,马上毕业有一大堆事情要忙。

毕业论文跟导师手里的项目跟完,水星拒绝了北城两家律所提供的offer,圈子里的资源有限,导师知道水星想回西城的念头又给她推了一家西城的律所,律所的老板跟水星的导师是多年的朋友,知道水星是他的宝贝弟子,又看了眼水星优秀的履历、连面试都没去就直接通知水星可以来工作。

盛沂则是收到了西城有关天文的研究所和西城大学两个地方的邀请。西城大学去年准备建立天文系，正愁缺乏优秀的天文工作者，盛沂答应会到学校给学生上课，但研究所的工作还在考虑范围内，没有直接拒绝。

时间一转眼就到了六月，研究生的毕业典礼和本科生同一天进行，饶是水星再优秀，她也只能坐在台下观看毕业代表在台上讲话。典礼还要一会儿才进行，她换了毕业服，坐在法学院的指定位置，低头等着盛沂的消息，不知道他现在到底在哪里，连消息都不回复。

盛沂比水星要早毕业，水星因为要准备毕业事宜和答辩，再加上出国办签证很麻烦，只能在视频里云参加了盛沂的毕业典礼，但盛沂答应水星会在她毕业典礼之前回来。

按理说，现在这个时间点早就下了飞机，就算回酒店放个行李也该来了。

"干什么呢？老远就看见你愣神。"张宇飞作为学校的辅导员，别说到毕业典礼，就是整个会场到处乱窜都没问题，"你不是说盛沂今天会来吗？你俩在一起这么久了，我可一面还没见到，今天还不让我见见曾经的小师弟，顺便晚上吃饭请你们一顿饭，不为过吧？"

"不为过。"水星笑了下，又看了眼手机，把周围的照片拍了一张，发给盛沂，才回头问张宇飞，"你晚上想吃什么？"

张宇飞脑袋里瞬间盘算起了什么东西贵，两个人说着话，就听见周围多出不少的议论声，水星抬头，看见前面的女生纷纷转回了头。

水星顺着她们的目光看过去，一眼就在入场的人流里看见了盛沂。

盛沂没去酒店，行李箱都没放，看样子来得匆忙，但手里反而捧了一大束的花，是大片大片的满天星。

周围有两三个是从本校保研上来的，很早就认识盛沂，热血沸腾地跟旁边讨论的女生们科普他的光辉事迹，连张宇飞一个直男都看得眼直，上上下下扫了盛沂好几眼，忍不住感慨："怎么学天文是养人吗？比以

前还帅了。"

张宇飞跟盛沂简单地寒暄了几句，学院就把人叫走了，不清楚为什么，水星旁边很自然地空出了一个座位，大概是旁边有人看到盛沂来了，十分有眼色地挪了挪位置，并偶尔投来吃瓜的眼神。盛沂坐在水星的旁边，冲对方点了下头，又回头，把手上的大捧满天星递给水星。

水星低头，闻了闻满天星，半抱着花："怎么是买了满天星？"

一般来说，毕业送向日葵或者玫瑰花都是很正常的事，盛沂偏偏送了这么大束的满天星。即使学校里有花店，数量这么多的满天星还要现找，盛沂因为这个，即使没回酒店，都来得晚了些也说得通了。

盛沂侧眸看她一眼："寓意好。"

"什么寓意？"水星除了玫瑰花的寓意，对其他花语并不太灵通。

她一手拿着花束，另一只手从口袋里掏出手机，在网页上搜满天星，在前两个里面找他说的寓意："相思？还是告白？"

盛沂轻轻地叹了口气，有些沉默，从她手里把手机拿了过来，字体放大，让她看第三个，不可或缺。

满天星经常作为花束中的配花使用，但这并不意味着它平凡而渺小，因为平凡才有意义，因为常见才是独特的存在。

研究生跟本科生不太一样，水星大学没在本校，玩得好的同学不太多，跟同门的关系会近一点儿，水星的导师这届只带了她一个，反而是下边的同门师弟师妹们来庆祝她的毕业，到处找她拍照，跟她说祝福的话。

毕业典礼结束，学校里哪儿都是打卡拍照留念的同学，师弟师妹们又不知道从哪儿听说了两个人长达八年的异地恋爱情故事，合伙给盛沂找了一套学士服，还是大学版本的，跟他说套上可以一块拍。

水星怎么看都觉得好笑："你穿吗？"

盛沂皱起眉头，也都觉得奇怪。

"穿吧。"水星回头看了眼后面等着的人，跟盛沂说，"你看我师弟师妹们多热情,还等着给我们拍照呢。"

"他们为什么借本科的?"

"因为你只有本科才在学校啊。"水星说,"我还觉得挺合理的,你本科在学校毕业穿本科的学士服,我研究生在学校毕业穿研究生的毕业服。"

盛沂不想说话。

"你仔细想想有没有点儿跨时空的意思?"

"什么跨时空?"

水星记得之前看过天文里的一个概念,但总体记不清楚了,只能记得大概意思,又加了点儿自己的胡编乱造:"研究生的我跟本科生的你在一个最新创造的时空里相遇,我们从来没有经历过分别,一直一直都在一起,我们一起上学,一起下学,一起去食堂吃饭,最后又一起毕业,一起拍了毕业照片。"

盛沂垂眸,视线扫在她脸上,喉结滚了滚。

她说的语气太真切,以至于盛沂真的在想,有这么一个时空,甚至最后学士服是怎么套上的都忘了。他回国还风尘仆仆,没有特意打理过,就在胡闹里被人抓拍了一张又一张的瞬间。

他们不止在操场上,不止在湖边,不止在每一处值得纪念打卡的地方,重要的是他们在彼此的身边。拍到最后一张的时候,水星忽然踮起脚尖,把他整个人扯了过来,盛沂的重心有一瞬间不稳,但下意识的反应还是先护住了水星的腰。

然后,他听见水星在她耳边的声音,开口说:"毕业快乐,学弟。"

在北城倒数的几天都是飞速过的,跟导师吃了饭,同门师弟妹吃了饭,跟张宇飞吃了饭,每一顿饭都有盛沂陪着。

后天就回西城,宿舍不能再住,跟盛沂先把东西都搬了出来,两个人转到了盛沂开的酒店里。白天还不觉得有什么,东西放下就放下,等晚上喝完水星的毕业酒回来,水星才反应过来,发现自己犯了个大错。

房间够大没有错,能放很多行李没有错,但只有一张床。

两个人谈恋爱的时间挺久了,又是成年人,按理说发生点儿什么不该发生的也没什么,但猛地走到这一步,水星还真的没有想过。

水星走到衣柜边,垂手,把行李箱上的拉杆升高,指腹压了压按钮,心跳得太快:"这里只有一张床?"

盛沂听着她的话,抬眼,扫了下房间:"嗯,怎么了?"

水星默默看他一眼,没想到盛沂这么淡定,指尖扣了扣按钮间的缝隙:"那我再去问问前台……问问能不能再开一间。"

说不清楚为什么,白天还觉得挺大的房间,现在走一步都觉得小,尤其是过道,她提着箱子都过不去,盛沂站在她面前,一手盖住她的手背,水星感觉到了盛沂手掌的温度,他在饭桌上比她喝得多,明明是她的毕业酒,他一直帮她挡,现在掌心都是烫的。

脑袋昏昏胀胀的,兴许是酒精现在才作祟,房间里的灯没完全打开,只靠着过道里昏黄的小灯照明。

"不用。"

盛沂就在对面,两个人的距离似远又似近。

她的手动不了,人也没办法动。

盛沂低头,又看了她一眼,箱子又拽回了原位。他喝了酒,嗓音有点儿哑,呼吸比平常重,说起话来尤其性感:"不动你。"

水星头一次跟异性躺在一张床上,床太软,被子面料太硬,平常都感觉不到的细节此刻都放大了数百倍。

她本来还是想出去的,但盛沂都保证过了,她还要坚持的话又觉得太不相信人了,再说两个人是男女朋友确实没太必要。

房间的灯关了,四周黑漆漆的,睁开眼都看不清什么,两个人隔了一个软枕,把被子区分为二,水星的肩膀动了动,即使动作很轻,在安静的房间里还是发出了声音。

盛沂转了下身，声音很轻，问她："睡不着？"

"……嗯，有点儿。"

夏天天气热，房间里开了空调，但度数不是很低，水星的四肢都裹在被子里还是会闷闷地出一层汗，再加上旁边有这么一个人，她现在能睡着才是有鬼。

"因为紧张？"

水星很轻地又"嗯"了一声，侧了侧身子，把脸朝了过来，跟他一样。

"空调太高？"他感觉到她很热。

水星摇摇头："不是，被子里太热，我……我散一会儿热就好。"

除了声音，她不知道自己的指尖一样会出卖情绪，盛沂起身，将另一侧的小灯打开。

有了光，水星的心绪渐渐稳定下来。她转头，望向重新躺下的盛沂，他们的手还隔在中间，水星动一动，将他的手又贴在脸边。

盛沂抬起大拇指，指腹轻轻地在她唇上蹭了蹭："不睡了？"

"嗯。"水星问他，"我们聊天吗？"

"聊天？"

她跟他说话的时候，中间隔着的枕头都成了多余，不经意间就踢到了床边的地毯上。

盛沂垂眸看了眼，说不清她现在是不是真的对自己太放心。

旁边的小灯散发出昏黄的光线，勾勒着盛沂的轮廓。

水星调整了下姿势，将脸躲在他的臂弯里，呼吸贴在他的肩颈，心里想的东西太多，手上的小动作更多。她用手指戳了戳身边的人："你真不会动我？"

"你想吗？"他问。

水星的脸上有些烫，虽然是自己把话题引到这步的，但要真的回答还是怪，她干脆把问题转移："那你呢，你想吗？"

盛沂低头，看了下她，很自然地亲在她的额头："说实话？"

"……嗯。"

水星仰起头。

吻又落在了眼皮,又掉在鼻尖,然后是唇角。

原本的话题被打断,房间里安静了,又没有完全安静,他用行动给予她证明,怎么可能不想?

第二天早上,水星差点儿起不来。

衣服、袜子、鞋子差不多都是盛沂帮忙穿好的,她身上一点儿力气都没有,尤其是手。

好在盛沂的酒店离高铁站近,两个人进了站,上了车,水星又在车上睡了全程,除了偶尔能听见来往频繁的脚步声,她什么都不记得了。

戚芸跟蒋林英知道水星要回来,两个人在电话里说好了到高铁站接他们回家,才出站,水星就看见了两个人站在栏杆后面冲他们来回招手。

西城的六月比北城热得多,空气里有点儿闷,阳光直射在柏油马路上。

水星跟盛沂走了过去,来回张望了下四周,她昨天下午还在电话边听见戚远承的声音,戚远承偷偷摸摸地让蒋林英问自己跟谁回来,结果真到了接人的时候反而不见了踪影:"姥爷没来吗?"

"你姥爷能来吗?"蒋林英把话抛给水星。

水星笑了笑,心想也是,戚远承向来爱面子,摆谱摆得比谁都大,再加上这次来不光接她,还有盛沂一块回来,戚远承怎么也不可能轻易地把面子交出去。

水星回到西城的日子很平常,但还是发现了生活里的不一样,身份从学生变成社畜确实有点儿难适应,尤其是上班的地点变了。

水星工作的律所在西边的市中心,附近没有直达的公交车,她又没学会开车,每天早上打车太费钱,早起倒车又太累,想来想去,她还是跟戚远承他们提出了租房的意向。

戚远承一开始不太同意，毕竟女孩子一个人在外面太危险，谁知道遇到什么，但又看到水星每天早起的黑眼圈还是心软了。房子的地点跟户型都是戚远承亲自过目，保证了地段安全和小区的物业管理。因为只给水星一个人住，房型很简单，空间不算大，只有六七十平方米。

住房的手续办得很快，六月底，水星就确定了搬家时间。

水星的东西说多不多，说少也不少，大大小小的用品还是要搬一点儿，盛沂作为男朋友自然少不了要出力。

"这些我整理，你帮我把衣服叠了吧！"水星说。

两个人在一起久了，水星越来越会使唤盛沂了，刚开始还会用商量的语气问可以还是不可以，现在就成了很直白的要求。

"你别小看这一箱子的东西，我自己整理起来很费劲的。"水星还挺有道理。

她把最后一张纸铺在箱子上，又欣赏了下自己井井有条的整理，点了会儿头就准备休息，结果才坐在床边就看见蒋林英推门进来。

蒋林英对比了下水星跟盛沂两个人，连连摇头，该搬家的人坐在床上当监工："是你搬家呢还是人家小沂搬家？"

"我刚整理完一个箱子。"水星忍不住反驳。

"我就这么不凑巧，一进来就看见是小沂在整理？"蒋林英走过来，拍了拍水星的背，"行了，小懒虫，你不想整理东西正好帮姥姥出去买瓶酱油。"

"我去吧。"盛沂叠衣服的手一顿。

蒋林英摆摆手："不用你，小沂休息一会儿，让这个懒虫去，便利店就在小区门口呢，没走两步路就到了。"

水星假装不满："姥姥！你怎么偏心了呢？"

"快去，快去，还催你不成？"蒋林英带着她出门。

最近两天天气湿润，现在外面还淅淅沥沥地下着小雨，蒋林英塞给水星一把伞，让她早点儿去早点儿回来。水星连连叹了几声气，推开门，

又忍不住掏出手机给盛沂发消息。

三颗星星：我怀疑我不是亲生的。

三颗星星：我姥姥怎么那么向着你？我记得她之前只宠我一个人的。

SY：我跟你一起。

三颗星星：不用，跟你开玩笑呢。

三颗星星：小区门口就两步路不到，我一会儿就回来了。

三颗星星：你的责任比较大。

三颗星星：我出去遛遛弯，但房间里的东西都要你帮我收拾。

三颗星星：可以吧？

SY：[省略号.jpg]

SY：在这里等我呢？

水星笑了下，把手机又揣进口袋里。

被赋予了重任的盛沂只能留在房间里整理，衣服很快叠完，剩下的不过是书桌和边上几个还没用胶带封好的大纸箱，包括水星刚才整理的也是其中之一。

盛沂拿起一边的胶带，才想撕开，忽然刮来一阵很强烈的风，携带一股湿意，雨水滴落进来。

他把窗户关好，转头，又去看书桌上的纸箱，箱子里放了很多东西，原本盖好的纸页因为扫进来的雨沾上了湿意，盛沂表情很淡，拿手蹭了蹭，那张泛黄的纸张上洇出了浅浅的墨水。

他以为只是一张无关紧要的废纸，直到翻扣过来，盛沂才发现这张陈年的草稿纸上的字迹是他的，是很多年前，他在戚远承的诊所解开的一道物理题。

那时候，他还记得在客厅，处方室的门没有关紧，水星坐在木桌前，背部挺得僵直。她扎了很高的马尾，额角有细细的碎发，视线垂在桌面上，看似一动不动地盯着面前的课本。

说不上来为什么，他的视线看了过去，人也走到了隔壁房间，因为隔音太差，他还能听见她跟戚远承说有题不会做。

箱子里的东西还有很多，盛沂把草稿纸放在一边，垂眸，看见一厚摞的彩纸，跟他的笔迹相似，又有细微的差别，密密麻麻写满了他的名字。盛沂的喉结滚了滚，再向下翻，是四本老旧的日历，日历本有的薄，有的厚，撕掉的页数不一样，留下的薄厚也不一样。

盛沂顿了下，拿起顶头的一本，翻开，时间还停留在 2009 年。

老日历的纸张不太好，很薄，放在手里没什么感觉，每张抬头除了日常凶吉的显示，还有水星的字迹，她写字的力度很深，背部都有了凸起。

2009/9/30 吉
下雨了。
想送他一把伞。

盛沂皱了下眉，不太清楚水星说的他是谁，也不太明白她在记录什么，紧接着又往后翻了几页，格式跟前一页相同。

2009/10/1 吉
高一（1）班
盛沂。

2009/10/4 中
他在教我题，可又不是完全为了教我。

2009/10/6 吉
冒险进了隔壁的房间跟他第一次对视。
想说很多话，可我怎么会问晚上吃什么这样的蠢问题？

2009/10/12 凶
他没发现我。

2009/11/4 中
跟他报名了同一场英语演讲比赛。

2009/11/5 吉
他的化学书。

2009/11/9 中
他说化学很简单,用一点儿心,会学好的。
好好学化学。

2009/11/16 吉
丢脸就丢脸了,见面重要。

2009/11/23 吉
我是变态吗?干吗要闻薄荷糖纸的味道。
别脸红,别脸红,别脸红。

2009/11/27 吉
他给了我QQ号,世间大概真的有神会听到我的请求吧。

2009/12/14 中
我好像在发光又好像很黯淡,是不是因为折射的是他的光?
希望他时时刻刻都在,希望我时时刻刻闪亮。

盛沂看完了一本又看另一本，从水星的排列中猜测出日历的时间是从 2009 年到 2012 年，每一页能留下的日历纸上写下的都是有关他们的回忆。

她会一遍又一遍地到教学楼的正堂去看属于他们的奖杯，她会失落蒋林英丢掉了他送的白桃酸奶，她会怪自己还不够好，以至于两个人的关系还是不够好。

盛沂一页又一页地翻过日历，紧接着，过往的一切似是潮水般席卷而来，他的情绪跟着十六岁的水星改变。他会因为她很久没在学校里见到他而难过，也会因为看到她记录番茄炒蛋不要茄子下边的一排"嘿嘿嘿"而翘起嘴角。

直到日历本翻到了 2011 年，盛沂忽然愣了一下，再也翻不开一页。

那是他再熟悉不过的一天，是水星的生日。

2011/7/11 吉
可是你早已拥有了一颗星星。

盛沂忽然想起高三补课的暑假，为了能给水星送礼物，他连学校预备的大巴车都没有坐，赶回学校，在延长的晚自习提前下楼，碰到了正要上楼的水星。

他们坐在西城附中的楼道里谈起了以后跟梦想。

"你呢？为什么喜欢天文学？"

"大概是想拥有什么。"

"嗯？"

"在很小的时候，有个人跟我说，如果天文学观测发现了一颗小行星，他可以报告给国际小行星中心，这颗小行星因此会获得一个临时的编号。如果可以完成更多次的冲日观测，这个新天体将会拥有一个永久的编号，小星星的发现者也可以因此获得命名权。"

"这么厉害？"

"如果可以，我想拥有一颗自己的星星。"

说不清是什么原因，盛沂坐在椅子上，盯着那张纸很久很久，久到水星回来把酱油交给蒋林英，回房间看见他，他都没有反应过来。

水星愣了下："你……怎么还翻箱子呢？我不是都整理好了？"

她没让盛沂收拾箱子，这就是原因之一。这个箱子里装的全都是她跟盛沂的回忆，一整个箱子像是青春里的宝藏。

盛沂又低下眼，手指抚在老日历上，神色不明："窗户忘了关，雨打湿了箱子，想帮你擦一擦。"

房间里没有开灯，光线有些暗，窗外下了雨，现在的窗户才关紧。

盛沂的表情怪怪的，水星缓缓走过来，忍不住碰了下他："怎么了？我又没怪你。"

她偏了偏身子，看清了日历上的字，抿了抿唇。

水星不知道，他曾经有过一段很糟糕的童年。父亲不在身边，母亲也离他而去，他住在爷爷奶奶家，被别人家小孩这个身份束缚。周围的小朋友都有父母的陪伴，席悦可以因为自己的喜好就任性地要求玩闹的时间，他们想要什么就可以拥有什么。

可是他不行。

徐丽要求他体谅盛在清的工作，盛忠群要求他成绩优异、品行端正，盛奶奶要求他听话懂事，他的意见从来不重要，他早就准备好了没有人理解的生活。

直到，他遇到了一颗星星。

那时候他以为时间还很长，没有必要急于一时一刻，却没想到他会差一点儿就弄丢了那颗本该拥有的星星。

他觉得他来晚了。

午饭还没做好，东西又收拾得差不多，两个人在卧室里待着，水星坐在盛沂的旁边，她从盛沂那边拿过日历，接连翻了起来，每一页的记录只要她说,盛沂都能回忆起来。

从高考前在学校里拍照时,盛沂拉紧她的手向前奔跑;到下雪天他们一起约定去南京,盛沂生日送出的那本《时间简史》,一切的一切让过去那些不为人知的小心思终于窥见天光,化成一段弥足珍贵的过往。

可是不同于其他人的暗恋,水星的念念不忘,在盛沂这里都有回响,而这份回应从来没有迟到,没有缺席。

在她的视线穿过人群看向他的时候,他也在回望她。

在他小心翼翼、特殊对待她的时候,她也会感知到。

他们的心跳相同,爱意相浓,一直是彼此最特殊的存在。

直到日期从2012年追溯至2009年,日历的第一页,也是盛沂唯一不记得的一页,西城里的一场骤雨,还有一把没有送出去的伞。

"这个呢?"盛沂问,"为什么是九月的最后一天?"

"因为……这是我第一次见你的时间点。"

水星转过头,看着盛沂愣神回忆的样子,笑了下。她把人从位置上拉起来,跟蒋林英他们说了出去一趟,然后拿着戚远承那把老到不能再老的直筒伞出了门。

汇展街的十字街口,白天还是热闹,空气里有潮湿的雨水味道,咖啡书吧偶尔有人进出。下雨天雾气重一些,玻璃的边缘好似有层薄薄的白纱。

水星跟盛沂打着伞,走过红绿灯,站在了咖啡书吧门口:"这里就是我第一次见你的地方,那会儿天气台播报有一场骤雨,我还是固执地出了门,这家书店还没有装修过,没有那么多位置可以坐,只有窗口钉了排桌子。"

她大概回忆了下,指了指玻璃窗后面的位置:"我就……坐在这里。"

直到现在她还是记得在那场骤雨天的书店里,她在看一本武侠小说,不知怎么回事儿莫名地抬了下头,一眼看到马路对面的盛沂。他穿了一

身青绿色的校服，躲在雨幕下，回过头，但是并没有看到她。

她不知道他的名字，只是在晃眼的光亮中隐约看到了一个三点水的偏旁，她却在日历本上永远地记住了这一天，她想送一个男生一把伞。

她在戚远承的诊所遇到他，每一次偷偷摸摸地把视线偏向他，想要自己再厉害一点儿，一直等待他可以望向自己。

后来上了大学，水星经常想一句话，天外有天，人外有人。

那时候，她想，或许这个世界上本就没有最好的人。即使曾经钟情于盛沂，也可能只是因为见识尚浅，没有见过比他更优秀的人。那时她告诉自己，盛沂在她心里并非不可割舍。

直至后来，水星遇见过很多人。他们或许在某些方面胜过盛沂，甚至远超，但水星仍然无法心动。

她才知道喜欢不是这么算的。

喜欢是不再选，是捡到一枚贝壳就不再去海边，是遇到一颗星星就不再看银河。当心有所属，所有都不再重要。

对于水星而言，盛沂就是她的不再选。

是水星在十六岁的时候第一次见到盛沂时的第一眼就心动，那时她就没有了任何别的选择，让盛沂成了这个世界上对她而言最独一无二的存在。

雨下大了些，路上的行人都加快了步伐，盛沂跟水星站在屋檐内侧，伞没有收回来，盛沂侧了侧身，看着她望向自己的眼睛。

"你听过庞加莱回归说吗？"盛沂忽然问她。

虽然两个人平常也会聊一些天文学的概念，但猛地听到他这么问，水星愣了下："什么？"

"庞加莱回归说。"盛沂重复一遍。

他的语速很慢，似乎怕水星错过什么，很尽力地想让她听懂每一个词、每一个字。

"在一个封闭的系统中，任何粒子只要经过漫长的时间，一切就会回到最初的样子,我们现在经历的所有事情都会再经历一遍。

"对于辽阔又无际的宇宙来说,我们都是微不足道的粒子,地球也不过是一粒微尘。

"当恒星撕裂,将所有的元素炸入空中,四散而尽,这些元素在宇宙中会铺成一朵绚烂的星云,而星云的中心,残缺的元素会经历数百亿年又被重塑,一如过去的恒星。

"也就是说,只要时间够长,我们有足够耐心,在这一场雨中,在这一家书店,我们会有无数次的见面。"

盛沂的声音很低,抬手,抚住她的脸侧,又一次的对上她的视线:"只不过我要幸运得多。"

十七岁的盛沂错失了一场骤雨,他仔细描摹、认真填补,一次又一次寻找她在的痕迹。

终于时空提早,重新来过。

这是宇宙给予他们独一无二的浪漫,让二十七岁的盛沂可以留在这场雨中。

汇展街口下着雨,水星跟盛沂的伞早就歪在了一边,路过的行人匆匆,也许有人注意到了这对相爱的人在拥吻,可他们不再顾及,心里眼底只有彼此。

暗恋是一场骤雨,毫无征兆出现,又怕被发现,在顷刻间消失不见。

爱是雨落不停,而他们心甘情愿地留在这场大雨里。

第九场雨

番外一　旅行

七月五号，席悦跟向司原在西城举办了婚礼。

两个人从初中到现在的缘分太深，彼此都太了解对方。席悦爱热闹，又什么都想尝试，西式的婚纱、中式的礼服，想法一天变一个样。向司原对此都没意见，也顺着她的意思把中式跟西式都混了起来。水星跟郁晴作为伴娘负责堵在进门的卧室里，李泽旭跟盛沂作为伴郎则负责想办法突破伴娘这道防线。

预备攻击还没打响，水星还有空给席悦递了一杯奶茶，让她嘴巴张大一点儿喝，别把嘴上刚涂好的口红蹭掉了。

"知道了，知道了，星星，你能不能给我找点儿吃的？"

席悦是真的饿了，人早上五六点就被拉起来换衣服化妆，一刻都没闲下来，化妆那会儿实在没撑住，她还体验了一下明星的沉浸式睡眠妆，造型几乎由水星跟郁晴两个人全程盯下来的。

水星抬眼，冲她无奈一笑："怎么感觉你结婚一点儿也不紧张，还想着吃。"

席席悦吐了吐舌头，又拿起一边的手机给向司原发微信。

水星跑到外面的客厅给席悦找东西的时候，看见坐在一边沙发上休息的郁晴，犹豫了一下，又走过去。

准备婚礼至今，水星实际上都在忙毕业和搬家的事情，最多算是荣誉伴娘，郁晴才是正儿八经的伴娘，从婚礼场地到婚纱细节，事情都是由她负责。

酒店房间的客厅拉了层薄纱窗帘，防止阳光透进太多光线，晒得慌。郁晴低头，不知道在想什么。

"晴晴。"水星走过去，跟她搭了声话。

郁晴恍惚间抬起头，"嗯"了一声："怎么了？"

"不进去吗？一会儿就该堵门了。"水星说。

郁晴点了点头："马上。"

"你是不是……"水星有些担心。

"没有。"郁晴很快打断她，起身，"席悦饿了吧，我拿点儿东西给她吃。"

房间里又恢复热闹，水星看到席悦跟郁晴在说话，她只好转头给外面的盛沂打了个电话，盛沂跟向司原他们从家到酒店，还不知道什么时候到。

电话接通，水星"喂喂"了两声："你们快到了吗？"

那边的人是真的多，男生在一块声音更大，还有摄像等团队跟着，盛沂说了好几遍，水星才勉强听见一句。

"快了。"

"盛哥，你给谁打电话呢？"电话那头有人问他，"你该不会跟新娘子那边通风报信跟她们说怎么堵人吧？盛哥，这个年头可不兴当叛徒的啊。"

不知道是谁先发现了两个人的密谋，水星一方面是想盛沂了，另一方面确实是要打探什么时候关门比较好。她以为没人会注意到伴郎，没想到这么快就被发现了。

"他们是不是指责你呢?"水星抓着手机有点儿担心,"要不然我们微信联系吧,你悄悄跟我说一点点就行。"

"操心这个做什么?"

"这不是怕你被孤立,一会儿惩罚都要你一个人做。"水星听见电话那边笑了一声,即使很吵闹,她还是很快地就捕捉到了这一声,"干什么还笑?"

"我笑你——"

话真的说不完,盛沂一个人在队伍后面太显眼,尤其是他脸上还带了笑,没几下就被前面的人发现,三下两下就把人搂到了队伍里,严禁他再透露一点儿行程。

水星握着手机听了一会儿,电话就挂断了,她叹了口气,又转过身,看见郁晴跟席悦双双盯着她没挪过眼。

"……做什么?"水星被看得不自在。

"星星,你有没有发现你越来越爱撒娇了?"席悦问。

郁晴在一边点点头。

"什么撒娇?"水星没反应过来。

"就是这个语气,你给盛沂打电话跟和我们说话完全不一样。"席悦频频摇头,"跟盛沂讲话透出山 点儿小女生的娇羞,果然这就是恋爱中的女生吗?"

水星脸上有点儿烫,作为撒娇本人、在打申话的时候完全没听出自己有什么异常。席悦和郁晴脸上的笑意更浓了,席悦调侃她:"下次给你录个音听听。"

水星更不好意思了,抬手就把一边茶几上的糖果往席悦边上丢。

女生们打闹起来也很疯,但是席悦才装扮好不久,再加上还有摄影团队要拍,受欺负的还是水星。她求饶了半天,郁晴跟席悦才放过她。水星从卧室的床边又躲开,从口袋里掏出手机,想看看盛沂有没有给自已发消息。

才亮起屏幕，就看见盛沂先前的消息发了过来。

SY：一会儿是不是还想给我放水？

盛沂是把刚才的对话跟现在的接上了，在电话里什么惩罚都没有呢，水星就担心他被孤立起来，嫁娶的惩罚不只是说说那么简单，伴郎时常要帮新郎挡很多困难，里面的人是水星，放水的概率会大很多。

三颗星星：［省略号.jpg］

她原本真的是这么打算的。

三颗星星：才不会！

三颗星星：别做梦了。

水星嘴硬完，就听见楼下吵吵闹闹的鞭炮声，新郎跟伴郎团是真的来了。

水星跟郁晴提前把卧室的门锁好，又检查了下门底能一次性塞几个红包进来，席悦的婚鞋也藏得很好，屋子里堆满了人。水星又站在前面朝后拍了张大合照，给盛沂发过去，跟他说了这么多人的注视下，她才不会因为私欲就松懈。

SY：拭目以待。

SY：［图片］

SY：这边的人也不少。

渐渐地，室外的客厅热闹起来。水星听见了第一拨人跟伴郎团的对话："第一关过了还有第二关呢！红包只多不少！"

水星回过头跟他们摆了个手势，房间的门紧闭，房间外的人在敲门。

"水星！"

外面的人先喊的是水星的名字，李泽旭的手压在盛沂肩膀上，朝里面喊："来来来，现在把门从里面开了，我们饶盛沂不死。"

盛沂一只手摁住李泽旭的手，转过头，忍不住看了他一眼，低声："怪无耻的。"

"嘘，现在就看看你的家庭地位了。"李泽旭又冲里面喊，"放席悦呢还是救盛沂呢？"

来参加婚礼的人大多数是席悦跟向司原的同学，大部分又都认识盛沂，知道他谈了个女朋友。现在已然不是伴郎团跟伴娘团之间的简单战争，两方面的人都不甘示弱，水星跟盛沂显然成了双方的争夺筹码。

卧房里卧房外吵成一片，有了水星跟盛沂一对情侣作为突破口，起哄的气氛只高不低。

红包不知道塞了多少个，水星不知道在里面发送了多少惩罚，卧室的门好不容易打开，水星一眼就看到了人群里被压在一边的盛沂。他一边的肩膀被李泽旭压着，好不容易甩开，他个头高，在人群里出挑，一身黑色西装，头发打理过，露出光洁的额头，朝她也看了过来。

一大堆人往里冲，水星跟盛沂反而散开了一些。

水星跑到盛沂旁边，抬起头，看了眼他的肩膀，小声问："刚刚他们真的捏你了？疼吗？"

盛沂在人群后面轻轻地捏了下她的手，摇摇头。

活动还没有结束，席悦跟向司原他们还需要伴郎跟伴娘，两个人就在后面咬起了耳朵。伴郎团里的一个人不知道怎么了冲后面看了眼，视线直逼两个人："瞧你们的黏糊劲儿，一会儿自己直接开场婚礼得了，我们的服装也别换了，一会儿赶下一场。"

水星连忙从盛沂手里抽走自己的手，拨开人群又护到了席悦身前，面上躲避着盛沂的目光，一心想主持好伴娘的流程。但大约是旁边还有人起哄，他们的声音太大，她的余光还是忍不住又瞥到盛沂身上，两个人对视一眼又错开，然后又瞧进彼此的眼睛里。

婚礼的仪式进行得很顺利，水星跟郁晴他们一块把客人们送走，几个人才彻底松了口气。

"累死了，结婚怎么这么累？"李泽旭抽空找了把椅了坐在 边。

"都不是你结。"

"所以说才更不想结婚。"李泽旭喝多了酒,身上有些热,他一边说一边把领带抽掉,"没结婚都累成这样,结婚的人……"

向司原挑眉,冲他看一眼:"我们怎么了?"

"说你们累呢。"

酒席结束并不代表结婚真的结束,席悦从来不按照常理出牌,邀请了水星跟郁晴他们几个人一块进行新婚的蜜月旅行。

他们在五月份就商量好了,几个人把时间空出来,在婚礼结束的第三天就坐飞机去海边玩一圈,当作是弥补高三时候错过的毕业旅行。

几个人又凑在一起商量旅行的事情,尤其是席悦说得最来劲,一点儿也看不出婚礼结束以后的疲惫感。

水星坐在一边的椅子上,随手拿了一颗软糖,攥在手里来回捏。盛沂从座位的另一头走过来,把她的椅子掰了掰方位,让她更方便跟自己面对面,问:"累不累?"

水星摇摇头:"不累。"

水星看着弯下腰给她检查高跟鞋跟的盛沂,脚跟磨伤了一点儿,她自己都没注意,结果现在被他拽了个正着。旁边还有其他人,她有点儿不好意思地缩了缩脚踝,想把人往后推。

她喝了酒,但该有的意识还是有:"别……还有人。"

水星很少穿高跟鞋,在律所实习的时候,除了很专业的场合她会穿三厘米左右的,基本上都是学生气的平底鞋,今天婚礼上为了穿礼裙好看,席悦才给她挑跟高一些的鞋。

旁边的几个人看到了,吱哇乱叫成一团,席悦最为震惊,任谁都想不到盛沂这样的人有一天会半跪在地毯上帮人检查。

盛沂护了下水星:"看一下就怎么了?"

"没怎么啊,就是觉得不符合你气质。"席悦连连咂嘴。

"哪里不符合?"盛沂面无表情地问。

"你自己不清楚?"席悦又上下扫了扫他现在的动作。

酒店里的人走得差不多，盛沂让席悦跟向司原早点儿回去休息，又顺便喊郁晴把李泽旭也拽出酒店大堂。

席悦他们在场的时候，水星的耳朵就烫得不成样子。会场里还有灯光，梦幻的水蓝色掠过每一个角落，包括盛沂跟她的身上，那会儿水星还没注意到其实盛沂的耳朵也是红的，但只是面上强忍着不说而已。

水星悄悄地压住盛沂贴创可贴的手，手指交叠在他的指缝间，垂眸，看着他西服里的内衬白衫。盛沂的衣服最多的就是白色跟黑色，两个颜色他穿起来一样好看，但她还是更偏爱他穿白色的。

"贴好再牵。"盛沂抬眼跟她说。

"好吧。"水星起身，又伸手，碰了下他的耳郭，"你的耳朵怎么那么烫？"

盛沂僵了下，创可贴贴一半，把手松开，身子躲过她的手："自己贴。"

盛沂的耳朵从大家点破他检查水星的时候就开始发热了，贴创可贴的时候盛沂就有点儿遭不住了，当时只顾得上看她鞋后跟有没有磨损，忘了还有一堆人会瞧过来。

不过检查都检查了，哪有看一半就起身的道理，还是强撑着面子把其他人赶出去了，结果现在反而被水星撞破了脸。

水星按照盛沂的话，自己贴起来反而很快，又把鞋子穿好，转头，看到盛沂站在自己一米开外，有点儿莫名其妙："怎么离我那么远？"

盛沂没作声。

"你该不会现在才害羞吧？"

"没有。"盛沂这次反驳得很快。

水星的双臂抱在一边的座椅靠背上，忍不住笑。这个人到现在还不知道自己的毛病，平平常常还好，越是戳中了内心，越是心里虚，嘴上反驳得越快也越勤。

"好吧，没有就没有。"水星笑了笑。

该离场的人全离场了,服务员都进来准备收拾残局了,盛沂把人又拉起来,东西都整理好:"回家吗?"

水星点点头,又回望了一下舞台。

两侧还装饰满了粉白色的玫瑰花,按照席悦的要求,连走台上的拱门都没少,后面的屏幕上滚动播出着她跟向司原拍摄的照片,不同时期的都有,从初中到高中,从高中到大学,再到现在。在照片里,向司原跟席悦每一处的接吻,每一刻的大笑都如此漂亮地呈现出来,其中还掺杂了几张他们毕业时一起拍摄的合照。

西城附中的小花园里,六个人把机器架在台阶下边,水星跟盛沂站在人群的两边。

他们的视线没有望向天,没有望向地,没有望向镜头,始终看向的是不远不近的彼此。

因为时间问题,成年人的世界太忙碌,每个人都有自己的工作,蜜月旅行的地点只能定在了离西城不远的海边城市。

几个人订的是飞机票,上午九点出发,出发前天,水星搬回了戚远承的诊所,方便李泽旭七点多来西城大学这边一块把他们接走。

水星站在汇展街的街口,她手边放了个行李箱,埋头在六个人的小群里看消息,李泽旭还在路上,大概还有三分钟。正想着这点儿时间做什么好消磨,就看见头顶上覆盖了一层阴影,盛沂没在学校里等车开进去,先出来了。

他一只手推了银色的行李箱,另一只手提着两个书包。

水星看向盛沂手里提着的书包,愣了一会儿神。

书包是高一那会儿发的,当时盛沂跟水星参加过一个英语演讲比赛,双人组的第一名就是它,水星一直等着盛沂什么时候背,她好一块背上,两个人就能用情侣书包,结果没想到盛沂也是这么想的,两个人阴错阳差到了高中毕业都没背上。

水星从盛沂手里拿过一个书包，里面大概装了什么东西，还挺沉，她一只手猛地提了下，还有些拿不住。盛沂又伸手托住书包的底部，方便水星打开。

她拉开书包的拉链，怎么也没想到书包里还装了一堆零食，有酸奶，有薯片，还有各种水果干，都是水星爱吃的。

水星抬起头看一边的盛沂，掩不住惊讶的表情："你从哪儿找到的？都多久之前的东西了，搬家的时候都没翻到。"

"地下室。"

高中毕业以后，蒋林英帮水星简单整理了下衣柜，衣柜底层就塞了这件书包，家里又没有别的小孩，他们思来想去，把一些没用的先放在了地下室，免得占地方。六月底搬家，盛沂看了水星高中时期的日历本，上边记录了水星的每一个小心思，其中就有情侣书包。东西是压箱底的旧物了，好在从来没人背过，现在忽然这么拿出来还挺新。

"不是一直想背吗？"盛沂说。

水星侧了侧身，视线落在他的身上。

说不清楚为什么，水星觉得盛沂什么都没亏欠她的，但错过了那七年，他还是在很努力地补足她所有的遗憾。

她垂头，抿紧了唇，又把书包拉链合上，眼底有些酸，但行动上还是欢欢喜喜的。她把书包背在了身后，才问他："怎么样？好看吗？"

"嗯。"盛沂很用力地点了点头。

书包的事情还是被李泽旭跟席悦吐槽了，两个人背着十分不符合身份的双肩包，怎么看都有装嫩的嫌疑。盛沂冷冷地"呵"了一声，水星反而丝毫不在意，又从书包里掏出好多零食跟他们分享，吃东西永远是让人闭嘴的最佳方案。

李泽旭把保姆车停在了机场的停车场，几个人乘坐飞机出发。

几个人的位置相邻，飞机上还能照顾彼此，好在时间不长。从飞机上下来，他们出了航站楼，就看见了接他们的大纸牌。

向司原他们租了套海边的别墅，别墅的房东提前在机场出站口把六个人接了出来，一路上又负责推荐附近的美食和游玩场所。

"你们六个是一块结婚的吧？"房东在预约的时候听过一嘴，说这套房子是为了蜜月旅行用的，为此还在房间里布置了些小玩意，"你说你们现在的年轻人还挺时尚，我们还真是老了，当年要真结婚了最多两个人在附近的公园遛遛弯，现在集体结婚，集体蜜月，真有创意啊。"

席悦跟向司原没什么，但其他四个人反应都挺大。

尤其是水星一下子就抬起眸，看向身边的人，恰逢盛沂的视线也对过来，说不出原因，但他们似乎都知道彼此的心里有些痒，又挠不着。

郁晴跟李泽旭因为这件事少见地拌了几句嘴，车子一路行驶，路过跨海大桥，又开了二十分钟就进入了别墅区。房东这套房的地理位置很好，席悦在订房的时候就看准了这套房子能直冲大海，一进房子就被眼前的一幕吸引了，看到蔚蓝色的海边，都顾不上房东继续介绍些什么："我们回头在院子里烧烤吧！"

向司原站在席悦旁边，看着她笑，忍不住抬手揉了揉她的脑袋。

"对，家里还有烧烤用的炉子，铁扦也有，就在厨房里。"房东在后面跟着笑了笑，又给他们介绍。

别墅有上下四层，下边是家庭影院，一层是大厅跟厨房还有一个小客房，二层是客房跟游戏房，三层是主卧跟书房。这是席悦跟向司原的蜜月旅行，两个人理所应当地住在了顶层，水星跟盛沂住在第二层，其余的房间任由李泽旭跟郁晴分配。

盛沂把行李拖进房间，别墅的空间够大，每间房都配了一个阳台，他们两个人还能坐在窗边看夕阳。

水星四下扫了扫房间，又转过头，有些犹豫地看着盛沂。她抿了抿唇，问："我们……这么住是不是有点儿奇怪？"

盛沂的手顿了一下，回过头，"嗯"了一声："什么？"

分房间的时候水星就有点儿不好意思，两个人虽说是在一起了，但

明面上并没有同居，只有偶尔的情况下，盛沂会来家里住一晚上，但那时候是人不知鬼不觉的，水星对此没有心理压力，现在的情况不一样。

盛沂把书包挂在旁边的衣架上，六个人的战斗力还挺高，书包里的零食现在只剩下底。东西放好，盛沂没说话，只用眼神在询问她为什么。

"你突然就……就跟我住一间房，我不是说不行，就是，现在又不是只有我们两个人。"她又开始胡言乱语了，手指抓了抓头发，又想起他们早就是成年人的事情，无力地坐在床上，自己说服自己，"……成年人，大家应该也没那么在意的，对吧？"

结果证明真的是水星想多了，根本没人在意谁住了哪个房间。头一天到新的城市，席悦早上起太早，飞机上又没睡着，一众人在微信上聊天，连房间都没有出就决定先休息一天，下午不再安排其他活动。

水星没打算睡，先把行李都整理好，才打开阳台的门，一股热浪透了进来，房间里开了空调，冷热一交替，还有点儿刺激。

盛沂跟过去，拿过一边床头柜上的遥控，先把空调关了。

水星感觉到身后的薄荷香，盛沂的皮肤还是凉的，靠在她身上，温度正好。她回过身，也蹭进他的怀里，想要寻找一点儿冷气。

"干什么把空调关了？"水星仰起头，"很热。"

"会感冒。"

盛沂发现水星是真的不太会照顾自己，高中那会儿也是要生病了还在教室里待着，一发烧就好几天。

水星没有再反驳盛沂。

两个人不知道怎么就睡着了。

晚上七点，水星才跟盛沂慢慢吞吞从卧室里出来，席悦和郁晴在室外烤起了肉串，向司原看到两个人就丢了瓶矿泉水过来。

"星星，来烤肉吗？"

水星点了下头。

席悦扬了扬手里的铁扦，让水星坐到自己旁边帮忙撒一撒孜然跟辣椒，又问："星星，你怎么睡那么久？"

水星心虚地看了眼桌子边的盛沂："下午以为睡不着，就多玩了会儿手机。"

"原来是这样，我一到房间才躺到床上就睡着了，差点儿都忘了跟你们说做什么，幸好某人跟晴晴想到了。"席悦嘿嘿笑了下，某人自然指的是向司原，"虽然我们两个人没起来，但没妨碍他们去超市把晚上的材料都买回来，你看，这么多烤肉串跟蔬菜都是他们串好的。"

水星出去才知道向司原为了满足席悦想在室外烧烤的愿望，肉跟饮料都是男生们下午去外面的超市买回来的，不过他们到底不是正经的手艺人，席悦烤的肉太老，李泽旭烤的肉又没熟，还是盛沂订了附近的外卖，几个人喝着男生下午买回来的啤酒跟饮料，一直聊到凌晨两三点都没睡，又趁着夜深人静组团又溜到了海边。

晚上的气氛太好，现在时间太晚，海边只有他们。

如果不是月光和星辰的亮色，海浪还会拍打至柔软的沙滩，绵长的海水几乎要和远处的天空融在一起，迷乱了他们的双眼。

夏日的晚风有些凉，水星肩上披着盛沂的外套，跟盛沂走在最后面，两个人牵着手，他们之间有说不完的话。

好不容易看到海，席悦拽着向司原在前面跑，旁边跟了李泽旭和郁晴，她看见两个人在人群后面慢吞吞地踩沙子，就喊话："星星，盛沂，你们俩怎么总那么慢，快点儿来踩水啊。"

水星笑着应了一声，看到旁边的盛沂，月色与星辰之间，他垂眸，眼皮间还能看见那颗若隐若现的小痣，他握紧她的右手，轻轻地捧起，又很郑重地吻了下去。

他的嘴唇有些凉，贴在皮肤上又足够热。

水星有一瞬间的怔愣。

她忽然想起盛沂在汇展街口说过的话，也许时间是真的会重来一遍。

只是这一次时间正好，他们相爱，青春不会散场，他们的故事才刚

刚开始。

四天的集体出行很快到了尾声，郁晴跟李泽旭在西城还有工作，水星跟盛沂还有假期，但两个人打算为了向司原跟席悦两个人多空出些空间，让他们真真正正地度过半个蜜月旅行也决定提早改签。

"好歹等星星的生日结束了。"席悦知道后有点儿伤感，掰着手指算时间，"我们多久没有一起过生日了。"

水星笑了笑："这不是为了让你们度个蜜月吗？"

"我跟向司原在一起的时间那么那么久，怎么会缺这么几天？"

"司原看见了吗？才结婚就觉得跟你时间久了。"李泽旭坐在沙发一边跷着二郎腿，探身推了下旁边的向司原，调侃，"都跟你说恋爱太久新鲜感就没了，现在都不用想七老八十了，等再过个四五年，估计席悦巴不得每天都见不着你呢。"

他们几个人关系好，再加上席悦跟向司原在一起的时间确实是久，免不了调侃两句。原先李泽旭跟席悦就爱闹，现在又窝在一起，少不了拿沙发上的抱枕扔他。

李泽旭轻松接住飞过来的抱枕，咂舌："不止不想见，见了保不齐还要打架呢。"

众人说说笑笑又一起出了门，走到附近的海滩。

临近傍晚，远处的天色泛起橙黄相间的光，海浪拍打在沙滩上，浪花折射出浅浅的暖黄色，比夜晚多了一丝温暖。

水星跟盛沂两个人坐在一边的沙滩上，两个人的性格都不太爱闹，相比席悦跟李泽旭他们更享受独处的空隙。

盛沂转头，看了眼边上的人，水星从旁边抓了一把冷掉的沙子，朝旁边洒了半个圈。

水星把周围挖空了一个很深的小坑才停下来，沙了底部有些湿，粘在手上不好掉下来，她正纠结去哪儿找些水冲一冲，还是使坏摸在盛沂的胳膊上,就见盛沂一只手已经把她的右手抓住,卷起衣服,隔着布料擦起了她的指缝。

他的衣料很软,一身白色短袖因为擦过她手上的沙子变得泛黄,水星的目光很快扫过去,盛沂的衣角微微掀起,足以看清对方向下收缩的人鱼线。

"还看?"盛沂擦干净她的手。

想法没得逞,还被美色诱惑了。

水星懊恼地缩回手,不知道是不是夕阳的余温晒红了脸:"你……你怎么知道我看什么?"

他的目光扫了下水星盯着的地方,连眼睛都不眨的:"我又不是瞎子。"

水星一直觉得男女生的构造很神奇,有同样的工作时间,吃同样的饭,盛沂怎么吃都吃不胖,身材总能保持很好的状态,尤其是脱掉衣服,瘦而有肉,腹肌、人鱼线一样都没少,她经常会少吃一点儿东西,把自己吃不下的都塞给盛沂,结果还是没变,不知道是不是背着她锻炼过。

"又不是没看过,也没那么直勾勾会被发现吧。"水星小声为自己辩解。

盛沂侧过头,忍不住笑了下。

飞机票是第二天中午的,席悦起了个大早帮他们做了顿爱心早饭,颇有把别墅当成自己家送行的感觉,趁着大家都坐在饭桌上,席悦挨个嘱咐起了每个人,告诉郁晴跟李泽旭回家都要给自己发个消息,转头,又看了一眼盛沂跟水星,话憋到一半没再继续。

临分别前,席悦才说了句下了飞机记得给她报个平安。

有一瞬间,水星觉得席悦的表情有些奇怪,但是旁边的向司原又很快把话题岔了过去,她也没多想,只是"嗯嗯"了两声,跟席悦说:"知道了。"

昨天晚上，别墅的房东听说四个人要离开，好心负责把他们送到机场。四个人从客厅拿了行李，挨个放在后备厢里，一行人上了车就准备开。

水星回头，看了眼住了四天的别墅，忽然生出一种不舍的感情。

盛沂像是察觉到什么，没看向她，只是伸手，把她的手往手里攥了攥，说："明年夏天我们再来海边。"

水星抬起头，看向一边的人，无言，把头靠了过去。

房东负责开车，水星靠在盛沂身上，没多久眼睛就有些打架。车窗微微透了一些缝隙，水星闭着眼能闻到薄荷和海水融合在一起的味道。她又蹭了蹭，彻底把脸埋进了盛沂肩颈窝里，只留下了薄荷的味道。

开往机场的路很平稳，没有堵车，不到四十分钟就到了站。水星在车上睡了一觉，脑袋还迷迷糊糊地从后座下来，一直跟在盛沂身后，和他一块儿取票、托运。直到过了安检，她才反应过来李泽旭和郁晴早就不见了踪影。

机场的人多，到处都是来往的旅客，水星睁大眼睛，在四周找了半天。

盛沂把飞机票递给她，跟着她的视线转了圈，问："找什么呢？"

别说是眼睛，水星的身子都转了两圈，人还是没找到："晴晴跟李泽旭呢？下车的时候还看到了。"

"早走了。"盛沂说。

水星没反应过来："早走了？可我们不是一……"

话还没说完，水星垂眸，扫了眼手里拿着的飞机票，瞬间愣在了原地。

订票跟改签这些事情她没参与，不知道上边的目的地，怪不得早上吃饭的时候席悦说话到一半就卡住，向司原还会适当地岔开话题，原来他们要去的地方从来不是什么西城。

盛沂订了两张去南京的机票。

水星本来还想在飞机上补完车上没睡够的觉，结果目的地一改，她的心态也变了。一个半小时的航班，她看了一个半小时的窗外。

盛沂昨晚把酒店都订好了，就在市中心附近，两步路就能到景点，附近还有不少打卡的美食。

大四那年，水星到南京实习过一段时间，那会儿律所里有跟她同期进去的实习生，是南京本地人，水星刚来的时候还带她在有名的景点逛过。不等盛沂安排，她就自告奋勇说要安排接下来的路程，结果时间太突然，她做攻略做到傍晚，两个人才正式从酒店里出来。

他们步行到了夫子庙，跟着人流在秦淮河两岸挤，快走到桥边，水星忽然看见什么，眼睛一亮，指了下不远处路过的游船："盛沂，你想不想坐船？"

盛沂的视线扫过去，又回过头，盯着水星："你是不是想？"

"有点儿。"水星摸了摸鼻子，"我大四来南京的律所实习过一段时间，同事是本地人，那会儿带我逛了一些景点。"

"来南京实习？"

"对，这个我没跟悦悦讲，你不知道也正常。"

盛沂没说话。

"不过当时我们两个人是白天来的，坐船也没什么意思。"水星一边跟盛沂讲话，一边拖着盛沂的身子在可以登船的售票处，"据说晚上的夜景很好看，尤其是坐船。"

两个人走到售票处，买了两张船票，游船还有两艘靠在边上，水星跟盛沂被安排到就近的一艘小船上，跟他们同游的大多是情侣或者带小孩子的。

水星原本还有些后悔，夜晚的票价比白天贵二十块，她想着一百六能吃不少好吃的东西，结果船真的开了，她才明白过来，贵有贵的道理，在船上跟陆地走完全不一样，十里秦淮灯火灿，楼台亭榭绕河堤，只有在船上才感受了一个真切。

游船偶尔行驶偏了些，好似又要靠近岸边，水星每时每刻都在感受南京给她带来的新鲜感。

上次来的时候只是匆匆走了一圈，他们的目的地是后面不远的老门东，再加上白天，看这些灯火远没有现在漂亮。

水星双手拽着盛沂，正想让他看前面楼台，转过头，却发现盛沂看向的一直是自己。

她摸了下嘴角，先前吃了一块梅花糕，她记得用纸巾擦过了，纸面上是干净的："怎么了？我脸上有什么东西？"

盛沂坐在一边，大约是因为游船的四角有亮红色的灯笼，他的眉眼显得格外温和："没有。"

"嗯？"

他抬手，指腹轻轻蹭了下她的嘴角："只是想亲你一下。"

水星跟盛沂很少在人多的地方亲昵，再加上船上的空间很小，水星忽然被吻了下，脑袋空了一大片，只记住了周围带了小孩子的一家三口，那对夫妻看到两个人脸上似乎带了笑，但还不忘用手捂住边上小孩子的视线。

于是，直到下船水星都没再抬起过头，秦淮河的夜景她只记了前半段，而后半段皆是满河荡漾的斑斓水波。

等两个人到了老门东，水星才勉强直起腰板。

刚才在船上完全愣住了，盛沂又因为灯笼的光照看不清有没有脸红，她生硬地猜想是有的，该脸红的时候总不能只有她一个人。

"盛沂。"她忽然喊他的名字。

盛沂"嗯"了一声，才侧过脸，一边的胳膊就被她拉了下去，水星踮起脚尖，在他的侧脸上亲了下，这下确定了没有灯笼的光照他的脸还是红的。

水星本来想调侃他两句，跟他说她也是一时兴起想亲他一下，但是这里人多，她脸皮还是薄，见到盛沂反应不过来的样子就足以满足了。

两个人站在人海里，抬眼相互看向彼此，耳朵都是红的，偏开头又全部在笑。

老门东的小吃有很多，不过这两年商业化得有些严重，更多东西是全国各地都能看见的。他们稍微逛了下，盛沂问水星："有没有什么想吃的？"

他对吃食这些不算太挑剔，原先点菜的时候也是这样，大家点好了，他只吃自己想吃的就可以，谈了恋爱更是以水星的口味为先。

水星朝四周望了一眼："我想吃生煎和小鱼锅贴，那边的汤包也想尝一下。"

"还有吗？"

"拉丝麻薯。"

盛沂"嗯"了一声，让水星先坐在树下的位置上休息。

水星点点头，视线盯着他的背影，不知道怎么回事，想起了刚来南京的时候。

当时同事给她推荐了很多美食，告诉她一定要吃汤包，一定要喝粉丝汤，一定的事情太多，她根本吃不下那么多，当时只喝了一碗汤，吃了一点儿煎包就饱了。后来在南京实习的那段时间，她也没有特意再来过这里，吃的东西也很平常。

那个时候她可能还在期待什么，想到如果有一天她跟盛沂还能来这座城市，来这里，她一定一定要把之前没尝试的都尝试一遍。好在上天真的对她很好，给予了他们机会，让她真的可以尝试那些没有尝试过的东西。

排队的人太多，水星在树下坐了一会儿，就跑到了盛沂旁边，一起等。几家店分散开来，两个人等餐的工夫，一人一口就把上一家店的食物消灭光了，一点儿都没剩下，肚子吃撑了。两个人又遛弯，从老门东回酒店。

因为水星在南京实习过一段时间，她一边牵着手跟盛沂走在路边，一边说着实习时候的经历。

"当时老板对我很好的。"

水星那会儿要读研，确定了不留在律所，竞争压力也没有同期的实

习生大，别人熬夜加班，她朝九晚五，那会儿少不了有人羡慕她。

每次下了班，时间还早的话，她就会坐地铁进南京大学里逛一逛，街边的晚风凉爽。两个人并肩而行，水星一边说，一边想到什么。她想带盛沂去他没能走过的校园，想带他去看满楼的爬山虎，想带他去钟楼拐角，想跟他打卡1919的标示。

可不想这么直白地跟他说。

"你想去……我当时实习的律所看一圈吗？"水星忽然问他。

盛沂看向她，顿了下。

她的手从他的掌心里抽了出去，一个小跳，跳在了他面前，把前进的人行横道堵住，手指指向远处的一边，说："但是距离有点儿远，不在这个区，不过光去律所的话又有点儿无聊，我们可以先去那边的景点。"

水星隐约记得那个南京本地的同事跟她聊过寺庙，南京有不少出名的寺庙，同事高考前还去求了一个，说灵得很。她记得栖霞寺就在南京大学不太远处，她想着用去实习律所的借口打掩护，两个人从栖霞山上下来，然后在换地铁的时候，她就可以带他绕着圈进学校。

附近是有名的景点，即使到了晚上，来往的车辆还是很多，车辆飞驰拉过长长的亮丝，反射在他们旁边朱红色的墙面上，周围的绿植映衬在墙边，在夜色里生出暧昧的牵扯。

水星见盛沂没说话，吞了吞口水，怕盛沂能看出她的小心思，话多了起来："我是听律所的同事说过，那边有个栖霞寺很灵的。虽然不太知道求什么最灵，但应该都差不了。"

"求平安的。"盛沂说。

水星愣了下："嗯？"

盛沂重复一遍说："求平安最灵。"

水星没想到盛沂在这方面做过功夫，不过又想到他能提前订了南京的票，若有所思地点点头："那可能是吧，我们去一次吗？"

原本要到中山陵的行程改到了栖霞寺，两个人各怀心思地回到酒店，趁着盛沂洗澡的工夫，水星窝在床头查攻略。当时只是印象里有这么个地方，具体怎么走她还真没去过，上山的过程中她还能依赖盛沂的方向感找地方，可一旦下山，怎么将盛沂不着痕迹地带到她计划的地方，就得全凭她的本事了。

卫生间的水声停下来，水星连忙把手机塞到枕头下边："你洗完澡了？"

盛沂"嗯"了一声，目光下意识地瞥了眼行李箱，没打开过，回神，又问她："怎么怪怪的？"

"什么怪怪的！"水星心虚地摸了下脸，起身从床上下来，"你想太多了，我去洗个澡，你忙你的。"

盛沂看着她擦过自己旁边，又"嗯"一声。

前台不知道送了什么东西，水星洗到一半就听见盛沂要下楼拿东西，但隔着水声，她听不太清楚，盛沂只问了她一句快不快就出了门。

水星进来的时候没拿吹风机，头发还是湿的，想要出去拿一下吹风机再进来，结果才推开门就发现卧室的灯调暗了，盛沂开了晚上的睡眠灯，她正奇怪，然后看到了床头投射下一抹昏黄的暗光直射在桌面上的深蓝色丝绒礼盒上。

盛沂从楼下拿蛋糕回来，看到卫生间里的雾气都散了，愣了下，才加快步子，走进房间，看到了坐在床边的水星："不是说还有一会儿。"

房间里的灯光没调亮，她只有侧面向着光，但转过头，眼睛还是很亮。水星拿起一边的礼盒，问："想趁我洗澡给我惊喜，还说我怪怪的，贼喊捉贼？"

盛沂把蛋糕放到一边的书桌上，说："没有。"

"那这个是给我的吗？"

盛沂"嗯"了一声："礼物。"

水星眯了眯眼睛，一副看透他的样子："那还说不是惊喜。"

礼盒重新打开，深蓝色的丝绒礼盒中央放了一条古铜色的项链，项链环环相扣，水星用手提起能看到两个小小的装饰物，是一颗圆球状的行星。

"跟高中的挂件是配对的吗？"水星小心翼翼地拿起项链，"我记得你高中的时候也送了我一个。"

"嗯。"

水星笑了起来："我就知道，那个时候的挂件太珍贵，我一直都舍不得带，每次想着等换了新的书包一定要挂上它。"

水星的手轻轻捏了捏那颗小圆球，手指能感觉到上边凹凸不平的颗粒感，在行星的斜下方仍然刻着一行数字，以及一个简单的英文字母。

只是这次它们不再暗淡，打磨上了亮色的光。

那颗古铜色的水星比她记忆里的挂件还要漂亮，边上的光线打在它的身上，像是为它又镀了层淡淡的金光。

水星把项链交给盛沂，让他帮忙戴上，她低头，看着锁骨中间那颗泛着黄白色光芒的星球，忍不住拨了拨，转身，评价道："真好看，尤其是……"

盛沂的声音比她想象的哑，"嗯"了一声，接过她的话："尤其是什么？"

"尤其是你帮我戴的。"水星抿了抿唇。

她本来想说的话更多，可跟盛沂并肩靠在一起，回头又这么急，几乎差一点儿就能碰上盛沂的鼻尖，这样近的距离如果不接吻的话总是有点儿浪费。

他们在眼底看清了相同的情愫，水星能感觉到他的手指摸了她的长发，指腹落在耳垂的摩擦。

盛沂的脸低下些，又贴了过来，湿润的触感化作酥酥麻麻的电击从耳垂蔓延，几乎要侵略她的全身，她感官的灵敏度在此时都削弱好多。

心要跳出去了，可还是听清了他的话。

"生日快乐。"他的声音很低，一如既往的好听，"my star……"

第二天一早，水星跟盛沂吃过早饭就出发前往栖霞寺。

栖霞寺位于南京市的栖霞山中峰，年代久远，寺前有明征君碑，寺后有若干名胜古迹，作为中国四大名刹之一，即使位置远了些，每年的香火供奉仍然不断。

水星昨天晚上就查好了路线，第二天充当起了半个导游，两个人原本以为来得已经够早了，哪能想到就算这么早，爬山的人流还是不少。

水星抬头，望了眼看不到尽头的台阶，有些感慨："真的没想到大家都来这么早，我以为早点儿来碰不到什么人呢。"

盛沂拧开一瓶矿泉水递给她："太晚了愿望会实现不了。"

"这是什么歪理？"水星疑惑道。

水星对求佛求姻缘没有太大的讲究，再加上戚远承他们也不信这些，她从小就不太清楚其中的禁忌或者注意事项什么的。但昨天偶然听跟盛沂聊到这些，她总觉得盛沂很懂这一套，甚至产生了他是不是一个潜在信徒的怀疑。

"听老一辈说过，去寺庙最好都是早上。"盛沂说，"如果太晚的话，上边的神仙太忙了就不会再听你的愿望了。"

"你原先也拜过吗？"水星有些惊讶。

"有一次。"

水星问他："什么时候？"

"大学毕业那年。"

水星琢磨了一下，那会儿盛沂八成是在准备出国的手续，她只是没想到这个人平常看上去清清冷冷，柴米油盐都不沾边，结果对神佛这套还挺信，大概是真的喜欢天文学，不然也不会担心自己出不了国，还来寺庙祈福。

"真想不到你还会有迷信的一面。"

两个人费劲才爬上山，水星中途休息了两次，盛沂不知道从哪儿变

出软糖,每次她撑不下去了就给她吃两颗,体力还真的恢复过来了。

庙内人群来往,水星跟盛沂才进栖霞寺庙门,她就看到了寺庙两侧长排的风铃墙。

每个风铃都系了红色的飘带和许愿符,随风飘动,好不漂亮,水星一下子就忘了上山的时候腿多酸,连盛沂的手都忘了抓,一个人先跑到了最靠前的风铃墙边,去认真研究上边的许愿符。

因为每个人的愿望不同,上边的字迹也不相同,但其实愿望差不多,无非是求财或者求学的。

水星看着旁边被家长抱起来系风铃的小女孩,又跑过去抱住才跟上来的盛沂,真的跟小孩一样耍赖,连喊了好几声他的名字:"盛沂,一会儿我们也绑个风铃吧。"

一阵风吹过,边上的风铃作响,水星抬起头,阳光透过透明玻璃折射在他们的身上,一小点儿的彩虹光斑落进水星的掌心。

"看,是不是好漂亮。"水星问他。

盛沂"嗯"了一声。

边上的小女孩已经绑完了风铃,父母抱着她挨个识字。她拽着盛沂的手,一路带着人跑进寺庙里。按照规矩先买了香,又向旁边的人问了注意事项。水星分给盛沂三炷香,自己先跑到了边上的火炉点燃香,又捧住香火,合十双手,准备许愿。

愿望来来回回不过那么几个,她在风铃墙上看到的跟她此时此刻的想法重合。从事业到健康,再到盛沂,水星一口气许了三个愿望,又按照提醒,不仅报了家庭住址跟出生年月日,还精确到了身份证上的最后一位。把愿望许完,水星才睁开眼,发现一边的盛沂早就看向了她。

"你许完了?"水星愣了下。

说不清楚为什么,水星是真的觉得盛沂有点儿怪。从昨天她提起栖霞寺,两个人说到风铃,到现在许下心愿,水星都觉得盛沂心里还装了什么。她怀疑盛沂一早就看清楚了路线,知道他们今天的目的地是南京大学。

　　盛沂的香火早就插到了香炉里，倒是水星有点儿担心，香炉里的香火太多，能放的地方太少，总觉得下一秒就会烫到手，做什么动作都要小心翼翼。

　　手里的香还是被盛沂接过去的，他怕她烫到手。水星站在盛沂边上又默默跟佛祖说了句自己找人代劳的话，生怕愿望真的不灵了。等他做好了，水星才又抱住他："你还没跟我说呢，你有没有按出生年月日报地址这样许，怎么那么快？"

　　两个人刚才买香的时候，旁边的人都跟他们说愿望一定要越详细越好，她叽叽咕咕说了一大堆，现在就担心盛沂没讲好。

　　"没有。"

　　水星怔了一瞬："什么？"

　　佛殿不远处就是买许愿风铃的地方，盛沂知道水星想挂风铃，带着她往回走，说："我没许。"

　　水星偏过头，有些不明白。

　　她以为盛沂会跟自己说愿望是不能说的，或者是说出来不灵这种话，结果盛沂干脆直接明了地告诉她，他并没有许愿。

　　"为什么不许？"

　　她抬眼对上他的视线，盛沂说："因为已经实现了。"

　　准确来说，这不是盛沂第一次到南京，他在 2015 年就来过一次。

　　那时候徐丽跟盛在清他们都已经没办法再要求他怎么做了，盛沂可以毕业后申请国外的学校，去读想读的专业，跟很好的导师。也有一瞬间，盛沂觉得他的人生在走向正轨，临走前，他又买了一张去南京的机票。

　　南京比他想象中的要漂亮，临近各个高校的开学时间，这座城市承载了许许多多新的面孔，他跟着人群从机场找了一辆出租车。司机看他拿着行李，还笑着问："小伙子来报到的吗？"

　　盛沂把行李箱塞进了后备厢，沉默一瞬："没有，来旅游。"

"赶上这个时候了。"司机瞥了眼成批出入的人，小跑几步回了驾驶座，一边系好安全带一边跟他说，"现在正是大学开学的时候呢，新生刚来了热闹，大街小巷到处乱跑，你应该晚几天。"

盛沂垂下眼，手肘撑在车把手的一边，有些走神。

司机的话题跟车子一样很快就转了弯，他问他现在在哪儿上班，又问他学校是什么，听了他的成绩直夸，感慨自己儿子跟女儿未来要这么争气就好了。说着说着，对方不知道怎么回事儿就聊起了栖霞寺。

司机跟他说，当时他们是老来得子，老婆年纪大了，肚子里有两个胎，医生跟他说这种程度太危险。那段时间他吃吃不好，睡睡不着，一直知道栖霞山上的寺庙灵验，自己耐着性子去求了个符咒，许愿母子平安，没想到还真的挺灵。

他说，祈愿乞愿，有了愿望才会相信这个世界上真的有神明。

大学那会儿，一到考试周，学校里的同学就爱去北城大大小小的寺庙许愿，他却一直没放在心上，以为自己也不信这些。

盛沂自认为他不是个贪心的人，但那天他坐在出租车上，听着司机的话，才知道并不是他不信这些，只是当时没有太想保护的人。他改掉了原本去的目的地，又在许愿前把注意事项问了个清楚明白，他想知道什么时候来最好，想知道求签怎么样最灵，连他都不知道要为自己求什么，只有在真正拿到香火许愿的时候，他才知道他的愿望从来不是为自己而许。

无人知晓他的心意，只有神明会替他明了。

当时的他没有办法知道这个愿望会不会实现，只有从别人口中偶尔听到几句关于她的情况，好在消息全都是好的，就好像这世界上真的有神明，他真的会听见。

水星的眼睛是真的红了，两只手抓着他的右手，攥了半天没松开，她的喉咙噎着，说不出一个字。

她忽然明白过来为什么盛沂没有许愿还上了香火，他是在还愿。

她想起在高中和盛沂一起过生日的时候，她回家多许了一个愿望，希望和他一起去南京，他把陈嘉漾介绍给自己，她也会比较他跟她们两个人谁的关系更好一点儿。她在许愿的时候总能想到一堆的愿望，水星才发现一直以来她是那么贪心。

头完全埋在他的胸前，水星不知道掉了多少眼泪。

盛沂低头，轻轻拨了拨她的下巴，指腹瞬间沾上了湿意："不哭了。"

他说这些又不是想让她难过的，他想抱抱她，想跟她说没关系，他没有什么不好的，没有不幸运，他已经很幸运了，在很久很久以后的未来，他可以亲自做见证，知道她会平安，保护她会无忧。

"我不想许那些愿望了。"水星摇摇头，她哭过以后眼睛像是被雨水冲刷过，更亮了。

她不想再许那些无用的愿望，水星发现她大可以不用那么贪心，因为许许多多事她都已经拥有。当在那场骤雨里见到盛沂，水星的生命就几近呈现出一种圆满，她拥有爱护她的家人，拥有关心她的朋友，拥有一个她如此喜欢的人。

不管是年少初次相遇，还是经年重逢，每一眼，每一面，她的心脏都只为了他一个人而跳动。

阳光大好，风铃响动。

在 2015 年 9 月 1 日，盛沂不为求财，不为求学，只为了水星许愿，愿她平安喜乐，百岁无忧。

在 2017 年 7 月 11 日，水星不再求财，不再求学，只为了他们许愿，愿他们岁岁平安，时时相见。

上过香，系过风铃，许过心愿，水星跟盛沂在寺庙里吃了斋饭，才准备从栖霞寺出去。

水星原本是想绕一绕才带他到南京大学里，但现在想法又完全不一样了，两个相爱的人即使航线随意更换，只要还陪伴彼此，去哪儿也无

所谓,只是盛沂太聪明,才偏离一点儿,他就察觉到了不对。

"不是去律所吗?"盛沂问。

"你怎么发现得这么快?"

"到底去哪儿?"

"去了你就知道。"

盛沂无奈地笑了下。

车辆停在南京大学的正门,水星指了下大门口,转过头跟盛沂说话:"没想到吧?这里才是我想带你来的目的地。"

"南京大学。"盛沂说。

水星很用力地点了点头,"嗯"了一声。

两个人打扮都年轻,没人会怀疑他们的动机不合理。水星跟盛沂两个人一块儿进了校门,上山跟下山太费时间,才逛一会儿,他们就听见了下课铃响。晚饭时间,学生们相拥着从教学楼出来,成群结队地往食堂赶。

"还是这么多人,这个时间点他们应该都去吃饭了。"水星给盛沂解释,"学校的食堂还挺多的,不过饭没我想得那么好吃。

"学校里的情侣也是真的多的,我经常走两步就能撞到一对,有时候看情侣真的会气到,两个人走一会儿抱一下的。"

盛沂忍不住跟她笑了笑。

"后来那段时间赶上毕业季,我就没来了,回了趟学校,没两天又回来,发现他们的毕业季比我们晚。我到学校里才发现,差不多每个同学、每对情侣都要到1919那块石印边上合影留念,大约是学校的传统吧。"

水星尽力地想把自己在南京大学看到的一切都告诉他,似乎在一瞬间,盛沂就能跟水星一起回到了那年。

盛沂跟水星朝着相反的人流走,好不容易才找到一处长椅,两个人坐下。

"你知道吗?还有一次,那会儿应该是刚开学吧,好多新生把我当作学校里的学姐,其中有一个问我天文学院怎么走。"水星说到这里就忍不住一笑,"真不清楚他们到底是怎么分辨的,怎么……怎么会觉得我在这儿上了那么久的大学,还清楚各个学院怎么走。

"不过好在这个新生运气好,我刚巧知道天文学院在哪里。"

盛沂看向她,眼底翻涌的情绪暧昧又不明,手被攥着。

盛沂不知道他们走了多远,现在又在哪里,直到水星抬起手,指向绕过一个路口就到的学院,轻声说:"就在这里。"

"那时候我常来这里,其实也不做什么,就是绕着学院楼走一走,走累了就坐下,看着进出的人,心里想的却都是你。"

水星跟盛沂在南京待了三天,本来安排的地方有很多,但旅途上的时间总是安排不过来,算来算去还是待在酒店的时间最长。

回到西城,两个人又各自忙起自己的工作,盛沂在研究所跟学校奔波,水星则安心在律所工作。八月初,律所接到了一个新的项目,有关大型工程的尾款拖欠,老板原本安排给其他人跟进,但作为律所的一员,水星还是争取过来。

会议才开完,水星还没起身就看见了盛沂的消息,拿起手机飞快地点进屏幕。

因为两个人工作距离的缘故,这段时间里,盛沂不太忙的时候就会来接她上下班。消息还没回完,旁边没走的同事就用胳膊顶了她一下:"又是男朋友?"

盛沂才来接她那天就被律所的同事看见了,他的长相摆在那儿,想不被注意都很难。

不管多少次,水星还是有点儿害羞,"嗯"了一声:"来接我下班的。"

又响起一阵起哄声,水星连忙收拾好会议室的东西,又把要回家看的资料装进包里。

盛沂在律所楼下等她。

水星租的房子不远，明天盛沂调休，没那么忙，他就来找她。

水星才下楼，就看见盛沂手里提好了菜。身后还有同事跟着，帅哥不看白不看，几个人装作跟水星说再见，眼睛却直勾勾地往盛沂身上瞟。

"你以后还是少来接我下班吧。"水星一手挎在盛沂的手臂，头贴了过去。

"为什么？"

"你每次来都会提早我们律所的下班时间，我一出去，原本加班的同事也要提早下班，老板会生气的。"

盛沂低眸，从袋子里给她递了袋酸奶："这么说是我的问题？"

水星点了点头："不然呢？"

其实最主要的原因还是不想让其他女孩子太注意盛沂，每次她们的目光扫过来，即使是同事，还是有点儿吃醋。

盛沂又瞥了她一眼，他们见面的机会本来就不多，每周三四次，要是结婚了提出这个建议他还会考虑考虑，毕竟算起来时间会多一些："好吧。"

马上要拐进小区，水星"嗯"了一声，低头，又在背包里翻找进小区门的磁卡。

东西还没找到，就听见盛沂又说："那考虑一下结婚。"

别说磁卡没找到，背包都差点儿掉地上，水星连忙挎起包，表情微妙："什么？"

她说不清楚盛沂现在是不是在求婚，但求婚的场所未免太简陋了，两个人什么都没准备，她下了班，没有换上漂亮的裙装，周围是来往的行人，没有气球，没有烟花，没有彩蛋。

"不是让你现在答应。"盛沂解释。

小区里面有人进出，门先开了，盛沂抿了下唇，又把手里的塑料袋往上提了提。他不清楚自己是不是搞砸了，但看到水星的表情确实没有考虑过结婚的事情。

水星"哦"了一声,语气还是没缓过来。

两个人沉默地走到单元楼下,进了单元门,上了电梯,打开门,房子是租的,整体布局没有太大改变,水星只是买了些小物件装饰房间,让它变得更有生活的气息。家里常备了盛沂的用品,拖鞋、毛巾、水杯一应俱全。水星把外套脱掉,盛沂提着塑料袋进了卧室,然后发现自己走错,又转到了厨房。

平日里的投影仪只有在看电影的时候才开,水星看了眼盛沂沉默的背影,难得没有跟过去,她从茶几旁边找到投影仪,随便找了一个视频,开大了声音,让房间吵闹一点儿,填补两个人不说话的空隙。

晚饭是盛沂做的,水星躲在房间里。

她说是看案宗,实际上不停地在搜索求婚前的步骤,但无一例外,没有人在大马路上提出这个重要的决定。

微信里的好友只有席悦一个人经历过求婚跟结婚。

三颗星星:在不在?

席悦:[?.jpg]

席悦:怎么了?

三颗星星:有个事情问你。

席悦:你跟盛沂吵架了?

席悦:模范情侣也会吵架吗!

三颗星星:……不是。

席悦:[?.jpg]

三颗星星:我是想问你,向司原当时跟你在哪儿求婚的。

席悦:救命!

席悦:盛沂跟你求婚了?

席悦:在哪儿?

席悦:什么时候?

席悦：我怎么一点儿都不知道！

席悦：你们两个人又这样！在一起的消息也是这种重磅炸弹！

三颗星星：不是。

三颗星星：没有。

三颗星星：我不知道算不算。

席悦：[？.jpg]

三颗星星：……他在大马路上让我考虑一下结婚。

席悦：这就是学者的脑回路吗？

水星原本想从席悦这里掌握些有效信息，结果没想到女生跟女生的聊天根本无法维持一个稳定的话题，说着说着就不知道跑到哪儿去了，席悦反向给水星秀了一波恩爱，让水星更坚定了一个概念，求婚一定要有仪式感。

盛沂在外面把饭做好，水星才从卧室出来。

大约是因为出国要照顾自己，盛沂会做一些家常菜，味道都不错。她从盘子里夹了块番茄炒蛋，又看一眼边上若无其事的盛沂，越来越搞不明白他到底是不是求婚的意思。一顿晚饭吃得寡淡无味，两个人没有再提出坐在客厅里看电影或是做些别的，水星就又进了房间办公。

盛沂把客厅的东西收拾好才进来，他明天没有事，晚上会留在这里过夜。

水星的案宗还没看完，转过头，看了眼边上进来的盛沂，说："我还没有处理完工作。"

"没事，你做你的。"盛沂说。

水星"嗯"了一声，又把头扭了回去。在电脑屏幕里，她能看见盛沂的倒影。卧室里有他上次留下的书，他可以打开床头的台灯看完，没有强制水星要陪他的意思。

话语　一旦断掉，再接上就会很难。

水星说不明白他们现在算不算吵架，或者说是冷战，还是这一切都只是她一个人想太多了。

夜深了，水星才勉强改完第二天要用的资料，时间实在是不早了。盛沂帮她倒了一杯热水，这两天他也是连轴转着工作，真的困了，在床上坐了一会儿就先睡了。

水星小心翼翼地推开门，出了房间，洗漱好，才又轻手轻脚地进了卧室，掀开被子。

"结束了？"盛沂睡觉浅，他没有完全醒，声音有些哑。

水星"嗯"了一声，钻进被子里，也许是感觉到她的动静，盛沂很自然地抬起手臂，把她揽到了怀里。

房间里没有开灯，她仅凭着窗外透进的月光去看身边的男人，他侧脸的轮廓分明，睡着时双唇紧闭，水星没忍住，抬手摸了下他的唇峰，软软的。

盛沂低头亲了下她的头顶："早上想吃什么？"

"豆浆跟油条。"

"好。"

水星感觉到身后的动作，她又抬眼看了看这个人，明明自己都累得要死，还抬手一下一下像哄小孩子似的拍她。

睡觉前还像树懒一样抱着他，睡醒了旁边的人就不见踪影。水星揉了揉眼，听见了厨房的豆浆机在磨豆子，她抓了抓头发，又跑去卫生间洗漱，等一会儿还要出去上班。

牙刷到一半，水星就听见了开门声。

盛沂昨天晚上记得她说想吃豆浆和油条，豆浆家里有现成的，油条要去街口的早餐店买。东西才买回来还是热的，盛沂把茶叶蛋和榨菜分开装，摆在桌子上，等水星从房间里出来。

"油条！"水星眼睛亮了。

她还以为昨天盛沂困成那样听不见她说什么，哪能想到东西比她想的还丰盛。

"吃早餐吧,吃完去上班。"盛沂把豆浆倒到碗里,让水星喝,"中午给你做虾吃。"

昨天晚上没吃多少,早上是真的饿了,她一口气吃了两根油条,又喝了两碗豆浆,把东西收好,才发现盛沂没换衣服。

原先他住在这里都是休息日,每天两个人不光一起吃饭,上下班都是要见面的,猛地看到他还在整理碗筷,水星有点儿没反应过来,又想起昨天下班的时候她随口说的话。

"……那我先走了?"

"嗯。"

吃饱饭的好心情又荡然无存。她平常都是一个人走这一条路,但兴许是因为她知道今天盛沂在,手上总想牵些什么,拉些什么。心情恢复到律所,水星又接到一个不算很好的消息:原先跟进的案子有了变动,老板通知二十二号飞南方,要出一个短差。

盛沂的生日在二十四号,短差再短也不可能两天就往返的。

中午回家,两个人在饭桌上又提起了这件事。按道理来说,盛沂的工作也挺忙,但两个人之间总是他迁就她多一点儿,再加上他大部分时间在研究所,地方太远,盛沂根本没让她跑几趟,都是自己横穿大半个城市。

生日是要好好过的,她本来都做好了计划。

水星拨了拨碗里的米,说:"二十四号可能回不来。"

她说不上自己心底的情绪到底如何。从昨天开始,他们提过结婚,两个人的气氛就有些不对劲,但盛沂的种种表现又显得是她在想太多。只要过一段时间,两个人再面对面相处一阵就没问题,但偏偏这个节骨眼上,她自己要出差到南方。

不用盛沂说,她自己都觉得像个逃兵。

"本来这个项目不该我跟的。"水星咬了下筷子,心脏跳得厉害,"你也知道的,我当初当律师就是为了拖欠尾款,项目组也是我一直争取才进的,我当时不知道二十二号要出差,不然肯定留在西城不出去。"

盛沂舀了碗汤,他轻轻地看了眼水星,"嗯"了一声,看起来并没有任何不满。

"生日……生日回来我给你补过?"

"好。"他还是没拒绝。

水星按照计划跟律所小组一块赶往南方,他们总共三个人,老板跟另一个是男生,她运气好,一个人公费住了一间房,可以睡大床。

事情意外顺利,水星原本以为要在这里待五天,结果三天不到就解决了,但即便如此,她还是没办法做到二十四号就出现在盛沂面前。

从饭店回来,水星就在有意无意地翻两个人的聊天记录。

凌晨的时候,她跟盛沂说了一句生日快乐,电话和视频都没有接,盛沂很久以后才回复她,说他在加班。大约是因为她心里有愧,一句很平常的话,水星读起来就像是赌气,隔着屏幕果然没办法感受到对方的喜怒哀乐。

老板看见水星经常盯着手机,笑了下:"水星,怎么了?吃完饭就魂不守舍的。"

水星连忙扣过手机,摇摇头:"今天男朋友生日。"

"生日没陪在他身边,两个人吵架了?"

"没有。"

"嗯?"

"就是没有吵架。"水星抿了下唇。

就是因为他们从来没有吵过架,水星才觉得奇怪。席悦跟向司原谈恋爱的时候,两个人隔三岔五就会闹矛盾,但矛盾从来没有让他们产生隔阂,反而将两个人联系得更紧密。

也许是因为性格的原因,盛沂不擅长表达,水星又容易害羞,他们对情感这门课程还属于小白阶段,她总担心两个人有矛盾会憋着。

盛沂已经三个小时没回消息了。

老板见水星心事重重，他跟水星的研究生导师是挚交，对水星的事情更上心一点儿，听了她说了事情的大概，一边感慨没想到律所年轻一辈里最早结婚的竟然是她，一边说起自己年轻时候跟老婆结婚的事情。

老板跟老婆是异地恋，那会儿交通不方便，两个人还是结了婚，成了家，现在照样过得好好的。

"结婚哪有那么麻烦，你们年轻人就是想太多了。听你的想法这辈子不也就认准他了。"

水星张了张嘴，发现确实没错，只是"嗯"了一声。

老板又想了想，说："不然这样，本来我还说在这边待两天带你们玩一玩，你就拿这个钱改签个机票，明儿一大早回去。"

明天一大早就能走？

水星的眼睛亮了下，原本她还在想该怎么开这个口。

"年轻人闹点儿别扭正常，别把事情想太难，两个人先见一面，见一面就好。"

水星点点头。

有老板报销，水星回到宾馆就订了机票，行李箱整理到一半，就差把拉链拉上，她听见门口有敲门的声音。

水星把行李箱推到一边，以为是同事找她还有事儿，又披了件外套，开了门，没想到盛沂会站在门口。他手里提了一个巧克力蛋糕，行李都没拿，就来找她。

根本反应不过来，水星傻傻地站在原地。

"你不是在工作吗？"

"提前赶的工。"盛沂说得理所当然，"不然怎么买机票？"

"我明天就回去了。"水星差点忘记门还能关。

盛沂把人又带进房间里，门关上，她看着盛沂把蛋糕放在一边的桌子上，一点点拆开上边包装精美的蝴蝶结。

"明天就不是生日了。"

水星忽然替盛沂委屈，眼睛有点儿酸，心又是暖的："真是，有谁会跑这么远给自己过生日的。"

盛沂指了下自己的脸："我。"

水星看他一副理所当然的样子，整个身子都贴上去了，年纪大，吃过的盐果然多，什么事情见一面就好了，她还真的担心盛沂生气了。

"蛋糕是怎么订的？"

"上飞机前，让他送到酒店前台，我来的时候才拿。"

幸好水星到每个地方都会给他报备地点，不然蛋糕送哪儿都不知道，来了买肯定是来不及的。

蜡烛插在蛋糕上，盛沂点完蜡烛，水星才想起关灯，又慌忙跃到床上，摁灭了室内的灯，蛋糕上的蜡烛泛出昏黄的光，盛沂的面孔如此不真实，这个生日过得也太仓促，争分夺秒的，她准备的礼物都不在身边。

水星等盛沂许完愿吹完蜡烛，又跟他说了一遍生日快乐，只是这次的快乐是面对面的。

两个人吃完蛋糕，水星才有空问他："我前几天说来南方出差，没办法给你过生日，你还跑这么远过生日，真的没有生气吗？"

"嗯，怎么了？"

"为什么？"水星问，"我还以为那两天我们之间很怪，你没觉得吗？"

盛沂看了她一眼。

"就是在冷战。"水星还分析上了，"你看，我们话都说得少了，微信也没发几条，你说住两天，结果只住了一晚上。"

盛沂叹了口气，真不知道水星脑袋里在想什么："要提前完成工作才能来见你啊。"

水星没想到盛沂那会儿就在筹划了。

盛沂太熟悉盛在清忙起来的时候，一整个月见不到人，忙起来只会比水星的情况还要遭："见不到面是双向的，见到面也是双向的。"

水星若有所思地点点头:"……那以后我能不能让我也去研究所那边多找你几次?"

"太远。"

"你才说见不到面是双向的。"水星晃了晃他,"以后我也要增加去找你的次数。"

盛沂垂着眼,想挣扎一下,但话已经说出了口:"……好。"

问题解决了大半,两个人又聊了一会儿,临睡前水星一度想带他去各种地方闲逛,想带他到D大,想带他吃饭团,结果天公不作美,从早上六点起就在下大雨,水星忽然庆幸自己没有一大早跑到机场,不然飞机都不知道延迟多久。

昨天晚上吃剩的蛋糕还放在桌子边,水星探身,又用手指去够。

夏天天气热,她在房间里又没顾及,短袖卷起了边。盛沂从卫生间出来,伸手帮她把蛋糕从书桌上拿过来,又伸手把她的衣角往下拉了拉,搭在一边,水星笑了下,如愿地拿到蛋糕,盘着腿又靠在他旁边。

盛沂才洗过澡,头发还是湿的,身上的味道更好闻了。她随便挖了一勺蛋糕,喂给他,又仰头亲了下他的唇边,把剩余的奶油吃掉,眼底有笑意,夸赞:"放了这么久还是好吃的。"

"饿了?"不然不会吃隔夜的蛋糕。

水星"嗯"了一声,窗外的雨打在玻璃上,声音太响了:"但下这么大雨又出不去。"

盛沂把蛋糕芯掰给她,那些地方还没有发干,能吃,又把自己的手机也丢给她:"外卖都忘了?看看想吃什么。"

近两年人们的生活节奏太快,外卖软件越来越多了,各家跟各家争着抢着优惠红包。水星一边享受盛沂的喂饭服务,一边选了个优惠额度大的商家,点了一份生煎和葱油拌面,把手机交给盛沂,他加了一份鲜虾馅的馄饨。

两个人凑合吃了早午饭,等下午的雨停了才出了门。

室外的空气湿漉漉，两个人打车到了市中心，在水星常去的饰品小店逛了逛，一条街才走了半边，天才暗下来，就又下起了大雨。

　　车上见不到空车，打车软件都排到了两百多位，两个人颇有点破罐破摔的味道，挤在一把伞下，快跑着找到附近可以吃饭的小酒馆，打算在此消磨一整夜的时间。

　　酒馆里的氛围很好，因为下雨，来的人也不算多，零散地分布在四角，舞台正中央有歌手驻唱。

　　水星跟盛沂选了最靠窗的一边，既能看到舞台又不会被打扰，既能听到屋内的演奏，也能听到窗外的雨声。

　　他们点了几道菜跟鸡尾酒，水星把盛沂拉到自己这边的沙发上坐，上菜的速度很快，盛沂点了新鲜的虾，点了避风塘炒蟹还有素菜，都是水星喜欢的。

　　水星夹了一筷子炒蟹，又看一眼舞台中间的歌手，问："国外的酒馆是不是更有情调？"

　　"差不多。"盛沂没太注意过。

　　团队里同门们常会聚在一起，不过盛沂很少参与酒局跟派对，偶尔去也会很快离开，没有心情顾及有没有情调这么一回事儿。

　　"这么一看你的生活很无趣。"水星评价。

　　盛沂挑了下眉："你经常来？"

　　"研究生没怎么来过，但大学的时候……"水星瞥了眼他的表情，故意让他紧张，"当然也没怎么来过，不过才开学那会儿班聚的时候来过两次，太闹了。"

　　盛沂不置可否："确实。"

　　"但我大学的时候没少喝酒呢，我们一个宿舍经常凑在一起喝酒聊天。"

　　"看不出来。"盛沂又问，"喝醉过吗？"

　　水星回忆起了之前跟盛沂在北城酒店的时候，她那会儿大脑一抽，就是因为记得大四宿舍喝酒以后大家讨论的话题。

她说当时大一才喝酒的时候不太懂,她第一次点酒的时候点了觉得最正常的长岛冰茶,没想到根本不是茶,喝到喉咙里就烧烧的刺,差点儿呛到她说不出话,后来跟班上同学出去都是喝健怡可乐,同学还笑话了她好几次。

直到除夕那会儿,水浩勇去世,是水星第二次喝酒,正儿八经的高度数白酒,一口辣到嗓子,五官都通了,眼泪哗啦哗啦地往下流,心涨得难受,为此说了许多稀奇古怪的话,有些还被戚远承听了过去。

但现在的酒量要比原先好得多,毕竟酒局都参加了不少。

盛沂笑了下,听到的却是关键,他从小在戚远承的诊所打点滴,医术没话说,偏偏那次给他扎了两次都没对地方,又换了手才好,盛沂还想这才几年,戚远承的医术就退步了。

"怪不得姥爷不喜欢我。"

"他现在应该是喜欢你的,前段时间打电话还问起你了。"

"问了什么?"

"关心了下你的工作,问我你辛苦不辛苦,还有……"

"嗯?"

"你晚上都住哪儿。"

这句话当然是开玩笑,盛沂才看见水星翘起的嘴角就知道,两个人又上演了一出假装害怕被家长管的戏码。现场的音乐声音太轻柔,两个人笑累了,就依靠在沙发上,水星窝在盛沂怀里,边上的酒喝光了五瓶,自己说自己是千杯不醉的水星脸上早就烫起来了。

台上的音乐没有停。

    Da da da……

    哒哒哒……

    I've telegraphed and phoned

> 我发过电报，也打过电话了
> I sent an Airmail Special too
> 还寄了一封航空特快邮递
> Your answer was Goodbye
> 你却回复"有缘再会"
> And there was even postage due
> 还留下了资债信条

"盛沂。"水星忽然喊他。

盛沂低下头，"嗯"了一声，嘴唇自然而然地落在她的发间。

她本来只是有些晕，想要叫叫他的名字，可不知道怎么回事儿，一下子就想到了盛沂突然向她提出考虑结婚的那天，她没有做出一个很恰当的回答。

起初她是真的吓到了，两个人的恋爱说长不长，说短不短，大部分时间都是异地，她还没有做好充分的准备把他们的生活全部拼接起来，她担心他们好不容易稳定的关系又发生什么变化。

她以为结婚是一件很难的事情，他们要考虑很多，他们要见彼此的长辈，把两个家庭融合在一起，可能会因为每天见面彼此生厌，也许还会怀念谈恋爱时有很多属于自己的空间，但其实现在仔细想想，她这辈子只认准盛沂，没有别人，她还能跟谁结婚？

她想起那天晚上就在她翻来覆去睡不着，看着眼前的人，想着未来的时候，他感觉到她的情绪，哪怕还没有睡醒，依旧会抱住她。

他会亲一亲她的头顶，她会蹭一蹭他的脸颊，结婚好像没有什么不好的。

或许也不是结婚没有什么不好，而是身边这个人能让这件事变得美好，甚至更好。

水星转过身，盛沂的五官在灯光下显得更漂亮了，他的睫毛很长，

微微向上翘,他的呼吸很烫,碰在她的脸上:"怎么了?"

歌曲还在唱,钢琴轻快。

一种奇怪的磁场在两个人之间蔓延开来。

闭上眼睛,水星仿佛能听到小酒馆外的雨滴在落,耳边的歌词好似讲述了他们的一生。

> I fell in love just once
> 我只爱过那么一次
> And then it had to be with you
> 就是倾心于你
> Everything happens to me
> 所有的一切都发生在我身上

因为紧张,她的喉咙有些发紧,轻声问:"盛沂,你还想结婚吗?"

她在向他求婚。

毫无疑问,也无须再问,他搂紧了她的腰,在青绿与幽蓝交融的光海里,他们贴在一起,亲吻在此交叠。

第十场雨
番外二 这是他与她的命运

两个人从南京回来,盛沂就又见了一次戚远承。

戚远承开始还板着一张脸,但话一旦说开,他自己都不知道脸色是什么时候软下来的,果盘里的水果都丢给盛沂一个,戚远承让他快点儿吃。

盛沂接过橘子:"谢谢姥爷。"

戚远承瞥开眼,哼了一声:"谢什么谢,喜欢吃还有别的。"

水星忍不住在边上笑了出来,她这个姥爷总是说着最硬的话干最柔软的事情。蒋林英跟戚芸在准备午饭,戚远承不知什么时候就从茶几底下掏出了棋盘,又问盛沂要不要来一局。

事态彻底软化了,水星才重新到厨房里帮忙。

戚芸一边摘豆角一边问水星:"你们打算把婚期定到几月?"

"还没想好呢。"

因为盛在清的工作原因特殊,他一时半会儿没有办法从工作单位回来,盛沂来见戚远承他们也只是先交代一下,提早先知会一声,后续也好安排。

戚芸现在是过来人,想到的比水星他们要多。当年戚远承跟蒋林英劝过她,即使她对盛沂很满意,知道他人长得好,家里又是高知,脾气性格没有一处能挑的,个人素养放在哪儿都是顶尖的,还是想多问几次:"真考虑好跟他结婚了?妈妈没有说小沂不好,但结婚毕竟是一辈子的事情。"

"嗯,怎么可能没想好。"

蒋林英把菜倒进锅里,笑眯眯地回过头:"你妈还不知道呢,你打小就……"

"姥姥。"水星的脸"唰"地一红,想都不用想就知道是戚远承出卖了情报。

厨房跟客厅相通,蒋林英跟戚远承当年懒得装门,只用门帘隔着,水星才想跑出去问一下戚远承就听见老人家赢了棋乐呵呵的笑声。

一家人吃完饭,盛沂在学校里还有事,水星跟家里人说要把人送到楼门口,能看出戚远承跟盛沂相处得很愉快,临走前还拉着人让他下次再来下棋。

水星一边下楼一边跟盛沂说话,棋下到最后,她都看不下去:"你怎么输了那么多盘?"

盛沂说:"你说呢。"

水星一眼就发现了盛沂眼底的笑意,一副不能小瞧盛沂的样子:"哈,你在放水。"

盛沂没说话,笑容更开了。

水星跟盛沂的工作没有因为即将订婚就停滞,反而更忙了些,但盛沂跟水星有空的时候就会回家吃饭,盛沂再陪老人家下两盘棋,戚远承每次都高兴极了。

直到⼗⼀月底,盛在清请假回了西城,当两家人真的坐在饭桌上一起吃饭的时候,水星才对自己的订婚有了真正的实感。

盛沂带来的东西实在太多了，按照顺序，从小到大放了一长排，这一个包厢的柜子上都放不完，还有两个大的放在边上，桌子上两家的长辈坐在中心，轮到水星跟盛沂两个人正好又并成一个圆。

自打上次在家里撞见徐丽，水星就对见面很紧张，哪里能想到徐丽完全没有计较上次的事情，还主动跟几位长辈说起水星跟盛沂的渊源："星星跟小沂原来就是高中同学，分文理科以后好像就在一个班吧？"

"对。"水星连忙点点头。

"我想起来了，悦悦跟星星很要好吧？"盛奶奶隔着桌子笑了笑，"当年好像还跟悦悦一块来找过小沂呢。"

水星回想之前的对话就想逃，硬着头皮"嗯"了一声："奶奶您没记错。"

"两个孩子从小就有缘分，小沂还经常去戚大夫家里输液呢。"

"对，从小有缘分，星星没事儿也多来家里坐坐。"

水星笑一笑，连忙说了好些好话。

盛忠群跟戚远承他们很早就认识，两家人不至于太生疏，聊起天来根本不用水星跟盛沂引导话题，长辈们自发就商量起了酒席跟婚礼的样式。

盘子里多夹了一只剥好的虾，盛沂看了眼水星，轻声跟她说："发什么呆？吃东西。"

水星点下头，把虾塞进嘴巴里。

平常喜欢的食物此刻一点儿味道都没有，她的眼睛睁得很大，在看盛沂的父母，盛家的长辈，时时刻刻注意他们的酒杯空了没有，聊天的内容是什么。好在盛忠群他们都十分满意水星，根本没有一点儿为难她的样子。

饭局进行到一半，盛在清接到一通电话，短暂地离开了桌子，没过一会儿，盛沂也跟了出去。

盛沂在酒店大堂看见了盛在清，他一个人站在门口，还没有走，才从旋转门出去,就见盛在清挂断了电话,转过身,一下子就发现盛沂。

盛在清愣了下:"怎么下来了?"

"以为你要走。"

从小到大,盛沂已经习惯了盛在清接一通电话就离开,在饭桌上看到盛在清拿起电话,套上外套出门,盛沂下意识以为他不会再回来,想出来送送他。

"没有。"盛在清摇摇头。

"最近工作怎么样?"盛在清主动提起。

"还不错。"

"累不累?"

盛沂摇头:"不累。"

盛在清"嗯"了一声,偏头看向旁边的盛沂。

盛在清问什么,盛沂就答什么,按理说一点儿问题都没有,但作为父母,他们之间总是少了些亲密,多了许多生疏,这也让盛在清认识到他真的太久没有关注盛沂的生活,曾经青涩的少年如今就要步入婚姻的殿堂了。

盛沂和盛在清两个消失的时间有些久,楼上的饭局接近尾声,水星连续给他发了两条消息都没等来回复,跟蒋林英说了声下去一趟,电梯才亮,水星开门就撞见了盛沂跟盛在清两个人,三个人正好打了个照面。

"星星?怎么出来了?"盛在清问。

水星不好直言是半天都没见到盛沂回去,只说:"……想出去买点儿东西。"

"正好,让小沂陪着你去买,别一个人去。"盛在清摆摆手,又把电梯摁开,"我先回去,你们慢慢来。"

水星应了一声"好"。

两个人下了楼,在前台把包厢的账结了。

盛沂扫了眼酒店门口,他才出去的时候觉得温度还好,但怕水星会冷的，想了下酒店到便利店的路程，问道："一会儿要买什么？"

"嗯？"水星都快忘记这件事了。

"不是说想出去买东西？"

"哦，我那会儿是想出来找你，但看到叔叔在场，总不能说好久没见到你怕你丢了。"

盛沂低低地笑了声："那回去？"

"不行，空手回去不是更可疑。"水星记得过一个路口拐弯有便利店，"我们散散步，看看便利店有什么。"

"嗯。"

两个人从酒店出来，水星跟盛沂肩并肩走在路上，四周的饭店居多，但大部分都是开车来的，没人会跟他们一样在边上遛弯似的慢走。水星看了眼盛沂，冷风吹在他额间的散发，他的眉眼清隽，微微垂过了眸，眼神像是在问她怎么了。

水星再也忍不住，问："你跟叔叔在下边那么久都做什么了？"

"聊天。"

"聊了些什么？"

盛沂看了眼身边的人，他大衣的外套敞开着，里面是件纯白色的高领毛衣，伸手，把水星的手抓进手里，帮她捂着："你。"

水星的表情一下紧张起来，毕竟是他们的订婚宴，父母长辈说什么话都很关键。

"紧张了？"盛沂笑了笑。

从盛在清跟他聊起工作的时候，盛沂就知道他们会聊到当年的高考。当时徐丽跟他们一起改了他的高考志愿，把原本的南京换成了北城，他们以为他会跟原来一样，也许过两天还是会听话，一切又回归正轨。

大二的时候，盛在清知道盛沂转专业，一直想给他打电话，但这么多年，父子俩的关系不算密切，尤其是性格又相似，很多话很难开口，也不知道怎么开口。更何况高考那年，盛在清原本应该是这个家唯一赞成儿子选择的人，他不知道该以怎样的口吻去跟盛沂再提起这件事。

盛在清不是不为盛沂感到骄傲，他只是太担心，他跟徐丽两个人的婚姻失败，在盛沂童年的时候也没有做到父亲应尽的陪伴。

现在回想起来，盛在清当年不同意盛沂走这条路，有一大半原因都是担心他重蹈覆辙。干这一行的人大多数把工作放在第一位，太容易忽视家庭，即使重视家庭也没有办法做到真正的平衡，他们总要取舍。

他作为过来人是真的不愿意盛沂再吃这份苦。

"其实我爸是担心我们。"

水星抬眸，盛沂的表情没有想象中的糟糕，他说这些话也很正常："嗯，我知道。"

盛沂的视线偏了过来。

水星揽住了他的胳膊，她仰着头，语气认真："但我们不会是他们。"

盛沂不会是盛在清，水星也不会是徐丽，他们会在工作跟爱情里寻找属于他们的平衡，都珍惜这份感情，两个人一起取舍，总比一个人牺牲要平衡得多。

盛沂彻底放松了，"嗯"了一声。

十一月的天气已经转凉了，水星学他一样把大衣敞开，又没戴围巾，脖子都红了起来。盛沂停下来，低头，耐心地把她的扣子一个又一个扣紧，他顿了下脚步，跟水星换了一边，难得地让她靠近马路的一侧。

边上的辅路没有车，过了一个十字路口，旁边的人才多了起来。

盛沂伸手又把水星的手扯进口袋里，手指暖暖的，手背擦碰着口袋里的内壁，指尖忽然一戳，触碰到什么硬物。

水星皱了下眉，转身，仰起头："你口袋里装了什么？"

"嗯？"

"怪硌人的。"水星说着就要把手往外掏。

她平常走惯了里面，忽然换了一边也有些不适应，但盛沂显然没有听取她的要求，拉着她的手又往里塞了塞，水星勉强摸出是一个完整的正方形。盛沂又把他的手伸了出来，给足了水星抓取的空间。

"自己看。"

口袋的内壁热了些，水星从里面抓到一个正方形的礼盒，跟上次装项链的有些像，同样是丝绒质地的。其实在拿出来的一刻，水星已经想到什么，但还是没有直接打开，拇指指腹轻轻蹭了下盒子之间的缝隙。

她抬头，看了下旁边的盛沂，他跟她的表情一样紧张，目光紧紧盯着她的手，仿佛没打开过似的。

礼盒是黑色丝绒的，打开，中心放着两枚铂金的戒指，一个大一个小，但款式相同，都是两圈圆环缱绻交绕。戒指中央被打磨过，在灯光的照射下像极了一条璀璨的星河。

水星把其中的一个拿在手里，又抬眼，此时路口的灯光昏黄，映衬着盛沂的眉眼多了几分温柔。他伸手，从她手里接过那枚戒指，套在她手上。

戒指边缘还有些凉，缓缓地跟体温融合在一起，盛沂的手没有放开，仍然牵着她的那根无名指，他垂眸，银河要纳入眼眸之中。

盛沂因为看到了她手上的戒指，眼底的笑意完全地浮现出来。

原本早就要给她的，过去两个月都没什么真实感，他跟家里打过电话，周围的朋友都知道水星，但还是不够，他总觉得缺一些什么，直到她手上有了这枚戒指。

大约四十六亿年前，宇宙爆炸，尘埃初显，我们身体里的每一个原子都来自一颗爆炸了的恒星，万千星辰散落至宇宙不同的角落，变成珍珠，变成钻石，经历数亿年的时间，它们以特殊的方式又再度重逢。

对盛沂来说，这枚戒指就是他的一部分原子。

周而复始，在此相遇，他把自己交给她。

他吻向那枚戒指，也吻向他的星星。

盛沂低声说："订婚快乐。"

订婚快乐，他们快乐。

水星跟盛沂的婚礼定在了来年的九月底，天气不热不凉，温度正好。

之前参加过席悦的婚礼，水星知道结婚是件辛苦的事情，但没想到杂七杂八的事情叠加起来会这么辛苦，从宾客名单到婚礼场地，每一样都偷不了闲，水星终于能明白为什么在筹备婚礼阶段的情侣总是容易分手了。

三月初的时候，水星跟郁晴他们又聚了一次，主要是来讨论婚礼的相关事宜。

别看席悦跟向司原结婚了，但在婚礼筹备这件事情上不如郁晴专业，毕竟当时的很多事情都经过了郁晴的手。

六个人的聚会，但李泽旭没有来，他发来消息说要去外面出差，堂堂大老板还要亲自跑，但他保证婚礼的时候会带上自己的女朋友。

"李泽旭什么时候找到的女朋友？"席悦震惊了。

他们的关系可以说是最最要好的一圈，但对彼此私人的事情还是不够了解。当李泽旭在群里发了这条消息，晚上五个人凑在一块吃饭的时候就成了最大谜题。水星跟郁晴他们倒是没那么感兴趣，但席悦不一样，她掏出手机一条又一条地翻他的朋友圈，真的没见过有女孩子的身影。

"这哪有女朋友？他谈恋爱都不官宣的。"

火锅煮到了沸腾，水星这些年早就能吃辣了，偶尔也会吃辣锅里的食物，但盛沂还是会给她倒一杯白开水，以防太辣的时候她能涮一下。

"算了，算了，下次见面一定要让他把人带来。"席悦研究完李泽旭的朋友圈，转头看见郁晴跟水星讨论婚礼的时候又想起了更重要的事情，"晴晴，我忽然反应过来，我们这堆人是不是只有你还是单身？"

席悦跟郁晴是从小到大的朋友，但过了这么久，她还是没见过郁晴身边有男生，现在圈了里只剩下她一个人是名义上的单身，席悦当然替她急。

"你翻翻我朋友圈,或者向司原的。"席悦主动做起了介绍,"向司原队伍里有个特别奶的小男生,比我们小三四岁吧?现在不就流行姐弟恋吗。"

郁晴找到旁边的漏勺给席悦舀满了一整碗,企图用食物填补她的嘴巴。

那天,郁晴还是拒绝了席悦的提议,席悦问了很久也没问出郁晴到底喜欢什么样的男生。

水星跟盛沂吃过饭,两个人又在西城大学里溜达。因为工作距离的缘故,西城大学的家属区也成了他们最折中的距离点。曾经在大学和研究生阶段都没有的待遇,两个人工作的时候反而补上了。

西城大学的绿化做得很好,尤其是他们所在的地方是老校区,相较于新校区更多了几分古韵,四周是石楠花的味道。

盛沂在入职前,西城大学提供的福利之一是教职工可以低价购入一套家属区房。当时盛沂付了首付,现在在还尾款。两个人一拍即合,决定平常休息时可以住在这里,其余时间还是宅在水星租的小屋。

也因为这个缘故,他们没有着急装修,进度一直不快,真的装好已经是五月底。

他们都不太喜欢华丽夸张的风格,两个人一起挑了装修方案,内部的设计非常简单,整体主调以绿色和白色为主。虽然水星偶尔来西城大学找盛沂的时候会看一下进度,但还没看过完全装修好的样子。门才打开,水星还能闻到一股淡淡的油漆味。

家属区的内部空间差不多,进门是客厅和厨房,然后是一条走廊,主卧都在最深处。

水星站在门口,脚步有点儿挪不动了。

盛沂看她的样子,问:"不喜欢?"

"不是。"水星摇摇头,"比我想象的还要漂亮。"

直到亲身见到装修好的房间,水星才明白为什么小时候常常看一个有关相互交换空间的装修综艺,那些房主进房子的第一个表情总是睁大眼睛,一副吃惊的样子。

她先扫一圈厨房的壁橱,又看一眼大大的投影仪,还有他们跑了好几个地方挑选的沙发,和她一定要买的奶白色地毯跟抱枕,原来所有的东西组合起来是这个样子,一个家的样子,属于他们的家。

盛沂进了房间,今天还没换过风,他把窗户打开,一阵风透进来,空气里的油漆味淡了些,也有可能是闻习惯了,水星又想往里面去看。

房间是三居室,但他们只改了两间卧室,当时他们都说好了,一间主卧,一间客房,还有一间留出来做书房。

客卧以后可以做未来宝宝的婴儿房,但两个人的二人世界没过够,近几年还没有生孩子的打算。

水星和盛沂检查完书房跟主卧,最后才溜达到客卧,按照盛忠群他们那套房子的格局,这间客卧应该算是盛沂小时候的房间。

其实水星对客卧没太大兴趣,因为总体的装修是按照房子的主色调来的,设计图她看过,除了整体布局再小一点儿,她实在想不到有什么差别。结果等盛沂把门打开,水星再一次地傻在了房间门口,本来一会儿要出去吃饭的心思都忘了。

她在门口站了一会儿,抬眼,看着满屋的天蓝色,愣了下,跟外部的青绿色不太相符,这是一个独一无二的空间。

水星没有动,是盛沂进了房间,又把前面的窗帘拉上。

房间里的光线一暗,内壁闪烁起浅浅的白色或红色的光点,盛沂又把后面的房间门关上,整个屋子完全暗了,光点变得更加明亮,抬头一望就像是星空。

窗帘边上放了一个很小的帐篷,以及她去年送出的生日礼物,一个家用的天文望远镜。

难怪她找了很久都没找到他们说好的望远镜放在哪里。

水星的眼睛眨都不眨一下,她舍不得,头高高地仰着,发丝向后垂,她似乎有些震惊,眼底跟满墙的星光一样亮。

盛沂侧眸,看了她一眼,嘴角似乎有笑,问:"喜欢吗?"

"嗯!"水星太重地应了一声。

她望着那些星空很久很久,缓慢地抚摸到一边的墙壁。太靠近,这样反而不容易看清墙内混入微末的细闪,可她还是挪不开眼。

"这是不是我给你发过的星云图片?"水星忽然想起来了。

她的微信上关注了好几个有关天文的公众号,有时候推送的图片漂亮,她就会发几张给盛沂看。

盛沂"嗯"了一声。

"什么时候改的?"

亏她还加了设计师的微信,两个人都瞒着她,谁也没跟她说。还有当时她来检查的时候,她都看到有蓝色的染料,结果还是被装修工人的话瞒过去了,真以为是调错了的颜料,不会再用。

盛沂的手跟她一起抚到墙面上,墙漆的质感很特别,有些像磨砂,摸起来有颗粒的质感,否则也不会把细闪藏得那么好,可以泛出银白色和玫瑰色的星光:"一直都是这个。"

他很早的时候就设计好了,不知道算不算受他的影响,水星对天文的热衷程度直线上升,不过她对他研究的天文抱有误差,每次看到网络上很多漂亮的星云图片都会发给自己,夸赞这个学科有多浪漫。

但其实远远没有她想象的那么浪漫。

他看到的不过是别人眼里一组枯燥的数字、无味的公式、黑白的图片,毕竟人的肉眼只能看到一定波长的光,网络上那些绚丽又多彩的图片也不过是因为一次又一次的加工美化才让它变得如此诱人,但既然水星喜欢那些,盛沂也没有点破过,反而愿意为了她设计一个属于她的星云空间。

她又想起自己曾经以为结婚就会改变很多事情,现在一想真是白痴。

"这间房本来要当客房的,或者是婴儿房。"水星虽然喜欢,但还

是在考虑之后的打算,"现在变成这样……"

"这样怎么了?"

"不太像给宝宝的房间了。"

盛沂瞥了她一眼:"你不是吗?"

"嗯?"

"给你用的。"他说得正经,但内容一品又不得了。

他这个人总是不擅长表达感情,但什么事情都为了她考虑,又是头一次说这么肉麻的话,水星鼻子有点儿酸酸的。不知道是不是因为临近婚期,她最近的情绪起伏很大,或者是盛沂这件事确实令人感动,过去能忍住的泪点都放大了。

两个人在房子里待的时间比他们想象的久,原本只打算进来开个窗通通风的,真出去的时候都要七点多了。

学校里的食堂关得早,窗口开得不多了,好在两个人赶上了最后一波。

水星和盛沂点了两份花甲米线,等饭的工夫,他们撞见了平时来上盛沂选修课的学生,大学生都是成群结队的,连自己的餐盘都没来得及放,刺溜一下都溜过来给盛沂打招呼,直到遇见第三拨跑来向盛沂打招呼的学生,水星合理怀疑后来来的这些学生已经不是正好在食堂吃饭遇见他们两个的了。

两个人的花甲米线才吃小半碗,她又看到了穿着睡衣跑出来的两个女生,忍不住有些醋意:"平常不跟盛老师一起在食堂吃饭,怎么想也想不到,盛老师的师生缘这么好。"

盛沂把自己碗里的花甲都夹给她,水星爱吃海鲜,他抬头,顺着水星的目光,转了下头,又很淡地收回了目光。

对面的人不知道是塞了米线还是塞了气,脸上有些鼓鼓的。

他抬手,隔着桌子,戳了下她的脸,确定了这些都是气:"生气了?"

"没有，我有什么好生气的。"水星说反话。

盛沂收回手，看见她把自己夹过去的花甲往边上扒拉，动作这么明显，还说自己没生气："因为来打招呼的学生太多了吗？"

水星偏开头，倒是没反驳。

"你怎么不想想到底是来看谁的？"

水星愣了下："来看谁的？不就是你。"

这些学生又不认识她，平白无故看她做什么。

"是你。"盛沂笑了下。

天文学这门课总逃不开天体行星，谈到天体行星就逃不开水星，谈到水星就逃不开盛沂说起自己现在的女朋友。

"上课做什么提我。"水星话是这么说，原本扒拉开花甲的筷子又轻轻地往回动了动。

花甲米线的保温性很好，现在还冒了白雾。

水星忽然想起她上大学的时候经常会听到老师们在上课的时候提到自己的另一半，他们对对方的称呼不太一样，或者是老婆，或者是夫人，但不论是哪个老师提起，教室里都能收获一阵很长时间的起哄声和低笑声。

后来她上了研究生，导师偶尔会招呼他们师门里的人在家吃饭，师母也经常会出现。她在厨房帮忙的时候，就能看到导师跟师母两个人的互动。

她一直觉得在课堂上能提起对方是一件极其甜蜜的事情，但她从来没想过盛沂还会在课上秀恩爱。

女孩子嘴上说不要，未必是真的不要，从水星的嘴角已经翘上来了就可以看出来。一碗简单的花甲米线，她又吃得心里热乎乎的。

时间飞逝，一晃眼就到了两个人领结婚证的时候。

六月九号，正好是高考结束那一天。

天气炎热，民政局外面的水泥地都要晒化了，水星跟盛沂两个人在

大厅里吹着空调，水星在手机里搜着有关高考的相关话题。

"哇，现在的数学题太难了吧。"水星忍不住说。

她现在常年不碰数学题，看到就发蒙。图片放大了，她也只能在脑袋里找到几个模糊的做题印象，答案到底是不是她算出来的，她根本不知道。

盛沂的视线落在她的手机屏幕上，水星已经从数学卷子翻到了英语，在英语上找回自信又跑去翻物理，再一次受到打击，她下意识地抬起头，露出就像高中一样的表情来求助自己。

"你还会不会？"水星真的好奇。

盛沂皱了皱眉，看到卷面上再简单不过的物理题，有一瞬间觉得水星在侮辱自己："嗯。"

"这个题的答案是多少？"水星戳了戳他，试探道，"14N？"

盛沂平常做惯了高难度的计算，现在扫高中物理一眼就能看出来，又"嗯"了一声，就看见水星长长地呼了一口气，有些庆幸："还好，还好，底子在这里，我就说再怎么样高中力学的题还不是问题。"

民政局里的情侣起码都到了法定年龄，高考对于他们来说已经过去了很久，在听到水星讨论高考数学的时候就投来了目光，现在又听见了高中力学，有一瞬间，他们都觉得自己是不是不太关注社会民生，或者是到底有谁会在人喜的日子还做题的，甚至有一对情侣已经默默打开微博，跟水星他们一起看起了热搜榜。

盛沂没在乎边上人的目光，问她："为什么？"

"我很努力地学过，好吧？"水星坐直身体，不自觉有些得意，"当时你教我的第一道题就跟力学有关。"

当时她隔着墙面听了很久，三种解题方法，她从来没听得那么仔细，从深到浅，盛沂都讲了个清楚明白，接下来的时间她又一直在研究，不然怎么可能当时都做出物理的附加题。

前面的一对情侣进去，下一对就是他们。

水星在网上研究过领证的流程，照片是在外面拍好的，资料填一下就可以，总体而言非常快，快到两个人拿到红本子的时候，水星差一点儿忘记把准备好的喜糖分给工作人员，走到一半又折返回去，又听了工作人员说了一遍祝你们新婚快乐。

才拿到的小红本有些刺眼，水星翻来覆去地看了好几遍，跟盛沂一起出了民政局的大门，把结婚证又摆在盛沂面前，问："看到这个了没？"

盛沂"嗯"了一声。

水星又盯着红本子，摸了两下，笑出声："结婚证。"

盛沂把自己手里的拿给她看："我又不是没有。"

"也是，你又不是没有。"水星瞄了眼他手里的证件，忽然想到领证以后的常规操作，是要发朋友圈的。

这些年她不爱发朋友圈，除非重要通知，否则很少发朋友圈，其实有一个原因是在学盛沂，盛沂高中的时候就不爱发动态，哪能想到那几年盛沂跟她非常没有默契，发得比她还多。

她握着盛沂的手腕，让他把结婚证摊平悬在空中。

"又想做什么？"盛沂问她。

水星笑了下，一只手掏出手机，另一只手又把结婚证放在盛沂边上，两个小红本相靠在一起，"咔嚓"拍了一张："跟你秀不了，那我发朋友圈，让别人看。"

盛沂低低地笑了声，答了声好。

朋友圈才发出去五分钟，水星那条信息就炸了。

张宇飞：小师弟的速度够快啊！新婚快乐！早生贵子！百年好合！

蒋林英：[大拇指.jpg][大拇指.jpg][大拇指.jpg][大拇指.jpg][大拇指.jpg]

席悦：99999999！新婚快乐！恭喜你与我一起步入了爱情的终极形态！

李泽旭：［牛.jpg］

席悦：回复李泽旭——你什么时候把女朋友带回来看一眼？

郁晴：新婚快乐。

向司原：祝福。

除了平常亲近的朋友和家人的祝福，水星还收到了西城附中几个老师的消息，都是在恭喜他们新婚的。

他们真的结婚了。

水星抬起头，看向一边的人，忽然想起之前李老师说的一句话，人生就像一个大大的圆，曾经的他们在六月九号分别，现在的他们又在六月九号携手。

而她知道，他们都知道。

这个大大的圆却并不是一个句号，他们的故事肯定不止于此。

婚纱照是在六月底拍的，地点选在西城附中和汇展街的咖啡书吧。拍摄的人员不光有水星跟盛沂，席悦跟郁晴他们也会来露脸，唯一不同的是这帮人穿的是校服，只有他们会穿婚纱。

席悦摆了摆自己的衣服，看到一边的李泽旭："李泽旭，你女朋友呢？不是说下次见面带上吗？"

他抬头，视线微微掠过一边的水星，摸头笑了笑："拜托，陪朋友拍婚纱照怎么带女朋友的？现场也跟她来一套吗？"

"有什么不行的？估计也就只有我们会这么搞了。"席悦想到这些就忍不住笑，"蜜月旅行变成集体旅行、婚纱照变成毕业照。"

"婚纱照变成毕业照肯定是你的主意吧。"李泽旭想也不想就说。

幸亏他是自己开公司的，上下班时间可以自己定，合则上着班，周围多几个朋友这么搞，他可以辞职专业当伴郎了。

"对啊，对啊，我上次就后悔没把婚纱照当毕业照拍，你不爱来拍可以不拍啊。"席悦白他一眼。

"谁说我不爱来拍？"李泽旭说。

摄影师在一边调整设备,几个人就凑在一起又笑又闹,气氛好不轻松。说到急眼的地方,席悦伸手就要去拍李泽旭,多亏他灵敏,一下子跑到了水星身后。

"错了,席悦,我错了,都这么多年了,你怎么一下手还是这么重?"李泽旭讨饶,"水星,你跟席悦说一说。"

水星对看一眼站在教学楼台阶边上的盛沂,笑着直接跑到盛沂边上,想看他们到底怎么办:"你看悦悦跟李泽旭。"

两个人吵吵闹闹,席悦一点儿也没有因为结婚变得稳重,婚后反而更有了小女孩的脾气,向司原把她保护得太好,以至于只要她跟李泽旭站在一起打闹,他们就好像还是没有长大似的。

不过她也是,自从跟盛沂在一起以后,她整个人好像更放松了。

"有没有很像我们高一的时候?"水星拽了拽盛沂。

"嗯?"

阳光有些刺眼,盛沂伸手帮她挡住头顶晃眼的光亮。

水星以为他想不起来了,帮他回忆:"我是说那时候悦悦跟李泽旭两个人就这样,经常一起打打闹闹的。我还记得有一次在这里,当时你们一起下来查看考场,你又忽然想回去,我跟晴晴走在前面,你跟悦悦在后面,我脚步放得好慢好慢,还是没跟你说一句话。"

盛沂点点头,又"嗯"了一声。

"你当时是不是不想跟我说话?"她问。

盛沂没否认。

水星真的愣住了,她以为盛沂现在跟自己拍婚纱照,还会说几句动听哄人的话,一时间有点儿反应不过来。还没解决完跟盛沂的事情,摄影师在下边已经调好了设备,席悦在下边招招手:"星星,来拍照了。"

她应了声,从楼梯上下去。她现在跟盛沂说话完全成了正牌老婆,还不忘家庭版威胁一下盛沂,说:"你等回家,我再跟你好好算账。"

但水星不知道的是,那时候盛沂并非真的不想跟她说话。

当时下楼就是因为听见李泽旭跟向司原说看到席悦跟水星下楼看考场，他大可以不去，但还是下了楼，结果看到了几个人打打闹闹的样子，尤其是李泽旭跟水星那么亲密，他心里说不上来怎么回事儿，堵堵的。

原本要打招呼的手塞在了口袋里，他的目光故意不往水星那边偏，余光又忍不住扫下去。

他那么聪明，偏偏没猜出当时就对水星的意思，只觉得他要打招呼，对方跟没看见他一样，也没叫他，只是低垂着眼，把视线偏开跟旁边的人说话。

"干什么呢？盛沂。"

他在回忆水星不知道的事情，李泽旭也在下边招人。

"你是新郎哎，难道要我们陪新娘拍？还不过来？"

"知道了。"盛沂抬头，朝李泽旭笑了笑，也跟着走下去。

直到现在，盛沂才有些想明白了，自己那会儿的行为估计就是在吃着没由来的醋，但当时的他一直没有察觉，以为自己还在认定的过程，但是他忘记了，爱是一个瞬间，而不是一个过程。

他以为自己是通过一次次确认来爱上她的，实际上，他是通过爱上她来一次次创造巧合，告诉她，他会在这里。

西城附中里的场景被拍了个遍。

他们在教学楼的大厅拍了两个人的奖杯，那是曾经水星以为只有她一个人在意的奖杯。在学校的楼梯上回望彼此，又跑到六楼问阎格走后门借了件小教室，场景切回了很久以前，两个人重新成为同桌。在阳光的照射下，水星爬在桌子上闭眼休息，而盛沂坐在她身旁，一直注视着她。最后，六个人还重新找到他们毕业时一起拍照的小花园，来了一场故地重游。

还是熟悉的场景，还是熟悉的六月份，他们再一次成了毕业生，重新结业，从这里再次踏上新的旅程。

水星跟盛沂站在四个人的中间，她转头，看向身边的盛沂，发现他的视线同样在回望自己。

阳光明媚，微风不燥，好像从很久很久以前开始就是这样的。

那个时候的水星总以为她跟盛沂会是楼梯的两边，会是两条永远不会相交的平行线，可楼梯总会有交点，他们也总会找到彼此眼中的自己。

那条看似无法相交的平行线，实际上早因为他们的遇见相交融为一个点。

西城附中的照片拍完，第二天才是咖啡书吧的拍摄。

窗外下了很小的细雨，郁晴他们还有事情，但是席悦作为凑热闹的一号选手，少不得来绕一圈再走。

盛沂在前台跟摄影师做沟通，水星跟席悦两个人坐在后面，桌上放了橙汁和咖啡，橙汁是席悦的，咖啡是水星的。

席悦坐在对面，问："又下雨了，你们没跟摄影师商量吗？怎么都不挑个好天气？"

"下雨不是挺好的。"水星笑了笑，"我喜欢下雨。"

席悦一副不懂两个人的样子，顿了一下，又忽然像是想起了什么重要信息，神神秘秘地喊水星的名字："星星。"

水星正走神看着前面的盛沂，"嗯"了一声："怎么了？"

"你想不想知道一个秘密？"席悦抿着橙汁，回头看了一眼没转过来的盛沂，补充道，"有关盛沂的小秘密。"

水星起了好奇，点点头："想。"

"嘘，这事情悄悄地我告诉你。"席悦从那边的沙发软座一下子跑过来，坐到水星一边，跟她咬耳朵，"其实……盛沂很早就打算向你求婚了。"

在水星跟她说盛沂在马路上求婚之前，席悦就知道盛沂要求婚了。作为他们几个里面最早结婚的人，席悦的话语权一下子拉满。明明他把地方变了又变，方案也改了又改，盛沂当下转行做婚礼策划，席悦都不会觉得奇怪。

地点很多，都很浪漫，结果席悦怎么都没想到盛沂为什么把修改了那么多版本的求婚方案定在了马路边。

"后来我问他为什么把地点定在马路边，他说自己其实没想在马路上求婚，按照他的理解，盛沂是打算先给你打几个预防针，也是真的搞不懂他，求婚就是为了惊喜感，还打什么预防针。"席悦感叹一句，"结果好了吧，那会儿地点订好了，没想到你先抢跑了。"

水星愣了下："什么？"

"不知道了吧，哈哈哈！"席悦又瞄了一眼还没反应的盛沂，声音压低，"就是在这家咖啡书吧，是盛沂的求婚地点。"

盛沂跟水星选择这家咖啡书吧拍婚纱照的时候，席悦就猜出来了，她没想到盛沂那么闷骚，求婚求不成的地方非要用拍照的方式纪念，一点儿不服输。

"看你的样子就不知道。"席悦自以为站在了吃瓜一线，把手机里的文档往那边传，"独家资料，只给你一个人的。"

水星"嗯"了一声，从边上拿起手机。

向司原来接席悦，跟盛沂和她打了个招呼就走，前面还有事情，只剩下水星一个人坐在软座上研究席悦才发过来的文件。

水星看着盛沂的求婚策划案，她以为盛沂根本不在意仪式感，甚至后来说服自己只要两个人相爱有没有这些都无所谓，但没想到他不止有，而且跟席悦说的差不多，盛沂真的没少准备，一共有七个，有天文馆的，有学校讲堂的，几乎选遍了西城，但最终版本还是在这家咖啡书吧。

那份策划案上不仅有地点，甚至还调出了相应的天气。

他想找一个雨天。

盛沂跟前面的摄影师好不容易协调好了拍摄，他想冒雨出去，在街的对面，摄影师的建议是等把室内的场景都拍完了，否则造型毁了又要用很长时间。

他从前台过来，正巧看到水星捧着手机，眼睛一眨不眨地盯着什么看，还以为律所碰上什么棘手的案子，问："有事情？"

水星恍惚地抬起头，"嗯"了一声，才道："没。"

盛沂顺势喝了口水星的咖啡，坐在边上等他们调试。

"盛沂。"水星忽然喊他。

"嗯？"

"你是不是早就想向我表白？"她问他。

盛沂转过头，因为要拍结婚照的原因，化妆师给两个人都上了妆，尽管盛沂有些抗拒化妆，但还是涂了粉底，肤色比原先还要白，显得他的眼珠反而黑了许多，他的眼底带了惊讶。

他安静了两秒，装作没听清似的："什么？"

"席悦给我看了你的求婚方案，整理了七套呢，你最后一套选在了这家咖啡书吧，还有上边的流程跟话，我都看见了。"水星没有摁灭手机屏幕，她又看了一眼上边的文档，摸了摸脖颈上的那条项链，"4.435原来是水星的逃逸速度。"

水星一直没有多想，尤其是他送了两个礼物都是同样的，她最多想到了下边的 S 是要求加上去的，有关 4.435 她还以为是设计的时候就带了这些数字。

水星抬起眼，视线转向四周的每一处。

不需要真实的场景，她的脑海里已经想象出那天的画面：他跟席悦他们联合起来把她骗到书店，打开门，书店的光景是暗的，但有星空灯，光影在流转，盛沂站在中心的空区，背后是投影的屏幕。

盛沂在缓慢地讲解水星的知识。

水星，作为太阳系中最孤单的存在，它没有卫星，只能绕着太阳环行。

在天文学中，逃逸速度代表了物体逃脱星球引力的速度，而水星的逃逸速度是 4.435km/s，所有人都以为它会逃离，只有水星跟太阳知道，也只有水星跟盛沂知道，他们相离的距离是为了找到陪伴彼此的轨迹。

S 从来不只是水星的"水"，S 更是盛沂的"盛"。

在很早以前，他已经向她表白。

他一次又一次确定自己的喜欢，一次又一次传达自己的心意。

这里是他们第一次见面的地方，是他们再度重逢的场所，是他要向她求婚的证明。

"为什么不把数字改一下？"她忍不住问他。

"怎么改？"

"加快速度啊。"水星理所当然道。

水星在专业人士面前理所当然地分析，拿自己的拳头比作水星的逃逸轨迹，她想得很简单，如果水星的逃逸速度注定是 4.435km/s，那么只要盛沂稍微调整一个数字，人为加快它的变化，超出了逃逸速度，他们就可以相遇。

盛沂眼底的笑意很深，水星说不上来怎么回事儿，总觉得说完了他看自己的眼神很怜爱，有点像看白痴的嫌疑。

水星抿了抿唇，听见盛沂真的笑出了声音，说："不一定。"

"嗯？"她不理解。

盛沂进一步解释："因为方向不确定。"

"方向？"

"水星的逃逸速度是 4.435km/s，但方向不同，出逃的轨道也不同，或靠近，或远离，结果有很多种。"盛沂说，"而我想要的答案只有一个。"

他看着她的眼睛，抬手，抚上她的脸侧，他的手指有些凉，中指跟食指轻轻地掠过她的耳畔，头发松动一些。

"那时我不确定我们的速度是否能按照最好的轨迹进行，所以宁愿只按照这个速度。"

他会按照这个速度陪伴她，直到可以保护她。

窗外的小雨还在下，很轻很轻，细密又无声。

远处的红绿灯切换了颜色，又亮了起来，是通行的样了，绿绿的光影贴在玻璃的雨珠上，折射出漂亮的青绿色。

水星抬起眸，对上盛沂的视线。

不知道为什么，直到现在她还是会想起他们头一次一起出校门。

因为英语演讲比赛，当时两个人还不熟悉，水星没有办法确定他是不是还要跟她同行，那时候的盛沂站在汇展街的街口，等绿灯亮起又熄灭，他回头看向商店窗口前的自己。

从那时，到现在，也许他一直在告诉她。

他会在此停留，会被她吸引，会等待着与她相遇。

这是他与她的命运。

水星跟盛沂的婚礼不复杂，在西城市中心的一家大酒店宴请宾客。

作为连恋爱都没有谈过的郁晴，又操办了一场婚礼，只不过这次地点不一样。席悦当时整个婚礼都在酒店举行，但水星跟盛沂两家离得太近，蒋林英跟戚远承他们又想亲自送她嫁人，当即把迎娶地点定在了家里。

早上六点，水星就被化妆师跟伴娘团拉起来，坐在镜子前。她这才明白了席悦当时的痛苦，眼睛都睁不开，半昏迷地让人化完了妆。

张宇飞作为水星的研究生好友加入了伴娘团，一整个伴娘团只有他一个男孩子，配了一身粉红色的西装，整个人骚气到不行。

张宇飞照镜子比她还勤快，一会儿就在化妆镜后面溜达："一会儿我在门口堵人，让他们见识一下什么叫作金刚芭比。"

水星看着镜子里的化妆师涂口红，视线落在身后的张宇飞身上，忍不住弯起嘴角。

外面很快热闹起来，新郎跟伴郎团到场了，张宇飞先行到外面堵人，房间里只剩下郁晴跟席悦她们几个要好的女生。

大约是席悦跟盛沂的社交圈子太重合，如今来参加婚礼的人基本上都是水星上次见过的，都是老熟人，房间变小，场面就显得比上一次婚礼还要热闹。

鞋子找到，水星就想跟盛沂下楼，没想到又被席悦止住："不行，不行，不能自己走，新娘子脚可不能沾地的。"

水星有些苦恼："那怎么办？"

"废话，当然是盛沂抱你，盛沂想什么呢？还不抱抱你老婆。"

起哄的声音越来越大了，水星的脸上有些烫，上次见到这个姿势还是在向司原跟席悦的婚礼上，两个人还是伴郎跟伴娘，现在一下子亲身经历了才知道这份失重感。

盛沂当着众人的面把她横抱起来。

她的手环在他的脖颈，两个人的距离很近，水星能清楚地看清他的睫毛，心跳得越来越快。盛沂抱着她从内室到了外面，直到上了车，他把她放下来，心率才恢复一点正常。

盛沂坐在一边，两个人的手指勾在一起，放在她的婚纱上。

"要结婚了。"水星还是有一点不真实的感觉。

领了证，确定了两个人在法律上是夫妻的关系，但摆了酒席，面对面真正地收到亲朋好友的祝福，这份真实感才更加确定下来。

"嗯。"盛沂回应她。

从汇展街到酒店的路程没有堵车，他们还提早到了十五分钟，已经有宾客入席了，水星被带到后台进行补妆和整理服饰。

她被安排在一个单独的房间，没一会儿就听见有敲门的声音，来人是李泽旭。

他们也是今天才见到他口中的女朋友，很漂亮也很有气质，看起来像执掌公司的女强人，席悦已经脑补出一百集的商业联姻的强强故事。

郁晴看到李泽旭来了，跟席悦他们几个使了个眼色，先把人全支走了。

房间里一下子只剩下水星和李泽旭，他今天打扮过，头发又剃短了，变成了高中的小寸头，在镜子里看他。

"悦悦他们呢？"水星后知后觉。

"先出去了。"

水星点点头,又在镜子里看到李泽旭靠近了她一点儿,似乎是想说什么:"怎么了?"

"没什么,就进来沾沾喜气。"李泽旭不自觉地摸了下自己的头,忽然喊她,"……三星。"

"嗯?"水星愣了下。

印象里她已经很久没有再听过李泽旭喊过这个称呼,两个人之间说不上隔着一层什么,但仍然可以视作彼此为很好的朋友。

李泽旭同样看着镜子里的水星,他们的视线似乎对上了,又似乎没有对上,最后还是他先逃开,身子偏离出镜像里,就好像他早知道在这段感情里得不到回应,所以只想要维持表面的平静。

就好像他第一次看见水星也是这样,他只能看着她的背影。

这么多年,他不是没有想过再去喜欢上谁,但喜欢这件事真的很难说,属于他的凤梨罐头还没有过期。

他还是喜欢大白兔奶糖。

在席悦问他为什么还不谈恋爱的时候,他担心水星会发现他的心思,笑着打着马虎眼说早谈了,实际上婚礼前还到处求爷爷告奶奶找人假扮女友。

连李泽旭都以为郁晴成全了他一次,将她婚礼前的时间交给他,他就能说出多年前没说出口的我喜欢你。

可李泽旭发现他做不到,越喜欢,越想让她幸福,最好什么都不要让她知道。

最终李泽旭只是笑了笑,水星镜子里看不见他的表情,只听见他说:"新婚快乐啊,别辜负了我给你包的大红包。"

很快就到了时间,水星跟席悦他们一块站在门后面。

会场现场,推开门,水星由花童的指引缓慢地走向舞台那头的盛沂。

他们排练过很多次,耳边有熟悉的前奏,那是他们在南方的小酒馆听到

的一首叫 *Everything Happens To Me* 的英文歌。

歌曲里混了雨声,跟她在向盛沂求婚的时候一样。

她没想到盛沂又瞒着她闷声干大事,这个总是这样,但仅仅是惊喜了一瞬,她又在向前走,哪里能想到前奏才放完,开头第一句话就又让她停下了脚步。

她偏过头,去找声音的来源。

大厅现场音效效果奇佳,整首歌的节奏松散,音色是她极为熟悉的,水星几乎在第一时间就意识到这应该不是原唱,而是找人提前录制好的。

歌曲继续着,歌词的每个字母是盛沂想对她说的话。

At first my heart thought you could break this jinx for me
最初我想着你或许能化解我的厄运。
That love would turn the trick to end despair
那份爱能救我于绝望之处。

舞台下没有人察觉到任何不对劲,直到看到台上的水星提起裙边向盛沂飞奔过去。

Da da da……
哒哒哒……
I've telegraphed and phoned
我发过电报,也打过电话了
I sent an Airmail Special too
还寄了一封航空特快邮递
Your answer was Hello
你回复再次见面

And back to the rain
还回到了雨中

直到现在,台下听过原曲的人才意识到这首歌的不对劲。

说不清是不是因为通过了电流传递,盛沂的声音沙哑又性感。

她在流泪,知道化了妆不该掉眼泪,但实在控制不住。

盛沂跃过旁边的司仪,伸手一下子接住了他的新娘,他双手抱在她的背上,慢慢抚平她脊背的起伏。

水星的眼睛是红的,在舞台上,灯光折射在眼前那团雾气上。

台下高朋满座,亲自见证了他们的相拥。盛沂站在她面前,抬手捧住了她的脸,一点一点帮她擦掉眼角的泪。

水星忽然想起高中时,阎格半强制地让盛沂来当领唱,她才知道盛沂的五音一直不全,无论什么情况都不会也不想唱歌,但即使这么不擅长,他还是在不知道的时候为了她录了一首歌。

只属于他们的歌,有他们的回忆。

直到现在,她还能记起那天晚上,他完全搂着自己,在她头顶轻轻落下一个吻,那么自然,充满了爱意。

她一直以为求婚需要仪式感,结婚需要很多步骤和准备,可遇到了这么一个人,那些曾经脑袋里稀奇古怪、各色各样的想法都没有了。她想跟他结婚,想跟他携手,想跟他一起头发花白,想跟他共享儿孙满堂。

眼泪在掉,她停不下来。

盛沂干脆把她抱在怀里,用衣服帮她擦干净。

她本能地抱紧盛沂,眼前有些发黑,视觉剥夺,听觉反而变得更加敏锐。

她听见背景音乐里的落雨声,听见他在耳边的低唱:"I fell in love just once, And then it had to be with my star……"

结婚第二年,水星怀孕了。

事情发生得比较突然,水星在网络上购物的时候要囤一些生活用品,盛沂的视线忽然扫到她的手机屏幕上,跟她说这个先别急着买。

水星结婚以后非常讲究精打细算,日常的每一笔开销都会算得明白,好不容易碰上品牌打折,而且又是自己常用的牌子,就恨不得能囤一年的量。

盛沂坐在边上,水星换了个姿势。她的头很自然地搭在他腿上,双手举起手机,让他看价格:"为什么?现在打折哎,便宜一半呢。"

"现在买了可能用不着。"

"怎么可能用不着?每个月必备好吗?"水星说着就要下单。

手机屏幕被他一抓:"你这个月有来吗?"

水星基本上记不清日子,忽然听见盛沂这么一说有点儿呆:"啊?"

"你还记得上次来的时间吗?"

"……不记得。"

之后水星就处于一个迷茫的状态,整个人几乎是被盛沂带着进了医院,带着做了检查,带着吃饭,带着等报告。

她纳闷了很久,也不知道这个人什么时候发现不正常的。

两个人坐在医院的座椅上,边上都是待检的产妇,有人身子重些,有人身子轻些,就像自己,他们都是由另一半陪着来的。不知不觉,水星学着他们的样子摸上了自己的肚皮,还是平平的,没有任何感觉,她在想现在这里是否真的有一个生命。

"在想什么?"盛沂垂眸问她。

"真的……怀孕了吗?"水星总觉得有些不敢相信。

盛沂的手掌覆盖上她的手背,跟她一起抚在她的肚子上,他的动作很轻很慢,好似对待什么珍贵的宝贝:"我也不确定。"

他只是发现水星这段时间嗜睡了,腰粗了一点,爱吃的口味变了些,现在的重点是水星的姨妈周期真的延迟了。

"真的有宝宝了怎么办？"水星低下眼，看向那里，"我本来以为会再久一点儿，我看他们怀孕都很注意，提前不能吃很多东西，如果影响了宝宝，宝宝不健康……该怎么办？"

盛沂握住她的手，轻轻捏了一下："不会的，怎么这么想？"

"以前我来医院的时候从来没注意过这里。"

"嗯？"

"原来会有这么多人满怀期待到医院。"水星又望向周围候诊的人们，"想到将来会有一个属于他们的宝宝就会好开心。"

因为水浩勇的缘故，她对医院只有一种抗拒的排斥，但水星没有跟任何人说过，她一直以为医院是死亡的代名词，以至于忘记这里还可以迎接新的生命。

起先两个人一起坐在椅子上，后来有孕妇来了，盛沂就把位置让出去，他站在水星旁边，更方便她拉住他垂下的手。

一点点的时间都变得漫长，直到检查结果的报告出来了，水星怀孕已经一个多月，因为没有什么症状，水星才没有注意，但好在各项指标一切正常，两个人总算松了一口气，他们盯着那张化验单，又抬起眼对视，已经开始期待宝宝的出生了。

怀孕五个月，水星的肚子大了起来。

一旦水星的身体重起来，不知道是不是她的错觉，盛沂平常就龟毛，现在又唠叨起来，别说日常的饮食，就连喝水这种小事情盛沂都在耳边说个不停，太热不行，太凉不行，一定要把水温兑到刚刚能入口的温度。

家里的一切都由盛沂担着，屋子里的尖锐处贴上了防磕碰的软垫，以至于她想装一个小木马都不让了，有时候水星觉得他把自己当一个废人养。

"盛沂，你能不能少说一点儿话？"水星听得脑袋有些大。

盛沂扫她一眼，把手上的小木马的注意事项放在一边，用手将一边沙发上的抱枕放到她身后，让她靠着更舒服一些："嫌我话多？"

"不然呢？"水星揉了揉脑袋，"我不就是想给宝宝安装一个木马吗？又不复杂。"

"伤眼睛。"盛沂看她没有放弃的意思，说着又把注意事项拿起来准备念，"螺丝刀……"

鉴于这本注意事项还有七页，水星选择屈服，把做小木马的工作彻彻底底地交给盛沂，自己乖乖瘫在一边的沙发上吃水果。

他工作的样子真沉稳，不苟言笑，怎么看都像是小孩子犯了错就会严厉的父亲，而她……水星吃到一半忽然反应过来："盛沂，我怀疑你是故意的。"

盛沂愣了下："什么？"

"你是不是知道自己长了一张严父脸？担心小孩子跟你不亲。"

盛沂不知道她这话从何而来。

怀孕的人可能幻想的能力也会增加，水星脑袋里的画面越来越真实："你提前做好小木马，等以后宝宝会说话，如果有人问宝宝喜欢爸爸多一点儿还是喜欢妈妈多一点儿，你就会拿出小木马邀功，说宝宝还没出生的时候爸爸就提前给你准备好了小木马，用糖衣炮弹腐化宝宝。"

盛沂眼睛瞥了她一眼："帮我打开下手机。"

"干吗？"

"搜几本书。"盛沂无奈，看了眼她浮肿的腿，她都不了解自己现在没精力做这些，脑袋里还在想争宠，说，"我想从科学的角度看看是不是真的会一孕傻三年。"

水星小幅度地踹了下他的背，嘴角还是没垂下去。

完蛋了，水星想，怀孕是不是真的会变傻？就连两个人现在拌嘴她都会感觉到幸福。

时间到了九月份，水星在家里忽然感觉到肚子疼，一家人赶紧陪着她从家属区跑到了医院，即使冷静如盛沂都有些手忙脚乱，直到水星推进了产房还没有静下来,一直徘徊在医院的走廊。

窗外下了很大很大的雨,噼里啪啦地砸在一边的玻璃窗上,医院里的气氛不免沉闷了些,让人喘不过气,好在生产的过程很顺利。孩子比他们想象的都要乖,没有怎么闹水星。

雨才停下来,护士就推开了手术室的门,跟他们汇报了母女平安的消息,他们一大伙人才松了口气,接连去看水星跟孩子。水星的力气用光了,跟盛沂没说两句话,问了下小孩子的基本情况就昏睡过去了。

盛沂等人真的睡熟了才出去,走到新生婴儿的护理房间,隔着玻璃,看着保温箱里小小的一只,是他们的女儿。

过了几天,做完新生婴儿的各项检查,宝宝才搬到了水星的病房。

一家人每天分批次来病房,尤其是盛忠群跟戚远承两个人,来得比谁都勤快。两个人都想给孩子取名字,两个老人家多少年都没急过眼,此时大眼瞪小眼在病房里相互对视着,问水星觉得谁取出来的比较好。

"星星,你不用偏袒姥爷,你说姥爷取的名字怎么样?盛安宁!难道不好吗?"

"星星,取名是这个意思。"盛忠群不甘落后也在耳边介绍起自己的想法。

有一瞬间,水星觉得自己像个不太合格的甲方,两个乙方占据上风来取孩子的名字,各自还有各自的理念。

好在盛沂从外面接热水回来,看到水星求助的目光,直截了当,说:"我跟星星已经有想法了。"

水星倒吸一口凉气,她都不知道什么时候跟他有的想法:"嗯?"

"盛霏霖。"盛沂把热水倒进玻璃杯里,放在一边的桌子上凉着。

两个老人没理解:"有什么意思?"

这是他早就想好的名字,盛沂侧过眸,看向一边的水星,轻轻地笑了:"因为那天下了一场雨。"

边上的戚远承跟盛忠群都觉得盛沂起名太随意了,仅仅是因为生产

的那天下过雨就起了这个名字,如果当天下雪呢,是不是就要叫作盛雪霏了。

只有水星抬起头,看向一边的盛沂。

两个人的视线对上,不约而同,相视一笑。

谁都不知道,因为这是仅属于他们的秘密。

盛霏霖。

那是一场久下不停的大雨。

而他们的爱融在这场雨中,永不落幕。

自打两家的孩子长大,席悦越来越爱在朋友圈转发一些有关感情的公众号。

——亲吻是生物的本能,一天亲吻三十秒,活到二百不显老!

——百岁老人的青春秘籍:爱情是最好的滋养物!

——恋情生变不是说说而已,卫生间的三十秒,你永远不知道的秘密!

其中一篇《卫生间的三十秒》,席悦就给她发了三遍,每次都要加好多欲哭无泪的表情。

水星本来没放在心上,直至有一天闲得没事儿干,终于把软文看完,她才明白这原来是一篇长达七年爱情生变的故事,文章层层递进,人物丰满,水星看了眉头都皱紧了一整天。

直至晚上回家,她还在想席悦推送的公众号内容。

盛沂看她心不在焉,又提醒她好好吃饭。

"哦,知道了。"

话是这么说,她行动上没有丝毫作为。

"盛沂。"水星搅了搅从食堂带回来的白粥,心情还是沉重,忍不住问,"你觉得人的感情会随时间而变吗?"

"什么?"

"据专家声称,人在结婚前跟结婚后对于配偶的感情会出现一次改变,有孩子前跟有孩子后对于配偶的感情会再出现一次改变。"水星很严肃地跟他说,"你看我们现在结过婚,现在又有了小雨,我们的感情经历了两次变化哎。"

盛沂把虾剥完了,给母女两个人分放到碗里。

盛霏霖跟水星的饮食喜好如出一辙,盛沂还记得蒋林英他们头一次喂辅食的时候加了茄子,那一整天盛霏霖不光吐了,连东西都没吃下几口。相较于茄子,盛霏霖每次看到虾都会眉开眼笑,小小的脸上嘴巴大大地咧起来,要多可爱就多可爱。

水星看着盛霏霖碗里比她多一只虾,深深地叹了口气。

等吃完晚饭,水星就抱着手机给席悦发消息。

三颗星星:你的话果然没错。

三颗星星:唉!

席悦:什么?

席悦:我说什么了?你跟盛沂吵架了?

席悦:什么意思!

三颗星星:你还记得你给我分享的文章吗?

席悦:你说的哪个?

水星把其中一篇发给她。

席悦:我的天?盛沂不会……

席悦:你必须敲打敲打他了,首先要在朋友圈发一下你们的生活记录吧,你瞧他的朋友圈,干干净净,结婚的那条都多少年了,新加的好友不知道肯定以为他是单身呢。

三颗星星:……好吧。

对话结束,水星把手机扔在了一边。

盛沂还在厨房里洗碗,盛霏霖本来在旁边帮忙,看到水星出来很识相地溜回了房间,说自己还要写作业。水星点点头,嘱咐她写完作业记

得拿出来,她一会儿再给她检查。

脸又贴了上去,水星抱着盛沂的后背:"你真不信专家说的话吗?"

盛沂偏了偏头:"你真信专家说的话?"

"那……专家说的总有专家说的道理。"她小声说,脸在他背后蹭了蹭,"而且你好像都没有在朋友圈发过我的照片。"

盛沂叹了口气,问:"席悦跟你说了什么?"

水星震惊了:"你怎么知道是悦悦说的?"

"除了她还能有谁?"

水星垂了垂头,她的脑袋抵着他的后背:"好吧,不给发就不给发。"

"手机在书桌上。"盛沂眼底浮出一抹无奈的笑。

之前才在一起时水星神神秘秘地不想让他发,水星发有关自己的朋友圈也很少,他还以为是她不喜欢这种方式。现在想想,哪个女生不喜欢看到另一半的朋友圈里出现自己的信息。

水星憋住笑容,冷漠地"哦"了一声,捶他一下:"你怎么还把话说得那么勉强。"

话是这么说,但水星还是在第一时间跑到了书房。盛沂不太爱用手机,除了工作,她其实也有想过盛沂不发朋友圈是因为这个原因,可是她又想起两个人没在一起的那段时间。

当时的盛沂经常发朋友圈,有时候频率比她还高,可他们现在结了婚,有了小孩,都多少年了,盛沂反而一条都没发过。

水星有时候想把人删了,好歹非好友还能见到十条有关内容。

好在这么多年他的签名都没有变过,一直是他们还在一起时改的一个"嗯"字,水星才能忍住把他删除好友的冲动。

朋友圈的内容还没想好,水星随手先翻了下盛沂之前的朋友圈。

朋友圈从后向前,盛沂除了发过他们的结婚证,没有发过任何内容。空档期那么久,水星真怀疑他是怎么忍的。

时间一下跃到了 2017 年。

2017/9/15
［定位·北城］

2017/9/6
下雨了。

2016/12/19
［讲座：B大金融系某教授讲学安排］

....

2014/10/31
加油。

2013/7/11
［转发视频：天文学之水星的诞生］

　　时间流逝，水星真不知道那段时间盛沂怎么总爱在朋友圈转载一些有的没的，直到滑到朋友圈的底端，那是一首歌曲的分享。

2012/10/3
不肯说再见。
［分享歌曲：《离人》］

　　她忽然想起自己在大学的时候刚加入社团，当时辩论社的社长对她很有好感，社员们纷纷帮忙，一行人先是去了周边的海岛，回到学校，

水星在宿舍楼下又收到一束很大很大的玫瑰花，周围满是起哄的人。

社长怎么说的？好像提起了她参加会演唱的歌？

他说他有点儿不好意思，但是在军训唱歌的时候就有注意到她，那时候她唱了一首《离人》，唱进了他心里。

耳边是社员们齐声唱的歌：

"银色小船摇摇晃晃弯弯，悬在绒绒的天上。你的心事三三两两蓝蓝，停在我幽幽心上。你说情到深处人怎能不孤独，爱到浓时就牵肠挂肚。我的行李孤孤单单散散惹惆怅。

"离人放逐到边界，仿佛走过第五个季节。昼夜乱了和谐潮泛任性涨退，字典里没有春天。

"离人挥霍着眼泪，回避还在眼前的离别。

"你不肯说再见，我不敢想明天。"

他说："有人说一次告别，天上就会有颗星又熄灭。"

水星愣了下。

对于盛沂而言，他何止走过第五个季节。

他从来没有跟自己说过他在南方留了几天，火车票上也只有一个十月一号的日期，所以水星理所当然地以为他是当天没有找到她，当天就回去，以至于她没有再考虑过他会在她的学校待多久。

他那么久没有见到她，再次见到她却是撞到别人跟她的表白，她拿了那束玫瑰花，好似接受了对方的表白。

她不知道盛沂是以怎么样的心情分享了这首歌。

视线再次上移，水星终于把那些看似乱序的时间全部对上。

2012/12/25

没有奇迹。

是她在世界末日那天没有通过盛沂的好友验证。

2013/7/11

[转发视频：天文学之水星的诞生]

是她的生日，但他以为自己没有资格替她庆生。

2014/10/31

加油。

是她提前报名了司法考试，说了好多好多次她真的很紧张。

2015/3/27

[转发视频：B 大教授讲述"开学第一课"]

是她放弃了老师的建议，确定了自己保研到 B 大。

2015/9/1

平安喜乐，百岁无忧。

是她跟他在南京错过，他一个人在栖霞寺许了愿望。

2016/9/17

[转发：B 大地图]

是她跟席悦说学校太大了，她走丢了好几次。

2016/12/19

[讲座：B 大金融系某教授讲学安排]

是她那段时间接手了导师的任务，到处打听有关金融的消息，后来有关讲座的事情还是席悦发给了她。

2017/9/6
下雨了。

是他们的重逢，那天在书店下了一场忽如其来的大雨。

2017/9/15
［定位・北城］

是他们在北城，她头一次知道她原来一直都是盛沂的女朋友。
…………
水星在书房里待的时间太久，盛沂把碗筷洗完都不见人出来，他擦干净手，一推开门就看见她坐在转椅上，红了一双眼。

他赶忙走过去把人抱起来："星星？"

"……嗯。"她的语调里还带了哭腔，真的有些绷不住。

"怎么哭了？就因为我不发朋友圈。"盛沂觉得他的手今天有点儿忙，擦完水渍擦眼泪，可眼前的她一点儿都止不住，哭得比在婚礼上还凶。

水星摇摇头，她胸腔闷闷的，很艰难地才喘一口气："干吗什么都不说？"她整张脸埋在他的怀里，盛沂的双手环抱着她，视线微斜，看到了还没熄灭的手机，随即知道了她八成是把朋友圈都看完了。

"你不是都知道吗？你大学的时候一直有席悦给我传递消息，我知道你进社团，知道你要考试，知道你拿第一，知道你选择保研，来我的学校。学校那么人，你刚去的时候总是迷路，还找不到方向。我连你微信都没有，只能用朋友圈记录了。"盛沂很轻地笑了下，"我又不爱发朋友圈。"

原来的盛沂并不是真的想发朋友圈,他一直没有什么表达欲,即使有那么一点点,也是涉及了她的缘故。

在那些见不到她的日子,他听到了她的消息,用朋友圈的方式把那些把每个于她而言重大的日子一一补齐。

她怎么一直没想到。

"盛沂。"水星仰起头,眼里还有泪水,喊他的名字,喊得那么认真。

盛沂的头低了下来,"嗯"了一声。

他抬起手,把边上的人的眼泪又擦掉一次,调整了下姿势,把她揽到怀里,手掌很自然地拍了拍她的背。

水星想告诉他,他们不会是离人,不会说再见,永远有明天。

她这颗星星会永远属于他,为他而闪亮。

太多太多的话堵在嗓子里,她的眼眶又酸了。从小到大,他们接受的教育似乎一直如此,羞于表达爱意,连水星跟盛沂都不能避免俗套。他们会为对方倒一杯睡前牛奶,会在对方生病的时候默默守护,会用孩子的姓名隐晦纪念相遇的场景。

可她似乎从来没说过,她把头闷在他怀里,声音还带着颤,把满腔的爱意诉说于口中:"我爱你。"

他的吻又落在了她的头顶,那么自然、那么平常。

他的声音很低,一如平常:"嗯,我也爱你。"

第十一场雨

番外三 盛霏霖

自打盛霏霖出生以后,那间蓝色的星空房变成了真正的宝宝房。

原先水星跟盛沂在房间里堆砌的杂物太多,现在多了宝宝的东西,就要清除一部分搬到其他地方,书柜里的课本变成了育儿书籍跟儿童故事集,盛沂跟水星找了个纸箱,打算把他们不用的书整理好了都卖掉。

水星坐在一边的地毯上,看着盛沂把他高中的课本都放进去,好奇地问:"你都不检查一下吗?"

"嗯?"盛沂不理解。

"你小时候不会把钱藏在课本里吗?"水星问他,"万一有钱夹在里面卖掉了岂不是很亏?"

盛沂笑了下:"你小时候都把钱夹进去啊?"

水星连忙点点头。

她过年收到的压岁钱经常塞进钱包里,没几天就不见了。于是,聪明如水星,她经常拿着一些平常不翻的课本夹进去,没想到自己会来四城,也没想到戚芸跟水浩勇会搬家。两个人觉得她之前的课本没了用处,说卖就全卖了，一件都没留。

水星皱了皱脸，想起来就心疼："当时我在里面还塞过一千多块呢，亏死了。"

盛沂实在忍不住了，憋着的笑容都冒了出来。

水星真的觉得婚后的男人会变，生了孩子以后的男人变得更厉害。她还以为盛沂会抱着她安慰别心疼一千块，反正他以后的工资都是自己的。现在想想……她真是把他想得太浪漫。

堆砌的书终于整理到高一，水星看了眼，一下就把一本表皮已经变脆的书挑了出来："这本留下吧。"

"什么？"盛沂转过头。

水星手里拿了一本化学书，她还记得他们在学校头一次说话就是因为借书。

当时水星没有带化学书，席悦二话不说就拉着人往一班跑，他知道席悦找的人是向司原，但还是私心没有叫他，反而是回了座位，打破他从不外借的规矩，把自己的书借给她。

水星打开化学书的扉页，本来想再看一眼盛沂的名字，却没想到扉页上的那些她模仿了无数遍的小字会被上边的铅笔印迹蹭出来。

还没张开，她就着急地把书往回拽："没什么好看的，别看了，别看了。"

盛沂没给水星机会，一抬手，又把主动权掌握到了自己手里："藏什么？"

"哎！不是。"水星想把书边扯回来，又实在宝贝得紧，始终没用力，僵持一会儿，干脆破罐子破摔，把手松开，"行吧，你看吧，你拿去看吧。"

盛沂低头，笑了下，打开书页。

高一用过的东西，到现在少说有二十年了，书页有些发脆，页面打开，窗外的阳光照射进来，他终于看清了那行小字，印痕的周围泛了浅浅的黄色，写了一句话：

盛沂，我可以有你的联系方式吗？

"只是想要我的联系方式？"盛沂有些意外。

水星"嗯"了一声，声音有点闷闷的。

现在看起来好小儿科的东西，但那会儿席悦和她讲过，喜欢一个人就是想要对方的联系方式。

从小到大，水星虽然听过周围的人聊八卦，但都没有喜欢过别人，也不确定到底什么才算是真正的喜欢，那时候是她头一次冒出想要了解一个人，想和一个人多接触的心思，她想要盛沂的联系方式，想要对方也能多认识她一点儿。

少女的小心思在这个时候抛出来，让有一点年纪的水星脸红。

即使她和盛沂在一起这么久，但说到底她也没真的想让盛沂对这么小的一件事有所回应，才想把他的化学书收起来，就看到盛沂顺手拿过一边书桌上的黑色碳素笔。

她看见盛沂在下方写的字。

看见她的问题，以及他的答案，时隔多年又并排到了一起。

他给予她回应、一如过往。

——盛沂，我可以有你的联系方式吗？

——嗯，我的荣幸。

随着盛霏霖越来越大，盛沂的学生也越来越多。

偶尔的节假日，盛沂的学生们总要上门拜访一趟，水星充当起了后勤一把手，经常给盛沂的学生们做做饭，带他们聚在家里开小灶，也就是这个时候，家里的气氛比过年还热闹，盛霏霖都要被拉出来转一转。

按理说，盛沂和水星都是不太爱热闹的人，也不知道是不是跟席悦待太久，又或者周围的学生们都在逗看盛霏霖坑，她也不怕生，每当家里来客人的时候，她都会很热情地贴在那些大哥哥大姐姐身上，嘴巴超甜地要糖果。

又是中秋佳节,盛沂的学生们跑来家里蹭火锅。

水星跟两个学生在厨房准备火锅的材料,盛沂带了一个学生进书房讨论最近的课题,盛霏霖带了其余的哥哥姐姐在客厅搭小木屋。

本来每个人都有自己明确的分工,但没过一会儿,厨房里帮忙的两个学生不知道听到什么相继溜了出去。

"所以霏霖小天使觉得姐姐应该怎么做啊?"其中一个女学生愁眉苦脸地对着盛霏霖,一副十分苦恼的样子,"姐姐现在是真的有点儿不明白了。"

八卦是人的天性,水星在厨房里摘菜摘一半也没忍住停下手,靠在了门边。

盛霏霖一下站在了沙发上,雄赳赳气昂昂:"我觉得你不能分手,太轻易,太草率了,你应该为自己的爱情做出努力。"

水星转头去看边上的学生,一边的学生小声给她解释现在的状况。

大约是因为遗传了盛沂的基因,盛霏霖是真的善于观察周围人的情绪。一群哥哥姐姐陪她玩的时候,她很敏锐地发现了一个姐姐心不在焉地玩手机,眉头不时皱一皱。作为小天使的盛霏霖当然不允许悲伤元素在这个家里出现,立马跑到她面前,很关心地问她到底发生了什么。

也是因为盛霏霖这么一问,大家才知道因为面临异地恋的缘故,其中一个女学生和男朋友吵了架,两个人对彼此是否还能陪伴对方,和对方走下去产生了质疑。

"我当然也想付出努力,可是我们的距离那么远,我都不知道我到底还了解不了解他。"

水星站在一边,听着女学生略带夸张的请教语气,陷入了沉默。

她不是不相信盛霏霖解决困难的能力,而是她现在这个年龄应该还没办法理解恋爱这么复杂的东西。

"那就要努力了解啊!我觉得姐姐可以多和哥哥聊天,你们每天应该打一个小时以上的视频时间。"

"哇？霏霖小天使好聪明啊，还知道视频聊天呢。"

众人对她说的是视频聊天而不是简单打一个电话感到有些意外。

"是的，是的。"盛霏霖更骄傲了，"我爸爸妈妈出差的话，他们两个人见不到彼此，每天就要给对方打一个小时以上的电话，聊聊今天到底发生了什么，吃过什么东西，遇到了什么人呢！"

原本吃瓜的水星忽然吃到了自己身上。

沙发周围的同学不停地回头往那边望，盛霏霖丝毫没有感觉到害羞："除了视频聊天，你们应该尽可能地去找彼此，每天亲亲彼此，抱抱彼此，就像我爸爸和我妈妈一样。"

话音才落，水星脸都快烫红了，转身就想往厨房逃。

……她还有两盘菜没洗呢，她不该出现在这里，不该听这些话，不该来吃这个瓜。

"还有，还有，你们还要了解彼此的星座。"盛霏霖想到班上小朋友最近拿来的星座书，大家都在和自己关系好的朋友做配对，"你要从星座里知道你们合适不合适，姐姐的男朋友是什么星座啊？"

"八月份的，好像是……"

没等她说完，盛霏霖就率先打断她："我知道，我知道，是处女座，八月份是处女座，对不对？"

"是的，霏霖小天使怎么这么聪明啊？"

周围不断有学生在迎合她。

盛霏霖被夸得嘿嘿笑："因为我爸爸也是处女座哦，所以我很了解！"

"哇，原来老师和我男朋友是一个星座。"对方非常捧场，无条件支持盛霏霖，"那你应该很了解这个星座了。"

"那是自然的。"盛霏霖身后就差长个小尾巴毛茸茸地翘到天上去，"我知道处女座的人超爱干净！性格也像大冰块！要捂很久才会化掉哦。

如果遇到喜欢的事或者人,他们就会变得很小心,想好久好久。当然!当然!处女座也不是十全十美的哦,妈妈就经常说爸爸很唠叨,总是不让她熬夜,还监督她运动。"

学生们一时间不知道盛霏霖是不是在揭盛沂的老底,每个人都给对方递眼色。

连内室里书房的学生也出来了,盛沂跟在他后面,看了眼在学生堆里开小课堂的盛霏霖,又瞥一眼在厨房里偷听的水星。

"还有,还有,我还知道处女座的守护星是什么!"

盛霏霖的话讲一半,忽然卡了壳。她隐隐约约地记得星座书上有一个什么星,但怎么也想不起来,还在努力回忆,就听见一边的盛沂在补充。

他说:"是水星。"

"爸爸!"盛霏霖这才看见从书房出来的盛沂眼睛一亮,转头又去跟那些哥哥姐姐讲话,"是的,我爸爸说得没错,星座书上都写过的,是水星,处女座的守护星是水星!"

水星洗菜的手一顿,回头,瞥了一眼站在身后的盛沂,心头一动。

四目相对,盛沂接过她手里的菜。

他把菜放到一边的盘子里,又轻轻地把她的手指攥在手掌里捂。

客厅里的盛霏霖还在给他们科普,围在她周围的学生们目光已经飘了。

什么情况啊,盛老师是不是已经忘记他们还在现场了?小孩子以爸爸妈妈代替父母的姓名,经常性忽视父母的姓名就算了,但他们一帮人又不是小孩子了,加上盛沂在学校里那么出名,多少学生都听过他和水星的爱情故事。

在课堂上讲就算了,现在……

真是没天理啊,怎么火锅还没吃到他们就先吃起狗粮了啊……

后记

因为写下水星跟盛沂的故事已经过去很久了,久到我已经记不清楚故事里的一些情节,也以为这次的自己应该不太会写后记,但在稿子要完成的时候,我还是觉得应该留下一点儿什么东西。

写《骤雨》的时候是在 2021 年的尾巴,那会儿因为疫情在隔离,很长一段时间,我只能待在宿舍,每天除了完成老师布置的作业,就是完成老师布置的作业。也就是在这样的情况下,我"被迫"看了一本书。

书里大部分的内容我已经忘记了,但有一句话我现在还能想起,大概是这么写的,它说:"童年的我,做了一个类比。我安慰妈妈别担心,我认为这就像人画一个完整的圆圈。画的时候你在那里,你会知道起点在哪里。可你现在看这个圆圈,你就说不出起点了。"

有时候真的觉得是这样的,人生就像是在画圈。

在我最开始拿起笔的时候,其实只是为了记录我初中暗恋过的一个男生。

那个走在路上总是能听到别人提及,看起来坏脾气但其实很好接近,是学校里的风云人物。

像水星一样，像每个暗恋者一样，因为他的缘故，我喜欢上了固定的一款饮料；会将他的姓氏藏进自己的名字，却不敢跟任何人提起；在文理分科时，也把他当作了其中的考虑因素之一。

我不是一个勇往直前的人，做事也总是瞻前顾后，因为害怕对方不能给予我想要的回应，于是选择将自己无数的少女心事埋进虚构的文字里，用其他人的经历圆我一个无法触及的梦。

那时候的我以为这不过是故事的起点，也是我和他的终点，以至于从来没有想过，自己会因为这一次的落笔开始画一个圆圈，我找到了真正喜欢的方向，也收获了更多的爱。

现在是2024年的尾巴，三年的时间已经过去，很多时候我已经分不清哪里是起点，哪里又是终点。

我想也正因为如此。

终于，我为他们，也为自己画完了这一个圆圈。

希望看到这本书的你也不要再害怕。

世界很大，日子很长，别怕自己走错路，别怕自己走岔路。

因为你正在画一个圆圈，有一天你一定会发现自己正在走这一条属于你的、喜欢的、正确的路。

时祈

2024年12月17日